U0094172

蒙田随笔全集 中卷

Michel de Montaigne Les Essais

[法国] 米歇尔·德·蒙田○著

徐和瑾 潘丽珍 丁步洲○译

译林出版社

图书在版编目（CIP）数据

蒙田随笔全集. 中卷 ／（法）米歇尔·德·蒙田著；
徐和瑾，潘丽珍，丁步洲译. —南京：译林出版社，
2022.1（2022.4重印）
ISBN 978-7-5447-8585-3

I.①蒙…　II.①米…　②徐…　③潘…　④丁…　III.
①随笔 – 作品集 – 法国 – 中世纪　IV.①I565.63

中国版本图书馆 CIP 数据核字（2021）第 024451 号

蒙田随笔全集（中卷） [法国] 米歇尔·德·蒙田 ／ 著　徐和瑾　潘丽珍　丁步洲 ／ 译

责任编辑	唐洋洋
装帧设计	XXL Studio　彭怡轩
藏书票绘制	冯　雪
校　对	蒋　燕　孙玉兰
责任印制	董　虎

原文出版	Gallimard, 1965
出版发行	译林出版社
地　址	南京市湖南路 1 号 A 楼
邮　箱	yilin@yilin.com
网　址	www.yilin.com
市场热线	025-86633278
排　版	南京展望文化发展有限公司
印　刷	南京爱德印刷有限公司
开　本	787 毫米 ×1092 毫米　1/32
印　张	50.25（全三卷）
插　页	4
版　次	2022 年 1 月第 1 版
印　次	2022 年 4 月第 2 次印刷
书　号	ISBN 978-7-5447-8585-3
定　价	268.00 元（全三卷）

目录

本卷
第一章至第十七章
徐和瑾　译
第十八章至第三十一章
潘丽珍　译
第三十二章至第三十四章
丁步洲　译
第三十五章至第三十七章
徐和瑾　译

论我们的行为
变化多端

　　记载和比较人的行为，最难的莫过于把种种行为构成一个整体，并对它们做出同样的评价，因为这些行为通常相互矛盾，而且矛盾得十分离奇，仿佛不是同一个人所为。马略有时像战神玛尔斯之子，有时像爱神维纳斯所生。据说，教皇卜尼法八世执政像狐狸，行事像狮子，死得像条狗。又有谁会相信，尼禄作为残暴的真正象征，在属下按惯例把死刑判决书呈交他签署时竟会说："我多么希望没学会写字！"他想到要判处一个人死刑，心里是多么难受。[1]这种例子数不胜数，甚至每个人都能说出，因此，我看到有些聪明人有时要费尽心机，把人的种种行为说成和谐的整体，就觉得奇怪，因为我感到变幻无常是我们本性中最

1　　参见塞涅卡《论仁慈》。

普遍和最明显的缺点，正如滑稽剧作家普布利乌斯[1]的著名诗句所说，

  无法改变的决策并非良策。[2]

　　根据一个人平时的行为来对他评价，从表面上看不无道理；但是，我们的性格和看法自然变化多端，因此我往往觉得，出色的作家把我们说成始终不变的整体是错误的。他们选择一种普遍的特点，并根据这种形象来列举和解释一个人的各种行为，如无法对这些行为修正以使其符合这种形象，就归咎于隐瞒事实。奥古斯都使他们无法捉摸：此人一生中行为的变化显而易见，突如其来，持续不断，最大胆的评论者也不敢妄加评论，因此无法对他做出明确的评价。说到人，我觉得最难做到始终如一，最容易变化无常。如把人的行为分开来逐一评论，往往倒能说得正确无误。

　　古代历史中，一生都按一种确定的方法行事者，很难找出十来个，而这样行事，则是智者的主要目标。因为据一位古人所说，把全部智慧归结为一个词，把我们生活的所有准则归结为一个准则，那就是始终想要或不想要同一个事物。[3]"我不想补充一

1　即普布利乌斯·西鲁斯（活动时期为公元前1世纪），拉丁滑稽剧作家。原系叙利亚奴隶，后去罗马，不久即获自由。在公元前四十五年举行的一次赛诗会上，击败了写滑稽剧的拉贝里乌斯，后者是应恺撒之邀前往参加他撰写的一部滑稽剧的演出。令人铭记不忘的主要是他的一部《警句诗集》，其中诗句由学者们从他的滑稽剧中摘出。近代版本收有七百余诗行。

2　转引自奥卢斯-盖利乌斯《雅典之夜》。

3　参见塞涅卡《致卢齐利乌斯》。

句，"他说，"那就是只要愿望正确。"因为愿望如不正确，就不可能总是相同。其实，我以前就知道，恶习只是放纵自己和缺少节制，因此就无法"始终如一"。这据说是德摩斯梯尼所说，他认为反省和思考是一切美德之始，而美德的最终完美则是"始终如一"[1]。如果我们通过思考而走上一条确定的道路，那就会是我们所走的最美好的道路，但从未有人这样想过，

> 他过去想要之物，现在抛弃；
> 他现又想要刚抛弃之物；
> 他游移不决，矛盾终生。[2]

我们通常的行为方式，根据我们欲望的变化，时左时右，时上时下，要看形势之风把我们吹向何处。我们想到自己想要之物，只是在想要之时，然后就像变色龙那样变化，到哪里就变成哪里的颜色。我们想做的事，很快就会改变，不久后又旧事重提，这样就只会摇摆不定，"反复无常"[3]：

> 我们如同木偶，被别人强壮的手操纵。[4]

我们不是自己在走，而是被冲走，如同漂流之物，水缓则

---

1 参见德摩斯梯尼《论凯罗内亚的死者》。
2 引自贺拉斯《书简》。
3 参见塞涅卡《致卢齐利乌斯》。
4 引自贺拉斯《讽刺诗集》。

缓，水急则急：

> 人人都不知道自己想要什么，
> 总是想方设法换个地方，
> 仿佛这样才能摆脱重负？[1]

每天都有新的想法，我们的思想随着时间的推移变化，

> 人的想法改变，是因朱庇特
> 洒落的充沛阳光并不相同。[2]

我们在各种意愿之间摇摆不定[3]：我们对任何事都不愿做出自由、绝对和不变的决定。

如有人预先在头脑里确定明确的准则和确切的安排，我们就会看到，他一生的行为始终如一，这些准则和所做之事完全相符。

恩培多克勒发现阿格里真托人的行为矛盾：他们纵情欢娱，仿佛明天注定要死；他们又大兴土木，似乎会长生于世。[4]

要把一个生活有规律的人解释清楚轻而易举，小加图就是如此：拨动他的一根心弦，等于拨动全部心弦，其声音十分谐和，

1　引自卢克莱修《物性论》。
2　引自荷马《奥德赛》。
3　引自塞涅卡《致卢齐利乌斯》。
4　参见第欧根尼·拉尔修《恩培多克勒》。

绝不会走音。而我们恰恰相反，有多少次行动，就有多少种不同的评论。依我看，最可靠的办法是把它们跟相似的情况进行比较，不要过多探究，也不要从中得出别的结论。

在我国政局动荡、兵荒马乱之时[1]，有人曾告诉我，在离我家不远之处，有个姑娘为了避免被住在她家里的下流士兵强暴，就跳窗逃走，并未跌死，竟要用刀割喉自刎，被人阻止，但已摔成重伤。据她自己承认，那士兵只是不断追求她，并以礼物相诱，但她生怕他最终会强迫她就范。在这件事上，她的言语和行为，以及这种勇气，都证明她的美德，如同卢克雷蒂娅[2]再生。然而，我后来得知，而且这也是事实，她在此前和此后，都不是行事决绝的姑娘。如同有故事所说：不管你多美丽多正直，你恋爱失败后，千万别立刻得出结论，认为让你心上人失去贞洁是无法做到的事；这并不意味着赶骡子的人不会跟她交合。[3]

安提柯喜欢一个作战勇敢的士兵，就命令医生给士兵治好长期折磨他的慢性病，但在他痊愈后却发现，他打仗远不如以前卖力，就问他为何变成懦夫。"是您，大人，"他回答道，"您治好了我的病，我当时因为有病才不惜自己的生命。"卢库卢斯的一个士兵被敌人抢走钱物，为了报复，与敌人打了个出色的攻击战。他收回钱物后，卢库卢斯因对他器重，想派他去执行一次危

1　指加尔文教等新教的发展引起的宗教战争，一五七二年八月二十四日发生圣巴托罗缪惨案。

2　卢克雷蒂娅，传说中古罗马烈女，贵族克拉提努斯的美丽妻子。被罗马暴君卢齐乌斯·塔尔奎尼乌斯之子塞克斯图斯图谋奸污。她要求父亲和丈夫发誓为她复仇后随即自杀。此后，布鲁图率领被激怒的群众起事，把塔尔尼乌斯赶出罗马。这一事件标志着罗马共和国的诞生。

3　指纳瓦拉的玛格丽特的短篇小说集《七日谈》中的第二十则故事。

险的任务，并用美言加以鼓励，

> 懦夫听了也会勇气倍增。[1]

而他却回答说："您还是派钱物被抢的可怜士兵去吧。"

> 不管如何粗野，他都会回答说：
> "丢了钱包的人，你要他去哪里他都会去。"[2]

他坚决拒绝执行任务。

我们在书中看到，穆罕默德[3]看到哈桑统领的土耳其近卫军被匈牙利人冲进阵内，见哈桑自己作战也并非十分勇猛，就辱骂他，哈桑没有回答，只是单枪匹马朝敌人冲去，手拿武器砍杀，并立即陷入敌军之中，他这样做也许不是为自己辩白，而是改变主意，不是他生性勇敢，而是心中怨恨。

你昨天见他敢冒风险，今天他却胆小如鼠，但你不必感到惊讶：因为气愤或形势所迫，因为有人相伴或美酒下肚，或因为战号吹响，他才有了勇气；这样的勇气不是因理智产生，而是由当时的情况赋予；如情况完全不同，他会判若两人，那也不足为奇。

1　引自贺拉斯《书简》。
2　同上。
3　指穆罕默德二世（1432—1481），土耳其苏丹（1444—1446，1451—1481 在位），绰号"征服者"。一四五三年攻陷拜占庭帝国都城君士坦丁堡，把首都迁此，更名为伊斯坦布尔。后征服塞尔维亚（1459）、特拉比松德帝国（1461）、波斯尼亚（1463），并臣服克里米亚汗国（1475）。

我们的这种变化和矛盾会轻易出现，因此有些人[1]认为我们有两个灵魂，另一些人则认为有两种力量伴随并推动我们，其方式各不相同，一种使我们行善，一种让我们作恶，如只有一种，就不会有如此巨大的变化。

　　不仅可恶事件之风吹得我摇摆不定，而且我自己也因地位不稳而心神不宁，注意自省之人往往不会有这种情况。我因所处的角度不同，有时认为我的灵魂是一种面貌，有时则认为是另一种面貌。我谈到自己时看法不同，则是因为我观察自己的目光不同。这种矛盾的出现，是因为只从某个角度或用某种方式来观察。羞怯和傲慢、贞洁和淫荡、健谈和寡言、耐劳和娇弱、聪明和愚钝、忧虑和乐观、欺骗和真诚、博学和无知、慷慨、吝啬和挥霍……这一切，某种程度我身上都有，但要看我转向何处；注意自省之人，即使在自己的评论中，也会发现自己身上有这种变化和矛盾。我说不出自己身上有什么纯粹和不变的东西，即没有掺杂别的东西，实在说不出来。Distinguo（辨别）是我的逻辑中最普遍的条文。

　　虽然我总是认为应该把好事说成好事，对事情应该主要从好的方面来看待，然而，我们的处境十分奇特，使我们往往出于恶意在做好事，因为好事并非只能以善意来确定。因此，勇敢的行为不应使人得出结论，认为此人勇敢：真正勇敢的人会一贯勇敢，而且在任何情况下都是如此。如果勇敢是一贯的行为，而不是一时之举，一个人在任何情况下都会做出同样的决定，不管是

1　　指善恶二元论者。

独自一人还是跟别人在一起，不管是在比武场上还是在对阵战中，因为不管怎么说，都不会在街上是一种勇敢，在战场上是另一种勇敢。他会勇敢地在床上忍受病痛的折磨，也会在战场上忍受伤痛，他不会在家里害怕死亡，也不会在冲锋中害怕阵亡。一个人在冲进城墙突破口时像男子汉那样镇定自若，就不会在输掉官司或失去孩子时像女人那样痛哭流涕。

他蒙受耻辱时不能勇敢忍受，但在贫困中却坚贞不屈，他看到理发师的剃刀吓得要命，面对敌人的刀剑却奋勇向前，值得称赞的是这种行为，而不是这个人。

西塞罗说，许多希腊人不敢看到敌人，患病时却十分坚强；辛布里人和克尔特伊比利亚人[1]则截然不同：事物不会固定不变，不会都出自不变的原则。[2]

论勇敢，亚历山大可说是首屈一指，但这只是他那种勇敢，并非完美无缺，也没有普遍意义。虽然这种勇敢无与伦比，但仍有瑕疵：我们看到，他只要对部下阴谋杀害他稍有怀疑，就感到极其不安，随后进行的调查又极不公正，毫不节制，因害怕而失去理智。他还十分迷信，这其中也有胆怯的因素。他在杀死克利托斯[3]后极其后悔，这说明他的勇敢并非一成不变。

1　辛布里人是易北河右岸的日耳曼部落。他们侵占高卢和罗马的行省，公元前一〇九年打败罗马执政官西拉努斯的军队。其后入侵西班牙，被西班牙中部居民克尔特伊比利亚人打败。后企图从诺里克入侵意大利，于前一〇一年在韦尔切利附近被盖约·马略的军队全歼。

2　引自西塞罗《图斯库卢姆谈话录》。

3　克利托斯（前380—前327），绰号梅拉斯（黑人），亚历山大的一位副手，曾在格拉尼库河战役中救过亚历山大的命。但在一次宴会上，他批评亚历山大，并称赞其父腓力二世的爽直和功绩。亚历山大当时已喝醉，就拿起卫士的长矛将他杀死。

我们的品行由一次次行为构成，"他们鄙视寻欢作乐，却又过于害怕痛苦；他们对荣誉不惜一顾，但名声不佳时却会垂头丧气"[1]；我们想要得到的并非是我们名下的荣誉。美德只能被美德本身寻求，而我们有时却戴上美德的面具去做其他事情，如果这样，美德就会立刻撕掉我们的面具。这是不易褪色的鲜艳染料，灵魂一旦给染上，要除去它就必定会伤害自身。因此，要评判一个人，必须长期而又仔细地寻找其踪迹；如果他并未"始终如一"，"他经过考虑选择了要走的道路"[2]，但不同的环境使他改变了脚步（我是说改变道路，因为脚步可以加快或放慢），那就让他去跑；此人随风而去，正如我们的塔尔伯特[3]的座右铭所说。

　　古人[4]说，偶然对我们影响如此巨大并不奇怪，因为我们生活在偶然之中。一个人不预先为自己的生活确定总体方向，就不可能确定自己的具体行动。一个人头脑里没有整体的形状，就无法把各个部分拼接起来。如果不知道要画什么，把各种颜料买来又有何用？任何人都无法为自己的一生制订出确切的计划，我们只能分阶段确定。弓箭手首先应知道要瞄准什么目标，然后才能对准这个目标拉弓射箭。我们的种种计划误入歧途，是因为它们没有方向和目标。船不知道要驶往哪个港口，刮什么风都毫无用处。我不同意有人对索福克勒斯的那种看法，即读了他的一部悲

1　　引自西塞罗《论责任》。
2　　引自西塞罗《斯多葛派的悖论》。
3　　即约翰·塔尔伯特（1384—1453），英国军官，在跟法国的百年战争中战功卓越，曾任爱尔兰总督。一四四九年回到法国，攻占波尔多，但在卡斯蒂翁的战役中阵亡。他曾任居耶纳（现为阿基坦）总督，故蒙田称其为"我们的塔尔伯特"。
4　　指塞涅卡。

剧，看到他驳斥儿子对他的指控，就得出结论，以为他有能力处理自己的家庭事务。[1]

我也不认为根据被派到米利都去终止混乱状况的帕罗斯人[2]做出的推测，可以证明他们从中得出的结论是正确的。他们视察了岛屿，发现土地耕种良好，农舍保养良好，然后，他们记下土地和农舍的主人的名字，把公民都集合在一起，任命这些主人为新总督和法官，他们认为，这些人能管理好自己的事务，也一定能管理好公共事务。

我们全都由一个个小块构成，他们的形状各不相同，每个部分在每个时刻都在发挥各自的作用。我们跟自己的区别，如同我们跟其他人的区别一样大。"你可以肯定，人难以做到始终不变。"[3]既然雄心壮志能使人变得勇敢、节欲、慷慨乃至公正，既然贪婪能使在无所事事中默默无闻长大的商店小伙计信心百倍，使他远离家乡，在孤舟上听任巨浪和发怒的海神尼普顿击打，并能学会判断和审慎，既然维纳斯能使会受到"惩罚"和鞭打的小伙子变得果断和大胆，使母亲守护的姑娘脆弱的心变得坚强，那么，

　　　　姑娘在维纳斯指引下，

　　　　悄悄从熟睡的看守中间走过，

1　据西塞罗，索福克勒斯受到儿子指控，说他已神志不清。索福克勒斯要求法官读他的最后一部悲剧《俄狄浦斯在科洛诺斯》，表示他思路清晰。参见西塞罗《论老年》。

2　帕罗斯是希腊基克拉泽斯群岛中的岛屿，米利都是安纳托利亚西部的古希腊城市，在今土耳其瑟凯市南。

3　引自塞涅卡《致卢齐利乌斯》。

独自在黑暗中找到自己的情郎。[1]

　　仅仅根据我们表面的行为来评判我们，并非是聪明而又审慎的做法，应该深入内心，看看这行为是由何种力量发出，但由于这是件冒险的大事，我希望去做的人不要太多。

1　　引自提布卢斯《哀歌集》。

二

论酗酒

这世界五花八门，各不相同。但恶习全都一样，因为它们都是恶习，斯多葛派也许如此认为。但是，它们虽然都是恶习，却也有轻重之分；因此不能认为，越界百步之人，并不比越界十步之人更坏，

> 越界无论多少，均非好事，[1]

也不能认为，亵渎圣物并不比偷我们园子里的菜更坏：

> 不，偷别人园子里的菜，
> 跟夜里抢劫圣殿同样严重
> 这种看法不能认同。[2]

1　　引自贺拉斯《讽刺诗集》。
2　　这是贺拉斯针对斯多葛派的看法所说。引自《讽刺诗集》。

这方面的情况各不相同，如同其他任何事情。

对罪恶的轻重和大小不加区分是危险的。如果那样，杀人犯、叛徒和暴君就太便宜了。因为有人只是游手好闲、好色或不够虔诚，他们的良心就可以不受谴责，这样也并不公正。每个人都对别人的罪恶夸大其词，对自己的罪恶轻描淡写。依我看，即使是推事，也往往对罪恶不加区分。

苏格拉底说，智慧的主要作用是区分善恶[1]，我们这些人即使做善事也难免邪恶，就应该能对罪恶加以区分：没有这种正确的学问，好人和坏人就不能分清，也就无法加以识别。

现在来谈酗酒，我觉得酗酒是一种粗俗的恶习。这时，理智更加缺失，而有些恶习，却可说有某种高尚之处。有些恶习中也有学问、认真、勇敢、谨慎、机灵和敏感，而酗酒完全是粗俗的肉体享受。因此，当今世上最粗俗的民族[2]，是唯一崇尚酗酒的民族。其他恶习损害智力，而这种恶习摧残智力，损害健康：

> 强劲的酒力进入人体，
> 四肢是何等沉重！
> 他两腿瘫软，走路踉跄，
> 他张口结舌，心灵麻木，两眼迷茫，
> 大喊大叫，打嗝，争吵。[3]

1　引自柏拉图《智者篇》。
2　指德意志民族。
3　引自卢克莱修《物性论》。

人最糟糕的时候是在神志不清和无法自我控制之时。有人在谈到这种状况时说，葡萄汁发酵时，桶底的杂质全都浮到上面，饮酒过度则会把内心秘密全盘托出，

> 你因为愉快的巴克科斯，
>
> 会说出智者的忧虑，
>
> 及其内心的想法。[1]

约瑟夫斯[2]说，他灌醉敌人派来的使者，套出机密情报。然而，奥古斯都把自己的隐私都说给色雷斯征服者卢基乌斯·皮索[3]听，但对方从未向其他人透露，没有使他失望。同样，提比略向科修斯说出自己的所有计划，也没有失望，虽说我们知道，他们俩都嗜酒如命，经常因喝得烂醉而被人从元老院里抬出。

> 老是喝醉，血管因美酒扩张。[4]

大家对只喝水的卡西乌和经常喝醉的辛贝尔[5]同样信任，把

1　引自贺拉斯《歌集》。
2　即弗拉维乌斯·约瑟夫斯（37—95/100），犹太历史学家。著有《犹太战争史》《上古犹太史》等。这里的逸事引自后一部著作中附录的"自传"。
3　卢基乌斯·皮索生于公元前四十八年，比奥古斯都小十五岁。参见塞涅卡《致卢齐利乌斯》。
4　参照维吉尔《牧歌集》。
5　即提留斯·辛贝尔，刺杀恺撒的暗号由他发出。刺杀者中最著名的是卡西乌和布鲁图。参见塞涅卡《致卢齐利乌斯》。

刺杀恺撒的任务交给了他们。为此，辛贝尔做出有趣的回答："我没有酒量，如何能杀死暴君！"我们看到我们的德意志人，在豪饮时还记得他们的营地、口令和部队，

> 要战胜他们并不容易，
>
> 虽说他们沉湎美酒，说话结巴，走路踉跄。[1]

　　如果我没有在历史著作中读到下面的事，我就不会相信人竟会这样烂醉如泥：阿塔罗斯邀请保萨尼阿斯赴晚宴，是要羞辱他——而后来保萨尼阿斯出于同样的原因，刺杀马其顿国王腓力。这位国王以他的优秀品质表明，他在家里和在伊巴密浓达的陪伴下受过多么良好的教育——拼命给他灌酒，使他在神志不清中竟不顾自己的体面，如同放荡女子，在灌木丛中听任自己的身体被家里的骡夫和下等仆人玩弄。[2]

　　另外，我特别敬重的一位夫人[3]告诉我一件事，那是在波尔多附近，前往她居住的卡斯特尔[4]的路上，一个村妇守寡在家，以守节著称，感到自己有怀孕的征兆，就对女邻居们说，她如有丈夫，就会相信自己怀孕。但随着时光流逝，这种怀疑越来越大，最后成为明显的事实，她只好在教堂主日布道那天

1　　引自尤维纳利斯《讽刺诗集》。

2　　指西西里的狄奥多罗斯《世界史》。提到的书中人物为亚历山大之父腓力二世时期的马其顿人。阿塔罗斯是马其顿将军，设法让腓力二世赶走奥林匹娅斯后娶他的侄女克娄巴特拉为妻。腓力二世死后，他反对奥林匹娅斯之子亚历山大，但被杀死。保萨尼阿斯是腓力二世的军官。

3　　这位夫人是波尔多最高法院院长和市长的妻子德·埃马尔夫人，她丈夫是蒙田的表兄弟。

4　　卡斯特尔现为法国塔恩省专区首府。

请教士当众宣布，如有人承认干了此事，她一定原谅他，他如愿意，就嫁给他。给她耕田的一个雇工听了这话就大胆地说，有一天节日，他看到她喝得烂醉，在住宅旁睡着，样子显得淫荡，他就干了那事，但没有把她吵醒。后来他们结了婚，现在还活着。

可以肯定，古代对这种恶习并未严加斥责。哲学家们在著作中谈到时轻描淡写，即使是斯多葛派，也有人主张有时不妨多喝几杯，喝醉了在精神上也是一种放松[1]：

> 在这高贵的豪饮中，据说
> 伟大的苏格拉底曾出类拔萃。[2]

加图作为监察官要教导别人，有人也指责他贪恋杯中之物，

> 有人也说大加图
> 常用美酒培养美德。[3]

国王居鲁士[4]声名卓著，别人称赞他，说他胜过哥哥阿尔塔薛西斯，其中一条原因是他酒量更大。[5]即使在治理得井井有条

1　参见塞涅卡《论心灵的安宁》。
2　引自加卢斯伪作《哀歌集》。
3　引自贺拉斯《歌集》。
4　指小居鲁士（约前424—前401），波斯亲王。因率领希腊雇佣军想夺取他哥哥阿尔塔薛西斯二世的王位而被杀。
5　参见普鲁塔克《阿尔塔薛西斯二世》。

的国家里，比谁喝得多的竞赛也十分普遍。我曾听到巴黎名医西尔维乌斯说，为使我们胃的消化能力不致衰退，最好每月豪饮一次加以刺激，以免使其退化。

有人在书中写道：波斯人在喝酒后讨论他们的重要事务。[1]

我的爱好和体质，比我的理智更厌恶这种恶习，因为我会轻易相信古代有威望之人的看法，此外，我认为这是一种意志软弱的愚蠢恶习，但其害处没有其他恶习那样大，因为其他恶习几乎都直接危害公众社会。即使像人们认为的那样，这恶习在给我们带来愉悦的同时，也会使我们付出某种代价，我也觉得这恶习使我们良心受到的自责小于其他恶习。另外，酒既不是很难酿制，也并非难以获得，这点也应该考虑到。

有一位令人崇敬的老人对我说，他生活中还剩三种乐趣，其中之一就是饮酒。但他对这种乐趣享受不当。对酒不能过于讲究，在选酒时也不要十分挑剔。如果你喝酒是要开心，你有时就得尝尝不好的味道。口味不要固定不变，而应该多种多样。要做饮酒的行家，口味不能过于讲究。德意志人几乎喝什么酒都同样开心。他们的目的是喝到肚里，而不是品尝滋味。他们根本就不挑剔：他们的乐趣在于畅饮，能够喝到就行。其次，法国人喝酒，是在每日两次就餐时，而且喝得不多，是怕影响健康，这是过于限制这位神祇[2]给予的恩赐。为此，需要投入更多的时间，也要更有恒心。古人饮酒通宵达旦，往往天亮后还继续

1　参见普鲁塔克《把酒畅谈》。
2　指酒神巴克科斯。

喝。因此，我们的菜肴必须更加丰盛，营养更加丰富。我见到过当代一位大领主，他参加了重大战役，战绩卓著，他平时吃一顿饭，喝酒不会少于四升，喝完后处理我们的事务，只会更加审慎和清楚。我们一生中重视的乐趣，应该占据更大的位置。要像店里的伙计和干体力活的人那样，不放过任何喝酒的机会，并且总是有这种欲望。我们对这种乐趣的享受似乎越来越少，在我们的屋子里，如同我在童年时看到的那样，过去宴请和吃喝，要比现在多得多也普遍得多。这是否说明我们在朝好的方向转变？当然不是。这是因为我们比父辈更加放荡。两件事的力量相互抵消。一方面，放荡使我们胃口变小；另一方面，节食又使我们更加好色，娘娘腔更足，一心寻欢作乐。

我曾听到父亲谈起他那个时代的许多贞节故事，真是令人惊讶。他适合讲这种故事，他有教养，脾气也好，深得当时的女性喜欢。他说话不多，但很动听，会用现代文学作品特别是西班牙文学作品中的词语来修饰他的话，而在西班牙的作品中，他喜欢引用《马可·奥勒留》[1]。他为人端庄而又温和，谦恭并且虚心。他极其注意衣冠整洁，仪表端庄，步行或骑马时都是如此。他尤其信守诺言，他的思想和信仰更倾向于迷信，而不是其他极端。他个子不高，但精力充沛，姿势端正，体态匀称。他面孔讨人喜欢，皮肤略呈棕色。他对贵族的运动全都精通。我还看到过他的灌铅手杖，据说是用来锻炼臂力，为打棒游

1　即《王子们的时钟或马可·奥勒留皇帝的黄金之书》（1529），是西班牙宫廷布道士安东尼奥·德·格瓦拉（1481—1545）的说教著作，旨在为统治者塑造一个楷模，是十六世纪最有影响的作品之一。

戏[1]、投石或击剑做准备；我还看到过铅底鞋，他穿这鞋是为了以后能跑得更快，跳得更高。说到纵身跳起，他曾使人大为惊叹。他年过六十之后，还嘲笑我们不够灵活，我看到他身穿皮袍飞身上马，用大拇指一撑纵身跳过桌子，他总是三四个梯级一跨就上楼进入房间。关于我说的话题，他常对我说，全省贵族夫人，名声不佳的几乎没有；他说他跟这类正派女士的交往特别密切，但从未引起别人的非议。谈到他的情况，他发誓说他结婚前一直是童男；但他长期参加在意大利的战争，给我们留下了一部日记，详细记载战争期间国家和他本人的情况。因此，他结婚时年纪已大，是在一五二八年，当时三十三岁，刚从意大利回来。我们再来谈酗酒。

年纪老了有种种不便，需要支持和提神，我自然想要喝酒，因为这几乎是流逝的岁月要从我们这里窃取的最后乐趣。豪饮的酒友们说，天然的热气首先聚在脚上，这是童年时的热气。热气由此升到腹部，并长时间滞留，我认为热气在这个部位产生了人体的真正乐趣，相比之下其他乐趣都微不足道。最后，热气如同蒸汽上升并散发，到达喉咙，并在此最后滞留。

然而，我无法理解，有人怎么在解渴以后还喝得兴致勃勃，并想象出一种人为的、反自然的食欲。我的胃不会有这种食欲，在需要得到满足之后，食欲就戛然而止。我的体质只允许在饭后喝点酒，因此，我喝的最后一口，几乎总是最多的一口。阿那卡齐斯感到奇怪的是，希腊人饭后用的酒杯比开始吃饭时用

1　打棒游戏是用木棒把方圈内圆柱击出圈外的一种游戏。

的酒杯要大。[1] 我认为，出于同样的原因，德意志人在开始斗酒时也是如此。柏拉图禁止孩子在十八岁前喝酒，在四十岁前不能喝醉，但对年过四十的人，他则请他们尽兴畅饮，并在他们的宴会中扩大狄俄尼索斯的影响力[2]，这位善良的神祇会使人们恢复愉快的心情，会使老人恢复青春，会使心灵的激情变得温和，如同铁在火中软化。在《法律篇》中，他认为如此聚众畅饮有益（只要有个头头来控制和调节），因为喝醉是考验每个人本性的一种良好而又可靠的方法，同时也能使老年人有勇气沉湎于跳舞和奏乐的乐趣之中，而这类有益的娱乐活动，他们在正常的状况下是不敢去参加的。另外，酒能使心灵温和，使身体健康。虽然如此，他喜欢做出部分借鉴于迦太基人的下列限制：出征时节制饮酒；行政官员和法官在履行职务和讨论公务时不能饮酒；白天处理其他事情时和夜里做生儿育女的事时都不要饮酒。

有人说，哲学家斯蒂尔波[3]年老时感到难以忍受，就常喝烈酒，以早日与世长辞。年老体衰的哲学家阿尔克西劳[4]并非有意为之，但也因此而耗尽体力。

另外，一个有趣的老问题是，智者的心灵是否会屈从于酒力[5]，

1　引自第欧根尼·拉尔修《阿那卡齐斯》。阿那卡齐斯（活动时期为公元前6世纪），传说中古代西徐亚国王子，号称七贤之一，被尊为原始美德典范。

2　参见柏拉图《法律篇》。

3　斯蒂尔波（前360—前280），古希腊哲学家，第欧根尼的学生。他是斯多葛派创立者芝诺的老师。参见第欧根尼·拉尔修《斯蒂尔波》。

4　阿尔克西劳（前316—前241），古希腊哲学家。继克拉特斯任学园第六任主持者。将皮浪的怀疑论引进学园。反对斯多葛派的教条主义，拒绝承认或否认确实掌握知识的可能性。主张一种怀疑的"暂缓判断"。参见第欧根尼·拉尔修《阿尔克西劳》。

5　参见塞涅卡《致卢齐利乌斯》。

酒是否能攻占壁垒森严的智慧。[1]

　　我们对自己好评如潮，是多么虚荣！世上最稳健的人也有许多事情要做，以便站稳脚跟，以免因自身的弱点而被时代的潮流席卷。在一千个人中，几乎没有一个在一生中有一刻站得笔挺而又稳定；你可以想想，根据他的天然条件，他是否能做到这点。要使人始终如一，就得使他完美无缺；我是指任何事都不会使他动摇，但千百个意外事件都可能使这种事发生。大诗人卢克莱修徒劳地高谈阔论并全神贯注，他饮下爱情美酒就立刻神志不清。是否可以认为，中风会使苏格拉底跟脚夫一样头晕目眩？有些人身患重病就忘记自己的名字，另一些人稍受轻伤就看法动摇。人不管如何英明，总归是人：难道有什么比人更加脆弱，更加可怜，更加微不足道？智慧无法改变我们天生的条件：

　　　　因此，我们胆战心惊，
　　　　全身流汗，面如土色，
　　　　言辞支离破碎，说话声音消失，
　　　　两眼昏暗，双耳轰鸣，
　　　　四肢无力，最终倒下。[2]

　　人受到打击的威胁，眼睛难免会眨个不停；人被置于悬崖之

1　　引自贺拉斯《歌集》。
2　　引自卢克莱修《物性论》。

前，准会像孩子那样颤抖：本性喜欢保留象征它权威的细微标志，我们的理智和斯多葛派的美德都无法将其去除，这旨在说明人会死亡，十分脆弱。他害怕时脸色苍白，害羞时面红耳赤；他患了肾绞痛，即使没有绝望地放声大叫，至少也会用沙哑、颤抖的声音抱怨，

> 但愿他觉得，人的一切，他都不陌生。[1]

诗人们可以任意想象，却不敢让主人公不掉眼泪：

> 他[2]这样说，流着眼泪，
> 船像松了缰绳的马匹，飞速前进。[3]

人只能控制和克制自己的爱好，因为他无力将其消除。我们的普鲁塔克评论人的行为入木三分，但看到布鲁图和夺取项圈者[4]杀死自己的儿子时，就不禁会想，有美德者是否会做出这种事，这些人是否因其他激情才这样做。行为超出常规都得不到好评，因为我们喜欢的既非过分也非不及。

1　引自泰伦提乌斯喜剧《自责者》。
2　指埃涅阿斯。
3　引自维吉尔《埃涅阿斯纪》。
4　布鲁图指卢西乌·尤尼乌斯·布鲁图，传说为公元前五〇九年推翻王政、建立共和的主要策动者。后来他的两个儿子阴谋复辟塔尔奎尼王朝，他是罗马的两位行政长官之一，主持将两个儿子处死。夺取项圈者是曼利乌斯的绰号，他曾战胜一个高卢巨人并取下其项圈而得名，公元前三四〇年任罗马执政官。他因儿子擅自出战，虽打胜仗，但为整顿军纪，将儿子杀死。

对公开主张傲慢的学派[1]，我们暂且不提。但在被认为最温和的学派中，我们也听到麦特罗多洛[2]的这种吹嘘：我走到了你的前面，命运，我使你感到意外；我堵住条条通道，使你无法把我追上。[3]阿那克萨图斯[4]根据塞浦路斯的暴君尼科克莱翁的命令被置于石槽里，遭到铁锤击打，就不断地说："打吧，砸吧，你们砸碎的不是阿那克萨图斯，而是他的外壳。"我们听到殉道者在烈火中对暴君叫喊："那边身体烤够了，把它切开来吃吧，那边已经烤熟，再来烤这边吧。"[5]我们在约瑟夫斯的书中看到，那孩子被安条克的钳子和锥子折磨得遍体鳞伤，仍然跟他对抗，用坚定不移的声音叫道："暴君，你是在浪费时间，我真是舒服；哪里有痛苦，哪里有你要让我受到的折磨？你难道只知道这些事情？我的坚强使你受到的痛苦，比你的残忍使我感到的痛苦大得多；哦，你这个胆小的坏蛋，还是承认失败吧，我会变得更加强大；你要是能做到，就让我呻吟，让我屈服，让我求饶吧；你去给你的打手和刽子手鼓鼓气吧，他们已勇气全无，他们受不了了；你要给他们武器，让他们兴奋！"[6]我们听到这些话，当然得要承认，这些人的心灵不管如何圣洁，仍然有些失常和疯狂。我们看到斯多葛派的格言，如："我情愿发疯，也不愿淫乐"，这是

1　这里指斯多葛派，下面指伊壁鸠鲁派。

2　麦特罗多洛（前331—前277），伊壁鸠鲁派哲学家。

3　引自西塞罗《图斯库卢姆谈话录》。

4　阿那克萨图斯（活动时期为公元前4世纪），古希腊哲学家，德谟克利特的学生。参见第欧根尼·拉尔修《名哲言行录》。

5　这是西班牙殉道者圣洛伦索在被慢火烧烤时说的话。

6　引自约瑟夫斯《马加比家族史》。

安提西尼的话¹；塞克斯提乌斯²对我们说，他情愿被凶器刺穿而疼痛，也不愿享受肉体的愉悦；伊壁鸠鲁决定忍受痛风的折磨，他不愿休息，不顾自己的健康，用愉快的心情向疾病挑战，他蔑视轻微的疼痛，不屑与其斗争并将其战胜，他还希望出现配得上他的剧痛，

> 他真希望在这胆怯的鹿群中间，
>
> 冲进一头口飞白沫的野猪，或者有棕毛狮子下山，³

又有谁不认为这勇气巨大无比？我们的精神在目前的状态下无法达到如此高度。⁴ 为此，精神必须脱离这种状态并且升华，必须热情迸发，使人得到很大的提升，过后，人会对自己所做之事感到惊讶；同样，在战争中，战斗的热情会使勇敢的士兵经常穿越极其危险的通道，而回过神来之后，他们会首先吓得手脚冰凉；同样，诗人们也往往会对自己的作品感到惊讶，无法想象自己如何会有这种灵感。他们的这种精神状态，也被称为激情和疯狂。柏拉图说，沉着冷静无法敲开诗歌的大门⁵；同样，亚里士多德也说，杰出人士都有点疯狂。⁶ 他把任何激情都称为疯狂，并没有说错，激情不管如何值得称道，都要比我们的判断和理智来得

1　这句话引自第欧根尼·拉尔修《名哲言行录》。
2　塞克斯提乌斯（活动时期为公元前1世纪），古罗马怀疑论哲学家。
3　引自维吉尔《埃涅阿斯纪》。
4　引自塞涅卡《论心灵的安宁》。
5　同上。
6　同上。

过分。因为智慧能调节好我们的心灵，使其审慎而又谐和，并将其控制。

柏拉图得出结论，说预卜先知超出我们的能力，我们必须处于自身之外才能做到这点，而我们的智慧之光必须因睡眠或某种疾病而变得暗淡，或是因来自上天的某种灵感而被逐出体外。[1]

1　参见《蒂迈乌斯篇》。

三

凯阿岛[1]的风俗

要是如他们[2]所说，哲学研究就是怀疑，那么，像我这样心血来潮说些无聊话，就更值得怀疑。因为提问和讨论是青年学生的事，解决问题的则是老师。我的老师是神意的权威，它给我们确定不容置疑的规则，比凡人无聊的争论来得高超。

腓力[3]率军进入伯罗奔尼撒半岛，有人对达米达斯说，斯巴达人如不能得到他的宽恕，将会十分痛苦。他回答道："懦夫，连死都不怕，还怕痛苦？"[4]也有人问亚基斯[5]，一个人怎样活才自由，他回答道："不怕死。"显然，这些话以及关于这个话题的众多其他类似的话并不说明，我们只能耐心等待死亡来临。因为我

1　凯阿岛是希腊基克拉泽斯群岛西北部岛屿，古时称凯俄斯岛。

2　指哲学家。

3　指马其顿国王腓力二世。他乘希腊各城邦衰落之际，大力扩张领土。前三三八年彻底打败反马其顿的希腊联军，召开科林斯大会，取得对希腊的领导权。

4　引自普鲁塔克《斯巴达人名言》。

5　亚基斯是斯巴达好几位国王的称号。

们一生中有许多事情比死亡更加令人难以忍受。那个斯巴达青年可以做证[1]，他被安提柯[2]俘获，后被当作奴隶出售，主人硬要他干脏活，他说："你马上会看到，你买来的是什么人；自由在我手中之时，像奴隶那样听你使唤，对我是一种耻辱。"说完，他就从高楼上跳下。安提帕特[3]粗暴地威胁斯巴达人，迫使他们接受他提出的一个要求，他们就回答道："要是你要我们去做比死还坏的事，我们更愿意去死。"腓力写信给他们，说要阻止他们做任何事情，他们就回答道："什么！你也能阻止我们去死？"[4]因此人们就说，贤人是该活就活，而不是能活就活，并说，大自然给予我们最好的礼物，即我们无法抱怨的礼物，就是那大地的钥匙[5]。大自然规定生命只有一个入口，却有一百个出口。我们要生可能土地不够，但要死土地总是足够，博约卡图斯就是这样对罗马人回答的。你为什么抱怨这个世界？它不会挽留你：如果你生活艰苦，那是因为你懦弱；要死有意志足矣[6]：

> 死亡无处不在，上帝希望如此，
>
> 人人都能夺去别人性命，但无人能免除别人死亡；
>
> 千百条道路通向死亡。[7]

1　参见普鲁塔克《斯巴达人名言》。

2　可能指安提柯三世，马其顿国王（前229—前221）。他曾于前二二二年在希腊古城塞拉西亚战胜斯巴达国王克莱奥梅尼三世。

3　安提帕特（前397—前319），马其顿将军。腓力二世死后，拥戴亚历山大大帝继承王位。亚历山大死后，曾任马其顿帝国摄政，辅佐腓力三世和亚历山大四世。

4　引自西塞罗《图斯库卢姆谈话录》。

5　意为：结束我们生命的自由。

6　参见塞涅卡《致卢齐利乌斯》。

7　引自塞涅卡《腓尼基少女》。

这不单是治一种病的药方：死亡能治百病。[1] 这是十分可靠的港湾，永远不必害怕，往往需要寻求。不管是自寻短见还是寿终正寝，不管是迎向死亡还是等待末日来临，结果都是一样：末日不管来自何方，终究是末日；生命之线在哪里断掉，哪里就是全部纺锤线的末端。死得心甘情愿最为美好。生命取决于其他人的意志，死亡取决于我们自己的意愿。这件事，我们最应该按自己的心情来办。别人的看法无足轻重，考虑别人的看法愚不可及。没有死的自由，生就如同受人奴役。[2] 通常的疗法会损害生命；给我们开刀、烧灼、截肢、禁食、放血，再走一步，我们就痊愈。为什么咽喉的血管不像前臂正中的静脉血管[3] 那样听我们使唤？重症要用猛药治。语法学家塞尔维乌斯[4] 患有痛风，认为什么办法都不好，只好敷上毒药，把两腿废掉。腿要痛风就顺其自然，只要毫无感觉就行。上帝允许我们自尽，是在他把我们置于生不如死的状况之时。[5]

对病痛屈服是软弱，但维持病痛是荒唐。

斯多葛派说，在贤者看来，顺其自然地生活，就是适时离开人间，即使他生活十分幸福，而在愚人看来，自然要生存下去，虽然他过得并不幸福，他们觉得生活中大部分事只要顺其自然

1　参见塞涅卡《致卢齐利乌斯》。
2　同上。
3　即放血之处。
4　塞尔维乌斯于公元四世纪末在罗马教书。著有拉丁语语法小册子以及维吉尔作品的评注。
5　撰写此文时（1573 年或 1574 年），蒙田还受塞涅卡和斯多葛派的影响，赞成自尽。但他意识到这种想法违背教理，因此在文章开头说"我的老师是神意的权威"，在下文中又说他服从教会。

就行。[1]

我拿走自己的财物，割破自己的钱包，都不是盗窃罪；我烧毁自己的树林，也不是纵火罪；同样，我自寻短见，也不是谋杀罪。

赫格西亚斯[2]说，生和死的方式都应由我们选择。第欧根尼遇到哲学家斯彪西波[3]，后者患慢性水肿，外出要乘驮轿，他对第欧根尼叫道："第欧根尼，祝你健康！"第欧根尼回答道："我不祝你健康，因为你这样的身体还要活着。"确实，不久以后，斯彪西波自杀身亡，因为他身体状况如此之差，极其痛苦。[4]

不过，对这个问题意见不一。许多人认为，如果把我们置于这个世界的上帝没有明确的命令，我们就不能抛弃这个驻地即世界，并认为上帝把我们派到这里不仅是为了我们，而且是为了他的荣耀和为别人效力，因此要由上帝做出决定批准我们离开，而不是由我们自作主张离开；这些人认为我们不仅为自己而生，也是为我们的国家而生；法律要求我们对自己的行为负责，并会因自杀而审判我们；换句话说，我们拒绝履行自己的义务，就会在这个世界和另一世界受到惩罚。

> 旁边站着那些悲伤的灵魂，
>
> 他们没有犯罪，却亲手把自己杀死，

1　这一段其实是翻译过来的西塞罗《论善与恶之定义》中的一段文字。
2　赫格西亚斯，古希腊昔兰尼派哲学家。
3　斯彪西波（前407—前339），希腊哲学家。希腊学园的创办人柏拉图的外甥。柏拉图死后任学园主持者。
4　参见第欧根尼·拉尔修《斯彪西波》第四卷，第三章。

他们厌恶光明，才把自己的灵魂送进地狱。[1]

磨损我们身上的锁链，要比砸碎锁链有更多的耐性，列古鲁斯比加图更加坚强。[2] 我们因仓促和缺乏耐心而加快步履。任何倒霉的事都不会使真正的美德回避生活；美德在不幸和痛苦中寻求养料。暴君的威吓、酷刑和刽子手会使美德振奋和坚强。

　　树木茂密的阿尔吉杜斯山[3]上，

　　栎树遭斧头无情砍伐，

　　但砍断和砍伤之处，

　　从铁斧中也会吸取力量和生机。[4]

或像另一位诗人所说：

　　父亲，美德并非如你认为

　　是惧怕生活，而是在巨大苦难面前

　　既不回避也不退却。[5]

1　引自维吉尔《埃涅阿斯纪》。

2　列古鲁斯（活动时期为公元前3世纪），罗马将军，两度任执政官（前267年和前256年）。在对迦太基人的作战中曾取得辉煌胜利。第一次布匿战争中于前二五五年被迦太基人击败并俘获。随迦太基使团赴罗马谈判媾和并交换俘虏，未能说服罗马元老院接受对方条件，重返迦太基后被严刑折磨而死。小加图先后反对庞培和恺撒，得知恺撒再胜于塔普索斯后，因怕落到恺撒支持者手中而自杀。

3　阿尔吉杜斯山位于罗马东南三十一公里处。

4　引自贺拉斯《歌集》。

5　引自塞涅卡《腓尼基少女》。

厄运中蔑视死亡并不困难，
忍受苦难要有更大勇气。[1]

　　为逃避命运的打击，躲到墓碑下的墓穴之中，是胆怯而不是美德。美德不会停止前进的速度，不管有多大的暴风骤雨，

哪怕天崩地裂，美德受击打也不畏惧。[2]

　　我们试图避免其他意外事故时，往往会遇到死亡，有时，我们想逃避死亡，却恰恰在奔向死亡，

我在想，因怕死而死，岂不荒唐？[3]

如同害怕深渊之人，会自己跳入深渊：

许多人害怕不幸降临，
却落到十分危险的境地；
最勇敢的人，准备应付眼前的危险，
也准备避免可以避免的危险。[4]

1　引自塞涅卡《腓尼基少女》。
2　引自贺拉斯《歌集》。
3　引自马提雅尔《警句诗集》。
4　引自卢卡《内战记》。

而往往被死亡的恐惧逼疯，

对生命和光明的憎恨控制了他们，

因此在忧伤中计划自己的死亡，

却忘记是这种恐惧导致了他们的苦恼。[1]

　　柏拉图在《法律篇》中指出，有一种人应该被可耻地埋葬，这种人剥夺了他们最亲的亲人和朋友即他们自己的生命和命运，他们这样做不是因为公开的判决，不是因为命中注定不可避免的悲惨事件，也不是因为无法忍受的耻辱，而是因为生性胆怯和软弱。轻视生命是可笑的。因为生命归根究底是我们的"存在"，是我们的一切。"存在"更为高贵和丰富的造物可能会指责我们的存在，但我们蔑视自己，对自己并不重视，却是反常的事；自我憎恨和自我蔑视，是人特有的一种毛病，在其他任何造物中都没有这种情况。出于同样的幼稚，我们希望变得跟现在完全不同。这种愿望对我们毫无好处可言，因为这想法本身自相矛盾，混乱不堪。谁想要从人变成天使，准会一事无成，即使变成天使，也不会更有价值，因为，他已不是作为人而存在，谁又会为此感到高兴，并察觉到他的转变？

　　将来某个时候，一个人注定受苦受难，

　　他就必须存在，否则他就无法感到。[2]

1　　引自卢克莱修《物性论》。
2　　同上。

这一生的安全、无痛苦、镇定和摆脱灾祸，我们如用死亡作为代价来换取，就不会获得任何好处。无法享受和平的人，逃避了战争也徒劳无益；无法享受安宁的人，设法逃避苦难也劳而无功。

在持第一种观点[1]的人中，对下面这点无法确定：哪些原因才会促使一个人自杀？他们把这个称为理智的出路[2]。因为虽然他们说有时应该为并不重要的原因去死，是因使我们生的理由并不充分，然而在这方面也必须有个尺度。有的情感既反常又不理智，因此自杀的不仅是几个人，而且是整个群体。我在前文中[3]已举过几个例子；另外，我们读到米利都年轻妇女的事，她们冲动发狂，一批接着一批地上吊自杀，直至法官把事情解决，他颁布法令，要把上吊自杀者赤身裸体地用上吊的绳子拉着在城里经过。[4]特雷基翁极力劝说克莱奥梅尼[5]自杀，因为后者已陷入困境，在刚打完的败仗中又未光荣牺牲，他劝他接受这另一种光荣的死亡，不让战胜者使他死得可耻，活得苟且，但克莱奥梅尼有着斯巴达人和斯多葛派的勇气，拒绝这样去做，认为这样做懦弱，缺乏阳刚之气。他说："这种方法我从不缺少，但只要有一线希望就绝不使用。"他还说，要生活下去，有时需要坚强和勇

1　即赞成有权自杀的人。

2　引自第欧根尼·拉尔修《名哲言行录》。

3　指本书上卷第十四章。

4　参见普鲁塔克《妇女的勇敢·米利都妇女》。

5　指克莱奥梅尼三世（约前255—前219），斯巴达国王（前235—前222在位）。他力图重建在南希腊的霸权，但前二二二年在塞拉西亚被马其顿军支持的亚加亚联盟击败，逃亡埃及。初得埃及王托勒密三世接待，但托勒密四世即位后将其监禁。后越狱，拟重整旗鼓，无人响应，绝望中自杀。

气，并说他希望死亡也能对国家有用，希望死亡能成为光荣和崇高的行为。特雷基翁当时只相信自己的看法，就自寻短见。克莱奥梅尼后来像他所说的那样去做，但在遭到最后的厄运后也自杀身亡。并非所有灾祸，我们都应该用死亡去逃避。

另外，人遇到的事情经常会突然变化，因此很难说出我们在什么时候完全绝望：

> 在残酷的竞技场上被打败，角斗士仍存有生的希望，
> 虽然观众全把拇指朝下，拒绝赦免他。[1]

古代格言说：人只要活着，对任何事都能指望。塞涅卡回答道："不错，但为什么我头脑里会有这种想法，即命运能为生者做任何事，却没有另一种想法，即命运不能为舍生者做任何事？"[2] 我们看到，约瑟夫斯即将处于明显的危险境地，因为人民都起来反对他，按常理说他无法脱身；尽管如此，他的一位朋友如他所说劝他自杀时，他仍然觉得应该抱有希望，因为命运无法用人类的理智来解释，最终困境消除，他得以脱身，毫发未伤。[3]卡西乌和布鲁图恰恰相反，因为操之过急和轻举妄动，最终失去了他们保护的罗马自由之残留，并在合适的时机和有利的形势

1　彭塔迪乌斯的诗句，约斯特·利普斯（1547—1606）在《农神节谈话录》中引用。
2　塞涅卡《致卢齐利乌斯》。
3　弗拉维乌斯·约瑟夫斯《自传》。

出现之前自杀身亡。[1] 我曾看到百只野兔从猎兔狗的利齿下逃脱。
"有人比自己的刽子手寿命还长。"[2]

> 时光变幻不定，往往会使情况改善；
>
> 命运对人们轮流拜访，经常把他们玩弄，
>
> 先使他们备受打击，再让他们安全无恙。[3]

　　普林尼说，只有患了三种疾病，一个人才有权自杀以求解脱，其中最难受的是引起尿潴留的膀胱结石[4]，而塞涅卡只列举了几种长期损害心理功能的疾病。[5]

　　为避免死得悲惨，有人认为应该自寻短见。埃托利亚人首领达摩克里特，被俘后被押到罗马，在夜里越狱逃出，但遭到看守追捕，在被捕获前用剑自杀。[6]

　　安提诺乌斯和狄奥多图斯在伊庇鲁斯的城市被罗马人逼入绝境，建议同城百姓集体自杀，但在投降的意见占上风时，他们冲向敌人，一心攻击，无意自卫，以求一死。

　　戈佐岛[7]被土耳其人攻占之后，几年前，一个西西里人亲手

1　刺杀恺撒后，共和派领袖布鲁图和卡西乌及其拥护者被迫逃出罗马。前四二年，他们在（马其顿）腓利比跟屋大维和安东尼的联军相遇。卡西乌在左翼被打败，就自杀，却不知布鲁图在右翼获胜。但布鲁图在第二天的战斗中必须退却，于是，他投身自己的剑锋，自杀前说出欧里庇得斯的诗句："美德，你只是空话！"
2　引自塞涅卡《致卢齐利乌斯》。
3　引自维吉尔《埃涅阿斯纪》。
4　指老普林尼，参见其《自然史》。
5　参见塞涅卡《致卢齐利乌斯》。
6　达摩克里特被选为埃托利亚人统帅，出使罗马，后跟斯巴达僭主纳比斯结盟反对罗马，于前一九四年在赫拉克利克战败。参见李维《罗马史》。
7　戈佐岛在马耳他附近。

杀死了两个待嫁的漂亮女儿，然后又杀死闻讯赶来的她们的母亲。杀人之后，他走到街上，随身带着弩和火枪，杀死两个朝他家门口走来的土耳其人，又提剑冲过去拼命砍杀，他立即被团团包围，被粉身碎骨，他让亲人解脱之后，以这种方式使自己摆脱奴役。

犹太妇女让孩子行割礼之后，跟孩子一起从悬崖纵身跳下，以逃避安条克[1]的暴政。有人告诉我，有个贵族因犯被关在我们的一所附属监狱里，他父母得知他肯定会被判处死刑，为避免死得这样耻辱，就派一个教士去对他说，他要得救的最好办法，是对某个神祇许愿，并一星期不吃不喝，不管感到身体如何虚弱。他相信了教士的话，用这种办法在不知不觉中死去并脱险。斯克里博尼娅[2]劝侄子里波自杀，而不要等待法律的制裁，她对他说，把他的生命交到三四天后来取他性命的那些人手中，无疑是在为别人做事，保留自己的鲜血，让敌人去喂猎狗，那是为敌人效力。

我们在《圣经》[3]中读到，尼卡诺尔[4]践踏上帝的法律，派走卒去抓捕善良的老人拉齐亚，老人德高望重，被尊称为犹太人之父；这位勇敢的老人看到家门被烧，敌人准备把他捕获，他已毫无办法，就决定体面地去死，而不要落到坏人手中，受到非人虐待，用剑自杀，但在仓促中并未刺中要害，就跑到高高的墙上

1　指强迫犹太人聚居区希腊化的安条克四世。

2　斯克里博尼娅（前40—前16），屋大维即古罗马帝皇帝奥古斯都为她的第三任丈夫。参见塞涅卡《致卢齐利乌斯》。

3　指《圣经》次经之一《马加比传》第一、二卷，收入天主教《圣经》，但被犹太教和基督教列为外典。

4　尼卡诺尔（？—前161），叙利亚将军，国王德米特里一世派他去镇压以马加比为首的犹太人叛乱。参见《马加比传》。

朝人群跳下去，人群急忙朝两旁闪开，他头朝下掉在地上。虽然如此，他觉得自己还有一口气，就鼓起勇气站起身来，身上全是鲜血和伤痕，他穿过人群，一直走到陡峭的悬崖前面，再也走不动了，就用双手伸进一个伤口掏出肠子，将其撕断、撕碎，然后朝追捕他的那些人扔去，并请上帝为他报仇。

依我看，在对人有意识实施的暴力中，首先应避免对女子贞洁的暴力，因为这种暴力自然会掺杂某种肉体的愉悦，由于这个原因，她们对这种暴力不会完全拒绝，似乎强暴时也并非不愿。佩拉吉娅和索弗罗尼娅都已被列为圣女，前者跟母亲和姐妹一起投河自杀，以不被几个士兵强奸，后者自杀，则是为了不被马克森提皇帝[1]奸污。宗教史怀着敬意列举了许多相似的例子，这些虔诚的人寻求死亡保护自己，以免受暴君对她们有意识施加的暴力。

在未来几个世纪里，也许会以当代的一位学者（确切地说是巴黎人[2]）为荣，他忧心忡忡地劝告当代的妇女，不要在绝望中做出这种可怕的决定。令我感到遗憾的是，我在图卢兹听到过一句话，他因不知道而没有收入他的故事集[3]，那是一个妇女落到几个士兵手中后说的话："谢天谢地，这辈子我至少尝到了这种滋味而又没有犯罪！"

确实，这种残酷的规定并不适合法国人温柔的性格，因此，

1　　马克森提（约280—312），古罗马皇帝（306—312在位）。马克西米利安皇帝之子。起初控制意大利、西班牙和阿非利加。三〇八年阿非利加总督叛离，两年后西班牙被君士坦丁吞并。三一二年在米尔维恩桥战役中被君士坦丁杀死。
2　　亨利·埃蒂安纳《为希罗多德辩解》。
3　　即《为希罗多德辩解》。

谢天谢地，有了这条忠告之后，情况完全改变："只要她们干那事时说'不要'"，那是善良的马罗的规定[1]。

历史上这类人不可胜数，他们想方设法摆脱痛苦的生活以求一死。

卢基乌斯·阿龙蒂乌斯说，他自杀既是逃避未来也是逃避过去。[2]

格拉尼乌斯·西尔瓦努斯和斯塔蒂乌斯·普罗克西穆斯被尼禄赦免后自杀，是因为不想凭这个恶人的饶恕活着，或是不想再次得到宽恕，因为尼禄动不动就会怀疑好人并加罪于他们。

女王托米里斯之子斯帕加皮泽斯[3]，在战争中被居鲁士俘获，居鲁士宽待他，令人给他松绑，他借此机会立即自杀，因为他自由的目的，只是要为自己的被俘报仇雪耻。[4]

国王薛西斯的总督博盖斯被派驻伊翁[5]，这座城市被西门[6]率领的雅典军队包围，他拒绝对方提出的准许他携带全部财产安全返回亚洲的协议，因为他不能在失去主人托他保管的一切后苟且偷生，于是，他在保卫城市直至陷入绝境、无粮可吃之后，首先把所有黄金以及他觉得敌人最会作为战利品来炫耀的物品全都扔

1　指马罗《铭辞》。

2　卢基乌斯·阿龙蒂乌斯（前28—37），古罗马政治家。这句和下文均源于塔西佗《编年史》。

3　斯帕加皮泽斯是中亚游牧部落马萨盖特人女王托米里斯之子。据说，居鲁士二世为扩大版图，向丈夫去世后任女王的托米里斯求婚，遭到拒绝，就于前五二九年远征中亚，对马萨盖特人作战，将斯帕加皮泽斯及其士兵俘获。女王本想和平解决冲突，要求释放人质，但斯帕加皮泽斯因耻于被俘而自杀，于是女王向居鲁士二世开战，在激烈战斗中将其杀死，命人割下他的首级，置于盛满人血的羊皮袋中。

4　参见希罗多德《历史》。

5　伊翁为色雷斯城市，位于斯特里蒙河畔，这条河注入爱琴海。

6　西门（约前510—前450），雅典统帅。前四六八年，即希腊波斯战争期间，在攻里梅敦河口取得陆战和海战的重大胜利。

到斯特里蒙河中。然后，他下令点燃巨大的柴堆，把他的妻妾、孩子和奴仆勒死后全都扔到火里，然后自己纵身跳入火中。[1]

印度国王尼纳赫同听说葡萄牙总督没有任何明确的理由，却要剥夺他对马六甲的治理权，并将其交给贡布[2]国王，因此他独自做出如下决定：他令人搭起长方形高台，由柱子支撑，台上铺有地毯，放置许多花卉和香料。然后，他身穿饰有大量珍贵宝石的绣金长袍，走到街上，拾级登台，台上一角已点燃香木柴堆。大家赶来观看，想知道为何做出这些非同寻常的准备。尼纳赫同怒气冲冲，大胆地说出葡萄牙这个国家欠他的情；他说他如此忠诚地履行他的职责，经常手拿武器向别人证明，对他来说荣誉远比生命珍贵，他这个人无法抛弃自己的荣誉，他的命运使他无法反抗别人的不公正行为，但他至少有勇气摆脱这种不公正的待遇，以免成为人民的笑柄，这是对不如他的那些人的胜利。说完，他跳入火中。[3]

斯考鲁斯的妻子塞克斯提利娅和拉贝奥的妻子帕克塞娅，为使丈夫鼓起勇气，避免即将来临的危险，虽说只是出于夫妻之情才关心此事，却自愿在这紧要关头献出自己的生命，与他们做伴，并表示愿意跟他们同命运共生死。[4]她们为丈夫所做之事，科凯乌斯·涅尔瓦[5]同样为自己的祖国做了，用处没这样大，但

---

1   参见希罗多德《历史》。
2   可能指柬埔寨西南部地区贡布。
3   参见 J. 奥索里奥《葡萄牙史》。
4   参见塔西佗《编年史》。
5   科凯乌斯·涅尔瓦是古罗马皇帝涅尔瓦（约30—98，96—98在位）的祖父。他是古罗马皇帝提比略的亲密顾问之一，于三二年绝食而死，据塔西佗说是因"国家多灾"而苦恼。参见塔西佗《编年史》。

同样是出于爱。这位杰出的法学家，身体健壮，家财万贯，声名卓著，对皇帝影响巨大，他自杀只是因为看到罗马国家的治理状况不佳而忧心忡忡。奥古斯都的宠臣福尔维乌斯的妻子之死，则表明她对丈夫体贴入微。奥古斯都发现，福尔维乌斯泄露了一个他秘密告知的重要机密，因此，一天上午福尔维乌斯去看他时，他显出阴沉的脸色。福尔维乌斯回到家里，垂头丧气，可怜巴巴地告诉妻子，说自己做了这种倒霉事，决定自杀。她则十分坦率地对他说："你要这样做完全正确，你经常看到我饶舌，因此就不加提防。但请让我先去死。"说完，她毫不犹豫地用剑往身上刺。[1]

维比乌斯·维留斯看到自己的城市被罗马军队围困，感到无法解救，也不会得到敌人的怜悯，就在元老院最后一次商议时，对此事说出了自己的种种理由和看法，然后得出结论，认为最好的办法是用双手来逃避自己的命运："敌人会对我们非常敬重，汉尼拔会后悔自己抛弃了这么忠诚的朋友。"他邀请同意他看法的人到他家里去享用准备好的美餐，饱餐之后，他们一起喝他端来的饮料："这饮料会解除我们肉体的痛苦，使我们的心灵免受侮辱，使我们看不见也听不到残酷而又狂怒的胜利者会让战败者忍受的无数卑劣行径。"他说："我已做了安排：我们死后，会有专人负责把我们扔进我家门口的柴堆。"很多人同意这勇敢的决定，但跟着他这样干的人却不多。二十七名议员随他而去，他们借酒消愁，在聚餐后服下这致命毒药；然后，他们一起哀叹国家

---

[1]　参见普鲁塔克《论饶舌》。

的不幸，相互拥抱，一部分人回到自己家里，另一部分人留在那里跟维比乌斯一起葬身火中。他们都慢慢死去，因为血管里全是酒气，毒药的作用延缓，将近一小时之后，有几个人差点要看到敌人进入第二天被攻占的卡普阿，并看到城市蒙受他们花了高昂的代价才得以逃避的灾难。[1]另一个公民陶雷亚·尤贝利乌斯，看到罗马执政官福尔维乌斯可耻地杀害了二百二十五名议员后回来，高傲地把他叫住，并对他说："你杀了这么多人之后，就下令杀死我吧，这样你能吹嘘杀了一个比你勇敢百倍的人。"福尔维乌斯把他当作疯子，看不起他（也因为他刚收到罗马的书信，反对他这样灭绝人性地杀人，这封信束缚了他的手脚），尤贝利乌斯就继续说道："既然我的国家被占领，我的朋友都死了，我亲手杀死了妻子和孩子，以免他们看到这灾难而痛心，我又绝不能像我的同胞们那样死，那就让我们用美德来摆脱这种丑恶的人生。"说完，他拿出暗藏的双刃剑，朝胸口刺去，仰面倒下，死在执政官脚边。[2]

亚历山大包围一座印度城市，被包围的市民陷入绝境，决定不让他品尝到胜利的乐趣。他们焚烧城市并且自焚，虽说亚历山大人道地对待他们。[3]这样就开始了一场新的战争：敌人为救出被围困居民而战斗，而居民却要寻死，他们为确保死去而做的事情，却是其他人为确保生存所做之事。

1　　参见李维《罗马史》。
2　　参见昆图斯-库提乌斯《亚历山大大大帝传》。
3　　同上。

西班牙城市阿斯塔帕[1]的城墙不坚固，无法抵挡罗马人的攻击，居民们就把他们的财产和家具堆在广场上，把妇女和儿童置于这一堆物品上面，四周则放置木柴和易燃物品，另留下他们中的五十个青年来执行他们制订的计划，然后，他们进行突围，如无法冲出就全体自杀。这五十个青年把城里的人全都杀光，并把这堆物品点燃，然后跳入火中，情愿使他们高尚的自由处于无动于衷的状态，而不愿忍受痛苦和耻辱，同时向敌人表明，只要命运女神愿意，他们也会勇敢地从敌人手中夺取胜利，如同他们现在勇敢地使敌人得到的胜利变得残暴而又丑陋一样，这胜利对有些敌人甚至致命，他们看到闪光的黄金，朝燃烧的柴堆奔去，许多人跑到火边，就被烟熏得昏倒并被烧死，因为他们的退路已被后面拥来的人堵死。[2]阿布多斯人[3]被腓力逼上绝路，也采取了同样的决定。[4]但因马其顿国王突然占领城市，不想看到这仓促中轻率做出的可怕决定付诸实施，就下令扣押市内各处准备烧毁和沉没的财物和家具，然后撤出军队，给居民们三天时间，让他们能毫无拘束地自杀；这三天血洒全城，杀戮无数，比敌人可能进行的屠杀还要残酷，能自杀者无一幸免。民众做出这种决定的例子数不胜数，这种事因影响更大，似乎更加可怕。其实，这不如个体自杀可怕。这个理由对个体也许并不适用，却适用于众人，因为集体的热情压制了个体的看法。

1　阿斯塔帕是西班牙塞维利亚省市镇埃斯特帕的旧称。

2　参见李维《罗马史》。

3　阿布多斯是古安纳托利亚城镇，在今土耳其恰纳卡莱市东北。公元前二〇〇年，阿布多斯人顽强抵抗马其顿国王腓力五世的进攻。

4　参见李维《罗马史》。

提比略执政时，即将被处决的囚犯失去自己的财产，不能被埋葬；但在被处决前自杀者能被埋葬，可立遗嘱。[1]

但是，人们有时想死，是因为希望得到更多好处。圣保罗说："我情愿离世与基督同在"[2]；又说："谁能救我脱离这取死的身体呢？[3]"克莱翁布罗托斯·安布拉乔塔读了柏拉图的《斐多篇》后，向往来世，因此投身大海。由此可见，我们把这种自愿毁灭称为绝望极不确切，我们这样做往往是怀有热切的希望，也往往是平静而又泰然推断的结果。苏瓦松主教雅克·杜·夏斯特尔跟随圣路易前往海外，看到国王和军队要回法国，让传教事业半途而废，决定前往天堂。于是，他向朋友们告别之后，在众目睽睽之下朝敌军冲去，结果粉身碎骨。[4]

在新大陆[5]某个王国的大祭时，他们崇拜的神的塑像被置于巨大的车上由信徒曳引，许多人把自己身上的肉割下献给此神，还有不少人在广场中间躺下让车轮轧死，以便死后能像圣人那样受人崇敬。

上述主教死时手拿武器，他的死崇高多于痛苦，因为战斗的热情占据了他的部分思想。

有些政府试图做出规定，在哪些情况下自杀合理并允许自

1　参见塔西佗《编年史》。
2　参见《圣经·新约·腓立比人书》第一章第二十三节。
3　参见《圣经·新约·罗马人书》第七章第二十四节。
4　参见儒安维尔《圣路易传》。
5　在十六世纪，新大陆不仅指美洲，也指东印度、亚洲、非洲等地。这里可能指对印度教大神毗湿奴的化身之一札格纳特的崇拜。在其崇拜中心（奥里萨邦）布里举行大祭时，神像被置于大车上，由几百名信徒曳引，经沙滩至该神本宅，全程几天，有数以千计的朝圣者参加。

杀。过去，我们马赛由市里出资配制一种用毒芹制成的毒药，供想要提前死去的人服用，但首先要让六百人议院即他们的元老院同意他们自杀的理由，另外还要得到市里法官的准许，使其成为合法的事才能自杀。[1]

这种法律其他地方也有。塞克图斯·庞培[2]前往亚洲时从内格罗蓬特岛[3]来到凯阿岛。他的一名随从告诉我们，他在那里时，正好有一位享有美誉的夫人向同乡们陈述她自寻短见的原因，然后请庞培前去观看，使她能死得光彩。他去了，试图用他极为擅长的雄辩术劝她放弃，劝了很长时间也毫不见效，最终只好让她如愿以偿。她已年过九十，却头脑清楚、身体健康；但在那天，她躺在装饰得比平时漂亮的床上，用一个手臂的肘部撑着说："啊，塞克图斯·庞培，神祇，是我要离开的神祇，而不是我要去见的神祇，神祇感谢你愿意劝我活着，也愿意看我死去！对我来说，我总是看到命运女神那张好面孔，就怕活得更长反而会看到她另一张面孔，我在幸福的晚年，去向我残剩的灵魂告辞，留下我的两个女儿和一大群外孙、外孙女。"接着，她告诫他们要团结、和睦，把自己的财物平分给他们，把家里的保护神托付给长女供奉，并用坚定的手拿起盛毒药的杯子，然后，她向墨丘利许愿，并为他祈祷，请他把她带到另一世界中幸福的居处，然后突然喝下这致命的饮料。她对在场的人叙说毒性如何逐渐发作，

1   参见瓦莱留斯·马克西穆斯《难忘的逸事和话语》。
2   塞克图斯·庞培（前75—前35），古罗马将军。格奈乌斯·庞培的次子。对后三头同盟作战，前三六年在海战中败于屋大维的统帅阿格里巴，逃至小亚细亚的米利都，被安东尼的军官杀死。
3   内格罗蓬特岛是希腊埃维亚岛的旧名。

她的四肢如何接连发冷，她最后说毒性已到达心脏和内脏，她把两个女儿叫到跟前，让她们尽最后的孝心，她们则给她闭上眼睛。

普林尼谈到北方一个民族时说，那里因气候温和，生命何时结束通常由居民自己决定，但他们厌倦人生，通常在年老后就美餐一顿，然后从用于跳崖的悬岩上跳入海中。[1]

无法忍受的痛苦和更加悲惨的死亡，依我看是最能得到原谅的自杀理由。

1　参见老普林尼《自然史》。

四

公事明天再办

在我们所有法国作家中，我觉得有充分理由把优胜者的棕榈枝给予雅克·阿米奥[1]，因为他不仅在语言自然和纯正方面出类拔萃，而且能长期坚持这一工作，其知识体系博大精深，能把一个如此晦涩难懂的作家顺利地解释清楚（在这方面你想对我说什么都行：我对希腊语一无所知，但我看到这意思美妙而又连贯，处处都结构严密，这是因为他确切理解作者的真实思想，或是由于他长期阅读普鲁塔克的著作，这位作者的总体想法牢牢地扎根于他的头脑之中，因此他至少没有曲解作者的意思或跟其截然不同），但我尤其感谢他的是，他选择了这本如此合适而又珍贵的书，作为赠送自己国家的礼物。我们这些蒙昧无知者差点会无所事事地混日子，好在这本书使我们摆脱了这种处境：有了这本

1　雅克·阿米奥（1513—1593），法国主教，古典著作研究者。以所译普鲁塔克《道德论集》（1572）著称。这本译作自一五七三年起成为蒙田最爱读的书。

书，我们现在敢于说话和写作，有了这本书，女士们可以给小学教师上课，这是我们身边必备的书。这位杰出人士如还健在[1]，我会请他翻译色诺芬[2]的作品：这事比较容易，因此更适合老年人去做；另外，我不知为何感到，他虽然能迅速而又清楚地译出困难的段落，但在没有遇到困难并能轻松译出时，他译文的风格却更像他自己的风格。

我此刻读到这样一个段落，普鲁塔克在谈到自己时说，鲁斯蒂库斯在罗马的一次演说会上收到皇帝送来的一封信，他到演说结束后才打开；据普鲁塔克说，全体听众高度赞扬此人沉着。[3]其实，普鲁塔克在这一段说的是好奇，这种对新发现贪婪而又强烈的热情，会使我们迫不及待地放下种种事情，去跟一个新来的人说话，并不顾应有的礼貌和举止，在我们所在的任何地方突然拆开送来的信件，因此他称赞鲁斯蒂库斯的沉着完全正确；另外，他还可以称赞他不愿中断演说而表现出的礼貌和谦恭。但是，我对是否该称赞他的智慧表示怀疑，因为意外收到一封信，特别是皇帝的来信，推迟把信拆开可能会造成巨大损失。

跟好奇相反的缺点是毫不在意，我因性格所致，显然有这种倾向，我曾看到不少人有这种缺点，而且极其严重，他们收到信后往口袋里一塞，过了三四天才想到要拆开。

1　一五七三年，阿米奥六十岁，但他并未像蒙田建议的那样翻译色诺芬的作品。

2　色诺芬（约前430—约前355），古希腊历史学家、作家。著述甚多，主要有《希腊史》七卷、《远征记》等。

3　参见普鲁塔克《论好奇》。塔西佗在谈到鲁斯蒂库斯时（《阿格里科拉传》）说，他曾赞扬帕埃图斯·特拉塞阿，并为此赔上性命。他因皇帝图密善嫉妒而被杀。

我不仅从不拆开别人托我转交的信，也从不拆开偶然落到我手里的信；我跟一位大人物待在一起时，如无意中看到他正在看的重要信件的内容，就会感到为难。从未有人像我这样不爱打听别人的事。

在我们父辈的时代，德·布蒂埃尔先生差点丢掉都灵，当时，他正在跟好友们共进晚餐，没有立刻去看收到的一封警告信，信中说有人准备背叛他管辖的这座城市。这个普鲁塔克还告诉我，如果尤利乌斯·恺撒被阴谋者杀害那天，在去元老院的路上看了有人交给他的一封便函，他原本可以免于一死。[1] 他在谈到底比斯的暴君阿基亚斯时说，在佩洛皮达执行把他杀死以恢复国家自由的计划之前，另一位名叫阿基亚斯的雅典人在晚上给他写信，把准备杀死他的计划详细告诉他，但这封信送到时他正在吃晚饭，就没有立刻拆开，但他说了一句后来成为希腊谚语的话："公事明天再办！"[2]

我认为，一位贤者为了别人的利益，像鲁斯蒂库斯那样不愿中断会议，或者不想中断一件重要事情，可以推迟了解别人给他带来的消息；但是，要是为了自己的利益或爱好，尤其是担任公职的人，因为不想中止用餐或睡眠这样做，就无法原谅。我还要说，古罗马人所说的执政官席位，在宴会上是上座，因为如有人要来跟这座位上的人说话，就能极其迅速地赶到。这说明，即使在宴席上，古罗马人也在考虑其他事情和可能发生

1   参见普鲁塔克《恺撒》。
2   参见普鲁塔克《苏格拉底的守护神》。

的意外事件。

但是，话虽这样说，在人的行为中，还是很难用理智来制定确切的规则，以免命运女神插手。

五

论意识

内战[1]时，我和弟弟拉布鲁斯领主[2]有一天在旅途中遇到一位相貌堂堂的贵族，他所属的派别跟我们对立[3]，但我对此一无所知，因为他装出属于我们这一派的样子；最糟糕的是，在这种战争中，情况错综复杂，你的敌人跟你在外表、语言和衣着上没有明显区别，因为他是在同样的法律、习俗和氛围中长大，所以很难避免看错和上当。我也因此害怕在一个陌生的地方遇到我们的军队，那时就只好说出自己的名字，也许还会出现更糟的事，我以前就曾遇到过：有一次出错，我损失了人员和马匹，他们还残忍地杀死了一个出身贵族的意大利侍从，我曾对他精心培养，他那充满希望的美好的少年时代就此结束。

1　指一五六二至一五九四年法国胡格诺派与天主教集团之间的宗教战争。

2　长子米歇尔·埃康为蒙田领主，他的弟弟则是拉布鲁斯领主和阿尔萨克领主。

3　蒙田属天主教集团，即国王的集团。这一章约写于一五七三年，当时国王是查理九世，而圣巴托罗缪惨案发生在一五七二年八月二十四日。

我们遇到的对立的贵族，常常会惊恐万状，我看到他只要见到骑马的人过来，或者每当经过效忠国王的城市，就吓得面无人色，我就最终能猜到，这是他的意识在对他敲警钟。这个可怜人似乎感到，别人会透过他的面具和外套上的十字架看出他内心的秘密倾向，意识的力量是如此非同寻常！它会迫使我们露出马脚、认罪并跟自己斗争，在没有别的证人时，让我们充当证人来揭发自己：

像刽子手那样狠心，用无形的鞭子抽打我们。[1]

这个故事妇孺皆知。有人责备派奥尼亚人[2]贝索斯无缘无故打下并杀死一窝麻雀，但他说这样做自有道理，因为这些麻雀不断无端指责他杀死父亲。他杀父亲的事在此前一直秘而不宣，无人知晓，但意识中强烈的复仇愿望使这事大白于天下，而揭出此事者，恰恰是即将受到惩罚之人。[3]

赫西俄德为我们纠正了柏拉图的说法，即犯罪后随即会受到惩罚，他说惩罚在犯罪时就已开始。谁等待惩罚就会受到惩罚，而应受惩罚者则在等待惩罚。恶毒的言行是在给自己制造痛苦，

坏主意对出主意者损害更大，[4]

1　　引自尤维纳利斯《讽刺诗集》。
2　　派奥尼亚位于马其顿北部和色雷斯西部，今保加利亚西南部。
3　　参见普鲁塔克《论神的惩罚的延迟》。
4　　该谚语由奥卢斯-盖利乌斯在《雅典之夜》中引用。

犹如胡蜂以刺伤人，但其受损更大，因为它永远失去了它的刺和力量，

> 它们把生命留在它们刺出的伤口之中。[1]

斑蝥身上有个部位能分泌出自身毒液的解毒剂，是出于自然对立的规律。同样，我们作恶感到愉悦的同时，意识会感到不快，用许多痛苦的想法来折磨我们，不管我们是醒着还是睡着，

> 因为很多人爱说梦话，
> 发烧会说胡话，这样就把自己揭发，
> 长期隐瞒的罪行也就暴露无遗。[2]

阿波洛多鲁斯[3]梦见自己被西徐亚人[4]剥掉皮放在锅里煮，他的心就低声说："我是你所有痛苦的起因。"伊壁鸠鲁说，坏人在任何地方都无法躲藏，他们不能肯定行迹不会暴露，因为意识会使他们自行揭露[5]，

1　　参见维吉尔《农事诗》。
2　　参见卢克莱修《物性论》。
3　　同上。
4　　西徐亚人亦称斯基泰人，公元前九世纪生活在阿尔泰山以东地区，后被迫西迁，在西波斯地区至哈里滋斯河流域一带建立王国。公元前四至前二世纪，因萨尔马特人入侵而被推翻。参见普鲁塔克《论神的惩罚的延迟》。
5　　参见塞涅卡《致卢齐利乌斯》。

> 这是对罪犯的第一次惩罚,
>
> 因为他不会被自己的审判饶恕。[1]

意识使我们惧怕,但也使我们坚定和自信。我可以对自己说,我经历了许多风险,但步伐却更加坚定,这是因为我心里知道自己的愿望,并知道自己的计划纯洁无瑕。

> 每个人出于自己的动机,
>
> 心里会对其行动怀有希望和惧怕。[2]

这种例子数以千百。对同一个人只需举出三个。

西庇阿[3]有一天在罗马人民面前被指控犯有大罪,但他并未要求宽恕,也没有去奉承法官,而是对他们说:"一个人使你们能对全世界行使司法权,你们却要此人的脑袋,你们这样做真有脸面。"[4]另一次,他面对一位保民官的指控并未为自己辩解,而是回答说:"好吧,同胞们,让我们去拜谢众神,感谢他们让我们在像今天这样的日子里战胜了迦太基人。"说完,他带领大家向神庙走去,跟在后面的是聚会的全体民众和指控他的人。[5]还

1　　参见尤维纳利斯《讽刺诗集》。

2　　参见奥维德《岁时记》。

3　　指小西庇阿(约前185—前129),古罗马统帅。

4　　参见普鲁塔克《论人如何能赞扬自己》。

5　　参见奥卢斯–盖利乌斯《雅典之夜》。

有一次，佩蒂留斯[1]在加图[2]的要求下请西庇阿汇报他在安条克省[3]时的开支，西庇阿为此来到元老院，从托加袍里拿出账簿，说这本账簿里有确切的收支记录，对方请他把账簿交给诉讼档案保管室，但他拒绝交出，并说他不愿使自己蒙受这种耻辱，当众把账簿撕成碎片。[4]我不相信如此的自信是一个饱经风霜的人装出来的。李维说他天生豪放，壮志凌云，因此不会去犯罪，也不会低三下四地为自己的清白辩解。

刑罚是一种危险的发明，似乎主要是为了考验耐力而不是检验真相。能隐瞒真相者，既是能忍受刑罚者，也是不能忍受刑罚者。痛苦能使我承认事实，为什么不能使我否认事实？相反，如果一个人没有做过别人指控他做的事，都能够忍受这种刑罚，那么，做过此事的人，如知道自己能因此活命，为什么就不能忍受这种刑罚呢？我认为这种发明的依据是考虑到意识的力量，因为在罪犯这方面，意识似乎会助刑罚一臂之力，使罪犯变得软弱无力并承认自己的错误；另一方面，它会使无辜者坚强地忍受刑罚。其实，这种方法既靠不住又很危险。

为了免受如此难忍的痛苦，又有什么话不能说，什么事不能做？

痛苦时连无辜者也会撒谎。[5]

1　佩蒂留斯（公元前 2 世纪），古罗马保民官。
2　指大加图。
3　安条克省现为土耳其哈塔伊省。
4　参见奥卢斯-盖利乌斯《雅典之夜》。
5　参见普布利乌斯·西鲁斯《警句诗集》。

因此，法官用刑折磨一个人，是为了不让他死得清白，有时却让此人受折磨后清白地死去。成千上万的人因受刑而在脑中想出虚假的供词。考虑到亚历山大审讯菲洛塔斯以及他受刑的情况，我把他列为其中之一。[1]

然而有人说，这是软弱无力的人想出的坏处最少的发明。

依我看，这极不人道，而且毫无意义！许多国家在这方面没有希腊和罗马野蛮，却被希腊和罗马称为野蛮国家。这些国家认为，折磨和伤害一个其错误尚未得到确认的人，是既可怕又残忍的行为。此人难道要对你的无知负责？你不想无缘无故把他杀死，但这比杀死他还要坏，你这样做是否不公正？情况证明，他情愿无缘无故地死去，也不愿受到这种比受刑还要难受的审讯，这审讯比用刑残酷，甚至会把人弄死。我不知道下面的故事是在哪里看到的，但它确切地表明我们司法的公正。一个村妇对一位有审判权的将军说，她仅剩的一点糊状食品是用来喂养几个年幼孩子的，但也被一个士兵抢走，这支军队已把周围的村庄全都抢劫一空。但口说无凭。将军请这妇女仔细考虑自己说的话，因为她如说谎，就会因诬告而被判罪，但她仍不改口，将军就令人剖开士兵的肚子，以了解事情是否属实。结果这妇女没有说错。这惩罚大有教益！[2]

---

1   菲洛塔斯（前360—前330），马其顿将军。亚历山大童年时的朋友和侍从。他被指控参与谋杀亚历山大的阴谋，军事法庭判处扔石头把他砸死。参见昆图斯–库提乌斯《亚历山大大帝传》。

2   参见傅华萨《闻见录》以及亨利·埃蒂安纳《为希罗多德辩解》。故事中将军是巴耶塞特一世（约1347—1403），土耳其苏丹（1389—1402在位）。

六

论磨炼

理智和知识，即使得到我们的信赖，也很难有足够的力量促使我们去行动，除非我们在实践中磨炼自己的精神，使其能适应我们所期待的行动，否则在行动时必然会惊慌失措。正因为如此，希望达到更高境界的那些哲学家，不满足于在安全的环境中平静地等待苦难的命运，他们担心这种命运不会降临到斗争中毫无经验的新手身上，因此就迎头而上，自愿接受困难的考验。因此，一些人抛弃财产，心甘情愿在穷困中磨炼自己，另一些人去找体力活干，要过节衣缩食的艰苦生活，在劳累中使身体变得结实，还有些人则去除身上最宝贵的器官，如眼睛和生殖器，他们生怕过度使用这些器官产生的愉悦感会使他们意志薄弱。但是，死亡，我们能做的最大的事，磨炼却无法帮助我们去做。我们可以借助习惯和经验来忍受痛苦、耻辱、贫困和其他难受的事，但是死亡，我们只能体验一次，我们走向死亡时全是新手。

在古代，有些人非常善于使用和节约时间，试图在死亡时品尝其滋味，并全神贯注死亡的过程，但他们并未生还，无法把情况告诉我们：

> 一旦死亡使人冰冷地安息，
>
> 任何人都无法醒过来，站起来。[1]

罗马贵族卡纽斯·尤利乌斯道德高尚，意志坚强，他多次出色地证明自己的坚强。他被卡里古拉这个恶人判处死刑，当即将被刽子手砍下脑袋时，他的一位哲学家朋友问他："那么！卡纽斯，此刻您的心灵感觉如何？在做什么？您在想些什么？"他回答道："我在想要做好准备，并要全神贯注，以便知道在极其短促的死亡时刻，我是否能看到灵魂出窍，灵魂出窍时是否会有感觉，我如了解到这方面的情况又能生还，就把情况告诉我的朋友们。"此人不仅在死亡前，而且在死亡时仍在研究哲学。他希望自己的死能有教益，在如此重大的时刻还能去想其他事情，这是多么自信，对自己的勇气又是多么自豪！[2]

> 他在死亡的时刻，还能控制自己的心灵。[3]

然而，我觉得还是有办法了解死亡，并对其有所体验。我们可以进行一次体验，即使体验并不完整也不完美，但至少不是没

1 　参见卢克莱修《物性论》。
2 　参见塞涅卡《论心灵的安宁》。
3 　引自卢卡《内战记》。

有用处，可以使我们变得更加坚强和自信。我们不能陷入死亡之中，但能接近死亡，对其进行仔细观察；我们不能深入死亡之中，但至少能看到并了解通向死亡的条条道路。有人要我们观察自己的睡眠，这并非没有道理，因为睡眠跟死亡相似。

我们多么容易从醒着转为睡眠！我们毫无损害地失去了对自己的知觉！

睡眠使我们不再有任何行动和感觉，也许显得既无用又反常，但大自然通过睡眠告诉我们，它把我们创造出来，是为了生，也是为了死；另外，我们有了生命之后，它立刻向我们展现生命结束后它赋予我们的永恒状态，以使我们熟悉它，不会害怕。

但是，因突发事故而昏倒并完全失去知觉的人，在我看来即将看到死亡的真实面貌；因为在这过渡点，不用担心会有什么痛苦或不快，因为我们已没有任何感觉。[1] 我们的痛苦需要时间，死亡却短暂而又迅速，因此必然无法被感知。我们害怕的只是接近死亡，但这正好是一种磨炼。

许多事情在我们的想象中要比现实中更加重要。我一生中大部分时间身体非常健康，我不仅说非常健康，还要说非常强壮，精力充沛。这种活力和愉悦使我一想到生病就十分害怕，但当我体验到生病的滋味之后，却觉得病痛不如我的畏惧厉害。

我每天的感觉如下：外面是风雨交加的夜晚，可我却暖和地待在舒适的大房间里？我为此刻在旷野的人们感到难受。我是否

1　参见塞涅卡《致卢齐利乌斯》。

自己也在那里？我甚至不希望是在别处。

总是闭门不出这一事实，使我无法忍受：我突然间只好这样待上一星期，然后是一个月，心里烦躁不安，健康状况恶化，身体十分虚弱，这时才觉得，我身体健康时候对病人的同情，要远远超过我生病时对自己的同情，并觉得我的想象力把事情的真实情况几乎夸大了一倍。我希望我对死亡也能如此，并觉得死亡不值得我去做如此多准备工作，不值得我如此兴师动众地求助，以承受其打击；但不管怎样，任何预防措施都不会是多余的。

在我们第三次国内战争或第二次国内战争时期¹（我已记不大清楚），有一天我到离家一法里的地方去兜风，我家位于法国内战最混乱的地方，但我觉得自己十分安全，离住宅又很近，不需要更好的坐骑，就骑了一匹骑起来舒服但并不健壮的马，回去时，却让这匹马去应付它无法对付的突发事件：当时，我的一个仆人高大而又健壮，骑着一匹要勒紧马衔的强壮公马，想充英雄，超过自己的同伴，策马朝我这条路笔直冲来，如同巨人冲向骑小马的小人，撞得我人仰马翻，四脚朝天。马被撞得晕头转向躺在地上，我跌到十步开外，如死人般仰面倒地，脸跌得青肿，还擦破了皮，我手里拿的宝剑也被甩到十几步远的地方，腰带断成几段，我躺在那里一动不动毫无知觉，如同树墩。这是我此前唯一一次昏倒。跟我一起去的那些仆人想方设法让我恢复知觉，

1　第二次宗教战争爆发于一五六七年十月，第三次宗教战争以《圣日耳曼敕令》于一五七〇年八月颁布结束。这期间在普瓦图和居耶纳之间发生过多次战斗，而蒙田的家乡就在这个地区。他在本书上卷第六章中谈到一五六九年天主教徒占领米西当。

但没有成功，以为我已去世，就抱着我十分艰难地把我送回家，出事地点离我家大约有半法里的路程。在路上，在被认为已是死人整整两个小时之后，我的身体开始动起来并有了呼吸，因为我胃里出血很多，自然需要恢复胃的活力才能把血排出。他们扶我站起身来，我站着吐出了满满一桶血，一路上又吐了好几次。这样，我开始有了点生气，不过是逐渐恢复的，花了很长的时间，但我在开始时的感觉，就像是死人，一点不像活人，

> 因不能确定是否回来，
> 惊慌的灵魂无法坚强起来。[1]

对这件事的记忆深深地刻在我心里，向我展现如此临近死亡的真实面貌，使我在某种程度上能容忍死亡。开始注视死亡时，我看得模糊不清，如同雾里看花，看到的只有亮光，

> 如同眼睛时张时闭，
> 就像是半睡半醒。[2]

心灵的功能，跟肉体的功能同时逐渐恢复。我看到自己浑身是血，因为我的短上衣上到处都有我吐出的血迹。我首先想到我脑袋被火枪打中一枪；确实，我们周围的人放了好几枪。

---

[1] 引自塔索《被解放的耶路撒冷》。
[2] 同上。

我觉得我已奄奄一息，我闭上眼睛，觉得这样有助于把生命排出体外，于是以无精打采、灰心丧气为乐。这种想法只是飘浮在我心灵的表面，跟身体的其他部分一样温柔而又软弱，其实不仅没有不快，甚至还很美妙，就像让自己慢慢入睡的人所感到的那样。

我认为人在临终前有气无力，就是处于这种状态；我还认为我们毫无道理地同情临终者，是因为我们认为他们也许极其痛苦，或者他们的心里萦绕着难受的想法。我不同意许多人乃至艾蒂安·德·拉博埃西的看法，他们一直认为我们看到那些人在临终前身体虚弱，昏昏沉沉，是因为长期忍受病痛折磨，或因中风发作，或是身患癫痫，

> 一个人往往无法忍受病痛折磨，
> 在我们面前如遭雷击般倒下；
> 他口吐白沫，呻吟，四肢颤抖，
> 他胡言乱语，全身抽搐，痛得蜷缩，
> 他喘不过气，在阵阵痉挛中筋疲力尽，[1]

或是头部受伤，我们听到他们呻吟，有时还发出刺耳的叹息声，虽说我们觉得可以从中得知他们还有知觉，如同我们看到他们的身体还动了几次，但我要说，我一直认为，他们的灵魂与肉体都已在沉睡中被埋葬：

1　引自卢克莱修《物性论》。

他活着，但对生已毫无知觉。[1]

　　我无法相信，四肢不知所措、感觉十分衰弱之时，灵魂还有精力来保留意识；我认为由于这个原因，已没有任何看法会来折磨他们，也没有任何看法能使他们感知和判断他们的悲惨处境，因此，他们没有很多事可以抱怨。

　　我无法想象我会处于如此无法忍受和可怕的状况，即灵魂活着受苦，却又无法表达；我谈到有些人时也会这样说，他们被割掉舌头后送到刑场，这种死亡是毫无声音的，我觉得最为恰当，即使死时的脸显得坚强而又严肃；我在谈到不幸的战俘时也会这样说，他们落入这个时代刽子手般可恶的士兵手中，受到他们残酷的折磨，被迫支付异乎寻常的高额赎金，在这种情况下，他们无法表达自己的想法，也无法说出自己的苦难。

　　诗人们想象出几位神祇，能解救被死亡煎熬的人们，

　　　　我奉命来取你的头发，

　　　　给普路托献礼，使你脱离躯壳。[2]

　　有人不断对着他们耳朵叫喊来纠缠，使他们说出几句不连贯的话来回答，他们做出似乎表示同意要求的动作，但这些话和动作都不能说明他们活着，至少不能说明活得舒服。我们刚睡着

<hr>

1　　引自奥维德《哀歌》。
2　　引自维吉尔《埃涅阿斯纪》。这是伊里斯受朱诺派遣，对临死的狄多说的话。伊里斯剪下狄多的头发，"狄多的体温立刻散失，元气化入了清风"。

时，在没有沉睡之前，有时会听到周围发出的声音，如同在梦中听到那样，但这时听觉模糊，无法肯定，仿佛只到达心灵的边缘；我们对最后听到的几句话做了回答，如回答恰当，主要是因为碰巧说对，而不是因为理解听到的话。

现在我亲身经历这种状态，因此毫不怀疑我以前对这个问题看法正确。原因是，我完全昏倒后，立刻拼命用指甲把紧身短上衣撕开（因为我没有穿戴盔甲），但我知道我当时丝毫没有感到受伤，因为我们的许多动作并非在我们指挥下进行。

　　右手还没有死透，手指痉挛，还想抓住刀柄。[1]

坠落者会因本能的冲动把双手朝落下的方向伸出，这冲动使我们四肢相互配合，其动作不受我们的意志约束。

　　据说战车用长柄镰刀砍掉敌人手脚，
　　砍得实在是快，
　　被砍者先看到手脚落地跳动，
　　然后才感到身上疼痛。[2]

当时，我的胃里全是淤血，我的双手不由自主地抚摸胃部，如同平时挠痒。许多动物，甚至有些人，死后肌肉仍在收缩、抽

1　　引自维吉尔《埃涅阿斯纪》。
2　　引自卢克莱修《物性论》。

动。每个人都凭经验知道，身体的一些部分往往会在他不想动的时候活动、竖起、落下。这些被动的动作，只涉及人体表面，因此不能称为我们的动作。这些动作如若要成为我们的动作，我们整个人都得投入其中，因此，我们睡着时手或脚感到的痛，就不是我们的疼痛。

在回家的路上，我落马的事已经传开，因此快到家时，家里人就来接我，碰到这种事不免大喊大叫，我不仅简单回答了他们的问话，而且据说还想到命人给我妻子一匹马，因为我看到她在高低不平的小路上走得很累。似乎应该认为，这说明我头脑清醒，然而我其实头脑并不清醒，我脑子空空，如浓雾遮盖，想法是因耳目的感觉引起，而并非出自内心。在这种情况下，我既不知来自何处，也不知前往何处，我无法判断和考虑别人对我的问话：我当时有的想法，只是感觉产生的微弱反应，如同因习惯产生；心灵的作用犹如在梦中那样，只是表面的感觉，被感觉轻轻触及而已。在这段时间里，我的心灵确实舒适、安宁；我没有为别人和自己难受；我的确萎靡不振，极其虚弱，但毫无痛苦。我看到自己的住宅却认不出来。别人让我躺下，我感到这休息无比舒服，因为我已被那些可怜的家伙颠簸得实在难受，他们用手抬着我，走了很长一段崎岖不平的小路，抬得很累，中途换了两三次人。他们拿了许多药给我，我都不要，认定自己头部受了致命伤。说实话，如果这样死，倒是十分幸运，因为我智力衰退，无法对其做出判断，而身体又虚弱，毫无感觉。我任自己慢慢漂流，十分舒服又毫不费力，觉得做其他动作都没有这样轻松。我活了过来，又有了力气，

我终于有了几分知觉，[1]

这是两三个小时之后的事，我又疼痛起来，四肢因落马而伤痕累累；在其后两三天的夜里，我非常难受，如同又死了一次，但死得更加痛苦，我现在还感觉到这可怕的打击。我不愿忘记这点，那就是我记得的最后一件事，是对这次事故的回忆。在弄清事故以前，我反复去想：我去过何处，来自何处，这事发生在几点钟。至于我如何落马，大家都对我隐瞒真相，以包庇闯祸者，并对我做出其他的解释。但过了一段时间之后，有一天，以及第二天，我的记忆有点恢复，想起那匹马朝我冲来时我的状况（因为我看到马跑到我的脚边，我以为自己死了，但这个想法是突然产生的，因此我还来不及害怕），我觉得是闪电在击打我的心灵，我是从另一个世界回来。

说出这件微不足道的事，如果只是为我自己吸取教训，那就毫无意义，因为实际上，要对死亡感到习惯，我觉得只有接近死亡。然而，正如普林尼所说，每个人都能从自己身上学到东西，只要他善于观察。[2]我这里说的事，不是我的学问，而是我个人的研究，不是要教训别人，而是教训自己。

我把这事说给别人听，大家不应该怨恨我。对我有用的东西，很可能对别人也会有用。总之，我没有糟蹋任何东西，我只是在利用自己的东西。我若做了蠢事，损害的是我自己，对

---

1   引自奥维德《哀歌》。
2   参见老普林尼《自然史》。

其他人都没有损害，因为这种蠢事在我身上结束，不会引起什么后果。我们只听到过两三位古人曾走过这条路，但我们无法说出他们是否跟我们的方式完全相同，因为我们除了他们的名字之外一无所知。后来，也无人步他们后尘。这是件棘手的事，比你想象的还要棘手，那就是要追寻我们的思想游移不定的足迹，深入其内部漆黑一片的各个角落，选择并确定思想中无数细微的波动。这也是崭新的和非同寻常的研究，使我们抛下日常的乃至最重要的事务。好几年来，我的思想只是把目标集中在我自己身上，我只是观察和研究我自己，我若研究其他事，只是为了能立刻印在我身上，或者确切地说，是置于我脑中。我并不觉得这样做有错，这就像在其他用处要小得多的学科中那样，我会公布在这个学科中获得的成果，虽然我对自己的研究并不满意。任何描述都没有描述自己这样困难，当然也没有这样有用。在出门去公共场所之前，都得梳妆、更衣，把自己打理得整整齐齐。我因此不断修饰自己，因为我在不断描述自己。谈论自己通常被认为是一种恶习，并因讨厌吹嘘——谈论自己的事就是吹嘘——而被严格禁止。

这样做，不是给孩子擤鼻涕，而是把他的鼻子拧掉。

怕犯错误，会去犯罪。[1]

我觉得这种办法弊多利少。然而，即使在大庭广众之下谈论

1　引自贺拉斯《诗艺》。

自己必然被视为傲慢自大的表现，我根据自己的总体计划，也不应该禁止别人知道我身上存在的这种病态的品行，我也不应该隐瞒这种我不仅常犯而且公开承认的错误。不管怎样，若要实话实说，仅凭许多人喝酒喝醉而谴责酒是毫无道理的。只有好东西才会被滥用。这种习惯，我觉得是针对普遍存在的弱点。这笼头是套牛用的，圣人们——我们听到他们坦率地谈论自己——和哲学家们、神学家们都不会用来套自己，我也不会这样做，虽说我并不属于这三种人。他们现在还没有特意去写自己，但机会一到，他们就会毫不犹豫地跑出来亮相。苏格拉底谈什么事多于谈他自己？他不是让他的学生们谈读书心得，而是让他们谈他们心灵的本质和变化，他不是在经常引导他们谈他们自己？我们真诚地向上帝和神甫忏悔，而我们的近邻[1]则当众忏悔。他们会回答我说，我们只说自责之事。我对此回答道，我们什么都说，因为我们的美德也并非完美无瑕，也需要忏悔。生活是我的工作和艺术。谁要是不准我根据自己的看法、经验和习惯来谈论生活，那就如同命令建筑师不要根据他自己的想法谈论建筑，而是根据他邻居的想法，根据别人的知识。如果让大家知道自己的优点就是骄傲，那西塞罗为何不谈霍滕修斯[2]的辩才，霍滕修斯又为何不谈西塞罗的辩才？也许有人要我用作品和行动而不是用空话来证明自己。但我描述的主要是我的想法，即不能表现为行动的无形之物。我能用仅仅由空气构成的话语把我的想法表达出来已是千辛

1　指新教徒。
2　霍滕修斯（约前114—前50），古罗马著名演说家，公元前七〇年在西塞罗控告维里斯当选大法官选举舞弊的案件中，败诉于比他小八岁的西塞罗。

万苦。贤者和虔信者中，有些人一生中并无显赫行为。行为更能说明我的幸运，而不是说明我自己。行为能证明它们的作用，而不是我的作用，即使能证明我的作用，那也是一种推测，并不确切，只是表明部分情况。而我是把自己全都展现出来：这如同人体骨骼，一眼就能看到血管、肌肉和腱所在的部位。咳嗽的动作显示我这个人的一部分，脸色苍白或心跳则显示另一部分，但并不确切。我描写的不是我的动作，而是我自己和我的本质。我认为评论自己要谨慎，提出证明要确切，不管是大声说出还是心里想出。我若觉得自己善良和聪明，或者基本如此，我就会大声说出。贬低自己是愚蠢而不是谦虚。对自己评价过低，用亚里士多德的话来说，是胆怯和畏缩。[1]任何美德都不会因虚假而更有价值，真实从未犯错。抬高自己不仅总是虚荣的表现，而且往往是愚蠢的表现。对现状沾沾自喜，得意扬扬，并因此过分自恋，依我看是这种恶习的本质所在。戒除这种恶习的最好办法是反其道而行之，就是像有些人说的那样，不要谈论自己，也不要想到自己。骄傲产生于思想之中。语言只在其中起到微不足道的作用。这些人觉得照顾自己就是自我欣赏，他们觉得经常关注和审视自己是过于自恋。这种情况可能会有。但是，这种过分自恋只会在某些人身上出现，他们对自己审视肤浅，只是做完自己的事情后才自省，他们把遐想和悠闲称为照管自己，他们把充实精神和磨炼性格说成"建造空中楼阁"：他们自认为是跟自己相异的外在事物。

1　　参见亚里士多德《尼各马可伦理学》。

若有人看到比自己低下的人，就陶醉于自己的学问，贬低别人，那就请他把眼睛往上看，去看过去的那些世纪，当看到有成千上万的豪杰可以不把他放在眼里，他就会自惭形秽。他如因勇敢而自鸣得意，就让他想想两位西庇阿的生平事迹[1]，想想如此多把他远远抛在后面的军队和民族。任何个别的优点不会使一个人骄傲，只要他同时想起自己的许多不足之处和弱点，想到人类的状况实在是微不足道。

　　正因为只有苏格拉底认真研究过他的上帝的告诫，即人要有自知之明，正因为只有他通过这种研究蔑视自己，所以只有他才有资格被称为圣贤。这样有自知之明的人才能勇敢地说出对自己的认识。

1　指大西庇阿，在前二〇二年扎马战役中击败汉尼拔；以及小西庇阿，于前一四六年攻陷并破坏迦太基城，从而结束第三次布匿战争。

七

论荣誉奖励 [1]

奥古斯都皇帝的传记作家都发现，在治理军队方面，他对有功之人的赏赐十分慷慨，但在荣誉奖励方面却十分吝啬。然而，他在上战场之前，就已得到舅公 [2] 授予的种种荣誉奖励。这是一种很好的办法，已被世界上大多数国家采用，那就是设置一些价值不大的奖品或奖励，用来奖赏和敬重美德，如月桂冠、橡树叶冠、香桃叶冠，某些样式的服装，有权乘车环游市内或夜里举火炬行进，在公众集会时占据特殊的位置，拥有某些绰号和头衔，纹章中有某些标志，以及诸如此类的事物，使用时因各国情况不同而有不同的形式，但至今仍在使用。

我国和许多邻国有骑士团，只是为这个目的而设立。这其实是良好和有益的习俗，即找到一种方法来承认罕见的杰出人物的

1　这一章是蒙田因取代圣米迦勒骑士团的圣灵骑士团成立大会（1578年12月31日至1579年1月2日）而有感撰写。

2　奥古斯都是恺撒的甥孙及养子。

功绩，能使他们高兴和满意，却丝毫不会加重人民的负担，君主也不会有任何花费。另外，从古代的经验和我们自己的经验可以知道，杰出人物更希望得到的是这种奖励，而不是金钱和物质的奖励，这种做法完全可以理解，并且有充分的根据。在纯粹是荣誉的奖励中，如加上其他好处和钱财，非但不会使人更加看重这种奖励，反而会使其贬值。圣米迦勒骑士团[1]长期在我们中间享有盛誉，其巨大优势就是不附有其他任何好处。因此，即使以前该团没有职位和职务，也没有能令人敬仰、显得高贵的爵位，贵族依然对其趋之若鹜，因为美德力求得到并已得到最合适的奖励，希望得到的是荣誉，而不是利益，因此，其他奖励确实没有如此高尚，因为它们的给予是基于各种原因。赏钱是因为仆人服侍周到，信使送达迅速，也可奖给舞者、玩杂技者、善言者，奖赏我们得到的常规服务；有人甚至奖赏恶习，如拍马、淫媒和背叛；这并不奇怪，因为美德不想得到这种普通的钱财，而要得到跟它相配的十分高尚和光荣的奖赏。奥古斯都做得很对，他授予荣誉奖励要比授予物质奖励慎重和吝啬得多，因为荣誉如同美德，是一种罕见而又特殊的现象：

没有人是坏人，那么谁是好人？[2]

1　圣米迦勒骑士团根据路易十一的敕令于一四六九年成立。在亨利二世统治下，该骑士团声望依旧。但其后因宗教战争、政局混乱，其成员大大超过原定的三十六名，声望随之下降。
2　引自马提雅尔《警句诗集》。

称赞一个人，大家不会提到他重视对子女的教育，因为不管如何值得称道，这都是平常的行为，如同你不会称赞森林中一棵树高大。我想斯巴达不会有公民会因为勇敢而感到自豪，因为这在他们国家中是普遍的美德，另外，斯巴达人也不会因为忠诚和蔑视钱财而感到自豪。美德不管如何伟大，但只要成为习俗，就不会得到任何奖励；而且，我不知道，如果美德已普遍存在，我们是否会称其为伟大。

因此，各种荣誉奖励里有价值的只有一种，那就是很少有人能得到的奖励，要使其一钱不值，就只有慷慨授奖。即使现在符合加入我们骑士团条件的人比过去要多，也不应该有损其威望。很可能现在有更多的人符合这个条件，因为任何美德都不像作战勇敢那样广为传播。还有另一种美德（我使用"美德"这个词，是根据我们通常的想法），真实、完美并有哲学味，这里暂且不谈，它比作战勇敢这一美德更有意义，也更有价值，它是心灵的力量和自信，蔑视任何艰难险阻：这美德始终相同，持久不变，我们的美德只是其暗淡的余光。习惯、教育、榜样和风俗在形成我所说的作战勇敢的美德中起到巨大的作用，并使其轻易成为普遍的美德，这在我们内战所提供的经验中很容易看到。现在，我们的人民如能团结一致，热情从事一项共同的事业，我们就能重振军威。可以肯定，以前授予圣米迦勒骑士的称号，并非只是出于这种考虑，而是想得更远。这种称号从未授予勇敢的士兵，而是用来奖励杰出的将领。能服从命令，还不配得到这种荣誉。得到这种奖励，以前需要对军事艺术有广博的认识，并具有成为一名将领的多种重要品质，因为士兵的才能和统帅的才能并不相同[1]，此外，统帅的社会地位跟这种荣誉相称。我还要说，即使跟以前相比，现在有更多的人配得上这种荣誉，也不应该轻易颁发这种奖励，情愿出错，使有些该得到的人无法得到，也不应该让不该得到的得到，也不能像我们刚刚发生的事那样，永远丧失如此有用的发明。任何正人君子都不会夸耀许多人跟他一样有的品德；今天最配不上这种奖励的人，却最会装得对其不屑一顾，以显示他们受到不公正待遇，未能得到他们应得的这种奖励。

现在，在取消和废除这种奖励之时，却希望恢复和设立一种类似的荣誉奖励，这在我们所处的混乱而又病态的时代并不合适。这种新的奖励[2]要有权威性，关于其授予的规定必须极其严格，奖励的人数必须十分有限，但在这动乱的年代，却无法对此严加管束，更何况在树立其权威性之前，必须让大家忘记先前的奖励，以及该奖励受到的蔑视。

还可以在这一章谈谈勇敢的重要性以及这种美德跟其他美德的区别，但普鲁塔克经常谈论这个话题，他谈过的我就不必在此赘述。但是，得要指出，我们的民族把"勇敢"（vaillance）置于美德的首位，这个词表明，它源于"价值"（valeur），而我们在习惯里，说"一个出类拔萃的人"（un homme de grande valeur）或"一个出色的人"（un homme de bien），根据我们宫廷和贵族的说法，跟说"一个勇敢的人"（un vaillant homme）并无区别，这跟

1　　引自李维《罗马史》。
2　　指圣灵骑士团，由亨利三世创立。

古罗马人的说法相同，因为古罗马人的"英勇"这个词源于"力量"[1]。法国贵族最重要的也是唯一的志向，就是当职业军人。男人中表现出的"首要美德"，即能使一些人胜过另一些人的美德，很可能是指这种美德，依靠这种美德，强者和勇敢者成为弱者的主人，并获得特殊的地位和声誉，这也许可以说明，这种美德为何仍保留这样的荣誉和名称；或者也有这种可能，那就是这些民族十分好战，特别重视他们最熟悉的美德，并赋予其最美的名称。同样，我们的激情以及我们极其关注妇女的贞洁，也导致这样的看法，即一个"好女人""正派女人""体面和高尚的女人"，对我们来说其实就是贞洁的女人，仿佛只要使她们尽到这个责任，我们可以忽视其他一切责任，只要她们不去犯这种错误，我们就对她们犯其他任何错误听之任之。

---

[1]　在拉丁语中，virtus（英勇）跟 vis 及其复数 vires（力量）的词根相同。

八

论父爱

致德·埃斯蒂萨克夫人 [1]

夫人，事物往往因新奇而有价值，如果我不是因新奇而得救，我就绝不会体面地从这荒唐的工作 [2] 中脱身；然而，这工作又是十分独特，跟通常的做法相去甚远，因此可以获得准许。几年前 [3] 我因孤独和闷闷不乐，有了一种跟我的秉性截然不同的忧郁情绪，首先使我产生写作的古怪念头。我因完全缺乏其他题材，就把自己作为写作的对象。这书在世上独一无二，构想奇特

---

1 德·埃斯蒂萨克夫人之子夏尔·德·埃斯蒂萨克于一五八〇年陪同蒙田在法国、瑞士和意大利做长途旅游。她丈夫路易·德·埃斯蒂萨克于一五六五年去世，他们的儿子夏尔才两岁。路易的遗嘱在财产分配上对妻子十分有利，因此引起他已故前妻的子女对遗产的争夺。蒙田当时是波尔多高等法院的法官，当德·埃斯蒂萨克夫人的法律顾问。她于一五八〇年改嫁，即蒙田撰写本文后不久。她有一女，名叫克洛德，一五八七年嫁给弗朗索瓦·德·拉罗什富科伯爵。

2 指这部《随笔集》的撰写。

3 指一五七一年，蒙田已对高等法院的工作感到厌倦。

而又古怪。这个工作中值得一提的只有这种奇特的特点，因为这题材空泛而又琐碎，世上最高明的写手也无法找出一种形式，使其能在文学作品中得到阐述。我现在要说，夫人，为在书中描绘我真实的形象，如果我并未想到我对您的功德一直抱有的敬意，我就会忘记这形象中十分重要的特点。我想在这一章的开头特别指出这点，因为在您的美德之中，有一种美德占据首要的地位，那就是您对孩子们的爱。只要知道您丈夫德·埃斯蒂萨克先生让您年纪轻轻就守寡[1]，知道他对您提亲时曾提出优厚而又体面的条件，跟您这样地位的法国贵妇人完全相符，知道您多年来的经历如此艰难困苦，仍靠着坚强的意志管理子女的财产，处理他们的事务，并因此奔走法国各地，至今难以脱身，知道您仅仅靠自身的智慧和运气就使这些事务有了可喜的结果，只要知道这些事，就会像我这样说，在我们这个时代，还没有像您这样深切的母爱。我感谢上帝，夫人，是因为这种爱有了如此好的结果，因为您的儿子德·埃斯蒂萨克先生显得前程似锦，他成年之后，一定会对您有孝子的听话和感激。但是，他现在年纪还小，无法体会到您的无数恩惠，我希望有朝一日在我无法说出这样的话时，如果这些文字落到他的手中，他能将其看作千真万确的证明，但愿他会感受到您的恩惠，并因此更加相信这点。这就是说，法国贵族受恩于母亲都没有他这样多，他将来只有认识到您是这样好的母亲，才能更加清楚地证明自己的善良和价值。

如果真的存在一种自然法则，就是在动物和我们身上始终普

---

1   她生于一五三八年，当时二十七岁。

遍存在的一种本能（对此并非没有争论），那么，我就可以说，每个生物首先要保护自己和避开有害的事物，其次则是爱护自己的后代。大自然似乎嘱咐我们要爱护后代，以有利于它自身的扩展和延续，因此，反过来看，孩子对父母没有这样的深爱也就不足为奇。

我们还得补充一种看法，那就是亚里士多德的看法[1]：做好事者对受惠者的爱，要比受惠者对他的爱更深，债主对债务人的爱，要比债务人对他的爱更深；工匠更爱自己的作品，而作品即使有感情，也不会这样爱他。我们都珍惜自己的生活，而生活在于活动和行动，这样一来，每个人都在某种程度上存在于自己的作品之中。做好事者的行为美好而又高尚，受惠者的行为只是得益而已；然而，得益远不如高尚那样值得喜爱。高尚稳定而又持久，行为高尚者总是心满意足。得益会消失，又很容易被遗忘，对它的回忆至少不会如此新鲜而又温柔。事物如若要对我们更加珍贵，我们就得为它们付出更多，而付出要比获取更难。

既然上帝要我们具有某种判断能力，使我们不会像动物那样屈从于一般规律，而是用我们的判断和自由意志去适应这些规律，那么，我们对大自然的意志应该有所服从，但不是听任其作威作福：唯有理智才能指导我们的爱好。我自己很不喜欢那种不经过理智的判断而产生的喜好；譬如在我说的这个问题上，我就不喜欢有人去抱吻初生的婴儿，因为他们既没有思想，又没有确定的体型，无法使人喜爱。我也不喜欢别人在我身边抚养婴儿。

1　参见亚里士多德《尼各马可伦理学》。

理智的真爱应该在我们了解他们之后自发产生和增加；到那时，如果他们值得人去爱，自然的喜爱理智地产生和增加，我们就应该用真正的父爱去喜爱他们，不过，如果他们不值得人去爱，我们就应该对他们做出相应的判断，但仍然理智地对待，同时抑制自然的影响。情况往往完全相反，我们往往更喜欢看到孩子们喧闹、玩耍和天真活泼，而不是喜欢看到他们长大后的良好行为，仿佛我们喜欢他们只是为了自己消遣，把他们当小猴那样喜欢，而不是当人来喜欢。有的父亲在孩子年幼时买玩具慷慨大方，而孩子长大后要买必需用品却锱铢必较。我们即将离世之时，看到他们长大后享受生活，似乎是在嫉妒，因此就对他们吝啬：我们感到不舒服的是，他们跟在我们后面，仿佛要我们赶快走开。但既然按照事物的规律，他们的存在和生活确实只能有损于我们的存在和生活，那么，如果我们对此感到害怕，就不应该去当父亲。

至于我，我认为，在孩子们有能力时，再不让他们分享和共管我们的财产，不让他们完全了解家庭的事务，那是残忍的和不公正的做法，且既然我们生下他们是要让他们幸福生活，我们就应该把部分财产用于他们。一个父亲年老体衰，半死不活，在壁炉前独自享用足以养活和培养好几个孩子的财产，却让孩子们虚度青春年华，不能担任公职，无法提高自己的地位或阅历，这是不公平的。他们会陷入绝望之中，想方设法维持自己的生活，不管使用的手段是否非法；我见到过好几个出身名门的青年，他们对偷窃习以为常，任何惩罚都无法使他们改邪归正。我认识一个贵族青年，应他的兄弟——一位正直而有教养的贵族——的要求，我有一次谈论改邪归正的事。他对我坦率地承认，他走上这条邪路，是因为父亲的冷酷和吝啬，但他现在对此习以为常，已无法改正；不久之后，他在偷窃一位夫人的戒指时被人发现，当时夫人起床后接待客人，他和其他许多客人待在一起。他使我想起我听到的另一个贵族的故事，此人年轻时一直在干这不光彩的行当，后来有了家产，决定洗手不干，但无法控制自己，他走到一家商店前，看到有他需要的东西，就窃为己有，情愿事后派人去付钱。这种人我见到过好几个，他们受过良好的教育，却成为惯偷，还常常偷朋友的东西，偷了又想归还原主。我是加斯科尼人，但我对这种恶习最无法理解。我厌恶它，主要是出于感情上的原因，而不是出于理智：任何东西我即使想要，也绝不会到别人那里去偷。加斯科尼在这方面的名声确实比法国其他地区稍差，虽说我们现在多次看到其他地区的良家子弟因卑劣的盗窃行为落入法网。我看这种不轨的行为，恐怕部分要归咎于父亲的过错。

如果有人回答说，一个足智多谋的贵族惜财如命不是为了盈利，而是为了得到亲人的尊敬和亲近，由于他年老体衰、精力耗尽，财产就成了他在家里保持权威、不被众人瞧不起的唯一手段（其实，据亚里士多德说，不仅老年，还有各种软弱，都会导致吝啬[1]），这有点道理，但是，这手段是治病的一种药，而我们本应避免这种疾病的产生。一个父亲只是因自己的孩子需要他才去爱孩子——如果这也能称作爱，那就实在可怜。要受人尊敬，应

1　参见亚里士多德《尼各马可伦理学》。

该有价值和能力；要被人所爱，则应该性情温良。贵重的物质烧成灰也有价值：德高望重者的遗骸，我们通常都敬重而又崇拜。一个人终身堂堂正正，年老时就不会凄惨可怜，仍会受人尊敬，特别是受到子女的尊敬，而对子女应该教育他们有责任心，要用说服的方法，而不是用贫困或暴力相逼，

> 认为权威用暴力确立，
> 比用爱来确立更加牢固，
> 我觉得至少跟真理相距甚远。[1]

我反对教育年轻的心灵使用任何暴力获得荣誉和自由。在强制中有某种奴役的性质，我认为不能用理智、智慧和本领来做成的事，绝不能用暴力做成。我受到的就是这种教育。据说我小时候只挨过两次鞭打，而且打得不重。我以后对自己的孩子也是如此；他们都在吃奶之时就死了，只有我女儿莱奥诺尔未遭此厄运，她到了六岁多的时候[2]，为了引导她或惩罚她的错误，我们都只是用言语教育，而且总是说得十分温柔，这跟她母亲的宽容完全一致。即使我的教育没有达到预期的效果，那也可能是因为其他许多原因，不能归咎于我的教育方法，我知道自己的方法正确而又正常。我对男孩的教育会更加审慎，因为他们更不听话，而且生性独立，因此，我会致力于培养他们

1　引自泰伦提乌斯《两兄弟》。
2　蒙田写本文时，莱奥诺尔（1571—1616）应该八岁。

高尚的品质和直率的性格。我已看到鞭打只能使心灵更加软弱，执意作恶。

我们要自己的孩子爱我们？我们要他们不再有理由希望我们死去？（虽说产生这种可怕愿望的任何理由都是不对的和无法原谅的："任何罪恶的理由都不理智。"[1]）那么，我们就应在力所能及的范围内理智地安排他们的生活。为此，我们不应该过早结婚，这样我们的年龄就不会跟他们的年龄相差无几，结婚过早会使我们处于十分困难的境地。我说这话主要是针对贵族，这个阶级无所事事，正如大家所说，是靠年金生活。确实，其他社会阶层，一生都靠劳动赚钱，家里子女众多，就得管理家务：子女也是发财致富的新工具。

我三十三岁结婚，我同意三十五岁结婚是最好的看法，据说这是亚里士多德[2]提出的。柏拉图不赞成三十岁前结婚，但他对那些五十五岁后才结婚的人的嘲笑也是对的，他还说他们的子女没资格吃饭和生活。[3]泰勒斯在这方面划定了最确切的界限：他年轻时母亲催他结婚，他回答说还不到时候，后来当他年老，就说为时已晚。[4]对任何不合适的事，都应该回答说这时间不合适。

古代高卢人认为，二十岁前跟女人发生关系应严加谴责，他们还特别劝告准备从军的男子要长期保持童贞，因为跟女人发生关系会使他们丧失勇气，并偏离他们要走的路。[5]

1 　引自李维《罗马史》。
2 　参见亚里士多德《政治学》。
3 　参见柏拉图《国家篇》。
4 　参见第欧根尼·拉尔修《泰勒斯》。
5 　参见恺撒《高卢战记》，但书中说的是日耳曼人。

他跟年轻的妻子结合，

高兴地生儿育女，

作为父亲和丈夫的爱却会使他们丧失勇气。[1]

希腊史在谈到塔兰托的伊库斯、克律索、阿斯蒂洛斯、狄俄庞波斯和其他运动员时指出，为使他们的身体保持竞技状态，以参加奥林匹克运动会的赛跑、摔跤和其他比赛，他们在这期间均不行房事。[2]

突尼斯苏丹穆莱·哈桑，由查理五世皇帝扶上王位，他在父亲死后指责父亲只知宠幸妻妾，并说他软弱，娘娘腔，是生儿育女的机器。[3]

在西班牙统治的有些美洲地区，男子只能在四十岁后结婚，但女子可在十岁结婚。而欧洲贵族到了三十五岁，也不让位于二十岁的儿子，他还要随军出征，出入国君的宫廷，他需要财产，即使应该把部分财产给予子女，也不能弄得自己太拮据。那些父亲常挂在嘴上的回答，恰如其分地反映了这种状况："我躺下睡觉前不想把衣服脱光。"

但是，一个父亲年老体衰，深受疾病折磨，已不参加男子日常的社交活动，却抱着一大堆财产不放，对自己和家人都没有好处。他若是聪明，想要"脱掉衣服躺下睡觉"，不应该脱到衬衫

---

1 引自塔索《被解放的耶路撒冷》。

2 参见柏拉图《法律篇》。

3 参见 P. 乔维奥《我这个时代的历史》。穆莱·哈桑于一五三三年登上王位，不久被红胡子巴巴罗萨·海雷丁帕夏赶下台，后被查理五世扶上王位。他的臣民在他儿子的率领下把他推翻。他被囚禁后于一五四三年失明，后退隐意大利，两年后去世。

就不脱了，而应该留一件暖和的睡袍；其他豪华物品，他已毫无用处，就应心甘情愿地送给按自然规律应该得到的那些人。他理智和正确的做法是让他们享用这些物品，因为大自然已使他无法享用；如果他不这样做，肯定是因为心存恶意和嫉妒。查理五世做得最漂亮的事，就是模仿古代的某些君主，承认理智要我们"脱掉衣服"，是穿着衣服觉得太重和碍事之时，要"我们躺下睡觉"，是在两腿不能走动之时。他把自己的财产、荣誉和权力交给儿子[1]，是因为他感到已不能果断、有力地处理国家事务，像以前那样给国家带来声誉。

> 你得明智地及时替你这匹老马卸套，
>
> 以免跌跌撞撞、气喘吁吁让人笑话。[2]

不能及早承认这点，不能感到年老会使身体和心灵自然虚弱和衰退，依我看两者的衰退相同，心灵衰退得甚至更多，这种错误败坏了世上大多数伟人的名声。我在我们的时代见到过并熟悉一些十分杰出的人物，看到他们失去了以前的许多才能，这些才能使他们在风华正茂的年代名声显赫。为了他们的名誉，我真希望他们退隐家中，享享清福，别再去管理公务和军务，因为他们已担当不起。我从前经常去看望一位贵族鳏夫，他年纪很老，但

1　一五五六年，查理五世退位，把神圣罗马帝国的皇位传给其弟斐迪南一世，西班牙国王的王位则传给其子腓力二世，并退隐西班牙卡塞雷斯省的尤斯特修道院。

2　引自贺拉斯《书简》。

还相当精神。[1] 他有好几个女儿待嫁，一个儿子已到出入社交界的年龄，因此，他家里开支很大，又要接待众多客人，他对此兴致索然，不仅因为他想要节约，而且更是因为他已年老，跟我们的生活方式相去甚远。有一天，我像平时那样大胆地劝他说，他最好把职位让给我们这些人，把主宅留给儿子居住（他只有这幢住宅装饰漂亮，居住舒适），自己搬到附近的庄园去住，就不会有人来打扰他的休息，因为考虑到他那些孩子的状况，他只有这样才能避开我们的来访。他后来听了我的话，生活过得很好。

这并不是说，对子女做出这样的承诺后，就不能再反悔了。我能够这样做之后，会让子女享用我的住宅和财产，但我保留改变主意的自由，只要他们向我提供这样做的理由。我会让他们享用住宅和财产，因为到那时我已不宜享用，至于对家务的整治管理，管多少要看我是否乐意，因为我一向认为，年老的父亲会十分高兴让子女知道他在有生之年如何治理家务，并监督他们的行为，根据自己的经验向他们提供情况和意见，把以前能享有荣誉并能将家里搞得井井有条的方法亲手传给自己的继承者，并以这样的方式做出他对子女未来的行为所寄托的希望的一种答复。我是想在近旁监督他们，并根据我年老的状况来分享他们的喜悦和祝贺。

我如果不跟他们在一起生活（因为我会因年老感伤、经常生病而给他们的生活带来不便），至少要待在他们近旁，住在我住

1　据说是指法国阿让司法总管的副官让·德·吕齐尼昂。蒙田大约在一五六三年常去洛特-
　　加龙省省会阿让。

宅的一个房间里，这不是最漂亮的房间，而是最舒适的房间。不是像我前几年见到的普瓦捷的圣希伊莱尔长老[1]那样，他患有忧郁症，过着极其孤独的生活，我走进他的房间时，他已有二十二年没有跨出家门；然而，他行动毫无困难，只是会经常感冒。他每星期只准客人进去看他一次：他总是独自待在房间里，只有一个仆人每天一次把饭菜给他端进去，而且进去后马上出来。他做的事就是在里面散步和看书（因为他有点文学知识），决心在这种生活条件下离开人世，他不久之后也就这样死去。

我会跟我的孩子们亲切地谈话，使他们对我友好，真心爱戴我，只要他们的本性善良，这事不难做到；如果他们像凶猛的野兽——这种人在我们这个世纪大量涌现，那就应该憎恨并避开他们。我不喜欢一种习俗，那就是不准孩子用"父亲"这个称呼，而要用另一种并不亲切但更加尊敬的称呼，仿佛自然的称呼没有赋予我们足够的权威；我们称上帝为万能的圣父，却不愿让我们的孩子用"父亲"来称呼我们。还有一种做法也不公正并且愚蠢，那就是不让长大成人的孩子跟父亲亲密相处，并要父亲对孩子态度严肃而又傲慢，指望因此而使他们惧怕和服从，但这样装腔作势毫无用处，会使孩子厌恶父亲，甚至使父亲变得滑稽可笑。孩子们年轻，精力充沛，因此受世人青睐，他们见一个人显出傲慢和严厉的样子，会觉得好笑，因为此人心脏和血管里的热血已所剩无几，活像是大麻田里的稻草人。即使在我能令人惧怕

1　　让·德·埃斯蒂萨克于一五四二至一五七一年任圣希伊莱尔教区教务会长老，他死于一五七六年。蒙田见到他应该在一五七四年，当时蒙田前往旺代省的圣埃米纳军营。

之时，我也希望能被人喜爱。

　　年纪老了有许多弱点，而且能力全无，很容易被人瞧不起，因此，老年人能得到的最有价值的东西，是亲人们的喜爱和依恋，而发号施令和令人生畏已不再是他们使用的手段。我曾见到这样一个父亲，他年轻时盛气凌人。[1]现在他年纪已老，但身体健康，经常打人、咬人、骂人，是法国脾气最暴躁的家长；他忧心忡忡，十分警觉：这一切只是家里策划的一场喜剧。虽然他把粮仓、地窖乃至钱柜的钥匙系在腰带上，对它们比眼睛还要珍惜，但家里的其他人依然随意取用其中的物品和钱财。他高兴地看到自己吃得节约、简单，但其他人却都在家里的一个个小房间里过着花天酒地的生活，赌博并乱花他的钱财，还嘲笑他的发怒和警惕毫无用处。每个人都对他严加提防。如有仆人对他忠心耿耿，其他人就会立刻设法使他对这仆人产生怀疑：老年人很容易犯疑心病。他曾多次对我夸耀他对家人的严格管束，以及家人对他的服从和尊敬；他把自己的事务看得多么清楚！

　　　　只有他一无所知。[2]

　　我不知道谁比他具有更多天生和后天获得的品质，能保持家长的权威，然而，他丧失了这种权威，如同孩子那样。我虽然知道许多类似的情况，却选择了这个例子，因为它最为典型。

1　　据说是特朗斯侯爵热尔曼-加东·德·富瓦，他是居松伯爵的父亲。
2　　引自泰伦提乌斯《两兄弟》。

这也许可以成为学术讨论的题目：这个人这样做更好，还是应该换一种做法？在他面前，一切都唯他是从。大家都让他作威作福，从不顶撞他；大家都信他，怕他，对他百般敬重。他辞退仆人？仆人卷铺盖就走，但只是走到他看不到的地方。老人的脚步十分缓慢，感觉模糊不清，这仆人在一年的时间里仍在这幢房子里生活和当差，却未被他发现。后来，合适的时机到来，有一封信似乎从远方寄来，要求老爷可怜，并苦苦哀求，保证以后干活更加勤快，这样，这仆人得到原谅，又回来干活。老爷要做一件事，或要写一封信，而家人却不喜欢？那么，他们就不把信寄出，并杜撰种种理由，来解释事情没做或没有回信的原因。外面寄来的信，没有一封首先拿给他看，他只能看到那些他知道会寄来的信件。如果偶然有一封信落到他的手上，他通常会叫人给他念，他会立刻听到他想听到的话，其实对方是在信里骂他，并要他道歉。他最终了解到的情况都经过故意修饰，尽量使他满意，这是因为不想让他担忧和发怒。我曾看到许多家庭长期来一直这样处理家事，虽说形式各不相同，但结果却完全相同。

妻子总要跟丈夫顶嘴，她们抓住种种借口来跟丈夫作对，找到一条理由就能证明她们完全正确。我见到过一个女人，她从丈夫那里偷拿了许多钱，据她说是给听神功的神甫，以进行更多的施舍。你们竟相信这种虔诚的借口！处理金钱的事，如果只有丈夫同意，她们都觉得不够体面。这种事应该从丈夫手中抢过来，用诡计或用强制，总之是用不正当的手段，这样才觉得开心，感到自己有充分的权力。如果她们要对付的是一个可怜的老人，就像我刚才提到的那样，是为了孩子这么做，那么，她们就用这个借口，把她们的情感当作一种美德，仿佛她们跟孩子一起受到奴役，应该起来反对丈夫的统治和管辖。至于孩子，如果他们是高大、强壮的男子，他们也会恩威兼施，迅速使膳食总管、管家和其他仆人唯命是从。老人没有妻子和子女，不太容易落到这种不幸境地，但会更加残酷，更加耻辱。老加图在当时说，你有多少仆人，就有多少敌人。[1] 鉴于他那个时代的风俗比我们的时代要淳朴得多，他岂不是在警告我们：妻子、儿子和仆人都是我们的敌人？我们衰老之后，幸好有这样的好处，那就是不会感到和知道发生的事情，我们也很容易被人欺骗。尤其在这个时代，法官在处理纠纷时往往站在年轻人一边，而且是唯利是图，我们一旦知道真实情况，又会出什么事呢？

就算我看不到这种欺骗行为，我还是会看到我容易受骗上当。大家都反复地说，朋友是多么珍贵，而婚姻则是另一回事。我看到动物之间的友谊是何等纯洁，我对此又是何等敬仰！

如果别人欺骗我，我至少不欺骗自己，不认为自己不会受骗，也不会想方设法不让自己受骗。我避免这样受骗的办法是平心静气；不是心神不定地对此好奇，而是不去想此事，并且坚决不想。我听到别人说起某人的情况，我不是去想他的事，而是立刻把目光转向自己，以了解我在这方面的情况。跟他有关的事都跟我有关。他遇到的事是在提醒我，引起我对这方面的注意。每天，我们时刻在谈论别人的事，其实不如说是在谈论自己，只要我们能把目光转向自己，而不是转到别人身上。许多作家捍卫自

1　　参见塞涅卡《致卢齐利乌斯》。

己的事业，于是就轻率地攻击他们的反对者，并对反对者严加指责，这样其实是在损害他们自己的事业，因为他们的指责也会反过来针对他们自己。

已故的德·蒙吕克元帅[1]有个儿子，是勇敢的贵族，前途无量，不幸在马德拉岛阵亡。他对我说，在他后悔的许多事中，他感到最难受和痛心的是，他从未跟儿子有过真心交谈，他还说，由于他显出严父的面孔，他就无法对儿子有深入的了解，也不能诉说他对儿子的深爱以及对他勇敢的赞赏。他说："这可怜的孩子只看到我沉着脸的轻蔑神色，至死还确信我不会爱他，也不会赏识他的优点。我心里对他特殊的爱，要对谁去诉说？知道了我的爱，他难道不会感到十分高兴和感激？我硬要迫使自己戴上这毫无用处的假面具。我因此失去了跟他交谈的乐趣，同时失去了他的爱，他只能对我非常冷淡，因为他只看到我态度严厉，只知道我行事专横。"我觉得他这样抱怨非常正确，很有道理，因为我根据实际经验得知，在我们失去朋友时，最大的安慰莫过于朋友丝毫也没有忘记我们对他们说的话，没有忘记我们跟他们有过推心置腹的交谈。

我对家人尽量做到以诚相待，愿意对他们说出自己的感受和对他们的看法，就像对其他任何人那样。我急于让人了解自己，介绍自己，因为不想让别人在任何方面对我有误解。

据恺撒所说，古时候我们高卢人有一些奇特习俗，其中之一

1　即布莱斯·德·蒙吕克（约1502—1577），法国元帅，服役于法兰西斯一世和亨利二世的军队。一五五五年在锡耶纳英勇抵抗后战败投降。在国内跟胡格诺派作战。著有《回忆录》（1592）。他的儿子皮埃尔-贝特朗在一五六六年出征马德拉岛时阵亡。

是孩子只有在拿起武器之后才能见到父亲，才能跟父亲一起出现在大庭广众之下，他们仿佛以此表明，父亲把他们看作战友和亲人的时刻已到。[1]

我发现我们这个时代有几个父亲还有一种错误的做法，他们不但在漫长的一生中剥夺了孩子们应该享有的财产，而且在身后把掌管财产的权力全都交给妻子，使她们有权任意支配。我还认识一位贵族[2]，是我们国王的近侍官之一，他本应得到超过五万埃居年金收入的遗产，但在五十多岁去世时却一贫如洗、负债累累，而他母亲在衰老的暮年却享用他父亲八十岁左右去世后留给她的遗产。我觉得这样做毫不理智。

因此，我认为一个事业顺利的男子，再娶个带来丰厚嫁妆的女子为妻，不会有什么好处：外债会使人倾家荡产，我们的祖先通常都听从这忠告，我自然也照此办理。但有些人劝我们别娶富裕的妻子，怕她们难以相处，不知感恩，这些人的误导会因轻率的猜测而使人失去一个实在的好处。一个不讲理的女人，谁也无法说服她。她们越是错，越是心满意足。不公正是她们所好，而贤淑的女人以行善为荣，因此，她们越是富裕就越是善良，就像有些女人因美丽而愈要贞洁。

孩子尚未达到法律规定能治家的年龄之前，让母亲来管理家务是完全正确的；但是，鉴于女性通常的弱点，如果父亲不能指

1　　参见恺撒《高卢战记》。

2　　指已故弗朗索瓦·德·蒙莫朗西元帅（1530—1579），法国王室总管安纳·德·蒙莫朗西的长子，任法兰西宫廷大侍从、巴黎和法兰西岛总督。他父亲死于一五六七年，母亲到一五八六年才去世。父亲死后，家里的现金均交母亲掌管。

望孩子在达到法定年龄时智力和能力超过他的妻子，那么，他就没有把他们教育好。不过，要让母亲在钱财上完全服从于孩子的决定，那也是反常的做法。我们应该根据她们的条件和年龄，给予宽裕的费用来保障她们的生活，因为对于拮据和贫困的生活，她们的忍受程度远不如男人，这种重担，应该由孩子肩负，而不是由母亲承担。

通常，对于去世后的遗产，我觉得最好根据当地的习俗来分配。法律比我们考虑得更加周到，因此，最好是让法律做出错误的选择，而不是我们因轻率选择而出错。这些财产不是完全属于我们，因为根据并非由我们制定的民法，将财产赠给确定的继承人。虽然我们有处置财产的某种自由，但我认为，我们要有十分重要而又明显的理由，才能剥夺某个人因命中注定和法律规定而应得的财产，随心所欲地使用这种自由，是对这种自由的滥用，并不理智。命运厚待我，使我没有理由违背公认的法律。我认识不少人，对他们长期效力显然是浪费时间：说错一句话，十年的功劳就付诸流水。在他们临终前能及时消除这种不良印象的人，可说是幸运！通常是最近做的事让他们印象深刻：有成效的不是最好的和经常提供的服务，而是最近做的以及那个时候做的那些事。有些人摆弄遗嘱，如同摆弄苹果或笞鞭，奖励或惩罚想要染指遗产者的每个行为。遗嘱是一件影响长远、十分重要的事，因此不能说改就改：这件事聪明人做好后绝不改动，既要做得合情合理，又要考虑当地的习俗。

我们过于重视男性继承，要让我们的姓氏永留人间，实在可笑。我们也对孩子的未来寄予过多希望。我小时候在智力课程和体育课上最不灵活也最不聪明，我上课理解最慢也最为懒散，不但跟弟弟相比如此，跟全省的孩子相比也是这样，如果因此排斥我，那就并不公正。愚蠢的是对这些预言做出异乎寻常的选择，因为我们往往对这种预言极为失望。如能破除这种常规，纠正命运对我们继承者所做的安排，那么，能做到这点的理由就更加明显，因为存在着某种明显而又巨大的生理缺陷，这种缺陷会长期存在，并且无法消除，而我们又十分看重美貌，会觉得这缺陷极其有害。

柏拉图的立法者及其同胞们的有趣谈话，其中有一段用在这里十分合适。[1] 他们在死亡临近时说：“为什么我们不能把东西留给我们喜欢的人呢？哦，天哪，我们不能根据家人在我们生病、年老时以及在我们的事务中出力的多少，而是按我们自己的想法来分给他们遗产，是多么残忍！”对此，立法者做了如下回答：“朋友们，你们也许即将离世，德尔斐的神谕说，你们很难了解自己，也很难了解属于你们的东西。我制定法律，我认为你们不属于你们自己，你们享用的东西也不属于你们自己。你们和你们的财产，过去和将来都属于你们的家庭。但你们的家庭和你们的财产更是属于国家。因此，如果有人在你们年老或生病时拍马屁，或者你们有了热烈的爱情，使你们在没有重大原因的情况下就想立下不公正的遗嘱，我绝不会允许。但是，考虑到城邦和你们家庭的利益，我会制定若干法律，并让大家明白，个人利益服从于集体利益是多么合情合理的事。你们安静地、心甘情愿地走

1　　参见柏拉图《法律篇》。

吧，人类的状况必然要你们走这条路。我极其公正，能保护公众的利益，就让我来处理你们遗留的财产。"

现在再回过来谈我的话题。我不知为何感到，在任何情况下，男人都不应该处于女人的控制之下，除非是做母亲的去惩罚那些脾气暴躁又愿意服从的人，但这并不涉及我们这里所说的老年妇女。由于这种正确看法，我们就十分乐意制定和实施排斥妇女继承王位的法典[1]，世上没有领地像我们这样，因其明显的合理性而援引这个法典，虽然它在有些地方会出乎意料地比另一些地方影响更大。在分配我们的遗产时由妇女选择继承的孩子然后进行裁决，这种做法十分危险，而这样选择并不公正又很反常。妇女在怀孕期间病态的古怪想法，会一直留在她们心中。通常见到的是她们偏爱智力最差、身体最虚弱，或者还要靠她们抚养的孩子，因为她们缺乏足够的判断力，无法在孩子中选出最好的继承者，她们一般容易受天性的影响，如同动物，只认得还在吃奶的幼崽。

总之，从经验不难看出，这种天然的情感，虽说被我们认为有巨大力量，却根基浅薄。我们每天用蝇头小利使母亲抛下自己的孩子，并让她们抚养我们的孩子：我们让她们把自己的孩子交给体弱的奶妈去喂养，而我们却不愿把自己的孩子让这种奶妈喂养，或者用羊奶喂养她们的孩子；我们不仅不准她们给自己的孩子喂奶，不管她们的孩子会有什么危险也不准，而且不准她们去

1　指撒利克法典，是法兰克人的习惯法汇编。公元六世纪初，法兰克国王米克洛维在位时期编纂，用拉丁文写成。法典禁止妇女继承土地遗产，后来这一规定成为法国排斥妇女继承王位的法律根据。

照管自己的孩子，以便能一心一意地抚养我们的孩子。久而久之，她们中大多数人喜欢别人的孩子甚于喜欢她们自己的孩子，更关心保护别人的孩子，而不是关心保护自己的孩子。我提到奶羊，是因为我家周围常常可以看到，农妇不能用母乳喂养自己的孩子，就用羊奶来喂养；我现在有两个仆人，他们吃母乳只有一周。这些奶羊会很快养成习惯来给婴儿喂奶，它们认得出婴儿叫喊的声音，听到后就来给他们喂奶：如果换了另一个婴儿，它们就不愿喂奶，而婴儿换了一头奶羊也不肯吃。我不久前看到一个婴儿，家里不让他吃他吃惯的那只羊的奶，因为这只羊是他父亲向一个邻居借来的，那婴儿怎么也不肯吃给他牵来的另一只羊的奶，后来肯定饿死了。牲畜跟我们一样，也很容易改变天生的情感。[1]

希罗多德讲到利比亚有个地区，男人可以跟女人自由交合，但孩子会走路之后，就能在人群中找到自己的父亲，他的天性引导他走出开始的几步路[2]，但我觉得这种事经常会出错。

我们喜欢自己的孩子，原因十分简单，因为孩子是我们生的，由于这个原因，我们把他们称为我们的复身，但我感到，还有另一件来自我们的产物同样重要，因为这是我们心灵的产物，是我们智慧、勇气和才能的产物，由比肉体更高尚的器官产生，更像是我们的孩子，我们在孕育出这个产物时兼当父母；生这些孩子要花费我们更多的精力，如果他们有某种优点，他们会给我

1　　参见普鲁塔克《论父亲对孩子天然的爱》。
2　　参见希罗多德《历史》。

们带来更多荣誉。我们生出的孩子的优点，其实主要是他们自己的优点，而不是我们的优点，我们在其中的作用十分有限；而另一类孩子的美、优雅和优点，全都是我们的美、优雅和优点。正因为如此，他们向我们描绘和展现我们的形象，比我们生育的孩子所展现的要生动得多。

柏拉图指出，我们的精神产物是不朽的孩子，会使父亲永垂不朽，甚至使其被奉若神明，如同来库古、梭伦、米诺斯那样。[1]

史书中有无数父爱的例子，因此我不觉得在此谈一个有父爱的人是题外话。

赫里奥多罗斯是特里卡[2]的善良主教，他情愿失去地位显赫的神职及其带来的收入，也不愿失去他的女儿[3]，他女儿至今尚在，十分可爱，但作为神职人员的女儿，她打扮得也许过于漂亮，显得过分含情脉脉。

罗马有个人叫拉比厄努斯，他才华出众，名声卓著，除其他优点外，还有文学才能[4]，我觉得他是伟大的拉比厄努斯之子，大拉比厄努斯是高卢战争中恺撒麾下的出色将领之一，后归顺伟大的庞培，作战十分勇敢，直至在西班牙被恺撒打败。我说的那位拉比厄努斯因其才华而招致许多人嫉妒，据说皇帝的宠臣都痛恨他对自由的追求，以及他像父亲那样对暴政的厌恶，这种思想感情在他的文章和书籍中显而易见。敌人们在罗马的法庭上起诉

1　参见柏拉图《斐德罗篇》。
2　现名特里卡拉，希腊同名州中心。
3　指他撰写的现存最长希腊小说《埃塞俄比亚人》中的埃塞俄比亚公主，书中叙述她和色萨利王子的爱情。他因不愿服从教会命令把书焚毁而失去神职。
4　参见塞涅卡《争辩》。

他，结果他好几部出色的著作被判焚毁。这种新的惩罚首先针对他，后来又针对罗马的其他作者，他们的著作被列为禁书。在残酷的方式和强度还不足够时，我们就想到要加上本身不会有任何感觉和痛苦的东西，如名声和我们思想的产物，我们就把肉体的痛苦施与学问和缪斯的丰碑。因此，拉比厄努斯无法忍受这种损失，不能在失去他如此珍贵的著作后苟且偷生；他请人把他抬到祖坟，活埋坟中，自杀并被埋葬。很难举出比他的父爱更加深刻的例子。卡西乌斯·塞维鲁[1]是雄辩家，是拉比厄努斯的好友，他看到自己的书被焚毁，就叫道，应该同时判处他火刑，因为他已把书中的内容牢记心中。

同样的厄运降临在格雷翁提乌斯·科杜斯[2]身上，他被控在书中赞扬布鲁图和卡西乌。这元老院卑鄙、奴颜婢膝而又腐败，应该有个比提比略更坏的主子，元老院判处焚毁他的著作，他很高兴与之同归于尽，就绝食而亡。

善良的卢卡被尼禄这个暴君判处死刑：在生命的最后时刻，他身上大部分血液已从他自愿去死而叫医生切开的双臂的血管中流出，他的手脚已经发冷，并即将冷到身体的要害。他最后记起的是他写的《内战记》中的一些诗句，就背诵起来，这是他临死前说出的最后几句话。[3]这难道不是父亲对孩子的温馨告别？这

1　卡西乌斯·塞维鲁（？—约34），古罗马雄辩家。被奥古斯都放逐二十五年至死。

2　原文为 Greuntius Cordus，应为 Cremutius Cordus（克雷姆提乌斯·科杜斯）。公元二五年，执政官控告克雷姆提乌斯·科杜斯在一部史书中颂扬布鲁图，并把卡西乌说成最后一名罗马人，其实这话是布鲁图所说。参见塔西佗《编年史》。

3　据说是《内战记》第三卷中的诗句："躯体的下半部已经使没有内脏的四肢听任死亡的摆布，但当肺部还能呼吸、心脏还有热力的时候，在人体的这一部分，死亡久久不能得逞并且遇到了很大的困难，最后才好不容易制服了整个躯体。"参见塔西佗《编年史》。

难道没有再现我们临死前跟亲人们紧紧拥抱的永别？在生命的最后一刻想起我们一生中最珍贵的事物，这难道不是一种天性？

伊壁鸠鲁临终前如他所说腹痛难忍，他感到安慰的是给后人留下了美好的学说[1]，我们是否可以认为，他愉快地见到自己创作的意义深刻的作品，就如同高兴地见到自己所生的一群很有才能又有教养的孩子？如果他必须在留下丑恶、愚钝的孩子和留下荒谬、拙劣的坏书之间做出选择，他就会跟才能相当的所有人那样，情愿蒙受的不幸是前一种而不是后一种。这样假设也许是对他不敬，假设有人对奥古斯丁说，他要么废弃自己的著作，即对我们的宗教意义重大的著作，要么活埋自己的孩子——如果他有孩子[2]——在这种情况下，他如果不愿活埋孩子，那他就在亵渎神。

至于我，我不知道自己是喜欢跟缪斯结合还是跟妻子结合孕育出完美的孩子。

对这个孩子[3]，我做出了无私而又无法改变的奉献，就像大家对亲生孩子所做的奉献：我给予它的些许好处，已不再处于我的掌管之下；它知道我不再知道的许多事情，它记住了我已不再记住的事，在需要时，我得向它借用，如同向陌生人借用那样。它比我丰富，虽说我比它聪明。

献身于诗歌的人，很少有人不愿生出《埃涅阿斯纪》那样的孩子，而情愿生出罗马美少年般的孩子，也很少有人失去美少

1   参见西塞罗《论善与恶之定义》。
2   奥古斯丁在《忏悔录》中谈到他有孩子，看来蒙田并未看过此书。
3   指《随笔集》。

年般的孩子会比失去这样的作品更加难过，因为据亚里士多德说，在所有的创作者中，诗人最爱自己的作品。[1] 伊巴密浓达曾吹嘘虽然他身后只留下两个女儿，但她们有朝一日会给父亲带来荣誉[2]（指的是他对斯巴达的两次辉煌胜利[3]），但令人难以相信的是，他愿意用这两个女儿换取全希腊最漂亮的姑娘，同样令人难以相信的是，亚历山大和恺撒情愿不要战争中立下的完美无缺的丰功伟绩，而要孩子和继承者；我真的十分怀疑，菲狄亚斯或另一位杰出雕塑家，是否会希望自己的孩子安全无恙、健康长寿，如同希望经过长期精心制作而完成的杰出雕塑完好无损地永留人间那样。至于有时父亲爱上女儿或母亲爱上儿子的那种应受谴责、失去理智的情欲，在另一种亲情中也可看到类似的情况，比如皮格马利翁的传说，他雕了一尊女人的塑像，美如天仙，就狂热地爱上了这件作品，神祇被他的真情所感动，就赋予雕像以生命，

> 手触到之处，象牙软化，硬度消失，
> 手指随之陷下。[4]

1　参见亚里士多德《尼各马可伦理学》。
2　参见西西里的狄奥多罗斯《世界史》。
3　即公元前三七一年的留克特拉战役和公元前三六二年的曼提尼亚战役。后一次战役虽然得胜，但他身负重伤阵亡。
4　引自奥维德《变形记》。

九

论安息人[1]的盔甲

当今贵族有个坏习惯，说明他们不能吃苦，那就是在迫不得已时才穿上盔甲，稍稍远离危险后就立刻脱下。因此就会十分忙乱：进攻时才叫喊着去穿盔甲，有些人还在把护胸甲系上时，他们的战友们就已被打败。我们的父辈在战斗结束前，只把头盔、长矛和护手甲交给侍从拿着，铠甲仍穿在身上。现在我们的部队深受干扰，是因为行李和侍从带来混乱，侍从因看管盔甲而不能远离主人。

李维在谈到我国军人时写道："他们丝毫不能吃苦耐劳，穿着铠甲嫌肩上压得难受。"[2]

1　安息亦称"帕提亚"，是西亚古国，地处伊朗高原东北部，原为波斯帝国属地。公元前四世纪曾被马其顿亚历山大占领，后属塞琉西王国。前三世纪中期独立，阿萨息斯一世称王，建阿萨息斯王朝（中国史籍以王朝名译称"安息"）。米特拉达梯一世时对外扩张，领有整个伊朗高原及"两河流域"，为西亚大国。二世纪末转衰。二二六年为波斯萨桑王朝所取代。

2　参见李维《罗马史》。

好多国家的军人古代打仗不穿盔甲——现在仍然如此——或者用轻薄的物品遮盖，

他们头上盖着轻巧树皮。[1]

亚历山大是有史以来最勇敢的统帅，很少穿盔甲。[2]我们中有些人对盔甲不屑一顾，但不大会影响他们的战斗力。有些人因没穿盔甲而阵亡，但因盔甲碍事而丧命者也并不少见，原因是穿着盔甲觉得太重，动作不灵活，或者间接受其影响。其实，鉴于其重量和厚度，我们穿盔甲似乎只是为了防御，但我们却更多地被其所累，而不是受其保护。我们要花很大力气来承受这重负，动作受到约束和妨碍，仿佛我们是为保护盔甲而打仗，但其实应该由盔甲来保护我们。

塔西佗对我们古代高卢军人做了有趣的描述，他们全身披甲，只是为了保护自己，因为他们无法伤害敌人，也不会受到伤害，被打倒后也无力站起来。[3]卢库卢斯看到跟提格兰[4]的军队对阵的那些米堤亚军人，身穿沉重的盔甲，仿佛囚禁于铁笼之

1　参见维吉尔《埃涅阿斯纪》。
2　参见昆图斯-库提乌斯《亚历山大大帝传》。
3　参见塔西佗《编年史》。
4　即提格兰二世（约前140—约前55），亚美尼亚国王。在位时国势极为昌隆。他首先兼并索菲思王国。然后同安息人开战，收复许多原来割让的村庄，大肆蹂躏米堤亚的土地。公元前八三年，叙利亚人向他献出王冠。公元前七八至前七七年，他重新占领卡帕多基亚。这时，他自称"万王之王"，并在亚美尼亚和美索不达米亚的边界上修建了新王都提格拉诺塞塔。公元前六九年柳卡勒斯率领罗马军队侵入亚美尼亚，在提格拉诺塞塔把他打败。公元前六六年罗马大将庞培前来进攻亚美尼亚，他举起白旗，丧失了除索菲恩和戈尔迪恩以外的所有征服的领土。

中，他因此觉得能轻易打败他们，就先对这些军人进行攻击，并取得胜利。

现在，火枪手风行一时[1]，我相信还会有某种发明裹住全身以保护我们，让我们打仗时躲在小堡垒里，就像古人用大象来战斗那样。

这种做法跟小西庇阿大相径庭，他严厉批评他的士兵，因为他们把铁蒺藜撒在护城河水中，以防止有人从被包围的城市里冲出来袭击他。他对他们说，进攻者应该想进攻，而不是害怕，他确实有理由担心，这种预防措施会使他们在警卫时放松警惕。有个青年自豪地把自己的漂亮盾牌拿给他看，他对这青年说："盾牌确实漂亮，孩子，但罗马士兵更应该相信右手而不是左手。"

我现在要说，我们觉得盔甲无法忍受，只是个习俗问题：

> 我歌颂的两个军人，
> 穿着锁子甲，戴着头盔，
> 进入城堡后，日夜不脱，
> 穿在身上，如衣服般轻松，
> 他们已对此习以为常。[2]

卡勒卡拉皇帝戴盔披甲，行军时走在大军前面。

1　火枪手出现的时间约为一五二五年，在一五五〇年左右时经常使用。
2　引自阿里奥斯托《疯狂的罗兰》。

罗马步兵不仅戴盔、拿剑和盾（因为据西塞罗说，他们对戴盔披甲习以为常，不会觉得碍事，认为盔甲就像他们的手脚那样："因为有人说，士兵的盔甲如同他的手脚。"），还要带十五天的干粮以及安营扎寨的木桩，总重量达六十斤。马略的士兵训练有素，虽有这些重负，也能五小时行军二十公里，急行军甚至可达二十四公里。他们的军纪比我们严格得多，因而效果也完全不同。下面的例子值得注意：有一个斯巴达士兵，被人发现在一次军事行动中躲进一幢房子，受到批评。这些士兵吃苦耐劳，不管天气如何，如被看到不是待在露天而是躲进屋子，那就是奇耻大辱。小西庇阿在西班牙训练军队，命令士兵站着吃饭，而且吃的是生食。我们不会让我们的士兵吃这种苦头。

此外，阿米阿努斯·马尔切利努斯[1]对罗马的战争十分了解，仔细地记载了安息人戴盔披甲的方式，他记录下来是因为他们的方式跟罗马人不同。他说："他们的盔甲编成小羽毛状，不妨碍身体的活动，但十分坚固，我们的标枪扔到上面也会被弹出（这是鳞皮甲，我们的祖先经常使用）。"他在别处写道："他们的马匹强壮、耐劳，皮肤厚实，他们自己从头到脚披上铁甲，铁甲做得非常十分精巧，关节处的并不妨碍四肢活动。这简直就是铁人；头盔完全按头部和面孔各个部分的形状制造，他们可能受到伤害的地方，只有使眼睛能看到而留有的两个小孔，以及使他们能稍稍呼吸而在鼻孔前开出的缝隙。"

1　阿米阿努斯·马尔切利努斯（约325—约395），古罗马史学家。他的拉丁文罗马帝国史，从涅尔瓦即位一直写到瓦伦斯去世，是塔西佗的历史著作的续编。《罗马史》共三十一卷，仅存后十八卷，即记述三五三至三七八年间事件的部分。

这景象真是可怕：这柔软的铁甲

因其覆盖的四肢而活了起来，

就像看到铁的雕像在走动，

战士们呼吸是通过他们身上的铁甲。

马匹也戴盔披甲，包铁的前额气势汹汹，

马身也披上铁甲，走动时不会受伤。

这里描写得跟法国士兵的盔甲十分相像。

普鲁塔克说，德米特里[1]令人给他和他的副官阿尔喀诺斯每人制作一副重达一百二十斤的盔甲，而普通的盔甲只重六十斤。

1　指德米特里一世（前336—前283），马其顿国王（前294—前288在位）。公元前三〇五年在攻罗得岛时，因采用新的围城法围城一年，遂有"围城者"之称。

十

论书籍

我并不怀疑，我经常谈论的问题，由相应专业的大师来谈会更加真切。本文只是谈我的天赋，而绝不是我获得的知识，如有人当场发现我的无知，我绝不会在意，我很难回应别人对我的看法，也不会对我自己负责，因为我不会因此而感到自满。谁要想得到学问，那就让他自己去找，让别人获得学问，并非我之所长。本文谈的是我个人的看法，我想用这些看法让大家了解的不是事物，而是我自己；现在谈的这些事，我也许将要弄清，也许已经弄清，这要看我是否有幸弄清这些事，但我已记不起来。即使我读过一些书，我也完全记不得了。

因此，我不能保证我的知识确切无误，我最多只能确定我目前的知识水平。请读者不必在意我谈的是什么问题，而要注意我如何来谈论这些问题。

请大家在判断时以我对别人的引证为根据，看我是否善于选择能提高我叙述的价值的观点。因为我是借别人的嘴来说出我不能恰当表达的意思，有时是因为我的语言不够生动，有时是因为我没有足够的智慧。我引用别人的话不知其数，但我会对这些话进行思考。如果我认为引用得越多越有价值，我引用的话就会倍增。这些引语全都或大都出自古代著名作家的手笔，我觉得不用挑明就知道是谁写的。我在文章里引用他们的推理和想法，并与我的想法混杂在一起，我有时故意不指出它们的作者，为的是约束某些轻率的批评者，他们会动辄对任何著作进行批评，特别是批评一些还活着的作家的近作，而且用我们庸俗的语言来写，这种语言可以使任何人都来谈论这些著作，似乎表明他们的观念和意图同样庸俗。我希望这些人把普鲁塔克当作我来嘲笑，骂塞涅卡时还以为是在骂我。我要用这些名人来掩盖自己的弱点。我希望有人能给我拔掉别人的毛，就是用清晰的判断来识别话语的力量和美，以区分我引用的看法和我自己的看法。我记性不好，总是无法弄清这些话的出处，但我清楚地知道自己的能力，在我的土地上开出的艳丽花朵，并非由我种出，它们结出的果实，也胜过我培育的果实。

　　我对下面的两种情况负有责任：一是我在阐述时思维混乱，二是我的推理有缺陷，而我又没有觉察，或在别人指出时也无法认清。我们就算没有判断力也会有知识和真理，正如没有知识和真理也会有判断力；我甚至要说，承认自己的无知，是判断的最好和最可靠的证明之一。我阐述自己的想法，并没有严密的结构，只是随机应变。我古怪的想法渐渐出现，我就把它们逐一写出；这些想法有时成堆涌现，有时接连出现。我希望大家看到的是自然而又平常的步伐，虽说走得曲曲弯弯。我想到什么就写什么，另外，这里既没有不能不知道的问题，也没有不能偶然信口开河地谈起的问题。

我很希望能对事物有更加全面的了解，但我无法付出如此高昂的代价。我想要悠闲地而不是勤劳地度过余生。我不会为任何事情绞尽脑汁，即使做学问也不愿如此，不管学问有多大价值。我只是在书中寻找愉悦，以便有一种高雅的消遣，而我进行研究，只是为了寻找认识我自己的学问，即一门能使我愉快生活、安然死去的学问：

这就是我这匹马哪怕流汗也应该奔向的目标。[1]

我在阅读时即使遇到困难，也不会去竭力解决，如果思考了一两次仍未解决，我就把它们置之一边。如果还要深入思考，我就会浪费自己的精力和时间，因为我思想冲动，想了一次无法解决，再想就反而糊涂。我做任何事情都要高高兴兴，继续思考和过于紧张都会使我判断不清，变得忧郁和厌烦。我一仔细阅读，就会视觉模糊，注意力无法集中。我必须把目光从书本上移开，然后又多次阅读，这就像判断鲜红的颜色，先要看上一眼，然后再突然用不同的目光多次观看。

如果有一本书我不喜欢，我就拿起另一本书，只是在百无聊赖时才开始阅读。我很少去看新的作家的作品，因为觉得古代作家的作品内容更加丰富，写得更加扎实；我也不看希腊作家的作

1　引自普罗佩提乌斯《哀歌》。

106

品，因为我的希腊语水平并不比一个小孩或小学生更高。

说到纯属消遣的书籍，我觉得在现代作家中，如果薄伽丘的《十日谈》、拉伯雷的作品以及扬·塞孔[1]的《吻》可归为此类，倒是可以用来消磨时间。至于《阿马迪斯·德·高拉》[2]以及类似的作品，我只是在童年时代感兴趣。我还要大胆或轻率地说，我沉重、衰老的心灵，不仅不再对阿里奥斯托有好感，而且对善良的奥维德也不再有兴趣：他的表达才能和奇思异想曾使我陶醉，但现在却很难给我解闷。

我毫不拘束地说出我对一切事物的看法，即使对我无法理解和完全不知道的事物也是如此。我对事物提出自己的看法，是为了显示我的看法达到何种水平，而不是显示事物本身的水平。我对柏拉图的《阿克西奥赫》[3]感到失望，认为对于这样一位作家，这部作品显得苍白无力，但我对自己的判断并没有信心：一个人不会如此愚蠢，去反对古人们的许多著名观点，这些人被他看作自己的老师和指导者，他甚至愿意跟他们一起出错。他责怪自己停留在表象上，不能深入实质，或是从错误的角度观察问题。他只是满足于避免含糊不清和走极端，至于他的弱点，他则欣然承认。他想要对他感觉到的表象做出正确的解释，但表象既不清楚又不完整。伊索寓言大多有多层含义，人们可以做出多种解

1　扬·塞孔（1511—1536），佛兰德斯人文主义者。著有诗集《吻》。
2　《阿马迪斯·德·高拉》，西班牙骑士小说代表作。小说主人公阿马迪斯·德·高拉是国王佩里翁·德·高拉的私生子，一出生即被投入大海，获救后在苏格兰王宫中长大并成为骑士。后历经艰险，终与公主奥里阿娜结合并继承了王位。原书为四卷，后人续至十余卷。
3　《阿克西奥赫》是假借柏拉图之名的伪作。

释。有些人赋予它们寓意，并选择跟寓言相符的某个面，但对大多数读者来说，只有首先看到的一面，即肤浅的一面；而其他更生动、更主要和更深刻的一面，他们却无法看到，我的情况就是如此。

但是，如按我的思路说下去，我就会说，我总是感到，在诗歌方面，维吉尔、卢克莱修、卡图鲁斯和贺拉斯远胜于其他人而占据首位，特别是维吉尔的《农事诗》，我认为是最完美的诗作；跟这部诗作相比，可以轻而易举地看出《埃涅阿斯纪》的有些段落，作者如有时间还可以进行梳理。我觉得《埃涅阿斯纪》卷五写得十分完美。我也喜欢卢卡的作品，常常爱不释手，这不是因为他的文笔，而是因为他本身的价值、他的看法和中肯的评论。至于令人喜爱的泰伦提乌斯，其拉丁语轻柔而又优雅，我觉得他有才能，能自然地表现心理活动和性格特点；我们的行为使我时刻想起他。他的作品我不管读几次，都能发现新的美妙和优雅之处。跟维吉尔几乎同时代的人们抱怨说，有些人把维吉尔和卢克莱修相提并论。我觉得这样比较确实不恰当。但我一旦读到卢克莱修优美的诗句，我就很难坚持这种看法。如果他们对这种比较感到不快，那么，如果有些人愚蠢而又粗鲁地把维吉尔和阿里奥斯托相提并论，他们又会说些什么呢？阿里奥斯托本人又会对此说些什么？

哦！这个世纪真是粗鲁，毫无情趣可言！[1]

1　引自卡图鲁斯《卡尔米娜》。

我认为古人对有些人把普劳图斯和泰伦提乌斯（他更有贵族味）相提并论，比对另一些人把卢克莱修和维吉尔相提并论更加愤愤不平。有个人对大家欣赏和偏爱泰伦提乌斯起到很大影响，此人是罗马的雄辩之父[1]，常常提起泰伦提乌斯，说他在戏剧方面独占鳌头，而这个评价也十分重要，那就是罗马诗人的首要评判者对他的朋友大加赞扬。[2]我经常想到我们这个时代的喜剧作家（意大利人在这方面就十分成功）的创作方法，他们使用泰伦提乌斯或普劳图斯的三四个题材来创作一个剧本，把薄伽丘的五六个故事堆积在一部喜剧里。用这种方法为自己的作品获取材料，是因为他们对自己的才能没有信心；他们自己没有能吸引我们的素材，就需要找到一个可靠的支柱，希望故事能使我们感兴趣。这就跟我喜欢的作家[3]完全相反：他风格完美、秀丽，使我们不大去注意他的题材；他的优雅和风趣始终吸引着我们的注意，他总是引人入胜，

　　　如同清澈的小溪，[4]

使我们的心灵充满了文字的优雅，我们因此而忘记情节的动人。

　　这个评论使我有了其他看法。我看到古代的优秀诗人毫不矫揉造作，不仅没有西班牙式的和彼特拉克式的奇特夸张，也没有

1　指西塞罗。其实，西塞罗对普劳图斯十分赞赏，如在《论责任》中。
2　首要评判者指贺拉斯，他在《诗艺》中高度评价泰伦提乌斯的作品。
3　指泰伦提乌斯。
4　引自贺拉斯《书简》。

使用比较节制的修辞手法，这种修辞手法在以后几个世纪里是所有诗作的修饰。因此，内行的评判者都不会因这些古代作家没有使用这种手法而感到遗憾，也都极其欣赏卡图鲁斯一贯流畅和绚丽的铭辞，认为他的作品远胜于马提雅尔在警句的结尾所加的辛辣词语。我刚才说的道理，马提雅尔也用来说他自己：他不用花很大力气，情节为他充当才智。[1]

这些古代作家毫不冲动，也不用激励，就轻而易举地表现出自己的才能：既然处处都是笑料，就不用胳肢自己，而新时代的诗人却需要外人相助。他们的才能越少，就越需要更多的情节。他们骑在马上，是因为两腿乏力。这就像在舞会上，出身低贱的男子由于无法模仿贵族的高雅举止，就用危险的跳跃和船夫般奇形怪状的动作来表现自己。这就像女士们不是在展现各种姿势和动作的舞会上，而是在只需要步履自然、举止平常的某些隆重的舞会上更能展示得体举止。我也看过那些出色的喜剧演员演出，他们的穿着和举止平平常常，却使我们感到只有他们的艺术才能使我们享受的乐趣，而新手和没有这样高超演技的演员，就需要在脸上涂脂抹粉，身穿奇装异服，装腔作势地做出鬼脸，才能使我们发笑。我的这种看法要得到证实，最好莫过于把《埃涅阿斯纪》和《疯狂的罗兰》进行比较。前一部作品如同展翅飞翔，飞得又高又稳，总是朝同一个方向；后一部作品则飞来飞去，从一个故事跳到另一个故事，像小鸟从一个枝头飞到另一个枝头，认为自己的翅膀只能做短途飞行，飞了一段就停下休息，生怕喘

<hr>

1　引自马提雅尔《警句诗集》卷七序言。

不过气，精疲力竭，

　　他想走的路程很短。[1]

　　我最喜欢的作家，写的就是这类作品。

　　我读的另一类书，不仅有趣而且更加有益，读这些书，我可以陶冶情操和改变生活方式，在这方面使我获益的作者，比如普鲁塔克，那是在他的作品被译成法语之后，还有塞涅卡。他们俩的长处，都对我的胃口，那就是我在他们的书中寻求的知识，都是在独立的段落中进行论述，这样就不需要长时间的工作，这也并非我之所长。普鲁塔克的小品文[2]和塞涅卡的《论道德的书简》[3]就是如此，这是他们最优秀的也是对我最有益的作品。读这些作品，我不需要鼓足勇气，我读到哪里都可以中断，因为各篇文章之间都没有联系。这些作家在有益的和正确的看法上大多一致；他们的命运也在许多地方相像；他们几乎都出生在同一个世纪[4]，都做过罗马皇帝的老师[5]，他们都来自外国[6]，都有钱有势。他们的学说是哲学的精华，写得简单明了。普鲁塔克更加前后统一，始终不变；塞涅卡变化更多，复杂多样。塞涅卡煞费苦心，

1　　引自维吉尔《埃涅阿斯纪》。
2　　指普鲁塔克的《道德论集》。
3　　指塞涅卡的《致卢齐利乌斯》。
4　　普鲁塔克生于约公元四六年，死于约一二〇年，塞涅卡生于约公元前四年，死于公元六五年。
5　　塞涅卡曾任古罗马皇帝尼禄之师，后在公元六五年被勒令自尽。据传，普鲁塔克曾当过古罗马皇帝图拉真和哈德良的老师。
6　　普鲁塔克出生和去世都在中希腊彼俄提亚的喀罗尼亚，塞涅卡出生于今属西班牙的科尔多瓦。

坚持不懈，竭力用美德去克服懦弱、惧怕和对恶习的欲念；普鲁塔克似乎没有这样重视这些缺点，不想急于防备它们。普鲁塔克的看法跟柏拉图相近，态度宽容，适用于公民社会；塞涅卡的看法跟斯多葛学派和伊壁鸠鲁学派相像，并不适用于社会，但在我看来，更适用于个人生活，也更加实在。塞涅卡在作品中，显然对他那个时代的皇帝的暴政有所让步，因为我可以肯定，他谴责贵族对恺撒的谋杀，是被迫所为，而普鲁塔克却总是毫无拘束。塞涅卡的作品文笔生动风趣，普鲁塔克的作品内容丰富。塞涅卡让你读得热血沸腾，更加激动，普鲁塔克使你心满意足，获益更多：前者为我们引路，后者推着我们前进。

至于西塞罗，他的一些作品对我达到目的会有帮助，这些作品论述哲学，尤其是伦理哲学。但是，他说得直言不讳（因为没有了廉耻之心，就会无所顾忌），他的写作方法就使我感到厌烦，就像这种类型的其他所有作品那样。确实，他的序言、定义、提纲和词源占据他作品中最大的篇幅，而生动的和主要的部分却因冗长的前奏而销声匿迹。如果用了一个小时阅读他的作品，这对我来说已是很长时间[1]，但回想起来，却觉得没有读到书中的精华和要点，大部分时间都没有看到任何有用的东西，因为他还没有谈到和他的主题有关的论点，以及涉及我寻找的重要问题的推理。我读书只是希望更加明智，而不是想更加博学或更有口才，因此，对我来说，这些涉及逻辑学和亚里士多德学说的部

1　据说这段话是在一五七九年左右写的，而在一五八八年之后，蒙田用更长的时间来阅读西塞罗的作品。

分毫无用处；我希望作者把最重要的结尾部分放到最前面来谈，我对死亡和肉欲已有足够的了解，不需要别人浪费时间来仔细分析这些问题：我首先寻找有价值和有说服力的理由，以应付这些事情。在这里，不管是语法上的花招还是巧妙的词汇组合和论据都无济于事：我要的是一针见血的推论，而西塞罗的推论则是在兜圈子。他的这种方式对学校、律师辩护和布道有用，因为我们在这种情况下可以打瞌睡，即使睡上一刻钟，也完全能听出说话的思路。你要在诉讼时占据上风，不管你说得对还是说错了，你对法官就需要这样说话，对孩子和老百姓也是如此，你得什么都说，以了解什么话管用。我不希望别人引起我的注意，不希望像我们的传令官那样对我叫喊五十次："请听着！"古罗马人在祭礼时叫喊："注意！"如同我们现在喊："鼓起勇气。"对我来说，这些都是废话。我来了就已做好准备：我不需要有美味佳肴和调料，我会高兴地去吃准备好的肉食，而这种准备和前奏不但不会唤起我的食欲，反而会倒了我的胃口。

我们时代的道德败坏，是否能作为我亵渎神圣即认为柏拉图的对话冗长的辩白？他作品的主题过多地被叙述的形式所遮盖，我感到遗憾的是，他这个人可以说出许多更出色的话，却浪费时间去写那些冗长、无用的前奏性谈话。我的无知可以使我得到原谅，即使我说毫不理解他的美文。

我通常寻找的是使用科学成果的书籍，而不是创造科学成果的书籍。

普鲁塔克和西塞罗的作品，以及老普林尼和跟他们类似的作家的著作，都没有什么"注意！"这样的话；这些书是写给那些会对自己发出这种警告的人看的，即使有"注意！"这样的话，也是涉及事物的本质，具有自己的解释。

我也喜欢看《致阿提库斯书简》[1]，因为书简中包含作者生活的时代的丰富史料，更重要的是能使我们了解他个人的情感。我确实十分好奇，正如我在别处所说，想要了解我喜欢的作家的灵魂和真实的看法。[2] 通过他们的著作所展现的人间舞台，我们可以评价的是他们的才能，而不是他们的感情和他们本人。我无数次感到遗憾的是，布鲁图[3]论述美德的那本书已经失传：了解实践行家的理论，确实是件有趣的事。但由于布道和传教士不是一回事，我既喜欢看到普鲁塔克描写布鲁图，也喜欢看到布鲁图描写自己。我更想知道的是布鲁图战斗前夕在营帐里跟知心朋友的谈话，而不是他在第二天跟他统领的士兵说的话，更想知道他在自己的办公室和房间里所做之事，而不是他在广场上和元老院里做的事。

至于西塞罗，我同意普遍的看法，即除了学问渊博之外，他没有许多优秀的品质；他是个善良的公民，生性宽厚，肥胖、爱笑的人通常这样，他也确实如此；但是，他其实缺点众多，贪图功名的虚荣心十分强烈。另外，他认为自己的诗作值得发表，我不知该如何原谅他。诗写得拙劣算不上很大缺点，但是，他头脑不清，没有感到这些诗作会大大有损于他的名声。至于他能言善

1　《致阿提库斯书简》是西塞罗写给他的朋友阿提库斯的信。参见本书上卷第十一章和第二十九章。

2　参见本书中卷第三十一章。

3　指参与刺杀恺撒的布鲁图，属斯多葛学派。

辩，可说是举世无双；我认为将来也无人能跟他媲美。西塞罗只有姓氏跟他父亲相同，他在亚洲任总督[1]时，一天有好几个陌生人坐到他的餐桌旁，其中有凯斯提乌斯，坐在下座，这在达官贵人公开的酒宴上是常有的事。西塞罗问他的一个仆人，此人是谁，仆人就把此人的名字告诉他。但西塞罗当时心不在焉，忘了仆人的回答，就又问了两三次，那仆人不愿把同样的话说上好几遍，就想说出此人的某句话，以让他了解此人，于是说："他就是有人对您提起过的凯斯提乌斯，他认为令尊的辩才跟他无法相比。"西塞罗突然感到自己受到伤害，就令人把可怜的凯斯提乌斯抓住，并当场把他痛打一顿：这真是不知礼节的主人。即使一些人认为西塞罗的辩才无与伦比，也有人指出他的不足之处；譬如，他的朋友、伟大的布鲁图说，这是 fractam et elumbem（断断续续、结结巴巴）[2]的雄辩。跟他所处的时代相近的演说家都对他进行模仿，用长句来结束和谐复合句，并经常使用 esse videatur（似乎）这个词语。至于我，我更喜欢用抑扬格的短句。不过他有时也把各种不同的格律混杂在一起，但并不常见。我耳边响起了他这段话："对我来说，我情愿老了早走，而不要未老先衰。"[3]

历史学家是我最喜欢阅读的作家，读起来愉快而又轻松；更何况，我想了解的人物，在他们的书中描写得比在其他任何地方都要生动和完整；我们看到他多样和真实的性格特点，既有整体的，又有细微的，看到他跟其他人联合所使用的各种手段，以及

---

1 西塞罗于前五一年任西利西亚（在小亚细亚）总督。
2 引自塔西佗《演说家的对话》。
3 引自西塞罗《论老年》。

对他构成威胁的各种意外事件。一些叙述人物生平的历史学家，着重描写的是人物的意图而不是历史事件，是人物的内心活动而不是外部事件，因此，我更喜欢阅读这些历史学家的著作。正因为如此，在各类作家中，我最喜欢的是普鲁塔克。我感到十分遗憾的是，我们没有十来位像第欧根尼·拉尔修那样的作家，也没有一个作家比他传播更广、读者更多。确实，我对这些人类的伟大教育者的命运和生平的兴趣，并不亚于对他们各种重要看法和思想的兴趣。

在历史研究方面，必须阅读各类作家的作品，古代作家和现代作家的作品都要看，用外语写的和用法语写的都要读，这样就能了解到他们用不同方式叙述的相同事件。但是，我觉得特别值得研究的是恺撒[1]，这不仅是为了了解历史，而且是为了了解他本人，因为他大大胜过其他所有作家，虽说萨卢斯特也属于这类作家。确实，我读恺撒的著作，比读常人的作品时带有更多的敬意；我有时通过他的行动对他本人以及他的伟大有所了解，有时欣赏他语言的纯洁和无与伦比的优雅，正如西塞罗所说，他在这方面不仅超过其他所有历史学家，而且或许也超过西塞罗本人。[2] 恺撒对敌人的评价十分坦率，除了他为掩饰不道德的事业和有害的野心所做的美化之外，我唯一可以指责他的，是他在谈论自己时过于吝啬，因为这么多大事，如果他个人的参与只有他书中所说的这些，那是万万无法完成的。

1　蒙田阅读恺撒的著作，是在一五七八年二月至七月期间。
2　参见《布鲁图》。

我喜欢的历史学家，要么十分朴实，要么十分出色。朴实的历史学家不会在历史中加入自己的解释，只会把他们了解到的资料仔细地收集在一起，不加选择和删除，一丝不苟地记录下来，完全由我们来判断事情的真相。善良的傅华萨[1]就是这类历史学家，他写史态度诚恳，如记载的史料有误，只要有人指出，他就会欣然承认并更正；他甚至向我们叙述有关某一件事的流言蜚语，以及他听到的各种不同的解释。这是粗糙的、未经加工的历史材料，每个人都可以根据自己的理解来使用。

真正出色的历史学家，能够选择值得了解的事情，能在两份史料中选出最可信的；此外，他们根据君主们的性格和处境来解释他们的决定，并让他们说出恰如其分的话。他们理所当然地认为，他们的任务就是要我们接受他们的看法，但能做到这点的人确实不是很多。

介于这两类历史学家之间的那些人（这类人数量最多），只会把事情全都弄糟：他们想为我们解释不完整的材料，自以为有权进行评论，并按他们的看法来解释历史的进程，而一旦评论偏向一边，对历史的叙述就不能不出现偏差。他们选择值得了解的事实，往往对我们隐瞒更能说明问题的某句话和某件私人的事；他们把自己不理解的事置之一边，认为这些是不可信的，甚至把有些事也置之一边，因为他们无法用流畅的拉丁语或法语表达出来。那就让他们大胆地炫耀自己的辩才和推理，让他们随心所欲地加以评论吧，只希望他们能使我们在他们身后进行评论，但愿

1　　傅华萨，参见本书上卷第二十七章。

他们的删节和选择没有歪曲史料，也没有使其受到任何篡改，而是原封不动地留给我们。

人们往往从平民中选择历史学家，特别在我们这个时代，唯一的理由是这些人有写作的才华，仿佛我们要从史书中学习语法！而这些人也有自己的道理，因为他们被雇用就是做这件事，他们出售的只是喋喋不休的废话，主要关心的也是此事。因此，他们用华丽的词语，不断对我们叙述他们在各个城市的十字路口听到的各种流言蜚语。只有好的史书是由某些人撰写，这些人领导或参与历史事件，或者至少有幸领导类似的事件。这种史书几乎都出自希腊人和罗马人的手笔，因为有好几位目睹者撰写了同一题材的史书（在那个时代，伟人通常知识渊博），即使有失实之处，也微不足道，而且涉及的是真相不明的事件。一个医生，如何能谈战争？一个学生，如何能谈君主的图谋？如要指出罗马人在这方面如何一丝不苟，举一个例子就已足够：阿西尼乌斯·波利奥[1]发现恺撒写的史书中也有失实之处，恺撒出错是因为他不可能目睹他军队的各处情况，也因为他轻信有些人对他叙述的事情未经核实，或者是因为他不在时副官替他办了事但没有向他详细汇报。从这个例子可以看到，了解真实情况，是多么难，因此，关于一次战役，既不能相信

1　阿西尼乌斯·波利奥（前76—4），古罗马演说家、诗人、史学家。内战时投靠恺撒，与库里奥一同战于非洲，前四九至前四五年在希腊、非洲、西班牙等地跟随恺撒作战，替恺撒在西班牙执掌军权，攻打庞培。前三九年波利奥征服了伊利里亚地方的帕提尼人。他用缴获的战利品在罗马建立了第一所公共图书馆，其后荣归故里，不再过问政事。他的《内战史》记述前六〇至前四二年间的历史，从第一次三头政治写到罗马共和国的衰亡。他是严格的评论者，纠正过恺撒，攻击过西塞罗，赞颂过布鲁图，责备过萨卢斯特过于仿古的风格和李维的乡土观念。

统帅知道的情况，也不能相信士兵去了解他们周围发生的事，而只能像法官预审那样，比较各个证人的证词，并研究他们对每个事件的细节所持有的不同意见。应该承认，我们对自己的事情也了解得不够充分。对这个问题，博丹[1]已有详细论述，跟我的看法不谋而合。

为弥补我记忆的模糊，我曾不止一次拿起一些书来读，我以为是我没有读过的新书，其实我在几年前就曾仔细阅读，而且写了许多评语，我已在一段时间以来养成习惯，在每本书（我是指我只想读一遍的书）的末尾写上读完的日期和我的总体评论，以便至少能使我回忆得起我阅读时对作者的印象和总体看法。我想在此转录其中的一些评论。

我大约在十年前对圭契阿迪尼[2]的著作的评论（我读的书不管用什么语言写成，我总是用自己的语言来写评论）如下："这位历史学家一丝不苟，依我看，他的介绍比任何其他历史学家都要确切，能使我们了解他那个时代各个事件的真实情况；另外，其中大多数事件，他本人亲身经历，而且他是上层人物。显然，他并未因仇恨、偏袒或虚荣而隐瞒事实，因此可以相信他对那些重要人物进行毫无拘束的评论，尤其对那些提拔、重用他的人，特别是克莱芒七世。至于他似乎最喜欢炫耀的部分，即他的插叙

1　博丹（1530—1596），法国哲学家、法官。以其理想政府学说而知名。在这种政府中，民主的君主政体在国王和议会之间取得平衡，同时这一政体还拥有以神圣的权利为基础，并且只受到自然法则限制的绝对立法权。主要著作为《共和六书》（1576）。

2　圭契阿迪尼（1483—1540），意大利历史学家。他曾在罗马教廷担任官职，效力于教皇利奥十世和克莱芒七世，以及梅第奇家族。著有《意大利史》（20卷，1561年出版），所述史事始于一四九二年意大利战争爆发，止于一五三四年教皇保罗三世即位。

和议论，其中有写得中肯的和精彩的段落，但他对此过于热衷，而由于他不想有任何遗漏，史料又如此丰富，几乎是取之不尽，他就变得啰唆，有点像喋喋不休的学校教师。我还发现，他谈了这么多人和事，这么多动机和计划，却从未谈到美德、虔诚和良心，仿佛这些东西在世上已完全销声匿迹，所有的行为，不管在我们看来多么高尚，他都认为是出于某种不良的动机，是为了获得某种好处。无法想象的是，在他谈到的无数行为中，竟没有一个是因正义和理智而做出。没有一种恶习能使天下所有人都道德败坏，以致没有一人能洁身自好；这使我担心他的这种评论有点问题，他也许是在根据自己的情况评论别人。"

在菲利普·德·康明[1]的书中，我写道："你可以看到语言优雅，赏心悦目，朴实而又自然；叙述毫不夸张，作者的诚意显而易见，他谈到自己时没有自吹自擂，谈到别人时没有偏爱和仇恨；他的议论和告诫使人感到的是真诚和善意，而不是某种杰出的才能；他的书中到处显现出威望和庄重，表明作者出自名门，是做大事业的人物。"

就杜贝莱先生的《回忆录》[2]，我写道："处理过一些事件的

1　菲利普·德·康明（约1447—1511），法国政治活动家、历史学家。出身于佛兰德斯一贵族家庭。原为勃艮第公爵查理（大胆者）之亲信，曾代其出使英国和西班牙。一四七二年转事法王路易十一，任其谋臣，参赞机要。路易十一死后，因参与反政府活动于一四八七年被捕。不久复被起用。一四九四年意大利战争爆发后，曾奉法王查理八世之命出使威尼斯。晚年写成《回忆录》八卷，内容始自一四六四年，止于一四九八年，记述路易十一在位时期的政事、查理八世入侵意大利和直至路易十二即位前的历史事件。此书具有重要的史料价值，欧洲各国几乎均有译本。
2　《回忆录》为杜贝莱兄弟马丁（约1495—1559）和纪尧姆（1491—1543）合著，共八卷，叙述一五一五年至一五四七年法兰西斯一世和查理五世争斗的历史。

人撰写的历史，读起来总是令人愉快，但无法否认的是，这两位贵族所写的书，明显地缺少圣路易的侍从儒安维尔[1]、查理大帝的侍从秘书爱因哈德[2]以及近代的菲利普·德·康明那样的古代贵族史学家的坦率和主见。杜贝莱兄弟的著作，更像是国王法兰西斯一世驳斥皇帝查理五世的辩解词，而不像是历史著作。我并不认为他们对主要的事实有所篡改，但认为他们对事件做出了有利于我们的评论，而且往往很不理智，同时对他们的国王生活中棘手的事闭口不谈。譬如说，只字不提蒙莫朗西和布里翁的失宠[3]，甚至没有提到过德·埃唐普夫人的名字。秘密的事可以隐瞒，但闭口不谈众所周知的事，不谈对国家有重大影响的事，那就是不可原谅的错误。总之，要对法兰西斯一世以及在他的时代发生的事有全面的了解，如果相信我的话，请参阅其他著作去了解。阅

1　即让·德·儒安维尔（约1224—1317），法国编年史作者。他年轻时是路易九世的侍从，与国王同时参加十字军（1244），一起远征埃及，打算从那里进攻叙利亚。两人一起被俘，均被赎救。著有《圣路易传》，对第七次十字军东征（1248—1254）做了详细叙述。该书初稿早在十三世纪七十年代就已撰写，定稿则由美男子腓力四世之妻，香槟和纳瓦拉的让娜授权进行。她死时（1305）尚未完成，一三〇九年，此项工作交给其子路易十世。

2　爱因哈德（约770—840），法兰克王国传记作家，加洛林王朝文艺复兴代表人物之一。公元七九四年充任查理大帝侍从秘书，后任公共工程大臣。曾督建亚琛等地教堂和宫殿。八三〇年后，隐居塞利根斯塔特，并在此修建了一座修道院，终老于斯。仿效罗马历史学家苏托尼厄斯的笔法，撰成《查理大帝传》，追念查理大帝的功业和对他个人的恩宠。叙事明快，文情并茂，然对查理大帝的评述多溢美之词。

3　安纳·德·蒙莫朗西公爵（1493—1567）以在拉韦纳战役（1512）、马里尼亚诺战役（1515）、保卫普罗旺斯（1536）和其他战役中的功绩著称，但在一五四一年失宠，主要政敌为德·埃唐普夫人和吉斯家族。菲利普·德·夏博，布里翁的领主，是法兰西斯一世儿时的同伴，在帕维亚跟国王一起被俘（1525），后任勃艮第总督和法国海军元帅。他维护国王的情妇德·埃唐普夫人，反对王太子的情妇狄安娜·德·普瓦捷。蒙莫朗西是后一派的智囊，向国王告发布里翁担任勃艮第的海军元帅和其他职务时贪赃枉法，布里翁因此被抄家（1541）。但他失宠不到一年，因为蒙莫朗西不久失宠。安娜·德·皮斯勒（1508—1580）十八岁时成为法兰西斯一世的情妇。国王于一五三三年把她嫁给庞蒂埃弗勒伯爵让·德·布罗斯，封他为埃唐普公爵，并任命他为布列塔尼总督。

读这部著作的好处，是可以看到对这些贵族亲身参加的战役和获得的战绩的引人入胜的描写，以及朗热的领主[1]主持的交易和谈判，其中有许多事值得了解，还有一些与众不同的议论。"

1　指纪尧姆·杜贝莱。

十一

论残暴 [1]

　　我觉得美德就是我们心中产生的善意，而且比这种善意更为高尚。通情达理、秉性良好的人，总是跟道德高尚的人步伐一致，行为相同，但是，美德有一种说不出的重要性和积极性，而并非只是靠良好的本性和理智来心平气和地行事。一个人本性温顺、谦恭，受到侮辱就不会在意，这当然表现出色，值得称赞；但是，一个人被侮辱得触到痛处，却能使用理智的武器来压制报复的强烈愿望，并最终克制自己，这个人无疑更加值得称赞。前者行事善良，后者行事高尚；前者做的事可称为善良，后者做的事则可称为美德，因为在我看来，美德这个词是以困难和对抗为前提，没有对抗者就无法存在。这也许是我们说上帝善良、强大、慷慨和公正的原因，但我们没说他道德高尚，因为他的行为

1　这篇随笔是蒙田在一五八〇年版的《随笔集》出版前不久所写，主要表明他对宗教战争中经常出现的残暴行为的抗议，以及他对酷刑持反对的态度。

十分自然，毫不费力。

　　许多哲学家，例如斯多葛学派哲学家，也包括伊壁鸠鲁学派哲学家，都对美德有类似的看法。我认为他们的看法相同，是因为根据的是普遍流传的错误看法。有人嘲笑阿尔克西劳，说有许多人从他的学派改信伊壁鸠鲁学派，但从未有人从伊壁鸠鲁学派改信他的学派，阿尔克西劳回答道："确实如此！把公鸡可以变成阉鸡，但绝不能把阉鸡变成公鸡！"确实，从看法的坚定和告诫的严格来看，伊壁鸠鲁学派丝毫也不比斯多葛学派逊色，那些好斗的对手为打败伊壁鸠鲁，给自己创造有利条件，就让伊壁鸠鲁说出他从未想到过的话，还歪曲他的原意，用语法规则使他的话具有另一种含义和另一种看法，而不是他们所知道的他思想上和行为中的那种看法，但一个斯多葛派哲学家显得比这些好斗者更加真诚，他说，他放弃追随伊壁鸠鲁学派的原因之一，是认为这个学派的道路高不可攀："因为喜欢肉欲的人其实喜欢荣誉和正义，他们喜欢和实施一切美德。"[1]我再说一遍，在斯多葛学派和伊壁鸠鲁学派中，许多哲学家认为，具有善良的、稳重的和愿意道德高尚的心灵是不够的，能具有藐视命运的种种打击的决心和想法也是不够的，还必须去寻找考验这些决心和想法的机会。他们要寻找痛苦、贫困和蔑视，以战胜它们，使心灵的斗志常在。"美德会因斗争而剧增。"[2]这是属于第三学派的伊巴密浓达，拒绝接受命运通过合法途径交给他的财富的原因之一，据他说是为

1　　引自西塞罗《友人书简》。
2　　引自塞涅卡《致卢齐利乌斯》。

了跟贫困抗争，并希望终身处于贫困之中。[1]依我看，苏格拉底对自己的考验更加严格，他用凶悍的妻子来考验自己，这简直是让磨尖的刀来刺自己。梅特卢斯[2]在罗马元老院中是唯一用美德的力量来抗拒萨图尼努斯[3]的压力的人，萨图尼努斯任罗马保民官，竭力想通过一项有利于平民但不合理的法案，并要把反对者处以极刑。梅特卢斯在被押送到广场上的危急之时对押送的那些士兵说："做坏事既容易又可耻，做没有危险的好事十分平常，而做有危险的好事，才是道德高尚者的义务。"这番话向我们清楚地表明我想要证明的看法，那就是美德不跟简易为伴，真正的美德之路，并非是秉性良好的人循规蹈矩就能走出来的。美德要求走一条布满荆棘的崎岖道路，希望有外在的困难需要克服，如同梅特卢斯的美德，命运喜欢用这种困难来打断他正常的仕途，或者要他克服内在的困难，即我们无法克制的情感和因我们不完善的状况而产生的困难。

　　我写到这里，毫不费力。但我在此刻想起，苏格拉底的心灵，据我所知最为完美，但依我所见，它优点不多，因为我无法想象这个人物会同某种邪念进行斗争。我也无法想象，他的美德会遇到某种困难，是被迫所为的。我知道他的理智强大，有控制

---

2 即努米底亚的梅特卢斯（？—约前91），罗马将军，元老院贵族党的首领。前一〇九年任执政官，在北非击败努米底亚人首领朱古达。前一〇二年任监察官。前一〇〇年流亡国外。前九九年返回罗马，此后未参与政治活动。

3 萨图尼努斯（？—前100），古罗马政治家，马略的支持者。两度担任保民官（前103、前100年）。提出土地法案：在西西里、亚加亚、马其顿等行省建立殖民区，把土地分给马略老兵及意大利人（"同盟者"），遭贵族派反对。马略初予支持，后转为实施镇压，旋为暴民用石块砸死。其土地法等被废止。

能力，能使邪念无法产生。像他那样高尚的美德，我觉得是无可比拟的。我似乎看到这美德迈着胜利的步伐，华丽而无拘无束，前进中没有障碍。如果说美德只有在跟邪念斗争时才会发光，那么，我们是否可以认为，它不能缺少邪恶的参与，它要靠邪恶才能得到尊重并获得荣誉？伊壁鸠鲁学派的享乐，要顺便在其中培育美德，在其中戏耍美德，如果这种享乐给予美德的玩具是耻辱、狂热、贫穷、死亡和痛苦，那么，这种美好而又高尚的享乐又会是怎样的呢？如果我预先假定，完美的美德只有在它持久地跟痛苦进行斗争并忍受痛苦时才能被识别，只有在它忍受痛风的病痛毫不屈服时才能被识别，如果我认为美德的存在以困难和阻碍为必要条件，美德不仅能蔑视痛苦，而且还以痛苦为乐，如果我认为腹痛如绞是一种愉快的刺激，就像伊壁鸠鲁学派确定的美德那样，这个学派的好几位信徒也用自己的行动为我们留下可靠的证明，那么，这种美德又会是怎样的呢？还有其他人也给我们留下了这种证明，我看到他们在现实中超出了他们的学说所做的规定。乌提卡的加图[1]就是证明。我看到他死时五脏六腑被撕裂，但我不能认为他当时心灵中丝毫没有忧虑和恐惧，我并不认为他只是按照斯多葛学派的规定行事，即态度平静，毫不激动，视死如归。我觉得，这个人的美德中有充沛的精力，能坚持这样去做。毫无疑问的是，他在这如此高尚的行动中感到快乐和享受，比他一生中的任何行动都要感到满足："他辞别生命，很高兴找到死亡的理由。"[2]我对此深信不疑，因此我心里在想，他是否愿

1　　即小加图。他先后反对庞培和恺撒。得悉恺撒再胜于塔普索斯，自杀。
2　　引自西塞罗《图斯库卢姆谈话录》。

意失去这建立丰功伟绩的机会。而如果他善良的秉性使他更关心公众的利益而不是他个人的利益，我就会轻易地认为，他感谢命运使他的美德经受如此美好的考验，并让那个强盗[1]把国家古代的自由传统踩在脚下。我似乎看到他的心灵在完成这个行为时有一种无法言喻的愉悦和男子汉的快感，因为他的心灵意识到这行为的高尚和伟大，

更加自豪，是因为决定去死；[2]

我感到这心灵受到激励，并非是希望获得荣誉，就像某些人平庸和软弱的看法所显示的那样（因为这种想法过于卑劣，无法触动如此高尚、伟大和坚强的心），而是希望行为本身有美好的结果。这种美好的结果，他比我们看得更加清楚和完美，因为他能驾驭此事，而我们却不能。

让我高兴的是，哲学家们认为，这种高尚的行为，不可能出现在其他任何人的生活之中，只有加图一人才能这样结束自己的生命。正是由于这个原因，他理智地对他的儿子和他周围的元老院议员说，他们可以用另一种方式来摆脱这种状况。"加图生来十分坚强，因持之以恒更加坚强，坚持自己的原则，一直毫不屈服，宁死也不愿见到暴君出现。"[3]

人如何去生，就会如何去死。我们死时不会跟生前截然不

1　指恺撒使罗马共和国瓦解，而小加图则竭力挽救罗马共和国。
2　引自贺拉斯《歌集》。
3　引自西塞罗《图斯库卢姆谈话录》。

同。我总是用生来解释死。如果有人跟我说，一个人死时坚强生时软弱，我就认为其死因微不足道，这跟他的生相符。

加图从容赴死，他依靠心灵的坚强而做到这点，我们是否能说，他美德的光辉因此而变得暗淡？脑子里哪怕有点真正的哲学思想的人，又有谁会认为苏格拉底被监禁、戴上镣铐和被判死刑时，仅仅是没有害怕和痛苦？又有谁不会承认他不仅坚强和自信（这是他通常的思想状况），而且在他最后的谈话和行为中，有一种从未有过的满足和无法言喻的欣喜？他在被去除镣铐时，感到自己的腿高兴得颤抖，这难道不是表明，他由于摆脱了过去的灾难，即将认识未来的事物，心里感到温馨和愉悦？但愿加图能原谅我的说法：他死得迅速和悲惨，而苏格拉底则死得漂亮。有些人对苏格拉底的死感到惋惜，亚里斯提卜[1]对他们说："但愿神祇让我像这样去死！"

在这两个人的心灵及其模仿者的心灵中（因为我十分怀疑会有跟他们相同的心灵），可以看到他们对实施美德已完全习以为常，美德已成为他们的习性。这不是难以实施的美德，也不是要使灵魂坚定以服从理智的命令的美德。这是他们心灵的实质，是他们心灵平常而又自然的状况。他们做到这点，是通过长期实践哲学思想，而哲学思想注入他们的心灵，如同种子落到美丽、肥沃的土地上。我们心中产生的邪念，无法找到进入他们心灵的途径；他们的心灵强大而又坚定，好色的邪念刚要蠢蠢欲动，就立

1　亚里斯提卜（约前435—前366），哲学家，享乐哲学学派创始人，苏格拉底的学生。继承和发展了苏格拉底关于"美德即知识"的学说，认为寻求快乐是人生唯一的目的，知识不过是寻求快乐的工具。

刻被压制和扑灭。

　　我认为，毫无疑问的是，最好是用神祇般的决心阻止邪念产生，把自己培养成有美德的人，能把邪恶的种子连根拔除，而不是在发现苗头之后才竭力去阻止邪念的发展并将其克服；但我也毫不怀疑，更好的是这第二种办法，而不是仅仅具有对放荡和恶习深恶痛绝的随和而又善良的性格。因为这第三种也是最后一种办法，只能使人不犯罪，不能使人具有美德。不做坏事，并不等于具备做好事的能力。另外，有这种性格的人，跟不完美又软弱的人区别不大，我甚至无法划出这两种人之间的界限。因此，善良和无罪在某种程度上成了贬义词。我看到，许多美德，如贞洁、审慎和节制，我们会因体力不足而做到。遇险坚强（如果这可以称之为坚强），蔑视死亡，轻易忍受命运的打击，有些人可以做到，是因为他们对这种不幸的事缺乏清楚的判断，因此没有看到它们真正的危险性。缺乏足够的理解力和做出愚蠢的行为，有时也像德行，而我也常常看到，有人受到表扬，恰恰是因为做了应该被惩罚的事情。有一天，一位意大利贵族在我面前说出不利于他的国家的话。他说，意大利人感觉灵敏，思想活跃，能预见他们将面临的危险和灾难，因此他们在战场上遇到危险之前，早就在考虑自己的安全措施，这不足为奇，而我们法国人和西班牙人就没有这样灵敏，而是勇往直前，要亲眼看到危险并在危险触手可及时才感到害怕，到那时就无法抵抗，但德国人和瑞士人更加粗鲁和迟钝，要受到打击后才能醒悟过来。他可能只是在说笑话。但千真万确的是，在打仗时，新兵往往迎着危险而上，但在遇险之后，就不会这样轻易冒险：

我理解你初次穿上盔甲时的骄傲心情，

初次交锋就得胜的甜蜜滋味。[1]

因此，在判断个别行为时，应该考虑到各种情况，全面了解做出这行为的人的情况，然后才能对他进行评价。

现在来谈谈我自己。我常常听到朋友们说我小心谨慎，其实这只是偶然的情况，他们还认为我表现得勇敢和顽强，其实只是我深明事理看法明确；总之，他们常常把我的一种优点说成另一种优点，有时对我有利，有时于我有损。其实，我还远未能做到第一种美德即更加完美的美德，还不能使美德成为一种习惯，我甚至还无法证明自己做到了第二种美德。我并未做出巨大努力，来克制扰乱我思想的欲望。我的美德是一种美德，或者说得更加确切一些，这种美德是指没有过失，而且是事出偶然或意外造成的。如果我天生喜怒无常，我就担心我会一生凄惨，因为我的心灵不够坚强，只要情欲有点强烈就无法抵挡。我无力维持内心的争论和矛盾。因此，我没有沾染许多恶习，并非全靠我自己：

我为人总体正直，

缺点微乎其微，

如同漂亮的脸蛋瑕疵稀少，[2]

我能这样，主要是运气好，而不是依靠理智。我有幸出身于一个

1　引自维吉尔《埃涅阿斯纪》。
2　引自贺拉斯《讽刺诗集》。

极其正直的家庭，有一位十分善良的父亲：我不知道是父亲把他的部分性格遗传给了我，还是家庭的榜样以及童年时所受教育使我有了这些性格，或者出于其他原因，我生来就是如此，

> 我生在天秤座的目光下，
> 或是在天蝎座的凶恶目光下，
> 或是在西海霸王
> 摩羯座的目光之下；[1]

但事实是，我对大多数恶习深恶痛绝。有人问安提西尼，最好要学会什么，他的回答（"戒除恶习"）似乎在强调这种想法。我说我厌恶恶习，是出于一种纯粹属于我的自然本性，这种本能和印记，我从孩提时就有，并一直保存下来，任何原因也未能使其改变，即使我个人的看法也是如此，而我的看法曾因某些事情而脱离常规，使我会容易去做我的本性所厌恶的事。

我要说的一件事十分奇怪，但我还是要说：由于我对恶习深恶痛绝，因此，我的行为比我的思想更加稳定和稳重，我的淫欲不像我的理智那样放纵。

亚里斯提卜对淫欲和财富的看法十分大胆，使整个哲学界对他群起而攻之。但他的行为却是这样：僭主狄奥尼修斯给他三个美女供他挑选，他回答说三个都要，他要是只选一个美女，就会使帕里斯受挫。但他把她们带到家里以后，一点没动就送了回

1　引自贺拉斯《歌集》。

去。有一天，他的仆人跟着他走，背的钱太重，他就叫仆人把多余的钱扔掉，把背不动的东西留下。

至于伊壁鸠鲁，他的学说是不信神的和讲究高雅的，但他在生活中却十分谦逊和勤劳。他写信给一位朋友说，他只吃黑面包和喝水，并请朋友送一些奶酪，以便有朝一日能美餐一顿。要自始至终做个好人，我们体内必须有一种天赋的能力，这种能力没有规律，不依靠理智，没有可以仿效的榜样，这样说是否正确？

我曾经沉湎于放荡行为，幸好并非十分严重。对这些行为，我心里已根据其严重程度进行相应的谴责，因为我的判断力并未受其影响。相反，我对它们的责备比其他任何人都要严厉。但仅此而已，因为从目前来说，我的抵制微不足道，会轻易受到诱惑，但我绝不允许在现有的恶习中再添加其他的，因为如果不加提防，恶习之间大多会相互沾染。我将自己的恶习跟外界隔绝，尽量使其孤立无援，

> 我对恶习，
> 并未过于宠爱。[1]

斯多葛学派认为，贤者行善，借助于所有美德，虽说因善行不同，只有一种美德更为明显（如跟人体比较，也许能说明点问题，因为在发怒时，所有的体液都在相助，虽说起主要作用的是怒气），如果以此类推，那么坏人作恶，则借助于所有恶习，但

1　　引自尤维纳利斯《讽刺诗集》。

我并不相信或者说并不理解，因为我根据经验感到情况恰恰相反。但即便是这种无关紧要的细微之处，哲学家们有时也会详细论述。

我沉湎于一些恶习，但对其他恶习避而远之，就像圣人那样真心实意。

逍遥学派[1]也否认恶习之间存在着这种牢不可破的联系，亚里士多德认为，一个有理智和正义感的人，也可能纵酒、好色。

有些人看苏格拉底的面目有恶习的倾向，苏格拉底承认说，这确实是他天生的倾向，但他已用行为规范加以纠正。[2]

哲学家斯蒂尔波[3]周围的人说，他生来有酗酒和好色的倾向，但他通过努力做到戒酒和不近女色。

相反，我身上的优点，都是天生就有。我的优点并非因法律或训导获得，也不是由其他学习途径获得。我内心的善是天生的，力量不大，却并非人为。在所有恶习中我对残暴深恶痛绝，不管从其本质看还是用理智来判断，这都是最恶劣的恶习。我甚至胆怯到这种程度，看到杀鸡就不舒服，听到野兔被我的猎狗咬得惨叫就感到难受，虽说打猎是一种巨大的乐趣。

反对淫欲的人，为表明淫欲十分邪恶、毫不理智，喜欢使用下列论点：淫欲达到顶点时，会把我们完全控制，并把理智排斥在外，他们还援引我们跟女人交欢时的感觉，

1　通常认为即亚里士多德学派。传说亚里士多德常边散步边给弟子讲课，故名。
2　参见西塞罗《图斯库卢姆谈话录》以及《论命运》。
3　斯蒂尔波（前360—前280），古希腊哲学家，第欧根尼的学生。他是斯多葛派创立者芝诺的老师。

在肉体感到极乐将至，

维纳斯即将播种女人的田地，[1]

到那时，他们觉得我们会神魂颠倒，我们的理智仿佛瘫痪，沉湎于淫欲之中，无法发挥作用。我知道也会出现不同的情况，只要你愿意，有时心灵也能在此时此刻产生其他的想法。但它必须全神贯注，保持警惕。我知道能够控制这种乐趣的激情，我根据经验对此了如指掌，我并不像许多比我纯洁的人那样，认为维纳斯并非是如此专横的女神。我并不认为纳瓦拉王后在《七日谈》（该书的内容引人入胜）的一篇故事中说的事是个奇迹，也不认为此事很难做到。故事中提到，一个男人跟一个朝思暮想的情妇愉快而又毫无拘束地度过好几个夜晚，但他遵照对她许下的诺言，只是对她亲吻和抚摸。我觉得在这里用打猎的例子更加恰当（打猎时乐趣较少，却有更多的兴奋和意外，正因为如此，我们的理智局促不安，对发生的事无法进行充分的准备），在长时间搜索之后，野兽突然出现在我们最意想不到的地方。我们感到的这种激动，以及震天动地的叫喊，使我们印象强烈，这时，喜爱这类狩猎的人绝不会去想其他事情。难怪诗人们笔下的狄安娜，总是能战胜丘比特的火把和金箭：

又有谁不是在欢娱之中

忘记了爱情的痛苦忧虑？[2]

---

1   引自卢克莱修《物性论》。
2   引自贺拉斯《长短句集》。

回归正题，我发现自己对别人的痛苦十分同情，只要我感同身受，我也许动不动就会跟他们一起流泪。任何事物都不像眼泪那样会使我流泪。不仅是真心流出的眼泪，哪怕是假装流出的眼泪，也会使我想要流泪。对死者，我并不怜悯，不如说是羡慕；但我怜悯垂死之人。野蛮人把死人的肉烤熟了吃，并不使我反感，我反感的是那些折磨和迫害活人的恶人。即使是按法律做出的正确判决，我也无法平静地观看。有人想证明尤利乌斯·恺撒的宽厚，就说出这样的话：他复仇也宽宏大量，"海盗以前曾把恺撒抓住并索取赎金，现在他迫使海盗投降，并像事先威胁的那样，把他们钉在十字架上，但在钉上前先把他们掐死"[1]。恺撒的秘书菲洛蒙想要毒死他，他对秘书的惩罚并不严厉，只是让他一死了之。这位拉丁作家的名字暂且不提，他用作宽大的证明，竟然是处死冒犯过自己的人，因此不难猜想，他对罗马暴君实施的卑劣而又可怕的暴行是何等令人害怕。

在我看来，除处死外还有其他惩罚，即使有法律依据，也十分残忍，尤其是我们基督徒，希望灵魂能平静地前往另一个世界，而如果它们受到无法忍受的折磨，就无法做到这点。

不久前，一个士兵被关在塔楼里，他看到木匠开始在广场上搭起死刑台，老百姓聚在一起观看，以为这是为他准备的，感到十分绝望，想要自杀，就拿起偶然找到的从大车上拆下的生锈的钉子，往脖子上猛刺了两下，看到自己仍未被刺死，又朝腹部刺了一下，并随之昏倒。一名看守进来时看到他昏倒在地，就把他

1　参见苏埃托尼乌斯《诸恺撒生平》。

弄醒，趁他还没有死，对他宣读他将被斩首的判决书。他对这判决感到十分高兴，同意喝下他曾拒绝的送别酒，并感谢法官对他的判决是意想不到的宽容，他说，他决定自杀，是因为害怕受到比广场上搭的死刑台更可怕的酷刑……

我希望这种旨在让老百姓俯首帖耳的严厉惩罚，用在罪犯的尸体上，如同我们看到的那样，不准埋葬他们的尸体，把他们的尸体烧煮，这样做对老百姓起到的警示作用，跟对活人施以酷刑的作用相差无几，虽然这实际上作用不大或毫无作用，就像上帝所说："那杀身体以后，不能再做什么的，不要怕他们。"[1]难怪诗人们特别强调这种场面的恐怖，甚至认为比死亡还要可怕：

> 唉！他们要拖着国王残存的尸体让其受辱，
>
> 尸体已烧掉一半，全是黑色的血，骨头外露！[2]

一天我在罗马，正值处决著名盗贼卡特纳[3]。他被掐死时，观看的群众毫无反应，但在对他碎尸时，刽子手切一刀，就响起悲哀的叫声，仿佛这尸体触动了每个人的神经。

这种过于不人道的行为被施加于尸体，而不是活人的肉体。因此，在极其相似的情况下，阿尔塔薛西斯[4]改变了波斯古代的严厉法律，并颁布诏令，规定贵族如果在履行职务时犯错误，可

1　引自《圣经·新约·路加福音》第十二章第四节。

2　出自帕库维乌斯《伊利俄娜》，西塞罗在《图斯库卢姆谈话录》中转引。

3　这是在一五八一年一月十四日，罪犯为两兄弟，是卡斯泰拉纳的秘书以前的仆人，他们在几天前的夜里将过去的主人杀死。

4　即阿尔塔薛西斯二世，波斯阿契美尼德王朝国王（前404—前358）。

以不受鞭刑，而是让他们的衣服代为受刑，不是按惯例被拔掉头发，而是被脱掉高帽。[1]

埃及人极为虔诚，认为用画的猪献祭神祇，就执行了神祇的公正判决：想用物品的图像或影像作为献祭世上主宰的牺牲品，这真是大胆的创举。[2]

我生活在内战时代，令人无法相信的残暴行为司空见惯；我们在古代史书中看到的暴行，都没有像我们每天看到的事那样可怕。但我并未因此而对暴行习以为常。我在看到这些暴行之前，很难相信世上还有这种人面魔鬼，他们只是为取乐而杀人，用斧头砍掉人的四肢，绞尽脑汁想出新的酷刑和新的杀人方法，不是因仇恨或是为获益杀人，而只是为了乐于看到一个人痛苦死去时可怜的手势和动作，听到他的呻吟和哀号，觉得这种景象十分有趣。这真是残酷到无以复加。"一个人杀另一个人，并非因为愤怒和惧怕，只是因为赏心悦目。"[3]

至于我，我只要看到有人追杀无辜的野兽，心里就感到沉重，因为这野兽没有防御能力，对我们毫无害处。常常有这样的情况，鹿逃得筋疲力尽，觉得没有其他办法，只好退到后面，向追逐的人们投降，并流着泪请求手下留情，

> 它身上血迹斑斑，似乎
> 在用叫声救援。[4]

1　参见普鲁塔克《古代国王的著名格言》。
2　参见希罗多德《历史》。希罗多德说，这样做的是穷人。
3　引自塞涅卡《致卢齐利乌斯》。
4　引自维吉尔《埃涅阿斯纪》。

这景象使我十分难受。

我抓到野兽，总是放生。毕达哥拉斯从渔夫和捕鸟人那里买下捕获的鱼和鸟，然后放生[1]：

> 我相信刀剑首次染血，
> 染的是野兽的血。[2]

对野兽嗜血如命，说明本性残忍。

罗马人对杀死野兽的演出习以为常，执意要看人和角斗士相互残杀的演出。我害怕说出，但又感到，人有一种残忍的本能。看到动物相互戏耍、相亲相爱，却并不喜欢，看到动物相互撕咬、残杀，就争相观看。

我对动物的同情，不想被人嘲笑，于是就说，神学也要我们善待动物[3]，既然同一个主宰让我们居住在同一个世界为他效劳，动物跟我们一样是他家庭的成员，神学说得有道理，我们就应该关心和爱护动物。毕达哥拉斯借用了埃及人的灵魂转生说，这种说法后来为许多国家采用，尤其为我们德鲁伊德教祭司采用：

> 灵魂是不死的，一旦离开躯体，
> 又被新的躯体接纳，在其中继续存在。[4]

1　参见普鲁塔克《把酒畅谈》。
2　引自奥维德《变形记》。
3　参见雷蒙·塞邦《自然神学》。
4　引自奥维德《变形记》。

我们高卢祖先的宗教认为，灵魂不死，不断改变位置，从一个躯体转到另一个躯体。[1] 他们还认为这种情况是神祇公正的表现：他们根据灵魂迁移说，认为灵魂在亚历山大身上时，上帝就已指定另一个符合他的状况的躯体：

> 上帝把灵魂关在动物的寂静牢笼；
> 他把残酷的灵魂关在熊身上，
> 偷窃的灵魂关在狼身上；
> 他把骗子的灵魂关在狐狸身上，
> 他在漫长的岁月中把这些灵魂关进过无数躯体，
> 然后在忘川中涤除其罪恶，使其恢复原形。[2]

如果灵魂勇敢，他们就把它关在狮子身上，如果贪淫好色，就关在猪的身上，胆怯的关在鹿或兔子身上，狡猾的关在狐狸身上；最后，灵魂受到惩罚后涤除罪恶，又回到一个人的身上。

> 我清楚地记得，在特洛伊战争时期，
> 我是潘托俄斯的儿子欧福尔玻斯。[3]

至于我们跟动物的亲缘关系，我并未十分看重，也不看重这样的事实，那就是许多民族，特别是最古老和最卓越的民族，不

1　参见恺撒《高卢战记》。
2　引自克劳狄安《驳鲁菲努姆》。
3　引自奥维德《变形记》。这是毕达哥拉斯说的话。

但把动物视为同伴，而且把动物看得比自己更加高贵，有时认为它们是神祇的密友和亲信，对它们比对人还要尊敬，有时只承认它们是神祇[1]："野蛮人把动物视为神祇，是因为他们从中获益。"[2]

> 一些人崇拜鳄鱼；另一些人
>
> 看到白鹮吃蛇，十分害怕；
>
> 这里神猴的金塑像闪闪发光，
>
> 那里全城崇拜河里的鱼，
>
> 其他地方则崇拜狗。[3]

普鲁塔克对这种错误的解释看似合情合理，实则在为埃及人找借口。他说，埃及人崇拜的不是猫或牛，而是这些动物具有的神奇能力：牛耐劳、有益，而猫充满活力，犹如我们的邻居勃艮第人以及全体德国人，不愿看到自己被封闭，而这对他们来说代表自由自在，即他们最喜欢和崇拜的神祇的能力。[4]他们也用类似的方法来解释对其他动物的崇拜。但我在最克制的看法中看到一种推演，试图表明我们跟动物十分相近，它们并不比我们逊色，当然啰，我因此把我们自己看得十分低下，我也情愿放弃我们想象中能驾驭其他所有造物的能力。

即使动物没有这些优越条件，我们还是应该有关爱之心，并有一种人道的普遍义务，不仅对有生命和感情的动物，并且对植

1　参见普鲁塔克《论伊西丝和奥西里斯》。
2　引自西塞罗《神性论》。
3　引自尤维纳利斯《讽刺诗集》。
4　参见普鲁塔克《论伊西丝和奥西里斯》。

物也应如此。我们对人应该公正，对其他造物应该爱护和照顾，而它们也能感受得到。它们和我们之间有某些联系，双方都负有责任。我不怕承认自己像孩子般软弱：我的狗要跟我戏耍，即使不合时宜，我也不会拒绝。土耳其人有动物医院和救助机构。罗马人普遍看重对鹅的喂养，因为鹅的警惕拯救了他们的卡皮托林[1]；雅典人下令规定，全部放生在建造赫卡通佩宗神庙[2]时服劳役的驴和骡，任其四处游走，毫无阻碍。

阿格里真托人有一种习俗，要隆重安葬喜爱的动物，如有奇特能力的马匹，有益的狗或鸟，甚至是供孩子消遣的宠物。他们做什么事都讲究排场，特别是为此目的建造的许多豪华的纪念性建筑物，在几百年后显得更为突出。

埃及人把狼、熊、鳄鱼、狗和猫埋葬在圣地，把它们的尸体制成木乃伊，并为它们戴孝。[3]

西门用他的牝马三次获得奥林匹亚竞技会的赛马奖，牝马死后，他厚葬了它。[4]赞提普[5]把他的狗埋葬在一个海岬，这个海岬由此得名。[6]普鲁塔克说，他要是图小利，把长期给他干活的牛卖给屠宰场，就会感到于心不安。

1　鹅救罗马是罗马古史上的一则传说。侵入意大利北部的一支强悍的高卢人，公元前三九〇（一说前三八七）年在其首领布伦努斯率领下突袭罗马城，守卫外围的罗马士兵败退，高卢人长驱直入，罗马城危殆。一天夜间高卢人偷袭卡皮托林山丘（在城西北）时，供养在朱诺庙中的鹅群惊叫起来，唤醒沉睡中的罗马城内士兵，士兵起而抵抗，击退高卢人的进攻，才得以保住罗马城。

2　赫卡通佩宗神庙是在帕特农神庙以前所建。

3　参见希罗多德《历史》。

4　参见普鲁塔克《大加图传》。

5　赞提普是伯里克利之父，公元前四七九年任雅典统帅，率领希腊舰队取得米卡尔海战的胜利，从波斯人手中夺回伊奥尼亚的许多城市。

6　即称为狗墓海岬。

十二

雷蒙·塞邦[1]赞

科学确实是一件非常有益和伟大的事，轻视科学说明愚蠢。但我并不认为科学的价值像某些人所说的那样巨大，比如哲学家赫里洛斯[2]，认为科学具有至高无上的善，能使我们变得明智和幸福，我对此并不相信；我也不相信另一些人所说，他们认为科学是一切美德之源泉，任何恶习都因无知而产生。如果真是如此，这倒值得详细论述。

我的家长期向有识之士开放，并为他们所熟知，因为我父亲五十多年来主持这家庭，他仿效崇尚文艺的国王法兰西斯一世，也具有这种新的热情，花大钱结交博学之士，把他们请到家中奉若圣人，把他们的意见奉为神谕，十分尊敬，因为他自己无法做

1　塞邦（？—1432），西班牙医生、神学家、哲学家。著有《自然神学》(1436)，一五六九年由蒙田译出。

2　即迦太基的赫里洛斯（活动时期为公元前3世纪），斯多葛学派哲学家，季蒂昂的芝诺的学生，却又不受其老师的学说的约束。

出判断，又没有文化知识，甚至比他的前辈还要无知。我喜欢科学，但并不崇拜。

这些人中有皮埃尔·比内尔[1]，他当时因博学而闻名：他跟像他那样的几个人在蒙田小住几日，跟我父亲做伴。他去时送给我父亲一本书，题为《自然神学，或雷蒙·塞邦的创造物之书》。我父亲懂意大利语和西班牙语，而这本书是用夹杂拉丁语词尾的西班牙语写的，比内尔觉得只要稍加指点，我父亲就能看懂，他认为这本书有益并适应时代，就赠送给他：当时路德的新见解开始产生影响，并动摇了我们传统的宗教信仰。在这方面，他的看法非常中肯，并用推理预见到，这种开始传播的疾病很容易变成可恶的无神论：普通百姓如没有能力对事物进行判断，就会受表象的迷惑而随波逐流，并胆敢蔑视和反思他们曾十分尊敬的看法，如个人灵魂得救的看法，只要有人怀疑他们宗教里的几个信条，他们很快就会轻易抛弃其他信条。这些信条会像他们已经怀疑的信条那样，在他们心中失去威信和根基，于是，他们像摆脱暴政的桎梏那样，去摆脱因法规的威信或因对过去习惯的尊重而接受的所有想法。

　　望而却步的东西在脚下践踏。[2]

从此以后，他们不再接受他们没有做出评价和表示同意的

1　　皮埃尔·比内尔（1499—1546），图卢兹学者，曾在帕多瓦大学求学。
2　　引自卢克莱修《物性论》。

事物。

我父亲在去世前几天，偶然在一堆废弃的纸张下面看到这本书，就要我将其译成法语。翻译这种作家的书十分容易，因为书中言之有物，而那些追求辞藻华丽的作家，就很难应付，尤其是要转译成一种平实的文字。对我来说，这是一件特殊的新工作，但我正好有空，又不能拒绝这世上最好的父亲的要求，我就尽力而为：他对此极为高兴，就吩咐印刷出版，译作也确实在他去世后出版。

我觉得这位作家想法优美，他的作品条理分明，意图又十分虔诚。因为许多人喜欢看这本书，女士们尤其如此，而我们又最需要她们的帮助，因此我有时能为她们解答疑难，驳斥有人对该书提出的两大反对意见。他的目的大胆而又勇敢。因为他用人文和自然方面的理由来确立和证实天主教的所有信条，以驳斥无神论者；因此，我觉得他既坚定又出色，使我认为不可能在这方面做得比他更好，无人能达到他这样的水平。这本书内容如此丰富，又写得如此美妙，却出自一位默默无闻的作家之手，我们只知道他是西班牙人，两百年前在图卢兹行医，我曾在博学的阿德里安·蒂尔奈布[1]那里得知这本书的大致内容；他对我回答说，他认为这是取自圣托马斯·阿奎那作品中的精华，因为确实只有他这样博古通今的学者才有这样的想法。然而，不管这种想法的作者和发现者是谁（如果没有充分的理由，认为塞邦不是该书作

1　阿德里安·蒂尔奈布（1512—1565），法国古希腊文化研究者。蒙田在本书上卷第二十五章中赞扬过他。

者是不公正的），此人一定是才华横溢，优点众多。

对他的著作的第一种批评，是认为天主教徒用人文的理由来支持他们的信仰并不正确，信仰只有靠心诚和天恩的特殊启示才会有。这个批评中似乎包含着某种虔诚的热情，因此，我们在回答提出这种批评的人时，必须怀有温柔和尊敬的感情。最好由精通神学的人而不是由我来回答，因为我对此一窍不通。

然而，我认为，一件如此神圣、高尚又远远超出人的智慧的事，如同上帝才能使我们明白的真理，还必须由上帝向我们提供帮助，而且是出于对我们的特别照顾，使我们能想出此事并牢记在心，我不认为全靠人就能做成此事；另外，即使人能做成，那么，这么多罕见的杰出人才，又充满着自然的力量，在过去的那些世纪里应该能有这种认识。唯有信仰才能确定无疑地领会我们宗教的深邃奥秘。但这并不说明，把上帝赋予自然界和人类的能力效力于信仰，不是件美好和值得称道的事。毋庸置疑，对这些能力最好的使用用法，即天主教徒最值得去做的事，就是用全部智力及其思考来赞美、传播和深化其信仰的真理；我们也应该感激上帝，并把身体奉献给上帝；我们用四肢和动作以及外在之物来颂扬上帝。在这里应该照此办理，在我们的信仰中加入我们身上的全部理智，但始终如此谨慎：我们不应该认为这信仰取决于我们，也不应该认为我们的努力和推理能获得一种如此超自然的神圣认识。

如果信仰进入我们体内，不是以非同寻常的方式，而是通过推理和人为的方式，那么，这信仰在我们身上就既不高尚也不光彩。当然啰，我担心我们只能通过这个途径来享受信仰的乐趣。

如果我们通过一种生机勃勃的信仰来喜爱上帝，如果我们因为上帝而不是因为我们而喜爱上帝，如果我们有神圣的支撑和基础，那么，人为的原因就会失去动摇我们的力量；我们的堡垒就不会在如此微弱的攻击下投降；对新事物的喜爱，亲王们的淫威，一个政党的可喜境况，我们突然任意改变的看法，都不能动摇和改变我们的信仰；我们不会因新的论据和别人的劝说而动摇信仰，即使说得头头是道也是如此；我们坚决抵挡这些冲击，毫不动摇，

> 如同水中巨石，
>
> 见波浪在四周咆哮，
>
> 就顶住撞击的波浪并将其击碎。[1]

这道神光只要稍稍照到我们，就随处可见：带有其亮光的不仅是我们的言语，而且还有我们的行动。我们所做的一切，都已被这神光所照亮。我们应该感到羞耻的是，人类的各个教派，不管其学说如何难懂和奇特，却没有一个信徒不是以此来指导自己的行为和生活，而他们的学说尽管如此神圣，天主教徒也只是在口头上说说而已。

你们是否想看一看？那就把我们的习俗跟穆斯林、异教徒的习俗进行比较：你们总是处于下风，但如果看看我们宗教的长

1　仿维吉尔《埃涅阿斯纪》的诗句。原诗句为："拉提努斯却如海涛中的岩石屹立不动，／任凭海浪冲击浪花四溅，任凭多少惊涛訇鸣，／岩石仍然稳如山岳。"

处，我们应该处于上风，而且高得使人望尘莫及；我们就应该说："他们是如此公正、仁慈和善良？那么，他们是天主教徒。"所有其他表象，一切宗教全都相同：希望、信任、节日、仪式、补赎、殉道。我们的真理的特点应该是我们的德行，因为这也是最接近天道的标志，是真理的最困难、最高尚的表现。因此，鞑靼国王在皈依天主教后，准备到里昂来吻教皇的脚，并希望在我们的习俗中见到圣洁的风气，这时，我们善良的圣路易恳切劝阻，而且劝阻得很有道理，因为他担心我们毫无节制的生活方式，反而会使鞑靼国王背离这如此神圣的信仰。确实，此后有个犹太人以截然不同的方式皈依天主教，他怀着同样目的前往罗马，看到当时的神职人员和老百姓生活放荡，却更加坚信我们的宗教，因为他看到，在如此堕落和罪恶的人群中间，宗教需要有多大的力量和神性才能保持其尊严和辉煌。

"你们若有信心像一粒芥菜种，就是对这座山说：'你从这边移到那边'，它也会移过去。"《圣经》如此说。我们的行为如有神灵的指引和伴随，就不光是人的行为，就会像我们的信仰那样有着神奇的成分。"你如信仰，你就会很快使你的生活向善和幸福。"[1]

一些人使世人相信，他们相信自己不相信的事物。另一些人数目更多，他们使自己相信自己是相信的，却无法真正知道相信究竟意味着什么。

我们感到奇怪的是，我国现在兵荒马乱，对那些变幻不定的

1　引自昆体良《演说术原理》。

事件，我们已司空见惯。这是因为我们只是用自己的目光来观察。正义在交战的哪一方，只是一种装饰和借口；正义在战争中被援引，但未被接受、确定和赞同；正义在战争中如同出自律师口中，而并未在诉讼人的心中和感情中。上帝给予非同寻常的帮助，全靠信仰和宗教，而不是靠我们的热情。人在战争中起主导作用，并利用宗教：这事理应以完全不同的方式进行。

你们看，如果我们用手来操纵宗教，岂不是如同用蜡来塑造，把宗教中一个固定不变的规定塑造成许多各不相同的形状？今天的法国，对这种事难道还看得不够清楚？这宗教有些人从左边解释，有些人从右边解释，有些人说成是黑的，有些人说成是白的，但他们都是利用宗教从事残暴和野心勃勃的事业，并在这些行动中使用同样过分和不义的方法，因而使人怀疑，并难以相信他们对事物的看法会像他们认为的那样有不同之处，而事物则决定我们生活的行为和规律。在同一学校受过同样教育的人，其行为不是比其他人更为一致？

请看，我们在厚颜无耻地玩弄神的智慧，并根据我们因命运而在这些政治风暴中改变位置，时而抛弃、时而接受神的智慧，对宗教没有丝毫的顾忌。对这一如此重要的问题（"为了捍卫宗教，是否能拿起武器反抗自己的君主？"），你们要回想一下，那一年过去之后，是哪些人嘴里说出肯定的回答，受到一个党派的支持，又是哪个党派把否定的回答作为其支柱；现在请听，这两种态度的声音又来自哪一边；同时请听，哪一方的武器声音更响。有些人说，必须使真实情况服从我们所需，我们应该对他们施以火刑。在法国，做的事又比说的话要坏得多！

对真实情况，我们不妨实话实说：军队，即使是合法的正规军队，其中也可挑选出两种军人，一种参军是纯粹出于宗教热情，另一种只是为了保卫国家的法律或效力于君主，但这些人凑不满一个连的人员。为什么在我们的内战中，保持同样立场和同样步伐的人如此之少，为什么我们看到他们有时漫步，有时快马加鞭？为什么一些人有时粗暴、热情地把我们的事情搞坏，有时冷漠、懒散地把事情搞糟，他们这样做，是否因为受各种私利的驱使？

这点我看得十分清楚，那就是我们愿意为笃信宗教出力，只是在我们的激情能得到满足之时。没有一种仇恨像天主教徒的仇恨那样刻骨铭心。我们的热情是在用来促进仇恨、残酷、野心、贪婪、诽谤和反叛之时创造奇迹。相反，为促进善良、宽容和节制，除非出现奇迹，有天生罕见的性格会这样做，否则就无人过问。

我们创立宗教是为了消除恶习，而现在却在掩盖、培养和鼓励恶习。

俗语说，别把麦芒当麦子献给上帝。如果我们相信上帝，我不是说由于虔诚，而只是出于一种信仰——这样说会使大家十分困惑——了解他如同了解其他历史事件或是一个同伴那样，我们就会对他有至高无上的爱，因为他身上有无比的善和美；他至少会像财富、愉悦、荣誉和我们的朋友那样为我们所喜爱。我们中的优秀者不怕得罪上帝，却怕得罪邻居、亲戚和主人。一边追求邪恶的欢娱，一边以同样的认识和信心去追求不朽的荣誉，谁会头脑简单到用欢娱来换取荣誉？然而，我们往往只是因高傲而拒绝不朽的荣誉，而如果我们不是因喜欢冒犯而亵渎神圣，又有什么喜好会使我们去亵渎神圣？

教士向哲学家安提西尼传授俄耳甫斯的奥义，并对他说：笃信这个宗教的人，会在死后享受完美的永福。安提西尼回答道："那你为什么不去死呢？"

第欧根尼[1]的回答，像他惯常的那样更为生硬，有教士劝他入教，以享受另一世界的永福，他回答道："阿格西劳斯[2]和伊巴密浓达这样的伟人都死得悲惨，而你要我相信，你这样一头小牛，会因当了教士而得到永福？"

这种永福的许诺，如果我们使其具有哲学命题那样的权威性，我们对死亡就不会像现在这样惧怕。

> 如果心灵不死，那么在临终时
>
> 它就不会抱怨解体，反而会高兴地走出去，
>
> 就像蛇那样蜕皮，像鹿在年老时脱去长角。[3]

这样，我们就会说：我希望解体，并与耶稣基督同在。柏拉图谈论灵魂不灭的著作铿锵有力，促使他的几名弟子命赴黄泉，以早日实现他给予他们的希望。

这一切都是明显的迹象，说明我们是用我们的方式和双手来

1　指西诺帕的第欧根尼（约前412—约前323），古希腊哲学家，犬儒学派主要代表之一。

2　指阿格西劳斯二世（约前444—前360），古斯巴达国王（前399—前360在位）。前三六一年他率雇佣兵入侵埃及，返回时死于途中。

3　引自卢克莱修《物性论》。

接受我们的宗教，跟其他宗教被接受的方式完全相同。我们正巧出生在信仰这个宗教的国家，我们信仰是因为考虑到这宗教有着古老的传统，或是因为捍卫着宗教的人们名声显赫，或是我们害怕不信教会受到宗教的威胁，或是我们追求宗教的许诺。那些考虑想必对我们的信仰起了作用，不过是次要的：这都是人与人之间的关系。另一个国家，有另一些人，同样的许诺和威胁，会用同样的方式使我们信仰另一种完全不同的宗教。我们是天主教徒，就像我们是佩里戈尔人或是德国人这种情况一样。

柏拉图说，坚决不信神的人是少数，这些人遇到眼前的危险，也会承认神的力量，但这不是真正的天主教徒的做法。[1] 凡人所接受的宗教是凡人的宗教。我们在懦弱和缺乏勇气时出现的信仰会是什么样的信仰？是讨人喜欢的信仰，是没有勇气拒绝的信仰，是一种不良的激情，就像缺乏勇气和害怕，难道会在我们的心灵中产生某种理智的东西？

柏拉图说，无神论者用理性判断，关于地狱和来世苦难的话都属杜撰。[2] 但是，他们因老年或疾病而面临死亡之时，就会因对死亡和对来世苦难的惧怕而有了信仰。因为这种想法会使心里害怕，柏拉图在谈到法律时不谈这种威胁，并相信神祇不会给人带来苦难，即使有苦难，也具有医疗效果，使人受益无穷。据说皮翁[3] 受到狄奥多尔[4] 的无神论的毒害，长期嘲笑有宗教思想的人

1　参见柏拉图《法律篇》。
2　参见柏拉图《理想国》。
3　即博里斯芬的皮翁（活动时期为公元前 3 世纪），古希腊犬儒学派哲学家，当时因持无神论而受到指责。
4　即昔兰尼的狄奥多尔（约前 340—约前 250），古希腊哲学家，亚里斯提卜的弟子。著有《论神祇》，被称为无神论者。

士，但他在临近死亡之时，变得极其迷信，仿佛神祇是根据皮翁的状况消失和再现的。

柏拉图以及这些例子是要得出结论，我们相信上帝是出于爱或迫不得已。无神论可说是一种荒谬的和违反自然的看法，很难为人的思想理解和接受，而且极其傲慢和过分，因此许多人出于虚荣心或自豪感，得出高于常人的看法和改革世界的想法，并从容不迫地宣扬它们：他们虽说胆大妄为，却无力坚信。你如果在他们的胸口刺上一剑，他们一定会双手合十面向上天。当恐惧或疾病消除了他们暂时的狂乱之后，他们一定会冷静下来，并悄悄地让公众的信仰和习俗占据他们的头脑。认真领会的看法是一回事，肤浅的想法则是另一回事，它们产生于混乱的思想，在想象中漂移不定。这些可怜的人没有头脑，想要变坏却又无法做到！

信奉异教的错误和对神圣真理的无知，使柏拉图的伟大心灵（只是从人的角度来说是伟大的）产生了一个错误的想法，即认为儿童和老人更容易有宗教感情，仿佛宗教会因我们的虚弱而产生和具有威望。

连接我们的判断和意志的纽带，也应该连接我们的心灵，使其跟我们的造物主联系在一起，这个纽带具有他的外形和力量，应该不是表现在我们的思考、推理和激情之中，而是表现在神的和超自然的压抑之中，这压抑只有一种形状、一张脸和一个面貌，那是上帝的威严和恩赐。

现在我们要说，我们的内心和灵魂如受到信仰的支配，信仰就理所当然会让我们其他所有的能力为其效劳。因此，如果这架机器不是全部被这位伟大的建筑师用手打上印记，如果世上万物中不存在与造物主有点相似的某个形象，那就是无法想象的事。他在这些美妙的造物中留下他神性的印记，我们只是因无能为力而没有发现。上帝亲口对我们说，他是通过可见的造物向我们展现那些不可见的造物。塞邦进行这种高尚的研究，并向我们指出，世上万物都显示造物主的存在。如果这世界跟我们的信仰不符，那就是损害神的善意。天、地和四行，我们的肉体和灵魂，所有的事物都在促成此事：只要找到能使用它们的方法。只要我们能够领会，它们就能使我们得到教益，因为这世界是一座圣殿，人进入其中参拜神像，神像并非出自凡人之手，而是由神的思想展现——太阳、星辰、河流和土地——使我们看到可见之物。圣保罗说，从造天地以来，神的永能和神性是明明可知的，虽是眼不能见，但借着所造之物就可以知晓，叫人无可否认。[1]

> 上帝并未阻止大地观看天空，
>
> 他让天空不断在我们头顶上旋转，
>
> 是在展示他的面孔和身体，
>
> 它展现在我们面前，把灵气灌注到我们身上，
>
> 让我们了解他，知道他的步伐，重视他的法则。[2]

　　至于我们人的解释和推理，如同未经加工和无价值的物质；上帝的恩惠是其形式，是恩惠赋予物质形状和价值。苏格拉底和

1　　参见《圣经·新约·罗马人书》第一章第二十节。

2　　引自马尼利乌斯《天文学》。

加图[1]的德行仍然徒劳无益，是因为它们没有真正的目的，不是旨在喜爱和服从万物的真正创造者，我们的想法和推理也是如此：它们有某种实体，但没有固定的形状，未经塑造，也无光明，信仰和上帝的恩惠没有在其中紧密结合就是如此。信仰使塞邦的论据变得五彩缤纷、光辉灿烂，显得确实可信：它们能最先为新手引路，使其走上这条认识之路；它们在某种程度上塑造新手，使他能接受上帝的恩惠，而只有依靠上帝的恩惠，我们的信仰才能在其后确立和完善。我认识一位很有声望和教养的人，他承认，他改正了不信仰的错误，转而接受塞邦的论点。即使去除这些论点中对神佑和确立信仰的修饰，即使把它们看作纯属人类的想法，并用来驳斥那些因不信教而落入可怕的黑暗中的人们，它们仍会显得确实可信，如同其他一切同类的论点，因此，我们可以对我们的对手这样说：

> 你们如有更好的论点，那就请说出，
> 否则就请听我们的；[2]

他们要么承认我们的论点有力，要么在另一题材上对我们说出更有条理的论点。

我已在不知不觉中提到我想为塞邦回答的第二个批评意见。

有些人[3]说，他的论点软弱无力，无法证明他想说明的道理，

---

1 指小加图。
2 引自贺拉斯《书简》。
3 指不信神的唯理主义者。

因此，他们能轻易将其驳倒。对这些反对者，应该更加严厉地驳斥，因为他们比第一种人更加危险，更加居心叵测。人们乐意用自己先前接受的看法去理解别人著作的含义，无神论者也喜欢把所有作者归结为无神论，把他自身的毒强加于无毒的内容。这些反对者具有先入为主的看法，认为塞邦的论据平淡无奇。总之，在他们看来，他们处于有利的地位，可以用纯属人类的武器来自由攻击我们的宗教，但他们不敢去攻击充满威严、至高无上的宗教。我用来压倒这种狂热的方法，在我看来最为合适，那就是压制人的傲气，并踩上一脚：必须使他们感到人的虚妄、虚荣和虚无，把他们软弱的理性武器从他们手中夺过来，让他们在神威面前敬畏地低下脑袋。知识和智慧只能属于神，只有神能评价他自己的东西，而我们是从他那里窃取我们对自己的看法和评价。

因为神除了他自己之外，不容许任何人妄自尊大。[1]

我们要压倒这种傲慢的想法，即魔鬼专横的主要基础："神抵挡骄傲的人，但赐恩给谦卑的人。"[2] 柏拉图说，智慧存在于众神之中，在凡人中极为罕见。[3]

现在我们要说，不管怎样，这对天主教徒仍然是巨大的安慰，那就是看到我们会衰亡的能力，跟我们的神圣信仰完全相配，这种能力如用来做注定会衰亡的事，就不能跟信仰那样珠联

1　引自希罗多德《历史》。
2　引自《圣经·新约·彼得前书》第五章第五节。
3　参见《蒂迈乌斯篇》。

璧合。我们来看看，人掌握的其他论据是否比塞邦的论据更加有力，人是否能通过论证和推理确信某些事情。

奥古斯丁在驳斥这些人[1]时，确实有充分的理由指责他们不公正，因为他们认为我们的信仰中理智无法证实的部分是虚假的；为表明有许多东西虽说可能或曾经存在，但我们的理智却无法确定它们的实质和存在的原因，他就对他们举出一个亲身体验、无法辩驳的事实，说明人承认自己对此完全不理解；他在其他所有事情上也通过仔细的研究这样去做。还必须让这些人知道，为了确定他们的理智虚弱无需辩驳，并不需要花时间去找异乎寻常的例子，还要让他们知道，他们的理智虚弱而又盲目，一清二楚的事也弄不清楚，困难和容易在他们的理智看来是一回事，因此，一切事物，就是整个大自然，都可以否定它的判断和调停。

真理劝我们避开世俗的哲学，它往往教导我们：我们的智慧在上帝面前只是疯狂；在所有的虚荣中，最徒劳无益的是人；人以自己的知识自负，却还不知道知识到底是什么；人什么也不是，他认为自己重要，是在自欺欺人；真理这样说，是要对我们宣扬什么？圣灵的这些箴言清楚而有力地表达了我想说的话，我不需要其他任何证据来驳斥这些人，他们必定会服从于上帝的权威。但是，这些反对者只愿意自己受到鞭挞，而不能容许别人用他们的理智来抨击自己的理智。

因此，我们现在对人单独观察，他没有外援，只有自己的武

1　指不信神的唯理主义者。参见《上帝之城》。

器，没有神的恩惠和感觉，只有他这个人的全部荣誉、力量和根基。我们来看看，他这个漂亮的装备有多牢固。请他使用理智的力量使我明白，他是在什么基础上建立了在他看来与其他造物相比所具有的巨大优势。是什么使他确信，这美妙的苍穹，他头顶上高傲移动的日月的永久光芒，无边无际的海洋的惊涛骇浪，这么多世纪以来一直为他造福和效劳？这可怜而又脆弱的创造物，连自己的命运都无法掌握，会受到各种事物的侵扰，却要把自己说成这世界至高无上的主人，却又无法对世界有丝毫的了解，更不用说驾驭它，这样可笑的事竟然能想象得出来？人认为自己拥有这种特权，即在这巨大建筑物中，人是唯一能看出它的美及其各个部分，唯一能因此而感谢建筑师，并统计出世上创造和失去之物的存在，这种特权，又是谁给予他的？请他向我们出示授予他这种伟大美差的诏书。这种诏书是否只发给贤者？那么收到者想必凤毛麟角。蠢人和恶人是否配得上这种非同寻常的宠信，他们是世上的渣滓，难道应该比其他人受到更多的眷顾？

有人写下如下文字："要问这世界为谁创造？当然是为使用理智的存在物创造，也就是为神和人，他们在一切存在物中肯定最为完美。"[1]这种把神和人混为一谈的谬论，我们怎么嘲笑也不会过分。

但是，可怜的人，他有什么地方配得上这种特权？仰望天体的这种不朽的生活，观赏它们的秀美和壮丽，以及按照严格的规律进行的持续不断的运动：

1　　引自西塞罗《神性论》。

当我们仰望浩瀚的苍天，

看着天空缀满闪烁的星星时，

当我们想到日月确定的路线，[1]

看到这些天体居高临下，以及它们拥有的力量，它们不仅主宰我们的生命和命运，

因为人的行为和生活取决于天体。[2]

而且主宰我们的爱好、思想和欲望，并根据影响摆布它们，我们的理智会发现这一点并告诉我们，

理智承认：远远望见的这些天体，

根据隐秘的规则主宰着人们，

整个宇宙受到周期性规律的支配，

命运的起伏取决于天体确定的位形；[3]

看看，只要天体有微小运动，不是一个人、一个国王，而是所有王朝、所有帝国以及这尘世上的世界，都会发生变化，

微不足道的运动，会有多大影响，

1　引自卢克莱修《物性论》。
2　引自马尼利乌斯《天文学》。
3　同上。

这威力大到可对国王发号施令！[1]

虽然我们的德行、恶习、智力和知识，即我们对天体的力量的思辨力，以及它们跟我们的这种区别，这一切正如我们的理智判断的那样，是通过它们的启示和恩赐得来，

> 一人因爱情而疯狂，
> 会跨越大海，摧毁特洛伊，
> 另一人的命运是制定法律；
> 于是孩子杀父亲，父母杀孩子；
> 兄弟阋墙、残杀。
> 这场战争不是由我们负责，
> 他们为命运所迫，把一切搞乱，相互惩罚、残杀。
> 我这样谈论命运，仍受到命运的影响；[2]

我们有上天赐予我们的这份理智，但我们又怎么能因此而跟上天并肩？怎么能把上天的精华和优点算作我们的知识？我们在天体中看到的一切都使我们感到惊讶。"如此大的工程，是如何准备，使用了哪些工具、杠杆、机器和工人？"[3] 我们为什么说它们没有灵魂、生命和理智？我们跟它们毫无联系，只有屈从，我们难道只觉得它们愚蠢得纹丝不动、毫无感觉？我们是否会说，除了人

1　引自马尼利乌斯《天文学》。
2　同上。
3　引自西塞罗《神性论》。

159

之外，我们没有看到其他造物有可以进行思考的灵魂？什么！我们在太阳里看到过类似的东西？仅因为我们没有看到过类似的东西，它就并不存在？因为不存在类似的运动，所以它的运动就并不存在？如果我们没有见到过的东西都不存在，那么我们的知识就极其贫乏："我们的思想是多么狭隘！"[1]

像阿那克萨哥拉那样，把月亮看成天上的地球，想象上面有高山、峡谷；[2]像柏拉图和普鲁塔克那样，认为可在上面安置居民、建造住宅，并建立我们的殖民地；或是把我们的地球建成发光的天体，这些是不是虚荣心产生的梦想？"在我们会衰亡的人性的缺点中，还有思想的盲目，不仅会使它犯错误，还会使它喜欢错误。[3]会变质的肉体，使灵魂变得迟钝，这人间的躯壳，压制着有千百种思想的智慧。"[4]

妄自尊大是我们生来就有的毛病。创造物中最为不幸和脆弱的是人，同时最为骄傲的也是人。[5]他感到并看到自己处于世上的污泥和垃圾之中，留在这世界上条件最差、死气沉沉和臭气冲天的地方，在这住所的最低一层，离开苍穹最远，跟三个环境中环境最差的动物待在一起[6]；然而，他在思想中把自己置于月球之上，把天空踩到他的脚下。人用这种虚妄的想法，把自己跟上帝相提并论，把神力归于自己，使自己显得鹤立鸡

1　　引自西塞罗《神性论》。
2　　参见普鲁塔克《论月界》。
3　　引自塞涅卡《论愤怒》。
4　　出自《所罗门智训》，奥古斯丁在《上帝之城》中引述。
5　　引自老普林尼。
6　　三个环境指陆地、空气和水，最差的是陆地。

群，觉得自己跟其他造物不同，自认为是万物之灵。他剥夺了动物作为他的朋友和伴侣的身份，并随心所欲地把某种能力和力量赋予它们。他怎样能仅凭自己的那点智慧，知道动物内心的思想和秘密？他如何比较动物和我们，才得出动物愚蠢的结论？

我跟我的母猫戏耍时，谁知道主要是它在取乐还是我在取乐？柏拉图在描绘萨图尔努斯的黄金时代[1]时说，当时人的主要优点之一，是能跟动物交流：人了解和学习它们，知道每个动物的真正优点和区别，人用这种方法获得了完美的智慧，这使他能比过去更幸福地安排自己的生活。为了说明人对动物的冒失，难道还需要举出更好的证据？这位伟大作者说出的看法是，大自然赋予动物的大多数形体，只是为了用于预见未来，人在自己的时代会从中看出。

动物和人无法交流，为什么不说这既是我们的缺点也是动物的缺点？我们之间无法理解，到底是谁的错，这仍得猜测，因为我们不理解它们，它们同样不理解我们。它们如像我们那样思考，可能会把我们看成动物，就像我们把它们看成动物那样。我们听不懂它们的话并不奇怪，因为我们也听不懂巴斯克人和穴居人[2]的话。虽然如此，有些人仍吹嘘他们能听得懂动物的话，如

---

1 萨图尔努斯是罗马神话中司播种的神。古罗马人认为即希腊的农神克洛诺斯。传说他被宙斯战败后来到意大利，受到雅努斯的欢迎，并授权他统治意大利。他教人从事农耕，种植果木。在他的治理下，意大利出现了"黄金时代"。参见柏拉图《政治家篇》。

2 指过去居住在埃及东南部阿拉伯湾（今称苏伊士湾）的民族。据说住在岩洞里，也吃蛇。

提亚纳的阿波罗尼奥斯、墨兰普斯[1]、提瑞西阿斯[2]、泰勒斯等人。既然这是事实，如同宇宙志专家说的那样，有些国家立狗为王，那些人就得赋予狗的叫声和动作以确切的含义。我们得指出动物和人之间的相似之处。我们能大致了解它们的想法，动物对我们也大致如此。动物取悦、威胁和吸引我们，我们对它们也是如此。

目前，我们清楚地发现它们之间有充分和完全的交流，它们相互理解，不但同类之间如此，不同类的动物也是如此。

> 喑哑的牛和各种野兽，
>
> 在恐惧、疼痛或快乐时，
>
> 也会发出不同的喧闹。[3]

狗的某种狂吠，马能听出是在发怒，但听到狗的其他叫声，马不会感到害怕。而不发声的动物，我们看到它们相互帮助，就能轻易知道它们之间有另一种交流方法：它们用动作表达一种思想和看法：

> 正如我们看到孩子不会说话，

1　墨兰普斯是希腊神话中的一位先知。小时候救过两条小蛇的性命，后来小蛇在他熟睡时舔了他的耳朵，他醒来后发觉能听懂鸟语。

2　提瑞西阿斯是希腊神话中底比斯的一位盲人先知。据荷马史诗《奥德赛》，他在冥界仍有预言的才能。他双目失明的原因有不同的说法。一说他触怒宙斯的妻子赫拉，因为赫拉跟丈夫争论时说，在性爱中女人享受不到男子那样多的乐趣，而提瑞西阿斯却对赫拉说，性爱给予女子的乐趣要比给男子的多十倍。于是赫拉就弄瞎了他的双眼。

3　引自卢克莱修《物性论》。

只好做些手势，指点面前的东西。[1]

为什么不能这样？为什么它们不能像哑巴那样用手势来讨论、说理和讲故事？我看到过这样交流得十分灵巧和在行的哑巴，他们理解对方的办法可以说是应有尽有；恋人们生气、和解、请求、感谢、约会，并用眼睛表达各种意思：

即使沉默，也能提出请求，

并使对方了解。[2]

还有手！用手，我们表示要求、答应、叫唤、辞退、威胁、请求、恳求、否认、拒绝、询问、赞赏、计算、坦白、后悔、害怕、羞怯、怀疑、教导、命令、促进、鼓舞、发誓、证明、控诉、谴责、原谅、咒骂、轻视、挑衅、生气、恭维、鼓掌、祝福、谦逊、嘲笑、和解、嘱咐、激励、庆祝、高兴、抱怨、伤心、气馁、绝望、惊讶、叫喊、沉默：我们用变化无穷的手势跟舌头媲美，又有什么意思不能表达？用头，我们表示邀请、辞退、承认、否认、驳斥、欢迎、尊重、敬仰、蔑视、要求、回绝、高兴、诉苦、爱抚、训斥、制服、顶撞、勉励、威胁、放心、询问。还有用眉毛！用肩膀！没有一个动作不在说话，都是不学就懂的语言和公众的语言，因此，我们看到这种语言丰富，

---

1   引自卢克莱修《物性论》。
2   引自塔索《阿明达》。

用法又跟其他语言不同，就觉得这种语言最符合人类的本性。在这个问题上，我还没有提到在特殊情况下突然使那些需要的人学会的语言，如手指语言、手势语法，以及只是由他们使用和表达的知识，还有据老普林尼说没有其他语言的那些民族。

阿夫季拉城[1]的一位使节，在对斯巴达国王亚基斯[2]长篇大论之后问道："陛下，你希望我把你怎样的回答带给我的同胞？"他答道："你想说什么，我都让你去说，你怎么想都行，就是别说一个字。"——这种沉默岂不是最为雄辩，意思又最为清楚？

另外，人又有哪种灵活，我们不能在动物的行动为中看到？有什么群体比蜜蜂组织得更加井井有条，工作和任务分配得更加多种多样，时间又保持得更加长久？这种行动和功能的体系组织得如此出色，我们难道可以认为，它们没有理性的思想和远见卓识？

> 根据这些迹象和例子，
>
> 有些人说蜜蜂有点神性和灵气。[3]

我们看到，燕子春天回归，在我们房屋的各个角落探测，它们从许多地方中找到最适合筑窝的地方，难道就没有判断力和识别力？这些鸟所筑的鸟窝结构美丽而又出色，它们选择了

1　阿夫季拉是古希腊色雷斯沿海的城镇，在奈斯托斯河入海口附近。公元前五世纪时，阿夫季拉十分繁荣，到公元前四世纪，由于色雷斯人侵袭而一蹶不振。
2　指亚基斯二世，古斯巴达国王（前427—前398）。参加伯罗奔尼撒战争，斯巴达将领进占雅典，迫使希腊缔约。
3　引自维吉尔《农事诗》。

方形而不是圆形，选择了钝角而不是直角，难道就不知道其优点和效果？它们有时取水，有时取黏土，难道不知道土掺水会变软？它们在窝里铺上青苔或绒毛，难道不是考虑到雏鸟的细嫩的肢体躺在上面会更加柔软、舒适？它们筑窝朝东，躲避风雨，难道就不知道风的各种特点，不知道一种风比另一种风对它们更为有利？蜘蛛如果没有思考、想法和结论，又为什么织网在一处更厚，在另一处更薄，在此刻用厚的网，过后又用薄的网？在动物的大多数工作中，我们清楚地看出，动物比我们高超得多，我们的技术实在太差，无法模仿它们。我们看到，我们用全部能力和智慧创造的作品却更为粗糙，为什么我们不能像它们那样去想？它们的作品超过我们用天赋和技能创造的作品，为什么我们认为这是由于它们有我们无法知道的卑怯天性？在这个问题上，我们无意中承认它们比我们出色得多，并承认一个事实，那就是大自然如慈母般温柔，在它们生活的各种活动和消遣中陪伴它们，可以说是用手在指导它们，但大自然却让我们听任偶然命运的摆布，迫使我们用自己的技术去寻求生存所必需的物品，不把方法授予我们，使我们不能通过学习和思考掌握动物天生就有的本领，因此，动物在所有实用和愉悦的事情上即使有它们的愚蠢，也要比我们神奇的智慧能做到的一切来得高明。

确实，在这方面，我们完全应该把大自然说成极不公正的后娘。但这倒没关系。人的组织并非如此杂乱和异常。大自然把爱赋予所有造物，对任何造物，它都赋予生存所必需的一切手段。我听到人们经常抱怨说（他们的思想不大正常，有时把人捧到天上，一会儿又把人扔到地上），我们是唯一被赤身裸体扔到不毛之地上的动物，我们受到束缚，要御寒和遮盖身体，只能剥取其他动物的皮，而其他所有造物，大自然会根据它们的生活条件需要，赐予它们贝壳、外壳[1]、皮层、毛皮、羊毛、刺、厚皮、绒毛、羽毛、鳞片、浓毛、丝，给它们装上尖爪、利齿、长角，用来攻击和自卫，并教会它们合适的本领，如游泳、飞翔、唱歌，而人如果不学习，除了哭之外，既不会走路，也不会说话、吃饭，或者做任何事情：

孩子就像被无情的海浪抛到岸上的水手，

赤条条躺在地上，无言无语，

没有生命需要的种种救助，

当大自然从他母亲阵痛的子宫里

把他初次抛到光明之岸上时，

他使那个地方充满哭声——他自有道理，

因为他的一生将伴随如此巨大的忧患。

牛羊野兽无拨浪鼓相伴

也照样生活成长；

它们不需要保姆用儿语哄逗，

也不用因寒来暑往勤换衣服，

也不需要武器或高墙防护

它们的财产，因为大地带给大家的东西

1　指植物，蒙田认为植物也是活的生物。

一应俱全，也充分提供自然的技巧；[1]

这种指责毫无道理，在世界的组织中，动物和我们之间有着更平等更和谐的关系。我们的皮肤跟动物一样结实，可以抵御岁月的侵蚀，证据是许多民族还没有穿衣的习惯。我们的高卢人祖先几乎什么也不穿，我们的邻居爱尔兰人在天气十分寒冷时也是一丝不挂。但对于这点，我们看看自己就能做出更清楚的判断，因为我们喜欢把身体的各个部分暴露在空气和风中，通常是脸、脚、手、腿、肩、头：如果我们身上有个部位虚弱、怕冷，那就应该是进行消化的腹部；我们的祖先祖露腹部，我们的女士不管如何娇嫩、脆弱，也常祖胸直至肚脐。把婴儿包在襁褓里也没有必要：斯巴达人的母亲抚养孩子，让孩子自由活动手脚，毫不约束。我们出生时哭，大部分动物也是如此，出生后长时间发出抱怨的也不是少数，因为这种行为跟他们感到的虚弱十分相称。至于吃东西，在我们身上和动物身上都是不教就会的自然习惯，

每个生灵都能感到自己的能力可以派上用场。[2]

谁会认为，一个自己能进食的孩子不会去寻找食物？地上能长出食物，可以满足他的需要，而不需要人工种植；土地不是一年四季都有出产，给动物提供的也是这么多，这就说明我

---

1   引自卢克莱修《物性论》。
2   同上。

们为什么看到蚂蚁和其他动物储藏食物，以度过一年中的无收成季节。我们刚发现的那些民族，有着丰富的天然食物和饮料，不用操心和劳动就能得到，这就使我们知道，面包不是我们唯一的食品，不用耕种，我们的大自然母亲就为我们提供大量的生活必需品，令人难以置信的是，这甚至比我们使用技术获得的产品还要丰富，

> 土地首先自愿为人类出产
>
> 亮晶晶的庄稼和喜洋洋的葡萄树；
>
> 她提供了可口的水果和茂盛的牧场，
>
> 如今我们辛勤劳动却很难使它们生长、增产，
>
> 我们累坏了耕牛，农夫也筋疲力尽，[1]

我们无度的欲望，超出了我们想满足欲望而寻求的所有创造能力。

至于武器，我们的天然武器要比大多数动物来得多，肢体动作也更多，我们使用得更多，而且自然而然，不用学习就会：那些学会赤手空拳搏斗的人，会像我们这些人一样遇到危险就冲上前去。有些动物在这方面比我们强，但我们比大多数动物要强。我们天生有强身护体的本领，是因为有本能和天性。本能和天性的证明，是大象在战斗前会磨尖长牙（因为它的长牙是为战斗使用，它不会用它们做其他事）。公牛参加斗牛时，会在周围掀起

---

1   引自卢克莱修《物性论》。

尘土；野猪会磨牙，獴要跟鳄鱼斗时也是如此，为保护身体，在身上涂了厚厚一层泥，如同穿了铠甲。这跟我们用木器和铁器武装自己同样自然，我们为什么不能这样说呢？

至于说话，如果说我们不是天生就会，那当然是因为没有这个必要。但我认为，一个孩子如独自一人生活，跟其他人都没有接触（这将是很难实现的一种体验），也会有某种语言来表达他的想法；大自然如不把这个能力给予人，而给予其他许多动物，那将是令人难以置信的；我们看到它们抱怨、高兴、相互求助、互邀做爱时发出声音，难道是另一种说话的方式？为什么动物相互间不说话？而它们跟我们说话，我们也跟它们说话。我们跟我们的狗说话有这么多的方式！狗也回答我们。我们跟狗说话的语言和方式，不同于我们跟鸟、猪、牛、马说话的语言和方式，我们会使用不同的语言跟种类不同的动物说话：

> 一群棕色的蚂蚁中，
>
> 有几只在交谈，也许在询问
>
> 走什么路线，找什么食物。[1]

我觉得，拉克坦提乌斯[2]不仅认为动物会说话，而且认为它们会笑。我们因居住地不同而语言不同，同一类的动物也有这种

1　引自但丁《炼狱》。

2　拉克坦提乌斯（约250—约325），拉丁教父，生于北非。曾应罗马皇帝戴克里先之聘，在尼科美底亚教授修辞学。二世纪末入基督教。三〇五年前后，因戴克里先迫害基督教而辞职隐居。约三一三年又受聘任君士坦丁大帝之子克里斯普斯的教师。著有《上帝的工程》《论迫害者之死》《神圣教规》等。

情况。亚里士多德列举了山鹑的叫声，栖息地不同，其叫声也不同：

> 不同的鸟类中……海鹰和海鸥
> 平时的叫声和捕鱼时大相径庭，
> 有些鸟的叫声
> 会因天气变化而喑哑。[1]

但是，我们仍然不知道，在孤独中长大的孩子会说什么语言；并且对此事的猜测，还不大能站得住脚。如有人驳斥我的看法，并对我说，先天性聋人绝不会说话，我就会回答，这不仅是因为他们的耳朵未能接受语言训练，而且主要是因为他们失去的听觉跟说话的能力有联系，而这两种能力因一种自然的习惯紧密地联系在一起，因此，我们要说的话，首先应该说给我们自己听，让耳朵听到，然后才能说给别人听。

我说这些话，是要指出生物中的这种相似之处，是要把我们归入生物这个总体之中。我们既不高居于其他生物之上，也不屈居于其他生物之下。贤者说，上天之下的一切，都受到同样的规律和命运的摆布，

> 它们都受到命运的镣铐的束缚。[2]

---

1   引自卢克莱修《物性论》。
2   同上。

有区别，就有不同的行列和等级，但处于大自然相同的面貌之下：

> 每一种都按各自的方式生长，
>
> 但都要按大自然不变的秩序保持自己的特性。[1]

必须把人限制在这种社会秩序的藩篱之内。可怜的人其实没有能力跨出这藩篱跳到外面；他受到阻碍和束缚，跟同类造物受到同样的约束，地位非常一般，没有任何真正的特权和优势。他在思想中赋予自己的地位以及他的想象，既不可靠又不真实；确实，在所有动物中，只有人才能思考，才会胡思乱想，使他知道有什么没有什么，他要什么，知道什么是真什么是假，这是人花了很大代价才得来的一个长处，但他却很少以此为荣，因为这是使他痛苦的主要原因：罪恶、疾病、犹豫、骚乱、失望。

回过来谈自己的话题，我认为动物行事是出于天性和迫不得已，我们做事是经过选择和深思熟虑，这从表面上看也没有道理。从相同的结果出发，我们应该得出能力相同的结论，并因此承认，我们做事机智、得法，动物也是如此。为什么我们认为它们受自然的约束，而我们却不受任何约束？还要补充一点，那就是按照一种规则并在无法避免的自然秉性的约束下行事——这样跟神更加接近——要比按照一种规则但随心所欲、出其不意地行事更加体面，我们的行为让大自然来驾驭比由我们自己驾驭更加

1　　引自卢克莱修《物性论》。

可靠。我们因傲慢的虚荣心而更喜欢把我们的才华归功于我们的努力，而不是大自然的慷慨赐予，因此，我们认为其他动物主要靠大自然赐予的好处，而我们得到的不及它们，以便因我们获到的好处而光荣、自豪：从我们这方面来说，这种看法很是幼稚，就我个人来说，我既看重我自己天生的美好品质，又看重通过学习得来的美好品质。我们无法使人得到比上帝和大自然的赐予更好的称赞。

我们就举狐狸的例子，色雷斯的居民想要走过结冰的河流，就让狐狸在前面探路：我们看到狐狸走到河边，把耳朵贴近冰面，从冰下面的水流声是近是远，听出冰层是薄是厚，应该后退还是前进，我们是否有充分理由认为，狐狸脑子里进行的思考跟我们相同，这推理和结论出自自然的感觉："有水声就没有结冰，没有结冰就有水，有水就不堪重负。"如果认为这只是因为听觉灵敏，而不是因为推理有逻辑性，那就是异想天开，不应该是我们的想法。同样应看到动物有许多计策和创见保护自己以免受我们的侵害。

另外，我们因为能捕捉动物并随心所欲地使唤它们，就觉得我们比它们强，但我要说，在人与人之间，也有一些人比另一些人强的问题。我们的奴隶处于跟动物相同的状况。叙利亚的克利玛西特女人，不是趴在地上，给贵妇人上马车时当脚蹬和阶梯使用吗？大多数自由人也为了微不足道的好处去为别人卖命，听从别人的使唤。色雷斯人的妻妾争着被判定自己是丈夫最宠爱的妻子，然后被杀死在丈夫的坟墓上。暴君难道缺少过对他们忠心耿耿甚至愿意跟他生死相随的臣子？

整支军队也效忠统帅。在严格的角斗士学校里，誓言中包括下列承诺："我们发誓，听任被铁链锁住、被火灼烧、拷打和被短剑杀死，我们忍受师傅要求正规的角斗士忍受的一切，虔诚地为他奉献自己的肉体和灵魂"，

> 你可以用火烧我的脑袋，用剑
> 刺我的身体，用鞭子抽得我背部裂开。[1]

这是一种真正的义务，而在某一年，有一万人进入这所学校，并死在里面。

西徐亚人给国王举行葬礼时，在国王的遗体上掐死他最喜欢的嫔妃，以及他的司酒官、马厩总管、侍从长、寝宫掌门官和厨师。每到国王的忌日，他们都要杀死五十匹马，以及骑在马上的五十名年轻侍从，他们刺穿这些侍从的脊柱，一直刺到咽喉[2]，就这样，他们让马匹和侍从绕着国王的坟墓献祭。

侍候我们的人们报酬低廉，得到的关心，还不如我们对鸟、马和狗的关心。我们取悦于动物，对它们的关心无微不至！在我看来，亲王们引以为荣地为动物所做之事，连最卑贱的奴仆也不乐意去做。

第欧根尼[3]看到自己的父母为他赎回自由，就说："他们疯了，照顾和抚养我的人，是我的奴隶。"养育动物的人们也应该

1　引自提布卢斯《哀歌集》。
2　参见希罗多德《历史》。
3　指西诺帕的第欧根尼。

认为，是他们在侍候动物，而不是动物在侍候他们。

另外，动物在这点上比人更为高尚：一头狮子永远不会因缺乏勇气而成为另一头狮子的奴隶[1]，一匹马也是如此。我们捕捉动物，老虎和狮子也捕捉人。动物也相互捕捉：狗捕捉兔子，白斑狗鱼捕捉冬穴鱼，燕子捕捉蝉，鹰捕捉乌鸦和云雀；

> 鹳用偏僻处捕捉的蛇和壁虎，
> 喂养自己的崽儿。
> 朱庇特的雄鹰在林中
> 捕捉兔子或鹿。[2]

我们跟我们的狗和鸟分享猎物，同甘共苦；在色雷斯的安菲波利斯山上，猎人和野鹰公平地平分猎物；同样，在墨奥提沼地[3]，如果渔夫不把捕到的鱼平分给狼，狼就会立刻撕破他的渔网。[4]

我们捕猎主要靠智慧而不是力气，如使用套索、钓鱼线和钓饵，动物捕猎也是如此。亚里士多德说，墨鱼会从颈部吐出长线般的肠子，抛到远处，在需要时收回；它看到有小鱼游近，让小鱼咬住肠子的末端，自己则躲在沙子或淤泥里，慢慢把肠子收回，等到小鱼离得很近，就扑过去把它捉住。[5]

1　参见普鲁塔克《动物无理智吗》。
2　引自尤维纳利斯《讽刺诗集》。
3　即今亚速海。
4　参见老普林尼《自然史》。
5　参见普鲁塔克《陆地和海洋里的动物哪个更聪明》。

至于使用力气，世上任何动物都不会像人那样有受伤的危险，一头鲸鱼、一头象、一只鳄鱼或其他类似动物，只要其中一只就能杀死一群人：虱子就足以使苏拉的独裁官职位空缺；伟大的皇帝凯旋，其心脏和生命，却成了一条小虫的午餐。[1]

我们为什么说，人的科学和知识以技术和理智为基础，能把对人的生活和治病有用和无用的事物区分开来，能了解大黄和水龙骨的药效？我们看到，坎迪亚[2]的山羊中箭之后，就会从百万种草中找到白鲜来治伤；乌龟误食蝰蛇，会立刻去吃牛至催泻；蜥蜴用茴香擦眼睛明目；鹳用海水灌肠；大象不但能在战斗中拔出射在自己和同伴身上的标枪和箭矢，还拔出主人身上所中的（亚历山大大帝战胜的王公波罗斯[3]可以做证），而且拔得十分敏捷，连我们也无法拔得如此不痛，我们为什么不能说这也是知识和思考能力？为了贬低动物而推托说，它们只是因为上了大自然的实践课，所以知道这样做，这不是在否定它们的知识和智慧，而是赋予它们更多的知识和智慧，因为他们有一个如此可靠的教师，荣誉皆归于他。

克里西波斯[4]虽说跟所有哲学家一样，对动物的状况持倨傲的看法，却观察狗在寻找失散的主人或追逐逃跑的猎物时走到三

---

1 苏拉（前138—前78），古罗马统帅，独裁者。早年为马略部将，后与马略争权。公元前八八年当选为执政官，率军去东方与米特拉达梯六世（本都国王）作战。马略及其同党乘机得势，杀戮苏拉党人。前八三年返意大利，打败并虐杀马略追随者，破例任终身独裁官。前七九年因虱子染疾放弃独裁官之职，"隐退"乡间。

2 坎迪亚是希腊克里特岛的别名，也是克里特岛城市名，现名伊拉克利翁。

3 波罗斯是公元前四世纪的印度王公。亚历山大大帝入侵时，他奋力抵抗，但在达斯帕斯一役被亚历山大的骑兵打败。此后，他拥护亚历山大，成为马其顿的藩臣。

4 克里西波斯（约前280—约前206），古希腊哲学家，是将斯多葛派哲学系统化的主要人物。参见普鲁塔克《陆地和海洋里的动物哪个更聪明》。

岔路口的动作，看到狗在两条路上找不到它寻找的踪迹，就会毫不犹豫地在第三条路上奔驰而去。他因此只得承认，这条狗有如下推理："我跟踪主人的足迹直至这三岔口，他必然走其中一条路，他没走第一、第二条路，一定走了第三条路。"只要它的肯定和结论的基础是这一推理，它在第三条路上就不再用嗅觉来辨别，也不再进行探测，而是靠理智往前飞奔。是不是应该说，纯粹的逻辑思维，使用先分后合的命题，充分列举推理的各个项，这种思维能力是狗自己拥有，而不是得益于特拉比松德的乔治[1]？

另外，动物也并非不能像我们这样接受教育。乌鸫、乌鸦、喜鹊和鹦鹉，我们可以教它们说话；我们看到它们对声音和呼吸使用自如，于是可以训练它们，说出一定数量的字母和音节，这种能力说明它们能够思考，也希望和能够学习。我觉得人人都惊讶地看到，街头艺人教会狗做出许多滑稽的动作：狗跳舞时不会听错一个节拍，主人用一句话就能让它们跳跃，做出各种动作；但我更加惊奇地发现，狗的行为虽说十分平常，却能在乡下和城里给盲人领路：我看到它们在盲人通常接受施舍的那些人家的门口停下，即使自己能够通过，也要设法让主人避开马车和大车的冲撞；我看到一条狗沿着城里一条沟走时，让主人走在离沟远的平坦小道上，自己却走一条难走的小路。这条狗怎么知道，它的

1　特拉比松德的乔治（1396—1486），拜占庭人文主义者、希腊语学者、亚里士多德派的辩论家，出生于克里特岛。他对意大利和教皇辖区的学术影响，对语法和文学评论的理论，以及对亚里士多德、柏拉图和托勒密等人希腊语原着的拉丁文译本，虽然有时受到批评，却大大有助于从文化上和文学上丰富意大利人文主义思想和文艺复兴运动的内容。特拉比松德是一二〇四至一四六一年的小亚细亚帝国。

责任就在于保证主人的安全，并牺牲自己的舒适来侍候主人？它又怎么知道，一条路对它来说十分宽敞，但对盲人却并非如此？它如果没有思考和推理，这一切又该如何解释？

不应该忘记，普鲁塔克在罗马的马塞卢斯剧院跟韦斯巴芗老皇帝观看演出时谈到一条狗。这条狗为一个街头艺人演出一部有好几幕和好几个人物的剧作，在其中扮演一个角色。在一幕戏中，狗在吃了某种毒药后要装死：它吃了替代毒药的面包后，立刻开始发抖并摇晃身子，仿佛觉得难受；最后，它直挺挺地躺在地上，如同死去一般，按剧情被人从一个地方拖到另一个地方；然后，它觉得时机已到，先是慢慢开始动起来，仿佛刚从沉睡中醒来，并抬起脑袋，朝四周观看，观众看了都十分惊讶。

苏萨的御花园里要浇花，就用几头牛来转动巨轮取水，轮子上系着水桶（在朗格多克也十分常见），每头牛每天要转一百圈：它们已养成这种习惯，无论如何也无法让它们多转一圈；它们完成任务之后，就立刻停下不动。我们到少年时代才能数到一百，而我们在不久前发现，有些民族对数字就毫无概念。

教育别人比受教育需要有更多的智慧。德谟克利特认为并想证实，我们的许多技术是动物教会我们的，如蜘蛛教纺织，燕子教建造，天鹅和夜莺教音乐，我们模仿许多动物学会医学；[1] 现在，我把德谟克利特的看法置之一边，并引用亚里士多德的话，他认为夜莺教它们的雏鸟唱歌，要花费时间和精力，因此，我们养在笼子里的夜莺，由于无法跟父母学习，歌声就大为逊色。[2]

1　　参见普鲁塔克《陆地和海洋里的动物哪个更聪明》。
2　　同上。

由此可见，唱歌唱得好，要通过学习和钻研。即使是大自然里的鸟，歌声也并非一模一样：鸟学得好坏，要看自己的能力；它们相互竞争，相互勇敢地争斗，有时失败者会因此死亡，唱得不好不如命赴黄泉。雏鸟沉思默想，开始学习几段歌曲；学生听老师讲课，并用心背诵；它们轮流唱歌，可以听到教师批评并指正错误。阿利亚努斯[1]说："我有一天曾看到一头大象的屁股和鼻子上都系着钹，钹声响起，其他象都围成一圈跳舞，跟着乐声时起时伏，而且很高兴听到这和谐的乐声。"在罗马的演出中，常常可以看到经过训练的大象听到人的说话声就走动和跳舞，跳舞有多种姿势，步伐熟练，节奏多样，很难学会。可以看到，这些大象在演出前反复练习，用心操练，以免被驯兽师打骂。[2]

另一个故事说的是一只非同寻常的喜鹊，普鲁塔克可为我们做证。这只喜鹊养在罗马一家理发店里，能模仿它听到的所有声音。有一天，有几只喇叭在店门口长时间地吹着，从那时起，以及第二天整整一天，这喜鹊都在思考，一声不吭，显出抑郁的样子，大家都感到奇怪。有人认为喇叭的声音把它给吓坏了，使它听不到也叫不出，但最后发现这喜鹊是在集中思想考虑，并在心里琢磨，如何能模仿喇叭的声音，因此，它再次叫出的声音，是要逼真地再现抑扬顿挫的喇叭声。它只要新学会了这种叫声，就不屑去模仿从前学会的所有叫声。

我也不得不举出另一个例子，那是一条狗，也是普鲁塔克说

1　即尼科美底亚的阿利亚努斯（86—150），古希腊历史学家、哲学家，曾在哈德良统治时期任行政和军事要职。哈德良去世后退隐雅典从事写作。

2　参见普鲁塔克《陆地和海洋里的动物哪个更聪明》。

他目睹的（我发现我打乱了这些例子的前后次序，但在下文中我也不会遵照它们原来的次序），他当时在一艘船上，这条狗见水罐口子小，它的舌头舔不到罐底的油，就去衔了几块石头放到水罐里，直至油浮到它能舔到的水面上为止。这难道不是思想敏锐的表现？有人说柏柏里[1]的乌鸦，要喝的水太低喝不到时也是照此办理。

这事跟大象之国国王朱巴[2]叙述的大象的事有点相似。人为了捕象挖了深洞，盖上小草作为伪装，有一头象不慎跌了进去，其他象立刻把石块和木头抛进洞里，让那头象能爬出来。但是，这动物在许多行动中跟人一样灵活，如果我详述我们亲身经历的事，就能轻易证实我通常支持的论点，那就是动物跟人的差别，跟人与人之间的差别完全相同。叙利亚有一户人家，他们养的一头象的驯象师每顿都要在规定的食物中扣下一半；有一天，主人亲自给大象喂食，把定量的大麦全都倒入食槽；大象恶狠狠地看了一眼驯象师，用鼻子把一半食物放在一边，让主人清楚地看出有人扣减食物。另一头大象看到驯象师在饲料中掺石块以增加重量，就在他用来烧晚餐的肉的罐子里放上灰烬。这些是特殊的例子，但大家都看到和知道的是，从东方国家来的所有军队里，最强大的战斗力之一就来自大象，其作用是我们今天在阵地战中使用的炮兵部队所无法比拟的（熟悉古代史的人会轻易做出这种

---

1   指北非沿海地区。

2   指朱巴二世（约前50—24），北非国家努米底亚国王（前29—前25在位）和毛里塔尼亚国王（前25—24在位）。其父朱巴一世死后，他五岁被带到罗马，恺撒让他在意大利接受良好教育。年轻时同屋大维友好，公元前二九年被屋大维指定为努米底亚国王。公元前二五年努米底亚再度成为行省时，他成为毛里塔尼亚国王。

判断）：

> 大象的祖先曾为迦太基的汉尼拔、
> 我们的将军和莫洛斯人的国王[1]效力：
> 它们背负作战的步兵，
> 并亲自参加战斗。[2]

我们得完全相信这些动物的忠诚和聪明，才能让它们在战斗中冲锋，但它们的身体巨大而又沉重，稍有停顿或转身，就会把事情搞得一团糟；不过，它们往后退扑向自己队伍的情况，要少于我们士兵自相践踏以致溃败的情况。让它们在战斗中执行的并非只是单一行动，而是包含多种战斗任务；同样，西班牙人不久前在征服印第安人时也使用狗：他们给狗发军饷，给它们分发战利品，这些动物表现机智又有判断力，能根据情况乘胜追击或停止前进，冲锋或后退，能分辨敌友，热情又有毅力。

我们更加欣赏和看重异国的事而不是平常的事，不然，我就不会马上列出这一长串事实，而如果仔细观察我们平常看到的生活在我们中间的动物，就会发现它们的行为跟我们在异国和古代看到的动物行为一样令人赞叹。这是同样的本性在绵延不断。如果对现状有充分的了解，就可以确切地推断出过去和未来的所有情况。我以前在我们中间看到过从遥远国家经海路而来的人们：

1　指希腊的伊庇鲁斯国王。
2　引自尤维纳利斯《讽刺诗集》。

我们完全不懂他们的语言，他们现在的举止、外表和服装也跟我们截然不同，我们之中又有谁不把他们看成野人，认为他们跟动物相同？看到他们不懂法语，一声不吭，不知道我们的吻手礼和身体扭曲的屈膝礼，不知道我们那些应被人类的天性视为楷模的穿着和举止，又有谁不会认为他们愚蠢？仿佛人都应该以我们为标准。

我们对非同寻常的事都要指责，对我们不理解的事也是如此：我们有时也这样评论动物。动物有许多行为跟我们相像：这些特点，我们经过比较可以做出某种推测；但对它们的特点，我们到底知道些什么？马、狗、牛、羊、鸟，以及跟我们一起生活的大多数动物，能听出我们的声音，并服从指挥：克拉苏的海鳝就是如此，听到他叫唤，就朝他游过来。阿瑞托萨[1]泉水里的鳗鱼也是如此。我还看到数量众多的鱼塘，里面的鱼进食时，养鱼人只要叫一声它们就游过来觅食：

> 它们都有自己的名字，
> 听到主人叫唤就来。[2]

我们可以对此做出判断。我们还可以说，大象有一种宗教感情，因为经过多次沐浴和净礼后，可以在一天中的某些时候，看到它们翘起手臂般的鼻子，凝视着初升的太阳，一动不动地站着

1　　阿瑞托萨是希腊神话中一个居于山林水泽的仙女；伊利斯的一处泉水和锡拉丘兹附近奥蒂吉亚岛上的一处泉水，均因她而得名。河神阿尔斐俄斯爱上了阿尔忒弥斯的随从阿瑞托萨；阿瑞托萨逃到奥蒂吉亚岛，在那里她被变成一处泉水。

2　　引自马提雅尔《警句诗集》。

沉思默想，却无人教过它们这样做。我们没有在其他动物身上看到过任何类似的举动，但也不能因此认定它们没有宗教感情，我们绝不能自以为理解看不见的事情。相反，我们在哲学家克利安提斯[1]观察到的事情中，看到跟我们有点相像的行为。他说自己看到一群蚂蚁扛了一只死蚂蚁从一个蚁穴里走出，朝另一个蚁穴走去，这第二个蚁穴里走出好几只蚂蚁，仿佛在跟走过来的蚂蚁说话。它们在一起待了一段时间之后，我们可以认为后面一群蚂蚁回去跟同伴商量，但因难以达成协议，就来回走了两三次。最后，后一群蚂蚁从洞里扛出一条小虫交给第一群蚂蚁，仿佛是作为死去的蚂蚁的赎金。第一群蚂蚁扛着小虫回到洞里，把死蚂蚁的尸体留给了后一群蚂蚁。这是克利安提斯对这件事的解释，以表明不发声的动物，并非不能相互交流，只不过我们无法参与。因此，我们对此事妄加评论实在是愚蠢。

我现在要说，动物还有其他远远超出我们能力的活动：别说模仿，我们甚至连想也想不出来。好多人肯定地说，在安东尼输给奥古斯都的最后一场大海战[2]中，他的旗舰在行驶途中被一条拉丁人称为 remora（印头鱼）的小鱼弄得停船，因为这种鱼有一种特殊的能力，任何船被它们缠住，就只好停下。[3]卡利古拉皇帝乘坐大船沿着鲁米利亚[4]的海岸行驶时，也是被这种鱼弄停下

1　　克利安提斯（前331—前232），古希腊斯多葛派哲学家。季蒂昂的芝诺去世后，他成为斯多葛学派首领。尽管他甚少创新思想，但他赋予芝诺的学说以宗教热情，强调宇宙是一个活生生的实体，而上帝则是使宇宙活跃的能媒。
2　　指公元前三一年的亚克兴战役。
3　　参见老普林尼《自然史》。
4　　鲁米利亚是奥斯曼帝国统治下的南巴尔干地区的土耳其语名称，意思是"罗马人的土地"。

的：他命人把黏附在船底的这种鱼弄掉，因为他气愤地看到，这种小小的鱼能制服大海、各种风和所有的桨划出的力量，只是因为鱼用嘴[1]吸住了他的船（这种鱼有鳞甲）；他感到十分奇怪的是，这种鱼被送到船上来到他的面前之后，就不再有它在船外时的那种力量。

库齐库斯[2]的一个公民有气象学家的美名，是因为他根据刺猬的习俗了解到，刺猬筑窝时，会在各个方向和各种风吹来的地方开洞，它预料到哪一种风会吹来，就把这个方向的洞堵住。这个公民观察到这点，就准确地向市里预报会吹来什么风。

变色龙到了一个地方，就变成那里的颜色。章鱼做得有过之而无不及，它会根据情况，变成它喜欢的颜色，以避开害怕的动物，或捕捉猎物。变色龙是消极变色，章鱼则是积极变色。我们的脸色也会有各种变化，原因是害怕、愤怒、羞怯和其他感情，但也是像变色龙那样受环境的影响。黄疸病能使我们脸色发黄，但这并非是我们的愿望。因此我们要说，其他动物有着比我们优越的条件，这说明它们有某种我们无法看到的高超能力，也可能还有其他许多能力，只是丝毫也没有对我们显露出来。

在古人所做的各种预言中，最古老和最可信的是从鸟的飞翔中得出的。我们没有任何相似的和如此出色的特性。用鸟扑动翅膀的规律来预测未来，需要有一种好的方法才能获得如此高超的

1　确切地说是鱼的头顶上的椭圆形吸盘。
2　库齐库斯是古代希腊城市，位于马尔马拉海南岸，在现土耳其巴勒克埃西尔境内。公元前七五六年建城时，它可能是米利都的移民地。参见普鲁塔克《陆地和海洋里的动物哪个更聪明》。

能力，因为如果把这种出色的能力归于某种自然力量，认为鸟做出这些动作不是因为有智慧、意愿和推理，那无疑是毫无根据的，是一种错误的看法。电鳐可以做证：它有种特殊的能力，不仅能使触及它的肢体变得麻木，而且能通过细线和渔网，把这种麻木的感觉传到拉网人的手上；有人甚至说，如把水泼在电鳐身上，就会感到这种麻木的感觉通过水往上传到泼水人的手上。这种能力十分奇妙，但对电鳐并非无用：它知道并使用这种能力，就在捕捉猎物时，躲在淤泥下面，等其他鱼游到上面，就电击使其麻木，成为它的口中之物。鹤、燕子和其他候鸟，在不同的季节会有不同的栖息地，清楚地表明它们有预卜先知的能力，并可用于实践。[1] 猎人们肯定，要在许多小狗中选择最好的留种，只要让狗妈妈自己来选择就行：如把这些狗赶到狗窝外面，母狗叼回来的第一只狗就是最好的那只；如造成狗窝四面着火的假象，母狗救出的第一只狗也是最好的。由此可见，母狗具有我们所没有的预测能力，或者说它们识别小狗的能力比我们更强。

动物出生、生产、进食、行事、活动和死亡的方式跟我们相像；我们否认它们活动的能力，把这些归于我们自己，以证明我们居于它们之上，这种看法不应该出自我们的理智。作为我们健康的准则，医生建议我们像动物那样生活，下面的话，老百姓在任何时代都会说出：

　　头脚要保暖，

1　　参见普鲁塔克《陆地和海洋里的动物哪个更聪明》。

生活如动物。

繁殖是自然界主要的活动：我们四肢的分工更适合去做此事；然而，医生建议我们采用动物的姿势和方法，因为这样效果更好，

> ……一般认为按照四足动物的办法，
> 女人最容易怀孕，
> 这时胸部向下，腰部提起，
> 种子更容易到达位置。[1]

他们认为女人自己添加的放荡、刺激和怪诞的动作十分有害，并希望她们像雌性动物那样温存、平静：

> 因为女人避免受孕，拒绝受孕，
> 她在兴头上就把他的阳物夹紧，
> 让他的精液从体内喷出。
> 这样她就使犁头滑出犁沟，
> 喷出的种子也就改变道路。[2]

如果我们对每个动物都能公正评价，它们就会效力、喜爱和保护它们的恩人，追逐和攻击损害主人的人和陌生人；在这方面

1　引自卢克莱修《物性论》。
2　同上。

它们的正义跟我们的有几分相像，比如它们对子女也是一视同仁。至于友谊，它们要比人更加看重，更加忠心耿耿。国王莱西马库[1]的爱犬希卡努斯在主人死后，执意留在他的床上不吃不喝；尸体焚化那天，狗跑过去跳入火中一起被烧死。有个人叫皮洛士，他的狗也是如此：主人死后，它待在主人的床上一动不动，床被人搬走，它就让人一起搬走，最后跳入焚烧主人尸体的火堆。

我们的某些感情，有时在产生时不受理智的控制：这些感情出自自发和偶然产生的热情，有些人称之为同情，动物也会像我们这样有这种感情。我们看到马相互亲昵，很难在生活和旅行中把它们分开。我们看到动物喜欢同伴的某种毛色，就像我们喜欢某种面孔，它们看到这种毛色，就会立刻走上前去祝贺并表示好感，而对有的毛色却表示厌恶和憎恨。动物跟我们一样，在恋爱时有所偏爱，并对雌性动物进行选择。它们也像我们那样嫉妒，还有无法化解的深仇大恨。

欲望是自然的和必要的，如同吃喝；或者是自然的却并非必要的，如跟女性交媾；或者既不是自然的也不是必要的：人的所有欲望，几乎都属于这最后一种欲望。这种欲望完全是多余的和人为的，因为我们惊讶地看到，大自然很容易满足，也让我们清心寡欲。我们厨房里做出的美味佳肴，远远超出大自然为我们做

1　莱西马库（前355—前281），马其顿将军。亚历山大东征亚洲时，他给大帝当警卫。亚历山大死后，他负责统治帝国的战略要地色雷斯。他的第三个妻子阿尔西诺伊弄权，唆使丈夫处死长子阿加索克利斯，引起国内大乱。在跟塞琉古一世争夺亚历山大帝国继承权而进行的库鲁佩迪安战役中被杀。

出的安排。斯多葛派说，一个人一天只要吃一枚橄榄就能维持体力。酿制香醇的葡萄酒，并非是大自然对我们的教导，过度的性爱也是如此，

> ……大自然不需要
> 娶著名执政官的女儿为妻。[1]

我们有这些奇特的欲望，是因为好坏不分，看法错误，这些欲望数目众多，把自然的欲望几乎全部赶走，正如在一座城里，外来者人口太多，就会把原来的居民赶走，或者使他们丧失原来的威信和权力，并将其窃为己有，完全取而代之。动物要比我们规矩得多，它们在大自然规定的界限内更为克制，但也不是说它们不会像我们这样毫无节制。人有时会狂热地喜爱动物，动物有时也会喜爱我们，人兽间会有畸形的爱，证据是大象成为语法学家阿里斯托芬的情敌。阿里斯托芬爱上了亚历山大城里的一个年轻卖花女，而大象对她大献殷勤，丝毫不比热情的求爱者逊色：它在水果市场里转悠，用鼻子拿了水果送给这姑娘，眼睛尽可能盯着她看，有时用鼻子触摸她的胸部，伸进衣领摸她的乳房。还有人讲述故事，说蜥蜴爱上少女，鹅爱上阿索波斯城[2]的孩子，公羊爱上女乐师格劳基亚，我们还每天看到猕猴狂热地爱上女人，还看到有些雄性动物搞同性恋。奥皮安[3]和其他人举出几个

1　引自贺拉斯《讽刺诗集》。
2　阿索波斯是希腊拉科尼亚州城市，位于伯罗奔尼撒半岛东南部。
3　奥皮安（150—177/180），古希腊诗人，生于西利西亚。曾作诗《论垂钓》献给古罗马皇帝马可·奥勒留。

例子，说明动物排斥近亲结合，但事实往往相反，

> 牝犊委身于父亲毫不羞耻；
>
> 年轻牝马成了父亲的妻子；
>
> 公山羊跟它所生的牝羊交配，
>
> 雌鸟因它所生的雄鸟而怀孕。[1]

　　说到狡滑，又有谁能胜过哲学家泰勒斯的公骡？这公骡驮盐过河，不慎失足，背上的几包盐都被水浸湿，它发觉盐溶化后重量减轻，因此以后每次过河，它都故意让驮着的包进水。后来它的主人发现它在耍花样，就让它驮羊毛。它见捞不到好处，就不再玩这种花样。

　　有许多动物跟我们一样吝啬，它们竭尽全力攫取能得到的东西，并精心加以掩盖，虽说这些东西对它们来说毫无用处。

　　说到勤俭持家，动物比我们更加在行，它们不仅有先见之明，为未来储藏和节约食物，而且还具备管理家务所必需的许多知识。蚂蚁看到谷物和种子开始发霉，有哈喇味，怕其变质、腐烂，就把这些食物搬到蚁穴外面，让风吹干它们。[2] 它们为防止小麦被虫蛀而使用的谨慎的预防措施，比人类因预料到而想出的种种办法都要高明。由于麦粒不会永远干燥不变质，而是会变软、分解，渗出乳汁般的液体，最终发芽，长出幼苗，蚂蚁怕麦

1　　引自奥维德《变形记》。

2　　参见普鲁塔克《陆地和海洋里的动物哪个更聪明》。

粒变成种子，失去原来的品质，不能作为食品储存，就会把发芽的部分吃掉。

战争是人类最重大和最壮丽的活动，我很想知道，我们是否用战争来证明某种优势，或者反过来证明我们的虚弱和不够完美，而由于战争确实是我们相互摧残和残杀，以及摧毁人类自身的学问，因此，没有战争的动物，看来不会对此有什么兴趣：

> 一头狮子更加勇敢，
>
> 会取另一头狮子的性命？在哪座森林，
>
> 一只野猪会被另一只更强壮的野猪咬死？[1]

但是，不是所有动物都不会相互残杀。证据是蜜蜂激战，两个敌对的蜂群的蜂王[2]进行争霸战：

> ……两只蜂王往往不和，
>
> 引起巨大动乱，我们能立刻猜出，
>
> 蜂群的感情，以及它们心中的战斗热情。[3]

我读到这段精彩的描写，就会觉得它写出了人的愚蠢和虚荣。因为这种战争行为，我们觉得害怕和恐惧，这响声和叫声如风暴般袭来，

1　引自尤维纳利斯《讽刺诗集》。
2　古代西方不知道蜂群的领袖是蜂后，故习惯称蜂王。
3　引自维吉尔《农事诗》。

盔甲的闪光直冲云霄；大地闪烁着

青铜的光芒；士兵雄伟的脚步声

在大地回响；他们的叫喊声冲向群山，

又被群山传给天上的星辰。[1]

有趣的是，千军万马的这种可怕而有规律的部署，这种愤怒、热情和勇敢，却是无缘无故地产生，又不明不白地消失：

据说希腊人和野蛮人的残酷战争，

是由帕里斯的爱情引起。[2]

整个亚洲在战争中变成废墟，是因为帕里斯通奸。一个人的欲望、怨恨、欢娱、嫉妒，这些不会使两个卖鱼妇拳脚相加，却引起了这场巨大的风波。我们要不要相信那些主要挑起和发动战争的人？那就听听从古至今最伟大、获胜最多、势力最大的皇帝[3]的话，他为了实现自己的事业，在海上和陆地上进行好几场战役，使追随他的五十万军人流血和丧生，使世界上两大地区的人力和财富消耗殆尽，但他谈起这些战役，却是津津有味、妙趣横生，

因为安东尼跟格拉菲拉[4]做爱，

1　　引自卢克莱修《物性论》。
2　　同上。
3　　指古罗马皇帝奥古斯都。他获胜最多，掌管古罗马西部行省，安东尼掌管东部行省。
4　　格拉菲拉是科马纳（古代卡帕多西亚城市，现在土耳其阿达纳省）大祭师贝洛纳的妻子。

190

福尔维娅 [1] 要我报复，也跟她去干。

我要占有福尔维娅？

如果马尼乌斯求我，我也要跟他做爱？

不，我要是明智，就觉得不行。

她说："要么做爱，要么打仗。"

怎么，我觉得生命可贵，

我的阳物不是更加可贵？把军号吹响！ [2]

（夫人 [3]，在得到您的准许之后，我在此用拉丁文写更加
自在。）

我们现在要说，这巨人面貌和行动众多，似乎在威胁天
和地：

他们人数众多，如同无情的猎户星座沉落到

冬天的海面下面时，利比亚海面的白色波涛，

又像赫尔莫斯河 [4] 平原或吕基亚 [5] 庄稼地里，

烈日下被晒焦的麦穗那样密密麻麻。

盾牌被敲响，大地在战士的脚步下抖动。 [6]

1　福尔维娅是安东尼的妻子。安东尼与克娄巴特拉同居后，她与安东尼的兄弟卢西乌斯起兵
反对屋大维。公元前四〇年冬，卢西乌斯在佩鲁西亚投降，她只身逃至希腊。

2　引自马提雅尔《警句诗集》，诗人认为这些诗句出自奥古斯特。

3　据说指瓦卢瓦的玛格丽特，即玛尔戈王后。

4　赫尔莫斯河是吕底亚河流。

5　吕基亚是古代安纳托利亚西南部一个地区，濒临地中海。

6　引自维吉尔《埃涅阿斯纪》。

这愤怒的巨人有无数手臂和脑袋，但依然是虚弱、不幸和可怜的人。这就像一群走动的蚂蚁，愤怒得热情洋溢，

> 黑色兵团在平原之上前进。[1]

一阵逆风，一群乌鸦呱呱飞来，一匹马失足，一只鹰偶然飞过，一个梦想，一句话，一个手势，一片晨雾，都足以使人跌倒在地。只要把一道阳光照到他脸上，他就会垂头丧气；只要像风那样把一点灰尘吹到他眼睛里，就像我们的诗人[2]写到蜜蜂时那样，我们所有的旗手和军团，甚至是伟大的庞培，也会被打垮，因为他在西班牙似乎被塞多留用这种巧妙的武器打败了。[3]这种武器其他人也用过，如欧迈尼斯跟安提柯作战[4]，以及苏雷纳斯跟克拉苏作战[5]时：

> 这巨大的愤怒和可怕的战斗，

1　引自维吉尔《埃涅阿斯纪》。

2　指维吉尔。

3　塞多留在西班牙用蜜蜂打败的是境内的恰拉希达尼人，而不是庞培。不过，塞多留确实打败过庞培。公元前七七年，庞培率领一支罗马军队到达西班牙。在两年血战中塞多留显示出他在战术和战略方面的高超才能。直到公元前七四年，由于罗马军队的大力增援，他才连连败北。

4　欧迈尼斯（约前362—前316），亚历山大大帝的首席秘书，亚历山大的继业者中唯一的希腊将军。亚历山大大帝死后，其合法继承人佩尔狄卡斯让他管理卡帕多西亚，并与叛军将领独眼龙安提柯等对抗。佩尔狄卡斯为部下所弑后，叛军将领宣布判他死刑。他逃亡得脱。两年后，新摄政波利佩孔封他为亚细亚省勤王将军。他在西利西亚纠集一股军队向东方各省进发。在伊朗高原的一场战斗中被出卖，被敌人处死。

5　苏雷纳斯（约前84—前52），安息将军。曾统率一支全部由马上弓箭手和重骑兵组成的部队。公元前五三年在卡尔莱（今土耳其哈兰）战役中大败克拉苏率领的罗马军队，克拉苏阵亡。但不久后他被贵族杀害。

只要抛出一把灰尘就能化解和制止。[1]

我们的一群蜜蜂被放出去对付一支军队，它们既有能力又有勇气把军队打败。不久前，葡萄牙人在夏提马领土[2]上紧紧包围塔姆里城，城里的居民把他们养蜂的大量蜂箱搬到城墙上。他们点起火，把蜜蜂赶出，朝敌人飞去，敌人顶不住蜜蜂的进攻，又被咬得吃不消，落荒而逃。居民因此得胜，城市解围，靠的是这支新军的帮助，而且胜利得十分圆满：蜜蜂战斗归来，一只不少。

皇帝的思想和补鞋匠的思想是从一个模子里出来的。我们想到君主们的行动的重要性，就深信采取行动的原因同样重要和有分量，但我们看错了：他们的行为反反复复，原因跟我们相同。我们跟邻居吵架的原因，跟君主之间打仗的原因完全相同；我们鞭打一个仆人的原因，跟国王毁灭一个省的原因完全相同。他们跟我们一样，也因微不足道的理由去索取，但他们想索取更多的东西。蛆虫和大象都会有相同的欲望。

说到忠诚，可以说世上没有一个动物像人这样背信弃义。我们的历史书上讲述一些义犬为被害的主人复仇的故事。国王皮洛士看见一条狗守着一个死人，并得知它已守灵三天，就下令埋葬尸体，把狗带回王宫。有一天，他对军队大检阅，这条狗看到杀死它主人的凶手，就狂吠着愤怒地朝他们冲过去，根据这个线

1　引自维吉尔《农事诗》。
2　夏提马即今摩洛哥的恰德马，在索维拉、马拉喀什和杰迪代之间。此事发生在十六世纪初。

索，凶手被绳之以法。贤者赫西俄德的狗也是如此，它使人相信诺帕克特斯人加尼斯道尔的两个儿子是杀害它主人的凶手。另一条狗看守雅典的一座神庙，看到一名渎神的小偷盗走了最漂亮的珍宝，就拼命大叫，但看守并没有被叫醒，狗就跟踪小偷。天亮之后，狗离开小偷稍远，但始终盯住他。小偷给它吃东西，它不吃，但看到其他过路人，它就摇着尾巴，吃他们喂它的食物。小偷停下来睡觉，它也就地停下。这条狗的事传到了神庙看守那里，他们就去找狗，沿途询问是否见到有这种毛色的狗，最后在克劳米翁城[1]里找到了它，也找到了小偷，并把他押回雅典城进行惩罚。法官为表示感谢，从官饷里拨出一份麦子作为狗的食粮，并请教士们饲养。普鲁塔克叙述这个故事，并肯定故事是真实的，发生在他这个世纪。

至于感激（因为我觉得应该尊重这两个字），举阿皮翁[2]讲述的例子就已足够，这事是他亲眼所见。他说，有一天，罗马有一场为老百姓组织的外国动物的斗兽活动，主要有奇大无比的狮子，其中一头凶猛、力大，四肢粗壮，吼声高傲，引起所有观众的注意。在出场跟野兽格斗的奴隶中间，有个名叫安德罗杜斯，来自达基亚[3]，是一位在罗马当执政官的贵族的奴隶。这狮子在远处看到他，先是立刻停下，仿佛感到意外，然后慢慢走近，显得平静、安详，仿佛跟他认识。然后，它确定自己看到了熟人，就

1　克劳米翁城是科林斯附近的市镇。
2　阿皮翁（活动时期为公元 1 世纪），古希腊语法学家。著有《埃及史》、对荷马的评论以及对犹太人嘲讽的演说。
3　即现在的罗马尼亚。

像狗讨好主人那样摇动尾巴，亲吻和舔这个不幸的可怜人的双手和大腿，而他却已吓得手脚冰冷。安德罗杜斯看到这狮子并无恶意，就回过神来，定眼观察，并把它认了出来。看到人和狮子高兴地相互抚摸，真是一种奇特的乐趣。老百姓发出愉快的叫喊：皇帝传唤这个奴隶，听他讲述这奇事的由来。他给皇帝讲了一则非同寻常的离奇故事："我的主人是非洲的行省总督，他对我刻薄、残忍，每天都要叫人打我，我为了摆脱他的奴役，只好逃跑。他在省里有权有势，我觉得要避开他，最近的地方是该省荒无人烟的沙漠地区，于是做出决定，如找不到吃的东西就自杀。将近中午时，太阳酷热难忍，我走到一个难以进入的隐蔽山洞口，钻了进去。不久以后，一头狮子也钻进洞里，有一只爪子受伤流血，痛得发出呻吟般的叫声。我看到狮子进来，非常害怕，但它看到我蜷缩在山洞里面，就慢慢走到近前，向我伸出受伤的爪子，仿佛在向我求援。我于是给它拔掉爪子上一根很大的木刺，在它镇静下来之后，就给它挤出伤口里的脏物，尽量把伤口擦干净。狮子感到疼痛减轻，就躺下休息并睡着了，爪子仍留在我的手里。从那时起，它和我一起生活在这山洞里，生活了整整三年，吃同样的食物，因为它捕杀了动物，就把最好的肉给我吃：我没有火，就把肉在阳光下烤了吃。时间一长，我对这野兽般的生活感到厌倦，有一天狮子像平时那样出去捕猎，我就走出山洞，走到第三天，我被士兵抓住，从非洲押回这个城市，交给我的主人，主人立即判我死刑，让我去喂野兽。啊！现在看来，这头狮子也是不久后被捕的，它现在想要报答我当时给它疗伤的恩情。"

这就是安德罗杜斯给皇帝讲的故事，这故事也逐渐传到老百姓那里。当时，根据大家的要求，这奴隶恢复了自由，并得到赦免；根据老百姓的愿望，这头狮子也送给了他。

阿皮翁说，从此之后，我们看到安德罗杜斯用普通的小绳子牵着这头狮子在罗马的小酒店前走过，接受别人给他的钱，还有人把花撒在狮子身上，但看到他的人都说："狮子招待这个人，这个人给狮子治病。"

我们往往为我们死去的宠物哭泣，动物也在我们死后哭泣，

> 车后跟着帕拉斯的战马埃唐，鞍辔都已卸下，
>
> 流着大滴大滴的眼泪，把脸全都浸湿。[1]

我们有些民族，是一妻多夫，另一些民族，则是一夫一妻，动物不也是如此？难道它们的婚姻比我们的更受到尊重？

至于动物间团结互助，组成群体，相互帮助，我可以举出例子。我们看到，牛、猪和其他动物，听到你打的一只同类发出叫声，就会一起跑过来帮忙，聚在一起保护它。鹦嘴鱼咬到渔夫的鱼钩，它的同类就围聚在它的周围，并要咬断钓鱼线，如有一条鱼不慎游进捕鱼篓，其他鱼就在外面把尾巴伸给它，让它咬住尾巴，把它拉出鱼篓。鮑见到同类被钓住，就把背靠在钓鱼线上，竖起背上锯齿般的刺，把钓鱼线锯断。

至于我们因生活的需要相互给予特殊帮助，在动物中也有类

1　引自维吉尔《埃涅阿斯纪》。

似的情况。有人说，鲸鱼在游动时，前面总有一条类似鲍鱼的小鱼，这小鱼因此被称为向导。鲸鱼跟着它游，听从它的引导，如同船随舵而改变方向。不管是动物还是船，只要进入这庞然大物之口，就立刻完蛋，但这小鱼游入鲸鱼口中，却十分安全，这也是鲸鱼的报答，小鱼在鲸鱼嘴里睡觉，它睡觉时鲸鱼一动不动，但它从鲸鱼口中游出之后，鲸鱼立刻跟着它游。如偶然跟小鱼失散，鲸鱼就到处乱游，常常会撞在岩礁上受伤，如同无舵之船。这事普鲁塔克可以做证，他曾在安提基拉岛[1]上看过。

类似的关系存在于名叫戴菊莺的小鸟和鳄鱼之间：戴菊莺给鳄鱼放哨。如果鳄鱼的天敌獴走到近前要跟它斗，这小鸟怕鳄鱼睡着时遭到攻击，就用叫声或嘴把它弄醒，告诉它眼前有危险：这鸟靠鳄鱼吃剩的食物过活，鳄鱼张开嘴亲切地接待小鸟，让它在上下颚的牙缝间啄食留在那里的肉屑。鳄鱼要闭嘴，就先慢慢闭上，叫戴菊莺出来，不会把它夹住，使它受伤。

一种叫珠母贝的贝壳动物，也是这样跟豆蟹一起生活的。豆蟹是蟹类小动物，给珠母贝当信使和门卫：它待在贝壳的开口处，让贝壳半闭半开，直到看到小鱼游进贝壳，它也爬进里面，把小鱼钳住，让贝壳合上。于是，珠母贝和豆蟹共享美餐。

从金枪鱼的生活方式，可以惊奇地发现它了解数学的三个门类。说到天文学，是它把这门科学教给人类的；因为如果它们游到一个地方不动，就说明那天是冬至，它们会一动不动地一直待到下一个春分。因此，亚里士多德认为它们知道这门科学。至于

1　安提基拉岛是希腊爱琴海上的岛屿。

几何学和算术，可看到金枪鱼群在游动时总是形成立方体，从各方面看都呈四方形，形成坚固的封闭兵团，六个面都呈正方形。另外，它们游动时呈这种方形队形，前后都一样宽，因此，只要看到一行的数目，就能轻而易举地算出整队的数目，原因是立方体的高度和宽度相同，宽度又跟长度相等。

说到高贵，最好的例子莫过于印度献给国王亚历山大的巨犬。先放出鹿，然后依次放出野猪和狗熊跟它斗，这条狗仿佛视而不见，连动也不愿意动。但当它看到狮子之后，立刻直起身子，显然表示这才是能跟它较量的对手。

至于悔过和认错，有人举出大象的例子。这大象在盛怒下杀死了主人，悲痛万分从此绝食而死。

说到宽厚，有老虎为证。老虎在野兽中最为凶残。有人把一只小山羊关进它的笼子，但老虎忍饥挨饿两天，不愿伤害山羊，到了第三天仍不愿伤害它，就撕开笼子出去觅食，因为它把山羊看作朋友和客人。

至于在一起生活而形成的亲密、和睦的关系，我们通常跟猫、狗和兔子一起生活；但航海的船员，尤其是在西西里岛附近的海上航行的人们，对翠鸟生存状况的了解完全超出我们的想象。自然界有哪种动物如此重视分娩和生育？诗人们说，只有从前漂浮的德洛斯岛，为了让拉托那[1]分娩，就固定在海上；但上帝希望整个大海平静如镜，毫无波浪和风雨，以便让翠鸟生产，

1　拉托那即希腊神话中勒托，是提坦巨人科俄斯的女儿，被宙斯所爱，在德洛斯岛生了阿波罗和阿尔忒弥斯。

而这时恰恰是冬至，即一年中最短的一天。依靠翠鸟的这种特权，我们在隆冬有七天七夜风平浪静，在海上航行毫无风险。雌鸟只接受自己的雄鸟，终生相助，从不抛弃。雄鸟年老体衰，雌鸟就把它驮在背上，飞到各个地方，侍候雄鸟直至它死亡。另外，我们至今无法知道翠鸟给小鸟筑窝时使用了何种巧妙的技术和美妙的材料。普鲁塔克曾看到翠鸟筑窝，并观看了好几只鸟窝，认为是用鱼骨筑成的。翠鸟把鱼骨编织在一起，一些编在纵向，另一些编在横向，在有些地方使其弯曲或呈圆形，最后织成一只可在水上漂流的小船。小窝筑成后，翠鸟将其置于海岸边上，听任波浪冲击，以看出要加固哪些连接不牢、在海浪冲击下会散架的地方；相反，那些连接牢固、不会被海浪冲坏的地方，以及只有用石头或铁器打击才会损坏的地方，就不用再花时间修补。最令人叫绝的是鸟窝内部的比例和形状，只有筑窝的鸟才能进入其内，其他任何东西都无法进入：这鸟窝难以进入，是封闭的，连海水也无法渗入。对这种鸟窝的描写清晰而且来源可靠 [1]，但我觉得对鸟窝的结构还是说得不大清楚。我现在要说，认为我们无法模仿和理解的制品比我们的低下，并轻蔑地加以评论，不是恰好说明我们有多么虚荣？

　　我们继续比较我们和动物的长处以及相似之处，就会想到，我们心灵引以为豪的优越性就在于，我们能想象出一切事物的本质，在感受到一切事物时去除其易朽的物质特性，使我们的心灵认为值得接触的事物消除易朽的特点，比如厚度、长度、深度、

1　　指源于普鲁塔克。

重量、颜色、气味、精细、光洁、坚硬、柔软，以及可以感知的一切特点，把它们如旧衣般抛在一边，使事物符合心灵不朽的和精神的本质，就像我心灵中的罗马和巴黎。以巴黎为例，在我的想象和理解中，巴黎没有大小和地点，不是由石块、泥灰涂层和木料建成。但是我要说，这种优越性显然也为动物所有，比如一匹战马对军号声、火枪声和战斗习以为常，我们看到它们在马厩里睡觉时会浑身颤抖，如同在战斗时那样，虽然军号没有吹响，军队没有开枪，但它肯定在脑中听到了军号声和枪声：

> 你会看到，马睡着了卧着时，
>
> 还在冒汗，气喘吁吁，仿佛绷紧
>
> 每根神经，去赢得一场比赛。[1]

猎狗在睡觉时会梦见野兔，我们看到它气喘吁吁，伸长尾巴，四脚抖动，完全是奔驰的样子，而野兔却既无毛又无骨头，

> 轻睡中卧着的猎犬，
>
> 往往突然把腿抬起，狂吠几声，
>
> 使劲嗅着空气，仿佛已发现
>
> 并闻到什么野兽的气味。
>
> 即使醒着时，它们也常常追逐
>
> 牡鹿的幻影，仿佛看到牡鹿逃跑，

---

1   引自卢克莱修《物性论》。

直到幻觉消失，它们才醒悟过来。[1]

　　我们往往看到看门狗在梦中低吠，然后尖叫、惊醒，仿佛看到外人走来。它们头脑中的这个外人，是一个无影无形的人，不知道有多大，也没有颜色，在现实中并不存在。

　　温柔的小狗，
　　家里的宠物，也会抖抖威风，
　　跳起身来，仿佛看到
　　生客的身影和面孔进来。[2]

　　至于体态之美，在详谈以前，我还得知道，我们对美的定义是否一致。我们似乎并不知道美的本身和总体美是什么，因为我们认为的人体美，即我们的美，形式众多。如果人体美有某种确定的自然形式，就像火是热的，那么，我们才会一致承认这种美。可我们却随心所欲地想象出人体美的各种类型：

　　罗马人脸上有比利时人的肤色，就显得丑陋。[3]

　　印第安人认为美是黝黑的皮肤，突出的厚嘴唇，宽大的扁鼻子。他们在鼻孔间的软骨上挂了个大金环，一直垂到嘴边；下嘴

1　　引自卢克莱修《物性论》。
2　　同上。
3　　引自普罗佩提乌斯。

唇上也挂了金环，垂到下巴上。露出牙齿直至牙根，在他们看来是优雅的动作。在秘鲁，耳朵最大者最美，他们还人为地把耳朵拉大。今天有人说，他曾看到一个东方民族喜欢拉大耳朵，在耳朵上挂沉重的饰物，以至于耳朵上的孔奇大无比，他穿着衣服的手臂也能伸进耳孔。有的民族喜欢把牙齿染黑，看不起牙齿白的人，还有的地方的人把牙齿染成红色。不只在巴斯克地区，女人觉得剃光头发更美，在其他许多地方也是如此，据老普林尼说，在某些冰天雪地的地区也是这样。墨西哥女人认为额头小是一种美，她们把身体其他部位的毛都拔光，并巧妙地在前额上多留头发。她们还特别欣赏巨乳，雄心勃勃地想把奶头提到肩膀之上喂奶。而我们却觉得这样丑陋。意大利人认为体态丰腴美，西班牙人认为骨瘦如柴美。而在我们之中，有人认为皮肤白美，有人认为棕色美；有人认为细嫩美，有人认为强壮美；有人要求娇柔、温和，有人要求自豪、威严。在谈什么最美时，柏拉图认为是球体，伊壁鸠鲁学派则认为是锥体或立方形，但他们都不能把神说成是球形的。

不管怎样，在这方面，只要涉及普遍规律，大自然都没有给我们更多的优惠。如果我们觉得自己美，我们就会看到，有些动物不如我们，但另一些动物，却比我们更美，而且数量更多。"说到美，我们被许多动物超过"[1]，甚至我们的同伴陆地动物也是如此。至于海洋动物（体形除外，因为完全不同，无法比较），我们在色彩、光泽、平滑和柔软程度方面跟它们相比大为逊色。

1　　引自塞涅卡《致卢齐利乌斯》。

在各个方面，我们也不如空中动物。至于人能直立、仰视天空的特点，诗人们则强调其原因，

> 其他动物匍匐而行，眼看地面，
> 上帝独令人类头部高昂，
> 举目观天，凝视星辰。[1]

真是将这种特点说得诗意盎然，因为有好几种动物，也是举目观天。骆驼和鸵鸟的脖子，我看伸得比我们还要直。

哪些动物，不是像我们这样，面孔朝上、朝前，正面观看，不是在正常姿势下，跟人一样看到大部分天地？柏拉图和西塞罗谈到的我们身体的优点[2]，不也是上千种动物的优点？

跟我们最像的动物，恰恰是最丑陋、最讨厌的动物，因为从外形和脸形来看，最像人的是无尾猕猴：

> 猴子，最丑陋的动物，跟我们多么相像！[3]

从内脏和生殖器官来看，最像人的是猪。确实，我想到裸体的人（即使是最美的女人也是如此），人的瑕疵以及天然的缺点，觉得我们比任何动物都有更多的理由要用衣服遮盖身体。我们把大自然赐予其他动物的东西拿来使用，用它们的美来装饰

1　　引自奥维德《变形记》。

2　　参见柏拉图《蒂迈乌斯篇》和西塞罗《神性论》。

3　　出自恩尼乌斯，西塞罗在《神性论》中引述。

自己，用它们的皮毛和丝织品来遮盖自己的身体，也确实情有可原。

还得指出，我们是唯一一种缺点会使同类难受的动物，也是唯一一种在自然的需求中要避开同类的动物。这确实也是值得研究的一件事，那就是有经验的医生为了治好相思病，就让病人把他渴望得到的身体看个够，使他的爱情冷却，

> 恋人看到心上人的私处，
>
> 中烧的欲火会慢慢平息。[1]

这样的药方可能说明医生细心而且刻薄。习惯和了解使我们相互厌烦，这个情况也是我们的缺点的一个明证。我们的女士们在化妆打扮前不能出现在公众面前时，不允许我们进入她们的小房间，这不是因为羞怯，而是因为机灵和谨慎，

> 我们的维纳斯知道这点：因此，
>
> 她们费尽心机把幕后一切活动，
>
> 向她们想用爱情锁链拴住的男人隐瞒。[2]

许多动物身上的东西，都使我们感到喜爱和愉悦，它们的排泄物和分泌物，我们不仅当作美食，而且还用作珍贵的饰物和香料。

1　引自奥维德《爱的医疗》。

2　引自卢克莱修《物性论》。

这种看法只涉及我们的日常生活，还没有亵渎神圣，以至于让我们认为它们具有神圣的、超自然和非同寻常的美，那种有时会在我们中间闪现光芒，如同天幕下的星辰的美。

现在，我们自己承认，大自然赐予动物的恩惠，对它们更为有利。我们却认为自己得到了一些想象的和虚幻的好处，一些未来的、尚不存在的好处，这一点人的思想没法肯定；或是我们在思想中错误地认为自己得到了一些好处，如理智、知识和荣誉。我们跟动物平分实在的、可以触摸的好处：和平、休息、安全、纯洁和健康。我要说，健康是大自然能赐予我们的最美好、最丰富的礼物。因此，哲学，即使是斯多葛学派的哲学，敢于说出这样的话：赫拉克利特和菲勒塞德斯[1]如能用智慧换取健康，并用这种交易摆脱折磨他们的水肿病和虱病，他们就一定会高高兴兴地这样做。斯多葛学派的另一种看法表明，跟健康相比，他们更看重智慧。他们说，喀尔克[2]给尤利西斯两杯饮料，一杯使聪明人变成疯子，一杯使疯子变成聪明人。尤利西斯情愿变成疯子，也不愿让喀尔克把他变成动物。他们还说，智慧可能对尤利西斯这样说："抛开我吧，别让我待在驴子的身体里。"什么！这伟大而又神圣的智慧，哲学家要将其抛弃，只是为了保存这尘世的躯壳？因此，我们不是靠理智、判断和心灵胜过动物，而是靠我们

1 　即希罗斯的菲勒塞德斯（活动时期为约公元前 550 年），古希腊神话作家、宇宙起源学家。一贯与古希腊七贤特别是泰勒斯相提并论。据说他提倡灵魂转生论，宣传人的灵魂不死，人死后魂转入另一人或兽的躯壳。著有《七要素》，论世界的起源，现存残卷。

2 　喀尔克是希腊神话中的女怪，太阳神之女，通巫术，居于地中海小岛。旅人受她蛊惑，即变成牲畜或猛兽。在《奥德赛》中，喀尔克把奥德修斯的同伴变成猪。奥德修斯在神使赫尔墨斯的指引下，使喀尔克爱上他，并同意使他的同伴恢复人形。

的美，靠美丽的肤色和匀称的四肢。为了这种美，我们必须舍弃我们的聪明、智慧和其他一切。

好！我接受这种天真而坦率的承认。当然啰，他们承认，我们极力宣扬的这些长处，只是虚无的幻影。动物即使有美德、学问、智慧和斯多葛学派的能力，这些也仍然是动物的优点，动物无法跟不幸、凶恶、不聪明的人相提并论。总之，跟我们不相像的一切都毫无价值。上帝本身，也要跟我们相像。由此可见，我们自以为比动物优越，不跟它们交往，脱离它们的生活环境，并非是真正推理的结果，而是因为傲慢和固执。

但是，回到我的话题，我就要说，我们反复无常，犹豫不决，无法肯定，忧郁，迷信，不安，担心未来，即使对身后的事，我们也会有野心，吝啬，嫉妒，仇恨，有无度、奇特和无法克制的欲望，也会有战争、谎言、不忠、诽谤和好奇。当然啰，我们过于自我吹嘘这种漂亮理由，以及这种评价和认识的能力，只要我们能以我们不断陷入的无数激情为代价买到这种能力，除非我们不喜欢像苏格拉底说的那样，炫耀我们胜过其他动物的这种明显的优点，即大自然规定动物只能在某些季节和某些情况下有情欲；而大自然在这方面却对我们放任自流，我们在任何时候和任何情况下都能纵情欢娱。

　　酒对病人益处甚少，往往有害，因此，最好让病人滴酒不沾，不要抱有不切实的治愈希望，而让病人冒明显的风险。同样，对人类来说，我们称之为理智的这种活跃思想、洞察力和创造性，既然对许多人有害，只对少数人有益，那么，也许大自然最好不要如此慷慨大方地把这种能力赋予人类。[1]

瓦罗[2]和亚里士多德知识渊博，我们是否看到他们因此而得到什么好处？他们是否没有经历人生的艰辛？他们是否没有过脚夫的痛苦？他们从逻辑学中找到了治疗痛风的方法？因为他们知道这种病是在关节之中，他们就减轻了病痛？因为他们知道某些民族因死亡而高兴，就不把死亡当作一回事？因为他们知道某些地区共妻，就对妻子有外遇毫不在乎？恰恰相反，虽说他们知识渊博，一个在罗马、另一个在希腊名列前茅，且当时他们的国家处于科学鼎盛时期，但我们并没发现他们在生活中有特殊的优越之处。而那位希腊人，甚至难以洗刷自己的某些重大污点。[3]

有谁认为，精通天文学和语法的人，肉欲享受和身体健康之时会更加高兴？

因为不识字，做爱时就不够阳刚？[4]

1　引自西塞罗《神性论》。
2　瓦罗（前116—前27），古罗马作家、学者。曾任大法官，支持并追随庞培，恺撒当政后宽容之，委以筹建罗马第一所公立图书馆（前47）。熟谙罗马历史和拉丁语。著有《古代》《拉丁语论》《论农业》等；其中《论农业》一书是研究罗马共和国后期庄园经济的重要资料。
3　赫米阿斯是亚里士多德从柏拉图时的同学，后为小亚细亚沿岸密西亚的统治者，邀请亚里士多德前去做客。公元前三四四年，他在一次暴动中被杀。亚里士多德因《赫米阿斯颂》被法院判为亵渎宗教，只得流亡。
4　引自贺拉斯《长短句集》。

耻辱和贫穷，就更加容易忍受？

> 你一定能躲开疾病和残废，
>
> 绝不会有忧郁和担忧，
>
> 你也会既长寿又有好运。[1]

我曾看到过上百个工匠和农夫，比大学校长还要聪明和幸福，我更喜欢像工匠和农夫那样。依我看，知识是生活必需，如同荣誉、高贵、尊严，乃至美貌、财富以及生活中需要的其他优点，但实际上远非想象的那样重要。

我们生活在群体之中，不需要比群体生活的鹤和蚂蚁有更多的功能、规则和法律。虽说它们的功能、规则和法律更少，又没有受过教育，但我们却看到它们行事十分聪明。人如果聪明，就会真正珍惜对人的生活最有用和最适用的每个事物。

如果根据行动和行为来评价我们，就会发现优秀人才在没有学问的人中要比在有学问的人中更多，我是指在任何一种美德方面。古代罗马在和平和战争方面，似乎并未比文明的罗马创造出更大的价值，而文明的罗马却造成了自己的毁灭。即使在其他方面完全相同，至少在正直和纯洁方面，古代罗马更胜一筹，因为这两种美德，跟简朴可说是珠联璧合。

这个问题，我会不由自主地扯得更远，因此暂且不谈。我在这个问题上还要说的只有这点：只有屈辱和服从才能造就一个正

1　引自尤维纳利斯《讽刺诗集》。

直的人。不必让每个人去判断他有什么责任。应该确定他的责任，而不是让他任意选择。不然的话，由于我们的理智和看法会有无数弱点和变化，我们最终会给自己确定一些责任，使我们相互吞噬，如同伊壁鸠鲁所说。[1] 上帝给人制定的第一条戒律，是绝对服从。这是不容置疑的戒律，人完全不需要去理解和讨论，因为服从是承认上天行善力量的理智心灵的主要责任。服从产生另一种美德（如同傲慢产生恶习）。反之，对人性的第一个诱惑来自魔鬼，这是人的第一种毒药，用传授我们学问和知识的方法，转弯抹角地进入我们脑中："你们不可吃那棵树上的果子，吃了能知道善恶。"[2] 在荷马的史诗[3] 中，塞壬们为了诱惑尤利西斯，使他陷入她们设下的危险陷阱，就用渊博的见闻作为礼物。人类的灾难，这是想象出来的知识。因此，我们的宗教谆谆劝告我们要愚昧无知，认为这是符合信仰和服从的一个原则。"你们要谨慎，免得有人用他的哲学和虚空的废话，不照着基督，而是照人间的传统和世上的粗浅的学说，把你们掳去。"[4]

所有学派的所有哲学家，对下述看法全都相同：至善莫过于灵魂和肉体的宁静。但何处能得到这种宁静？

> 总之，贤者只是不及朱庇特；
>
> 他富裕、自由、光荣、漂亮，是王中之王，

1　引自普鲁塔克《答科洛特斯》。但此话并非伊壁鸠鲁所说，而是科洛特斯说的。

2　参见《圣经·旧约·创世纪》第三章第五节。

3　参见《奥德赛》。

4　引自《圣经·新约·歌罗西书》第二章第八节。

身体健康，只要不受疾病折磨。[1]

　　看来，大自然看到我们可怜而又虚弱的状况就进行安慰，使我们全都妄自尊大。正如爱比克泰德所说："人除了使用思想之外，任何东西都不是自己的。"我们共同拥有的东西是空想和野心。哲学上说："神祇健康是实，患病是虚，与此相反，人有好处是虚，有坏处是实。"我们赞扬自己的想象力是很正确的，因为我们的所有优点只存在于梦幻之中。请听这可怜的动物如何吹嘘。西塞罗说："没有比科学研究更为愉快的工作。"我要说："通过研究，我们了解无数的事物、广阔的大自然、这个世界的天空，以及大陆和海洋；通过研究，我们了解宗教、节制和巨大的勇气，使我们的心灵摆脱黑暗，看到高高低低和远中近的各种事物；通过研究，我们知道了幸福生活的方法，能毫无烦恼和痛苦地度过一生。"这个人岂不是在说活生生的、万能的上帝？实际上，千百个可怜的小女人在村里过的生活，要比他来得宁静、温柔和稳定。

> 他就是一个神，确实是一个神，
>
> 他首先发现了生命的规则与原理，
>
> 它具有了"智慧"的美名，他
>
> 用技巧把生命从那巨大的波涛和黑暗中救出，
>
> 将它置于如此的宁静和光明之中。[2]

1　　引自贺拉斯《书简》。

2　　引自卢克莱修《物性论》。

这些话说得漂亮、动听，但只要有小小的意外事故发生，即使说话者有神的教导和智慧，也会变得比最笨的牧羊人还不如。[1]同样厚颜无耻的是德谟克利特在书中的许诺："我以后会无事不谈。"还有亚里士多德赋予我们的愚蠢头衔"会死的神祇"，以及克里西波斯的评语：狄翁[2]跟上帝一样道德高尚。我的塞涅卡承认上帝给予人生命，但生活得好要靠人自己，据另一位作者说：我们赞扬自己的美德是对的；如果只靠上帝而不靠我们自己，就不会有美德。[3]塞涅卡也有这种想法："贤者有上帝那样的勇气，但有人的弱点还能这样，就比上帝更值得称道。"[4]这样的愚蠢实在是司空见惯。然而，我们中无人会因有人把自己跟上帝相提并论，就像把他跟其他动物相提并论那样生气，因为我们更加在乎自己的利益，而不是我们的创造者的利益。

但是，我们应该消除这种愚蠢的自负，并勇敢地大力铲除这种错误想法的可笑基础。只要人认为自己有办法和力量，他就绝不会承认主的赐予。正如俗语所说，他总是把鸡蛋当成母鸡：应该剥掉他唯一的外衣。

我们来看看人的哲学发挥作用的一个显著例子。

波西多尼乌斯[5]患病时十分痛苦，痛得胳膊扭曲，牙齿咬得

---

1   据说，卢克莱修的妻子或情妇给他喝了饮料，使他神志不清，他只有在神志清楚的短暂时间里才能作诗，最后自杀身亡。
2   即叙拉古的狄翁（前408—前354），叙拉古政治家。叙拉古僭主的反对者，但也属民主派。是柏拉图的朋友。
3   引自西塞罗《神性论》。
4   引自塞涅卡《致卢齐利乌斯》。
5   即阿帕米亚的波西多尼乌斯（约前135—约前51），古希腊斯多葛派哲学家，也是地理学家、历史学家。参见西塞罗《图斯库卢姆谈话录》。

咯咯直响，但他仍然蔑视病痛，大声说道："你让我痛也没用，我绝不会说你是病痛。"他受到的痛苦跟我的仆人一样，但他要装得有自尊，因为这符合他的学派规定。

　　　不要在嘴上装得有自尊，其实却已屈服。[1]

　　阿尔克西劳身患痛风，卡涅阿德斯去看望他，临走时非常难过，阿尔克西劳把他叫了回来，指着自己的双脚和胸部说："从下面是不会一直到这上面的。"卡涅阿德斯听了好受一点。因为病人感到自己的病痛，想要将其消除；但虽然有这病痛，他的心情并未沮丧和变坏。波西多尼乌斯仍然强硬，但我怕这只是口头上说说，实际情况并非如此。至于赫拉克利的狄奥尼修斯[2]，他眼睛灼痛，被迫放弃斯多葛派的坚定信念。

　　但是，即使知识真的如他们所言，可以减轻我们遇到厄运时的痛苦，这是否能比无知者更加清楚地做到的事更胜一筹？哲学家皮浪[3]在海上遇到暴风雨，对船上的其他乘客提出建议，让他们像船上的猪那样镇静，看着暴风雨毫不害怕。哲学用完了自己的箴言，就叫我们仿效竞技者和赶骡子的人，他们通常不大害怕死亡、痛苦和其他苦难，而且比有学问的人更加坚定，因为有学

1　　引自西塞罗《图斯库卢姆谈话录》。
2　　赫拉克利的狄奥尼修斯（活动时期为公元前2世纪），古希腊哲学家。因多次转换学派，被称为变节者。
3　　皮浪（约前365—约前275），古希腊哲学家，怀疑论的创始人。他认为由感觉与理性得来的知识都不可靠，人们对任何事物都应该存疑。主张对一切事物都采取淡漠无情、无动于衷、既不说是又不说非的"无言"态度，从而达到与世无争的"不动心"境界。

问的人不是天生具有也不会自我准备从而自然具有这种品质。要切开孩子的娇嫩四肢，比切开我们的更加容易，不就是因为孩子无知？切开马匹的四肢也是如此？有多少人只是因为想象力而有病？我们平时看到许多人放血、洗肠和吃药，只是为了治疗他们臆想出来的毛病。我们没有真正的毛病，科学会向我们提供它们。这种肤色和面色预示你会患卡他性炎[1]。这个季节天气炎热，你可能会有高烧。你左手的生命线断了，说明你不久会患大病。总之，想象力公开谈论健康。这种青春的活力，不可能长期保持同样的状态：必须消除它的一点血和力量，以免对你不利。请把有类似想法的人和农夫的生活进行比较，农夫顺其自然，根据目前的感觉来看待事物，他没有学问和预感，有病痛时才感到病痛，而有类似想法的人，在肾脏里有结石[2]之前，往往想象出有结石，仿佛在感到病痛之前，要预先想象出来，并急忙去迎接病痛。

我说的关于医学的话，通常可用作谈论任何科学的例子。这也是哲学家们的一种古老的看法，他们认为承认我们判断的缺陷有无限的好处。我的无知使我既有希望的理由，又有担心的理由，而由于我对自己健康的判断，只是根据其他人的情况，以及在相同的情况下发生在别处的事和我看到的各种各样的事，我就做出对自己最有利的比较。我张开双臂去迎接自由、充分和完全的健康，我更想去享受健康，尤其是我现在极少处于健康状态：

1　　卡他性炎是指黏膜组织发生的一种较轻的渗出性炎症。
2　　指肾绞痛，蒙田患有这种病。

我绝不会用一种束手束脚的新方式去扰乱生活的安宁和温馨。动物向我们清楚地指出，心烦意乱会给我们带来多少疾病。

有人对我们说，巴西的土著只会寿终正寝，这是因为那里气氛平和、环境安宁，但我认为是因为他们心里平静，没有任何紧张或不愉快的激情、思虑和工作，他们十分简朴地度过自己的一生，没有知识、文化、法律、国王，也没有任何宗教。

因此可以从经验中看出，最粗鲁、最愚钝的人，做爱时间最长，性欲最为旺盛，赶骡的人要比风流之士更令做爱的搭档愉悦，这是否是因为风流之士心里激动，而使体力受损？而心里激动，通常也会损害和扰乱心灵？跟心灵的灵活、细腻、敏捷和力量相比，通常更能扰乱心灵并使其狂热的又是什么？最细腻的狂热，如果不是产生于最细腻的智慧，又是从何而来？深厚的友谊产生于巨大的怨恨，健壮的身体会患致命的疾病，同样，我们的心灵如果非同寻常地激动，会产生极其巨大、极不正常的狂热：只要稍稍一动，就会从一种状态转为另一种状态。人失去理智时的行动，如同狂热跟我们思想最激烈的活动协调一致。狂热跟放任自流的思想的激烈冲动，以及跟一种非同寻常而又过分的美德产生的印象，它们之间的界限模糊不清，这又有谁不知道？柏拉图说，忧郁者最容易接受教育，也最为杰出，因此，也最容易变得狂热。我们看到，许多有才智的人毁于他们自身的力量和聪敏。最明智、最聪敏的一位诗人，在风格上比长期以来所有意大利诗人更接近纯粹的古代诗歌，却因自己的活动和激情，在不久前发生了突然的变化！[1]他是否要感谢毁掉他思想的这种活跃思想？是否要感谢使他失明的这种清醒？是否要感谢使他失去理智的这种确切而强有力的智慧？是否要感谢使他变得愚蠢的这种对知识的孜孜不倦的追求？是否要感谢使他变得不会思考、没有思想的这种罕见的思维能力？我在费拉拉看到他落魄至此，苟且偷生，不知道自己是谁，也认不出自己的作品，虽说他的作品放在他眼前，未经修改和整理就已出版，看到这种情况，我更多感到的是恼怒而不是同情。

你希望一个人健康，希望他稳重、稳固而又可靠？那就让他蒙昧无知、游手好闲、思想迟钝。我们要愚笨才会明理，要一片漆黑才能辨别方向。

如有人对我说，对痛苦和苦难无动于衷的优点，也会使我们在享受财产和欢娱的乐趣时有兴趣不大的缺点，我要回答说，确实如此，但是，我们可悲的状况会导致让我们高兴的事远没有我们要避免的事多，过分的淫乐对我们的触动还不如轻微的痛苦。"人对欢娱的感觉，不像对痛苦那样敏感。"[2]

> 我们对完全健康的感觉，不如对小毛小病的感觉，
>
> 皮肤被轻轻一碰，
>
> 我们就十分难受，

1　这段谈的是意大利诗人塔索，一五七四年因发疯而住进费拉拉的圣安娜医院。蒙田曾于一五八〇年十一月十六日前往费拉拉，但他在《旅行日记》中并未提到是否看望过诗人。《被解放的耶路撒冷》首版于一五八〇年出版。这部作品的诗体本和散文体本于一五八一年在威尼斯出版。

2　引自李维《罗马史》。

而身体健康，我们几乎没有感到。

我只是庆幸肺部和脚没有毛病，

对其他部位的身体健康，则几乎毫无感觉。[1]

我们安乐只是因为没有病痛。因此，最推崇欢娱的哲学学派，把欢娱归结为没有病痛。没有坏事，人就能指望好事多多，正如恩尼乌斯所说：

没有痛苦，就是最大的幸福。[2]

因为在某些欢娱时会有的这种发痒和被刺的感觉，会使我们感觉仿佛比通常的健康和无病痛的状况还要好，这种积极的欢娱有刺激性，还有我不知晓的灼痛和被咬的感觉，其目的只是没有病痛。我们渴望跟女人发生肉体关系，只是为了消除热烈的欲望给我们带来的痛苦，只是想在满足这种欲望后平静下来。对其他欲望也是如此。

我因此要说，纯朴使我们没有病痛，也会使我们的生活可喜。但是，不应该把这种状况想象得毫无乐趣。克兰托尔[3]抨击伊壁鸠鲁对病痛保持冷漠很有道理，因为这种冷漠被说得高深莫测，连病痛如何产生也不得而知。我不称赞这种冷漠，因为这既

---

1 引自拉博埃西《诗集》。

2 西塞罗在《论善与恶之定义》中转引。

3 克兰托尔（活动时期为公元前3世纪），古希腊学园哲学家。其作品《论悲哀》开创了一种新的文体，即用于发生不幸事故（例如死亡）时的慰问文字。他慰解的论据之一是，生活实际上是一种惩罚，而死亡则是灵魂的解脱。

不可能做到也永不会是我们所希望的。我庆幸自己没有生病，但即使生病，我也愿意知道自己患病了。如给我烧灼治疗或开刀，我也希望有感觉。其实，如消除对病痛的了解，同时也就消除了对欢娱的了解，最后就把人给毁了："对病痛的这种冷漠，只能付出更大的代价才能获得：思想的迟钝和身体的麻木。"[1]

疾病对人也有好处。人并非总是要逃避痛苦，也并非总是要追求欢娱。无知也有光荣之时，那时，知识无法使我们挺直腰杆，去抵挡疾病的重压，于是它就把我们扔到无知的怀抱里。知识被迫做出这种妥协，对我们放任自流，允许我们躲到无知的怀抱里寻求庇护，以免受命运的打击和侵害。确实，知识劝我们别去想压抑思想的病痛，用过去的欢娱来解闷，用回忆过去的欢乐来减轻现在的病痛[2]，借助于消失的幸福来抵挡现在的折磨。在这种时候，知识只会有一种意义："为消除忧虑，（伊壁鸠鲁）提出要回避一切不愉快的想法，并回想过去的愉悦。"[3]那就是知识在无能为力时要使用诡计，并在身体和双臂乏力时显示腿的灵活。因为不仅是哲学家，而且是头脑清楚的普通人，在真正感到自己高烧、口渴之时，要他去回想希腊葡萄酒的美味，不是在用空话对他敷衍了事？这样只会使他更不快，

因为回忆过去的开心事只会更加难受。[4]

1　引自西塞罗《图斯库卢姆谈话录》。

2　参见西塞罗《图斯库卢姆谈话录》，以及《论善与恶之定义》。

3　引自西塞罗《图斯库卢姆谈话录》。

4　引自但丁《地狱篇》。

哲学的另一个劝告也是如此，那就是只记住过去的幸福，并忘记我们经受的痛苦，仿佛我们掌握着遗忘的本领。这个劝告不会使我们的情况好转。

> 甜蜜的是回忆过去的苦难。[1]

哲学理应使我手持武器去跟命运抗争，理应使我勇气百倍，把人间的坎坷都踩在脚下，怎么会如此软弱，要我像兔子那样落荒而逃，胆怯而又可笑？因为记忆向我们展现的并非是我们选择的事情，而是记忆希望保存的事情。清楚地留在我们记忆里的事情，恰恰是我们想要遗忘的事情；这是把一件事铭记在我们脑中、不要忘记的最好办法。"我们能把我们的苦难永远遗忘，并愉快地记住一帆风顺的事情。"[2]这种说法是错的。"我甚至回忆起我不愿回忆的事情，我不能忘记我想忘却的事情。"[3]这种说法是对的。这是谁的看法？是那个"唯一敢自称贤者"[4]的人，

> 他使人人黯淡无光，
>
> 如同旭日东升，群星黯然失色。[5]

使记忆荡然无存，不就是通向无知的真正合适的道路？"无

---

1 引自西塞罗《论善与恶之定义》。
2 同上。
3 同上。
4 同上。这里指伊壁鸠鲁。
5 引自卢克莱修《物性论》。

知是治疗我们痛苦的一帖无效的药。"[1] 我们看到许多类似的箴言，说是在强有力的理智无能为力之时，可以借用老百姓一些并不可靠的看法，只要这些看法能宽慰我们。它们不能治愈创伤，就满足于减轻创伤的痛苦，使其处于麻木的状态。我认为它们不会否认我的这种看法，那就是它们如果能使人们过上幸福、安定的生活，即使从表面上看如此，它们也会同意这种看法：

> 我要喝酒和撒鲜花，
>
> 即使我被看成疯子。[2]

　　同意里卡斯[3]看法的哲学家何止一人。他在家里生活安宁，对家人和外人都尽到自己的义务，对有害的事物绝不沾染，但后来他精神有点失常，脑子里总有一种想法，觉得自己一直在剧院里观看世上最优美的娱乐节日、表演和喜剧演出。医生们治好了他这种毛病，他却把医生告到法院，要他们恢复他这种美妙的幻觉，

> 他说：唉，朋友们，你们是把我杀了，
>
> 而不是把我救了；你们使我失去幸福，
>
> 使我失去给予我全部快乐的幻觉。[4]

1　引自塞涅卡《俄狄浦斯》。
2　引自贺拉斯《书简》。
3　里卡斯是文艺复兴时期尼德兰人文主义者伊拉斯谟（1466—1536）的著作《格言集》中的人物。
4　引自贺拉斯《书简》。

他的幻觉跟皮索佐罗斯之子斯拉西劳斯的相似。斯拉西劳斯相信，进入和停靠在比雷埃夫斯港的船只，都是为他一人服务：他为船只航行顺利感到高兴，愉快地迎接它们的到来。他的兄弟克里托使他神志恢复正常，他为失去以前的状态感到遗憾，那时他生活十分愉快，没有任何不开心的事。希腊古诗说的就是这个意思，表示情况不清，好处很多，

不去思考，生活妩媚。[1]

《传道书》也说："因为多有智慧，就多有愁烦；增加知识，就增加忧伤。"[2]

哲学家们通常同意的看法，是在各种极其困难的情况下开出的最后一张药方，即在我们无法忍受生活时结束自己的生命："你喜欢生活？那就忍受。你不喜欢生活？那就用你喜欢的方法离去！"[3]"你感到疼痛？可说是痛得心如刀割。你如无法自卫，那就任人宰割。你如有伏尔甘的武器，那就是有足够的勇气，那就反抗。"[4]这里倒可以用希腊人在宴席上说的话："要么喝酒，要么离开。"（加斯科尼人的语言，通常把"喝酒"变成"生活"[5]，他们的话比西塞罗的话[6]更为恰当。）

1　　出自索福克勒斯《埃阿斯》。蒙田转引自伊拉斯谟《格言集》。
2　　参见《圣经·旧约·传道书》。
3　　引自塞涅卡《致卢齐利乌斯》。
4　　引自西塞罗《图斯库卢姆谈话录》。
5　　大家常引用加斯科尼人的谚语："生活就是喝酒，加斯科尼人就幸福。"
6　　参见西塞罗《图斯库卢姆谈话录》。

你不会明智地生活，就把位子让给更有文化的人；

你已经玩够，吃够，喝够，现在是离开的时候，

以免比你更狂热的青年，

嘲笑喝得太多的人，并把他赶走。[1]

哲学家们的这个药方，不就是承认他们无能为力，不仅让人在无知中躲藏，而且还让人回到愚蠢、冷漠和虚无之中？

……当年老体衰警告德谟克利特，

他的思考力和记忆正在衰退，

他便自行把脑袋交给死亡。[2]

安提西尼是这样说的："必须留点判断力去理解，或留根绳子去上吊。"克里西波斯引用诗人提尔泰奥斯[3]的话说：

显示美德，或接近死亡。

克拉特斯则说，相思病如不能用时间治愈，可以用饥饿治愈，如果这两种办法都不管用，那就只能上吊自杀。

塞涅卡和普鲁塔克谈起著名的塞克斯提乌斯就肃然起敬。塞

1　引自贺拉斯《书简》。

2　引自卢克莱修《物性论》。

3　提尔泰奥斯，希腊哀歌体诗人。著有军事题材的动人诗篇。诗篇估计是为帮助斯巴达赢得第二次美塞尼亚战争而作。他的诗现仅存残篇。这些残诗既鼓舞战士勇敢战斗和克己自律，又回顾了往昔的胜利，并表示确信今后必将取得成功。

克斯提乌斯把所有的事都置之度外，一心从事哲学研究，[1]他看到研究进展太慢，时间过长，就决定投海。他寻求死亡，是因为无法获得知识。对这个问题，行为准则有如下解答："万一有无法解决的烦恼事，港口就在眼前，人要获救可以在水中脱离肉体，如同离开沉船，蠢人抓住自己的肉体不放，是因为怕死，而不是因为想活。"

生活因简朴而变得更加愉快，也变得更加单纯和美好，我刚才就是这样说起的。圣保罗说，纯朴者和无知者升入天堂，将其占有，我们则带着所有知识沉入地狱的深渊。我不谈公开跟科学和文学为敌的瓦伦提尼安[2]，也不谈李锡尼[3]，这两位都是罗马皇帝，把科学和文学说成任何政体的毒药和瘟疫，我也不谈穆罕默德，我听说他禁止信徒从事科学，但伟大的来库古[4]的例子，以及他的威信，肯定会有很大的分量，还有大家高度评价斯巴达非凡的政治制度，称这种制度十分伟大，令人赞叹，美德长存，成就辉煌，虽然国内并不教授和提倡文化。新大陆是在我们父辈的时代由西班牙人发现，从那里来的人可以向我们证明，那里没有法官和法律，社会秩序却比我们更好，虽说我们的法官比老百姓还多，法律事务也多于其他事务，

1　恺撒曾想请喀罗尼亚的塞克斯提乌斯出任公职，但他情愿从事哲学研究。

2　指古罗马皇帝瓦伦提尼安一世（321—375）的弟弟瓦伦斯（328—378）。他与哥哥共同执政，统治帝国东部。他是基督徒，后信奉阿里乌斯教派的教义。

3　李锡尼（约250—324），古罗马皇帝。公元三〇八年由加勒里乌斯举为西部皇帝。三一一年加勒里乌斯死后，继为东部皇帝，遂与西部皇帝君士坦丁大帝结盟。三一三年娶君士坦丁之妹君士坦娅。同年与君士坦丁共同颁布《米兰敕令》，承认基督教的合法地位。三一四年与君士坦丁争权，双方交战，勉强订立"和约"。三二四年与君士坦丁再启战端，在亚得里亚堡战败投降，后被绞死。

4　来库古（活动时期为公元前9世纪）是传说中古斯巴达的立法者。

他们的手里和口袋里

全是传票、诉状、通知、

委托书，还有一沓沓批注、

咨询单、卷宗。

有这些人，可怜的老百姓

在城里永无安宁之日：

他们前后左右，四面八方，

都是公证人、诉讼代理人和律师。[1]

近代罗马的一位元老院议员说了相同的话。他说，他们前辈的嘴里是大蒜的臭味，肚里却有问心无愧的香味，而跟他同时代的人恰恰相反，身上只有香味，肚里却是各种坏水在发臭。这就是像我认为的那样，他们学富八斗，才华横溢，但却不大诚实。没有文化、无知、单纯和粗鲁的人，通常不会去伤害别人；而好奇、精明和有学问的人，却会去做坏事；谦卑、畏惧、服从和善良（这些是维持人类社会的主要品质）的人，则希望自己的心灵单纯、顺从，不要骄傲自大。

基督徒尤其知道，好奇是人类天生的恶习。想要增长智慧和知识，是人类主要的堕落；人类沿着这条道路永远堕入地狱。骄傲使他们失落和腐败，使人脱离共同的道路，使他们标新立异，更喜欢带领一群人迷失在沉沦的小路上，更喜欢教授错误和谎话，而不愿在真理的学校学习，让人手拉着手走在人多的正路

1　引自阿里奥斯托《疯狂的罗兰》。

上。这也许是古希腊这句话的意思：迷信跟随骄傲而来，对它如对父亲般言听计从。[1]

哦，骄傲自大！你使我们受到多大的束缚！苏格拉底听说智慧之神授予他智者的称号，十分惊讶，就进行反省，对自己全面审查，看不出自己有任何地方符合神的判断。他知道有些人正直、节制、勇敢，跟他一样博学，却比他更有口才，更加出色，对国家用处更大。最后，他得出结论，认为他与众人不同，成为智者只是因为他并不觉得自己是智者，而他的神认为，人自以为有学问和智慧是特别愚蠢的表现，他最好的学说是无知的学说，最大的智慧则是简朴。

《圣经》认为，我们中自以为了不起的人十分可怜："尘土，你有什么自豪的呢？"别处又说："上帝造人像影子；当光明移走时，影子也消失了，谁将对他做出判断？"其实，我们微不足道。我们还远未理解神的深意，因为我们造物主的创造物中，他的印记最清楚和最好的，却是我们最不了解的。对基督徒来说，遇到不可信的事，就是他相信的一个理由。一件事符合理性，则是因为它违反人的理性。如果它符合人的理性，那就不再是奇迹；如果符合某个已知的例子，那就不再是非同寻常的事。奥古斯丁说："你若无知，就更能了解上帝。"[2]塔西佗写道："相信神的行为，比理解神的行为更加高尚、更加可敬。"[3]

柏拉图则认为，对上帝、世界、万物的起因过于好奇而去

1　语出苏格拉底。
2　引自奥古斯丁《论秩序》。
3　引自塔西佗《日耳曼尼亚志》。

询问，就犯了亵渎宗教的罪行。西塞罗说：“其实，很难了解这世界之父；你了解之后，向凡人叙说，就是亵渎。”[1]确实，我们说，力量、真理、正义，这些词表示伟大的事物，但这种事物，我们无法看到，也无法想象。我们说上帝担心，上帝生气，上帝喜爱，

用易朽的字眼表达不朽的事物。[2]

所有这些感情和激动，不能用我们思想中的词语形式赋予上帝，我们也无法想象它们以何种形式出现在他的心中。只有上帝了解自己，只有上帝能解释他的造物。他用我们的语言解释并不确切，那是在屈尊俯就，降到我们这些匍匐在地上的人身边。智慧是对善与恶的选择，既然恶与上帝无缘，智慧又如何对上帝适合？以理智和聪明为例，我们使用理智和智慧，使事物从晦涩变得清楚，既然对上帝不会有晦涩，理智和智慧对他又有何用？正义使每个人得到自己的应有之物，是为社会和人类群体而产生，又怎么会存在于上帝身上？节欲是节制肉体欲望，在神性中并不存在，上帝又怎么会有？勇敢是为了忍受痛苦、努力和危险，而这三种情况，上帝绝不会遇上。因此，亚里士多德认为，上帝也没有善和恶。[3]

1　　出自柏拉图《蒂迈乌斯篇》，由西塞罗译出。
2　　引自卢克莱修《物性论》
3　　参见亚里士多德《尼各马可伦理学》。

他没有爱和恨，这两种激情其实是软弱的表现。[1]

我们要去认识真理，不管如何认识，我们靠的都不是自己的力量。上帝已经通过见证使我们对此有了充分的了解，这些见证他是从单纯和无知的老百姓中选择的，让我们了解他美妙的秘密：我们的信仰，并非是我们获得之物，而只是他人慷慨赠予之物。我们接受宗教，不是依靠我们的思考和智慧，而是通过外来的威望和修会。我们接受宗教，得益于我们判断的弱点，而不是智慧的力量；得益于我们的盲目，而不是远见。我们知道这神圣的道理，是因为我们的无知，而不是因为我们的知识。我们在地上自然地具有的能力，无法理解这种超自然的天上的知识，并不是令人惊讶的事：我们对此只需顺从和服从，因为如《圣经》上所写："我要摧毁智慧人的智慧，废弃聪明人的聪明。智慧人在哪里？文士在哪里？这世上的辩士在哪里？神岂不是已使这世上的智慧变成愚拙了吗？世人凭自己的智慧，既不认识神，神就本着自己的智慧乐意藉着人所传愚拙的话拯救那些信的人。"[2]

然而，我最后还得看看，人是否能找到他寻找的东西，这种几百年来的寻找，是否使人获得某种新的力量和确实的真理。

我相信，他如凭良心说话，一定会向我承认，他长期寻求所得，只是能承认自己的弱点。我们天生的无知，在经过长期研究后得到了证实。真正有知识的人也会遇到麦穗这样的问题：麦穗

1　引自西塞罗《神性论》。
2　参见《圣经·新约·哥林多前书》第一章第十九至二十一节。

长大、长高，傲然挺立之时却是空的，但在成熟后麦粒饱满、变大时，它们开始卑躬屈膝、低头哈腰。同样，人经过种种尝试和探索，在大量知识和各种事物中没有找到任何实在和可靠的东西，只是看到虚幻的东西之后，也就不再自高自大，并承认自己自然的状况。

同样，韦利奥斯[1]向科塔和西塞罗指出，他们从斐隆[2]那里得知

他们什么也没有学到。[3]

菲勒塞德斯是希腊七贤之一，他临死前给泰勒斯写信道："我吩咐家人在埋葬我以后，把我的著作带给你；如果你和其他贤人读了满意，那就将其发表，否则就销毁，这些书的可靠性都不能使我感到满意。另外，我也不能肯定自己已掌握真理或能够掌握真理。我只是展现事物，而不是发现事物。"

自古以来最聪慧之人[4]，被问到知道什么时，就回答说他知道自己一无所知。[5]他表明我们知道的大部分事，跟我们不知道的事相比微不足道；这就是说，我们认为知道的事，跟我们不知道

1　即韦利奥斯·帕特库洛斯（前19—31），古罗马军人、政客和历史学家。曾在色雷斯、马其顿、希腊和东方任军事长官。后在日耳曼和潘诺尼亚服役八年，任骑兵司令和副总督。公元七年任监察官，公元十五年任罗马军政长官。他曾撰写迄公元二九年为止的罗马史，对恺撒之死至奥古斯都之死期间的叙述极为详尽。

2　即拉里萨的斐隆（约前145—前79），古希腊哲学家。师从克利托马库斯，后继其主持学园。

3　参见西塞罗《神性论》。

4　指苏格拉底。

5　参见西塞罗《神性论》。

的事相比，只是很小的一个部分。

柏拉图说："我们知道的事物虚无，我们不知道的事物真实。"[1]

> 几乎所有古人都说，人无法认识、理解和知道
> 任何事物，我们的感觉有限，
> 我们的智力虚弱，我们的人生短促。[2]

西塞罗的全部价值在于他知识渊博，瓦勒里乌斯·马克西穆斯[3]谈到他时说，他年老时也开始轻视学问。西塞罗致力于学问的时候，不受任何学说约束，遵循他认为正确的学说，有时追随这个学派，有时又追随那个学派：他始终坚持学园派的怀疑论。

> 我必须说话，但不肯定任何事物；
> 我会始终探求，但往往怀疑，不相信自己。[4]

我的情况会十分有利，只要我愿意通过普通人和大多数人来对人进行了解，但我这样去做，可以按照人特有的规定，即判断真理不是根据话语的分量，而是根据数目的众多。我们把普通人

1　引自柏拉图《政治家篇》。
2　引自西塞罗《学园派哲学》。
3　瓦勒里乌斯·马克西穆斯（活动时期为公元 1 世纪），古罗马历史学家。所著九卷《善言懿行录》供修辞学校使用，举例说明人类的善与恶。书中所写大都是罗马历史中的故事，也包括希腊编年史中的一些逸事。此书结构松散，文笔浮夸，内容有不少矛盾和错误，但在中世纪颇为流行。
4　引自西塞罗《论占卜》。

置之一旁，

　　你睡着时清醒，人活着
　　又有视力，却只是行尸走肉，[1]

对自己没有感觉，不能对自己做出评价，让自己大部分的能力无法使用。我想列举地位最高的人。让我们在少数罕见的优秀人物中来对他进行观察，这些人生来就有与众不同的能力，经过努力、学习和各种人为的方法，这种能力更加出色，在智慧上达到登峰造极的地步。他们从各个方面来锻炼自己的思想，借助于外界的恰当帮助使其变得坚强，并用他们能在这世上借鉴的一切有用之物来丰富思想；人性的最高形式存在于他们身上。他们用制度和法律来治理世界，用技术和科学来教育世人，也用自己出色的行为来教育大家。我重视的只是这些人，以及他们的见证和经验。我们来看看，他们走到了哪一步，取得了什么成就。我们在这个群体中发现的弊病和缺点，世人可以毫不犹豫地承认，这也是他们自己的弊病和缺点。

　　寻找一件东西的人，都会有这样的结果：他要么说他找到了，要么说无法找到，或者他还在找。任何哲学都属于这三种情况的一种。哲学的目的是寻找真理、学问和确信。逍遥派、伊壁鸠鲁派、斯多葛派和其他哲学家认为他们已经找到真理、学问和信条。这些哲学家肯定我们现有的学问，认为它们是确定无疑

1　　引自卢克莱修《物性论》。

的知识。克利托马库斯[1]、卡涅阿德斯[2]和学园派探索得灰心丧气，认为真理不能用我们的方法去认识。他们的结论是人软弱无知。这个学派的拥护者人数最多，也最为杰出。

皮浪和其他怀疑论者或未定论者的看法，均引自荷马、七贤、阿尔基洛科斯、欧里庇得斯，许多古人把他们跟芝诺、德谟克利特、色诺芬尼联系在一起。[3]皮浪和其他怀疑论者说他们还在寻找真理。他们认为自以为找到真理的人极其错误，另一些人则过于虚幻，认为靠人的力量无法获得真理。因为确定我们能力的限制，认识并判断事物的困难，这也是巨大而极其艰难的学问，他们怀疑人是否有这个能力：

> 有人认为人什么也无法知道，
>
> 那他也不知道能否说出这样说的原因。[4]

无知只要自己知道、自己看出并谴责，就不是完全无知：完全无知，得要自己并不知道无知。因此，皮浪派宣扬的态度是摇

1　克利托马库斯（前187/186—前110/109），学园派哲学家。生于迦太基，四十岁时迦太基被毁，来到雅典，撰写哀歌，安慰自己的同胞。公元前一二八年继卡涅阿德斯任新学园主持者，直至去世。

2　卡涅阿德斯（约前215—约前129），古希腊哲学家。新学园派最著名的代表之一。创立或然论，反对斯多葛派。没留下任何著作，但其学说保存在克利托马库斯的著作中。

3　怀疑派的创始者皮浪曾随阿那克萨图斯参加亚历山大大帝远征军，而阿那克萨图斯师从德谟克利特，因此，皮浪有德谟克利特的思想不足为奇。色诺芬尼（约前565—约前437）是古希腊哲学家。他的思想后为巴门尼德与埃利亚的芝诺所发展，成为埃利亚学派哲学的中心思想，因而亚里士多德称色诺芬尼为埃利亚学派的第一个代表人物。这里的芝诺是指埃利亚的芝诺，他的命题常被引用的有"阿喀琉斯与乌龟"和"飞箭不动"。亚里士多德称他为辩证法（论辩术）的创立者。

4　引自卢克莱修《物性论》。

摆、怀疑和探索，不去肯定任何事物。对心灵的三个功能，即理解、感觉和判断，他们只接受前两种；至于最后一种功能，他们使其处于未定状态，他们保持犹豫不决的状态，既没有丝毫的同意倾向，也不倾向于反对。

芝诺[1]用手势展现他对心灵三个能力的这种区分：手掌完全张开表示有可能性；手掌半合、指头微屈，表示同意判断；握紧拳头表示理解；用左手把拳头握得更紧，表示这是学问。

现在得要指出，皮浪派判断的这种定位是直线的和不可弯曲的，接受前来的一切事物，但并没有依附其上，也没有表示赞同，而是把它们引向不动心的境界[2]，这是平静、安宁、不受干扰的生活状况，我们不会因为对事物有看法和认识而受到干扰，而这种干扰会导致恐惧、吝啬、嫉妒、过度的欲望、野心、骄傲、迷信、喜欢新奇、反抗、不服从、固执和大多数肉体痛苦。他们甚至不会在学说上有派系之见，因为他们在辩论时柔声柔气。他们不怕在辩论中有反对意见。他们说重物往下落，如果别人相信，他们会难受，他们要别人驳斥，以产生怀疑，使判断处于未定状态，这就是他们的目的。他们提出自己的看法，只是抨击他们觉得我们认为正确的看法。如果你同意他们的看法，他们也乐意支持相反的看法：对他们来说，所有的事物全都相同，他们对任何事物都没有偏爱。你说雪是黑的，他们会试图证明雪是白的。如果你说雪既不黑也不白，他们就会说雪既黑又白。如果你

1　　指斯多葛派的创立者季蒂昂的芝诺。
2　　斯多葛派哲学家用语，指不受外界干扰的境界。

根据形势断定你对此一无所知，他们就会使你确信知道此事。即使你断定你对此怀疑，他们也会对此提出异议，说你没有怀疑，或者说你不会认为你有所怀疑。但由于这种极端的怀疑本身摇摆不定，他们的看法就有别于多种看法，甚至跟支持怀疑和无知的看法不同。

他们说，如果独断论者一个说绿，另一个说黄，为什么他们就不能怀疑？如果有人提出一种看法，要你承认是对的，或者要你承认是错的，那么，是否能认为这种看法模糊不清？有些人因本国的习俗或父母的教育，或者因像遇到风暴这样的偶然事件，无法判断和选择，往往还不到懂事的年龄，就选择了某种看法，比如加入了斯多葛派或伊壁鸠鲁派，并就此成为顺从的成员，如同咬住鱼钩的鱼无法脱身，"他们如同被风暴抛向某个学说，像抓住岩石那样紧紧抓住它"[1]，为什么不能让这些人保持自己的自由，在没有派别、不受奴役的情况下去观察事物？"他们一旦自由而独立，就会有无限的判断力。"[2]摆脱其他人所受的约束，不是有好处吗？与其陷入人想象出来的种种错误，还不如处于未定状态？与其在反对和争吵中进行分裂，还不如不确定自己的信仰？我会选择什么？只要你选择，就选你之所爱！这是愚蠢的回答，但独断派似乎都会这样回答，我们不知道的事物，他们不允许我们不知道。那你就参加最出名的一派：为了捍卫这一派，你说不定就得跟几百个敌对派别进行斗争。那就不如置身于这种

1　　引自西塞罗《学园派哲学》。
2　　同上。

斗争之外？你可以接受亚里士多德的灵魂不灭说，把它看得跟你的荣誉和生命一样重要，并抨击柏拉图的学说，可他们就不能对这个问题持怀疑态度？帕奈提乌斯[1]可以对内脏占卜、梦境、神谕和预言做出未定判断[2]，而斯多葛派对这些问题并未提出任何疑问，既然他敢对老师们教授、他参加并维护的学派一致同意的学说提出不同的看法，那么，一个贤者为什么就不敢在所有事情上提出异议？一个孩子做出判断，他还不明事理；但一位学者做出判断，他已预先有自己的看法。皮浪派在斗争中有着非同寻常的优势，那就是不需要保护自己。只要他们在攻击，他们就对别人的攻击毫不在乎，他们可以使用任何武器。如果他们获胜，你的看法就站不住脚；如果你获胜，他们的看法就站不住脚。如果他们错了，就表明他们无知；如果你错了，就表明你无知。如果他们证明人一无所知，那就好；如果他们不能证明这点，那也好。"如果在同一个问题上，正反两方面的理由都相同，那就更容易做出未定判断。"[3]

他们更容易知道为什么一件事是错的，而不是知道一件事是对的原因，更容易知道不存在之物，而不是存在之物，更容易知道他们不相信的事，而不是他们相信的事。

他们说话的方式如下："我不做任何决定；情况不是这样也

1　帕奈提乌斯（约前185—前109），斯多葛学派创始人。他虽然信奉斯多葛学派的基本学说，但又试图改变古斯多葛学派的刻板严肃，使之具有一种新的人道主义特征。他著作较少，所写五篇论文均已失传。重要伦理学论文《论适度》成为西塞罗《论责任》前两卷之范本。
2　参见西塞罗《学园派哲学》。
3　引自西塞罗《学园派哲学》。

不是那样，不是这个也不是那个。我不理解这个；表象到处都一样；说同意和反对都有可能。看上去不可能错的事，似乎也不对。"他们像施行圣事一般说：我的判断未决。这是他们的老生常谈，另一些内容也相似。其效果是纯粹、完全、完美的延期和未决判断。他们使用自己的理智去询问和辩论，但不是为了做出决定和进行选择。谁能想象在任何情况下都始终承认无知，并做出不偏不倚的判断，就能知道皮浪主义是怎么回事。我尽自己的可能诠释这种学说，因为许多人觉得它很难理解，连这种学说的作者诠释时也有点含糊不清，而且各不相同。

至于生活上的行为，他们在这方面倒是跟大家一样。他们要符合自然的倾向以及激情的冲动和约束，要遵守风俗习惯和思想上的传统。"确实，上帝希望我们有的不是知识，而只是能使用这些规定。"[1]他们让这些规则指引他们日常的行动，没有任何评论和批评。因此，我无论如何也不能同意有人对皮浪的看法。他们说他愚蠢、麻木，过着野人般孤僻的生活，小车撞过来也不避让，站在悬崖边上也不知道，不愿意服从法律。这超出了他学说的范围。他不愿意变成石头或树桩；他希望成为有生命的人，能思考和推理，能享受一切天然的乐趣和好处，能发挥身体和精神的全部能力，并根据社会的规定和道德准则使用这些能力。人赋予自己虚幻的、想象的和虚假的特权，以便支配、安排和确定真理，而皮浪则真心诚意地抛弃了这些特权。

另外，每个学派，如要其贤者参与生活，就不得不让他做许

1　引自西塞罗《论占卜》。

多不理解、不确定和不同意的事情。[1] 他上船出海时，遵照这个原则，却不知道这原则对他是否有用，就姑且认为船是好的，舵手有经验，这季节适宜航行。但这只是可能有的条件，有了这些条件，他就去航行，听任这些表象的摆布，只要表象跟他的原则没有明显的矛盾。他有一个肉体和一个心灵，受到感觉的驱使，精神使他活跃。但他无法在心中找到他自己的准则来进行判断，并发现他不应该表示同意，因为有的错误跟这种正确相似，他还是可以毫无拘束地引导自己生活中的行为。承认主要依靠推测而不是知识，不是旨在弄清真假，只是相信似乎可信的事物，这样的学派又有多少？皮浪派说，既有真又有假，我们能够去寻找，但无法用试金石做出决定。我们最好根据世界的秩序随波逐流，不要去进行研究。一个没有成见的心灵，有很大的好处，可以做到安宁。凡是评判和控制其评判的人，从不低眉听从。思想单纯、没有好奇心的人，比那些以教师自居去监视神圣事物和人间事物的人更容易驾驭，更加服从宗教的戒律和国家的法律！[2]

在人类的创造中，没有任何东西比皮浪的学说更加真实和有用。他的学说认为人赤裸而又空虚，承认自己天生的弱点，能够接受上天的一种外力，弃绝人间的知识，因此能在心中容纳神的知识，清除自己的判断，给信仰留下更大的位置；人并非没有宗教信仰，也没有确定任何教义来反对众人遵守的规定，人谦逊，服从，能接受教育，热情，是异端邪说的死敌，因此不会有错误

1　　参见西塞罗《学园派哲学》。
2　　同上。

的学派宣扬的虚幻而又不恰当的看法。人是白纸一张，能接受上帝的手指随心所欲地画出的任何印记。我们越是信仰上帝，信任上帝，弃绝自己，我们就越有价值。《传道书》说："善待事物呈现在你面前的模样和味道；其他一切不用去了解。""耶和华知道人的意念是虚妄的。"[1]

哲学的三大学派中，两派公开主张怀疑和无知，在第三派即独断派中，不难发现大多数信徒摆出确信的面孔，只是为了样子好看。他们并不是想为我们建立某种确信，而是要向我们表明，他们追逐真理走得多远，"这些学者在假设真理，而不是在认识真理"[2]。

蒂迈乌斯[3]要告诉苏格拉底，他对神祇、世界和人类知道些什么，提出要像人对人的谈话那样来谈这些事，并说他的解释跟另一个人的解释一样可信就已足够，因为他无法做出确切的解释，其他人也是如此。一位跟他学派相同的哲学家模仿他的话说："我尽可能做出解释，但我说的话并非像德尔斐城的阿波罗神谕那样肯定和不容置疑，我虽然是软弱的凡人，仍然竭力通过推测去发现可能真实的东西。"[4]他说的这话，谈的是对死亡的蔑视，这是所有人自然会谈的话题。另外，这位哲学家又根据柏拉图的话来转述蒂迈乌斯的话："有时在谈论神祇的本质和世界的起源时，我并未达到想要的目的，但你不必对此感到惊讶，因为

1　引自《圣经·旧约·诗篇》第九十四篇第十一节。
2　引自李维《罗马史》。
3　蒂迈乌斯（前6—前5世纪），毕达哥拉斯派哲学家，柏拉图《蒂迈乌斯篇》中的主要对话者。
4　引自西塞罗《图斯库卢姆谈话录》。

你应该记得，我说话你倾听，我们都是凡人，因此，我只是说可能的真理，你也不应该有更高的要求。"[1]

亚里士多德在谈到一些人对另一些人的看法时，通常会向我们谈到大量其他看法和信仰，以便跟他自己的进行比较，并使我们看到他走得多远，又如何更加接近真理，因为真理不是用别人的权威和见证判断出来。由于这个原因，伊壁鸠鲁在著作中尽量避免引述别人跟他不同的看法。亚里士多德是独断派的王子，然而，我们从他那里得知，知识渊博，怀疑的机会也多。[2]我们看到他往往故意用晦涩而又复杂的词句来掩盖自己，使人没法看清他的看法。实际上，这是以肯定形式出现的皮浪主义。

请听西塞罗的话，他用自己的想法去解释别人的想法："想了解我们个人对每个事物的看法，会使好奇心变得奇大无比。有一条哲学原则，要我们争论一切，但不做任何结论，这首先由苏格拉底提出，后来由阿尔克西劳重提，由卡涅阿德斯肯定，在我们这个时代仍受好评。我们属于这样的人，认为假中始终有真，真假十分相像，任何标志都无法确切判断和区分真假。"[3]

为什么不仅亚里士多德，而且大部分哲学家都寻求晦涩？难道是为了强调这题材的虚幻，引起我们思想的好奇，同时指出何处寻找养料，却扔出一根无肉的空心骨头让人去啃？克利托马库斯说，他读了卡涅阿德斯的著作，却一直无法看出作者持何种看

1　引自柏拉图《蒂迈乌斯篇》。
2　参见普鲁塔克《把酒畅谈》。
3　引自西塞罗《神性论》。

237

法。[1]正因为如此，伊壁鸠鲁在著作中不让人轻易看清，也因为这个原因，赫拉克利特被称为"晦涩者"。晦涩是学者们使用的硬币，如同变戏法者的花招，目的是避免他们学问的虚幻，而人类很容易因愚蠢而满足于这种虚幻：

> 他（赫拉克利特）以言论晦涩著称，在脑子空空的
> 希腊人中十分吃香，因为愚人欣赏和喜爱
> 隐藏在神秘莫测的语言中的东西。[2]

西塞罗责备他的某些朋友喜欢在天文学、法律学、辩证法和几何学上花费过多的时间，并说这样他们就不能去履行生活中更有益、更令人尊敬的义务。昔兰尼学派哲学家[3]也轻视物理学和辩证法。芝诺[4]在谈共和国的那些书中，开宗明义地声称七种自由艺术[5]无用。

克里西波斯说，柏拉图和亚里士多德撰写逻辑学著作，是为了消遣和练习，他无法相信，他们会认真地谈论一个如此空泛的学科。普鲁塔克对形而上学也这样说。伊壁鸠鲁也会这样谈论修辞学、语法学、诗歌、数学，以及除了物理学之外的所有科学。苏格拉底也这样谈论所有学科，涉及风俗和生活的学科除外。不管别人问他什么，他首先要让提问者谈现在和过去的生活状

1　参见西塞罗《学园派哲学》。
2　引自卢克莱修《物性论》。
3　指古希腊哲学家亚里斯提卜及其弟子。
4　指季蒂昂的芝诺。
5　指文法、修辞学、辩证法、音乐、算术、几何学和天文学七种学科。

况，对之进行研究和评论，认为相比之下，其他一切情况都是次要的。

> 我希望别太重视这种文学修养，因为它没能帮助
> 有这种修养的人变得道德高尚。[1]

大部分学科都受到学者本人的蔑视。但他们认为，为了动脑筋和消遣，去做没有任何实际好处的事，也并非没有必要。

总之，有些人认为柏拉图是独断派，另一些人认为他是怀疑派，还有些人认为，他在某些问题上是独断派，在另一些问题上是怀疑派。

苏格拉底是柏拉图的哲学对话中的主要人物，总是提出问题，使讨论活跃，从不用结论打断对方，也从不回答对方向他提出的问题，他说自己没有别的学问，只有提出异议的学问。荷马是他们的精神之父，以同样的方式为所有哲学学派奠定了基础，以便表明，他对我们要走什么道路毫不在乎。有人说，柏拉图产生了十个不同的学派。因而，据我看，如果他的学说并非摇摆不定、持怀疑态度，那就从未有摇摆不定、持怀疑态度的学说。苏格拉底说，助产妇给别人接生，而放弃自己生育，并说他被神祇授予"助产男"的称号，也就在男子精神恋爱中放弃精神生育，而只是帮助其他人生育，打开他们的生殖器官，润滑他们的产道，让他们的孩子顺利出生，对孩子进行判断，给孩子洗礼，喂

1　　引自萨卢斯特《朱古达战争》。

养孩子，使他强壮，裹上襁褓，施以割礼，磨炼孩子的思想，以应付别人造成的危险。

大多数第三类哲学家的情况也跟柏拉图相同，古人已根据阿那克萨哥拉、德谟克利特、巴门尼德、色诺芬尼和其他人的著作得出这个结论。他们在本质上以游移不定的方式写作，目的主要是询问，而不是教导别人，另外，他们的风格也时而有独断派的特点。这在塞涅卡和普鲁塔克的著作中不是可以清楚地看到？仔细观察就可以看到，有多少次他们一会儿这样说，一会儿又那样说！法学家们的调解人，首先应该使每个法学家跟自己取得一致。

我觉得柏拉图喜欢用谈话来探讨哲理，这是经过深思熟虑的，这样就可以通过各个人的嘴来说出他自己各种各样的想法。

用不同方式陈述问题，和根据一种学说陈述问题效果一样好，甚至更好，因为这样陈述内容更加丰富，也好处更多。举我国现在的一个例子。法院判决是不容置辩的独断话语的最高形式，然而，我们的法院向公众展现的判决，被认为最有警戒性，因其庄严而最能使公众敬畏，这主要是因为进行判决的法官有能力，而判决之所以美妙，并非因为本身平庸、每个法官都会做出结论，而是因为司法案件允许进行辩论，各种不同的解释可以当面对质。

一派哲学家批评另一派哲学家，最大的立场是由他们的分歧和矛盾提供的，每个哲学家都陷入这些矛盾和看法无法自拔，或者是蓄意如此，目的是表明人的思想在判断所有事物时都摇摆不定，或者是因为事物变幻不定、无法理解，不由自主地陷入其中。

这个意思用下面这句话来表达："如果问题靠不住又模糊不清，那就不做判断。"[1] 正如欧里庇得斯所说：

> 上帝的造物各不相同，
>
> 我们真是无所适从。[2]

这使人想起恩培多克勒，他仿佛有神的热情，被真理折服，类似的话，他在书中多次提道："不，不，我们无丝毫感觉，我们一无所见，一切事物都对我们隐藏，我们无法说出任何事物的真相。"这就使人想起神的话："凡人的思想优柔寡断，无法确定的是我们的创造和预见。"[3]

有人抓不到猎物，却仍对打猎兴致勃勃，对此你不必感到惊讶：学习本身就是件愉快的事，而且十分愉快，因此，斯多葛派在禁止的精神享受中，也有源于思想活动的乐趣，希望加以节制，认为知道得过多如同纵欲。[4]

德谟克利特在餐桌上吃了几只无花果，像蜂蜜那样甜，突然想要弄清这种不寻常的甜味从何而来，就离开餐桌去观看采摘无花果的地方的情况。[5] 他的女仆听到他去观看的原因，就笑着对他说不必费神，这是因为她把无花果放在蜂蜜罐子里。他很生

1　参见普鲁塔克《论神谕的衰微》。
2　同上。
3　引自《所罗门智训》。
4　参见塞涅卡《致卢齐利乌斯》。
5　参见普鲁塔克《把酒畅谈》。

气，因为女仆使他失去了探索的机会和好奇的理由，就对她说：
"走开，你使我难受，但我还是要去找寻其中的原因，这甜味仿佛是天然就有。"对于这虚假的和设想的事实，他肯定找到了某种真正的原因。这个故事涉及一位伟大而又著名的哲学家，清楚地向我们展示学习的激情，这种激情使我们仍然在寻求我们无法找到的东西。普鲁塔克叙述了一个相同的例子，说有一个人不希望别人向他提供关于他怀疑的事物的情况，免得失去探索的乐趣。这就像另一个人不希望医生给他治好因发烧而口渴的毛病，是因为不想失去饮酒止渴的乐趣。"什么都不学，还不如学些无用的东西。"[1]

在食品中，往往有喜欢吃的东西，但我们喜欢吃的东西，并非总是有营养、有益健康。同样，我们从知识中得到的精神食粮也会可口，虽然不一定有营养，不一定有益于健康。

哲学家们是这样说的："观察自然，是适合于我们思想的精神食粮，可以使我们得到提高、变得强壮，使我们蔑视地上低贱的事物，因为我们会把它们跟天上高雅的事物进行比较。探索伟大和隐藏的事物是愉快的事，即使你敬畏这些事物，怕对它们进行评论。"这是他们的哲学信条。这种病态的、好奇的虚荣形象，更加清楚地展现在另一个例子之中。为了炫耀自己，他们常常说：欧多克索斯[2]请求神祇，希望能有一次机会就近观察太阳，

---

1   引自塞涅卡《致卢齐利乌斯》。

2   即克尼图斯的欧多克索斯（约前408—约前355），古希腊天文学家、数学家。在天文学上，欧多克索斯可能已经发明了计算日地和月地距离的方法。为了解释所观测到的日、月和五颗行星的各种运动现象，他建立了一个由二十七个同心球组成的模型。这个系统保持了古希腊人关于圆是完美的几何图形的观念，并把认为用匀速圆运动的叠加就可以计算天体的不均匀运动的观点引进了天文学。

以了解其形状、大小和美貌，即使会突然被太阳烧死。他希望用自己的生命去了解一种信息，同时却失去了使用和掌握这个信息的机会，他要得到这瞬息即逝的知识，就会失去他已经获得和将会获得的其他知识。

我不能轻易相信，伊壁鸠鲁、柏拉图和毕达哥拉斯会对原子、理念和数信以为真。他们极其聪明，不会去相信如此不确定和有争议的东西。但是，这几位伟人各自做出努力，想要给我们觉得模糊不清、无法了解的世界带来一些光明。他们在思考中有所发现，至少具有巧妙而又讨人喜欢的表象，即使错误，也能经得起不同意见的驳斥："*这些学说是每个哲学家的天才设想，而不是产生于他们的知识。*"[1]有人责备一位古人，说他炫耀自己懂哲学，却在自己判断时不大重视哲学。这位古人回答说，这才是真正探讨哲学。哲学家们要审视一切，质疑一切，并觉得这项工作符合我们天然的好奇心。某些事物，他们写下来是因为公众社会需要，如同他们的宗教。根据这种考虑，他们不愿意对事物进行追根寻底的研究是明智的，因为这样会在遵守国家法律和习俗中产生混乱。

柏拉图解决这个问题的方法简单明了。他提出自己的想法，但丝毫也不做肯定。他当立法者时，文风一本正经、不容置疑，然而，他也大胆地制造出一些极其离奇的想法，这些想法能用来说服一般的百姓，但在他看来却十分可笑，因为他知道，我们能接受各种看法，特别是奇异的看法。因此，他在谈法律时做出仔

1　　引自塞涅卡《演说练习》。

细的规定，在公共场合只能唱虚构的故事和有教益的颂歌。[1]由于人的思想容易接受各种形象，他就觉得应该向人们灌输有用的谎话，而不是无用或有害的谎话。他在《理想国》中坦率地说，为了人们的利益，有时需要欺骗他们。可以轻而易举地看出，在哲学学派中，有些学派注重于追求真理，另一些学派则讲究实用，而得到名声的是讲究实用的学派。我们的不幸在于，我们的思想觉得最真实的东西，却并非对我们的生活最为有用。最大胆的学派，如伊壁鸠鲁派、皮浪派和新学园派，最终只能屈从于民法。

哲学家们还仔细探讨其他问题，他们每个人都说出自己的看法，不管是否恰当。由于他们没有找到任何想谈的东西，他们就经常做出根据不足和不合情理的猜测，他们不是把这些猜测作为基础，也不是为了确定某种真理，而是为了唤起他们的研究热情："他们写作，似乎不是出于个人的信念，而是用困难的题材来锻炼他们的思想。"[2]

如果不是这样看待事物，那就无法理解，这些著名的杰出人物，如何会提出如此矛盾而又肤浅的看法。想用我们的推测和猜测去了解上帝，用我们的能力和法律去驾驭上帝和世界，使用上帝赐予人的微不足道的能力去做有损于神灵的事，难道还有更加荒谬的事情？我们的目光无法延伸到上帝的光荣宝座，就要把他带到我们腐败和贫困的尘世？

古人谈论宗教的各种看法中，我觉得有一种看法最为真实，

1　　参见柏拉图《理想国》。
2　　引自昆体良《演说术原理》。

也最能接受，即承认上帝是一种不可理解的力量，是万物的造物主和保护者，他是善良、完美的化身，人类给予他的荣誉以及对他的敬畏，不管以何种面貌、何种名义和何种方式出现，它都会欣然接受：

万能的朱庇特，万物、国王和神祇的父母。[1]

这种热情到处被上天赞许的目光见到。所有的社会都得益于它们的虔诚：不信神的人和亵渎宗教的行为，到处得到应有的惩罚。描写异教徒的故事，在他们传说的宗教中承认尊严、秩序和正义，奇迹和神谕则使他们得益和受到教育，上帝出于仁慈，也许用暂时的恩惠来保持粗浅的认识，不管认识如何，我们因天然的理性通过梦中的虚幻形象来认识上帝。

人臆造的形象，不仅是虚幻的，而且是渎神的。

圣保罗看到在雅典崇拜许多宗教，其中有一种宗教崇拜的是一位隐蔽的未识之神，他觉得最情有可原。[2]

毕达哥拉斯描绘的事实最接近真理，他认为人们对这个本原和万物之神的认识应该是模糊的、不确定的，也没有进行描述；他认为这只是我们的思想为达到完美所做的最大努力，每个人都根据自己的能力来对想法进行发挥。但如果努马[3]决定使臣民的

1　　瓦勒里乌斯·索拉努斯语，奥古斯丁在《上帝之城》中引述。

2　　参见《圣经·新约·使徒行传》第十七章第二十三节。

3　　即努马·庞皮利乌斯，古罗马王政时期第二王（前714—前671）。曾创立宗教历法和制定各种宗教制度。

信仰符合这种观念，使他们信仰一种纯属精神的宗教，没有确定的崇拜对象，也没有任何物质的依托，那么，他无疑在做一件无法实施的事：人的思想不可能在无数不成形的想法中漂浮，必须把这些想法浓缩成一种可作为楷模的确切形象。神的威严在某种程度上局限于体形之中：他那超自然的和天上的圣事，带有我们生活状况的痕迹，对神的崇拜表达为能听懂的崇敬的话语，因为是人在信仰和祈祷。我把这个问题的其他论据搁置一边吧。但人们很难使我相信，看到我们的十字架和耶稣受难图，看到我们教堂举行仪式时的装饰和手势，表达我们虔诚的歌声和表达我们感情的慷慨之词，不会使人民心情激动，产生有益的激情。

我们把体形赋予神祇，在世人无知的情况下必须这样做，比起对神祇的崇拜，我更愿意追随崇拜太阳的人们，

> 众人的光明，
> 世界的眼睛；上帝头上如有眼睛，
> 太阳的光辉是他明亮的眼睛，
> 赋予众人以生命，支持和保护我们，
> 注视着这世上人的行为：
> 这美丽、巨大的太阳给予我们四季，
> 要看它在十二幢屋子里是进是出；
> 它使世界充满人人皆知的美德；
> 它眼睛一转，就给我们把乌云驱散：
> 世界的精神和灵魂，燃烧着闪闪发光，
> 它奔跑一天，整个天空旋转；

它巨大无比，如圆球般移动，十分坚固；

下面的整个世界都受它管辖；

休息时并未休息；空闲时并不空闲；

它是大自然的长子，白昼之父。[1]

　　这是因为太阳除了巨大、美丽，是我们看到的离我们最远的天体，也是了解不多的天体，我们对它感到惊讶和敬畏就情有可原。

　　泰勒斯第一个提出这样的问题，认为上帝是用水创造万物的神；阿那克西曼德[2]认为神祇在不同季节生和死，而世界无限；阿那克西美尼认为气是上帝，扩展得无边无际，永远处于运动状态。阿那克萨哥拉[3]首先认为，万物的形状和构成方式受一种无限心灵的力量和理性驾驭。阿尔克迈翁认为日、月、星辰和灵魂都是神祇。毕达哥拉斯认为上帝是散布在万物本性中的神灵，我们的灵魂从万物中脱离而来。巴门尼德[4]认为上帝是围绕天空的

1　　引自龙沙《告诫法国人民》。

2　　阿那克西曼德（约前610—约前547），古希腊哲学家，泰勒斯的弟子。研究过数学、天文学、地理学。他关于自然的论著今有片段留存，是希腊最早的哲学文献。提出与泰勒斯不同的观点，认为宇宙的基本要素是"无限"；万物皆生于"无限"，又复归于"无限"。"无限"是充满空间、永无穷尽的无形物质，它具有冷、热、干、湿的属性，这些属性对立变化而生成万物。

3　　阿那克萨哥拉（约前500—约前428），古希腊哲学家。据说是阿那克西美尼派的弟子。认为宇宙的初始万物混沌一体，数目无穷多，体积无限小。称物质的最小分子为"种子"，它具有各种形状、颜色和气味。"种子"构成具体的万物。为了说明初始的运动，他提出一种同其他"种子"绝对分开的、具有支配和推动能力的东西，叫作"奴斯"（亦译"心灵"或"宇宙理性"）。"奴斯是万物中最稀最纯的"，大概是指某种更精细的物质；亚里士多德称"奴斯"是阿那克萨哥拉用以构造宇宙的一种手段，或者说被他视为运动的源泉。

4　　巴门尼德（约前540—约前450），古希腊哲学家，曾受教于色诺芬。他认为上帝是唯一的球形存在，也是物质世界的外壳。

圆环，并用光的热量维持世界。恩培多克勒[1]说，产生万物的四种基本元素就是神祇。普罗塔哥拉[2]在谈到神祇时不说神祇是否存在，也不说神祇是什么模样。德谟克利特谈到神祇，有时说神祇是星座及其运转，有时说是产生这些星座的大自然，后来又说是我们的知识和智慧。柏拉图用各种形式表达他的信仰。他在《蒂迈乌斯篇》中说，宇宙之父不能命名，在《法律篇》中说，不应探问上帝的本质，而在这两部书中的其他地方，他又把宇宙、天、星辰、地和我们的灵魂称为神，还接受每个国家传统上所接受的所有神祇。色诺芬向我们指出，苏格拉底的学说中也有类似的混乱：他有时说，不应该去弄清上帝是什么样子，有时又肯定地说，太阳是上帝，灵魂是上帝；他先说只有一个神，后来又说有好几个。柏拉图的外甥斯彪西波说，上帝是驾驭万物的某种力量，并说这种力量是有生命的。亚里士多德时而说上帝是精神，时而说上帝是宇宙，时而说这宇宙另有主人，时而又说天上的热气是上帝。色诺克拉底[3]认为有八个神，五个的名称取自

1　恩培多克勒（约前500—约前428），古希腊哲学家。他认为万物的基本元素有四种，即火、水、土、气；它们是"万物之根"，是不变、不灭、永恒存在的。四种元素结合而成物，分裂则物灭。促使其结合或分裂的力量有两种，即爱和恨；它们所造成的结合或吸引（爱）、分离或排斥（恨），也是永无穷尽的。

2　普罗塔哥拉（约前481—前410），古希腊哲学家，智者派的代表人物。柏拉图在《普罗塔哥拉篇》中说，普罗塔哥拉承认自己是"智者"，相信跟从他学习的人每天都会有所进益（唯学费较高）。据说因所著《论神》开宗明义就说"至于神，我既不能说他们存在，也不能说他们不存在"，被控犯了无神论罪；逃离雅典，中途落水而死。其另一著作《论真理》中有一句能够代表他思想的话，柏拉图在《提阿泰德篇》中曾予引述，即："人是万物的尺度，是存在者存在的尺度，也是不存在者不存在的尺度。"

3　色诺克拉底（约前400—前314），古希腊哲学家，师从柏拉图。继斯彪西波之后担任希腊学园主持人。他的学说与柏拉图的学说相似，其中有一条是：一切现实事物都是从两个对立的原则"一"和"无定限的二"之间的交互作用"派生"而来。"多样性"、罪恶和运动都是由"二"产生，而统一、善和安定则来自"一"。数和几何学的量值被视为这种派生的首要成果。

248

行星，第六个由组成他四肢的全部恒星构成，第七和第八个是日和月。赫拉克利德斯·本都库斯[1]只是在各种看法之间游移不定，最后认为神没有感觉，会从一种形状变成另一种形状，后来他又说神是天和地。提奥弗拉斯特[2]也在各种看法之间犹豫不决，对世界的主宰，有时归于智慧，有时归于上天，有时归于星辰。斯特拉顿[3]认为大自然是神，有孕育、扩大和缩小的能力，但没有形状和感觉。芝诺[4]认为神是自然规律，扬善除恶，这规律是有生命的存在，他否定朱庇特、朱诺和维斯塔[5]等传统神祇。阿波罗尼亚的第欧根尼[6]认为神是气。色诺芬尼把上帝想象成圆的，有视觉和听觉，但没有呼吸，跟人的本性毫无共同之处。阿

1　赫拉克利德斯·本都库斯（约前388—约前310），古希腊哲学家、天文学家，师从柏拉图。他曾暂管学园的事务。提出地球转动说的第一人，直到一八〇〇年后这一见解才为天文学界普遍承认。还研究人的恍惚状态、神实存论的幻象、预言、预兆和洪水等天灾，用以证明谶神、上天的报应和托生是实有其事。用实例证明柏拉图主义超自然的倾向并成为新柏拉图主义某些方面的先河。

2　提奥弗拉斯特（约前372—约前287），古希腊哲学家。初就学于柏拉图，后为亚里士多德的忠实弟子。亚里士多德死后，继承其遗物，包括大批书籍及珍贵手稿，主持学园（吕克昂）并发展了亚里士多德开创的"逍遥学派"。在哲学上遵循并力求论证亚里士多德的体系。撰写的大量著作多已散佚，今存主要有《论性格》，包括约三十篇短文，阐述人的性格及弱点，也有伦理哲学的内容；《植物志》（十章）及《植物的成因》（六章）两书建立在亚里士多德研究的基础上，被认为是初步建立植物学体系的尝试。

3　即兰普萨库斯的斯特拉顿（？—前269），古希腊哲学家。提奥弗拉斯特的弟子，并继其老师之后于前二八七年主持学园直至去世。以其虚空说而著名（虚空说认为一切实体均包含虚空，不同实体在重量上的差异即由于其虚空的扩展范围不同所造成）。这一学说便是亚历山大的赫罗在其著作中所描述的希腊化时期的风动机和蒸汽机结构的理论基础。

4　指季蒂昂的芝诺。

5　维斯塔是罗马神话中的灶神或家室女神，即希腊神话中的赫斯提。

6　阿波罗尼亚的第欧根尼（活动时期为公元前5世纪），古希腊哲学家，阿那克西美尼的弟子。因其宇宙论和力图把古代思想同当时的新发现综合起来而知名。《论自然》是其重要著作。《反对诡辩家》和《人的本质》等论文可能是这一著作的一部分。

里斯顿[1]说上帝的形状不可认知，他认为上帝无感觉，也不知道上帝是否有生命。克利安提斯[2]有时说上帝是理智，有时说是宇宙，有时说是大自然的灵魂，有时说是围绕和包裹万物的至高无上的热。芝诺的学生佩尔修斯认为，人们把神的名称赋予为人类生活带来方便和有用事物的人。克里西波斯把前人的看法汇集在一起，形成模糊不清的大杂烩，在他想象的神祇中列入那些不朽的伟人。迪亚戈拉斯[3]和狄奥多尔[4]则直截了当地否认神祇的存在。伊壁鸠鲁设想神祇发光、透明，能渗入空气之中，住在两个世界之间，如同在两座堡垒之间，不会受到袭击，穿的衣服跟人一样，也有四肢，但对他们毫无用处。

> 我一直认为有神祇存在，我要大声宣布，
>
> 但我认为，他们对凡人做的事并不在乎。[5]

因此，别相信你们的哲学；你们吹嘘在节日的蛋糕里吃到了小瓷人，因为你们看到这么多哲学精英在吵吵闹闹！这世上的习俗五花八门，使我得到这种好处，因为风俗和想法跟我的不同，不会使我感到不快，反而会使我增加知识；我面对这种风俗和想

1　即希俄斯的阿里斯顿（活动时期为公元前 3 世纪中叶），古希腊哲学家。曾师事斯多葛派创始人芝诺。综合斯多葛派和犬儒学派思想，形成其自身信条。认为哲学中唯一具有真正价值的科目是伦理学研究，进而认为伦理学中只有普遍性的和理论性的问题值得讨论，生活中唯一真正的德行是明智的、健康的精神状态。

2　克利安提斯（前 331—前 232），古希腊斯多葛派哲学家。

3　即米洛斯的迪亚戈拉斯（活动时期为公元前 5 世纪），古希腊哲学家，德谟克利特的弟子。

4　即昔兰尼的狄奥多尔。

5　恩尼乌斯的诗句，西塞罗在《论占卜》中引述。

法，不会感到骄傲，反而会感到羞耻；不是上帝之手特地做出的选择，我觉得都是不利的选择。（我不谈那些可怕而又反常的生活方式。）各国政治体制，在这方面也跟哲学学派一样相互矛盾。由此我们可以知道，个人的命运不会比我们的理智更加多种多样、变化无常，也不会更加盲目和轻率。

我们了解最少的事物，最适合成为神祇，这就是古代把我们自己尊为神祇的原因，这毫无理智可言。我情愿追随崇拜蛇、狗和牛的那些人，因为这些动物的本性和存在，我们还不大了解，因此对这些动物，我们更有可能去想象我们喜爱它们之处，并赋予它们各种非同寻常的能力。但是，明知我们的生活状况有缺陷，却将自己奉为神祇，让神有欲望、愤怒，会报复、结婚，能生育、有亲戚，有爱情和嫉妒，有我们的四肢和骨架，有我们的热情和愉悦，像我们那样会死亡、有葬礼，如果这样，人的智慧一定达到了极其狂热的程度，

这些事物离神性相差万里，
根本不配被奉为神……[1]

大家知道他们的模样、年龄、衣着和装扮，知道他们的家谱、婚姻和联姻：一切都按照人的嗜好来描述，因为他们还被说成精神错乱。有人把神祇的激情、忧伤

1   引自卢克莱修《物性论》。

和愤怒告诉我们。[1]

同样，有人认为神祇不仅有信仰、美德、荣誉、融洽、自由、胜利和虔信，而且有肉欲、欺骗、死亡、憎恨、衰老、贫困、害怕、狂热、噩运以及我们脆弱的人生中其他意外的不幸事件。

> 我们的习俗引入神庙又有何用？
> 哦，人低头望地，神的情感全无！[2]

埃及人荒谬至极，严禁任何人说他们的神祇塞拉匹斯和伊西丝[3]以前是人，否则就处以绞刑；然而，人人都知道他们以前是人。他们的形象表现为手指放在嘴上，据瓦罗说，这是对祭司的密令，不准说出他们以前是凡人，仿佛说出这个秘密，人们就不会崇拜他们。[4]

既然人这样想跟上帝平起平坐，西塞罗就说，不如把神的美德带到人间，而不是把人的腐败和贫困送到天上。不过，说句实话，人受虚荣心的驱使，这两件事都用许多方式做过。

哲学家们弄清他们神祇的等级，迫不及待地看出他们的联姻关系、职责和能力，但我无法相信他们说得认真。柏拉图给我们

1   出自西塞罗《神性论》。
2   引自佩尔西乌斯《讽刺诗》。
3   伊西丝是古埃及的主要女神之一。词义为众王之母。她主要司众生之事，也是丧仪中的主神；能治病，能起死回生。
4   参见奥古斯丁《上帝之城》。

描述普路托[1]的花园，以及我们的肉体消灭后会感到的肉体愉悦和痛苦，他把这些感觉描绘得跟我们活着时的感觉完全一样，

> 隐蔽的小径，爱神树成林，遮蔽一些幽灵，
>
> 他们死后，悲伤之情还不放过他们。[2]

穆罕默德答应给他的信徒们一座天堂，铺有地毯、饰有黄金宝石，里面绝色美女成群，有罕见美酒和佳肴，但我清楚地看出，这是一些讨好人的家伙，迎合我们愚蠢的向往，用甜言蜜语和不切实际的希望来引诱我们。我们有些基督徒也犯有同样的错误，认为复活后会暂时有一种凡人的生活，能享受人间的各种欢娱。柏拉图的观念如出自天神，使他保持"神"的外号，他认为人这个可怜的造物跟这种无法理解的力量有某种相似之处，他的话我们是否能够相信？他认为我们微弱的思想能够享受永远的幸福或忍受永远的痛苦，这话是否能够相信？他又说，我们的判断有力量做到这点，能相信吗？人的理性应该对他说：如果你答应给予我们的来世欢乐，就是我今生感到的欢乐，那就跟无限没有任何相同之处。在我的五种官能充满欢乐，我的心灵能得到希望的种种幸福之时，由于我们知道它能做到什么，因此也会一钱不值。这幸福中有我的某种东西，那就是说其中没有任何神的东西。如果这跟我们现在的生活状况毫无区别，那就不值一提。会

1　普路托是希腊神话中冥王哈得斯的别名。
2　引自维吉尔《埃涅阿斯纪》。

死的人，其幸福也会死亡。在另一个世界重见我们的父母、孩子和朋友的快乐，如果能使我们激动和喜欢，如果我们还对这种快乐恋恋不舍，我们就处于人间有限的乐趣之中。我们如果不能理解神的崇高许诺的伟大之处，就无法恰如其分地将其想象出来；要做到这点，就必须把它们想象成无法想象、不可言喻和无法理解的，即跟我们可怜巴巴的经验完全不同的。圣保罗说："神为爱他的人所预备的，是眼睛未曾看见、耳朵未曾听见、人心也未曾想到的。"[1] 如果为了使我们能做到这点，就对我们的本质进行改造和改变（就像柏拉图所说"通过你的净化"），这将是深刻和完全的变化，我们从本质上说将判若两人，

当时混战的是赫克托尔，

但阿喀琉斯的马匹拖着的尸体，已不再是赫克托尔。[2]

得到这种报偿的，将是另一个人，

变化的东西都已分解，因而消亡；
各个部分都被调换，移动位置。[3]

因为毕达哥拉斯有灵魂转生说和灵魂改变住所说，那么，我

1　引自《圣经·新约·哥林多前书》第二章第九节。
2　引自奥维德《哀歌》。
3　引自卢克莱修《物性论》。

们是否要认为，恺撒的灵魂居住的狮子有着恺撒的激情，并认为这狮子就是恺撒？如果这狮子确是恺撒，那么有些人就是对的，他们反对柏拉图的看法，并指责他说，儿子可能会骑在骡身的母亲身上，并且会发生类似的荒唐事。我们是否会认为，在动物的身体变为同类动物的身体之后，它们会跟以前的动物不同？据说凤凰的灰烬会生出一条虫，然后又变成一只凤凰。这第二只凤凰，谁能认为它就是第一只凤凰？蚕能吐丝，我们看到它们死亡、变干，而从这蛹中飞出蚕蛾，然后又生出一条蚕，如果认为这还是那第一条蚕，那就十分可笑。事物一旦停止存在，就不再存在。

> 如果我们死后，时间搜集
> 我们身体的各个部分并将其复原，
> 如果生命之光又交还给我们，
> 那也跟我们毫无关系，
> 因为我们记忆的纽带已经断裂。[1]

柏拉图在其他地方说，来世的补偿，将由人的精神来享受，这话也不大靠得住，

> 连根挖出的眼睛，

1　　引自卢克莱修《物性论》。

脱离身体，看不见任何东西。[1]

因为这样一来，有这种享受的就不会是人，因此也不会是我们，因为我们确实由精神和肉体两个主要部分组成，把它们分开就会造成我们的死亡和毁灭，

生命一旦停止，运动
就迷失方向，感觉全无。[2]

我们并不是说，蛆虫在咬人的肢体，他的肢体在泥土里腐烂时，人会感到痛苦，

这对我们毫无触动，因为我们是
肉体和灵魂结合的整体。[3]

另外，神祇既然是自己在指导人做善事，那么，他们在人死后对人的善行给予补偿，依据的又是什么？神祇既然是自己使人误入歧途，只要稍加干预，就能阻止人犯错误，那么，他们为什么因为人做了坏事要发怒和报复？

伊壁鸠鲁可以用很有说服力的话来驳斥柏拉图的这种看法，只要他不是常常用下面的名言来掩饰自己："只要有会死的本性，

1　　引自卢克莱修《物性论》。
2　　同上。
3　　同上。

就无法确定不死的本性。"

理智只会使我们到处迷失，尤其是在插手神的事务之时。有谁比我们更清楚地感到这点？虽然我们给它确定了自己确信的可靠的原则，虽然我们用上帝赐予我们的真理神灯照亮它的道路，我们仍然每天看到，它只要稍稍偏离正常的道路和教会开拓的道路，就立刻会迷失方向，不知所措，停滞不前，在这人类种种看法的模糊不清、波涛起伏的广阔海洋中盘旋、漂泊，失去了依靠和目标。它离开这康庄大道之后，会立刻走上千百条不同的道路。

人只能是他自己，只能根据自己的能力来想象。普鲁塔克说，凡人去探究神祇和半神，比不懂音乐的人去评论唱歌家，比没有参加过战争的人去评论武器和战争，更显得自以为是，他们只知道些皮毛，却以为自己精通一门艺术。[1] 我觉得：古人认为颂扬神的伟大，要把神比作人，使神具有人的特点，有人的优秀品质和不光彩的需要，让神吃我们的食物，跳我们的舞蹈，戴假面具和恶作剧取乐，穿我们的衣服，住我们的房屋，用焚香奏乐和宴饮讨好神，为使神具有我们邪恶的欲望，把惨无人道的复仇说成神在伸张正义，用暴殄天物来取悦于神。（例如，提比略·森普罗尼乌斯为祭祀火神伏尔甘，把他在撒丁岛战斗中缴获的大量战利品和武器付之一炬；埃米利乌斯·保卢斯[2]用马其顿的战利品来祭祀玛尔斯和密涅瓦；亚历山大抵达印度洋，把好几

1　参见普鲁塔克《论神的惩罚的延迟》。

2　埃米利乌斯·保卢斯是古罗马将军，在第三次马其顿战争中，于公元前一六八年打败马其顿安提柯王朝末代国王珀尔修斯并将其俘获。

大罐金子抛到海里，祭祀忒提斯 [1]。）另外，在祭台上不仅杀无辜的牲畜，还杀人，许多民族，包括我们的民族，都有祭祀的习俗。我认为没有一个民族没这样做过，

> 他（埃涅阿斯）杀死了苏尔摩四个年轻的儿子，
>
> 又杀死乌芬斯抚养的四个儿子，
>
> 想用他们来献祭帕拉斯的亡灵。[2]

盖塔人 [3] 认为自己长生不死，死去的人只是到他们的神萨莫尔克西斯那里去。每隔五年，他们就派一个人到神那里去，向神陈述他们的需要。这位使者用抽签的方法选出。在向使者口述任务之后，派遣的方法如下：在帮忙遣送的人中，有三个人手拿三支枪尖朝上的标枪，其他人用力把使者往上抛。如果他落到枪尖上被立即戳死，这就证明是神的恩惠；如果他没被戳死，他们就认为此人是十恶不赦之人，并用同样方法另外派遣一人。

薛西斯的母亲阿梅斯特莉丝年老时，根据本国的宗教活埋了波斯名门子弟十四人，替自己向冥界之神表示谢意。[4]

即使在今天，忒弥斯提坦的偶像也是用幼儿的鲜血黏合而成，它们只喜欢用幼小、纯洁的灵魂作为祭品，因为正义渴望无

1　亚历山大抵达印度洋，是在公元前三二七至前三二六年南下印度时。忒提斯是希腊神话中的海洋女神。

2　引自维吉尔《埃涅阿斯纪》。

3　盖塔人是色雷斯人中的一支古代民族，居住在多瑙河下游地区及今南俄部分地区。他们先后被大流士和亚历山大大帝战胜。这段话参见希罗多德《历史》。

4　参见希罗多德《历史》。阿梅斯特莉丝是薛西斯的妻子。

辜者的鲜血：

　　　　宗教作恶的力量竟如此之大！[1]

　　迦太基人杀害自己的孩子祭祀农神萨图尔努斯。[2]无子女者就去购买，父母还要去参加祭祀，并显出愉快和幸福的神色。用我们的痛苦去换取神的善意，这真是奇怪的想法，这正如斯巴达人用鞭打少年的方法去讨好他们的女神狄安娜，还常常把少年打死。用毁坏建筑物的方法来取悦建筑师，用惩罚无罪之人的方法来赦免法律惩罚的有罪之人，是一种疯狂的想法。同样疯狂的想法是，让可怜的伊菲革涅亚在奥利斯港做出牺牲，为希腊军队犯下的暴行向神赎罪：

　　　　这纯洁的牺牲品，因亵渎宗教者被迫保持童贞，
　　　　在大喜之日却死在父亲的屠刀之下；[3]

　　德西乌斯[4]父子都有美丽、高尚的心灵，他们为使神祇造福于罗马的事业，就奋不顾身冲入密集的敌军队伍。"神祇是多么不公正，不愿因为这样的人做出的牺牲而降福于罗马人民。"[5]

1　引自卢克莱修《物性论》。
2　萨图尔努斯是罗马神话中司播种的神。
3　引自卢克莱修《物性论》。
4　德西乌斯（约201—251），古罗马皇帝（249—251在位）。曾击退越过多瑙河的哥特人，
　　后在跟哥特人作战时与儿子一起阵亡。
5　引自西塞罗《神性论》。

另外，在什么时候受怎样的鞭挞，并非由罪犯决定；只有法官宣布的刑罚才能称为"惩罚"，这刑罚不能被认为是受刑者乐意接受的惩罚。神的惩罚有个前提，那就是我们完全不同意他的惩罚以及他对我们所处的刑罚。

我们还要说，萨摩斯岛的僭主波利克拉特真是滑稽可笑[1]，他为了使自己的成功不要和失意交替出现，就把他最珍贵的宝物[2]抛到海里，想用这件坏事挽回好运，避免坎坷的命运。然而，命运却讽刺他的愚蠢行为，使这件宝物先是被鱼吞进肚里，后又回到他的手中。古代的科里班蒂斯[3]和狄俄尼索斯的女祭司，以及当代的伊斯兰教徒，他们把脸、胸部和四肢划破，以取悦于他们的先知，但因冒犯的是人的意志，而不是胸部、眼睛、生殖器、腹部、肩膀和咽喉，那么，他们的自残又有什么意义？"他们误入歧路的混乱思想是如此疯狂，他们想使神祇息怒，使用的方法甚至比人更加残忍。"[4]

我们的身体不仅为我们所用，而且也效力于上帝和其他人，因此，故意自残是不对的，就像用任何借口自杀同样是错误的。摧残和毁坏身体的功能，使心灵不必按理智来驾驭这些功能，这说明此人十分懦弱，也是巨大的背叛。"用这种代价来赢得神祇的恩惠的人们，是怕神祇在何处发怒？……有些人让人阉割来取悦于国王，但从未有人自行阉割，即使这是主子的命令。"[5]因而，

1　参见希罗多德《历史》。
2　指萨摩斯人提奥多洛斯制造的一只嵌在黄金上的珐琅质指环印玺。
3　科里班蒂斯是古代亚洲地区所崇奉的众神之母的众侍者。生性狂纵不羁、半似神灵半似妖魔。对他们的崇拜有神秘色彩，信众在祭祀科里班蒂斯时狂舞，据说可以使癫狂之病痊愈。
4　引自奥古斯丁《上帝之城》。
5　同上。

人使宗教充满了许多可恶的行为，

> ……往往是宗教本身
>
> 产生了不敬和罪恶的行径。[1]

因此，人的一切在任何方面都不可能跟神性相同或与其有关，否则就会玷污神性，并使其跟人性一样不完美。这种无限的美、无限的力量和无限的仁慈，跟我们这种低贱的造物哪怕有几分相似，怎么会不受到极大的损害和极大的贬低？"因为神的愚拙总比人智慧，神的软弱总比人强壮。"[2]

有人问哲学家斯蒂尔波，神祇对我们的崇敬和献祭是否感到高兴，他回答道："您真不懂事，要谈这个问题，我们就退到一边。"

尽管如此，我们给神确定了范围，并用我们的理智确定神的威力（我说"理智"，是指我们的幻想和梦想，而且是在哲学允许的范围内，因为哲学认为，疯子和恶人是通过他们的理智来表现疯狂，不过这种理智形式特殊）。我们想让创造了我们又赋予我们知识的神，具有我们微不足道的虚幻智慧。因为任何事物都不是出于虚无，上帝创造世界，不是在做无米之炊。怎么！上帝难道把他威力的钥匙和秘密交到了我们手里？他难道不得不局限于我们的知识？哦，人啊，即使你在这世上看到上帝活动的一些痕迹，你难道以为他在做这件事时已使用了他的全部力量，提出

1　　引自卢克莱修《物性论》。

2　　引自《圣经·新约·哥林多前书》第一章第二十五节。

了他的所有原则和想法？你看到的只是你所居住的这个小天地里的制度和秩序，就认为自己看到了这些事。神在另一个世界有着无限的裁判权，而尘世根本无法与其相比：

天、地、海加在一起，

与宇宙的总量相比，仍小得不值一提。[1]

你把地方的法律作为论据，你不知道什么是宇宙的法律。你要把自己约束在你管辖的范围之内，而不是他管辖的范围之内。他不是你的同行、同胞或同伴。他如跟你有所接触，并不是因为他认为自己跟你一样渺小，也不是让你看出他的能力。人不能飞到云上，这是你的宿命。太阳不停地按自己的路线运动；海洋与陆地都有自己的边界；水能流动，是液体；墙如无裂缝，固体不能穿过；人在火里无法生存；人的身体不能同时在天上和地上，不能同时在千百个地方。上帝为你做出这些规定，这些规定只跟你有关。上帝向基督徒表明，他只要乐意，就把这些规定全都废除。上帝既然万能，为何却把自己的力量约束在一定的范围之内？他为了谁而放弃自己的特权？你的理智有充分而又确实的根据，可以使你相信许多世界的存在：

天地、日月、海洋和其他存在的一切，

都并非独一无二，而是不可胜数。[2]

1　引自卢克莱修《物性论》。
2　同上。

古代的圣贤和当今某些人都理智地相信这点，尤其是在我们看到的这个巨大的世界中，没有任何东西是独一无二的，

> 宇宙里没有任何事物，
> 生得独一无二，长得举世无双，[1]

所有的事物都存在着好几个品种。因此，看来不足为信的是，上帝独自创造了世界，也没有造出像他这样的造物，而且所有的材料都完全用于这唯一的造物：

> 因此我再三说，你必须承认
> 其他地方也存在着其他物质结合，
> 跟被以太亲热地拥入怀中的我们的世界相同。[2]

尤其是宇宙的运行使人无法不信其有主宰，连柏拉图也确信无疑，我们中好几个人或是确信，或是不敢否定，也不敢否定古人的一种看法，那就是天、星辰和宇宙的其他事物，都是灵与肉的造物，因其构成物而会灭亡，但因创造主的决定而永存于世。于是，如像德谟克利特、伊壁鸠鲁和几乎所有哲学家认为的那样存在着好几个世界，那么，我们是否知道，这个世界的原则和规则是否也适用于其他世界？其他世界也许有别的面貌和其他的治

1　引自卢克莱修《物性论》。
2　同上。

理规则。伊壁鸠鲁有时把它们想象成相同的世界，有时又想象成不同的世界。在这个世界上，我们只要根据各地距离的遥远，就可看出事物千差万别、种类繁多。在我们父辈发现的新大陆，没有小麦、葡萄酒和我们这里的任何动物，那里完全不同。过去，世界上有多少地区不知道色列斯[1]和巴克科斯。如果老普林尼和希罗多德所说可信，在某些地方有一些人种跟我们区别巨大。还有一些人既像人又像动物。有些地区的人生来无头，眼睛和嘴长在胸口上；有些地区的人是两性人；有些地区的人用四肢走路；有些地区的人只有额头上一只眼睛，脑袋更像狗而不像我们；有些地区的人下半身是鱼，生活在水中；有些地区的女人生孩子要五年，寿命只有八年；有些地区的人头很硬，额头连铁器也戳不进，戳了还会变钝；有些地区的男人不长胡子；有些民族不知道火也不会用火；有些民族的人精液是黑色的。

有些人会轻易变成狼或母马，然后又变成人，你又能说些什么？如果真像普鲁塔克所说，在印度某些地方，有些人没有嘴巴，靠吸某些气味生存，那么，我们的描述又有多少是错误的？这样的人绝不会比我们更加可笑，他们的理智可能并不比我们差，也跟我们一样过着社会生活。这样一来，我们对自己的看法，也许大部分是错误的。

另外，我们知道的事物，又有多少跟我们为大自然确定并为它描绘的美好规则相矛盾！而我们却要上帝遵守这些规则！又有多少事物被我们称为奇迹和反常！每个人和每个民族因为无知才

1　色列斯是罗马神话中的谷物女神，希腊神话中称为得墨忒尔。

这样说。我们发现了多少神秘性质和精髓？因为对我们来说，按照大自然指引的路走，只是按照我们的智慧指引的路走，智慧所及，就是我们目光所见，超出这个范围，就是骇人听闻，毫无规则可言。根据这种看法，在目光敏锐、头脑清醒的人看来，一切都将是骇人听闻：确实，人的理智使他们深信，理智没有任何基础和根据，甚至无法确定雪是否是白的（阿那克萨哥拉甚至说雪是黑的），无法确定有东西还是没有任何东西，无法确定人有知识还是没有知识（希俄斯的梅特罗多鲁斯否认人能够说出这点），甚至无法确定我们是否活着，例如，欧里庇得斯就在想：

> 我们的生是否是生，
> 我们所说的死是否不是生。[1]

他的怀疑并非没有道理：为什么我们说的生，只是漫无边际的永恒黑夜中的一线光明，只是我们永久的自然状态中的短暂停顿，而死亡则占据了这之前和之后的全部时光，而且还是这短暂停顿中一段不短的时间？有些人则发誓说，不存在运动，任何事物都是不动的，墨利索斯[2]的信徒就是如此（因为如像柏拉图证明的那样，只是一个整体，那么它就不会有环形运动，也不能从一个地点移动到另一个地点）。他们还发誓说，大自然中没有生和灭。

1　原文为希腊语。
2　即萨摩斯的墨利索斯（活动时期为公元前5世纪），古希腊哲学家。埃利亚哲学学派最后一位著名代表。此学派拥护巴门尼德的学说。尽管如此，他与巴门尼德仍有所不同：他认为现实在空间上是无限的，在时间上也是无限的（有一个过去和一个现在）。他曾是萨摩斯舰队的统帅，这支舰队曾在前四四一或前四四〇年战胜雅典人。

普罗塔哥拉说，大自然中除怀疑外没有其他任何东西，对任何事物都可以讨论，甚至可以通过讨论来知道，是否可以讨论任何事物。瑙西法奈斯认为，我们认为存在的事物，无一存在得比其他事物更加确定，只有不确定才是确定的。巴门尼德肯定地说，在似乎存在的事物中，没有一般存在，只有整体存在。芝诺说，甚至整体也不存在，什么也不存在。

如果"一"存在，那么它就会存在于另一事物中，或者存在于自身之中；如果它存在于另一事物中，那就有二，如存在于自身之中，那也是二，即容纳物和被容纳物。根据这种理论，事物的本质只是虚假或空虚的影子。

我一直觉得，一个基督徒说下面的话就是自命不凡，很不虔敬："上帝不会死亡，上帝不会改口否定前言，上帝不会做这事或那事。"我认为使神的威力屈从于我们的语言规律是不对的。这些话中令人愉悦的含义，应该用更加尊敬和虔诚的方式表达出来。

我们的语言有其弱点和不足，就像其他事物一样。世上的混乱，大多是因为言辞上的争论。我们的诉讼案件，只是因为对法律的不同解释而产生，大多数战争的爆发，只是因为不善于清楚地表达君主订立的协定和和约。这世上有多少争论，又是多么重大的争论，是出自对 Hoc 这个音节的含义的不同理解！[1]

我们以被逻辑学视为最清楚的命题为例。如果你说"天气晴

---

[1]　指基督徒和新教徒在谈到涉及基督的话 Hoc est corpus meum（"这是我的身体"）时对"圣餐变体"的著名争论。据《圣经·新约》福音书载称，耶稣受难前夕与门徒共进逾越节晚餐时，对饼和酒进行祝祷后，说：这是我的身体为你们舍的，你们也应当如此行，为的是纪念我。饭后也照样拿起杯子来，又说：这杯是用我血所立的新约，是为你们流出来的。具体礼仪各宗派不尽相同。天主教平信徒只能领圣体，不能领圣杯，新教平信徒可饼杯同领。

朗",你说的是真实情况,那就是天气晴朗。这不是肯定地说出的一种方法?然而,这种说法会使我们受骗上当。从下面的例子可以看出。如果你说"我撒谎",你说的又是实话,你就在撒谎。这个命题的逻辑结构、推理依据和力量,跟另一个命题完全一样,但我们却被弄糊涂了。

我看到皮浪派哲学家无法用任何方式来表达他们的总体观念,因为他们需要用一种新的言语来表达。我们的言语完全由肯定句组成,跟他们的思想无法协调一致,因此,他们说"我怀疑",你可以立刻掐住他们的脖子,要他们承认他们至少知道并确定自己在怀疑。这样,就迫使他们局限于取自医学的比较,没有这种比较,他们的哲学观就无法解释,在他们宣称"我不知道"或者"我怀疑"时,他们说这个命题跟其他一切都被排出,这完全像大黄,排出了有害体液,自己也被同时排出。

这种想法用疑问的形式来表达更为确切:"我知道什么?"我把这句话作为格言刻在一台天平上。

请看,人们是如何夸耀这种大不敬的说话方式。我们现在的宗教争论中,如果你把意见不同的对手逼急了,他们就会直截了当地对你说,上帝的威力不可能使他的身体同时在天堂、地上和其他各个地方。请看,讽刺大师老普林尼如何对这句话加以利用!他说:"看到上帝并非万能,对人来说是不小的安慰。确实,上帝无法自杀,他想死也死不了,而自杀是我们这种生活状况的最大福气。上帝不能使会死的人不死,不能使人死而复生,不能使活过的人没有活过,不能使得到过荣誉的人没有得到过荣誉:他对过去没有其他能力,只能使人遗忘。"为了对人和上帝的这种关系再举出些有趣的例子，他还说上帝无法使十加十不等于二十。这是他说的话，一个基督徒应该避免说出这种话，但事实似乎恰恰相反，人们都想说这种放肆的蠢话，好让上帝跟他们相同，

> 明天朱庇特可用乌云遮天，
> 也可让红日高照万里无云，
> 却无法把以前的东西化为乌有，
> 他无法改变时光带走的事物，
> 也不能使过去的事物从未存在。[1]

我们说世纪无限，不论是过去的还是将来的，对上帝来说只是一瞬间而已；我们说上帝的慈善、智慧和能力是他的本质，我们嘴里这样说，但我们的智力却无法理解。但是，我们自高自大，想用我们的目光来对神进行审视。因此产生各种蠢事和错误，世人要用自己的天平去称重得无法称的东西，就会有这样的结果。"令人惊讶的是，人有了微不足道的成绩，竟会狂妄自大到如此的地步。"[2]

斯多葛派对伊壁鸠鲁蛮横无理，只因为伊壁鸠鲁认为善良和幸福的只有上帝，而贤者善良和幸福，只是并不确切的一种形象和一种仿效！他们轻率地要上帝服从命运（我希望某些自称信奉

---

1   引自贺拉斯《歌集》。
2   引自老普林尼《自然史》。

基督的人不要这样做！）。而泰勒斯、柏拉图和毕达哥拉斯还要上帝服从于必然性。想用我们的眼睛去发现上帝的奢望，使我们宗教的一个伟人[1]，把神描写成人的形状。由于这个原因，我们每天把重要事件归于上帝的意志。有些事对我们十分重要，似乎对上帝也很重要，因此上帝对这些事更加关注，而不是去关心不重要或十分寻常的事情。"神祇管大事轻小事。"[2]请听西塞罗的例子，这会使你弄清他的思考方法：“国王也不会去管政府鸡毛蒜皮的小事。”[3]

对上帝来说，动摇一个王国跟拂动树叶相比，似乎是更大的事，而他在引导一场战役的结局或一只跳蚤的跳动时，他的神意似乎并不相同！他的手在驾驭一切事物时都同样坚决，始终不变，我们的利益对此不起任何作用，我们的行为和评价对他毫无影响。

“上帝是大制作的巨匠，小制作时也是如此。”[4]我们狂妄自大，总是亵渎神明，把我们和上帝相提并论。因为我们要负担辛苦的工作，斯特拉顿就让神祇不做任何事情，就像他们的教士。他让大自然创造和保存一切事物，并从它们的影响和运动产生了世界的各个部分，他让人类不必害怕神的审判。“幸福而永久的存在物无所忧虑，也不会让任何人忧虑。”[5]大自然希望相同的事物关系相同。因此，会死的凡人无数，说明不死的神祇也是无数。

1　指德尔图良（约155—约222），第一位用拉丁语写作的基督教著作家、雄辩家。他也是非洲教会的领导者。
2　引自西塞罗《神性论》。
3　同上。
4　引自奥古斯丁《上帝之城》。
5　引自西塞罗《神性论》。

无数事物造成死亡和损害，因此可以预料，进行拯救的有益事物也是无数。神的灵魂无舌、无眼、无耳，但都能感觉到其他神祇的感觉，也知道我们的想法，同样，人的灵魂在睡眠或狂喜时脱离肉体，能猜出、预见和看到它们在肉体里时无法看到的东西。

圣保罗说："人自称为聪明，反成了愚拙，将不能朽坏之神的荣耀，变为偶像，仿佛必朽坏的人。"[1]

看看古人崇拜神祇时多么滑稽可笑。在举行隆重的葬礼之后，金字塔顶点火烧着死者的灵床，他们同时放出一只鹰，鹰飞向天空，表示灵魂走向天堂。我们保存着一千来枚圣牌，其中有令人尊敬的福斯蒂娜[2]的圣牌，圣牌上的鹰背负这些被奉若神明的灵魂飞向天堂。

我们用自己的谎言和发明来欺骗自己，真是可怜，

　　　他们害怕自己想出的事物，[3]

就像孩子把同伴的脸涂黑，却感到害怕。"人成了自己幻想的奴隶，还有什么比这样更加可悲！"[4]我们敬重创造我们的神，远不如敬重我们创造的人。奥古斯都的神庙比朱庇特还多，而且被祭拜时同样虔诚，同样相信会有奇迹出现。萨索斯岛[5]的居民为了

1　　引自《圣经·新约·罗马书》第一章第二二—二三节。
2　　福斯蒂娜（约125—176），古罗马皇帝马可·奥勒留的妻子。一七〇至一七四年，她多次陪伴丈夫出征，因此被称为"军营之母"。一七六年，她陪同马可东征时死于军中。死后，元老院颁布法令把她尊为神，虽说她生前生活放荡。
3　　引自卢卡《内战记》。
4　　老普林尼的话，由奥古斯丁在《上帝之城》中引用。
5　　萨索斯岛是希腊岛屿。位于爱琴海北端，在色雷斯区内斯托斯河三角洲外。

报答阿格西劳斯 [1] 对他们的恩惠，就对他说，他们已把他奉若神明，但他对他们说："你们的民族难道能把喜欢的人奉为神？你们把你们中的一个人奉为神，然后，当我看到他真的成了神，我再向你们的好意表示衷心的感谢。"

人极不理智。他造不出一条小虫，却要造出十几位神祇。

请听特里斯墨吉斯忒斯 [2] 在夸奖我们的能力："在所有令人赞叹的事物中，最令人赞叹的是人发现了神性，并使其变为现实。"哲学家们的论据如下：

> 唯有哲学知道神祇和天威，
>
> 也只有哲学知道无法了解神祇。[3]

"如果上帝存在，他是活的存在物，如果他是活的存在物，他有感觉，如果他有感觉，他就会被消灭。如果上帝无肉体，他就没有灵魂，也就没有活动，而如果他有肉体，他就会死亡。"难道这不是令人信服的推论？

我们无法创造世界，因此就有某个更高超的存在物做了这件事。认为我们是宇宙中最完美的存在物，那就是傲慢而又愚蠢的看法，因此就有更好的存在物，那就是上帝。你看到一座富丽堂

1　　指阿格西劳斯二世。他转战小亚细亚，反对波斯染指希腊各城邦。奉召回国参加科林斯战争，在科罗尼亚打败雅典、底比斯等邦联军。公元前三七一年和前三六二年，斯巴达军队在留克特拉战役和曼提尼亚战役中连遭失败，从此斯巴达失其在希腊的霸权。

2　　即赫尔墨斯·特里斯墨吉斯忒斯，意为"非常伟大的赫尔墨斯"，是希腊的神赫尔墨斯和埃及的神托特的结合体，据说著有神秘典籍。

3　　引自卢卡《内战记》。

皇的住所，虽然不知道主人是谁，至少不会说是为老鼠所造。至于神祇建造我们看到的天宫，我们难道不应该认为天宫的主人比我们更加伟大？最高的不就是最为威严？我们被置于下面。没有灵魂和理智的存在物，都不能产生有理智、有生命的存在物。这世界产生了我们，因此有灵魂和理智。我们的各个部分都小于我们。我们是这世界的一个部分。因此，这世界有智慧和理智，而且比我们更加丰富。做一个伟大的统治者是一件好事。因此，世界的统治者是个幸运的存在物。星辰不会给我们造成损害，因此十分善良。我们需要食物，因此神祇也有这种需要，他们的养料是尘世上升的蒸汽。这世界的财富不是给上帝的，因而也不是给我们的。损害上帝和受上帝损害，都是思想软弱的证明，因此害怕上帝是愚蠢的。上帝本性善良，人靠努力善良，而且更加善良。神的智慧和人的智慧只有一个区别，那就是前者永存。然而，活的时间长丝毫也不会增加智慧，因此，我们就成了同伴。我们有生命、理智和自由，我们敬重善良、慈悲和正义，因此这些品质也存在于他身上。总之，神的某些特点，人都是根据他自己来承认或否认。真是出色的榜样和模式！我们就随心所欲地塑造、拔高和夸大人的品质；可怜的人，你把自己吹大，吹得越来越大：

　　他说：不行，即使你吹破了肚皮也不行。[1]

　　当然，人们想象出的不是上帝，因为他们无法想象

1　　引自贺拉斯《讽刺诗集》。影射寓言中青蛙要长得跟牛一样大。

出来，他们想象出的是他们自己，他们比较的不是上帝，而是他们自己，不是跟上帝比较，而是跟他们自己比较。[1]

在自然的情况下，从结果只能了解一半的原因。事情涉及上帝，对其原因又能说什么呢？这原因超越了大自然的秩序，过高又过远，而且至高无上，不允许我们得出结论并加以限制。了解上帝不能通过我们：这条道路过于低下。我们在塞尼山[2]上，并不比在海底跟上天更加接近：你可用星盘[3]来证实这点。有人贬低神，描写神跟女人发生肉体关系，而且不止一次。萨图尼努斯的妻子波利娜，在罗马以美德著称，却认为自己跟塞拉匹斯神睡过觉，并投入另一位神的怀抱，媒人是祭祀这个神的神庙的祭司。瓦罗是最细腻、最博学的拉丁语作家，他在论神学的著作中说，赫丘利神庙的圣器管理员掷骰子赌博，一只手为他自己掷，另一只手为赫丘利掷，他跟神赌一顿饭和一个姑娘：管理员赢了，钱就由善款支付；管理员输了，他就自己支付。结果他输了，就付了饭钱和姑娘的钱。姑娘名叫洛朗蒂娜，她夜里看到这个神被她搂在怀里，听到神对她说，她第二天遇到的第一个人，会付给她为神做事的报酬。此人是塔伦蒂厄斯，是有钱的青年，他把她带到家里，后来让她做继承人。她也想给这个神做件好

1　　引自奥古斯丁《上帝之城》。
2　　塞尼山位于法国萨瓦省，在法国和意大利之间。
3　　星盘是古人用以观测天体方位和高度的仪器，有人称之为世界最古老的科学仪器。在中世纪末期，星盘附上太阳赤纬，成为航海家确定所在纬度的航海仪器，后来逐渐为六分仪所取代。

事，就把她得到的遗产送给罗马人民。因此，大家对她像对神一样敬仰。

柏拉图从父系和母系来看都是神的后代，又跟尼普顿有共同的祖先，但这些似乎还不能令人满意，因此雅典人相信，阿里斯顿不知如何能占有美丽的佩里克提奥娜，阿波罗神就托梦给他，要他让她保持童贞，直到她分娩，而他们就是柏拉图的父母。在历史书上，有多少这样的奸情用来作弄可怜的人们！又有多少丈夫为了孩子而遭到不公正的否定！

在穆罕默德的宗教里，据这个民族的信仰，有许多"梅林"[1]，即没有父亲的孩子，是童贞女与神的精神结合后所生，这是他们语言中的一个词。

我们必须指出，对每个造物来说，没有任何东西比它自己更加宝贵，更值得珍惜（狮、鹰和海豚认为任何造物都比不上它们），每个造物都把自己的优点跟其他造物的优点进行比较。这些优点，我们可以增加和减少，但仅此而已，因为我们的思想无法超越这种关系和原则，无法猜出其他任何东西，思想不可能超出这个范围。古人由此得出了结论："在所有的形体中，最美的是人的形体，因此上帝应该是这种形体。人没有美德就不会幸福，有美德不会没有理智，任何理智只能存在于人的形体之中，因此上帝具有人的形体。"[2]

我们的思想有这样的习惯和成见，

1　梅林是中世纪亚瑟王传奇和故事诗中的巫师和贤人。
2　引自西塞罗《神性论》。

想到上帝，就看到他有人的形体。[1]

由于这个原因，色诺芬风趣地说，如果动物创造自己的神祇，它们一定会把神祇创造成自己的形体，并像我们这样引以为荣。为什么小鹅不能这样说："宇宙的各个部分都是为我而创造：地球用来给我走路，太阳用来给我照明，星星把它们的影响传达给我，我从风得到这种好处，从水得到另一种好处，天穹对我最为青睐，我是大自然的宠儿，人不是给我吃的和住的，还侍候我？人为我种麦、磨麦，人吃我，但也吃自己的同类，而我也吃虫，虫则杀死他们，把他们吃掉。"鹤也会说同样的话，而且更加骄傲，那是因为它能自由地翱翔天空，拥有这美妙的地区："大自然对其造物是多么亲切、随和和温柔。"[2]

因此，根据这同样的推理，一切都预先为我们安排，宇宙为我们而存在，因为我们才有光，才会打雷，造物主和一切造物，都是为我们而存在。我们是世上万物的目标和向往的中心。请看哲学家们在两千多年的时间里所做的天象记录：神祇有言行只是为了人。神祇没有其他工作和事情，于是就对我们开战，

> 赫丘利的手
> 制服了大地之子，
> 他们曾使老萨图恩的

1　引自西塞罗《神性论》。
2　同上。

明亮住宅摇摇欲坠。[1]

神祇加入了我们的纷争，是因为我们也多次加入他们的纷争，这可以说是以眼还眼，以牙还牙，

> 手执巨大三叉戟的尼普顿，
> 在动摇特洛伊的墙基，
> 把整座城市从基座上端翻。
> 在那里，残忍的朱诺占领了西门。[2]

卡乌诺斯人[3]热情捍卫自己的神祇，就在崇拜神祇的日子全副武装，走遍城郊各处，用剑刺向空中，把外国的神祇逐出自己的领土。

神祇的能力要根据我们的需要来确定：有的神能医马，有的能医人，有的能治鼠疫，有的能治疥疮，有的能治咳嗽，有的能治一种癣，有的能治另一种癣："迷信认为微不足道的事物里也有神祇。"[4]这个神生出葡萄，那个神长出大蒜；这个神管淫荡的事，那个神管做生意（每种手工业都有一个神）；这个神管辖东方的行省，那个神管西方的行省：

---

1 引自贺拉斯《歌集》。
2 引自维吉尔《埃涅阿斯纪》。
3 卡乌诺斯是小亚细亚城市，现为卡里亚。这一段请参阅希罗多德《历史》。
4 引自李维《罗马史》。

276

这里[1]有她[2]的兵器，

这里有她的战车。[3]

哦！阿波罗神，你住在

世界中央！[4]

凯克洛普斯的后代[5]崇拜帕拉斯，克里特的米诺斯

崇拜狄安娜；

许普西皮勒之地[6]崇拜伏尔甘；

珀罗普斯[7]的后代的城邦斯巴达和迈锡尼崇拜

朱诺；

松林覆盖的梅纳利乌姆山[8]是法乌努斯[9]的住所；

玛尔斯在拉丁姆[10]受到崇拜。

有的神只拥有一个乡镇或家庭，有的神独自居住，

有的神自愿或被迫群居。

1　"这里"指迦太基。

2　指朱诺。

3　引自维吉尔《埃涅阿斯纪》。

4　引自西塞罗《论占卜》。阿波罗的神殿在德尔斐。

5　指雅典人。凯克洛普斯是传说中古希腊阿提卡的第一位国王。作为阿提卡的土著，他被描绘成上身人形下身蛇形。

6　许普西皮勒是希腊传说中狄俄尼索斯的儿子索阿斯（利姆诺斯岛国王）的女儿。后来她成为该岛女王，与她的情人阿尔戈英雄伊阿宋生两子。许普西皮勒之地指利姆诺斯岛。该岛位于爱琴海，在阿索斯山（圣山）至土耳其海岸一线正中，属莱斯沃斯州。

7　珀罗普斯是希腊神话中坦塔罗斯之子。坦塔罗斯将他剁成碎块宴请众神，被众神拒绝，只有得墨忒尔正为失女而悲伤，无意中吃了一块他的肩膀。众神命赫尔墨斯使他死而复生，肩膀只能用象牙代替。他在密尔提罗斯的帮助下，在赛车中战胜厄利斯国王俄诺玛俄斯，娶其女希波达弥亚为妻。后背弃把半个王国赠给密尔提罗斯的诺言，并将其从悬崖投入海中，密尔提罗斯在死前诅咒他及全族。这些诅咒在他的子身上得到应验，如兄弟互相残杀、夫妻破坏婚约、俄瑞斯忒斯弑母等。

8　梅纳利乌姆山位于希腊伯罗奔尼撒半岛的阿卡迪亚州。

9　法乌努斯是古代意大利神灵，司掌乡村，与希腊的潘神相对应。

10　拉丁姆是意大利中西部的古地区。

277

孙子的神庙跟祖宗的神庙

合二为一。[1]

有些神穷困潦倒（因为他们的数目多达三万六千），以至于长出一个麦穗需要用五六个神的力量，但他们却有不同的名字。每扇门有三个神：一是门板神，二是门枢神，三是门槛神。一个孩子有四个神，保佑他的襁褓、饮水、进食和吸奶。有些神无可争议，有些神并未确定，值得怀疑，还有些神尚未进入天堂：

既然我们认为他们还不配荣登天堂，

至少要允许他们留在我们给他们的土地上。[2]

神祇的设立，有的为自然科学，有的为诗歌，有的为法律。[3]有些神介于神性与人性之间，是我们和上帝的中间人，他们受到级别较低的崇拜。这些神祇的头衔和职能无数。他们有的善良，有的凶恶。神祇也有年老体衰的，也有会死的：克里西波斯认为，在一场毁灭性的大火中，所有神祇都会死去，朱庇特除外。人在上帝和人之间想出了千百种有趣的联系，上帝不就是人的同伴？

克里特岛，朱庇特的摇篮。[4]

1　引自奥维德《岁时记》。
2　引自奥维德《变形记》。
3　参见奥古斯丁《上帝之城》。
4　引自奥维德《变形记》。

伟大的最高祭司斯凯沃拉[1]和当时伟大的神学家瓦罗，在研究这个问题时给我们做出的解释是，必须使老百姓不知道许多真实的事情，相信许多虚假的事情："老百姓寻求真实只是为了解脱，因此我们应该相信，他们受骗上当对他们有利。"[2]

人眼只能识别形状熟悉的事物。我们要记住，不幸的法厄同[3]摔了一跤，是因为他想用凡人的手来操弄父亲的马匹的缰绳。我们的思想也会跌入同样的深渊，粉身碎骨，也是因为鲁莽。如果你问哲学家，天空和太阳是什么物质组成，他们的回答不是铁，就是阿那克萨哥拉说的石头，或是我们使用的物质？如果去问芝诺，什么是大自然。他会说："那是火，初始的火，能产生其他元素，有步骤地进行。"阿基米德精通一门学科，认为这门学科比其他学科更加真实，更值得相信，他说："太阳是燃烧的铁构成的神。"这就是几何学必要而又不可避免的漂亮论证得出的美好想象！但这并非必要和有用，不能阻止苏格拉底认为，学点几何学，只要能丈量自己给予和获得的土地有多少阿庞[4]就已足够，也不能阻止著名学者波利埃努斯，在品尝了伊壁鸠鲁懒洋洋的花园里甜蜜的果子之后对几何学论证嗤之以鼻（因为他认为这种论证错误百出，夸夸其谈）。

正如色诺芬所说，虽然古人认为阿那克萨哥拉研究天体和神

---

1   斯凯沃拉是公元前八九年的最高祭师。

2   引自奥古斯丁《上帝之城》。

3   法厄同是希腊神话中太阳神赫利阿斯与仙女克吕墨涅之子。因被认为是私生子而向父亲抱怨，赫利阿斯发誓满足他的一切要求。法厄同要求驾太阳神的四马金车出游，因不善驾驭，几乎把大地烧毁。为避免更大的灾祸，被主神宙斯用雷霆击毙。

4   阿庞是旧时的土地面积单位，相当于二十至五十公亩。

祇的能力比其他人都要强，但苏格拉底却说，阿那克萨哥拉脑子不正常，这像有些人非要去研究自己无法了解的事物。

阿那克萨哥拉说太阳是一块燃烧的石头。他并未想到石头在火中根本不会发光，更糟的是他说石头会被烧毁。他把太阳和火看作同样的事物，却没有想到火不会把人照得皮肤发黑，也没有想到我们可以盯着火看，火会烧死植物和野草。苏格拉底认为——我也有同感——评论天的最聪明的办法，是别去评论。

柏拉图在《蒂迈乌斯篇》中谈到魔鬼时说："这件事我们无法理解。在这方面应该相信古人，他们认为自己是神祇的后代。不相信神祇的后代是不理智的（虽然他们的说法没有必要的和可信的理由），因为他们肯定地对我们说，他们谈的是家常事。"

我们来看看，我们对人间和自然界事物的了解，是否稍微清楚了一点。

我们对于自己承认无法了解的事物，却要想象出另一种形体，并赋予它们一种虚假的形状，对行星的运动就是如此，这真是十分可笑。由于无法想象出天体的运动及其自然的行为，我们就把我们的笨重物质赋予它们：

> 车辕是黄金打的，轮圈是黄金打的，
> 轮辐条都是银的。[1]

这就像柏拉图说的那样[2]，我们把马车工匠、木匠和漆匠派到

1　引自奥维德《变形记》。
2　参见柏拉图《国家篇》。

天上，造出能进行各种运动的机械，把天体的各种配件安装在一起：

> 宇宙是巨大住宅，
> 周围有五个区域，
> 被画有十二宫的黄道带斜向穿过，
> 宫里都星星闪烁，黄道带则要接待
> 两匹马拉的月亮车。[1]

　　这纯粹是胡思乱想和头脑发热的蠢话。大自然难道不会在有朝一日向我们敞开胸怀，让我们亲眼看到它是用什么方法运动的？哦，上帝！到那时，我们就会发现我们毫无价值地犯了哪些错误！如果科学能对一个事物提出正确的看法，那我就错了。我离开这个世界时，如果知道些什么，那就是自己无知。

　　大自然只是一首高深莫测的诗，这奇妙的话，我不是在柏拉图的书[2]中见过？这如同一幅隐蔽的、模糊不清的画，到处都有虚假的光彩，使我们浮想联翩。

> 这些事物都被浓重的黑暗遮盖，
> 没有人的思想能穿越天空和大地。[3]

1　瓦罗的诗句。
2　指柏拉图《阿奇拜得篇之二》。
3　引自西塞罗《学园派哲学》。

其实，哲学只是一首充满诡辩的诗。因此，古代哲学家不就是因为是诗人而具有权威性？第一批哲学家是诗人，他们的哲学用诗写成。柏拉图只是稍有诗人的味道。提蒙[1]骂他是奇迹的伟大编造者。

一些女人牙齿掉了，用象牙镶上；为了好看，在脸上涂抹化妆品，把织物和毛毡置于臀部，把棉花垫在胸部，显得肥臀丰乳，炫耀一种人造的美丽，科学也如法炮制（据说我们的法律也有合法的虚构成分，并作为真正的公正的基础）：科学对我们实话实说，它确认的事物，连它自己也说纯属臆造。天文学用那些离心和向心的本论来解释星球的运动，也是这门科学为此杜撰的最好理由。另外，哲学也是如此，它向我们介绍的不是实际情况或者它相信的情况，而是它认为最可信、最吸引人的情况。柏拉图在谈到我们和动物们的身体状况时说："我们说的是否真实，只有得到神谕的证实，才能确信无疑；我们只能确定，我们说的事最最可信。"[2]

哲学家送到天上的不仅是缆绳、机械装置和车轮。我们来看看，他们对我们和我们身体的结构谈了些什么。行星和其他天体的逆行、震动、靠近、后退和突变，并不比他们在描写这可怜而又微小的人体时使用得更多。因此，他们把人体称为"小宇宙"，确实很有道理，因为他们用各个部分和各种形式来构成人体。为了解释他们看到的人的各种运动，以及我们感到

---

1   指弗利奥斯的提蒙（约前320—约前230），古希腊作家。写有模仿荷马的讽刺诗，描写哲学家之间的斗争，并嘲笑他们，唯一没有被嘲笑的是他的老师皮浪。

2   参见柏拉图《蒂迈乌斯篇》。

的各种功能和能力，他们又把我们的心灵分成多少部分？分属多少区域？除了自然的和我们感觉到的运动之外，他们又把可怜的人分成多少等级和层次？又有多少责任和工作？他们似乎把人变成了公共的财产。人是他们抓住和摆布的物品，大家让他们各自随心所欲地把人拆开、整理好、重新安装并使其充实。然而，他们还没有掌握人。不仅在实际上，甚至在梦幻中，他们都无法对人进行调整，使人体有某种节律或发出某种声音，不管人体有多大，有多少想象出来的虚假部件构成。原谅他们是不理智的：画家画天、地、海、山和遥远的岛屿时，我们允许他们只画上寥寥几笔，因为这是我们陌生的事物，有模糊和杜撰的形象就已足够。但是，他们如果对着我们熟悉的事物写生，我们就要求他们把线条和颜色十分确切地画出，如做不到，我们就瞧不起他们。

我赞赏那位米利都姑娘，她看到哲学家泰勒斯一直在抬头观察天空，就在走过时朝他扔一样东西，让他绊了一下，以提醒他先去关心脚下的事物，然后再去考虑云中的事物。她劝他主要关注自己，而不是注视天空，确实正确，因为正如西塞罗说出的德谟克利特的话那样，

没人去注视脚前的事物，大家都仔细观察天穹。[1]

但我们的情况就是这样，我们对手中事物的了解，却跟对云

1　引自西塞罗《论占卜》。

外的天体的了解一样，显得十分遥远。柏拉图在谈到苏格拉底时说，不论谁研究哲学，我们都可以像上述姑娘指责泰勒斯那样指责他，因为他看不到面前的任何东西。确实，任何哲学家都不知道邻居在干什么，甚至不知道他自己在干什么，也不知道他和邻居是什么，是人还是动物。

这些人觉得塞邦的理由过于软弱无力，他们无所不知，能驾驭世界，理解万物，

　　什么原因使大海风平浪静，是什么在调节一年四季，
　　　天体是自己运动，还是听从某种命令运行；
　　　是什么使月圆月缺，不和谐的成分中
　　　这种和谐，目的何在，又能做到什么；[1]

他们在自己的著作中，有时是否提到了解他们自己的困难？我们看到手指会动，脚会走动，人体的某些部分没有我们的许可也会动，看到人体的有些部分在我们下令时才动，有的印象会使脸红，有的印象则使脸发白，有的想法只对脾脏有影响，有的想法会影响大脑，有的想法使我们发笑，有的想法使我们掉泪，有的想法使我们惊讶得失去感觉，四肢无法动弹。看到某个事物，胃口顿开，看到另一个事物，阳物勃起。但是，心灵的激动怎么会使巨大而又结实的人体产生如此大的变化，这些奇特力量的联

———
1　　引自贺拉斯《书简》。

系和结合的实质又是什么，这些问题至今无人能够回答。普林尼说："这些事，人的理智都无法理解，仍然隐藏在雄伟的大自然中。"[1]奥古斯丁也说："灵魂和肉体结合的方式十分奇妙，人是无法理解的，而这样结合就有了人。"[2]然而大家并未因此而怀疑灵魂和肉体的关系，人们接受看法，是由于古人相信，既有权威性又有其他人相信，仿佛这就是宗教和法律。大家都相信的事，被作为一种秘密言语接受，这个真理跟其全部论据和证明一起被接受，如同无法动摇、无人评论的坚固物体。人人都争先恐后地粉饰和巩固这已被接受的信仰，及其理智能找到的一切，这理智是灵活的工具，能适应任何形式，并按任何形式来塑造。因此，这世界充满了蠢话和谎言，人们对此信以为真。这样，几乎没有事物可以怀疑，因为普遍的看法，大家从不进行检验，也不会去深挖其错误和弱点，大家只是在枝节问题上争论不休，而不会去问是否正确，只会问是这样还是那样理解的。人们不问加伦[3]说了哪些有价值的话，只问他是这样说的还是那样说的。

确实，十分正常的是，制约和约束我们评论的自由，以及我们信仰的专横，一直延伸到各个学派和七种自由艺术。经院学派的神是亚里士多德。议论他的学说是巨大错误，如同议论来库古在斯巴达的法令。他的学说是我们的权威法律，但也许跟其他学说一样是错误的。我不知道我不喜欢接受的为何是柏拉图的"理

1　引自老普林尼《自然史》。

2　引自奥古斯丁《上帝之城》。

3　加伦（约131—约201），古希腊医师、哲学家、语言学家。古代科学史上仅次于希波克拉底的重要医学家。其思想对拜占庭及伊斯兰文明产生深刻影响达一千四百年，对文艺复兴时期西方科学的复兴也起了重要作用。

念论"，伊壁鸠鲁的原子论，留基伯和德谟克利特的实与虚，泰勒斯的水，阿那克西曼德的本原的无定形，第欧根尼的空气，毕达哥拉斯的数和对称，巴门尼德的无限，穆塞乌斯[1]的"一"，阿波罗多罗斯的水和火，阿那克萨哥拉的同类的部分[2]，恩培多克勒的爱和憎，赫拉克利特的火，还有其他看法，这些看法都来自我们人类糟糕的理智想出的混乱不堪的见解和看法，而想出这些看法，则依靠理智对其介入的一切事物的确信和洞察力。我也看不出我为何应该接受亚里士多德关于自然事物的本原的看法，这些本原由三种因素构成，即质料、形式和无形式[3]。把"无形式"当作事物产生的原因，难道还有比这更荒谬的看法？"无形式"是一种否定的概念，是什么想法使他将其看成事物存在的原因和起因？这种观点，人们却不敢去驳斥，除非是为了进行逻辑推理。人们没有对此提出任何异议，并未表示怀疑，而是为这个学派的创始人[4]辩护，否定外界的异议：维护他的权威是目的，不容置疑。

在公设的基础上建立想要建立的东西，那是易如反掌的，因为依靠这初建时的规则和安排，房屋的其余部分不难建造，也不会有矛盾。沿着这条路走，我们觉得我们理由充分，讨论时也信心十足：先师已事前在我们的信仰中占据相当大的地位，可以像几何学家那样，依靠他们的公设，得出他们想要得出的结论，我们对他们的肯定和赞同，使他们能把我们引向左边和右边，像摆

1　穆塞乌斯是古希腊神秘主义诗人。
2　即阿那克萨哥拉的"种子"，被亚里士多德和卢克莱修称为"同类的部分"。
3　原文为 privation，即 privation de forme（无形式）。
4　指亚里士多德。

弄陀螺那样随心所欲。谁的预先假定被人相信，谁就是我们的老师和上帝：他要打下的基础广阔又清楚，有了这个基础，他要是愿意，就可以让我们升到九霄云外。我们对科学采取这种态度，是对毕达哥拉斯的话信以为真，据他说，每个专家都应该在自己的学科中得到信任。辩证学家在词的意义方面要请教语言学家，修辞学家要向辩证学家借用论证方法，诗人要向音乐家借用节奏，几何学家要用算术家的比例，形而上学家要把物理学的推测作为基础。确实，每门学科都有预先设定的原则，人的判断因这些原则处处受到约束。如果你要冲破这个屏障，即错误认识的主要原因，他们就立刻说出这句箴言："不必跟否认原则的人争论。"

我现在要说，如果神没有向人揭示，人就不可能有原则：至于所有其他事物的开始、中期和结尾，则都是虚无缥缈的幻想。对于用预设来争辩的人，必须通过另一个预设，用推翻公理即辩论主题的办法来跟他们对抗，因为人的任何预设和任何陈述都跟另一个预设和陈述同样有权威性，只要理智不对它们区别对待。因此，必须对它们进行怀疑，首先怀疑普通的预设，以及强制性预设。确信的感觉是缺乏理智和极其疑虑的征兆，没有人比柏拉图说的"持无根据看法者"[1]更缺乏理智，更没有哲学头脑。必须知道，火是否热，雪是否白，我们是否知道事物有硬有软。古人的故事里就有答案，譬如说，有人怀疑是否有热，别人就让他跳到火里；有人否定冰是冷的，别人就让他把冰放在胸口，但哲学

1　　参见柏拉图《理想国》。

家们这样回答就很不专业。如果他们让我们处于自然状态，能接受来自外界的形象，即通过我们的感觉向我们呈现的形象，如果他们让我们按照根据我们出生的条件调节的普通需要行事，那么，他们这样说就有道理。但是，我们是从他们那里学会如何来评论世界，我们从他们那里得到这个想法，即人的理智是天穹之内和之外的事物的总监察，监察一切，无所不能，用理智能知道和认识一切。这个回答在食人者那里也许是正确的，他们享受长寿的幸福，生活安宁而又平静，没有亚里士多德的告诫，也不知道物理学的名称。这个回答也许比他们通过自己的理智和臆造得到的所有答案更有价值，更加可靠。对这个回答，仍然完全受自然法则支配的所有动物和生物，都可能会像我们一样理解，但是，他们哲学家却拒绝这样回答。不需要他们对我说："这是真的，因为你是这样看到和感觉到的。"需要他们对我说：你认为感觉到了，你就真正感觉到了，因为你认为；而如果我感觉到了，他们对我说，为什么我感觉到了，又是如何感觉到的，感觉到了什么，并对我说出热或冷的名称、起因和来龙去脉，以及影响者和受影响者的表现。他们若是在我面前拒绝说出他们的信仰，那就是只通过理智来接受和同意：这是他们检验一切的试金石，但这个试金石肯定充满了虚假、错误、弱点和瑕疵。

我们是否有更好的办法用理智来检验理智？如果谈到理智时不能相信理智，那么，理智就很难用来评判其他事物；如果说它了解什么，那至少是它自己的本质和所在地。理智在灵魂之中，是灵魂的一部分或它的作用，因为真正的理智，即基本的理智——我们只是窃取了这个名称——存在于上帝之中。那里是理智的所在地和退隐处，它出来是因为上帝高兴，要让我们看到它的些许亮光，如同帕拉斯[1]从父亲的脑袋里跃出，展现在世界面前。

我们现在来看看，人的理智使我们对理智和灵魂了解些什么。不是说笼统的灵魂，几乎所有的哲学学派都认为天体和本原有灵魂[2]，也不是泰勒斯说的灵魂——他甚至认为无生命的物体因磁性的吸力也有灵魂，而是说我们应该最清楚地了解的我们的灵魂。

> 他们对灵魂的性质并不了然，
>
> 它是被生出来的，还是在我们出生时来到我们
>
> 身上？
>
> 是在死亡将其毁灭时跟我们一起消亡，
>
> 还是进入黑暗的冥府及其深渊？
>
> 或是按神祇的旨意投生其他生灵的躯体？

克拉特斯和狄凯阿科斯因人的理智认为，灵魂并不存在，是肉体在活动，进行自然的活动；柏拉图因此认为，灵魂是一种自己会运动的实体；泰勒斯因此认为，这是无休息的自然体；阿斯克勒庇亚德斯认为是感觉的活动；赫西俄德和阿那克西曼德认为是土和水的组合物；巴门尼德认为是土和火的组合物；恩培多克勒认为是血的组合物，

1　指雅典娜。她在无意中杀死了特里同的女儿帕拉斯，便改名为帕拉斯，并自称帕拉斯·雅典娜。

2　本原是伊壁鸠鲁的学说中的原子。

> 他吐出了带血的灵魂；[1]

波西多尼乌斯、克利安提斯和加伦认为是一种热气或热性物体，

> 它们[2]有火的生命力，它们来自天上；[3]

希波克拉底认为是散布在肉体里的精神；瓦罗认为是嘴吸进的气，在肺部加热，在心脏里降温，并在全身扩散；芝诺[4]认为是四种元素[5]的精华；赫拉克利德斯·本都库斯认为是光；色诺克拉底和埃及人认为是一个活动的数；迦勒底人认为是一种无确定形状的力量，

> 身体的一种有生机的状态，
> 希腊人称之为和谐。[6]

别忘了亚里士多德，他认为灵魂是使身体自然运动的力量，他称之为隐德来希[7]，但这个名称什么也解释不了，因为它不谈灵

1　引自维吉尔《埃涅阿斯纪》。
2　指灵魂。
3　引自维吉尔《埃涅阿斯纪》。
4　指季蒂昂的芝诺。
5　指水、土、气、火。
6　引自卢克莱修《物性论》。
7　隐德来希，希腊语 entelecheia 的音译，意为完成。古希腊亚里士多德用语，指每一事物所要达到的目的，亦即潜能的实现。因此，他常以"隐德来希"作为"现实"的同义语。

魂的实质、起源和本性，而只是指出其结果。拉克坦提乌斯[1]、塞涅卡和独断派的大多数人都承认他们不知道灵魂是什么。列举了这些看法以后，西塞罗写道："这些看法哪个正确，只有神说了算。"[2]圣伯尔纳[3]说："我亲身体会到，上帝是多么无法理解，因为我连自己身体的各个部分都没法理解。"赫拉克利特虽然认为一切都充满灵魂和精灵，但仍然肯定对灵魂的认识路途遥远，无法完全了解，因为灵魂的本质深藏不露。

至于灵魂是在何处，分歧和争论同样众多。希波克拉底和希罗菲尔[4]说是在脑室；德谟克利特和亚里士多德说全身都有，

> 如同往往说身体健康时，
>
> 并不意味着健康是身体健康者的组成部分。[5]

伊壁鸠鲁说在胸部，

> 在这里悸动着惧怕和恐怖，
>
> 在这里洋溢着甜蜜的快乐。[6]

1　拉克坦提乌斯（约250—约325），基督教护教士，拉丁教父中著作流传最广的一位，被称为基督教的西塞罗。

2　引自西塞罗《图斯库卢姆谈话录》。

3　即明谷的圣伯尔纳（1090—1153），法兰西人，天主教西多会修士、神秘主义者。——一五年创立明谷隐修院。在罗马教廷内部互相倾轧的七年中，他曾数次在宗教和世俗会议及神学辩论会上任仲裁人或顾问。参见圣伯尔纳《灵魂书》。

4　希罗菲尔（活动时期为公元前3世纪），古希腊医生和解剖学家，亚历山大医学学派创始人之一。最早解剖人的尸体进行研究。

5　引自卢克莱修《物性论》。

6　同上。

斯多葛派认为在心脏里和心脏周围；埃拉西斯特拉图斯[1]说在头盖膜的近旁；恩培多克勒说在血里，就像摩西那样，这是他禁止食用动物血的原因，因为里面有它们的灵魂；加伦认为身体的每一部分都有灵魂；斯特拉顿认为是在双眉之间。西塞罗说："灵魂是什么模样，有时在什么地方，这些事不该知道。"我情愿把他的话留给自己。我怎么会去改变雄辩的言辞？再说，窃取表达他原创想法的词语，也没有什么好处：他的想法不多，不大有力，却很出名。但是，克里西波斯像他所在学派的其他哲学家那样，想要证明灵魂在心脏周围的原因，这个原因我们不应该忘记。他说："这是因为我们想要证实某件事，我们就把手放在胸口；想要说我[2]，就把下颌骨朝胸口低下。"读这段话时，应该指出这个大人物的轻率，因为这些看法极其肤浅，而且也不能向希腊人证明，他们的灵魂就在这个地方。人的想法不管如何认真，总会有疏忽之时。

有什么我们不敢说呢？斯多葛派是人类智慧之父，他们认为人的灵魂被压在崩塌物下面，长时间忍受着重压，努力想要出来但无法脱身，如同掉入陷阱的老鼠。[3]有些人[4]肯定地说，世界创造出来之后，使犯了错误而堕落的灵魂有了肉体，是为了惩罚，他们在创造出来时是纯洁的，最初的创造物都是无肉体的，根据

1　即克奥斯的埃拉西斯特拉图斯（？—约280），古希腊解剖学家、医师。或被认为是生理学的创始者。他以研究循环系统和神经系统而著名，已能区别感觉神经和运动神经，但认为神经是充满液体的空心管。

2　原文为希腊语。

3　参见塞涅卡《致卢齐利乌斯》。

4　指希腊教父哲学的代表人物之一奥利金（约185—约254）的看法。

他们离灵修的远近，获得重或是轻的肉体。由此造成如此多的造物各不相同。但是，灵魂因受到惩罚而有了太阳下的形体，想必有了异乎寻常的特殊变化。我们的研究到了极端就会是非不分，正如普鲁塔克在谈到历史的起源时说，地图上已知的边缘地带都是沼泽地、密林、沙漠和穷乡僻壤。[1] 因此，最浅薄和幼稚的蠢话，往往是这种人说出，他们研究高超的题材，而且研究得更加深入，陷入好奇和自负的陷阱。知识的起点和终点，在同样的愚蠢中汇合。请看柏拉图一跃而起，升到他诗歌的云中，请看他写有神祇的神秘言语。但是，他把人说成"无羽毛的两足动物"时到底在想什么？他这样说为那些想嘲笑他的人提供了嘲笑他的良好机会。他们把一只活鸡的毛拔掉后到处展示，称它为"柏拉图的人"。

谈伊壁鸠鲁学派时要说些什么？起初他们幼稚地认为，他们的原子有一定重量，会自然下坠，因此创造了世界。后来，他们从对手那里得知，如果非要这样描绘原子，那么，这些原子就不可能紧密地聚在一起，因为它们这样坠落呈垂直线，并到处出现平行线，他们这样想象有多么轻率？因此，他们后来得要进行补充，说还有一种偶然的斜向运动，并给原子加上钩状的弯曲尾巴，使它们能相互勾住并聚在一起。

尽管如此，持下述另一种看法的人对他们进行抨击，他们不是又有了麻烦？如果原子因偶然机会而组合成各种形状的物体，那它们为什么从未组成过一幢房子、一只鞋子？同样，为什

1　参见普鲁塔克《忒修斯》。

么大家不会相信，散布在广场上的无数希腊字母能组成《伊利亚特》？芝诺说："有理智比没有理智要好，这世界比任何地方都好，因此它有理智。"科塔[1]用同样的论据，把世界说成数学家，还用芝诺的一个论据，把世界说成音乐家、竖琴家："整体甚于部分；我们有智慧，是世界的一部分，因此世界有智慧。"

类似的论据不可胜数，这种论据不仅错了，而且荒谬，前后矛盾，哲学家们对反对他们看法和他们学派的人所做的批评，就能说明论据的持有者是多么愚蠢。如果有人把人类智慧产生的蠢话巧妙地汇编成册，这将是一部奇书。

我乐意把这些蠢话作为样品收集，这在某种程度上跟正确和审慎的看法同样有益。我们从中可以看出，我们需要思考的是人及其感觉和理智，因为这些大人物把人的能力如此拔高，却也有这样明显和严重的缺点。而我情愿认为，他们偶然涉及的科学，犹如不断转手的玩具，他们玩弄理智，如同玩弄无聊的乐器，提出各种奇特的想法和虚构的概念，有时经过较多的研究，有时研究得比较轻松。也是这个柏拉图，把人比作母鸡，又在别处[2]跟苏格拉底说，其实他并不知道人是什么，并说人是世界上最难了解的一种零件。哲学家们的看法各种各样，而且变化无常，如同用手操纵一般，心照不宣地让我们得出他们还在犹豫不决的结论。他们使用的方法是，展现他们的看法时并非总是不加掩饰、显而易见：他们的面貌有时隐藏在诗歌的神秘传说之中，有时用另一种面具来掩盖，因为

1　科塔是古罗马执政官，也是西塞罗某些著作中人物。这里是在西塞罗的《神性论》中。
2　指柏拉图的《阿奇拜得篇之一》。

我们还有这个缺点，那就是我们的胃并非总是能忍受生的肉食，必须把生肉晒干、煮熟、切开。哲学家们也照此办理：他们有时把自己真正的看法和判断说得模糊不清，并进行篡改，使它们符合公众的需要。他们不愿说出自己的无知，不愿承认人的理智的弱点，以便不吓到孩子们，但是，他们已向我们充分揭示了这点，因为他们展示的是一种自相矛盾和变化无常的科学。

在意大利，我奉劝一个意大利语说得结结巴巴的人，他只需让别人听懂，而不必把这种语言说得漂亮，他只要使用最早想出的词语，拉丁语词、法语词、西班牙语词或加斯科尼语词都行，只要加上意大利语的词尾，他一定会听到该国的某种方言，如托斯卡纳方言、罗马方言、威尼斯方言、皮埃蒙特方言或那不勒斯方言，并看到跟这么多词形中的一种有相同之处。我对哲学也可以这样说：哲学有如此多不同的面貌，话语又是如此之多，其中可以找到我们所有的梦想和遐想。人想象中的任何好事或坏事，无不具备。"你说的话再蠢，也不及某个哲学家书中的话。"[1]因此，我在大庭广众之下毫无拘束地说出自己奇特的想法，虽说这是我自己想出，无人可以借鉴，但我知道它们跟某个古人的想法不谋而合，到那时肯定会有人说："他就是从那里抄来的！"

我的生活方式是任其自然，形成这种生活方式，我并未求助于任何学派的教诲。但是，我的生活方式不管如何微不足道，当我想要体面地向公众展现时，我就会加上理由和例子，我也觉得十分奇怪，这些理由和例子竟跟许多哲学家的例子和想法相似，

1　　引自西塞罗《论占卜》。

不知是出于何种巧合。我的生活属于哪一类，我只是在经历了这种生活并将近结束时才知道。

这是独特的形象：一个无法预料和出人意料的哲学家！

回过来谈我们的灵魂。如果说柏拉图认为理智在脑中，愤怒在心中，贪婪在肝脏中，这更像是在阐述灵魂的运动，而不像他希望的那样，是在区分灵魂的功能，就像把身体分成好几个部分。哲学家们最为可信的看法，是把灵魂看成一个整体，其功能为推论、回忆、理解、判断、欲望和依靠身体的不同器官进行其他各种活动（如同船夫根据经验驾驶船只，有时拉紧或放松绳索，有时升高帆桁或操纵船桨，用一种力量来产生不同的效果）；这也是因为灵魂是在脑中，从下列事实可以清楚地看出，那就是脑子受伤立刻会损害灵魂的功能，因此，灵魂会转到身体的其他部分也就不足为奇：

> 太阳从不偏离自己的天路
> 却能用阳光照亮万物；[1]

如同天空把太阳的光线和力量散布到地上和天外：

> 灵魂的其余部分散布全身，
> 根据心灵的命令运动。[2]

---

[1]　引自《洪诺留六任执政官》。
[2]　引自卢克莱修《物性论》。

有些人说有一个总体灵魂，如同巨大的身体，其中走出各种个体灵魂，也是个体灵魂的回归之处，并总是跟这个总体性物质重新结合，

> 神祇四处巡行，穿过大地、
> 广阔海洋和深邃天空；
> 无论大小牲畜，还是野兽和人类，
> 都从他那里汲取生命的本原；
> 这些存在物一旦解体都回到他那里，
> 而死亡并不存在；[1]

另一些人说，个体灵魂只是回到那里并依附于总体灵魂，有人说它们出自神的实体，有人说它们是天使用火和气创造。有些人说，古代就已创造出来，有些人说是在需要时创造出来。某些人认为是从圆月上降落，并回到圆月上去。大多数古人认为它们跟其他自然物一样，也是父子相传，用同样的方法创造出来，证明是孩子跟父亲相像，

> 你父亲的美德传给了你。
> 勇敢的孩子出自勇敢的父亲；[2]

1　引自维吉尔《农事诗》。
2　引自贺拉斯《歌集》。

他们还说，人们看到，父亲传给孩子的不仅是体态特点，而且还有体质、性格和心灵的喜好：

> 为什么狮子凶猛，
> 狐狸狡猾，鹿却胆小敏捷，
> 都是由父亲遗传？
> 这是因为在每个精子和每个种类中，
> 一种特殊的灵魂跟身体同时长成。[1]

这就是上帝公正的基础，因父亲的缺点而惩罚孩子，因为父亲的恶习已在某种程度上感染孩子的灵魂，父亲的伤风败俗也已影响到孩子。另外，他们还说，如果灵魂并非是自然的延续，它们就会是身体外的其他东西，它们会记住原来的状态，因为天然的能力是灵魂所固有，那就是思考、推理和记忆：

> 灵魂如在我们出生时悄然潜入体内，
> 那我们为什么记不起过去的时光，
> 我们为什么没留下做过的事情的痕迹？[2]

为了像我们希望的那样，高度评价我们灵魂的能力，就必须预先假定，灵魂在单纯和纯洁的自然下是无所不知的。因此，它

1　引自卢克莱修《物性论》。
2　同上。

们在进入肉体牢笼以前和进入肉体之后，会像我们希望的那样，跟它们离开肉体后一模一样。这种知识，灵魂在肉体里时也应该会记住，正如柏拉图所说："我们学到的知识，只是我们对以前的知识的一种记忆。"[1] 这种看法，每个人凭经验就知道是错误的，首先是因为我们无法记起的恰恰是别人教我们的知识，而且因为记忆即使充分发挥了自己的作用，也只是从我们学到的知识中给我们些许启示。

其次，灵魂在纯洁的状态下知道的是真正的知识，因为他依靠神的智慧了解到真实的事物，而在尘世，别人教给它的却是谎话和恶习。在这方面，灵魂不能使用记忆，因为这种形象和观念在灵魂中从未有过。至于肉体的牢笼压制了它原有的能力，以致使它们完全消失，这种说法首先违背另一种信念，那种信念要承认它十分强大的力量，以及人在这种十分美妙的生活中感到的影响，并因此得出结论，认为过去的这种神性和永生，以及未来的不朽是存在的：

> 如果灵魂的变化如此之大，
>
> 对过去做过的事情完全忘记，
>
> 我看这状况离死亡为期不远。[2]

此外，灵魂的力量和影响，应该在尘世和我们身上研究，而

---

1   引自柏拉图《斐多篇》。

2   引自卢克莱修《物性论》。

不是在别处研究，它其他的优点全都是虚假和无用的：灵魂的不朽应该根据它目前的状况来评定和承认，它只是对人的生命负责。不公正的做法是否定它的手段和能力，把它解除武装，以便利用它被俘获和囚禁、虚弱和患病的时间，以及它可能受到暴力和感到窘迫的时间，来宣布判决并做出时间无限和永久的处罚。另一种不公正的做法是，非要研究一段如此短暂的时间，也许是一两个小时，最多是一个世纪，这对于无限长来说只是一刹那，而从这段时间出发，却要对它整个存在做出最后的安排和决定。这种失衡的做法极不公正，那就是根据如此短暂的一生做出永久的处罚。

柏拉图为摆脱这个困境，希望未来的处罚限制在一百年，以跟人的寿命相称，在我们这里，许多人也主张有时间的限制。[1]

因此，哲学家们认为，灵魂的生成如同其生命，符合人间万物通常的条件，这是伊壁鸠鲁和德谟克利特的看法，这种看法被广泛接受，是因为从表面看漂亮：他们认为灵魂的生成跟肉体相同，它的力量跟肉体的力量同时增加，它在童年时代虚弱，随着时间的推移，变得强壮和成熟，然后衰退和年老，最后则是衰老，

> 我们觉得灵魂和肉体
> 一起出生、长大和衰老。[2]

1　参见柏拉图《理想国》。
2　引自卢克莱修《物性论》。

他们看到灵魂有各种激情，也有多种难受的感觉，并会厌倦和痛苦；也会变化、活跃、麻木、消沉，会患病和受伤，如同胃或脚，

> 我们看到，灵魂会像病体般康复，
> 能被医药治疗恢复健康；[1]

也会迷恋美酒，喝得神志不清，发烧后会感到不适，服了某些药会沉睡不醒，服了另一些药则会清醒：

> 灵魂得要有肉体本性，
> 因为肉体受打击它也难受。[2]

我们看到，只要被病犬咬了一口，灵魂的所有功能都会瘫痪和混乱，它的思想就没有任何活力，没有任何抵抗能力，没有任何美德，做不出任何哲学的决定，它的力量就不够强大，无法避免意外事故；我们看到，一条可怜的看门狗把口水流到苏格拉底的手掌上，就动摇了他的全部智慧和有条不紊的伟大理念，把它们消灭得一干二净，连最初的知识也踪迹全无：

> 灵魂被弄得

1　引自卢克莱修《物性论》。
2　同上。

> 混乱不堪……它在同一种毒素影响下
>
> 分裂，各个部分则散布各处；[1]

他的灵魂对这种毒素的抵抗力，跟四岁孩童的灵魂相同；如果哲学是人，这毒素能使所有哲学发疯得神志不清，因此，加图虽然听任死亡和命运摆布，看到一面镜子或一潭水却无法忍受，惊恐万状，他因受疯狗咬而患上医生所说的恐水症：

> 病痛扩散到四肢，使灵魂
>
> 焦虑而又痛苦，如同大海上
>
> 狂风吹得巨浪如泡沫般翻滚。[2]

我们现在要说，在这方面，哲学使人有充分的准备，可以忍受其他一切意外事故，它使人有忍受力，而如果难以忍受，就给人以万无一失的办法，那就是对病痛失去知觉；但是，能使用这种方法的只是有自制力的灵魂，这种灵魂有力量，能判断和做出决定，但这种方法也会完全无能为力，那就是在一位哲学家的灵魂变得没有理智、混乱不堪、垂头丧气之时，这种状况会在许多情况下产生，如过于激动，在某种强烈的激情刺激下，灵魂会使身体的某个部分受伤，或使胃部产生气体，使我们眼花缭乱、晕头转向，

1 　引自卢克莱修《物性论》。
2 　同上。

> 身体生病，精神往往失常：
>
> 它神志不清，胡话连篇；
>
> 有时昏睡症使灵魂长睡不醒，
>
> 双眼紧闭，脑袋耷拉。[1]

　　我觉得哲学家们尚未去弹这根弦，也没有弹另一根同样重要的弦。他们要安慰我们，让我们不要为我们会朽的状况感到难受，嘴里老是挂着这种两难推理：灵魂是会朽的或不朽的。如果灵魂是会朽的，它就没有任何痛苦需要承受；如果它是不朽的，它就会不断完善。他们从不提出另一个问题"如果灵魂不断恶化又会怎样？"，而是让诗人去描绘死后的惩罚。但是，他们这样把自己的事弄得过于轻松。我在他们的著作中常常发现两种遗漏。第一种遗漏，我以后再谈。

　　这样的灵魂因不符合斯多葛派坚定不移的最高准则而失去了吸引力。因此，我们值得称道的智慧，在这个问题上必须缴械投降。现在，由于人的理智轻率，他们也认为把易朽的肉体和不朽的灵魂这两种截然不同的事物杂糅起来是无法想象的：

> 确实，想要结合易朽和不朽之物，
>
> 认为它们能协调一致，相互帮助，
>
> 真是愚不可及。认为易朽和不朽之物
>
> 能结合在一起，共同抵御狂风暴雨，

1　引自卢克莱修《物性论》。

　　　　　还有什么比这种想法更加矛盾，

　　　　　更不协调和更加荒谬？[1]

　　另外，他们感到灵魂也会像肉体那样走向死亡，

　　　　它也会跟肉体一起年老衰弱。[2]

在芝诺看来，这种情况可由睡眠的景象向我们清楚地展示，因为他认为："这是灵魂也是肉体的虚弱和衰败的表现。"[3]我们发现，有些人直至生命结束仍保持着灵魂的活力，他们把这点归结于疾病的不同，同样，我们看到有些人在临终时仍然有一种感觉，有的有听觉，有的有嗅觉，而且没有衰退；我们没有看到他们全身衰弱，他们身体的某些部分仍然完好无恙，生气勃勃：

　　　　　同样，患有脚疾者，

　　　　　脑袋却没有任何疼痛。[4]

　　我们的理智无法看清真理，如同猫头鹰的眼睛无法忍受强烈的阳光，亚里士多德是这样说的。[5]在强烈的阳光下看得眼花缭乱，我们又如何能更好地证明这点？

1　　引自卢克莱修《物性论》。
2　　同上。
3　　参见西塞罗《论占卜》。
4　　引自卢克莱修《物性论》。
5　　参见亚里士多德《形而上学》。

相反的看法，即灵魂不朽的看法，西塞罗在谈到时说，至少根据书籍的记载，首次提出的是图卢斯国王[1]时代的希罗斯的菲勒塞德斯（也有人说是泰勒斯提出，其他人说另有其人），这是人文科学中我们带着最大的保留和疑问讨论的问题。[2]在这个问题上，最坚决的独断主义者也被迫基本上用学园派模糊不清的观点来掩饰自己。无人知道亚里士多德对这个问题的看法，也不知道古人在总体上持何种看法，因为他们涉及这个问题时犹豫不决："十分有趣的是，他们的许诺多于证实。"[3]亚里士多德隐藏在乌云般晦涩难懂的词语和含义之中，并听任他这个学派的信徒对他的看法和灵魂不朽争论不休。

有两种想法使他们[4]认为这种看法可信：首先，如果灵魂并非不朽，对荣誉的期望就失去了任何基础，而荣誉在世上受到极大的重视；其次，正如柏拉图所说，一种十分有益的观念是，罪恶即使未被人类不完善的法律发现，也总是会受到神祇的法律的制裁，神祇会追逐犯罪之人，甚至在他们死后也会追逐。

人非常希望延长自己存在的时间，竭尽全力去追求这个目的。于是，为保存肉体，就有了埋葬的墓地；为保存名声，则有了荣誉。

人不愿听天由命，就想方设法重新塑造自己，用胡编乱造把自己说得精神振作。灵魂因自身混乱和虚弱而站不住脚，就不断

1　即图卢斯·霍斯提利乌斯，传说中古罗马王政时期第三王（前673—前642）。

2　参见西塞罗《图斯库卢姆谈话录》。

3　引自塞涅卡《致卢齐利乌斯》。

4　指相信灵魂不朽的哲学家。

到外界去寻找安慰、希望和支持，并在那里依附和扎根；它编造的事物不管如何脆弱和荒唐，它仍觉得依靠它们比依靠自己更加可靠，也更乐意以此为依靠。

我们的灵魂不朽是如此正确和清楚，但奇怪的是，最相信这种说法的人们却无法用人的力量去证实。一位古人说："这是一个人的梦想，他有愿望，却无法证实。"[1] 人可以用这个见证承认，他独自发现真理要归功于命运和侥幸，因为即使真理落到他的手中，他也无法将其抓住和保存，他的理智也无力加以利用。我们靠自己的能力认识和判断的所有事物，不管是真实还是虚假，都可以进行讨论。为惩罚我们的骄傲自大，使我们知道自己的软弱无能，上帝引起了古代巴别塔上的纷争和混乱。我们没有上帝的帮助所做的一切，我们没有上帝恩惠的明灯照耀所看到的一切，只是虚妄和荒谬；真理的本质是相同的和始终不变的，即使命运让我们将其拥有，我们也会因自己的软弱而把它损坏，使其变质。不管人自己选择什么道路，上帝总是会让他陷入混乱之中，这种混乱的鲜明形象，无疑是上帝的正确惩罚，他要打击宁录[2]的骄傲自大，就破坏他建造高塔的虚妄计划："我要摧毁智慧人的智慧，废弃聪明人的聪明。"[3] 上帝用来使这个工作陷入混乱的各种方言和语言，不就等同于我们在创建人类科学的过程中，给我们徒劳的努力制造混乱，制造这种看法和理由上的冲突和分歧？但制造这种混乱是有益的。如果我们掌握了些许知识，又有

1　引自西塞罗《学园派哲学》。

2　宁录是挪亚的曾孙，巴别塔由挪亚的后裔所建。

3　引自《圣经·新约·哥林多前书》第一章第十九节。

什么能阻止我们？我很喜欢听这位圣人的教导："看不到我们的长处，会使我们谦虚，阻止我们骄傲。"[1] 我们又会把自己的盲目和愚蠢发展到何种蛮横无理的地步？

但要回到我的话题，毫无疑问的是，我们全靠上帝和上帝的恩惠，才会对如此崇高的信仰有正确的看法，因为我们只是因为上帝的慷慨大方，才得到这不朽的果实，即享受永福。

我们要真心诚意地承认，答应赋予我们不朽的只有上帝和信仰，因为这不是来自大自然和理智的教导。要想在没有神祇帮助的情况下，了解人的外部和内部的力量，就不会对人阿谀奉承，就不会看到人有价值和能力，只会感到人会死亡和入土。我们从上帝那里得到的越多，欠上帝的就越多，对上帝的奉献就得越多，我们在行事时就越应该像个基督徒。

这位斯多葛哲学家说是从人们偶然一致同意时得出的看法，最好不是应该从上帝那里得到？"我们在讨论灵魂不朽时，害怕或崇拜冥府神祇的人们的一致同意，并非是一种软弱无力的支持。我充分利用这种普遍的看法。"[2]

我现在要说，人在这个问题上的论据软弱无力，主要从令人难以置信的情况看出，这种情况他们是在提出这种看法后添加，以确定我们的不朽属何种性质。我们不谈斯多葛派，"他们认为我们像乌鸦那样长寿；他们说我们的灵魂会长期存在，但不会永久存在"[3]，他们认为灵魂有今生和来世，但寿命有限。

1　引自奥古斯丁《上帝之城》。
2　引自塞涅卡《致卢齐利乌斯》。
3　引自西塞罗《图斯库卢姆谈话录》。

普遍接受的看法，在今天仍有许多地方持有，据说由毕达哥拉斯提出，不过他并非第一个提出，但这种看法得到他的权威性认可，因此很有分量，受人青睐。根据这种看法，灵魂离开我们之后，只是从一个身体转入另一个身体，从狮子体内转到马的体内，从马的体内转到国王体内，就这样不断改变栖息之地。

谈到他自己，毕达哥拉斯说，他记得他以前是埃塔利德斯[1]，接着是欧福尔波斯[2]，后来是赫尔墨提穆斯[3]，最后从皮洛士[4]变为毕达哥拉斯，根据他记忆历经二百零六年。[5]有些人还说，这些灵魂有时升天，然后重新降落尘世[6]：

> 那么，父亲，你是否说，有些灵魂
>
> 升到阳世再见天光，重新回到沉重的肉体？
>
> 为什么这些可怜的灵魂如此热烈追求天光？[7]

奥利金使灵魂从天上到尘世来回穿梭。[8]瓦罗提出的看法是，灵魂在四百四十年的轮回后又回到最初的肉体。克里西波斯写道，这事会在一段不确定的时间后发生。柏拉图说，他看了品达罗斯的作品和古代诗歌才相信灵魂注定有这种无限曲折的变化，

1　埃塔利德斯是众神的使者赫尔墨斯之子。

2　欧福尔波斯是《伊利亚特》中特洛亚的枪手。

3　即克拉佐曼纳的赫尔墨提穆斯（活动时期为公元前 5 世纪），古希腊哲学家。

4　皮洛士（前 319—前 272），古希腊伊庇鲁斯国王（前 307—前 303，前 297—前 272 在位）。

5　参见第欧根尼·拉尔修《毕达哥拉斯》。

6　参见普鲁塔克《论月界》。

7　引自维吉尔《埃涅阿斯纪》。

8　参见奥古斯丁《上帝之城》。

它在另一个世界中只有暂时的苦难和报偿，同样，它在这个世界中的生命也是暂时的，他因而得出结论，认为灵魂极其熟悉天上、地狱和尘世的事务，因为它多次在这三处经过和逗留，这是它能回忆起的内容。[1]

这就是他在别处所说的灵魂转变的过程："一生行善之人，会跟他命中注定的星宿汇合；一生作恶之人，会变成女人；如果这时还不改邪为正，就变成牲畜；生活条件符合其恶行，他在回到原来的肉体之前会不断受到惩罚，依靠理智的力量，他最终会改掉原来粗鲁和愚蠢的举止。"[2]

但我不能不谈伊壁鸠鲁派对灵魂转生说提出的异议。这种异议十分有趣。他们问，如果死亡者多于出生者，又会是怎样一种状况？因为在这种情况下，灵魂离开肉体之后，就要相互竞争，看谁首先进入新的躯壳。他们还问，这些灵魂在新的躯壳尚未准备就绪时如何打发时间？或者反过来说，如果出生者多于死亡者，伊壁鸠鲁派认为肉体在等待灵魂的投入时会情况危急，有些肉体在有生命之前就会死亡：

> 可笑的是有人认为，灵魂
> 在野兽交配和出生时守候，
> 不朽的灵魂难以计数，
> 挤在一起等待易朽的肉体，

1　　参见柏拉图《美诺篇》。

2　　引自柏拉图《蒂迈乌斯篇》。

争先恐后看谁首先投入。[1]

另一些人认为，灵魂留在死者的肉体内，然后转入蛇、蠕虫和其他动物体内，据说这些动物由我们腐烂的肢体乃至骨灰生成。有些人把灵魂分成易朽的部分和不朽的部分。还有些人认为灵魂有形体，但仍然不朽。有几个人认为它不朽，但无知识和认识能力。也有古人认为，囚犯的灵魂出自魔鬼（我们基督徒中也有这种看法），如同普鲁塔克认为，神祇出自得到拯救的灵魂。确实，很少有事情被这位作家说得这样肯定，其他许多事情，他都说得模棱两可。他说："必须认为和确信无疑的是，有德行的人的灵魂，依靠本性和神的正义，会从人变为圣人，然后从圣人变为半神，而半神经过净化仪式被完全洗净和净化之后，摆脱了一切痛苦和死亡，变成了完全的和完美的神祇，最终享受永福和荣耀，但这不是某个民法的规定，而是真实情况，有着极其可信的根据。"[2] 普鲁塔克是最克制、最温和的作家之一，但是，如果有人想要看到他发表极其大胆的议论，向我们叙述有关这个问题的奇谈怪论，我就请此人阅读他谈月亮和苏格拉底的魔鬼的那两篇文章[3]，从文章中可以像其他任何地方那样清楚地看出，哲学的秘密与诗的秘密有许多奇特的相似之处，人的智慧由于不断想对万物追根究底，并牢牢控制它们，就会混乱不堪、张皇失措，如同我们在生活的长期奔波之后感到厌倦和疲劳，又回到童年时

1　　引自卢克莱修《物性论》。
2　　引自普鲁塔克《罗慕路斯》。
3　　指普鲁塔克的《论月界》和《苏格拉底的恶魔》。

代。这就是我们从人对灵魂的研究中汲取的可靠而有益的教训。

人对身体的各个部分提出的看法，也同样十分轻率。我们从中只举一两个例子，否则的话，我们会坠入大海般广阔而又浑浊的医学错误之中。我们要知道，对下面的问题，大家是否至少意见一致：人用什么材料制成。人首次在大地上出现是一件如此崇高和古老的事，人的智慧因涉及此事而混乱不堪、张皇失措，也就并不奇怪。物理学家阿基劳斯 [1]，据亚里士多塞诺斯 [2] 说，苏格拉底是他的得意门生，他说人和动物是同时用一种乳白色河泥在地热中烤制而成。毕达哥拉斯说，我们的精液是我们血液中最佳成分的泡沫。柏拉图说精液是背部的骨髓汁，他的证据是性交时这个部位首先感到疲劳。阿尔克迈翁认为它是脑质的一部分，他的证据是用脑过度会视觉模糊。德谟克利特说它是全身提炼出的一种物质。伊壁鸠鲁说它是灵魂和肉体的提炼物。亚里士多德说它是从血的养料中提取的一种分泌物，最后散布全身。还有一些人说，它是由生殖器官的热量加热和消化的血，他们这样认为是因为人用力过度会吐血。如果在极其混乱的看法中还有可信之处，那么，这最后一种看法似乎最为可信。

现在，这精液如何授胎，也是众说纷纭！亚里士多德和德谟克利特认为女人没有精液，她们在性欲亢奋和运动时排出的只是一种汗，对生育毫无用处。相反，加伦和他的弟子认为，两种精液不相聚就不会生育。于是，医生、哲学家、法学家和神学家争

1　阿基劳斯是爱奥尼亚学派哲学家。

2　亚里士多塞诺斯（活动时期为公元前 4 世纪末），古希腊逍遥学派哲学家，古典世界第一位音乐理论权威。曾在雅典师事亚里士多德和提奥弗拉斯特。

论不休，各持己见，以弄清妇女的妊娠期有多长。我根据自己生活中所见，支持妊娠期为十一个月的看法。世上有的是相同的体验：即使是微不足道的女人也能对这种争论提出自己的看法，可我们却不能对这个问题取得一致意见。

这些例子足以说明，人对自己肉体的了解，跟对灵魂的了解相差无几。我们让人的理智对自己进行判断，看一看理智能告诉我们什么。我觉得我已充分显示，理智对自己知之甚少。

如果对自己也不了解，又能了解些什么呢？"仿佛有人不能衡量自己，却能衡量其他事物。"[1]

普罗塔哥拉确实对我们说了巧妙的谎话，认为人是一切事物的尺度[2]，却不会衡量自己。如果人不能衡量自己，他的自尊心就不会允许其他造物有这种能力。然而，人本身矛盾重重，他的一个看法总是会推翻另一个看法，因此必须承认，普罗塔哥拉对人的这种赞扬，只是开了个玩笑。

泰勒斯认为，人要认识自己十分困难，他以此告诉大家，人是不可能认识其他任何事物的。

为了您[3]，我一反常态，把这篇随笔写得如此之长，您一定会为您的塞邦辩解，使用您每天使用的普通论据，为此考验您的智慧和知识：这最后一招，我确实只应在万不得已时使用。这是绝望的一击，这时必须抛弃自己的武器，以便使对手失去武器，这

1　引自老普林尼《自然史》。

2　这是普罗塔哥拉的著名格言。

3　这个长篇随笔很可能是为玛格丽特·德·瓦罗亚所写，她是亨利二世和凯瑟琳·德·梅第奇的女儿，亨利·德·纳瓦拉即未来的亨利四世的妻子。但也可能是为亨利·德·纳瓦拉的妹妹凯瑟琳·德·波旁而写。

秘密的一招，只应在罕见的时刻使用，而且有所节制。这是大胆的举动，自己冒生命危险，只求消灭对手。

不能像戈布里亚斯那样，为了报仇，不惜一死。他跟一个波斯贵族扭在一起搏斗时，大流士拿着剑赶到，但怕刺伤戈布里亚斯不敢动手，戈布里亚斯就对他叫喊，叫他大胆地刺，即使把他和波斯贵族都刺穿也不要紧。[1]

有时，单打独斗十分激烈，任何一方都无法活着脱身，我曾见到过这种情况。葡萄牙人在印度洋俘获了十四个土耳其人，土耳其人不甘心被俘，就把船上的钉子相互摩擦，让火星落到船上的火药桶上，结果他们和葡萄牙人以及船只全都被炸得化为灰烬。[2]

我们在此涉及知识的极端和最后的领域，知识如同美德，走极端就有害处。要走中间道路：过分讲究精致都不是好事。要记住托斯卡纳的谚语："过细易折。"我奉劝您，您的看法和想法，以及您的德行和其他事情，都要稳重而有节制，不要追求新奇和别出心裁。偏离正常道路的条条小路，我都不会喜欢。

您位高权重，又有您的美德赋予的优越条件，您用目光就能对任何人下达命令，因此，您理应把这份工作交给有经验的文人去做，他一定会比我做得更好，为您提供支持，并丰富这种想法。不管怎样，您也有够多的工作要做。

---

[1]　戈布里亚斯是阴谋推翻居鲁士的儿子司美尔迪斯的波斯人。他当时跟一个玛哥斯僧扭在一起，大流士因黑暗看不清而不敢刺。参见普鲁塔克《如何区分讨好者和朋友》，出自希罗多德《历史》。

[2]　参见 J. 奥索里奥《葡萄牙历史》。

伊壁鸠鲁在谈到法律时说，即使是最差的法律，我们也十分需要，因为没有法律，就会人吃人。柏拉图说的也相差无几[1]；没有法律，我们就会像野兽那样生活，他还试图加以证明。我们的理智是一种善变、危险和鲁莽的工具，很难使它循规蹈矩、不失分寸。在我们的时代，我们看到，出类拔萃、智力超群的人，几乎全都高谈阔论，为所欲为。如遇到沉着冷静、平易近人的人，那就是出现了奇迹。紧紧约束人的思想，并非毫无道理。在科学上和其他事情上，必须计算和调整他的步伐，必须严格地确定他的探索的范围。用来制止和束缚理智的是宗教、法律、风俗、科学、箴言以及生前和死后的惩罚和奖励。然而，我们看到，它变幻莫测，会摆脱这些束缚。理智并非是坚实可靠之物，不知该从何处把它抓住，如何将其打击。此物有各种面貌，形状多变，无法将其抓获和捆住。当然，很少有灵魂稳重、强壮、秉性良好，对其行为可以信任，它们也可以不顾普遍接受的看法，既稳重又不冒失地做出自由的判断。不过，更恰当的办法还是把灵魂监护起来。理智对其拥有者来说是一把危险的剑，只要他使用得并不恰当和慎重。没有牲畜比人更需要戴上眼罩，使其只看到前面的脚步，并为了他的利益，不让其偏离习俗和法律给理智规定的道路。因而，不管通常的道路如何，您都应该走在这条道上，而不是随心所欲地乱走。但是，如果一帮新颖的学者[2]中有人不顾他的灵魂和您的灵魂的永福，在您的面前卖弄自己的知识，而您又

1　参见柏拉图《法律篇》。

2　这里不是指新教徒，而是指蔑视宗教的革新者，后来被称为持自由思想者。

不想要染上每天都在您宫廷里传播的这种危险的瘟疫，那么，在迫不得已的情况下，这种预防措施可以使您和您周围的人不会受到这种瘟疫的传播所带来的危害。

古代的思想自由而又活跃，使哲学和人文科学产生了许多见解不同的学派，每个学派都要进行判断和选择，以确定自己的立场。而现在人们都步伐相同，"都依附于和信守某些固定不变的看法，因此，他们甚至不得不为他们不同意的看法辩护"[1]。我们根据官方的命令学习科学，因此各个学校都是一种模式，只有一种确定的教育和教学的方法，人们已不去注意钱币的重量和价值，每个人都根据通行的价值和确定的市价来接受钱币。大家争论的不是钱币的质量，而是使用的习惯，这样一来，我们对其他事物也是如此衡量。大家对待医学，就像对待几何学那样；街头卖艺者的手法、巫师的花招、使人阳痿的法术、人鬼心灵相通术、预测未来、星相术，甚至寻找点金石那样可笑的事，都是在毫无争议的情况下被人接受。

只要知道，火星在三角形的手掌中央，金星在大拇指上，水星在小指上；情感线穿过食指的结节，是残暴的征兆；情感线在中指下中断，而命运线跟生命线在同一部位相交成角，是惨死的征兆；女人的命运线开放，不跟生命线相交成角，说明她不是十分贞洁。我可以请您做证：有了这种知识，一个男人难道不是能受人尊敬，在任何社交界都受到欢迎？

提奥弗拉斯特说，人的智慧由感觉支配，能在一定程度上判

1　　引自西塞罗《图斯库卢姆谈话录》。

断事物的原因，但如涉及事物的本质或最初的原因，人的智慧就必须知难而退，这是因为它自身有弱点或因为事物之难。通常和折中的看法是，我们的智慧能认识某些事物，但能力有限，超越这个能力使用智慧，就是轻率的行为。这种看法被一些稳重的人接受和提出，但对我们的思想很难确定一个界限：它好奇而又渴望，无论是走了一千步还是五万步都不想止步。经验证明：一个人干不成的事，另一个人能够完成；这个世纪不知道的事，下一个世纪会弄清楚；科学和技术并非由模子铸造出来，而是经过无数次雕琢而成形，如同小熊的模样，是由熊妈妈不断舔出。我会去探索和体验我没有能力发现的事物，然后重新摸索和塑造这新的物质，将其搅动和加热，我是为后来者提供某种方便，使他们能更顺利地掌握这种物质：

> 如同伊米托斯山的黄蜡在阳光下变软，
>
> 用拇指去捏就变成各种形状，
>
> 因容易处理而变成有用之物。[1]

我的后继者也这样使其后继者受惠，正因为如此，困难不会使我绝望，我的无能也不会使我沮丧，因为这只是我的无能。

人能够认识一切事物，就如同能认识个别事物。如果人像提奥弗拉斯特所说，承认自己不知道事物最初的原因和本质，那他就应该干脆放弃其他一切学问；如果他不知道本质，他的理智就

1　引自奥维德《变形记》。

无所依据，而讨论和探索的唯一目的和终点是了解本质，如果这个目的没有达到，人的理智就永远无法解决任何问题。"无所谓一个事物比另一个事物更难理解或更易理解，因为对任何事物来说，理解就是理解。"[1]

现在可以说，情况很可能这样：如果灵魂了解某个事物，它首先了解的是它自己；如果灵魂了解它以外的事物，那首先就是它的肉体和躯壳。如果我们至今看到医界巨擘对人体解剖各持己见，

伏尔甘反对特洛伊，阿波罗支持特洛伊，[2]

我们指望他们何时能意见一致？我们相互之间，比白色和雪或重量和石更加接近：人如无自知之明，又如何知道自己的活动和力量？我们有时有某种真正的认识，但只是偶然所得。因为错误为我们的灵魂所接受，也是通过同样途径，以同样的方式和方法来实现，灵魂无法识别错误，不能区分真实和虚假。

学园派哲学家认为，判断有偏差可以接受，并认为说雪是白的似乎并不比雪是黑的更加可信，认为一块石头从我们手里扔出，在并不比八重天中石头的运动更有把握，都是过于武断。为了弄清这种很难出现在我们思想中的难题和怪题，他们虽然肯定地说，我们完全没有能力认识，并说真理是在人无法看到的深渊

---

1   引自西塞罗《学园派哲学》。
2   引自奥维德《哀歌》。

之中，他们仍然承认，有一些事物比另一些事物更加真实，并认为人的理智有弄清一种表象而不是另一种表象的倾向：他们容许理智有这种倾向，但不准理智做出任何决定。

皮浪派的观点更加大胆也更加可信，因为学园派提出的这种倾向，以及对一个论题而不是对另一个论题的倾向，不就是承认这个论题的真理比另一个论题的真理更加清楚？如果我们的智力能弄清真理的形状、外形、姿势和面目，就能看到真理的全貌和半个面貌，以及初期的和不完整的真理。这种可信的表象，会使他们左倾而不是右倾，那就把这种表象扩大；这可信的盎司使天平倾斜，那就增加百倍、千倍，结果将是天平完全倾向一边，并做出选择，确定完全的真理。但是，他们不知什么是"真"，怎么会朝"可信"倾斜？他们怎么会知道他们不知其本质的事物可信？我们要么能对事物进行彻底的判断，要么就做不到。如果我们的智力和感觉能力没有基础和支撑，如果它们只是随波逐流，随风飘动，那么，我们去判断受它们的影响就毫无用处，不管这种影响在我们看来是如何真实。在这种情况下，我们的智慧最可靠、最正确的做法，是保持平静，毫不动摇，不倾向于任何一方。"如要在真实和虚假的表象之间选择，理智就无可选择。"[1]

事物并非以其形状和本质，也不是以其力量和威力为我们接受，这点我们十分清楚，因为如果情况相反，我们就会以它们原来的面貌接受它们。酒在病人的嘴里的味道，和在健康人嘴里的味道相同。手指皲裂或冻僵的人摸到木头或铁块，会跟其他人一

1　　西塞罗《学园派哲学》。

样感到木头或铁块坚硬。因此，对外部事物的接受取决于我们的看法，我们喜欢如何看待就如何看待。然而，如果我们不歪曲地接受某个事物，如果人的悟性大而坚定，如果人能用自己的办法来掌握真理，那么，由于这些办法是所有的人共有的，这种真理就能在人之间相互传播。世上如此多的事物中，至少会有一种事物大家全都接受。但事实是任何一个论题我们都在争论不休，或者不能不进行争论，这清楚说明，我们天生的智力对事物的认识不够清楚，因为我的判断不能被我同伴的判断所接受：这是个迹象，说明我认识事物是借助于另一种方法，而不是借助于我和其他所有人都有的天生的能力。

我们暂且不谈哲学家们不同的意见，以及关于事物认识的无休止的争论。确实，完全正确的是认为对于任何事物，人们——我是指最有天分和能力的学者——都没有取得一致意见，甚至对"天在我们头顶上"这个事实也是如此，因为怀疑一切者也怀疑此事；而否认我们能够认识事物的人说，我们并不理解天为什么在我们的顶头上；持这两种看法的人，在数量上无疑最多。

除了这种没完没了的分歧和异议，还有我们的判断使我们自己产生的混乱，以及每个人自己感到的犹豫不决，因此，很容易看到这种判断的基础很不可靠。我们对事物的判断多么不同！我们有多少次改变看法！我今天支持和相信的事，我是以全部信仰来支持和相信的；我用所有的能力和力量坚持这种看法，并竭尽全力为这种看法负责。我为支持和维护任何真理而付出的精力，不会多于为这个看法所用的力气。我完全投入其中，而且是真正的投入，但我曾在同样的条件下支持另一种后来认为是错误的看法，使用的是同样的方法，我这样做不止一次，而是千百次，而且天天如此。人至少应该吃一堑长一智。如果我做出这样的决定时经常露出马脚，如果我的试金石通常失效，我的天平偏颇和不公正，我又如何能保证这次正确而其他几次都错误呢？我听任自己被一个向导愚弄，不是十分愚蠢？然而，命运会让我们东奔西跑五百次，只是把我们的信仰当作罐子，不断清除和填充变化着的看法，而现存的和最后的看法总是确定无疑的可靠看法。为了这种看法，必须抛弃财产、荣誉、生命和永福，也就是一切，

> 最新的发现否定前一个发现，
> 并改变我们对它们的看法。[1]

不管别人对我们鼓吹些什么，不管我们获悉些什么，我们永远必须记住，给予的是人，接受的也是人；易朽者的手把它交给我们，接受它的也是易朽者的手。只有来自上天的事物有说服的权力和能力，只有这些事物才带有真理的标志，但真理不是我们肉眼所能见到，也不是我们的能力所能得到：这神圣而又伟大的形象，绝不会存在于如此可怜的住所，除非上帝做好接纳这住所的准备，除非上帝特别开恩，对它进行改造，使它变得坚固。

我们难免会犯错误，因此我们在改变看法时，行为至少应该更加谨慎和克制。应该记住，我们的智慧常常接受错误的东西，而原因正是使用这些经常变化和弄错的方法。

1　引自卢克莱修《物性论》。

然而，方法经常变化并不奇怪，因为只要遇到无关紧要的事，方法就会左右摇摆。确实，我们的智慧、判断以及灵魂的能力，受到肉体的运动和变化的影响，而肉体的变化又持续不断。我们身体健康时，不是比患病时脑子更加清楚、记忆力更强、思想更加活跃吗？我们的灵魂在愉快时看到的事物，不是跟痛苦和忧郁时看到的事物面貌不同吗？您难道认为，卡图鲁斯或萨福的诗句，吝啬而又阴沉的老头读到时，会跟朝气蓬勃的热情青年一样喜欢？阿纳克桑德里德斯国王之子克莱奥梅尼患病，他的朋友们责备他的想法跟以前完全不同，他回答说："我觉得正是如此，因为我已跟健康时不同，人不相同，我的看法和想法也就不同。"我们的法院在审判时，谈到罪犯遇到心情愉快、温和、和善的法官，常常会说这样的话："他交了好运。"因为确实是这样，法官有时判得很严，有时判得很宽，宽大为怀。如果法官从家里出来时痛风发作，或者心里嫉妒，被仆人偷了东西，由于他怒气冲冲，他的判决肯定严厉。令人尊敬的阿雷乌帕果斯议事会[1]在晚上判决，是因为担心看到原告的模样会影响公正。空气以及天空的晴朗，也会使我们的心情有所变化，正如西塞罗转引的希腊诗句所说，

　　人的想法改变，是因朱庇特

1　阿雷乌帕果斯议事会是雅典城邦最早的贵族议事会。因设于雅典卫城西北阿雷乌帕果斯山，山名意为"阿瑞斯（战神）之山"，故又译为战神山议事会。系雅典城邦国家早期的实权机构，享有"保卫宪法"的重大特权，执政官等高级官职皆从贵族中产生，实为贵族寡头政治的核心。

洒落的充沛阳光并不相同。[1]

改变我们判断的不仅是发烧、饮酒和我们身体的严重不适，世上微不足道的事都会使其改变。不容怀疑的是，如果说持续不退的高热会损害我们的心灵，间日疟[2]也会因疾病的轻重使它产生相应的变化，虽然我们未能感觉到。如果说中风使我们完全丧失知觉，不应该怀疑的是，感冒也会使知觉受损，因此，我们在一生中判断稳定的时间很难有一个小时，原因是我们的身体在不断变化，身体的机能又如此繁多，据医生们说，很难有一种机能永远不出毛病。

目前，这种病没有到最后无法医治的阶段就很难发现，因为理智畸形、不稳而又扭曲，既能跟谎言也能跟真理同行。因此，很难发现它的错误和偏差。我总是把理智称为每个人心中的这种推理的表象：这种理智，对同一个主题可以有一百种不同的看法，是一种用铅和蜡制成的工具，可以伸长、弯曲，使其符合各种方法和各种度量，只要善于塑造它就行。一位法官不管意图多么善良，如不严于律己——很少有人会花时间这么做——不仅是为了照顾友谊和亲戚，为了美色和报仇这样重要的事，偶然的影响也会使我们偏向一人而不是另一人，这些情况都使我们在没有得到理智同意的情况下在两件相同的事情中做出选择，或者在不知不觉中影响判断，对一个案件做出有利或不利的判决，使天平

1　　出自荷马《奥德赛》，由西塞罗译出，奥古斯丁在《上帝之城》中转引。
2　　间日疟是一种疟疾，每隔四十八小时反复发作。

朝一边倾斜。

我严格审视自己，眼睛不断盯着自己，仿佛没有其他事情可做，

> 他并不在乎冰冷的大熊星座下哪位国王令人惧怕，
>
> 提里达特惊恐万状的又是何事，[1]

我几乎不敢承认我有这些弱点和缺点。我的脚站立不稳，摇摇晃晃，容易摔跤；我老眼昏花，饭前饭后的自我感觉判若两人；如果我身体健康，又逢天气晴朗，我就十分随和；如果脚趾上鸡眼难受，我就会脸色阴沉，粗暴无礼，令人难以接近。马的脚步相同，可我有时觉得难受，有时却觉得轻松；道路相同，这次觉得很短，下次却觉得很长；行事的方法相同，有时觉得愉快，有时并不愉快。我有时什么事都想去做，有时却什么都不想干；此刻我觉得愉快的事，很快就会觉得难受。我的心灵会有上千种轻率和任性的想法。我或者郁郁寡欢，或者怒气冲冲，而在这些情绪的影响下，我有时悲伤，有时狂喜。我拿起书阅读，有时看到一段文字极其优美，我的心灵为之激动，下一次又看这本书，虽然翻来翻去，反复阅读，却觉得文字陌生而又混乱。

在我自己的著作中，我也并非总是能找到我最初的想法：我不知道自己原来想说什么，就往往急于修改，并加上新的含义，

1　　引自贺拉斯《歌集》。提里达特是亚美尼亚国王的姓，最著名的是提里达特二世（？—314），曾皈依基督教。

因为我已忘记最初更有价值的含义。

我只是在原地踏步，我的理智并非总是在前进：它是在徘徊和游荡，

> 犹如一叶轻舟，
>
> 在大海中遇到狂风。[1]

有许多次（而且我乐意这样做），我为了锻炼和消遣，用我的智慧支持一种跟我的看法相反的看法，我对这种看法专心致志地进行研究，觉得很有道理，就认为我当初的看法没有道理，并将其抛弃。我可以说是被吸引到自己倾向的一面，而不管这种倾向如何，我被自己的重力吸引后带走。

每个人如像我这样自省，就会在谈到自己时说出相同或大致相同的话。布道者知道，他们在布道时产生的激情，会巩固他们的信仰，而我们在愤怒时，会更加专心致志地捍卫我们的论点，对论点胸有成竹，说的时候慷慨激昂，比我们心平气和时说得更加激情洋溢。您把一桩案子告诉律师，他在回答您时犹豫不决，举棋不定，您感到他毫不在乎，可以为任何一方辩护；如果您给他付出高额报酬，要他对案子深入研究，放在心上，他是否会对案子发生兴趣，更加热心？他的理智和知识都变得热情洋溢，明显而又不容置疑的真实情况就会呈现在他的理智面前，他会在其中有全新的认识，他真心诚意地相信这点，并说服自己。

1　引自卡图鲁斯《卡尔米娜》。

我甚至在想，是在对付官方的压力和临近的危险时因愤慨和顽强而产生的热情，还是对自己声誉的看重，才使一个人会冒着被判火刑的危险去维护一种看法？而他无拘无束地身处朋友中间时，绝不会为这种看法而烫痛自己的手指。

我们的心灵在肉体激情的影响下受到的震荡，对心灵有很大影响，但更大的影响来自心灵自己的激情，它受到的影响如此之大，我们甚至可以认为，它的运动都源于它自己刮的风，没有这种风，它就会静止不动，如同大海上一艘船，无风不会颠簸。根据逍遥派的学说支持这种看法的人，不会对我们多加指责，因为众所周知，心灵最美好的活动来自并需要激情推动。他们说，勇敢在愤怒时才会出现。

> 埃阿斯一直勇敢，尤其在狂怒之时。[1]

人不愤怒，打击坏人和敌人就不会有力[2]；律师要唤起法官的愤怒才会得到公正的判决。激情使地米斯托克利和德摩斯梯尼付诸行动，促使哲学家们通宵达旦工作，到处讲学，鼓动我们追求荣誉、知识、健康，去做有益的工作。心灵的懦弱，使我们忍受烦恼和挫折，也能使良心后悔和内疚，并使我们感到，上帝降灾难是为了惩罚我们，以纠正政治上的错误。同情使我们宽大为

1　引自西塞罗《图斯库卢姆谈话录》。这里指大埃阿斯，希腊传说中萨拉米斯王特拉蒙之子。特洛伊围城战中的希腊英雄，臂力及骁勇仅次于阿喀琉斯。曾与特洛伊主将赫克托耳一对一决战，未分胜负。

2　参见西塞罗《图斯库卢姆谈话录》。

怀，畏惧提醒我们要保全和克制自己；有多少好事是由雄心壮志促成？又有多少是由自命不凡成全？总之，任何杰出和勇敢的美德，都带有某种放荡的激情。上帝施与我们的善行，都会因激情使我们不得安宁，而激情如同刺激和鼓励，使心灵去遵从德行，这不就是伊壁鸠鲁派要上帝别来管我们事务的一条理由？要么他们有别的看法，把激情看成风暴，可耻地刮走心灵的安宁？"平静的大海，看不出有丝毫波涛，同样，可以肯定，心灵平静如镜，是在毫无干扰之时。"[1]

我们的各种激情，向我们呈现那么多不同的感觉和理由，那么多对立的想法！变幻不定的事物，因其条件容易处于混乱之中，只是被迫才跟在后面迈出一步，我们又能从这种事物中得到怎样的保证？如果我们的判断受疾病控制并受到干扰，如果它因狂热和轻率被迫接受事物的印象，我们又能期待它有多少可靠性？

哲学认为，人在勃然大怒、兴高采烈和丧失理智时会做出惊天动地的事，跟神祇所做之事相近，这种看法不是有点胆大包天？我们在丧失理智和昏昏沉沉时才会变得更好。狂热和睡眠，竟然是使我们自然而然地进入神殿和预见人的命运的两条道路。这真是有趣的事：激情使我们的理智四分五裂，我们却变得道德高尚；狂热或死亡的形象把理智清除，我们却成了预言家和先知。相信哲学的这种看法，我真是极其乐意。这纯粹是一种热情，神圣的真理让哲学思想违背通常的论点，认为我们心灵的安

1　引自西塞罗《图斯库卢姆谈话录》。

326

宁和宁静，即哲学能为心灵获取的最圣洁的状态，并非是最佳状态。我们醒着比睡着时还要昏昏沉沉，我们的智慧不如疯狂时明智。我们的梦想比我们的推理更有价值。我们所处的最差的地方，是在我们自身之中。

但是，我们要有智慧就能发现，宣称理智在脱离人的时候是如此充满远见卓识、如此伟大和如此完美，而在人的脑子里时又是如此俗气、无知和蒙昧，这种话是在谈理智，而理智就是俗气、无知和蒙昧的人的一部分，因此，这种话不值得相信也无法相信，而哲学不就是持这种看法？

我对狂热的激情没有很多体验（因为我生性懦弱、笨拙），这种激情大多突然在心灵中出现，使心灵没有时间去识别。但是，据说激情会在无所事事的青年心中产生，虽说产生得缓慢而又节制，但也十分明显地对试图反抗其诱惑的人们表明它有改变我们判断的力量。我以前曾全力抵御它的进攻并试图战胜它（因为我远非喜欢恶习之人，我不让自己接近恶习，除非被其吸引）；我感到自己虽然抵抗，激情仍然产生、增强，最后把我抓住和占有，而我意识清楚，充满活力，因此，在一阵陶醉之后，我开始感到事物的形象跟平时不同；我明显地看到，我渴望和追求的客体的优点越来越多，并在我的想象中不断增加，我感到我的工作变得容易，我的理智和意识却在退步，但在这欲望之火消失之后，我的心灵如同被闪电照亮，一时间又恢复另一种看法、另一种状态和另一种判断；我感到无法放弃工作，同样的事物在我看来，其格调和面貌跟我欲望强烈时完全不同。这两种状况，哪一种更加真实？皮浪对此一无所知。我们不会永不患病。患热病会时热时冷，而在激情火热之后，我们也会落到冰冷的境地。

我往前冲如何用力，往后退也如何卖力：

> 如同大海回荡的波涛，
>
> 时而冲向陆地，覆盖了岸边岩石，
>
> 激起浪花，浸没了大片弯曲的沙滩，
>
> 时而急速退落，卷走了许多卵石
>
> 留下了一片裸露的海岸。[1]

另外，我知道自己想法多变，就产生一些固定不变的想法，但并未改变最初的自然想法。不管新的想法有多少诱惑力，我也不会轻易改变原来的想法，担心会得不偿失。我不会选择，就像别人那样选择，占有上帝赋予我的地位。否则的话，我就会不断改变自己的看法。这样，我依靠上帝的仁慈，才得以完好无损地保存自己的想法，在经历了我们这个世纪中如此多的派别和分裂之后，并未动摇先前对我们宗教的信仰。古人的著作，我是说充实而又可靠的优秀著作，使我几乎唯命是从；我最后读到的作者，总是使我最信服；我觉得他们每个人都有道理，虽说他们意见不同。聪明人可以轻而易举地使他们想说的事显得可信，因此，任何事都能被他们说得光彩夺目，来欺骗我这样单纯的人，这显然说明他们的论点软弱无力。天空中的星星三千年来在我们周围运行，这点所有人都相信，直到萨摩斯的克利安提斯，或者

1　引自维吉尔《埃涅阿斯纪》。

据提奥弗拉斯特的说法是叙拉古的尼塞塔斯，认为地球穿过黄道带的斜圈绕轴自转；在我们这个时代，哥白尼确定了这个学说，并常常用来进行各种天文计算。除了知道这两种看法中哪一种更有价值对我们来说已无关紧要，我们从中还要记住些什么呢？又有谁知道，一千年后是否会有第三种看法来推翻这两种看法？

> 就这样岁月流转，星移物换，
>
> 一度身价高贵，如今风光不再。
>
> 接着他物出现，被人刮目相看，
>
> 天天有人孜孜追求；新的发现，
>
> 世人交口称赞，赏识备至。[1]

因此，一种新的学说呈现在我们面前时，我们会有充分理由表示怀疑，并看到在这种学说出现之前，一种相反的学说也曾风行一时，既然它被新的学说推翻，将来也会有第三种学说把第二种学说推翻。在亚里士多德提出的原则时兴以前，其他原则也曾使人的理智心满意足，如同现在使我们满意的这些原则。这些原则到底有什么特权，使我们不能有其他发现，并让我们在将来也要永远相信？其实它们也会出局，如同旧的原则。

当有人把一种新的想法强加给我，而我又找不到满意的办法来加以否定时，我就认为，我无法驳倒的看法，也许别人能够驳倒，这是因为，相信我们无法弄清的所有迷人的看法，是十分幼

1　引自卢克莱修《物性论》。

稚的。而如果相信，那么，所有头脑简单的人——而我们都是这种人——就会像风向标那样时刻改变看法，因为心灵软弱，无抵抗能力，会不断被迫接受新的印象，最新的印象总是消除前面印象的痕迹。一个人认为自己软弱无力，就应该按照惯例回答说，他会根据自己的理解来判断新的看法，或者向知识渊博的人请教。

医学存在于世已有多久时间？有人说出了一个新人，名叫帕拉切尔苏斯[1]，他改变并推翻了古代医学的所有规则，认为在此之前医学只是用来杀人。我认为他能轻易证明这点，但若要用我的生命来证明他的新经验，我觉得并非是聪明的做法。

箴言说，不能相信每个人，因为每个人都会说出各种各样的话。

一个进行创新和改革的自然科学家不久前对我说，古人对风的本质和运动都犯有明显的错误，如果我愿意听他说下去，我显然会弄清事情的真相。我耐心地听了他那些十分可信的论据之后，就对他说："这么说，以前根据提奥弗拉斯特的定律航行的人，船向东开时，其实是在往西航行啰？他们是往前还是往后航行？"他回答说："他们方向对了是侥幸，尽管如此，他们还是弄错。"于是我反驳他说，在这种情况下，情愿相信自己的经验，而不是相信自己的理智。然而，经验和理智经常相互矛盾。有人对我说，几何学（被认为在各种学科中最为可靠）有一些不容置

1　　帕拉切尔苏斯（1493—1541），瑞士医师、炼金术士。他的名字意为：赛过一世纪罗马名医切尔苏斯。他发现并使用了多种新药，促进了药物化学的发展，对现代医学，包括精神病治疗的兴起做出了贡献。著有《外科大全》。

疑的论证，却推翻了经验得出的真理。例如，雅克·佩尔蒂埃[1]在我家对我说，他找到两条相互靠近会相交的线，但他还是证明它们永远不会相交。皮浪派使用他们的论证和理智，只是为了否定经验得出的真理。令人惊讶的是，我们的理智竟能用如此巧妙的办法去推翻明显的事实：他们确实证明，我们纹丝不动，不会说话，没有重量和热量，而且证据确实、有力，就像我们在证明确实存在的事物时使用的论据。托勒密[2]是伟大的人物，他确定了我们世界的界限；古代哲学家都认为自己知道世界的界限，只是对个别的岛屿不了解。怀疑宇宙志以及这个领域中大家接受的种种看法，在一千年前就是像皮浪派那样怀疑一切。认为存在不同的看法，那就是异端邪说，而在我们这个时代，一块巨大的陆地不是一座岛屿或一个国家，而是世界的一个部分，其大小几乎跟我们已知的部分相同，而且不久前才发现。现在的地理学家又立刻向我们保证，现在陆地已全都被发现，全都被看到，

因为到手的东西我们喜欢，似乎也是最好。[3]

1　雅克·佩尔蒂埃（1517—1582），法国诗人、评论家。他对希腊和拉丁诗歌的了解和爱好影响了"七星诗社"的法国诗歌改革派。在所译贺拉斯《诗艺》的前言和自著《法国诗诗艺》中，他提出自己关于法国诗歌改革的主张。他还写过关于数学和拼写改革的重要著作。蒙田在家里接待他，可能是他于一五七二年至一五七九年在波尔多居住期间。这里说的是双曲线。

2　即托勒密·克罗丢（约100—约170），古希腊天文学家、地理学家、数学家。将当时各家积累的天文学知识加以系统化，完成"托勒密体系"。主要著作《天文学综论》，论述其"地心说"体系。直到十六世纪哥白尼"日心说"体系（《天体运行论》）问世，"托勒密体系"方被推翻。所著《地理学指南》八卷，试图以数学方法测定经纬度，对总结当时的数理地理知识有一定贡献。

3　引自卢克莱修《物性论》。

既然托勒密因推理的基础不对而犯了错误，那么，我今天还去相信这些人说的相同的话，这是否愚蠢，另外是否也不能相信，我们称之为世界的巨大物体，完全不是我们所认为的那样。

柏拉图认为，这世界想方设法改变面貌；天空、星星和太阳的运行路线，有时跟我们看到的不同，不是自东向西，而是自西向东。埃及的祭司对希罗多德说，从他们第一位国王起，已过了一万一千年（他们给他看了历代国王按真身雕塑的木像），太阳违反常规升起四次，海洋和陆地相互转换，世界的起源并未确定。[1] 亚里士多德和西塞罗的说法相同。我们基督徒中也有人[2]说，世界始终在死亡和重生，而且有好几次，并以所罗门和以赛亚[3]为证，以排除反对意见。反对者认为，上帝过去是无造物的创造主，无所事事，后来不想这样，就开始做事，因此，上帝也会变化。

希腊最著名的学派[4]认为，这世界是个神，由另一个更高级的神创造出来，他有肉体和位于其中央的灵魂，把一批批乐声一直传到世界周围；他神圣，幸福，伟大，明智，永久存在。世界上还有其他神，即大地、海洋、星辰，他们相互和谐地运动，跳着神奇的舞蹈，有时汇合，有时分离，时隐时现，改变位置，时前时后。

---

1   参见希罗多德《历史》。
2   指奥利金（约185—约254），早期基督教神学家，希腊教父哲学的主要代表之一。参见奥古斯丁《上帝之城》。
3   以赛亚是《圣经》中的人物。据《圣经·旧约·以赛亚书》记载，他是古代以色列先知，亚摩斯之子，处于以色列不断遭亚述帝国侵袭、备受苦难的时代，经历了乌西雅、约坦、亚哈斯、希西家四代君王。他严词谴责以色列人的罪恶，预言弥赛亚即耶稣基督的来临，为以色列人指明了希望。
4   指柏拉图创办的学园派。

赫拉克利特认为，世界由火生成，根据命运的安排，在某一天会被焚毁，然后又在另一天重生。阿普列乌斯[1]在谈到人时说："作为个人易朽，作为人种不朽。"[2]

亚历山大写信向母亲转述一位埃及祭司讲的故事，故事出自埃及的纪念碑，这故事说的是古埃及历史悠远，并包含着其他国家的产生和发展的历史。西塞罗和狄奥多罗斯当时说，迦勒底人记载了四十万年的历史；亚里士多德、普林尼和其他人说，琐罗亚斯德[3]生活在柏拉图的时代以前六千年。柏拉图说，赛斯城[4]的居民有八千年历史记录，雅典城在上述塞斯城建城前一千年建成；伊壁鸠鲁说，我们在这里看到的东西，在其他许多地方也同时存在，而且一模一样。他如果看到西印度新大陆和我们的大陆在过去和现在有如此多惊人的相似和相同之处，就会把这话说得更加肯定。

其实，在研究我们对世上各种社会的进程的了解时，我经常惊讶地看到，在距离和时间十分遥远的地方，民间的传说、风俗以及原始的信仰，却有很多相似之处，这似乎并非是因为我们天

1　阿普列乌斯（约125—约180），柏拉图派哲学家、修辞学家和作家，著有《变形记》，记述一个被魔法变成驴的青年的经历。他还写过有关柏拉图的三卷书（第三卷已佚）：《论柏拉图及其学说》和《论苏格拉底的神》。

2　出自阿普列乌斯《论苏格拉底的神》，转引自奥古斯丁《上帝之城》。

3　琐罗亚斯德（约前628—前551），古波斯语作查拉图斯特拉，意为"老骆驼"，其生平众说不一。一说生于米堤亚地区，以祭司为业。三十岁时创立琐罗亚斯德教（即拜火教或袄教或波斯教）。初期信徒不多，后在大夏国王维斯塔巴支持下信徒众多，并传播至波斯各地。死于和"异教徒"的战争中。其生平及教训的记录，后成为琐罗亚斯德教的圣书《阿维斯陀》。

4　赛斯是埃及西部省古城。位于尼罗河三角洲，濒临卡诺匹克（罗塞塔）河畔。战争和织布女神尼斯的主神殿设在该城。它是萨姆提克一世及其第二十六王朝赛斯王朝（前664—前525）继承者统治时的首都。

生的理智。人的思想是奇迹的伟大创造者，但这种相似有一种无法弄清的古怪之处：相似也存在于名称、事件和无数其他事物之中。我们确实看到，西印度的民族据我们所知，从未听说过有我们这些人，但那里却盛行割礼，那里有国家，但不是由男人而是由妇女领导，那里也有我们的守斋和封斋，而且不近女色，那里的十字架以各种方式被人供奉：有的地方把十字架放在墓地，有的地方把十字架特别是斜十字架用于夜间抵御幽灵，有人还把十字架放在儿童的床上驱魔，在深入内陆很远的地方，还能见到高大的木十字架，被当作雨神来崇拜。在那里遇到的一些人，跟我们神甫一模一样，他们戴主教冠，教士独身，用牺牲的动物内脏占卜，不吃鱼肉，在主持仪式时不用通俗的语言，而用一种特殊的语言，他们还有这种信仰，即第一个神是被第二个神即他的弟弟所赶走。有些民族认为，人被创造出来时具有各种品质，后来因犯了罪而被剥夺最初的能力，被迫离开原先的土地，他们的自然环境随之恶化。他们以前曾被天降的洪水淹没，只逃出了少数家庭，躲进山里的洞穴，在里面关了多种动物之后堵住洞口，使水无法流入；他们听到雨停之后，把几只狗放了出去，狗回来时全都干净、潮湿，他们就知道水还没有退得很低，他们后来又放狗出去，看到它们回来时浑身泥浆，就走出洞穴，回到大地居住，发现地上全是蛇。

有个地方的人相信最后审判的日子定会到来，土著对西班牙人极为气愤，因为西班牙人把墓里的尸骨挖出，寻找珍贵的陪葬品，他们说这些尸骨难以拼成完整的骨架。他们只知道以货易货，不知道其他的交易方法，并设有集市和市场。侏儒和畸形人在贵族的宴会上供人消遣，根据鸟的种类来用猎鹰捕猎，横征暴敛，园林精致，街头艺人舞蹈跳跃，用乐器奏乐，使用纹章，有网球比赛、掷骰子和赌博，他们喜欢赌博，经常用自己的人身自由作为赌注，医学只是巫医，使用象形文字，相信存在第一个人，是众人之父，崇拜一个神，该神从前过着人的生活，保持童贞，守斋和苦修，宣扬自然规律和宗教仪式，并非自然死亡就在人间消失；他们相信巨人，喜欢豪饮，把尸骨和骷髅用作宗教饰物，他们穿宽袖白色法衣，用圣水刷洒圣水；妻子和仆人争着要焚烧后为死去的丈夫或主人殉葬；法律规定，长子继承所有财产，弟弟一无所得，只能服从长兄；他们有一个习俗，在升任某些高官后，必须放弃原有的姓氏，用一个新的姓氏；他们还有个习惯，把石灰倒在新生婴儿的膝盖上，并对他说"你来自尘土，将回归尘土"；他们还有鸟占术。[1]

对我们宗教的仿效，可以在这些例子中看到，表明其尊严和神圣，因为基督教不仅通过模仿渗入不信教的所有民族之中，而且还因某种超自然的共同感悟而渗入那些野蛮人中。确实，野蛮人也相信炼狱，但形式不同：我们认为炼狱中是火，他们认为是寒冷，在他们的想象之中，灵魂在严寒中被净化和受到惩罚。这个例子使我想到另一种有趣的区别：这些地区的有些民族喜欢龟头外露，就像穆斯林和犹太人那样行割礼，而另一些民族恰恰相反，不喜欢龟头外露，就用细线把包皮缝好，不让龟头外露。我还想起另一种区别：我们在庆贺国王和庆祝节日时都穿上自己最

1　　古罗马人在天空中划定一个三角形，鸟从右面飞入三角形是吉兆，从左面飞入是凶兆。

漂亮的衣服，而在有些地区，为了向国王表示自己的卑贱和顺从，臣民们穿着破旧衣服去觐见国王，走进宫殿时，他们把破旧衣服穿在漂亮的衣服上面，让国王一人显得光彩夺目。

但我们还是继续中断的叙述。

如果大自然在它的不断运动中限制人的信仰、判断和看法，如同它对其他事物所做的那样，如果信仰、判断和看法跟白菜一样，也有其演变周期、季节，会产生和死亡，如果上天能随心所欲地影响和改变它们，那么，我们不断赋予它们的永久不变的权威性又有什么价值？我们凭经验得知，我们的形体取决于出生地的空气、气候和土地，不但肤色、身材、性格和行为方式，心灵的能力也是如此。韦格提乌斯[1]说："气候不仅能使身体强壮，而且能使思想活跃。"[2]雅典城的女神在建城时选择气候能使人聪明的地方，如同埃及祭司对梭伦所说："雅典的空气清纯，因此，雅典人以机智著称，底比斯空气沉浊，因此那里的居民被认为粗犷而又精力充沛。"[3]因此，正如结出的果实和生出的动物各不相同，人出生后也是这样，好斗、正直、稳重和听话的程度不同；这里的人嗜酒，那里的人喜欢偷窃或生活放荡，这里的人迷信，那里的人不信神，这里的人喜欢自由，那里的人甘受奴役；在有些地方，人们精通一种学问或艺术；人有的粗俗有的机灵，有的服从有的叛逆，有的善良有的凶恶，这要看他们居住何处，他们如迁居他

1　韦格提乌斯（活动时期为公元4世纪），古罗马军事专家。其军事论文《罗马军制》，鼓吹恢复传统体制，但对罗马日益衰落的军事机构影响甚微。不过，其围攻战术为中世纪兵家所重视，被视为欧洲的军事经典著作，译成多种语言。

2　出自韦格提乌斯《罗马军制》。

3　引自西塞罗《论命运》。

处，性格也会改变，就像树木那样；正因为如此，居鲁士国王不准波斯人离开他们贫瘠、多山的故土，迁往气候温和的平原，并对他们说，肥沃、潮湿的土地会使人变得软弱，丰产的土地会使人思想贫乏。如果我们看到，受上天的某种影响，有时一种艺术繁荣，有时另一种艺术繁荣，某个世纪会产生某一种人，使人类养成某种习惯，人的思想有时丰富有时贫瘠，如同我们的田地，那么，我们不断吹嘘的这种美好的特权又会变成怎样？既然一个聪明人会犯错误，一百个人乃至许多民族也是如此，同样，既然在我们看来，人的本性在好几个世纪以来都在这件事或那件事上犯错误，那么，我们又如何能保证它有时不犯错误，即在这个世纪不犯错误？

在证明我们弱点的证据之中，我觉得不应忘记这个证据：人在欲望中无法确定自己需要什么。我们不是在享乐中，甚至在想象和期望时，也不能对需要什么才能使我们满意这个问题有一致的看法。即使让我们的思想随心所欲地选择喜欢的东西，它也不会去要它确实需要并能得到满足的东西：

是理智在驾驭我们的惧怕和欲望？
你能根据吉兆来想出何种计划，而不会后悔
你所做之事，即使成功也是如此？[1]

正因为如此，苏格拉底只要求神祇把他们认为对他有用的东

---

1   引自尤维纳利斯《讽刺诗集》。

西给予他。[1]斯巴达人公开和私人祈祷时，只要求赐予他们美好和有用的东西，并由神祇挑选[2]：

> 我们要求有个妻子生儿育女；
> 但只有上帝知道孩子和妻子是什么模样。[3]

基督徒则祈求上帝让神意得以实现，以免陷入诗人们叙述的米达斯国王[4]的困境。他要求神祇赐予点物成金的法术。他的愿望得以满足：他的酒、面包、羽毛床垫、衬衣和外衣都变成金子，但愿望满足后却无法生活。他只好求神祇恢复原状，

> 这种新奇的灾难使他惶恐，他固然富有，却并不
> 快活，
> 他想逃离财富，并痛恨他祈祷得来之物。[5]

现在来谈谈我自己。我年轻时最希望命运能使我加入圣米迦勒骑士团，因为这在当时是法国贵族的最高荣誉，十分罕见。[6]命运使我如愿以偿，但有趣的是，它并没有要我提高自己的身价，而是对我十分宽宏大量，把入团的要求降低到我力所能及的

1　参见色诺芬《回忆苏格拉底》。
2　参见柏拉图《阿奇拜得篇之二》。
3　引自尤维纳利斯《讽刺诗集》。
4　米达斯是希腊神话中的弗里吉亚王。贪恋财富，求神赐予点物成金的法术，酒神狄俄尼索斯满足其意愿。
5　引自奥维德《变形记》。
6　圣米迦勒骑士团，参见本书中卷第七章。

程度！

克莱奥毕斯和比顿祈求他们的女神，特罗福尼奥斯和阿加梅德斯祈求他们的男神，对他们虔诚的奖赏却是死亡，对我们需要什么的看法，神祇和我们是多么不同。[1]

上帝会赐予我们财富、荣誉、长寿和健康，但有时却会损害我们，因为我们喜欢的东西并非总是对我们有益。如果上帝没有治好我们的病，而是使我们死亡或病痛加重，"你的杖、你的竿都安慰我"[2]，上帝这样做是根据天意，因为他比我们更清楚地知道我们需要什么；我们应该从好的方面来看此事，因为这是由一只十分明智而又友好的手做出：

> 你要听我的忠告，
> 那就让神祇去选择适合我们、
> 对我们的事有利的东西：
> 人在神祇看来，比在人自己的眼中还要珍贵。[3]

向神祇祈求荣誉地位，就是请求他们让你去参加战斗或掷骰子赌博，或是去做结果不明、好处不清的其他事情。[4]

哲学家之间最激烈的斗争，无疑是争论什么是人的至福，据

1　克莱奥毕斯和比顿是亚哥斯人，不但十分富裕，而且有强大的体力，在竞技会上都得过奖。亚哥斯人为希拉女神举行盛大祭典，他们把母亲乘坐的车拉到神殿。母亲对他们的表现十分赞赏，就请女神把世人能享受的最大幸福赐予他们。于是他们就奉献牺牲，在此离开人世。参见希罗多德《历史》第一章第三十一节。
2　引自《圣经·旧约·诗篇》第二十三篇第四节。
3　引自尤维纳利斯《讽刺诗集》。
4　参见色诺芬《回忆苏格拉底》。

瓦罗统计，这种争论产生了二百八十八个学派。

　　　　对人的至福意见不一，就是对哲学的原则意见
　　不一。[1]

　　　　我觉得就像看到三个顾客
　　　　因口味不同而点三个不同的菜。
　　　　应该给他们什么，不给他们什么？一个客人点的
　　　　你不要吃，你点的其他二人又觉得酸得难吃。[2]

　　大自然就应该这样回答哲学家们的争论。
　　有些人说我们的至福在于美德，另一些人说在于享乐，还有
些人说在于适应大自然；有人认为，至福是有学问，有人认为是
没有痛苦，有人认为是不受表象迷惑。（跟这种说法相同的似乎
是古代毕达哥拉斯的看法，这也是皮浪派的最终目标。）

　　　　处之泰然，努马基乌斯，
　　　　几乎是保存幸福的唯一方法；[3]

亚里士多德认为，处之泰然是心灵高尚的表现[4]。阿尔克西劳说，

1　　引自西塞罗《论善与恶之定义》。
2　　引自贺拉斯《书简》。
3　　同上。
4　　参见亚里士多德《尼各马可伦理学》。

判断有抵抗力和坚韧不拔是好事，让步和顺从是坏事和恶习。[1]确实，他在肯定这点之后，就跟皮浪学派分道扬镳。皮浪学派在说至福在于不动心，即判断终止时，并不想肯定地说出，但他们的这种心态，使他们逃离深渊，处于宁静之中，这种心态使他们产生这种看法，并拒绝其他的看法。

我在有生之年，多么希望有学者如约斯特·利普斯[2]——他是当今硕果仅存的学者，博学而又明智，跟我喜欢的蒂尔奈布[3]属于同一类型——有意愿和健康的身体，并有足够的时间，能把古代哲学家对我们的生存和生活方式的看法真实而又仔细地汇编成册，并收入他们的分歧、各学派的优点和成绩、各学派的主持人和信徒在生活中贯彻他们的学说时有哪些值得记忆的事例。这将是一部美妙而有益的著作！

现在，如果我们从自身中得出我们的道德准则，我们就会使自己混乱不堪！因为我们的理智在这方面对我们提出的最真实可信的要求，是要每个人服从本国的法律，这也是苏格拉底的看法，据他说这看法是受到神的启示。[4]这除了说明我们的责任只有偶然定出的规定，还能说明什么呢？真理应该有普天下相同的面貌。[5]如果人知道正直与正义的实质，他就不会把它们列为某个国家的特殊美德，美德也不会只在波斯人或印度人的思想中形成。任何

1　参见塞克斯都·恩披里柯《皮浪学说纲要》。

2　约斯特·利普斯（1547—1606），佛兰德斯哲学家、人文主义者。参见本书上卷第二十六章。

3　即阿德里安·蒂尔奈布（1512—1565），法国哲学家。

4　参见色诺芬《回忆苏格拉底》。

5　参见塞克斯都·恩披里柯《皮浪学说纲要》。

事物都不像法律那样一直在变化。自从出生以来，我就看到我们的邻居英国人的法律改变过三四次，不但在政治领域（这个领域被认为最不稳定），而且在最重要的领域，即宗教领域。我对此感到羞耻和难受，因为这个民族以前跟我这个地区的居民的关系十分亲密，在我的屋子里至今还存有我们以前的情谊的遗物。

另外，在我们这里，我看到做某件事以前会被判死刑，现在却成为合法[1]；而我们如有其他准则，由于战争的胜负变化，我们有朝一日就可能被认为犯下谋害君主和亵渎神圣的罪行，而司法公正，在短短几年的时间里就可能面目全非。

这位古老的神[2]，如何能更清楚地向人们揭示他们对神的无知，并告诉人们，宗教只是他们想象出来用来维持社会的一种工具，并像这位神所做的那样，向来到神庙的三角支架旁倾听教诲的人们宣示，对每个人来说，真正的宗教是故土的习俗保存的宗教？哦，上帝！我们多么应该感谢造物主的仁慈，感谢他让我们的宗教摆脱了这种偶然产生、难以确定的信仰，并将其建立在他的神圣言论的永久基础上！

那么，哲学在我们所处的这种困难的状况下又会对我们说些什么？要遵守本国的法律？也就是遵守一个民族或一位君主大海般变幻不定的看法，而这种看法会对我描绘出各色各样的公正，并会使公正因民族或君主的激情变化而依次展现各种面貌？我的判断可不会如此多变。一件道德高尚的事，昨天我还看到受人欢

1　指反对法国天主教的神圣联盟的人。在亨利三世维护神圣联盟时，他们这样做有罪，而在亨利三世打击神圣联盟时，他们这样做就合法。

2　指阿波罗。"三角支架"是德尔斐阿波罗神庙的女祭司皮提亚所站的支架，她站在上面宣示阿波罗的神谕或阿波罗对人们提出的问题的回答。

迎，明天就不再受欢迎，而过了一条河流却成了罪行，这到底是怎么回事？

一种真理受高山阻隔，在山的另一边就成为谎言，这到底是什么真理？

但是，哲学家们十分可笑，他们为使法律显得确实可信，就说有些法律令人难忘、固定不变，被他们称为自然的法律，因人的本性而被铭刻在人类之中。这种法律，有些人认为有三种，另一些人说有四种，有些人说更多，另一些人说更少，这说明这件事跟其他事一样并不可靠。然而，他们很"不走运"（既然在无数法律之中，找不到一种法律能交上好运，被所有的民族共同接受，我除了说"不走运"之外还能说什么呢？），我说他们运气不好，因为在选出的三四种法律之中，没有一种不被驳斥和否认，而且驳斥和否认的不是一个民族，而是许多民族。然而，他们能说存在某些自然的法律，所依据的唯一可信的准则，就是得到普遍的同意。大自然真正对我们下达的命令，我们会毫无疑问地一致执行。不仅任何民族，而且任何个人，如有人想让他们违反这种法律，他们都会感到是在采用强制和暴力的手段。那就请他们给我举出能具备这种条件的一种法律吧。普罗塔哥拉和阿里斯顿认为法律公正的主要特点是立法者的权威和看法，他们说，如果去除这点，善良和正直就会毫无意义，成为无关紧要的虚名。在柏拉图的书 [1] 中，斯拉西马库斯认为，除了强者的需要之外，没有其他法律。世上没有其他事情像习俗和法律那样使世人

1　　指柏拉图《理想国》。

的看法如此不同。有的事在这里令人厌恶，在那里却受人称道，譬如斯巴人对偷窃的本领的看法。近亲结婚在我国禁止，违反者会被判死刑，而在其他地方却十分流行：

> 据说有些民族，
>
> 母亲嫁给儿子，父亲娶女儿为妻，
>
> 亲情加上爱情，是越来越亲。[1]

杀子弑父，有妻共享，盗卖物品，寻欢作乐，这些习俗虽然骇人听闻，却不是任何民族都不会接受的。[2]

完全可以相信，自然的法律确实存在，这在其他人中可以看到，但在我们中间却已消失，而人的这种美妙的理智到处插手，想要像主人那样发号施令，因自负和多变把事物的面貌弄得模糊不清。"没有任何东西真正属于我们；我称之为我们的东西，只是一种花招的产物。"[3]

了解事物可以从不同的角度观察，这就是产生各种看法的主要原因。一个民族从一种视角来观看一个事物，并对它产生这样的看法，另一个民族则从另一个视角来观看。

无法想出比吃掉自己的父亲更可怕的事了。但古代的民族却有这种习俗，并将其看成孝心和亲情的证明：他们是在给生父举行最隆重、最体面的葬礼，把父亲的骨肉存放在自己的身体里和

1　引自奥维德《变形记》。
2　参见本书上卷第二十三章。
3　引自西塞罗《论善与恶之定义》。

骨髓之中，通过消化和吸收让父亲的骨肉在他们的体内获得重生。不难想象，对具有这种迷信的人们来说，让父亲的尸骨在土中腐烂，或者抛在牧场让野兽和蛆虫吃掉，是多么残忍和可怕的事情。

来库古认为，要偷窃邻居的财物，需要表现得敏捷、迅速、大胆和灵活，并认为偷窃对社会有益，能使每个人更注意照看自己的财物；他同时认为，培养攻击和防御这两种能力对军事训练有益（这也是他要使人民具有的主要才能和品质），这种益处要比偷窃他人财物造成的混乱和不公正更加重要。[1]

僭主狄奥尼修斯[2]赐给柏拉图波斯式长袍，镶嵌金银丝图案，熏过香料，但柏拉图婉拒，并说他生为男子汉，不愿穿女人的裙子，而亚里斯提卜却欣然接受，并说任何服装都无法遮住真正的勇敢。他的朋友们说他是胆小如鼠，即使狄奥尼修斯往他脸上吐唾沫也不会在乎。他就说："渔夫为捕到一条鲍鱼，被浪打得全身湿透也能忍受。"第欧根尼在洗白菜，看到他走过，就对他说："如果你善于过吃白菜的生活，就不会去阿谀奉承一个僭主。"亚里斯提卜回答道："如果你善于跟人们交往，就不会洗白菜了。"由此可见，理智会对各种事情做出十分浅薄的解释。这罐有双耳，要把罐提起，你可以抓住左耳，也可以抓住右耳：

> 哦，好客的大地，你带来的却是战争；
>
> 你的马匹为战争装备起来，用战争威胁我们。

1　　参见普鲁塔克《来库古》。

2　　指叙拉古僭主狄奥尼修斯一世。

而这些牲畜最初是套在车上，

用笼头套在一起，亲密地往前走着；

这样就有了和平的希望。[1]

有人请求梭伦，在儿子死后，不要有气无力地流出几滴无用的眼泪。他说："正因为眼泪有气无力而又无用，我流出几滴才更加合理。"苏格拉底的妻子更加痛苦地叫道："哦，这些恶毒的法官让他死得真是冤枉！"苏格拉底回答道："你难道情愿我死得不冤枉？"

我们在耳朵上穿孔戴耳环，而古希腊人认为这是奴隶的标记。我们躲在屋里跟妻子寻欢作乐，印度人则在大庭广众之下干这种事。西徐亚人在他们的庙宇里宰杀外国人作为祭品，而在其他地方，庙宇是避难之处。

民族间相互敌对，是因为

每个国家都痛恨邻国崇拜的神祇，

并认为只有自己崇拜的神祇才是真神。[2]

我听人说起一位法官，如果遇到的问题是巴尔托洛[3]和巴尔

1　引自维吉尔《埃涅阿斯纪》。

2　引自尤维纳利斯《讽刺诗集》。

3　即萨索费拉托的巴尔托洛（1313—1357），意大利法学家。他是佩鲁贾地方的律师和法学教师，是十四世纪中叶意大利北部一批著述民法（罗马法）的法学家所组成的注释派或评论派中最杰出的人物。他和同事们一般研究广泛的法律思想（来源于六世纪拜占庭查士丁尼一世皇帝的《民法大全》和教会法），而不像以前的注释派那样阐释片段或甚至个别单词。在他任期内，佩鲁贾的法律学院可以和博洛尼亚的法律学院媲美。

多[1]激烈争论的题目，或者遇到的问题存在着各种不同的看法，他就在书页的白边上写下"友情问题"，意思是说，真理混乱不清，争论不休，在这种情况下，他喜欢争论的哪一方就会赞同哪一方。他如果更加幽默，更有学问，就会到处写上"友情问题"。当代的律师和法官在所有案件中都能找到很多转弯抹角的方法，用他们觉得合适的方式来进行处理。像法学这样复杂的学问，取决于众多权威的看法，而研究的课题又是任意选定，这样就很可能对判决产生完全不同的看法。因此，没有一个案件是一清二楚的，不会引起不同的看法。一个法庭判决之后，另一个法庭做出完全不同的判决，第三次的判决又跟第二次相反。于是，我们常常看到这种情况，那就是宣布的判决无法执行，人们为了同一个案件求助于不同的法官，这样就大大损害了我们的司法权威，并使其黯然失色。

至于哲学上对恶习和美德的不同看法，则不需要加以发挥，其中的许多看法，还是不谈为好，不要让经验不多的人知道。阿尔克西劳说，在性爱方面，跟谁干和如何干都不重要。"性爱要有乐趣，在生理有需要时，就不必考虑种族、地点和地位，而要考虑优雅、年龄和美貌，这是伊壁鸠鲁的看法。"[2]"他们甚至认为，有益健康的性爱，也适合于贤者。"[3]"让我们来看看，年轻人在哪个年龄之前会被人喜爱。"[4]

1　　巴尔多（1327—1400），意大利法学家。在博洛尼亚、佩鲁贾等地教授法学三十余年，著述甚丰。

2　　引自西塞罗《图斯库卢姆谈话录》。

3　　引自西塞罗《论善与恶之定义》。

4　　引自塞涅卡《致卢齐利乌斯》。

这后面两条斯多葛派的看法，以及狄凯阿科斯在这方面对柏拉图的指责，都说明最有益于健康的哲学，也允许违背习俗的做法。

法律的威力在于存在和使用的时间，把它们局限于最初的用途是危险的。法律如同我们的河流，越流就越宽阔、雄伟，溯流而上直至源头，只是无声无息、依稀可见的一条小溪，在成长中积累力量，成为壮观的河流。请看最初的看法是如何产生这股强大潮流，这潮流现在令人肃然起敬，但你将会看到，这些看法很不可靠，而且毫无价值，因此并不奇怪的是，那些用理智来衡量和评价一切的人，不会相信任何事物和权威，他们的判断也就往往跟民众的判断相距甚远。这些人把大自然赋予的最初面貌作为楷模，因此毫不奇怪的是，他们大部分看法都与众不同。譬如说婚姻，他们中很少有人同意我们对婚姻的严格条件，他们大多主张妻子共有，男女之间的关系不受任何限制。他们反对我们的仪式。克里西波斯说，一个哲学家为得到十二枚橄榄，可以当众翻十二个筋斗，甚至光着屁股翻。不过，他因为看到希波克利德斯在一张桌上叉腿倒立，而不禁劝说克利斯特纳别把漂亮的女儿阿加里斯塔嫁给他。

梅特罗克勒斯[1]在争论时，不慎当着他弟子们的面放了个屁，就羞愧地躲在家里，直到克拉特斯登门拜访。克拉特斯安慰他，用各种理由说服他，最后，为表示自己毫不拘束，就跟他比赛谁的屁放得多，这样消除了他的顾忌。另外，克拉特斯让他加入更

1　梅特罗克勒斯（活动时期为公元前 3 世纪），古希腊哲学家。

加自由的斯多葛派，脱离他一直追随的讲究礼节的逍遥派。

我们称为"淫秽"的事，是我们不敢公开做的事，古人把暗中去做称为蠢事，并认为隐瞒不说是一种恶习，是在谴责大自然、习俗和我们的欲望要求我们做的事情。他们感到，把维纳斯的秘密从圣殿的隐匿处清除，让它们展现在民众的眼前，是对这种秘密的亵渎，不加掩饰地展示她的戏耍，是对戏耍的侮辱（在他们看来，羞怯是相对的，这种事是否需要隐瞒、遮盖、沉默，则取决于如何看待）。他们认为，淫乐的巧妙办法，是要以美德为幌子，虽然不能像在小客厅里那样舒服和方便，也不能在十字路口淫乱，以免受到众人鄙视。因此有些人说，关闭妓院，不仅会使到处都有淫荡的行为，而且男人们会因难以满足欲望而更耽于恶习：

> 科尔维努斯，你现在是奥菲迪亚的情夫，
>
> 你以前可是她的丈夫，她现在的丈夫曾是你的
>
> 情敌。
>
> 为什么她是别人的妻子你就喜欢，
>
> 她是你的妻子你就讨厌？
>
> 难道爱情有保证时你反而阳痿？[1]

这种事例成百上千：

1　引自马提雅尔《警句诗集》。

凯基利亚努斯，即使你妻子想红杏出墙，

全城也无人想要碰她；但现在

你把她严加看管，一群追求者将她团团围住。

你头脑真是聪明。[1]

　　有人正巧遇到一位哲学家在干那种事，就问他在干什么。他十分冷静地回答道："我在种人。"回答时脸一点不红，如同在种大蒜时被人看到。

　　有一位写宗教著作的伟大作家[2]，怀有一种令人感动和尊敬的感情，他认为这种行为必须秘密而又羞怯地干，而像犬儒学派那样亲昵地拥吻，就无法使性行为圆满完成，他认为他们模仿色情的动作，只是为了确认他们的学派不承认有羞耻二字，但为了尽情地去干因羞耻而克制和不做的事，他们在其后还是需要隐蔽的场所。但是，他对犬儒学派的淫荡程度没有足够的认识。例如，第欧根尼当众手淫，并希望在旁观者面前，用抚摸腹部来满足他另一种需求。有人问他为什么不找个比街道更合适的地方去吃饭，他回答道："因为我在街上饿了。"他们那个学派的女哲学家，也是毫不知耻地公开委身于哲学家们。希帕基娅在同意做任何事都遵守克拉特斯[3]的规定之后，克拉特斯才接纳她为团体的成员。这些哲学家极其重视美德，拒绝伦理学以外的其他学说，他们在一切行动中，都把他们的贤者的决定作为最高准则，甚至

1　引自马提雅尔《警句诗集》。

2　指奥古斯丁。参见《上帝之城》。

3　即底比斯的克拉特斯（约前365—约前285），犬儒学派哲学家，第欧根尼的学生。

把它看得高于法律，他们对淫欲的约束，只是出于节制和尊重别人的自由。

赫拉克利特和普罗塔哥拉看到，酒给病人喝苦涩，给健康人喝可口，船桨在水里看是弯曲的，出了水看却是直的，他们看到被感知的事物的这些截然不同的表象，并得出结论，认为这些表象的原因存在于所有事物之中，酒有点苦跟病人味觉相符，船桨弯曲则跟看到船桨在水里的人有关。[1] 其他的事也是如此。这就是说，一切都存在于一切之中，因此，无不存在于任何事物之中，因为有一切的地方不会有无。

这种看法又使我想起我们常有的经验，那就是任何意义和外貌，如直的、苦的、甜的、弯的，我们的思想都能在所读的书中找到。在最确切、清楚和完美的词语中，会出现多少错误和谎言！有哪种异端邪说没有找到足以产生和维持的基础和证明？正因为如此，犯有此类错误的人绝不愿意放弃一种证明的方法，那就是对词语进行解释。一位身居高位的人物[2]，沉湎于寻找点金石之法，想用《圣经》的权威性向我证明这种探索是合理的，就在最近向我引述了《圣经》中的五六节文字，并说这是他问心无愧的主要依据（因为他是神职人员）；确实，他的异想天开不仅可笑，而且也十分适用于捍卫这种臭名昭著的学问。

预卜先知者的无稽之谈，就是以这种方式取得人们的信任。

---

1   参见塞克斯都·恩披里柯《皮浪学说纲要》。
2   指弗朗索瓦·德·康达勒（1512—1594），埃尔市镇的主教，是富瓦家族成员，蒙田跟这一家族关系密切。他曾任波尔多高等法院的推事，跟蒙田一样于一五七〇年辞职，后任主教。

对预言者，只要足够信任他，就会仔细研究他的话的各种细微差别和表达方式，就可以让他说出你希望的所有话，就像女巫的神谕一般。确实，有许多不同的解释方法，一个聪明人对任何题材都不难直接或间接找到对他有用的某种含义。

由于这种原因，一种隐晦、含糊的风格从古代起就经常被人使用。只要作者能使后世关注他（不仅因为才能，同样重要或更重要的是因为对题材的偶然兴趣），只要他在目前因愚蠢或精明而表达得含糊其词、自相矛盾，他就不用担心！千百个人会对他仔细检查，从中找出许多跟他的话符合、相近或相反的含义，都会使他声名鹊起。他会因弟子们送礼而变得富有，就像以前圣但尼集市时教师收取酬金那样。

这就使许多微不足道的事物有了价值，让许多著作获得好评，并随心所欲地给它们添加各种含义，同一部作品就有了千百种不同的解释，解释的多少还会因我们的喜好而定。难道荷马会说别人要他说的话，难道他会持有神学家、法学家、船长、哲学家这些职业、知识领域和活动范围各不相同的人赋予他的各种不同的看法？这些人都以他为依据，都引用他的话！他是个多面手，为一切创造和创造者提供灵感！他是一切创举的主要出谋划策者！谁需要神谕和预言，都能在他的著作中找到。一位学者是我的朋友，他在荷马的著作中找到许多对我们宗教有利的文字，真是惊人的巧合，而且这些文字极其出色，因此他没法不相信这是荷马故意为之（确实，他对这位作家十分熟悉，仿佛与他是同一时代的人）。然而，他认为找到对我们宗教有利的文字，许多古人也曾找到过对自己有利的文字。

请看人们对柏拉图耍了什么花招。每个人都以跟他的看法相同为荣，却对他做出自己喜欢的解释。人们认为他持有世上存在的种种新的看法，如有需要，就把他描绘得自相矛盾。人们用他的看法去谴责他那个时代合法的习俗，只是因为这些习俗在我们的时代并不合法。解释者的思想越是敏锐和活跃，这种解释就越是清楚和令人信服。

赫拉克利特以此为基础，认为事物内部包含着它显示的所有特点，他由此得出截然不同的结论，认为事物内都没有我们发现的任何特点；由于蜂蜜对有的人来说是甜的，对另一个人来说却是苦的，他就由此认为，蜂蜜既不甜也不苦。皮浪派会说，他们不知道蜂蜜是甜的还是苦的，还是既甜又苦，因为他们总是怀疑一切。

昔兰尼学派认为，任何事物都无法从外部看到，我们只有接触其内部才能看到，如痛苦和快感；在他们看来，我们无法辨认声音和色彩，只是感受到我们对它们的某些印象，而印象是我们判断的唯一根据。普罗塔哥拉认为，每个人都认为真实的东西才是真实的。伊壁鸠鲁派认为任何判断都在于感觉，对事物的认识和快感都是如此。柏拉图认为，对真实的判断和真实本身，都不同于看法和感觉，属于智慧和思考。

这些话又使我去考虑感觉的问题，因为其中包含着我们的无知最主要的基础和证明。

被认识的一切事物，无疑是因认识者的能力而被认识，既然判断来自判断者的行为，那么，他做出这行为，理所当然地是用他的方法并根据他自己的意愿，而不是被别人强迫，仿佛我们认识事物是被迫的，是根据它们本质的规律来认识。

然而，一切认识都是通过我们身体的感觉来完成，感觉是我们的主子，

> 这是最可靠的渠道，
> 信念来到人心近旁，到达他精神的圣殿。[1]

认识始于感觉，终于感觉。如果我们不知道有声音、气味、光线、味道、衡量、重量、柔软、坚硬、粗糙、颜色、光洁度、宽度、深度，那么，我们的所知就跟石头无异。这是我们知识的大厦的基础和原则。而某些人认为，获取知识只是通过感觉来感知。谁迫使我否认感觉，无疑是在掐住我的咽喉，但我不会后退一步。感觉是人的认识的开始和圆满结束：

> 你会发现真的概念首先来自感觉，
> 而且感觉无法驳倒。
> 难道还有什么
> 比感觉更加可信？[2]

不管认为感觉的作用如何微小，我们都应该承认，我们学习的知识，都是通过感觉并依靠感觉得来。西塞罗说，克里西波

1 引自卢克莱修《物性论》。
2 同上。

斯试图提出截然不同的论点贬低感觉的作用和意义，结果自己却无法反驳他。[1] 在这个问题上，卡涅阿德斯持相反的观点，夸口说他用克里西波斯的武器和说的话来抨击克里西波斯，并因此对着克里西波斯大声说道："哦，你这个可怜虫，你的力量把你毁了！"

在我们看来，最荒谬的看法莫过于认为火不热、光不亮，认为铁不重也不硬；这都是感觉给我们带来的认识，而人的任何认识都不能像这样使人确信无疑。

在感觉的问题上，我的第一个看法是，我怀疑人具有大自然存在的所有感觉。我看到许多动物生活完美，但有的没有视觉，有的没有听觉，又有谁知道，我们是否也缺少了一种、两种、三种或多种其他感觉？因为即使缺少一种感觉，我们的思想也不会发现。感觉有一种优点，那就是我们的感知有其界限，超过了这个界限，我们就无法感知，甚至借助于一种感觉也无法感知另一种感觉，

> 难道听觉能纠正视觉？
>
> 触觉纠正听觉？触觉通过味觉知错？
>
> 是嗅觉还是眼睛会使其他感觉知错？[2]

它们形成我们认知能力的界限，

---

1 参见西塞罗《学园派哲学》。
2 参见卢克莱修《物性论》。

每种感觉都有特殊的能力，

独特的功能。

　　无法跟天生的盲人解释他是看不见的，也无法使他想要恢复视觉并惋惜先天失明。因此，我们也不该确信，心灵对我们具有的种种感觉是满意的，因为心灵即使有毛病和缺点也无法感觉到。对这个盲人，无法用推理、论证和比喻的方法，使他对光线、色彩和视觉有某种概念，也无法使他感知图像。天生的盲人有看到的愿望，并不是因为他们知道自己想要什么；他们是从我们这里得知，他们缺少什么东西，想要我们有的一样东西，这东西他们能说出其作用和后果，但他们不知道这是什么，没有丝毫的概念。

　　我看到过一位出身名门的贵族，他天生失明，至少是幼年失明，失明时还不知道什么是视觉。他不知道自己缺少什么，在谈话中跟我们一样使用有关视觉的词句，但以他独特的方式使用。有人把他的教子领到他面前，他把教子抱在怀里说："天哪！漂亮的孩子！见到他多么高兴！他的脸显得多么开心！"他还会像我们中的一个人那样说："这个客厅看上去漂亮，十分明亮，阳光明媚。"不仅如此，我们在进行打猎、打网球、打靶等娱乐活动，他也很喜欢，就热情地参加，并觉得能像我们一样玩耍；他玩得开心，非常喜欢，虽说对这些活动只是耳闻。有人对他叫道："有一只兔子！"当时大家来到一块平地上，他可以策马前进，过了一会儿，有人对他叫道："一只兔子给逮住了！"他听到别人感到自豪，也十分自豪。打网球时，他左手拿球，用球拍打出去；打火枪时，他朝靶子射击，满意地听到他的仆人们告诉他射高了或射偏了。

　　人类是否因缺少某种感觉而做了类似的蠢事？我们是否因这个缺点而看不到事物的许多面貌？我们是否因此而无法了解大自然的许多造物？动物的许多行为我们无法做出，是否因为我们缺少某种感觉？有些动物的生活比我们更加充实和完美，是否因为有了这种感觉？我们了解苹果，几乎要用到所有的感觉：我们看到它红润、光滑，既香又甜；此外，它可能有其他特点，如会干燥或收缩，我们没有感觉去知道这些特点。我们认为许多事物有神秘的性质，如磁石吸铁，是否可以认为，自然界存在着能识别这些性质的感觉，而我们由于没有这种感觉，才无法了解这种事物的真正本质？公鸡可能具有某种特殊的感觉，才知道天亮和半夜的时间，并发出啼叫声，而母鸡也有某种特殊的感觉，不需要亲身经历就知道要害怕雀鹰，而不必害怕像鹅和孔雀那样更大的动物，并告诉小鸡，猫对它们有恶意，对狗则不用防备，要提防的是悦耳的喵喵叫声，而不是粗声粗气的狗叫声；大胡蜂、蚂蚁和老鼠有某种特殊的感觉，不用尝味道就能找到最好的奶酪和美味的梨；麋鹿、大象和蛇有某种特殊的感觉，知道某些草药能给它们治病。任何感觉都有巨大的能力，可以给我们提供数量无限的知识。如果我们无法辨认响声、和声和说话声，我们对其他事物的认识就会极其混乱。确实，除了每种感觉本身的作用以外，我们依靠一种感觉跟另一种感觉的比较，又能为其他事物得出多少证据、结果和结论！只要让一个聪明人去想象，如果人最初生来就没有视觉，并想到这种缺陷会使人多么无知和混乱，我们迷惑的精神会沉入何等的黑暗之中，我们就会看到，缺少另一种相似的感觉，或缺少两三种感觉，让我们认识真理是多么艰难。我们得出一种真理，是依靠和比较我们五种感觉的结果，但也许需要八种或十种感觉的帮助，才能可靠地发现真理及其本质。

有些哲学学派否定人有可能认识，主要的论据是我们的感觉有不足之处和弱点；确实，既然我们的任何认识都是通过感觉和借助感觉的渠道获得，如果感觉对我们传递的信息有误，如果感觉改变或歪曲了从外界给我们带来的信息，如果通过感觉进入我们心灵的智慧之光在中途变得暗淡，我们就无所凭借。这种巨大的困难，导致了种种错误的看法：每个事物本身包含着我们发现的特点；每个事物本身并没有我们认为有的特点；还有伊壁鸠鲁派的看法，那就是太阳并不比我们看到的更大，

> 不管怎样，月亮在天上运行，
> 并不比我们肉眼看到的更大。[1]

事物离开我们近就显得大，离开远就显得小，这两种看法都对，

> 但我们不认为是眼睛看错……
> 不要因心灵的过失责怪眼睛。[2]

显然，感觉丝毫没有弄错，对感觉应该宽大为怀，应该到别

1　引自卢克莱修《物性论》。
2　同上。

处去找寻原因，以解释我们在它们中发现的差别和矛盾，甚至杜撰别的谎言和荒唐话（他们会出此下策），而不是怪罪于感觉。提马哥拉斯[1]肯定地说，他眯眼观看或斜视，却从未看到双重烛光，有这种幻觉是因为看法有误，而不是因为视觉错误。在伊壁鸠鲁派看来，最荒唐的莫过于否认感觉的力量和作用，

> 因此，在任何时候，感觉到的都是真的。
>
> 如果理智无法解释，
>
> 为什么近看是方远看是圆，
>
> 既然如此，最好还是做出虚假的解释，
>
> 而不是让手放过明显的事实，
>
> 放弃所有信仰中的首要信仰，
>
> 动摇我们的生命和永福的基础。
>
> 因为不仅我们的理智会完全崩溃，
>
> 我们的生命也会毁灭，
>
> 除非我们相信自己的感觉，
>
> 避开悬崖以及
>
> 其他类似的危险。[2]

这种绝望的、并非达观的劝告，只是说明人的认识只有通过轻率的、不合情理的和虚构的解释才得以维持，说明人要抬高自

1　　提马哥拉斯（活动时期为公元前 6 世纪），古希腊伊壁鸠鲁派哲学家。

2　　引自卢克莱修《物性论》。

己，最好还是使用这种解释，以及其他不管如何虚幻的办法，而不是承认自己无法避免的愚蠢，承认这种真相的好处实在太少！人无法逃避的事实是，感觉是他认识的最高统帅，但这些统帅在各种情况下都会犹豫和出错。这就必须进行殊死的斗争，而如果我们缺少真实的力量，而情况也正是如此，在斗争中就得顽强、大胆甚至不顾廉耻。

伊壁鸠鲁派说，感觉到的表象如果是错误的，我们就无法认识；斯多葛派说，感觉提供的表象极其错误，不能使我们有任何认识。如果这两个学派的说法正确，我们就会得出对这两大独断的学派不利的结论，那就是认识是不可能的。

至于感觉的错误和不可靠，每个人都能轻易举出许多例子，因为感觉的错误及对我们的欺骗十分常见。号角声在山谷中回响，虽从远处发出，却仿佛在面前响起：

> 远处群山出现在一片汪洋之中，
> 仿佛是一座孤岛，山与山其实相隔遥远，
> 我们朝船尾观看，仿佛见到
> 平原和丘陵被我们的船超越后离去……
> 我们的烈马停在河流中央，[1]
> 我们觉得马的身体
> 被一股力量推着逆流而上。[2]

1　下面一句未引出，即：而我们俯视激流的浪涛。
2　引自卢克莱修《物性论》。

我们用食指压住一颗火枪子弹，并把中指压在其上，得要强制自己才能承认只有一颗子弹，感觉却有两颗子弹。确实，感觉多次在为推理做主，并迫使推理接受它知道的但认为是错误的印象，这种情况十分常见。

我把触觉问题搁置一边，触觉的作用更加直接、强烈和重要，它用给身体带来的痛苦，多次推翻斯多葛派出色的解决办法，并迫使一人大叫："哦！我的肚子！"此人曾下定决心，坚持一种哲学观点，即腹泻跟其他疾病和疼痛一样无关紧要，绝不会改变贤者用美德赢得的至福。

任何萎靡不振的心，都会因战鼓声和号角声而振奋；任何冷酷的心，都会因悦耳的乐声而激动和生情；任何冷漠的心灵，都会肃然起敬。只要看到我们巨大而森严的教堂，看到教堂里豪华的装饰和宗教仪式，听到管风琴虔信的乐声，以及唱诗班和谐而庄严的歌声，即使进去时带有轻蔑，心里也会有所震动，会激动，并因此而怀疑自己的看法。

至于我，要是听到一位漂亮的年轻人用美妙的声音诵读贺拉斯或卡图鲁斯的诗歌，我也不会无动于衷。芝诺说得对，声音是美的花朵。

我们法国家喻户晓的一个人，在给我朗诵他的诗歌时硬要我承认，这些诗歌在纸上看跟从他嘴里说出并不相同，我的眼睛会做出跟耳朵相反的判断，诵读的影响十分巨大，会使所读的作品显得更有价值和艺术性。在这方面，菲洛克塞努斯[1]确实有随机

1　即莱夫卡扎的菲洛克塞努斯（活动时期为公元前 4 世纪），古希腊抒情诗人。

应变的本领，他听到有人把他的一部作品读得不堪入耳，就把此人的书板[1]用脚踩碎，并对他说："你糟蹋我的东西，我就糟蹋你的东西。"

如果视觉跟疼痛毫无关系，那么，坚决要自杀的人，为什么在给自己致命一击时会把头转开？请医生开刀和用烧灼法治病的人，为什么看到外科医生准备手术用具和开刀时却无法忍受？这些例子不正是说明感觉对判断有巨大影响？我们虽然知道，美人的发辫是从宫廷侍从或仆人那里借来，胭脂来自西班牙，白粉和油脂来自大洋洲，但我们看到她这样打扮，仍觉得她更加可爱和漂亮。在这里，理智丝毫不起作用，

> 我们被饰物迷住，金饰和珠石
>
> 掩盖一切瑕疵，姑娘本身却微不足道。
>
> 众多饰物后面，往往难以找到我们所爱：
>
> 这富丽的盾牌会使我们看走眼。[2]

诗人认为，感觉的力量是多么重要，他们让那喀索斯疯狂地爱上自己的倒影，

> 他赞赏的是他自己值得赞赏的优点；
>
> 在不知不觉中，他对自己有了欲望，

1　书板是古代供写刻文字用的涂蜡木板或象牙板。

2　引自奥维德《爱的医疗》。

> 他赞美的是自己，追求的是自己；
>
> 他燃起爱情，又被爱情焚烧；[1]

而皮格马利翁激动得神魂颠倒，是因为爱上和追求他用象牙雕的少女，仿佛这少女是活的！

> 他吻它，觉得它也在吻他，
>
> 他握住它的手臂，觉得手指陷入它的肉里，
>
> 他怕捏得太重，会捏出乌青。[2]

如果把一位哲学家关入铁丝笼，悬挂在巴黎圣母院的塔楼顶上，他会清楚地看到不可能掉下去，但无法避免的是（只要他没有干过屋面修理工这个行当），他看到自己在这么高的地方，就会吓得不知所措。确实，我们很难放心地走在钟楼的通道上，因为通道虽说用石头铺成，却是镂空的。有些人只要想到自己走在上面，就觉得难以忍受。如在两座塔楼间架一根横梁，宽度足以使我们能在上面行走，然而却没有一种哲学智慧，能使我们在横梁上平静地行走，如同走在地上那样。我常在我们这边的山上[3]感到（我不是特别怕登山），我在山上看到下面深不见底，难免不寒而栗，两腿发抖，虽说我离悬崖边还有我身高的距离，只要我不想冒险跳下，是绝不会掉下去的。我还发现，山不管有多

1　　引自奥维德《变形记》。
2　　同上。
3　　可能指比利牛斯山这边，因为蒙田在不久之后才去阿尔卑斯山。

高，只要斜坡上有一棵树或一块突出的岩石阻挡和中断我们的目光，我们就会松一口气，有一种安全感，仿佛掉下去时能救我们的命，但是，我们看到陡峭的悬崖，难免会头晕目眩："因此，朝下面观看，就会眼花缭乱、精神恍惚。"[1] 这显然是视觉在骗人。因此，那位著名的哲学家[2] 挖去自己的双眼，使心灵免受感觉的诱惑，能自由自在地探讨哲学问题。

但是，为达到这个目的，他还应该用废麻堵住耳朵（提奥弗拉斯特确实说过，这是我们得到强烈印象的最危险的器官，会使我们困惑和改变想法），最终应该使自己失去其他一切感觉，也就是失去自己的存在和生命。确实，感觉都能操纵我们的判断和心灵。"某种形态，如说话声或歌声，往往会对心灵产生强烈的影响，这种影响有时会由担心和害怕产生。"[3]

医生们说，有某种性格的人，听到某些声音和某些乐器声，不仅会心情激动，甚至会勃然大怒。我看到过一些人，他们听到餐桌下狗啃骨头，就会失去耐心；听到锉刀锉铁的刺耳声音，很少有人会不感到难受；有些人无法忍受的是，有人在旁边吃东西时嘴里发出吧嗒的声音，另一些人听到别人说话带鼻音或声音嘶哑，甚至会发怒和仇恨。那个著名的长笛吹奏者，是格拉库斯[4] 的伴奏者，格拉库斯在罗马演说时，他使主人的声音抑扬顿挫，具有各种音调，但如果声音的节奏和音质无法改变听众的看法，

1　引自李维《罗马史》。
2　指德谟克利特。
3　引自西塞罗《论占卜》。
4　指提比略·森普罗尼乌斯·格拉库斯（前162—前133），古罗马政治家。

他又有何用？确实，我们应该为这种美好而又持久的能力感到自豪，因为一有风吹草动，我们的看法就会改变！

感觉对我们智慧的这种欺骗，也使感觉本身受到欺骗。我们的心灵有时会报复它们：这两者总是在自欺欺人。我们在气愤中的所见和所闻，跟实际情况并不相同：

> ……看到两个太阳，看到两座底比斯城。[1]

喜爱的女人，在我们看来比她本人漂亮，

> 因此我们看到，奇丑无比的女人，
> 受人爱慕，被敬若上宾，[2]

而我们厌恶的人会显得更丑。一个忧心忡忡的人，即使阳光明媚，也觉得天昏地暗。我们的感觉不仅会因激情而受损，而且还会因此而变得迟钝。如果我们别有所思，眼前的事物又有多少无法被我们看到！

> 即使事物一目了然，
> 你心不在焉也无法看到，
> 仿佛它们并不存在或十分遥远。[3]

1　前面一句是：狄多就像发了疯的底比斯王彭透斯。参见维吉尔《埃涅阿斯纪》。
2　引自卢克莱修《物性论》。
3　同上。

心灵似乎在把所有感觉的能力吸收进去并显示出来。因此，人里里外外都是弱点和谎话。

有人把我们的生活比作梦幻，也许比他们有时的看法更有道理。我们做梦时，心灵是活的，在活动，发挥着它的全部能力，跟醒着时完全一样，当然更加软弱无力，也更加模糊不清，但并不像黑夜和白昼那样区别巨大，而像黑暗和阴暗的区别：前者是沉睡，后者是多少有点睡着。总是黑夜，辛梅里安人的黑夜。[1]

我们不眠时睡着，睡着时不眠。我在睡眠时看不大清楚，但在醒着时，也总是看得不够清楚。在沉睡时，有时也会做梦，但醒着时，不会完全清醒，不能把遐想消除得一干二净，而遐想是醒着的人做的梦，比梦还坏。

我们的理智和心灵会接受睡着时产生的形象和看法，会赞同我们梦中的行为，如同赞同白天的行为，既然如此，我们为什么不能怀疑，我们的思想和行为是另一种梦，我们醒着是另一种睡眠？

即使感觉是我们的首要评判者，判断也不应该只是由我们的感觉来做出，因为动物的感觉不亚于我们，甚至胜过我们。确实，有些动物听觉更加灵敏，另一些是视觉，还有一些是嗅觉，其他一些是触觉或味觉更加灵敏。德谟克利特说，神祇和动物的感觉比人要完美得多。[2]他们的感觉和我们的感觉确实差别巨大。我们的唾液可以清洗和愈合我们的伤口，也会把蛇杀死：

1　辛梅里安人是公元前七世纪横行于小亚细亚的游牧民族，居住在现在的亚速海附近，据说那里终年黑夜。

2　参见普鲁塔克《论哲学家的看法》。

366

这些东西的区别如此巨大，

某些人的食物，对另一些人有剧毒。

如同有一种蛇，一沾上人的唾液，

就会把自己咬死。[1]

对唾液的性能，我们又该如何确定？是根据我们还是根据蛇来确定？我们要根据这两种含义中的哪种，来确定我们所寻求的它的真正本质？普林尼说，印度有一种海兔，对我们有毒，我们对它们也有毒，它们只要被我们接触就会死去[2]，那么，真正有毒的是人还是海兔？我们要相信海兔有毒，还是相信人有毒？有的空气对人有毒对牛无毒，有的空气对牛有毒对人无毒，那么，真正有毒、本身有毒的是哪种空气？患黄疸的人，看到的东西都带黄色，比我们看到的还要苍白：

黄疸病患者看到的

都是黄的。[3]

医生们称之为 hyposphragma[4] 的疾病，是结膜下渗血，看到的东西都带血红色。这种影响我们视觉的体液，不知是否在动物中普遍存在？我们看到有些动物眼睛发黄，如同我们的黄疸

1　引自卢克莱修《物性论》。

2　参见老普林尼《自然史》。

3　引自卢克莱修《物性论》。

4　应为 hyposphagma。

病患者，有些动物眼睛血红。这些动物看到的物体的颜色，很可能跟我们看到的不同，那么，哪一种判断真实？因为没有人说过这样的话：事物的本质只有人才能知道。硬、白、深、酸跟动物和我们都有关系：这些性质，大自然既让我们使用也让动物使用。我们眯起眼睛，看到的物体就显得更长更细；许多动物都眯着眼睛：也许细长才是这物体的真正形状，而不是我们通常看到的形状。如果我们把眼睛从下往上眯，看到的物体就成双成对，

> 吐着火苗的灯都是双光，
>
> 人人都有两个身体、两张面孔。[1]

如果我们两耳给堵住，或听觉通道堵塞，我们听到的声音就会跟平时不同。动物的耳朵里有毛，中间只有一个小孔，因此，它们听不到我们听到的声音，它们听到的是另一种声音。我们在庆祝会上和剧院里看到，如把一块有色玻璃放在火把前面，这地方的所有东西看上去都是绿色、黄色或紫色，

> 这些黄色、红色和铁锈色遮篷，
>
> 通常就铺在大剧场上方，
>
> 在柱子和横梁上面飘动、起伏：
>
> 他们把下面阶梯座位上的观众、

舞台布景、元老院议员、妇女和神像，

全都染上自己流光溢彩的颜色；[1]

我们看到动物的眼睛有各种颜色，这可能就是它们看到的物体的颜色。

因此，要判断感觉的作用，我们首先要跟动物的感觉取得一致，然后我们之间的感觉要取得一致。而我们并未这样做，总是争论不休，因为有人听到、看到或尝到的东西跟另一个人不同，我们就争论，还为其他的事情争论，如果因为我们感觉到的形象不同。根据通常的自然规律，一个孩子的听觉、视觉和味觉跟三十岁的人不同，三十岁的人又跟六十岁的人不同。有些人感觉模糊、迟钝，有些人感觉清楚、敏锐。我们对事物的感觉不同，是因为我们各自的情况不同，我们感觉到的事物也不同。然而，我们感觉到的事物并不可靠，会有争论，因此，毫不奇怪的是，有人会对我们说，我们可以认为，雪在我们看来是白的，但我们无法保证，雪从本质上说真正是白的；而如果这个基础动摇了，人类的全部知识也必然付诸东流。

我们的感觉是否相互矛盾？一幅画看起来立体，摸到时却是平面。麝香对嗅觉来说舒服，对味觉来说却难受，我们要说它令人喜爱还是令人厌恶？有的草药和油膏，对人体的一部分有益，对另一部分却有害；蜂蜜味道甜美，看上去却不美。制成羽毛状的戒指，用纹章学的话说是"无尾长羽"，人眼无法看出戒指的

1　　引自卢克莱修《物性论》。

宽度，并会产生幻觉，感到戒指的一头越来越宽，另一头越来越细，最后细成一点，但用手触摸，却是两头一样宽。

古人为提高性趣，就使用能放大的镜子，把阳物照得又粗又大，但摸到的阳物却又小又细，那么，到底是哪一种感觉使人更加舒服？

事物只有一种特性，是否是我们的感觉使它们具有各种特性？譬如说我们吃的面包，就只是面包，但我们吃了以后，就变成骨骼、血液、肌肉、头发和指甲：

> 同样，食物散布到各个肢体和器官，
> 分解后变成了另一种物质。[1]

树根吸收的水，变成了树干、树叶和果实；空气只有一种，但通过小号的吹奏就变成千百种声音。那么，是我们的感觉使事物具有各种特性，还是事物本身就有这些特性？有了这种怀疑，我们又如何能确定事物的真正本质？

另外，既然生病、发疯和睡着时见到的事物，会跟健康、有理智和醒来时见到的不同，那么，我们在状态正常、情绪自然时，是否能赋予事物"一种状态"，即跟它们的特性和我们的状况相符合的一种状态，就像情绪不正常时也有一种状态那样？我们健康时也能像生病时那样，赋予事物一种面貌？为什么有节制的人不能像毫无节制的人那样，把自己的性情赋予事物的面貌，

1　引自卢克莱修《物性论》。

并在事物上打上自己的印记？挑食者觉得酒无味，健康者觉得酒有味，口渴者觉得酒甜美。

我们的状况会影响事物，使事物随之改变，因此，我们无法知道事物的真实面貌，因为任何事物呈现在我们面前时，都已被我们的感觉改变和歪曲。圆规、角尺和直尺不准确，用它们量出的比例和据此盖的房屋必然有缺陷和问题。我们的感觉不确定，感觉到的事物也不会可靠：

> 盖房时，如果直尺弯曲，
> 角尺对不准垂直线，
> 水平仪有点倾斜，
> 房子就必然建得错误百出，
> 歪歪斜斜，前俯后仰，比例失调，
> 像是摇摇欲坠，有些地方也确已塌落，
> 这都是因为最初计算错误。
> 因此，我们的判断如根据错误的感觉做出，
> 就必然错误而不可靠。[1]

现在，谁有资格来对这种区别做出判断？我们在对宗教进行辩论时说，我们需要一名不属于任何一方的评判者，即没有嗜好的独立的评判者，在基督徒中不可能有这种人，在这件事上也同样如此：如果此人是老年人，他就无法客观地评论老年，因为他

1　引自卢克莱修《物性论》。

在辩论中属于一方；如果此人是青年也是如此，如是健康者、病人、睡着的人和醒着的人同样如此。我们需要一个并非处于这些状态的人，这样，他没有先入为主的想法，对这些问题进行判断时如同在判断与他无关的事物；但在这种情况下，我们需要的评判者并不存在。

为了对我们看到的事物的形象进行判断，我们需要一种评估工具；为了检验这种工具，我们需要进行论证；为了检验论证，需要一种工具：我们是在恶性循环。既然感觉变幻不定，无法解决我们的争论，那就需要理性的论证；但任何理性的论证都需要有另一个理性论证才能成立：我们这是在没完没了地往后退缩。

我们的思想并未深入周围的事物之中，但思想是通过感觉形成的，感觉不了解周围的事物，只知道自己的印象，因此，想法和形象并非出自事物，只是出自感觉得到的印象，这种印象和事物本身并不相同，因此，根据表象来判断，所依据的不是这事物，而是另一个东西。

如果说感觉的印象用相似的方法使心灵了解事物的特点，那么心灵和智力既然跟周围事物毫无直接联系，又怎样能肯定这种相似？同样，一个人如果不认识苏格拉底，看到他的画像就无法说是否跟本人相像。

我现在要说，要根据表象进行判断，就会出现两种情况：如果根据所有表象判断，那就无法判断，因为这些表象相互矛盾，并不一致；或者是由某些选择的表象来调节其他表象？这时，这种表象就必须用另一种选择的表象来核实，第二种表象又由第三种来核实，以此类推，永远不会结束。

总之，我们和周围的事物，都不会有永久不变的存在。我们和我们的判断，以及一切会消亡的事物，都在不断地流动和运动。因此，无法依靠一个事物来确定另一个事物，判断者和被判断者都是在不断的变化和运动之中。

我们跟"存在"没有任何联系，因为任何人性都总是处于生死之间，本身只有一个阴暗和模糊的形象，使人只有一个不确定和不可靠的看法。万一你想要抓住它的本质，那就像有人想要把水抓在手中，因为他越是想把本质是流动的东西抓紧，想抓住的东西就越少。

因此，任何事物都会从一种变化转为另一种变化，理智要在事物中寻找一种真正的稳定，就会感到失望，因为它不可能找到稳定的和永久的东西，原因是一切事物正在形成但尚未完全存在，或是在完全形成前就已开始死亡。

柏拉图说，物体只是产生，但从未存在过；他认为荷马使海洋成为众神之父，使忒提斯[1]成为众神之母，以便向我们表明，一切东西都在流动变化。[2]据他说，这是他以前的所有哲学家的看法，除了他高度评价的巴门尼德之外，因为巴门尼德认为事物没有运动。毕达哥拉斯说，任何物质都是流动的和不稳定的；斯多葛派认为[3]没有现在，我们所说的现在只是未来和过去的接合；赫拉克利特说，没有一个人能两次踏进同一条河流；埃庇卡

1　忒提斯是希腊神话中海神的女儿涅瑞伊得斯（即海中仙女）之一。宙斯不顾她的意愿硬把她嫁给凡人佩琉斯，后生一子，叫阿喀琉斯。

2　参见柏拉图《泰阿泰德篇》。

3　参见普鲁塔克《对斯多葛派的一般观念的批判》。

摩斯说[1]，以前借过钱的人，现在就不用还了，昨天应邀去午餐的人，今天去时却没有受到邀请，这是因为这些人已不是原来的人，他们已变成别的人；他还认为，同一个凡人不可能两次处于同一种状态，因为他通过突变和渐变，有时散开有时聚合，有时出现有时消失。因此，开始产生的事物，永远不会有完整的"存在"，原因是这种产生永远不会结束，永远不会像到达终点的事物那样终止，而是恰恰相反，从播种开始，就一直在不断发生变化，从一种事物变成另一种事物。譬如人的精子，先是在母亲的肚子里形成无定形的胎儿，然后变成定形的胎儿，在脱离母亲的肚子之后，成为哺乳的婴儿，然后变成男孩、少年、成年人、壮年人，最后变成衰弱的老人。因此，随着年龄的增长，后面的年岁总是在摧毁和改变前面的年岁：

> 因为时光改变整个世界的性质，
>
> 新的状况必然替代旧的状况，
>
> 任何事物都不会一成不变：万物皆逝，
>
> 大自然改变万物，并迫使万物改变。[2]

另外，我们这些人愚蠢地害怕一种死亡，其实我们已经历过死亡，以后还要经历许多次的死亡。正如赫拉克利特所说，火死生气，气死生水，但是，这种情况我们在自己身上表现得更加清

1　　参见普鲁塔克《论神的惩罚的延迟》。
2　　引自卢克莱修《物性论》。

楚。中年消逝老年到，青春结束是中年，童年之后是青春，襁褓之后是童年，昨天结束是今天，今天消逝迎明天。任何事物都不会永远存在，保持不变。而如果我们总是不变，我们怎么会今天因一种事物高兴，明天又因另一种事物高兴？我们怎么会昨天赞扬或指责一件事，今天却去喜欢或憎恨与此相反的事？我们思想相同，怎么会有不同的喜好，不再有同样的感情？因为如果没有变化，我们就不会感到其他强烈的感情；变化后的事物就不会是同样的事物，而如果不是同样的事物，它也就不再"存在"。但与此同时，存在的单一性和存在本身也起了变化，总是变成另一种存在。因此，我们的感觉既受骗又欺骗：它们误以为表象就是真实，因为它们对真实并不了解。

那么，真实的存在又是什么？是永久之物，也就是没有生也不会有结束的事物，即不会因时间而有任何变化的事物。因为时间是流动的，它如同影子，伴随着永远流动和飘浮的物质，绝不会固定不变、持久存在。属于时间的词有"以前"和"以后"，还有"曾经是"或"将来是"，这些词显而易见地表明，这不是存在的事物；确实，如果说尚未存在或不再存在的事物是存在的，那就是十分愚蠢和错误的。至于"现时""瞬间""现在"这些词，我们似乎用它们来支持和建立我们对时间的理解，但理智发现时间之后，会立刻将其摧毁；确实，理智立刻把时间剖开，把它分成将来和过去，仿佛非要看到它一分为二不可。跟时间的情况相同的是用时间来测定的大自然，因为大自然里也没有任何永久的事物，其中的事物或者已经产生，或者正在产生，或者正在死亡。因此，如果说作为唯一真正存在的上帝过去如何或将来如何，那就是在犯罪。因为这些词表示无法持续存在的事物的衰退、过渡或变化。

因此，必须得出结论，认为上帝是唯一的存在，不是根据时间的测定，而是根据一种持久不变的永恒，这种永恒不是由时间来测定，也不会衰退；在上帝之前，没有任何事物，之后也不会有，没有任何更新的或更近的事物，上帝是唯一真正的存在，他只用现在来充满永久；除上帝之外，没有任何真正的存在，因此不能说他过去或他将来，因为他既无开始又无终结。

对一个异教徒得出了这种宗教味十足的结论，我只想加上一个跟他[1]一样的异教徒证人的一句话，来结束这篇会使我遐想联翩的乏味的长文。"人如果不能超越人性，"他说，"是多么下贱和卑劣的造物！"这是一句出色的话，是一种有益的愿望，但也是荒谬的，因为拳头不可能比手掌大，两臂合围的长度不可能比手臂长，迈一步的长度也不可能比我们两腿长，希望做到这些事是违背常理的，如同人不能超越自己和人性，因为他只能用眼睛观看，用手拿取。只有上帝破例向他伸出援手，他才能升华；他要升华，就要弃绝自己的手段，借助于纯粹是神的手段来提高自己。

想要实现这种神圣和奇妙的变化，要依靠的是我们基督教的信仰，而不是斯多葛派的美德。[2]

1　指塞涅卡。
2　即塞涅卡说的斯多葛派的美德。

十三

论他人之死

死亡无疑是人的一生中最值得关注的事情，我们在论述他人对死亡是否确信无疑时，必须注意到一点：人很难相信自己已经死到临头。很少有人在临死时相信这是他们最后的时刻。这种自欺欺人的希望最容易使我们盲目乐观。它不断在我们耳边唠叨："其他人病得更重，却没有死去。事情并不像想象的那样毫无指望。在最坏的情况下，上帝也创造了其他的奇迹。"产生这种情况的原因是我们过于自负。我们觉得，万物会因我们消灭而受到损害，它们对我们的状况不会无动于衷。另外，我们的看法也有问题，不能正确看待周围的事物，我们认为它们是扭曲的，但实际上是我们把它们看成扭曲的东西。这就像出海航行的人们那样，在他们看来，高山、田野、城市、天空和大地在同他们一起摇晃，我们离开了海湾，陆地和城市落到了后面。[1]

老人不赞扬过去的时光，不指责现在，不把自己的痛苦和悲伤归咎于整个世界和人们的风尚，这样的老人有谁曾见到过？

老农夫频频摇头，连连叹息，
每当他抚今思昔，
总要羡慕他父辈幸运，
并哀叹时光流逝。[2]

我们看待一切都是用自己的尺度。正因为如此，我们把自己的死看成十分重要的事情，认为在星辰做出庄严的决定之前，我们不会轻易死去，因为"有这么多的神在为一个人忙碌"[3]。我们把自己看得越重，就越是觉得自己的死非同小可。怎么？这么多的知识消失了，受到了这么大的损失，却没有得到命运的特别关心？死亡带走为人楷模的罕见灵魂，难道就像带走凡夫俗子的无用灵魂那样容易？这个生命保护着其他许多人的生命，其他许多人的生命依赖于它，它养活了许多为它服务的人，占有了很大的地位，它难道应该像系于毫发之上的生命一样离去？

我们每个人都在不同的程度上唯我独尊。

因此恺撒才会对水手说出下面的话，这些话比威胁着他生命

---

1   引自维吉尔《埃涅阿斯纪》。
2   引自卢克莱修《物性论》。
3   引自老塞涅卡《演说练习》。

的大海还要狂妄：

> 如果你不愿在上天的保护下把船开到意大利，
> 那就在我的保护下把船开到那里：
> 你唯一可以理解的害怕的原因，
> 是你不了解自己的乘客……
> 在我的保护之下，
> 你去穿过阵阵狂风。[1]

还有下面那些话：

> 恺撒认为，现在的危险同他的命运相称。
> 他说，神祇很难把我打垮，
> 他们攻击我用的是巨大的海洋，
> 可我乘坐的却是小船。[2]

还有这种公开的荒谬论断，仿佛在他死后的一年之中，太阳都在为他戴孝：

> 它在恺撒死时也向罗马表示哀悼，
> 用乌云遮住它发光的头脑；[3]

1　引自卢卡《内战记》。
2　同上。
3　引自维吉尔《农事诗》。

379

还有无数相同的东西，对此世人很容易受骗上当，认为我们的利益会使上天感兴趣，认为无垠的上天会对我们微小的举动做出反应："上天和我们之间的关系没有密切到如此的程度，以致天体的光芒会因我们的死亡而消失。"[1]

因此，对处在危险中的人，如果他还不能完全肯定自己身处险境，就不能认为他坚定、果断，即使他在死的时候表现出这种品质，但因他没有意识到自己即将死去，就不配这种赞扬。大多数人会在事实上和口头上表现坚定，以得到这种声誉，因为他们希望在生前享有这种美誉。我看到过死去的人们，决定他们态度的是当时的情况，而不是他们预先想好的愿望。在古代自杀的人中，有的立刻死去，有的则要过一段时间才死。那位残忍的古罗马皇帝在谈到他那些囚徒时说，他想使他们感受到死亡，如果他们之中有人在监狱里自杀，他就说"此人逃脱了我的手掌"。[2]他想把死亡延长，并用酷刑使他们感受到死亡：

> 我们看到这肉体布满伤痕，
>
> 但没有致命的一击，这酷刑恰如其分，
>
> 要打死他却又不让他死。[3]

确实，身体健康、精神安定的人做出自杀的决定，并非是了不起的事情；在采取行动之前，不难装出勇敢的样子：赫利奥加

1　引自老普林尼《自然史》。
2　蒙田在这里把苏埃托尼乌斯在《卡里古拉传》和《提比略传》中的话放在一起。
3　引自卢卡《内战记》。

巴卢斯[1]是世界上最阴柔的男人，生活荒淫无度，准备在迫不得已时以优雅的方式自杀身亡；为了使他的死不至于给他的一生蒙上耻辱，他特地下令建造一座豪华的塔，塔的底部和正面装有饰以黄金和宝石的木板，以便坠塔身亡，又令人准备金丝绳和红绫，以便把自己勒死，还下令铸造金剑，以便把自己刺死，并在绿宝石和黄玉制成的容器里放置毒药，以便服毒而死，他将根据自己的愿望，从这些自杀的方法中选择一种：

不得已的大胆和勇敢。[2]

但是，这位皇帝的准备工作做得如此细致，就不禁使人觉得，真的要他动手，他大概也下不了手。即使是那些更为强悍的人决定把自己的这种想法付诸实施，也得看看（这是我说的）这一击是否使他们没有时间感到死亡的痛苦，因为如果他们看到自己的生命渐渐离去，感到肉体的痛苦同灵魂的痛苦混杂在一起，如果他们可能反悔，那就不知道他们在如此危险的企图中是否还会坚定不移、固执己见。

恺撒进行内战时，卢西乌斯·多米提乌斯在普鲁士[3]被捕，他服毒自杀，但立刻感到后悔。在我们的时代也有过这种情况，

---

1 赫利奥加巴卢斯（约203—222），古罗马皇帝（218—222在位）。在卡拉卡拉遇刺身亡后，被东方军团拥立为帝。即位后大力提倡他信仰的太阳神崇拜，并将帝国东方的奢侈风气带入罗马。他无心治国，又嫉妒表弟亚历山大，引发臣民的强烈不满。在祖母尤利娅·玛伊莎策划的阴谋中被暗杀身亡。
2 引自卢卡《内战记》。
3 这里指意大利的阿布鲁佐地区。参见普鲁塔克《恺撒传》。

有一个人决定自杀，他第一次刺得不深，因为生的欲望使他无力下手，接着他又刺了自己两三下，但总是不能使自己受到致命的伤害。在对普劳提乌斯·西尔瓦努斯[1]进行审判时，他的祖母乌尔古拉尼娅给他送来一把匕首，但他没有勇气用匕首自杀，就令手下的人切断他的腕静脉。[2]提比略统治时期的阿尔布西拉[3]决定自杀，但手太软，没把自己刺死，就被政敌关进了监狱，让他们按自己的方式把他整死。雅典统帅狄摩西尼在出征西西里岛失败之后也是如此。[4]菲姆布里亚[5]自杀时刺得太轻，只好令仆人把他的性命结果。相反，奥斯托里乌斯[6]由于不能使用手臂，就借助于他仆人的手臂，让仆人牢牢地握住匕首，用刀尖对着他，他则往前一冲，让匕首刺穿他的脖子。[7]这就像是一块肉，你要是怕烫，就得不经咀嚼地把它吞下去。但是，哈德良皇帝叫医生在他乳头旁画出致命的部位，并要医生对准这个部位把他杀死。正因为如此，当有人问恺撒他最希望怎么死时，恺撒回答道："你最意想不到的和最快的死。"[8]

---

1   古罗马皇帝提比略时代的大法官。
2   参见塔西佗《编年史》。
3   阿尔布西拉以风流韵事著称，因侮辱皇帝而被判有罪。参见塔西佗《编年史》。
4   在伯罗奔尼撒战争中，公元前四一三年，雅典远征西西里，包围叙拉古，狄摩西尼去支援尼西亚斯将军。在夜袭失利后，狄摩西尼主张立即撤兵，尼西亚斯不听，结果两人均被敌军擒获杀死。参见普鲁塔克《尼西亚斯传》。
5   菲姆布里亚是古罗马政治家，曾率军在小亚细亚地区战胜米特拉达梯六世的军队，焚烧苏拉保护的城市特洛伊并杀死部分居民。后在帕加马被苏拉围困，被部下拘留，于公元前八四年自杀。
6   奥斯托里乌斯是古罗马政治家，在对布列塔尼地区的战争中立功，而该地的地方官是他的父亲。有人告发他企图推翻罗马皇帝尼禄，他被迫于公元六四年自杀。
7   参见塔西佗《编年史》。
8   参见苏埃托尼乌斯《恺撒传》。

既然恺撒敢这么说，我这样想也就不能算怯懦了。

老普林尼说："快速的死是人生最大的幸福。"[1] 人们不想去了解死。谁害怕同死亡打交道，不能正视死亡，谁就不能说自己准备去死。有些人在被处决时急于去死，并催促刽子手赶快动手，他们这样做不是因为决心已下，而是因为希望缩短正视死亡的时间。他们不怕死去，但害怕死亡，

我不希望死亡，但我认为成为死人无关紧要。[2]

从我的经验来看，这样的坚定我也能做到，这犹如闭着眼睛冲向像大海那样危险的地方。

据我看，在苏格拉底的一生中，最出色的事莫过于用整整三十天的时间来反复考虑对他的死亡的判决；他在这段时间里深信不疑地接受了这种判决，既不害怕，也没有不安，并用自己的全部行动和话语表明，他把它看作某种无关紧要、无足轻重的事，而不是占据他全部思想的本质性的和唯一重要的事。

同西塞罗通信的庞波尼乌斯·阿提库斯[3] 在病重时把女婿阿格里巴和两三位朋友叫来，并对他们说，他的病已无法治愈，他为延长自己的生命所做的一切，也延长并增加了他的痛苦，因此

1　引自老普林尼《自然史》。

2　西西里岛喜剧诗人埃庇卡摩斯的诗句，西塞罗在《图斯库卢姆谈话录》中转引。

3　庞波尼乌斯·阿提库斯（前109—前32），罗马骑士，伊壁鸠鲁信徒和文艺赞助者，与西塞罗过从甚密。原名为提图斯·庞波尼乌斯，后因长期居住在雅典城（前88—前65）和对希腊文学和语言的深入了解，故改名为阿提库斯。公元前八八年，为逃避内战，携带财产只身迁往雅典，过着恬静的生活。他用希腊文写过一部记录西塞罗任执政官期间的历史状况的著作。他最重要的作品是经整理出版的西塞罗给他写的一些信札。

他决定结束自己的生命和痛苦，并请求他们同意他的决定，在任何情况下都不要设法让他改变主意。但是，他在选择了用绝食的方法来自杀之后，他的病却意外地痊愈了：他用来结束生命的方法，却使他恢复了健康。医生们和他的朋友们为这样的喜事感到高兴，来向他贺喜，却发现他们高兴错了，因为即使这样，他们也不能使他改变主意。他说，既然他有朝一日总得走这一步，现在他已经走得这么远了，就不想以后再从头开始。虽说这个人在从容不迫之中了解了死亡，但他不仅没有失去同死亡相会的勇气，而且还热衷于这样做，因为他既然成功地进入了战斗，就在勇敢精神的驱使下，一定要把开始的事做到底。这远远不止是不怕死亡，而是想要津津有味地品尝死亡的滋味。

哲学家克利安提斯的故事也十分相像。他的牙龈发肿，并开始化脓，医生都建议他节食。他饿了两天之后，病情有了很大好转，医生们就对他说，他的病已痊愈，可以恢复平常的生活。但他从身体的这种虚弱中尝到了一点甜头，就决定不再恢复以前的生活方式，并跨越他已经走得很近的这一步。[1]

罗马青年图留斯·马尔凯利努斯想要使他命中注定的时刻提前来到，以便摆脱他无法忍受的疾病，虽然医生们对他说他的病虽然不能很快治好，却一定能够痊愈。于是，他把朋友们请来，以便讨论这个问题。据塞涅卡说，一些朋友由于胆怯，给他出了他们设身处地想出的主意；另一些朋友为了阿谀奉承，给他想

---

[1]　参见第欧根尼·拉尔修《克利安提斯》。

出了他会感到最高兴的主意。[1] 但是，有一位斯多葛派哲学家对他说："马尔凯利努斯，你别苦思冥想了，你仿佛在讨论一件大事：活着并不是那样重要；你的仆人和牲畜都活着；重要的是要死得值得、聪明和坚强。你想想，你有多少次去做同样的事情：吃、喝、睡；喝、睡、吃。我们在这个圈子里不停地转；使人想死的不仅有无法忍受的不幸事件，而且还有对生的厌腻。"马尔凯利努斯需要的不是能给他出主意的人，而是能帮助他的人。仆人们害怕介入这种事情，但这位哲学家让他们明白，只有在主人自杀受到怀疑时，仆人们才会成为怀疑的对象；另外，阻止他死和把他杀死同样是不可取的，因为

　　把想死的人救活，等于把他杀死。[2]

　　然后，他又对马尔凯利努斯说，正如饭后给客人们上点心一样，人死后也应该把什么东西分给执行他旨意的人们。马尔凯利努斯为人豁达、慷慨，他把一笔钱分给仆人们，并竭力安慰他们。另外，他不需要刀剑，也不用流血。他决定离开生命，而不是逃离生命；不是冲到死亡的怀抱之中，而是品尝一下死亡的滋味。为了能对死亡进行仔细品尝，他在绝食后的第三天令人用温水把自己洗净，然后就逐渐衰弱，但据他自己说，他仍有某种愉悦的感觉。确实，因虚弱而有过心脏衰竭的人们说，他们非但没

1　　参见塞涅卡《致卢齐利乌斯》。
2　　引自贺拉斯《诗艺》。

有感到任何痛苦，甚至还有某种快感，就像即将睡着时那样。

以上是人们研究和理解死亡的例子。

我希望把加图[1]看作美德的唯一范例，但看来他养尊处优的生活使他自戕的手变得软弱无力[2]，因此有时间面对并抓住死亡，在危险之中勇气倍增，而不是畏缩不前。如果要我来展现他在这崇高的时刻的形象，我就会把他描绘得开膛剖腹，血迹斑斑，而不只是手中握剑，就像他同时代的雕塑家们塑造的那样，因为这第二次自杀需要的勇气，要比第一次自杀时大得多。

---

1   指小加图。
2   参见普鲁塔克《小加图》。

十四

我们的思想
如何自设障碍

　　人的思想在两种吸引力相同的欲望之间摇摆不定，想象一下这种情况是有趣的事情。[1]他肯定永远也不能做出决定，因为爱好和选择意味着对事物有不同的评价。在我们既想喝酒又想吃东西的时候，如果有人要我们在一瓶酒和火腿之间做出选择，那我们就没有别的办法，只能渴死和饿死。有人问斯多葛学派的哲学家，是什么促使我们的思想在两个同样的东西中做出选择，如在一大批钱币中，我们为什么拿了这枚而不拿那枚，虽说它们全都相同，我们也没有任何理由去偏爱其中的一枚；为了解决这个难题，他们做出了回答，认为思想的这种活动是异常的和不规

1　　这是法国亚里士多德学派哲学家、逻辑学家比里当（约 1300—约 1358）的故事。人们常用著名的"比里当的驴子"的讽喻来说明，尽管比里当对亚里士多德《论天》所做注释中提到的动物是狗而非驴。其论述集中于一只狗对摆在它面前两份同等数量的食物之间进行选择时所用的方法。已知两件事情况相同，选择机会也相等，他得出结论说，狗一定随意选择，这一结果导致人们研究概率论。

则的，是由外来的、瞬时的和意外的作用所引起的。[1] 在我看来，应该做出如下解释：我们接触到的任何东西，总是和与它相同的东西有某种差别，虽说这种差别可能十分微小，我们在注视或触摸时，却总是有某个东西更加吸引我们，虽说我们并未察觉到。同样，如果我们认为一条绳子的各个地方都同样牢固，那就不能想象它会断掉，因为它会在什么地方断掉呢？而在所有的地方同时断掉，则是违反常理的事。

有些几何定理用确定无疑的论证得出结论，认为内盛物大于容器，认为圆心和圆周相等，认为两条距离越来越近的直线永远不能相交，还有不存在因果关系的点金石和化圆为方的问题，如果有人还要说出以上这些证据，那么他就可以从中得出某个论据，来证实老普林尼的大胆论断："只有不确定的东西才确定无疑，只有人才最为不幸和最为自大。"[2]

1　　参见普鲁塔克《论斯多葛学派的自相矛盾》。
2　　引自老普林尼《自然史》。

十五

我们的欲望
会因困难而增大

最为睿智的哲学家们[1]说，每一种论点都有与其相反的观点。我在不久前想起一位古人为表示他对死亡的蔑视所说的妙语："任何东西都不能给我们带来快乐，除非是我们准备失去的东西。"[2]他又说："害怕失去某个东西，等于是因失去这个东西而感到难过。"[3]这就是说，如果我们害怕失去生命，生的乐趣就不能真正给我们带来快乐。我倒觉得应该说完全相反的话：我们觉得一个东西靠不大住并担心失去它时，才会把它抓住不放并对它更加珍惜。显而易见，就像火在遇到寒冷时会烧得更旺一样，我们的意志在遇到阻碍时会磨炼得更加坚强：

1　指信奉古希腊哲学家皮浪的怀疑论的哲学家。
2　引自塞涅卡《致卢齐利乌斯》。
3　同上。

> 如果达那厄[1]没有被关在铜塔里，
>
> 朱庇特就不会使她怀孕；[2]

因此，让我们感到兴致索然的是遂心如意而产生腻烦的东西，让我们感到兴致盎然的是罕见和难以得到的东西。"在任何事情中，乐趣会因使我们失去它的危险而增大。"[3]

> 加拉，你拒绝我吧：如果在快乐中没有痛苦，
>
> 对爱情很快就会感到腻烦。[4]

为了不使爱情冷下来，来库古命令斯巴达的已婚夫妇只能偷偷地交欢，他们如被人发现睡在一起，就像跟别人通奸一样可耻。[5]幽会的困难，被人发现的危险，第二天的耻辱，

> 无精打采、沉默寡言
>
> 和出自内心的叹息，[6]

无疑增加了滋味。有多少淫荡的嬉戏出自论爱情的著作中朴实和得体的论述！淫欲也想用痛苦来得到刺激。它在把别人烫痛并剥

1　达那厄是希腊神话中阿尔戈斯王之女。因神预言她将生子弑其外祖父，被国王幽禁在铜塔里。主神宙斯化为金雨同她幽会，她因此怀孕，生子珀尔修斯。

2　引自奥维德《恋歌》。

3　引自塞涅卡《论恩惠》。

4　引自马提雅尔《警句诗集》。

5　参见普鲁塔克《来库古传》。

6　引自贺拉斯《长短句集》。

390

去其皮时变得更加甜蜜。交际花弗洛拉说，她每次和庞培睡觉，都要在他身上咬出伤痕[1]：

> 他们紧紧抱住喜欢的身体，把它弄痛，
> 并把牙齿咬进优雅的嘴唇；
> 他们心里如同有刺，就去伤害所爱之人，
> 而在这狂乱之中，也就是交合之时。[2]

到处都是这样：难以得到的东西就有价值。

住在安科纳省的人们喜欢到圣地亚哥-德孔波斯特拉去许愿，住在加利西亚的人则喜欢到洛雷托的圣母故居教堂去许愿；[3] 列日的人们赞扬卢卡的温泉浴场，托斯卡纳地区的人们则赞扬斯帕的温泉；[4] 在罗马的剑术学校里几乎看不到罗马人，却全是法国人在那里学习。伟大的加图[5]跟我们一样，在妻子属于他的时候对她不屑一顾，在她属于别人的时候却对她朝思暮想。

我从种马场牵出一匹老公马，它闻到牝马在身边也不发情。它能轻而易举地满足自己的欲望，就对自己的牝马感到厌倦。但

1 　参见普鲁塔克《庞培传》。
2 　引自卢克莱修《物性论》。
3 　安科纳省位于意大利中部。圣地亚哥-德孔波斯特拉为西班牙西北部城市，与耶路撒冷和罗马同为基督教三大朝圣地。加利西亚地区在西班牙。洛雷托是安科纳以南的小城镇，据说原建于以色列拿撒勒的圣母玛利亚故居，在受土耳其军威胁期间由天使迁移几次，于一二九四年落到此地的一片月桂林中，于是人们就在圣母故居上盖起一座教堂，这里成为一座城镇，取名洛雷托。
4 　列日为比利时东部城市。卢卡为意大利中部城市，位于托斯卡纳地区，蒙田曾于一五八一年八月十五日至九月十二日在卢卡的温泉浴场治疗。斯帕为比利时城市，位于列日附近。
5 　指小加图。

对外来的牝马就完全不同，只要看到有一匹走到它的牧场附近，它就立刻嘶叫起来，并像以前那样开始发情。

我们的欲望蔑视和无视已到手的东西，却去追逐自己没有的东西：

> 他蔑视伸手可及的东西，
> 却追逐离他而去的东西。[1]

不让我们得到某个东西，就是使我们对它产生欲望：

> 如果你不派人看住你的美人，
> 她很快就不再是我的情人。[2]

把她完全交给我们，就会使我们对她蔑视。匮乏和富裕会对我们产生同样的影响，

> 你抱怨你的富裕，我抱怨我的贫困。[3]

欲望和占有都会使我们感到难受。心爱的女人把你拒之于门外是难受的，但你如唾手可得、随心所欲，其实会更加难受：我们苦恼和生气是因为我们对希望得到的东西有很高的评价，这会激起

1　引自贺拉斯《讽刺诗集》。
2　引自奥维德《恋歌》。
3　引自泰伦提乌斯《福尔弥昂》。

我们的爱情，使我们爱得更加热烈；但是，完全占有会产生腻烦，爱情会变得萎靡不振、呆头呆脑、筋疲力尽、无精打采。

> 如果她想长期控制情人，她就要对他倨傲，[1]

> ……情人们，你们如装出倨傲的样子，
> 昨天拒绝你们的女人，今天就会找上门来。[2]

为什么波佩娅[3]想要用面具遮盖自己的美貌，以便使情人们觉得她的美貌更加可贵？为什么女人们让裙子一直拖到脚后跟，把每个女人都想展示、每个男人都想看到的妩媚遮盖起来？为什么她们要设置重重障碍，把引起我们的欲望和她们的欲望的主要部位隐藏起来？不久前我们的女士们开始在她们的胁部建起巨大的棱堡[4]，如果不是为了用设置障碍的办法来激起我们的情欲，并用疏远我们的办法来吸引我们，那又用来派什么用场？

> 她朝柳树那儿逃去，但希望事先被人看到。[5]

> 她穿的宽大长裙，往往推迟了我欲望的产生。[6]

1　引自奥维德《恋歌》。
2　引自普罗佩提乌斯《哀歌》。
3　波佩娅是罗马皇帝尼禄的情妇，以美貌和放荡著称，公元六五年怀孕时被尼禄赐死。参见塔西佗《编年史》。
4　指裙子里的撑环。
5　引自维吉尔《牧歌集》。
6　引自普罗佩提乌斯《哀歌》。

处女的这种害羞的艺术派什么用场？这种可望而不可即的冷淡，这种严肃的表情，以及对她们知道得比我们清楚的事物装出不知道的样子并让我们来告诉她们的这种习惯，如果不是为了促使我们去战胜、克服和排除让我们的情欲得到满足的所有这些礼仪和障碍，又用来派什么用场呢？因为这不仅是一种快乐，而且还是一种自豪的感觉，认为自己把这种软弱的温柔和稚气的羞怯变得如癫似狂、放荡不羁，让高傲和专横的严肃听任我们热情的摆布。他们说道："战胜严肃、端庄、贞洁和节制是了不起的事情；谁让女士们放弃这些品行，谁就背叛了她们，同时也背叛了自己。"应该认为，她们的心会害怕得颤抖，我们说话的声音会伤害她们纯洁的耳朵，她们会因我们说这些话而憎恨我们，并在压力下被迫屈从于我们的纠缠不休。美女不管如何动人，要是没有这附加的条件，就不会受到别人的青睐。在意大利，有更多的美女需要出售，而且极为优雅，但她们在那里必须使用奇特的办法和其他的诀窍才能使自己讨人喜欢。然而，由于她们是可以用钱买到的，而且人人都能得到，所以不管做什么，她们还是无能为力、无精打采。总之——即使在美德方面也是如此——在两个意义相同的行为中，我们总是把困难最大、风险最大的行为看作最为美好、最值得称道的。

正如我们看到的那样，上天故意让其神圣的教会纷争不断、动荡不安，以便用这种明显的对照来唤醒善良的人们，使他们摆脱因长期的安宁而陷入的无所事事和昏睡的状态。如果我们权衡得失，把我们在这场斗争中重新处于良好的状态、恢复了自己的热情和力量这个事实同许多人误入歧途进行比较，我真不知道有益之处是否会多于有害之处。

我们曾想把婚姻的红线系得更紧，以便完全消除离婚的可能；但是，拉紧了约束的绳索之后，自愿和感情的绳索却松弛了。相反，在罗马，婚姻长期受人尊重并保持稳定的原因，却是人人都有解除婚约的自由。由于男人有可能失去自己的妻子，所以他们对妻子就更加爱护；因此，虽然离婚完全自由，但在五年多的时间里，却没有一个人去利用这种自由。[1]

> 允许的事使人无动于衷，禁止的事使人跃跃欲试。[2]

对上面的话，还可以用一位古人[3]的看法来加以补充，他认为，死刑只会使恶行变本加厉，而不会使它有所收敛，他还认为死刑不会使人产生行善的愿望——因为这是说服、教育的事——而只能让人偷偷地去干坏事：

> 人们认为恶已根除，但它却广为流传。[4]

我不知道他的这种看法是否正确，但我凭自己的经验知道，国家的治理从未因此而得到改善。要维持社会的秩序和良好的风气，需要使用与此不同的方法。

1　参见瓦勒里乌斯·马克西穆斯《善言懿行录》。
2　引自奥维德《恋歌》。
3　指塞涅卡，参见《论仁慈》。
4　引自鲁提利乌斯·纳马提安努斯《归途记事》。

古希腊的故事[1]中提到与西徐亚相邻的阿尔吉皮亚人。他们的生活中没有用作体罚的笞杖和棍子，他们之中不仅没有一人想去攻击别人，而且万一有人逃到他们那儿，此人就能在他们那里享有充分的自由，原因是他们生性善良、民风淳朴，没有人会去碰他的一根毫毛。大家都请他们帮忙，以解决周围地区的民事纠纷。

在有的民族中间，花园和农田是用棉丝围起来的，却比我们的沟渠和树篱更加安全和牢固。[2]

锁会激起小偷的偷窃欲望。撬窃的贼不会去偷大门敞开的屋子。[3]

在其他方法中，使我的屋子免受我们的内战浩劫的方法，也许还是敞开大门。防御会引起进攻，不信任会触怒别人。我给我们士兵的热情泼了冷水，因为我在他们的功绩中去除了冒险的成分，并使他们失去了军人的荣誉感，这种荣誉感通常是他们打仗的正当理由。当公正不复存在的时候，勇敢地做出的事情都是光荣的事情。我让懦夫和背信弃义之徒去占有我的屋子。[4]我的屋子不会让任何敲门的人吃闭门羹，因为它只有一个门房看守，这个门房是根据以前的习惯和礼仪设置的，不是为了保护我屋子的

1   参见希罗多德《历史》。
2   参见洛佩斯·德·戈马拉《印度通史》。
3   引自塞涅卡《致卢齐利乌斯》。
4   蒙田用这个方法曾获得成功。参见本书下卷第十二章。

大门，而是为了合乎礼仪、和蔼可亲地打开大门。我没有其他的警卫和看守，只有太阳和月亮替我看管。一个贵族如果没有做好充分的准备，就不应该做出准备自卫的样子。谁要是有一个薄弱环节，就会到处露出破绽。我们的父辈没有想到要在边境建造要塞。进攻——我指的是不用大炮和军队的进攻——和袭击我们房屋的方法与日俱增，而且比防守的方法更为完善。一般来说，人的才智都在这一方面发挥出来。所有的人都想袭击，只有有钱的人才想防御。我的防御在设置时相当坚固。我在这方面没有增加过任何设备，并且总是担心它的坚固反而会对我不利，再说等和平时期来到之时，还需要减少某些防御设施。永远不要这些设施是危险的，但同时又不能完全依靠它们。因为在内战时期，你的仆人很可能站在你所害怕的敌人一方。到那时，宗教信仰会成为借口，自己的亲人也不能相信，因为他们很可能打出貌似正义的旗帜。国库无力支付防御我们的住宅所需的费用：这样会使国库耗尽。我们也无力支付这笔费用，因为这会使我们破产，或者更令人难受、更不公正的是，会使人民破产。国家不会因我的破产而受到任何损失。总之，如果你破产了，你的那些朋友非但不会同情你，反而会责备你不小心谨慎，毫无先见之明，还会责备你办事没有经验或疏忽大意。这么多防御出色的房屋遭到抢劫，而我的房屋却完好无损，这就使我认为，它们遭到抢劫是因为防御出色的缘故。这使袭击者有了抢劫的欲望和理由。任何防御都像是要打仗。只要上帝希望打仗，战争就会向我袭来，但我在任何情况下都不会把它叫来。我的屋子是我躲避战争的地方。我想使这个角落免受社会风暴的侵袭，就像我在自己的心灵中营造另一个这样的角落那样。我们的战争可以改变形式，不断增加，产生新的党派，但我却纹丝不动。在这么多武装起来的房屋之中，我知道像我这样地位的人，在法国只有我一个把自己的房屋完全交给上天来保护。我从未从里面拿出银匙，也没有拿出产权证书。我怕就要怕到底，逃命就要完全逃脱。如果完全相信上天的旨意就能得到神的恩惠，那我就会相信到底；即使不是这样，我也已经平安地度过了相当长的时间，可以认为这段时间长得令人瞩目，应该记录下来。有多少长呢？已经有整整三十年了。[1]

1　这段话在一五九○年左右撰写。法国于一五六二年爆发天主教徒和新教徒之间的宗教战争。

十六

论荣誉 [1]

存在着名称和物；名称是指出和表示物的词；名称既不是物的一个部分，也不是由物的实体构成，而是在物之外跟物连在一起的某个异体。

上帝本身就是极度的完善和任何完美的顶点，所以在其内部已无法拔高和充实，但他的名称却可以通过我们对其业绩的感恩和颂扬来加以拔高和充实。由于我们不能把这些颂扬置于其内部，而他也不能在善行中变得更加高大，我们就把颂扬赋予他的名字，因为名字是离他最近的外在物。因此，光荣和荣誉只属于上帝。最不可理解的莫过于为我们自己而探索此事，因为我们内部十分贫乏，我们的本质很不完善，需要不断加以改进，这是我们应该竭力去做的事情。我们全都十分空虚，但我们不应该用空气和词语来填补自己的空虚；为了弥补这一缺点，我们需要更加实在的东西。一个饥肠辘辘的人如果情愿要一件漂亮衣服，而不

---

1   在本章的开头部分，蒙田借鉴了雷蒙·塞邦的《自然神学》。

要吃一顿美餐，就显得头脑愚蠢：必须去做最为迫切的事情。正如我们平时在祈祷时所说："在至高之处荣耀归与神，在地上平安归与他所喜悦的人。"[1] 我们缺乏美貌、健康、智慧、美德和其他重要品德；外部的装饰可以等我们得到最主要的东西之后再来考虑。神学对这个题目进行了更为详细和确切的论述，但我并不精通这门学问。

克里西波斯和第欧根尼是最早和最坚决表示蔑视荣誉的作者。[2] 他们说，在所有的快乐中，最危险、最应该避免的莫过于别人的赞扬给我们带来的快乐。确实，经验已向我们表明这种赞扬所带来的种种危害。对君主们毒害最深的莫过于阿谀奉承，坏人们最容易博得周围的人们信任的方法也莫过于溜须拍马，而要引诱妇女失贞，让她们跟别的男人私通的最合适、最寻常的办法，是用赞美的词语把她们说得心花怒放以欺骗她们。

塞壬女仙们用来引诱尤利西斯的第一首诗就属此类：

> 过来呀，尊贵的尤利西斯，
>
> 阿开亚人的殊荣。[3]

这些哲学家说，即使能得到世上所有的荣誉，有头脑的人也不值得向它伸出一个手指：

1　引自《圣经·新约·路加福音》。

2　参见西塞罗《论善与恶之定义》。

3　引自荷马《奥德赛》。

最大的荣誉如果只是荣誉，又算得了什么？[1]

我的意思是说荣誉本身，它往往能带来众多好处，所以令人向往。它能使我们受人欢迎，使我们不大会受到别人的谩骂和侮辱，以及诸如此类的好处。

这也是伊壁鸠鲁的主要观点，因为他的学派以"过隐蔽生活"[2]为自己的格言，叫人们别去担任公职和履行社会义务，就必然导致对荣誉的蔑视，因为荣誉是众人对我们在大庭广众之中所做之事的赞扬。有人要我们深居简出、只管我们自己，就不希望我们被别人知道，更不希望我们受人尊敬、被人颂扬。因此，他建议伊多墨纽斯[3]不要根据众人的意见和看法行事，除非是为了避免看不起别人会给他带来的麻烦。[4]

在我看来，这些话极其正确，很有道理。但是，我也不知道是为什么，我们有着双重性的特点，正因为如此，我们会相信自己不相信的事，我们会违心地去做自己不赞成的事。我们来看看伊壁鸠鲁在临死前说的最后的话：这些话是伟大的，跟这位著名哲学家十分相称，但它们仍带有某种痕迹，说明他对自己名声的自豪和对荣誉的追求，而他在训导中却告诫别人不要去追求荣誉。下面是他在咽气之前口述的一封信：

---

1 引自尤维纳利斯《讽刺诗集》。
2 参见普鲁塔克《"过隐蔽生活"是不是好的准则》。
3 伊多墨纽斯（约前325—约前270），古希腊作家、政治家，伊壁鸠鲁的朋友。
4 参见塞涅卡《致卢齐利乌斯》。

伊壁鸠鲁向赫尔玛库斯[1]致敬

　　我在一生中最幸福的也是最后的一天写这封信，同时感到膀胱和腹部疼痛至极。但是，我想起自己的著作和演说，心里仍感到十分快乐。由于你从小就喜欢我和哲学，所以请你把麦特罗多洛[2]的孩子们置于你的保护之下。[3]

　　这就是他的信。我认为，他在想起自己的著作时感到快乐，意味着他希望在死后流芳百世，是因为他在遗嘱中所做的安排[4]，他希望他的遗产继承人阿弥诺马库斯和提摩克拉忒斯在每年一月纪念他生日时支付赫尔玛库斯提出的款项，还要支付他熟悉的哲学家在每月月盈的第二十天为纪念他和麦特罗多洛而举办聚会所需的费用。

　　卡涅阿德斯是持相反意见的那派的首领。他认为，荣誉从其本身来讲令人向往，就像我们喜爱自己的后代完全是为了他们，因为我们既不能了解他们，也不能从中得到任何好处。这种看法得到普遍的赞同，因为人们愿意接受最能投其所好的看法。亚里士多德在外部财富中把荣誉置于首位。他说："不要走两个极端，即过分追求荣誉和过分回避荣誉。"[5]

1　　赫尔玛库斯（活动时期为公元前 3 世纪），伊壁鸠鲁的信徒和继承人。
2　　麦特罗多洛（约前 330—前 277），古希腊哲学家，伊壁鸠鲁的学生。他比伊壁鸠鲁小十岁，但在伊壁鸠鲁之前去世（伊壁鸠鲁死于前 270 年）。
3　　引自西塞罗《论善与恶之定义》。
4　　同上。
5　　引自亚里士多德《尼各马可伦理学》。

我认为，如果我们有西塞罗在这方面的论著，我们就会从中找到令人满意的答复。此人热衷于追求荣誉，所以我觉得他一旦下了决心，就会像其他人那样走向极端，因为他认为追求美德只是为了总是跟随其后的荣誉：

　　隐藏的美德
　　跟无人知晓的软弱相差无几。[1]

这种看法极其错误，让我感到难受的是，这看法竟会在有幸被称为哲学家的头脑中产生。

如果这种看法正确，那么就只要在大庭广众之中道德高尚就够了，而我们只有在心灵——美德的真正中枢——的活动可能被别人获悉时，才需要对它们加以控制和约束。

那么，如果事情做得巧妙，令人难以捉摸，就能干坏事？卡涅阿德斯说："你知道有一条蛇隐藏在那个地方，有个人要是没有发现，就会在那里坐下来，而你觉得这个人的死会给你带来好处，在这种情况下，你如果没有提醒他注意这个危险，你就做了件坏事，由于你的行动只有你一人知道，这件事就更加恶劣。"[2]如果我们不认为自己应该行善，如果我们认为我们没有受到处罚就说明做得正确，那么我们每天会干出多少坏事！塞克斯都斯·佩杜寇斯为人诚实，把凯乌斯·普罗提乌斯在没有其他人

1　　引自贺拉斯《歌集》。
2　　引自西塞罗《论善与恶之定义》。

知道的情况下请他保管的财产还给了凯乌斯·普罗提乌斯的遗孀——这种事我也做过不止一次——但我不觉得这种事值得称赞，但要是有人不这样做，我会觉得十分可恶。我觉得今天重提普布利乌斯·塞克斯提利乌斯·鲁孚斯的例子是恰当而有益的，西塞罗指责他违背良心把遗产占为己有，虽说这样做并未违反法律，而且还有法律依据。[1]克拉苏和霍滕修斯也受到西塞罗的指责。这两个人都有权有势，有个与他们不相干的人请他们根据一份伪造的遗嘱去继承遗产，并想用这种办法使自己也能得到一份遗产。克拉苏和霍滕修斯对没有参与遗嘱的伪造感到满意，并不拒绝从中得到的好处，因为他们不会受到控告，不会受到证人的指责和法律的惩罚，同时他们的名誉也不会受到损害。"他们应该想到，他们的证人就是上帝，在我看来，也就是他们的良心。"[2]

美德如果是为了得到荣誉，就是徒劳无益、毫无意义的事情。在这种情况下，如果说我们赋予它特殊的地位并把它跟命运区分开来的努力是徒劳无益的，那么，是否还有什么事比成名更加出人意料？"确实，命运主宰着任何事情：它抬高或贬低任何事物，是根据一时的兴致，而不是根据事物的实际价值。"[3]让事情被人知道和看到，这完全是命运的杰作。

命运任性地把荣誉赋予我们。我不止一次看到荣誉超过功劳，而且往往是大大超过。第一个发现荣誉跟阴影相似的人，说

1　参见西塞罗《论善与恶之定义》。
2　同上。
3　引自萨卢斯特《喀提林战记》。

了许多他不想说的话。这两者都极为虚幻。

阴影往往会出现在身体前面，有时要比身体长得多。

有些人教导贵族，表现勇敢只是为了荣誉，"仿佛只有别人知道的行为才值得称赞"[1]，他们教导贵族，如果没有被人看到，就绝不要去冒险，还要注意当时是否有目击者会将他们的英勇行为告诉别人，然而在这种情况下，表现英勇的机会数以千计，但就是不会被人发现，这些人这样去教导贵族，会得到什么好处？有多少特别美好的行为被埋没在一次混战之中？在如此激烈的战斗中，谁要是有闲情逸致观察别人，就肯定无所事事，他在为自己战友的英勇行为做证的同时，也为自己的行为做了不良的证明。[2]

"真正明智和高尚的人认为，荣誉——我们的天性追求的主要目标——在于行为英勇，而不是被人颂扬。"[3]我所追求的荣誉，是一生安宁，这安宁不是麦特罗多洛、阿尔克西劳或亚里斯提卜所说的安宁，而是我所说的安宁。既然哲学没能为大家找到通向共同安宁的任何道路，那就让每个人去找自己的安宁之路！

恺撒和亚历山大大帝能有无限伟大的名声，不靠命运又靠什么？有多少人在生活道路的起点就被命运压垮！我们对这些人一无所知，如果他们不是因不幸的命运而中止自己刚开始的事业，他们也许会表现出同样的英雄气概！恺撒经历了如此多威胁他生命的危险，但我无论如何也想不起在书中有过他受伤的记载。成

1　　引自西塞罗《论善与恶之定义》。
2　　参见纪尧姆·杜贝莱《回忆录》序言。
3　　引自西塞罗《论善与恶之定义》。

千上万的人遇到的危险比他小，却因此而离开了人世。无数可歌可泣的功绩因没有被见证而销声匿迹，只有极少数的功绩得到了人们的赞扬。你不能总是第一个进入要塞城墙的缺口，或是因走在军队前面而引起将军的注意，就像你跪在断头台上那样。你会在树篱和沟渠之间被打死，你即使去围攻一个鸡棚也得碰碰运气，你得把四个瘦弱的火枪兵从谷仓里赶出去，你离开部队时，得根据当时的情况独自行动。如果你仔细考虑这些情况，你就不难从自己的经验中得出结论：最不引人注目的事情也是最危险的事情；在我们的时代爆发的战争中，阵亡人数比较多的是在不大激烈和并不重要的战斗之中，例如在攻打防守较差的小城时，而不是在十分著名的战场上。

有人认为，如果不是在引人注目的场合献身，他就会白白浪费自己的生命，于是，他会去过默默无闻的生活，这样也就会放过许多冒险立功的良机。而所有的良机都能带来荣誉，这点我们应该凭良心对每个人进行充分的宣传。"我们所夸的，是我们良心的见证。"[1]

有人为人正派，只是因为要让别人知道，让别人知道后更器重他，他只有在别人可能知道的情况下才去做好事，对这样的人不能期望过高。

我觉得那年冬天剩下的日子里，
罗兰做了令人难忘的事情；

1　引自《圣经·新约·哥林多后书》。

但这些事至今无人知晓，

所以我说不出来并不是我的过错：

因为罗兰总是急于去做这种事，

而不是急于把做的事告诉别人；

只有在别人看到的情况下，

他的功绩才会被世人知道。[1]

应该为履行自己的义务而去打仗，并耐心等待奖赏，你只要做了好事，不管如何隐秘，都会得到奖赏，即使是行善的想法，也会得到报偿：正直的人做了好事会感到心满意足。表现勇敢应该是为了自己，而且有这样的好处，就是内心十分坚强，可以抗拒命运的任何打击：

美德不会有可耻的失败，

只会有永不黯淡的荣耀；

它获得或失去力量，

并非因民众是否青睐。[2]

我们的心灵要起到自己的作用，并不是为了炫耀自己，因为这是在我们内心，只有我们的眼睛能够看到：它叫我们不要害怕死亡、痛苦乃至耻辱；它给予我们力量，使我们能够忍受失去孩

---

1   引自阿里奥斯托《疯狂的罗兰》。

2   引自贺拉斯《歌集》。

子、朋友和地位的痛苦；如果有这样的机会，它也会让我们在战争中去冒失去生命的危险。"不是为了某种好处，而是为了跟美德相连的荣誉。"[1] 跟名誉和荣誉相比，这种好处要大得多，也更值得我们去希望和追求，因为荣誉只是别人对我们的赞赏。

要解决一小块土地所有权的争论，必须从全国选出十来个人进行评判；对我们的倾向和行动的评价最为困难也最为重要，这件事我们交给群众和民众去办，而他们却是无知、不公正和变化无常的根源。把智者的一生交给蠢人和粗人去评判，是否合情合理？

"这些人你个个蔑视，但放在一起后你却另眼相看，还有什么比这种做法更为荒谬？"[2]

谁想取悦于他们，就将一事无成；这个靶子不管你如何瞄准，你都无法打中。

"民众的评价最为难以预料。"[3]

德米特里在谈到民众的声音时开玩笑地说，他既不重视来自上面的声音，也不重视来自下面的声音。

另一位说得还要清楚："我认为，一件事即使本身并不可耻，但一旦被民众称赞，就成了可耻的事。"

任何巧妙的办法和灵活的思想，都不能让我们跟随一位乱走

1　引自西塞罗《论善与恶之定义》。
2　引自西塞罗《图斯库卢姆谈话录》。
3　引自李维《罗马史》。

一气、不走正道的向导。传播的消息和肤浅的看法纷纭，弄得我们不知所措，在这种混乱之中，不可能为自己选择一条可行的道路。我们不要给自己确定一个如此游移不定、变幻莫测的目标；我们要一直跟在理智后面；只要公众愿意，就让他们带着赞许的意见跟着我们走这条路；但公众的赞许完全取决于命运，我们就没有理由认为他们会走另一条道路而不走这条道路。即使我因道路正而没有选择正道，我还是会不得不走这条道路，因为我凭自己的经验发现，这毕竟是最安全、最合适的道路。"上天施与人类的恩惠，是体面而有用的东西。"

在一场暴风雨中，古代的一个水手这样对尼普顿说："哦，海神，你只要愿意，就能让我活命；你只要愿意，就能让我丧命；但我仍将牢牢握住舵柄。"[1] 在我这个时代，我看到许多人灵活多变、模棱两可、脚踏两只船，大家都认为他们处世圆滑，但这些人都已丧生，只有我幸免于难：

　　我高兴地看到，诡计也会失败。[2]

保卢斯在即将去马其顿进行著名的远征时[3]，特别告诫罗马人民，要他们别对他的行动信口雌黄。确实，如果对人们的言论不加约束，在干大事时就会寸步难行！不是每个人都能违抗民众带

1　　参见塞涅卡《致卢齐利乌斯》。
2　　引自奥维德《列女志》。
3　　保卢斯（约前228—前160），古罗马将军。前一八二年和前一六八年任执政官。前一六八年六月在彼得那击败马其顿末代国王珀尔修斯。参见李维《罗马史》。

有侮辱性的不同意见，不是每个人都能像法比乌斯[1]那样坚定不移，他情愿让人们虚妄的想法损害他的英名，也不愿为得到良好的名声和民众的赞同而损害他的工作。

听到别人称赞自己，总会感到高兴，但我们对此过于看重。

> 我并非不要称赞，因为我不是铁石心肠；
> 但我并不认为善行的结果和目的
> 在于拍手叫好和歌功颂德。[2]

我并不十分在乎别人对我的看法，只关心自己对自己的看法。我想用自己的东西致富，而不想靠借来的东西致富。外人只能看到外在事件和事物的外表；每个人都能装出镇定自若的样子，而内心却焦躁不安、十分害怕。别人看不到我心里的想法，只看到我泰然自若的样子。人们揭发战争时期的虚假行为是对的，因为对一个讲究实际而又胆小如鼠的人来说，最容易的事不就是既逃避危险又把自己说成头号勇士？个人不去冒险的方法不可胜数，所以我们可以欺骗整个世界一千次，然后才去真正冒一次险。即使我们会因此陷入困境，我们也可以用恰当的脸部表情和肯定的话语来掩盖自己玩弄的把戏，虽说我们心里怕得要死。

1　法比乌斯（约前275—前203），古罗马统帅，五次任执政官。第二次布匿战争期间（前218—前201），罗马军在特拉西米诺湖战役（前217年）失败后任独裁官。采用迁延战术，坚壁清野，与汉尼拔军队周旋；被讥称为"康克推多"（Cunctator，拉丁文意为"延宕者"或"迟缓者"）。
2　引自佩尔西乌斯《讽刺诗》。

据说戴上柏拉图所说的戒指[1]并把戒指上的宝石转向手掌就能隐身，许多人要是有这种戒指，就往往会在最应该露面的地方使用隐身术，并后悔自己变得如此荣耀，使他们不得不表现勇敢。

> 虚假的荣誉只会使徒有虚名者感到高兴，
>
> 编造的控告只会使编造者感到害怕。[2]

因此，只根据表象做出的评价都极为肤浅、极不可靠；最可靠的见证莫过于每个人对自己的评价。

在跟我们共建功绩的人们中，有多少是辎重兵？牢牢地守在别人挖出的战壕里的士兵，如果没有五十名工程兵为他开辟道路，并为了一天五个苏的报酬用自己的身体来掩护他，他又能建立什么功绩？

> 罗马在动荡中贬低某个行为，
>
> 你可别去仿效；你别去纠正民众
>
> 天平的错误：别在自身之外去认识自己。[3]

我们说提高自己的名望，是指让我们的名字变得众所周知，并在许多人口中说出；我们希望它被别人恭敬地说出，并希望它的荣耀能给它带来好处：这是我们为自己追求荣誉辩解的最好理

1　指小亚细亚西部古国吕底亚国王吉盖兹（约前680—约前648年在位）的戒指。

2　引自贺拉斯《书简》。

3　引自佩尔西乌斯《讽刺诗》。

由。但这种嗜好要是超过了一定的限度，就会产生这样的情况，即有些人不满足于让别人谈论他们。特罗古斯谈到希罗斯特拉图斯[1]以及李维谈到曼利乌斯[2]时说，他们主要希望名气响，而不是名声好。这种毛病也很寻常。我们更关心的是别人谈论我们，而不是谈论我们什么；我们只要我们的名字从别人口中说出，不管怎么说都行。仿佛我们出名就意味着我们的生命和寿命处于别人的关注和保护之下。可我看重的只是我自己本身。至于我另一个生命，即存在于我朋友们思想中的生命，我把它看作完全独立和孤立的东西，我十分清楚地知道，我因此而得到收获和快乐，只是因别人对我有稀奇古怪的看法而产生虚幻的满足。我将来死的时候，这种感觉几乎荡然无存，我将完全不能享用这种看法有时会带来的真正好处，我将无法再得到荣誉，荣誉也无法再使我受到损害或对我加以保护。[3]要知道我不能指望用我的姓来得到荣誉，因为我没有完全属于我的姓：在我的两个姓中，一个属于我整个家族，甚至还属于其他家族。在巴黎和蒙彼利埃有个家族姓蒙田，在布列塔尼和圣通日[4]有个姓拉蒙田的家族。只要改变一个音节，我们的纹章就会混淆起来，这样我就会得到他们的荣誉，

1　　特罗古斯（活动时期为公元前1世纪晚期），古罗马历史学家，著有四十四卷《腓力史》。希罗斯特拉图斯是默默无闻的以弗所人，为了让自己的名字永远被人记住，于公元前三五六年将以弗所的阿尔忒弥斯神庙烧毁。以弗所人把他判处死刑，并严禁说出他的名字，违者将被处死。

2　　曼利乌斯（？—约前384），古罗马将军。公元前三九二年任执政官。前三九〇年（或前三八七年）高卢人突袭罗马城时，他（已非执政官）率部驻扎在城西北的卡皮托林山丘地区，听到神庙中的鹅叫声，便走起而与高卢人搏斗，并唤醒了沉睡中的罗马城内士兵，因保卫罗马有功，获得"卡皮托林的曼利乌斯"的称号。后在政争中被控叛国，约前三八四年被保民官推下塔皮乌姆山岩摔死。

3　　参见西塞罗《论善与恶之定义》。

4　　圣通日位于法国西部地区。

412

而他们则会得到我的耻辱。我的先辈以前姓埃康，现在英国有个著名的家族也是这个姓。至于我的名字[1]，愿意取这个名字的人都能得到。这样，我也许会把自己的荣誉给予某个卸货的脚夫。另外，即使我有特别的标志，但我不在人世时，这标志又能表示什么？也许表示虚无，并让人喜欢虚无？

> 现在，竖立在尸骨上的墓碑是否变轻？
> 有人说后辈会赞扬他：
> 现在，这光荣的亡灵、这坟墓和这遗骸，
> 是否会长出堇菜植物？[2]

但这点我已在别处谈过。[3]

在一场万人伤亡的战斗中，只有十五个人被人谈论。个人的功绩，即使不是普通火枪兵所立，而是军队长官所建，也并非都能引起别人注意，除非这确实是英雄壮举，或者会带来重大影响。杀死一两个或十个敌人，勇敢地去冒死亡的危险，这对我们每个人来说确实不是微不足道的事情，因为这是在孤注一掷；但对整个世界来说，却是极其平常的事情，每天都有这么多事情发生，所以发生的事情至少要增加一倍，才会引起注意。因此，我们不能期待别人会对此特别推崇，

1　即米歇尔。
2　引自佩尔西乌斯《讽刺诗》。
3　参见本书上卷第四十一章《论荣誉不可分享》。

这种事其他许多人都曾遇到，可以说

司空见惯，是命运中无数机会的一种。[1]

一千五百年以来成千上万的勇士手握武器在法国阵亡，但我们知道的还不到一百。在我们记忆中消失的不仅有统帅的名字，而且还有战役和胜利。

世上半数以上的人的命运，因没有记载而无人知晓，也没有留下任何痕迹。

如果我掌握迄今还无人知道的事件的材料，不管我需要什么例子，我都会十分自然地用这些事件来替代我们已知的事件。

罗马人和希腊人虽说有这么多作家和见证，他们的丰功伟绩流传至今的却是凤毛麟角！

他们的荣耀传到我们耳朵里如同一丝微风。[2]

一百年后，如有人大致记得，法国曾发生内战，就已经非常不错。

斯巴达人作战时要祭缪斯女神，使他们的战绩能恰如其分地记载下来，因为他们认为，他们的战绩如有见证，得以流芳百世，那就是上帝的特殊恩惠。

我们难道认为，我们每次被火枪射中，每次遇到危险，都会

1　引自尤维纳利斯《讽刺诗集》。
2　引自维吉尔《埃涅阿斯纪》。

突然出现一名书记员，把这些事记录下来？即使这样的书记员有一百名，他们记录的文字最多也只能保存三天，所以不会被任何人看到。古人记载的文字，流传至今的还不到千分之一；命运赋予它们以生命，而生命的长短则取决于命运的喜好；我们对其他事情一无所知，就难免会产生疑问：我们不能掌握的东西是否更坏？人们不会把这么小的事写进历史：能写进历史的必须是征服一个帝国或王国的统帅，必须赢得五十二次重大战役，而且总是以少胜多，就像恺撒那样。他的一万名战友和好几位著名军官跟随他去打仗，英勇地献出了自己的生命，但他们的名字只是在他们的妻子和孩子活在世上时才留在人们的记忆之中，

他们今日已默默无闻。[1]

即使是我们目睹建立丰功伟绩的人们，在他们离开人世三个月或三年之后，别人就不再谈论他们，仿佛他们从未降临人世。能对事物做出正确估价的人们都在考虑一个问题：怎样的人和事能光荣地记载在书本之上流芳百世，他们会发现，在我们这个世纪，只有极少的事和人能有这种荣幸。我们看到有多少英勇的男子汉在出名之后被人遗忘！他们无可奈何地看到年轻时名正言顺地得到的名誉和荣誉变得黯然失色。为了能过上三年这种虚幻和假想的生活，我们难道要脱离我们真正和实在的生活，使自己处于永久的死亡之中？对于如此重要的事情，圣贤们给自己确定了

1　　引自维吉尔《埃涅阿斯纪》。

更加美好和正确的目标。

把一件好事做好，这本身就是一种报偿。[1]

对一次效劳的报答就是效劳。[2]

对于画家或其他艺术家来说，对于修辞学家或语法学家来说，力图通过自己的创作来成名情有可原，但是德行本身是极为高尚的事情，所以只能满足于它们本身的价值，而不能去索取别的报答，特别是不能出于虚荣而要求别人用好评来报答自己。

不过，这种错误的看法对社会并非毫无益处，它可以促使人们履行自己的义务，可以唤起民众的行善之心，可以使君主们看到，整个世界都在怀念图拉真[3]，同时在怀恨尼禄。这个恶棍的名字过去如此威风、令人生畏，现在任何一个小学生都可以肆无忌惮地加以咒骂和侮辱，君主们看到这种情况，就会受到震动。但愿这种看法在我们之中尽可能广为传播。

柏拉图采取了各种措施，使城邦居民乐善好施，他还劝告他们不要轻视其他民族的名声和尊严。[4]他说，由于神灵的某种启示，连坏人也往往会在口头上和思想上辨别好坏。此人和他的老师[5]

1　　引自塞涅卡《致卢齐利乌斯》。
2　　引自西塞罗《论善与恶之定义》。
3　　图拉真（53—117），古罗马安敦尼努王朝皇帝（98—117 在位）。即位后，加强集权统治，大力扩张领土，将罗马版图扩张至最大。
4　　参见柏拉图《法律篇》。
5　　指苏格拉底。

干得出色而又大胆，他们在人力做不到的地方都加上神的奇迹和启示，"如同悲剧诗人在无法处理剧本的结局时求助于神的帮助"[1]。

也许正因为如此，提蒙称柏拉图为"伟大的奇迹制造者"[2]。

既然人们由于不够聪明而无法获得真币的报答，那就让他们仍用假币来报答。这种方法所有的立法者都使用过。为了控制民众，让他们服从，没有一个国家不使用冠冕堂皇或欺骗性的言辞。正因为如此，大部分国家的起源和开端都非常神奇，充满着超自然的秘密。这就使那些乱七八糟的宗教得到人们的信仰，并使理智的人们成为它们的信徒。因此，努马[3]和塞多留[4]为了使自己的臣民更加忠心，就用荒诞不经的话来欺骗他们，前者编造了仙女伊吉丽娅[5]的故事，后者则说白鹿把神谕告诉他，让他照此办理。

努马依靠这位仙女的庇护，使自己的法律具有权威性，大夏[6]和波斯的立法者琐罗亚斯德依靠奥尔穆兹德[7]的庇护，埃及的

1　引自西塞罗《神性论》。

2　参见第欧根尼·拉尔修《柏拉图》。

3　即努马·庞皮利乌斯，古罗马王政时期第二王（约前714—前671）。据说因其人格可敬而在罗马继罗慕路斯为王。设立祭司团，规定宗教节日和仪典。在位时改革历法。

4　塞多留（约前122—前72），古罗马政治家和军事将领。公元前八三年任行政长官，负责管辖西班牙各行省。苏拉派兵向他进攻时，他退居非洲。公元前八〇年重返西班牙。经过几年战争以后，到公元前七七年底终于成为西班牙大部分地区的统治者。公元前七七年他在西班牙举起叛旗，反对苏拉强加给罗马的一套制度。同年庞培率领一支罗马军队到达西班牙。在两年血战中塞多留显示出他在战术和战略方面的高度才能。据说他打仗时有白鹿跟随，使他能知道神谕。

5　罗马传说中的仙女，曾以预言指示罗马第二代王努马。

6　大夏是中亚古地名、古国名，中国史籍对巴克特里亚的称呼，在兴都库什山与阿姆河上游之间（今阿富汗北部）。本波斯帝国属地，约前二五〇年独立，狄奥多德建国（亦称"希腊·巴克特里亚王国"），都巴克特拉（即巴里黑）。前三世纪末至前二世纪初国势强盛；领有北起阿姆河上游、南达印度河流域的广大地区。后国土分裂，势衰。约前一三〇年被大月氏征服。

7　即光明神阿胡拉·玛兹达。

立法者特里斯墨吉斯忒斯[1]依靠墨丘利神，西徐亚王国的萨莫尔克西斯依靠维斯太塔神，哈尔基季基的哈龙达斯依靠萨图尔努斯神，克里特的米诺斯依靠朱庇特，斯巴达的来库古依靠阿波罗，雅典的德拉古[2]和梭伦依靠密涅瓦。总之，任何国家的治理，都要依靠一位神祇来制定法律，这其实都是假的，只有摩西在出埃及时给犹太教徒制定的律法才是真的。

正如儒安维尔先生所说[3]，贝都因人的宗教告诉人们，为国王而牺牲的人，灵魂会进入一个新的躯体，这个躯体比以前的躯体更加舒服、漂亮和强壮，因此，他们更加愿意去冒生命的危险：

> 战士向刀剑冲去，准备立即死去，
>
> 吝啬会复活的生命，就是懦弱的表现。[4]

这种信仰不管如何荒诞，还是十分有益。每个民族都会有这样的例子，但对这个主题应该做专门的论述。

我要对我在本章首要的话题[5]做点补充。我不希望女士们把自己的义务称为荣誉："因为在平常的语言中，人们只是把民众

1　即赫尔墨斯·特里斯墨吉斯忒斯，意为"非常伟大的赫尔墨斯"，是希腊的神赫尔墨斯和埃及的神托特的结合体，据说著有神秘典籍。

2　德拉古（前7世纪末），古雅典立法者。约前六二一年任司法执政官，依据习惯法编制雅典第一部成文法。该法以严酷著称，对几乎所有犯罪行为均处以死刑，故后世称苛法为"德拉古法"。

3　参见儒安维尔《圣路易传》。

4　引自卢卡《内战记》。

5　指荣誉。

一致赞扬的东西称为荣誉"[1]；她们的义务是主要的，她们的荣誉只是外壳而已。我也不希望她们用这个借口来加以拒绝，因为我可以预料，她们的意图、欲望和意愿只要没有显露出来，就跟荣誉毫不相干，并且比她们的行动更有规律：

> 她其实同意，她拒绝只是因为不能同意。[2]

有这种欲望跟把欲望付诸实施一样，是对上帝和自己良心的侮辱。另外，这种事情本身是隐蔽的、在暗中干的，所以女士们如不履行自己的义务，不爱惜自己的贞洁，就很容易隐瞒这种事情，不让别人知道，使自己的名誉免受玷污。

正直的人都情愿失去自己的荣誉，而不愿失去自己的良心。

1　引自西塞罗《论善与恶之定义》。
2　引自奥维德《恋歌》。

十七

论自命不凡

对荣誉的另一种追求，是我们对自己的长处评价过高。这是我们出于本能对自己怀有的爱，这种爱使我们把自己看得跟我们的实际情况完全不同：就像爱情能把美貌和优雅赋予被爱的人，并使爱恋的人们失去清晰和正常的判断力，把他们所爱的人看得比实际情况更加完美。

我并非因害怕犯这种错误而希望一个人看轻自己，也不希望他把自己看得比实际情况更坏。在任何情况下评价都应同样公正：每个人对自己的评价都应跟实际情况相符。如果是恺撒，那就让他大胆地认为自己是世上最伟大的统帅。我们关心的只是体面，体面把我们弄得晕头转向，使我们看不清事物的本质；我们抓住了树枝，却抛弃了树干和主体。我们要女士们在提到一些事情时感到脸红，但她们去做这些事情却丝毫不感到羞耻；我们不敢说出我们某些器官的名称，但我们却毫不羞耻地使用这些器官去干各种淫秽的勾当。体面不准我们说出合法和正常的事物，而我们也对此完全服从；理智不准我们做出不合法和不好的事情，对此却无人加以理睬。我感到在这种情况下体面的法律在束缚我的手脚，因为体面既不准我们讲自己好，也不准我们讲自己不好。在此就不必再多说。

有些人因命运（你如果愿意，可以称为好运或厄运）而过上高于一般水平的生活，他们可以用大家都能看得到的行动来显示自己是怎样的人。但有些人命中注定默默无闻，他们自己不谈就无人会提起他们，万一他们斗胆向希望了解他们的人谈论自己，这样倒情有可原，这方面有卢齐利乌斯为例：

> 他像告诉忠实的同伴，
>
> 把他的秘密告诉他的书籍，
>
> 他失败或成功的唯一倾听者：
>
> 这样，这位老人的一生都描绘出来，
>
> 犹如写在还愿板上。[1]

此人在纸上记下自己的行为和思想，并根据自己的感觉把自己描绘出来。"鲁提利乌斯和斯考鲁斯并没有因此而受到怀疑，也没有因此而受到指责。"[2]

我因此想起，从我孩提时起，别人就发觉我身上有某种我

1　引自贺拉斯《讽刺诗集》。

2　引自塔西佗《阿古利克拉传》。鲁提利乌斯·鲁夫斯（约前154—约前90），古罗马政治家。前一〇五年任执政官。他压制骑士敲诈勒索的行为，使骑士对他恨之入骨，告发他贪污使他辞职。他退隐后撰写《回忆录》。斯考鲁斯（前163—前88），古罗马元老院贵族派领袖。两次出任执政官。著述甚多。

自己也说不清楚的举止和派头，显示了虚幻和愚蠢的自豪。为此，我首先想说的是，我们生来就具有一些特点和倾向，是毫不奇怪的事情，这些特点和倾向在我们身上根深蒂固，使我们无法察觉。在这种自然倾向的影响下，我们会在不知不觉中不由自主地养成某种习惯。意识到自己的美并因此而装腔作势，使亚历山大大帝的脑袋微微向一侧倾斜[1]，使亚西比德[2]说话有气无力、含糊不清。[3]恺撒用一个手指搔头，仿佛心事重重[4]；西塞罗似乎有揉鼻子的习惯，这说明他生来就瞧不起别人。这些动作会在不知不觉中出现在我们身上。还有一些是我们有意识做出的动作，我在此就不再赘述，例如男子敬礼和女子行屈膝礼，用这些动作往往能得到不应得到的名声，即被认为是谦虚、有礼貌的人：有人因贪图荣誉而装出谦虚的样子。我喜欢行脱帽礼，在夏天尤其如此，除了我的下人之外，只要有人对我行这种礼，不管他何种身份，我都会对他还礼。不过，我还是希望我认识的某些亲王少行这种礼，即使行礼也要十分审慎，因为如果见到每个人都要脱帽，这种礼节就起不到应有的作用。这种礼节不加区分地用于众人，就会失去作用。说到异乎寻常的举止，我们不要忘记罗马皇帝君士坦提乌斯一世[5]的傲慢。在大庭广众之中，他总是保持昂

1　参见普鲁塔克《如何区分讨好者和朋友》。

2　亚西比德（约前450—前404），古雅典统帅、政客，哲学家苏格拉底的弟子。

3　参见普鲁塔克《亚西比德》。

4　参见普鲁塔克《恺撒传》。

5　君士坦提乌斯一世（250—306），古罗马皇帝（305—306在位）。君士坦丁大帝之父。早年从军，曾任达尔马提亚总督。公元二九三年被马克西米利安选为副帝（称"恺撒"），并收为义子。三〇五年两正帝退位，与加勒里乌斯同时升为"奥古斯都"（正帝）。翌年，在与不列颠北部皮克特人交战中，死于埃勃拉库姆（今约克）。

首的姿势，既不回头，也不低头，不去观看站在道路两旁欢迎他的人群，他的身体一动也不动，虽说马车行驶时会有颠簸，他在别人面前不吐痰，不擤鼻涕，也不擦脸上的汗水。

我不知道别人在我身上发现的这些习惯动作是否天生的，我对上述坏习惯是否真的有一种隐秘的倾向，这当然是十分可能的，因此，我对自己身体的运动无法负责。但是，对于我心灵的活动，我想在这里坦率说出自己的想法。

傲慢有两种原因：对自己评价过高，对别人评价过低。至于第一种原因，既然说到我，我觉得首先必须注意一点，那就是我总是觉得有一种心灵迷失的压力，这种压力使我感到难受，是因为它毫无根据，并且老缠着你。我试图减少这种压力，但不能把它完全消除。问题在于我总是降低我拥有的东西的真实价值，同时提高别人的、不存在的和不属于我的东西的价值。这种感觉会使我走得很远。犹如丈夫意识到自己的权力会看不起自己的妻子，有些父亲也会因此看不起自己的孩子，我在两部价值相同的著作面前，总是会对自己的著作更加严厉。这并不是因为对完美的追求和创作更好的作品的愿望，才使我不能对自己的著作感到满意，就像占有会使你蔑视你拥有和能够支配的东西。远方的国家及其风俗和语言吸引着我。我发现，拉丁语因其优点而使我产生的敬意，超过了它应该得到的敬意，在这方面我跟孩子和民众一样。我朋友的财产管理、房屋和马匹跟我的一样，但在我看来却比我更好，原因是它们不是我的。尤其是我完全不知道自己能够做些什么，因此我欣赏除了我之外的任何人所具有的自信心和对未来的希望。这就使我感到，我几乎什么都不知道，也不敢说我能做什么事情。我在事前和开始做某种事之后都看不清自己的能力，只有在自己做完后才看得清楚：我对自己力量的了解，就像对初次遇到的人的力量的了解。因此，我万一能胜任某件事情，就把它归功于自己的运气，而不是归功于自己的能力。这尤其是因为我在做任何事情时，心里都十分害怕，并希望自己走运。同样，总的来说，我有个特点，在古代对人的评论中，我最容易接受、最欢迎的是那些把我们蔑视、贬低和侮辱得最厉害的评论。我感到，哲学只有在制止我们的傲慢和虚荣的时候，只有在真心实意地承认自己优柔寡断、无能为力和无知的时候，才能起到自己的作用。我感到，社会和个人最大的谬误的根源，是人对自己的评价过高。这些人骑在水星的本轮[1]上，观看天空深处，就像在拔我的牙齿。我以人为研究对象，我看到关于这个客体的观点众说纷纭，我遇到的困难重重叠叠，犹如深不可测的迷宫，在这所智慧的学校里有着如此众多的犹豫和矛盾，你就可以认为，既然这些人无法了解自己以及一直展现在他们眼前和存在于他们之中的他们自己的状况，既然他们不知道他们自己使其运动的东西如何运动，也不知如何来描写和解释他们拥有和使用的弹簧的作用，我怎么能相信他们所说的第八个行星运行的原因以及尼罗河涨潮和落潮的原因呢？《圣经》中说，让人们产生了解事物的欲望，无疑是一种祸患。

　　我再回过头来谈我自己。我感到，要找到一个对自己的评价比较低的人，或者要找一个对我的评价低于我对自己评价的人，

1　　本轮是地心宇宙体系中行星运行所沿的辅助图。

是十分困难的事情。

我觉得自己平平常常，我跟别人的唯一区别，是我十分清楚地看到自己的缺点，这些缺点比普遍存在的缺点还要卑劣，但我既不想否定它们，也不想为它们辩解。我欣赏自己只是因为我知道自己的真正价值。

如果我傲慢，那就会表现出来，但只是表面现象，不会影响我的判断。我只是被它弄湿，并未染上它的颜色。[1]

确实，说到思想的产物，不管它们由什么构成，我这里从未产生过使我真正满意的东西，别人的称赞也不会使我高兴。我的评论谨慎而又苛刻，在涉及我自己时尤其如此。我不断否定自己，我总是有一种感觉，仿佛我因软弱而动摇不定，并做出让步。我没有任何东西能使我的理智感到满意。我看得相当清楚、准确，但我着手工作之后，我的看法会变得模糊不清，我在诗歌方面进行自己的尝试时，这种情况就更加明显。我极其喜爱诗歌，我对别人的诗作看得一清二楚，但我自己动手写诗时，却变得像孩提一般，对自己无法忍受。在其他任何事情上可以是傻瓜，但在诗歌上却万万不能，

> 神祇、人们和展示诗人作品的柱子，
> 都不准诗人作品平庸。[2]

1　这比喻取自塞涅卡《致卢齐利乌斯》。
2　引自贺拉斯《诗艺》。

425

最好把这个警句张贴在我们所有出版商的铺子门前，以便不让这么多的蹩脚诗人进去，

　　任何人都不像蹩脚诗人那样自信。[1]

　　像下面说的那样来理解这件事的民族，为何已不复存在？狄奥尼修斯一世[2]对自己评价最高的是他的诗歌。在举办奥林匹亚竞技会期间，他除了派出在豪华方面压倒其他车辆的马车之外，还派出诗人和乐师来介绍他的诗歌，并让他们带去装饰得像帝王使用的那样金碧辉煌的营帐。当轮到朗诵他的诗歌时，听众在开始时被朗诵的诗歌的典雅和华丽所吸引，但听到后来，觉得作品毫无才气，就对它表示蔑视，评论也越来越尖刻，最后竟生起气来，把他的帐篷全都推倒、撕坏。他的马车在比赛中也没有得到任何出色的成绩，他手下的人回去时乘坐的船只因风暴没能到达西西里岛，而是撞在塔兰托附近的海岸上，撞得四分五裂，民众认为这肯定是神祇愤怒的表示，就像他们对这蹩脚诗歌表示愤慨。在这次海难中生还的水手们也同意民众的这种看法。[3]

　　预言这僭主即将死去的神谕，似乎跟这种看法不谋而合。神谕认为，狄奥尼修斯一世在战胜比他优秀的人们之后，就是他死

1　　马提雅尔《警句诗集》。
2　　狄奥尼修斯一世，叙拉古（西西里岛）僭主（前405—前367）。统治叙拉古达三十八年之久。建立千人"卫队"，强征重税以扩充军队（造舰）和增加军饷，极力建立其在西西里和南意大利一带（"大希腊"）的霸权。北邻沿海城市卡塔那、纳克索，西邻里昂提尼等，均为其臣服。
3　　参见西西里的狄奥多罗斯《世界史》。

到临头之时。他则认为神谕中所说的是比他强大的迦太基人。在跟他们打仗时，他常常有意错过胜利的机会，在中途停顿下来，以便使这个预言不能兑现。但是，他对预言做了错误的理解，因为神指的是特殊情况，就是他后来通过贿赂的不正当手段，战胜了那些比他更有才华的悲剧诗人，在雅典上演了他的悲剧《莱内尼亚人》。[1]取得这个胜利之后，他突然死了，这部分是因为他因此而过于快乐。

我觉得自己的作品可以接受，并不是从它本身而言，而是因为看到有人推崇的作品更差。我羡慕有些人幸福，他们因自己做的事而感到高兴，并因此心满意足。要感到愉快，这是十分容易的办法，因为这种快乐你可以从自己之中得到，如果你对自己的评价深信不疑，那就更是如此。我认识一位诗人，对这位诗人，不论是年老的还是年轻的，不论是大家在一起时还是独处之时都在叫喊，甚至老天和大地也在叫喊，说他对诗歌一窍不通。但他还是按照自己确定的方向去做。他仍然做以前所做之事，不断进行修改、加工，坚持不懈地干下去，由于他依靠自己一人来维持自己的看法，所以他对自己的看法坚定不移、不屈不挠。我的作品不仅不会使我感到高兴，我每次重新阅读它们时，还会感到恼火：

我重新读到它们，看到其中许多段落，

---

1   参见西西里的狄奥多罗斯《世界史》。

427

连我自己也觉得应该删除。[1]

我内心总是有一种想法，还呈现某种模糊的形象，犹如在梦中一样，这种形式比我使用的形式更好，但我无法理解和阐明它。其实，这种想法本身并不高明。我因此得出结论，我的想象和愿望即使十分广阔，跟古代那些伟大而丰富的精神产物相比仍有很大的距离。他们的作品不仅使我满足和充实，而且使我惊讶和赞赏。我清楚地感到它们的美，我看到这种美，即使没有完全看到，至少也看出我不可能达到这样的水平。我不管做什么，都必须为美惠女神做出牺牲，普鲁塔克为博得她们的青睐，在谈到一个人[2]时说了这样的话，

> 因为能使人喜欢的一切，
> 能使凡人的感官愉悦的一切，
> 我们都应归功于可爱的美惠女神。[3]

她们到处都把我抛弃。我写的一切都十分粗糙，缺乏高雅和优美。我不能把事物描绘得比它们实际上更美。我的加工不会使素材增色。因此，我的素材应该有更好的质量，能使人产生印象，能自己放出光彩。我用比较朴实、引人入胜的方法来处理题材，是为了我自己，因为我不喜欢使全世界都沉溺其中的迂腐和

1　引自奥维德《黑海零简》。
2　指色诺克拉底。参见普鲁塔克《对新婚夫妇的建议》。
3　引自品达罗斯《奥林匹亚竞技胜利者颂》。

忧郁的想法。我这样做是为了使我自己高兴，而不是为了使我的风格变得轻快活泼，因为我的风格更适合于严肃的题材（如果说我应该把风格称为无定形的和不规则的话语，或者更确切地说，是朴实无华的语言，是无题目、无段落、无结论的叙述，杂乱无章，就像阿马法尼乌斯和拉比里乌斯[1]说的话）。我不会取悦于别人，使人开心，也不会唤起别人的想象力：世界上最好的故事到了我手里也会变得枯燥无味、黯然失色。我只会谈论我事先考虑好的事情，我完全没有我的许多同行所具有的能力，即善于跟初次见面的人进行谈话，让一群人听得全神贯注，或是不厌其烦地谈论各种事情，使一位君主听得津津有味，他们这样夸夸其谈，从不会感到缺乏话题，因为他们会抓住偶然想到的话题，并使其适应跟他们交谈的人们的情绪和水平。君主们不喜欢严肃的谈话，而我却不喜欢讲有趣的故事。首先想到、最容易想出的理由通常最具有说服力，可我却不会加以利用，这说明我不善于对公众说话。不论我谈到什么题材，我总是希望说出我所知道的最复杂的东西。西塞罗认为，在哲学论著中，最困难的是引言部分。[2]不管他说得是否正确，我要解决的却是结论。

　　一般来说，必须善于把弦调到各种各样的音调；最高的音是演奏时用得最少的音。要举起轻物，至少要有不让重物掉下所必需的灵巧。有时只需触及事物的表面，有时则要深入事物内部。我十分清楚地知道，大部分人都处于低级层次，只是从事物的外

1　阿马法尼乌斯和拉比里乌斯是西塞罗《学园派哲学》中的两个人物，西塞罗指责他们缺乏审美力和批判能力。
2　参见柏拉图《蒂迈乌斯篇》法译本。

表去认识事物，但我也知道，像色诺芬和柏拉图这样最伟大的大师往往俯就屈尊，用民众的粗俗言语来说话和讨论各种事情，并用他们特有的优雅点缀这种说话方式。

不过，我的语言并没有通俗和文雅的特点，而是尖刻倨傲，其剪裁配置自由，不受规则的约束；我喜欢这种语言，即使不是出于我的判断，也是出于我的嗜好。但我清楚地感到，我有时在这方面走得太远，我想要避免装腔作势和矫揉造作，却走到了另一个极端：

> 我想要简洁明了，
>　　却变得晦涩难懂。[1]

柏拉图说，长或短都不是使语言增色或失色的特点。每当我想要仿照另一种风格，即匀称、单一和整齐的风格，我都会遭到失败。另外，我虽然更加喜欢萨卢斯特的停顿和节奏，却仍然认为恺撒更加伟大，更加难以模仿。我的爱好使我更想模仿塞涅卡的风格，但这并不妨碍我更加欣赏普鲁塔克的风格。不论在行为上还是在讲话时，我都听其自然，因此，我讲话也许比写作要好。运动和活动会使话语变得生气勃勃，对像我这样会突然振奋和激动的人来说尤其如此。举止、面孔、声音、衣服和心境，会使物体具有它们所没有的价值，甚至连喋喋不休的废话也

1　　引自贺拉斯《诗艺》。

是如此。梅萨拉[1]演说模仿西塞罗，在塔西佗的书中抱怨他这个时代的某些紧身服装，也抱怨演说者的讲台会使他们的雄辩受到损害。[2]

我的法语在发音和其他方面受到我出生的地区的粗俗影响；在我们的地区，我认识的人都发音不清，纯粹的法国人听起来很不顺耳。这并不是因为我对佩里戈尔方言掌握良好，我对这种方言的掌握并不比德语来得好，我对此毫不在乎。这种方言就像附近的其他方言，如普瓦图方言、圣通日方言、昂古莱姆方言、利摩赞方言和奥弗涅方言，有气无力，声音拖长，啰啰唆唆。在比我们这里高的地方，在靠近高山的地区，有一种加斯科尼方言，我觉得这种方言特别美，它简单明了，却又意味深长，比我知道的任何一种方言都更有阳刚之气和尚武精神；这种方言刚劲有力又恰如其分，而法语则优雅、细腻而又丰富多彩。

至于拉丁语，曾是我的母语[3]，但由于我不再把它当活的语言使用，所以我已不像以前那样能流利地讲这种语言，同时也不能用这种语言进行写作，而在以前，我对这种语言的掌握十分出色，被别人称为老师。这方面我也就这点本领。

美在人们的关系中是一种伟大的力量，最能使人们相互吸引，一个人即使十分粗野、阴郁，也不会对美的魅力无动于衷。肉体是我们的存在中十分重要的部分，占有很高的地位。因此，

1　梅萨拉（约前64—9），罗马政治家、统帅、作家和演说家。他爱护文学事业，著有内战回忆录、各种体裁的诗歌和研究语法的文章，皆失传。

2　参见塔西佗《演说家的对话》。

3　拉丁语是蒙田小时候最早学的语言。参见本书上卷第二十六章。

它的构造和构成的方式理所当然地受到特别的重视。谁要是想让我们这两个主要部分脱离，使它们互相分开，谁就犯了错误。相反，应该让它们紧密地连在一起，把它们合成一个整体。必须要我们的灵魂别退缩在自己的区域里，不要蔑视和抛弃我们的肉体（它只会因可笑的装腔作势才这样做），而是要跟肉体紧密地连在一起，跟它拥抱，喜爱它，帮助它，监督它，给它出主意，在它误入歧途时帮助它回到正路上来，总之是同它结婚，成为它的丈夫[1]，以便使它们的行动不要相互矛盾，而要协调一致。基督徒们特别了解这种联系，因为他们知道神的法律赞成肉体和灵魂的这种结合和联系，肉体必然和灵魂一起永远受苦或永远享福，他们也知道，上帝看着每个人所做的一切事情，并希望人根据自己的所作所为得到惩罚或奖赏。

在所有哲学学派中，逍遥学派最为人道[2]，认为明智的举动是为结合在一起的这两个部分造福。该学派认为，其他学派对这种共存的现象研究得不够深入，犯了片面性的错误，有的学派重视肉体，有的学派重视灵魂，但都犯了同样的错误，即忽视了他们的研究客体——人。他们一般认为，引导他们研究的是大自然。

对人进行区分的首要标准，使一部分人优于另一部分人的首要条件，很有可能就是美貌：

　　他们分配牲畜和土地，

1　灵魂和肉体结婚的形象，多次出现在雷蒙·塞邦的《自然神学》中。
2　参见西塞罗《论善与恶之定义》。

根据各人的才能、体力和美貌。

美貌十分体面，体力受人尊重。[1]

然而，我的身材略低于中等身材。这一缺点不仅有损美观，而且对担任统帅和高级职位的人来说还会带来种种不便，因为他们没有外貌的美和健壮的身材所赋予的威望。

马略不喜欢接见身高低于六尺的士兵。《侍臣》希望贵族最好有中等身材，并且不希望他突出到让人指指点点，这很有道理。但是，如果必须做出选择，我认为对一个军人来说，高于中等身材比低于中等身材要来得好。

亚里士多德说，矮个子面容可爱，但并不漂亮；在高个子身上可看到伟大的心灵，就像高大的身躯显得美貌。[2]

他又说，埃塞俄比亚人和印度人选择自己的国王和行政官员，注意人的美貌和高大的身材。[3]他们这样做是对的，因为一支军队的统帅如果长得英俊、威武，他的部下就会对他肃然起敬，他的敌人就会胆战心惊：

图尔努斯走在队伍的最前列，他躯体雄伟，

高出众人一头，手持武器前后走动。[4]

1　引自卢克莱修《物性论》。
2　参见亚里士多德《尼各马可伦理学》。
3　参见亚里士多德《政治学》。
4　引自维吉尔《埃涅阿斯纪》。

我们伟大的天主的每一个思想，我们都应该认真、虔诚和崇敬地接受，天主也并不拒绝肉体之美："你比世人更美。"[1]

柏拉图要求他的共和国的官员不但要节制和坚强，还要有漂亮的外貌。[2]

如果有人看到你在你手下的人中间并问你："您的先生在哪里？"如果有人对你的理发师或秘书热情地打招呼，而对你却十分冷淡，你就会十分难受。可怜的菲洛皮门就遇到过这种事情。有一天，他到达等他去做客的屋子比随从人员早，主人不认识他，又见他长得丑陋，就叫他去帮助女仆提水或把火拨旺，以便接待菲洛皮门。他的随从人员到达后，看到他在干这种活（因为他觉得必须服从主人的吩咐），就问他在干什么。他对他们回答道："我在为自己的丑陋付出代价。"

身体其他部分的美是女子所需要，但身材的美是男子必须有的唯一的美。如果身材矮小，即使前额宽大、凸出，即使眼白很白、目光温柔，即使鼻子形状优美，即使耳朵和嘴巴娇小，即使牙齿整齐、洁白，即使栗色的胡子密度划一，即使小胡子长得很美，即使长着圆圆的脸蛋，即使脸上容光焕发、表情优雅，即使身上没有难闻的气味，即使四肢匀称，也不是漂亮的男子。

在其他方面，我身体结实，身材矮壮；我的脸并不肥胖，但很饱满；我的性格介于开朗和忧郁之间，一半活泼一半暴躁，

1　参见《圣经·旧约·诗篇》。
2　参见柏拉图《理想国》。

因此，我双腿和胸部都长满了毛；[1]

我身体很好，精神饱满，在上了年纪之前很少生病。我一直这样，但我早已年过四十，我已进入通向老年之路，所以不再认为自己仍然如此：

精力和活力因年龄而消退，
渐渐变得衰败老朽。[2]

从此之后，我就只有半条命，我不再是我自己。我每天都在离我而去，避开我自己，

我们的财产，一件件被流逝的岁月夺走。[3]

说到敏捷和机灵，我以前未曾有过。我父亲精力充沛，而且到暮年仍然十分活跃。[4] 跟他地位相同的人，无人能在体育锻炼方面达到他的水平，就像无人能在这方面超过我，但赛跑除外（我赛跑属中等水平）。至于音乐，在我很不擅长的唱歌和乐器演奏方面，别人不能从我那里学到任何东西。在舞蹈、网球和摔跤方面，我只是学了一些皮毛；而游泳、击剑、马术和跳跃，

1　引自马提雅尔《警句诗集》。
2　引自卢克莱修《物性论》。
3　引自贺拉斯《书简》。
4　蒙田的父亲一直活到七十二岁。

我一点也不会。我的手相当笨拙，写出来的东西连自己看了也不满意，因此，我即使写了一些东西，也情愿重新写过，而不愿花力气进行修改；我朗读也并不好。我觉得我写的东西会使听众难受。总之，我不在行。我不会把信正确封好，从来也不会修剪羽笔，也不会正确使用餐刀，不会给马匹套上鞍辔，不会用手抓住猎鹰并把它放出，也不会对狗、猎鹰和马匹说话。

总的来说，我的身体状态和我的精神状态相符。丝毫也没有灵活的感觉，有的只是刚强和坚定。我吃得起苦，但只有在我认为必要之时，只有在我心甘情愿之时，我才会去吃苦，

乐趣会使人忘记工作的疲倦。[1]

换句话说，如果我不是受到某种乐趣的吸引，如果引导我的不是我自己的意愿，而是别的什么东西，我做事就会毫无价值。因为除了健康和生命之外，世上没有任何东西会让我去损坏自己的指甲，会让我用精神和肉体痛苦的代价去换取，

我不想用这个代价来得到
两岸绿树成荫的塔霍河沙砾中流向大海的所有黄金；[2]

1　引自贺拉斯《讽刺诗集》。
2　引自尤维纳利斯《讽刺诗集》。

我极为懒惰，喜欢自由，这出于我的性格，也出于我的信念。我情愿献出自己的鲜血，也不愿多去费神。

我的精神只属于自己，习惯于自行其是。我至今还从未有过指挥官和强加于我的主人，我毫无阻碍地走自己选择的道路，而且以自己喜欢的步伐行走。这使我变得娇气，不能去伺候别人，只能对自己有用。对我来说，没有必要去改变自己迟钝、懒惰和喜欢清闲的性格，因为我从出生之日起就十分幸福，觉得可以一直处于这种状况，而且头脑十分清醒，觉得有这样的可能，所以我没有寻求任何东西，也没有得到任何东西：

> 顺风没有把我的帆吹得鼓起；
> 逆风也没有阻止我的船行驶。
> 在力量、才能、美貌、德行、出身和财产方面，
> 我在一流中排在末尾，在末流中排在首位。[1]

我只需要一点，那就是对自己的命运感到满意，也就是处于一种精神状态，老实说，对任何一种地位的人来说，具有这种精神状态都十分困难，但实际上，穷人要比有钱人更容易具有这种精神状态。其原因是致富的愿望跟我们其他所有嗜好一样，在尝到富有的滋味之后，要比在对此一无所知时更为强烈；另外，节制的美德要比忍耐的美德更为罕见。我只需要慢慢享受天主慷慨大方地交给我的财产。我没有做过任何繁重的工作。我做的几乎

---

[1] 引自贺拉斯《书简》。

总是自己的事情；如果说我有时也为别人做事，那只是因为有一定条件，即我做这些事是在我觉得合适的时间，而且是以我的方式来做。另外，请我做事的人都相信和了解我，而且不来催我。要知道有本领的人能让脾气倔强和患喘息症的马为自己干活。

我的童年也是在宽松、自由的条件下度过，没有受到严格的约束。所有这些都使我养成敏感的性格，无法忍受不安的情绪，因此我喜欢别人不要在我面前谈论我受到的损失和遇到的麻烦：在我的开支中，我加入了因漫不经心而在仆人的食宿和工资中多花的费用。

> 肯定是这笔多余的钱，
>
> 逃过了主人的眼睛，成了盗贼的外快。[1]

我情愿不知道自己的账目，以便对我的损失没有十分确切的了解。跟我一起生活的人们，如对我没有感情，也不好好伺候，我就请他们对我装出感激的样子来欺骗我。我不够坚强，不能忍受我们所遇到的麻烦事情产生的不利影响，也不能总是集中精力来处理好自己的事务，所以我在一切听从命运安排的同时，尽可能确立这样一种原则，就是在任何事情上都做最坏的打算，并准备用温顺和耐心的态度来承受这最坏的结果。我只是这样去做，这也是我所有的想法要达到的目的。

我遇到危险时，并不老是去想如何避开它，而是想我避开危

---

1   引自贺拉斯《书简》。

险是如何无关紧要。如果我遇到危险，那又会怎样？我无法对事件产生影响，就去影响我自己，我既然无法调节事件，就调节我自己，既然事件无法适应我，我就去适应事件。我不够灵活，不能避免命运的打击，也不能避开命运或驾驭命运，也不能灵活地安排和引导事情，使其符合我的利益。我更没有耐心为此去做艰苦的工作。对我来说，最难受的莫过于看到事情挂在那儿，把我憋得透不过气来，莫过于在担心和希望之间摇摆不定。反复考虑一件事情，哪怕是微不足道的事情，都会使我感到腻烦；我感到，我的思想不能忍受怀疑和犹豫导致的各种动摇和动荡，却能在有机会时做出某种决定。很少有激情曾扰乱我的睡梦，但无足轻重的思考却会使我难以入睡。这正如我不喜欢走道路上倾斜和发滑的两边，而要走车马走得最多的道路，虽说这部分道路既泥泞又坑坑洼洼，因为我要安全，在那里走就不会跌到沟里去。同样，我喜欢显而易见的倒霉事，因为它们不会因意外而使我感到难受，并一下子把我推到痛苦之中：

不能肯定的坏事是对我们最大的折磨。[1]

不幸的事发生时，我会像男子汉那样去对待；但处理其他事情，我却像孩提一般。害怕跌倒比跌倒时受到的打击更使我局促不安。真是得不偿失。吝啬鬼因爱财而受到的折磨要比穷光蛋来得厉害，嫉妒的丈夫因爱情而受到的折磨也比戴了绿帽子但蒙在

1　引自塞涅卡《阿伽门农》。

鼓里的丈夫厉害。失去葡萄园往往比因葡萄园而去打官司所受的损失要少。最低的梯级最为牢固：它是整个楼梯稳固的基础。你站在上面不用担心。它是根基，支撑着楼梯的其他部分。下面的例子说的是一个贵族，当时有许多人知道，这个例子是否包含着某种哲理？他在年轻时不务正业，到年纪很大才结婚。他能说会道，爱开玩笑。他想起戴绿帽子这个话题能使他谈论和嘲笑别人，又不会被别人嘲笑，就在每个人只要出钱就能找到女人的地方娶一个女子为妻，并跟她一起生活。他们在见面时这样打招呼："你好，婊子！"——"你好，王八！"他在家里跟客人们谈得最多和最公开的话题是他为什么要娶这个女子为妻：这样，别人就不会在背后议论他，即使责备他也不会十分尖刻。

至于贪图功名，它跟自命不凡十分相近，确切地说是自命不凡的产物，但要使我对此产生强烈的欲望，就必须让命运之神跑来抓住我的手。因为我绝不会为不可靠的希望操心，绝不会去做各种艰苦的工作，而任何人要想提高自己的声誉，在开始时都要做这种工作；

　　　　我不会用这样的代价去买希望。[1]

　　我喜欢我看见和拥有的东西，我永远不会离开港口，

　　　　用一把桨劈开波浪，用另一把桨触及沙滩。[2]

1　　引自泰伦提乌斯《两兄弟》。
2　　引自普罗佩提乌斯《哀歌》。

另外，如果不把自己的财产押上，就很难得到提升；我认为，如果你有足够的财产，可以使你保持你出生和成长时的生活条件，那么，你在没有把握的情况下为增加自己的财产而花费金钱，无疑是十分荒唐的事情。但是，如果命运不准一个人待在某个地方过宁静的生活，那么他用自己的财产去冒险就可以得到原谅，因为他不管怎样，都必须去寻求自己的幸福。

　　在逆境中，必须走冒险之路。[1]

我更会原谅把自己所得的遗产随便乱花的幼子，而不会原谅负责维护家族荣誉的长子，因为他犯这样的过错就会使家族破产。

　　我在过去的好友帮助下，找到了一条更容易走的捷径，摆脱了这种欲望，过着平静的生活，

　　要得到美好的棕榈枝，身上就会布满灰尘，[2]

我也十分清楚地看到自己的力量，觉得凭这些力量干不成大事，我也记住已故掌玺大臣奥利维埃[3]的话，他说，法国人就像猴子，它们爬到树上，从一根树枝爬到另一根树枝，不停地往上爬，一直爬到最高的树枝，爬到上面后自己的屁股显露无遗。

1　　引自塞涅卡《阿伽门农》第二幕，第一场，第四十七行。
2　　引自贺拉斯《书简》。
3　　指弗朗索瓦·奥利维埃（1487—1560），法国掌玺大臣（1545—1551，1559—1560 在任）。

把顶不住的重物放在自己的头上很不光彩，

因为膝盖很快就会发软，只好把重物放下。[1]

我身上无可指责的品质，我觉得在这个世纪毫无用处。我生性随和，会被说成软弱无力；信仰和真诚会被当作相信迷信和谨小慎微；坦率和自由会被认为是令人腻烦和大胆妄为。但是，塞翁失马，焉知非福。出生在道德败坏的世纪里并非坏事，因为跟别人相比，你不用花费很大的力气就会被认为是有道德的人。在我们的时代，只要不杀害父母，不亵渎神明，就是个正派、诚实的人：

现在，如果一位朋友不否认你把钱存在他那里，

如果他把你的旧钱包交还给你，

里面放着那些带铜绿的硬币，

这样的忠实可靠简直就是奇迹，

值得记载在伊特鲁里亚人的书板上，

并应杀一头戴花冠的羊来献祭。[2]

在以前，任何地方的君主都从未因自己的仁慈和公正而得到如此确切、如此巨大的感谢。他们中第一个想到要用这种办法来博得民众的喜爱和信任的人，如果我没有弄错，一定会大大胜过

1　　引自普罗佩提乌斯《哀歌》。

2　　引自尤维纳利斯《讽刺诗集》。

其他君主。力量和强暴有某种用处，但并非总是万能。

我们可以看到，商人、村里的审判员和手工业者，在勇敢和军事知识方面丝毫也不比贵族逊色：不论群体作战还是单打独斗，他们都打得十分出色，并在我们现在的内战中保卫了城市。在这样的混乱中，君主失去了自己荣誉的光环。但愿他发出人道、真实、正直、节制以及首先是正义的光辉：在我们的时代，这些特征十分罕见，无人知晓，不受欢迎。只有民众的良好愿望才能使他干出大事，而其他任何品质都不能使他赢到民心，因为这些品质要比其他品质有用得多。

任何东西都不像仁慈那样深得人心。[1]

据上所述，跟我这个时代的人相比，我会觉得自己十分伟大，非同寻常，但跟过去某些世纪的人相比，我就显得微不足道，十分平凡。在那些世纪里，如果没有其他更值得称道的品质，那么稳重的人渴望报仇，懦弱的人对别人的侮辱记恨在心，虔诚的人信守自己的诺言，没有人口是心非，没有人随机应变，没有人让自己的看法服从于他人的意志和变化无常的情况，这些都是司空见惯的事情。我情愿自己所有的事都遭到失败，也不愿为事情的成功而放弃自己的信念，因为我对现在十分流行的虚假和伪善的美德极为痛恨，在所有的恶习之中，我觉得没有哪一种如此卑鄙无耻。这是一种奴颜婢膝的习性，是用一种假面具来伪

1　　引自西塞罗《为利加留斯辩护》。

装和掩盖自己，不敢让别人看到自己的真实面目。这样一来，我们同时代的人就学会了背信弃义：他们不得不说假话，说了话不算数也不会受到良心的责备。心灵高尚的人不会隐瞒自己的思想，而是想让别人看到自己的心灵深处。他一切都好，或者至少是一切都充满人情味。亚里士多德认为，心灵的高尚之处在于能同时公开说出自己的爱和恨，能十分坦率地评价和说出任何事情，能为了真理而不去考虑别人的赞成或反对。[1]

阿波罗尼奥斯[2]说，说谎是奴隶做的事，说实话是自由民众做的事。

这是美德的首要和基本部分。必须为了美德而爱美德。有人说实话，是因为他出于其他原因不得不这样做，或者是因为这样对他更加有利，在无关紧要的情况下不怕说谎的人，不能算是十分诚实的人。我的心灵没有说谎的癖好，甚至一想到说谎就感到讨厌。

我有一种廉耻之心，如果我有时不由得说出谎话，我就会受到良心的责备，谎话有时还是会说，但那是在我遇到意外的情况、无法仔细考虑后再做出反应的时候。

不需要在任何时候都把自己的想法和盘托出，因为这样做是愚蠢的，但你说的话都应该是你心里所想，否则就是不怀好意的欺骗。我不知道那些没完没了地说谎和弄虚作假的人到底想得到什么好处，依我看，他们唯一能得到的好处，就是他们即使说了

1 参见亚里士多德《尼各马可伦理学》。
2 即提亚纳的阿波罗尼奥斯（？—97），新毕达哥拉斯学派哲学家，罗马帝国时期成为神话式人物，是当时最博学、道德最高尚学者之一。

真话，别人也不会相信他们。说谎能够欺骗别人一两次，但是把弄虚作假变成自己的习惯并对此感到自豪，就像我们某些君主那样——他们说，如果他们的衬衣知道他们的真实意图，他们就把它扔到火里（这是古代马其顿的梅特卢斯[1]所说），还说谁不会弄虚作假，谁就不会统治——这无疑是预先告诉跟他们打交道的人们，他们嘴里说出的话都是谎言和欺骗。"如果失去了诚实的名声，人越是聪明、机灵，就越是可憎、可疑。"[2]对于像提比略那样总是表里不一的人[3]，如果有人会轻信他的脸部表情或他说的话，此人就头脑过于简单。既然这些人所说的话都不能算数，我不知道他们在跟别人交往时到底指望什么。

谁对真理不诚实，对谎言也是如此。

在我们的时代，有些人评论一位君主的义务，只是谈论他在管理国家事务时获利的方法，而忽视了他为维护自己的信义和无愧的良心所做的努力，这些人可能会说出一些有道理的话，但他们的建议只适合于命中注定要用食言的方法来处理自己事务的君主。但实际上情况并非如此。君主们往往使用这种方法，并且不止一次地媾和或缔结条约。利益使他们做出第一件背信弃义的事情（利益几乎总是使人们做出各种坏事：为了某种好处而渎圣、

1　马其顿的梅特卢斯（？—前 115），古罗马将军、政治家。前一四八年任马其顿军政长官，将马其顿纳为罗马的行省。前一四三年任执政官，征服西班牙北部克尔特伊比利亚人。前一三一年任监察官，发表著名演说，主张强迫所有公民结婚以提高出生率。反对格拉库斯兄弟的土地改革。

2　引自西塞罗《论责任》。

3　参见塔西佗《编年史》："提比略的讲话方式，即使在他不是故意隐瞒自己的真实意图时，也永远曲曲折折、吞吞吐吐，永远是晦涩难解的。这或许是出于他的本性，或许是由于习惯。既然现在他尽力不使自己的真实感情有丝毫流露，他的话就变得更加暧昧、含糊，不可捉摸。"

凶杀、叛乱、背叛），但这第一次获利却给他带来无数损害，这背信弃义的例子使这位君主失去了跟其他君主保持的良好关系，并再也无法跟他们达成一致意见。苏莱曼¹是奥斯曼帝国的苏丹，并不十分信守诺言和遵守条约。在我童年时²，他领兵来到奥特朗托³，获悉加蒂纳拉的梅尔库里诺⁴和卡斯特罗⁵的居民在交出这个要塞并投降之后被当作俘虏关押起来，这违反了他们投降的条件，他令人把他们释放，原因是他还要在这个地区办其他几件大事，这件事不守诺言虽说从表面上看有利可图，却会给他带来不良的名声，使别人不相信他，从而造成巨大损失。

从我来说，我情愿有话直说，让人讨厌，也不愿阿谀奉承，城府很深。

我承认，一个人表现得这样真诚和直率，而不去管别人的情面，可能也掺杂着某种高傲和倔强的成分，所以我感到，我变得有点无拘无束，是在不应该自由自在的地方，非要我毕恭毕敬，会使我变得焦躁不安。另外，我由于单纯，在这种情况下也可能会按自己的本能行事。我在跟大人物交往时，言谈和举止都毫无拘束，如同跟亲人们在一起，我感到这样做多么冒失和失

1　指苏莱曼一世（1494—1566），土耳其苏丹（1520—1566在位）。在位时，颁布法典，改革行政制度，并大事扩张领土，成就奥斯曼帝国鼎盛时代。一五二一年占领贝尔格莱德。一五二六年取得摩哈赤之战的胜利，侵占匈牙利大部。一五二九年围攻维也纳，不克。在东方，战胜波斯萨非王朝，据有美索不达米亚。发展海军，攻占北非的黎波里、突尼斯和阿尔及利亚等沿海地区。一五六五年进攻马耳他岛，失败。次年出征匈牙利，病殁于军中。

2　此事发生在一五三七年。

3　奥特朗托是意大利普利亚区莱切省市镇。

4　加蒂纳拉的梅尔库里诺（1465—1530），意大利法学家、政治家。

5　卡斯特罗是意大利莱切省市镇。

礼。但是，我生来如此，除此之外，我的脑子不够灵活，不能对直截了当地提出的问题做闪烁其词的回答，并转弯抹角地避开，也不会去捏造事实，我记忆力也不是很好，记不住这个事实是我捏造，也没有足够的信心来肯定这一事实；总之，我因懦弱而变得勇敢。因此，我就听其自然，怎么想就怎么说，我这样做既符合我的性格，也符合我的推理，是想让命运来对我做出安排。

亚里斯提卜说，他从哲学中得到的主要好处，是学会了无拘束地、坦率地和任何人说话。

记忆力是一种十分有用的工具，没有这种工具，我们就几乎无法进行判断。但我的记性却非常不好。如果有人要对我说些什么，那就得一部分一部分地说，因为要对一段由许多部分组成的话做出回答，我就无能为力。如果不记录下来，我就无法完成一项任务。我要发表长篇大论，就只好可怜巴巴地把我要说的每个词都背出来，否则的话，我就不会有得体的举止和应有的自信，因为我总是担心记性不好会让我出丑。但是，这种方法对我来说也并不轻松。背出三行诗，我要花费三个小时；另外，如果涉及我自己的作品，我虽然有权改动其中的次序，替换其中的词汇，并不断增加新的内容，但这样做却使作品的内容更难记住。我越是不相信自己的记性，就越是记不清楚；我不去想它的时候，记性倒反而好了起来，所以我必须漫不经心地去求助于它，因为我要是逼它，它就会摇摇晃晃，而当它开始摇晃之后，我越是催促它，它就越是颠三倒四；它在喜欢的时候为我效劳，而不是在我需要的时候为我效力。

我在记忆力方面有这种看法，在其他许多方面也有同样的看法。我不能忍受别人的指挥和约束，不想承担义务。我能轻而易举、自然而然地做的事，如果我硬要催促自己去做，反而不会做了。我的身体也是如此，四肢只要稍有自由和支配自己的可能，如我要它们在确定的地点和时间为我效劳，它们有时会不听我的使唤。这种强迫和专横的命令使它们感到厌恶：它们会因害怕或不满而蜷缩起来，并变得麻木。有一天，我去一个地方聚会，在那里，别人请你喝酒你不喝，会被看作失礼的行为，虽说大家都让我自由行事，我就按照当地的习惯，尽量满足参加聚会的女士们的要求，做一个表现良好的酒友。但这样做十分难受，因为这种失礼的危险和要我不顾自己的习惯和酒量去饮酒的做法堵住了我的喉咙，使我连一滴酒也咽不下去，我吃饭时也没有喝酒。我因想象中的狂饮而感到自己喝得酩酊大醉。人的想象力越是丰富，这种形象就越是明显，不过这是十分自然的事情，每个人都会对此有所感受。有个优秀的弓箭手被判死刑，他如能显示精湛的射箭技术，就可以免于一死。但他不愿一试，因为他担心自己过于紧张，手会发抖，这样，他不但不能挽救自己的性命，而且还会丧失射箭能手的名声。一个人经常在同一个地方散步，他陷入沉思之后，就一定会每次用同样大小和同样多的脚步来走完同样的路，但是，如果他开始注意自己脚步的大小并计算脚步的多少，他就会发现，他在竭尽全力的时候，永远做不出他在无意中自然而然做出的事情。

我的书房是村里最漂亮的书房之一，位于我屋子的一端。我想到要去那里查阅或撰写什么东西，因怕自己在穿过院子时会忘记去那儿干什么，就只好把我的意图告诉某个仆人。如果我在讲话时稍稍偏离自己的思路，我就必然会失去思路；因此，我的讲话极为枯燥、紧凑，很受约束。对于伺候我的仆人，我要用他们的职务或出生地来称呼他们，因为我很难记住他们的名字。我可以说，这种名字有三个音节，叫起来很不好听，不管它以哪个字母开始或结尾。如果我还要长久地活在世上，我绝不相信我会像某些人那样忘记自己的名字。梅萨拉·科尔维努斯在整整两年中完全失去了记忆，有人说特拉比松德的乔治也是如此。为了我自己，我常常在想，这些人过的是怎样的生活，如果我也失去了记忆，我是否还能过上可以忍受的生活。我对这个问题再想下去，就感到有点害怕，担心这种毛病发展到最严重的时候，会使精神的活动全部丧失。"当然，记忆不仅包含着哲学，而且包含着所有的科学及其在生活中的应用。"[1]

　　　　我身上都是洞，到处都在流失。[2]

　　我曾不止一次地忘记我在三小时前传出或接到的口令，还忘记自己把钱包藏在何处，不管西塞罗对此说过什么。[3]我帮助自己失去我特别珍惜的东西。记忆是知识的贮藏所和容器，但由于我的记性极差，我知之不多也不用多加抱怨。总的来说，我知道所有科学的名称及其研究的对象，但其他的东西我就一概不知。

1　　引自西塞罗《学园派哲学》。

2　　引自泰伦提乌斯《阉奴》。

3　　西塞罗在《论老年》中说，老人总是不会忘记把钱包藏在何处。

我翻阅书籍，但并不进行研究；如果有什么东西留在我的脑中，我已记不得这是别人的东西；我的智力从中获得的唯一好处，是得到了推理和想象的能力。至于作者、地名、词汇和其他情况，我很快就会忘掉。

我遗忘的能力达到登峰造极的地步，连我自己的作品和文章也跟其他东西一样忘得一干二净。别人经常援引我写的东西，可我却并没有发现这点。如果有人问起我这里引述的大量诗句和例子的出处，我就很难做出回答。另外，我只是在著名和杰出的人物门口乞讨这种施舍，因为我不满足于他们的慷慨大方，而是希望施舍出自富裕和体面之手，因为明智是跟权威结合在一起的。因此，我的书分享着我读过的其他书籍的命运，我既忘记我写的东西也忘记我读的东西，既忘记我给予的东西也忘记我得到的东西，是毫不奇怪的事情。

除了记性差之外，我还有其他缺点，这些缺点在很大程度上使我变得无知。我脑子缓慢、迟钝，稍有乌云就会看不清楚，举个例子来说，即使是十分容易解开的谜，我也从不要求去解开。任何要动一点脑筋的小事都会把我难住。对于要动脑筋的游戏，例如国际象棋、纸牌游戏、国际跳棋等，我只知道最基本的东西。我领会得很慢，又很不清楚，但我一旦领会了什么，就会完全把它抓住，并在这一期间从各个方面确切而又深入地理解它。我目光尖锐、清楚、全面，但在工作时很容易感到厌烦，并开始产生问题；正因为这个原因，我不能长久地跟书籍打交道，只好求助于别人的帮助。小普林尼会告诉没有这方面经验的人，对于从事此类工作的人来说，克服这种障碍是何等重要。[1]

人无论如何低微和粗鲁，都会有某种特殊才能的闪光；人的才能不论埋藏多深，都会在某个地方显露出来。一个人对其他所有事情都视而不见，无动于衷，却会对某个东西兴趣盎然，明察秋毫，十分关心，要弄清其中的原因，需要请教我们的老师。但是，心肠真正好的人，贯通一切，思想开放，准备了解一切，即使他们的文化程度还不够高，但有可能成为文化程度很高的人。我说这些是为了责备自己，因为我由于软弱或漫不经心（漫不经心地对待我们脚下、我们手中以及跟我们日常生活有直接关系的东西，是我一直责备自己的事），就变得毫无才能，对极其普通的东西也一无所知，而不知道这些东西是一种耻辱。我想举出几个例子来加以证明。

我出生在农村，并在那里长大，看到过各种各样的农活。自从在我之前拥有我现在的财产的人们让位给我之后，我开始掌管家里的事务和产业。然而，我既不会用筹码计算，也不会用笔来计算，我们的大部分钱币我都不认识，不同的谷物如果区别不是十分明显，我在田里和谷仓里都分不清楚，也分不清我园子里的甘蓝和莴苣。我弄不清最主要的农具的名称，也不知道最基本的农业知识，这些知识连小孩都知道。我更不知道机械的技术、贸易和商品知识，不知道水果、葡萄酒和肉的种类及特点，也不会驯鸟和医治马或狗的疾病。我丢脸就要丢得彻底，在不到一个月之前，有人揭穿我不知道酵母在做面包时派什么用场，也不知道

---

[1] 小普林尼说，老普林尼总是在工作，甚至在出浴时也叫人给他读点东西。

葡萄酒发酵是什么意思。在古代的雅典，人们认为能把荆棘巧妙地放好并捆起来的人具有数学才能。[1] 当然，人们可以对我得出完全相反的结论：即使给我准备了一厨房未烹调的食品，我照样会饿死。

我坦白说出这些缺点，大家就可以想象出我的其他缺点。但是，不管我赋予自己何种形象，只要我的描绘符合实际情况，我就达到了目的。我斗胆写下如此微不足道和无足轻重的事情，却又没有道歉，唯一的原因是这个题目微不足道。有人要指责我的计划，我可以悉听尊便，但不能责备我完成这一计划的方法。不管怎样，即使别人没有指出，我也清楚地看到我说的这些话毫无价值和分量，也看出我计划的荒谬。这说明，我的判断，就是这里的《随笔集》，还没有变得迟钝：

> 不管你的鼻子如何，
>
> 即使高得连阿特拉斯[2]也不想拥有，
>
> 即使您开的玩笑会使拉丁努斯[3]惊讶不已，
>
> 你对我的小事说的坏话，
>
> 也不会说得比我更坏。空口咬牙齿又有何用？
>
> 有肉才能填饱肚子。
>
> 你可别白费力气；把你的恶言留给自我欣赏的
>
> 人们，

1　参见奥卢斯–盖利乌斯《雅典之夜》。

2　阿特拉斯是希腊神话中提坦巨人之一。

3　拉丁努斯是古罗马传说人物，据说是代表拉丁族的英雄。

因为对我来说这种话毫无用处。[1]

我并非不能说蠢话，只要我没有弄错，知道这是蠢话。明知是蠢话而弄错，对我来说司空见惯，而且只会这样弄错：我从来不会因偶然的原因而弄错。把愚蠢的行为归咎于我鲁莽的性格，并不是大不了的事情，因为通常我不能阻止自己把不道德的行为归咎于这一原因。

有一天，我在巴勒迪克[2]看到有人把西西里国王勒内的自画像献给国王法兰西斯二世，以纪念西西里国王。[3]既然这位国王可以用羽笔给自己画像，为什么不能让每个人用羽笔给自己画像？因此，我不想忘记那个不好意思让大家知道的污点，那就是优柔寡断，在讨论世界事务时这是十分讨厌的过错。如果我觉得事情蹊跷，我就不能做出决定：

我的心既不对我说赞成，也不说反对。[4]

我能够支持一种观点，但不能选择一种观点。

原因是在人类的事务中，不管我们倾向于什么观点，总会有许多表面上正确的理由使我们加以支持（哲学家克里西波斯说，

1　引自马提雅尔《警句诗集》。

2　巴勒迪克是法国东北部默兹省省会，十世纪起先后为伯爵领地和公爵领地首府。

3　那是在一五五九年九月，蒙田跟随王室卫队把法兰西斯二世的妹妹法兰西的克洛德（1547—1575）护送到她的丈夫洛林的理查第三公爵府。勒内是安茹公爵、普罗旺斯伯爵（1409—1480），大家称他为国王勒内，是因为他掌管西西里王国和耶路撒冷王国，但由于一四四二年被亚拉冈的阿方索五世围困，放弃对那不勒斯王国的统治权。

4　引自彼特拉克《十四行诗》。

他只想从他的老师芝诺和克利安提斯那里学习最基本的原理，至于证据和理由，他自己就可以找出许多），因此，不管我转向哪一方面，我总是能找到足够的理由和根据来坚持自己的看法。这样我就处于疑虑之中，并保留选择的自由，直至情势迫使我做出决定。说实话，我往往是随波逐流，听任命运的摆布，稍有偏向和动静，我的决定就会变化，

> 思想疑惑不决时，
>
> 极轻的分量就会使它倒向一边或另一边。[1]

我的看法在大多数情况下都摇摆不定，所以我会用抽签和掷骰子的方法来做出决定；我为了对人类的弱点进行辩解，找到了神的历史给我们留下的例子，在这些例子中，对犹豫的事情做出决定，也是听任命运和偶然情况的安排："于是众人为他们摇签，摇出马提亚来。"[2] 人的理智是危险的双刃剑。你们看，棍子在它最亲密、最可靠的朋友苏格拉底手中有多少个头。[3] 因此，我只能跟随别人，并且很容易被人群带走。我对自己的力量不是十分相信，不能进行指挥和领导；我更喜欢沿着别人走过的道路前进。如果需要冒险地做出没有把握的选择，我情愿跟随对自己的看法更有信心的人，我会更加相信他的看法，而不相信我的看法，因为我觉得我的看法没有牢固的基础和根据。不过，我也不

1　引自泰伦提乌斯《安德罗斯女子》。
2　引自《圣经·新约·使徒行传》。
3　意思是：不知道该拿棍子的哪一个头。

会轻易改变自己的看法，因为我发现在与此不同的看法中也有同样的弱点。"对一切都赞同的习惯看来是危险的和不理智的。"[1]特别是在政治问题上，会引起广泛的争论和反对：

> 因此，两个托盘上重量相同时，
> 天平的任何一边都不会上升或下降。[2]

例如，马基雅维里对论述这个题材持有相当充分的理由，而要驳斥它也并不困难，但进行过驳斥的人们的论据也不难驳倒。在这个题材上，对一个论据总是可以找出某种理由来加以驳斥，对反驳的意见又会有新的反驳，对回答则有新的回答，我们吹毛求疵地挑剔，使这场争论没完没了地持续下去，很可能会打一场官司，

> 我们受到敌人的打击，就给予还击，[3]

任何理由只是以经验为根据，而人类发生的事件多种多样，为我们提供了各种形式的无数例子。我们这个时代一个很有学问的人说，我们的历书中说炎热的地方可以理解为寒冷，说干燥的地方可以理解为潮湿，总之，对历书的预测可以做相反的理解，喜欢打赌的人可以轻而易举地为某事打赌，只要不说明知不可能发生

1　引自西塞罗《学园派哲学》。
2　引自提布卢斯《哀歌集》。
3　引自贺拉斯《书简》。

的事情，例如不要说圣诞节时会十分炎热，不要说圣约翰节[1]时会像冬天那样寒冷。我觉得在政治问题上也是如此：不管你站在哪一边，你都会争论得和你的对手一样出色，只要你不去违反最基本和明显的原则。另外，在我看来，在公共事务中，一个规定不管怎么不好，但只要经受了时间的考验，就会胜过变动和创新。我们的风俗极其腐败，而且还在迅速变坏；在我们的习俗和法律中，有许多十分野蛮、骇人听闻；另外，我们很难改善自己的状况，还有社会动荡的危险，如果我能在我们前进的车轮上钉上一个钉子，使它停滞不前，我会乐意这样去做：

> 我们从不说出如此卑鄙无耻的行为，
> 因为无法再找到更可恶的例子。[2]

我觉得我们目前的状况，最糟糕的是不稳定，我们的法律像我们的服装一样，没有一种固定的式样。责备国家制度有缺点是轻而易举的事，因为任何会消灭的东西都缺点众多；要人民蔑视旧的习俗，也易如反掌，做这种事都会获得成功；但是，要在旧的国家制度摧毁之后建立新的、更好的国家制度却并非易事，许多人进行过这种尝试，但都遭到了失败。

我的所作所为并非小心谨慎，但我服从于我们社会的公共秩序。人民是幸福的，因为他们不去考虑给他们下达指令的原因，所以指令完成地比下达指令的官员还要好，因为他们听凭苍穹转

---

1 圣约翰节在六月二十四日。
2 引自尤维纳利斯《讽刺诗集》。

动，也听凭别人驱使他们。善于思考和争论的人，永远不会无条件地服从。

总之，如果再要说到我自己，那么，我对自己赞赏的唯一优点，是从未有人承认过的缺点：我对自己的评价十分平常，人人都有，而且跟世界一样陈旧，因为有谁曾认为自己不够聪明？这种想法本身就包含着矛盾。愚笨是一种毛病，但看到自己愚笨的人绝不会得这种毛病；这毛病十分顽固，一般来说无法医治，但病人一旦看清，就立刻能把它戳穿和消除，如同阳光穿过浓雾。责备自己有错，等于原谅自己；给自己定罪，等于赦免自己。认为自己不够聪明的撬门窃贼或女人还从未有过。我们会轻易承认别人在勇敢、体力、经验、才能和美貌方面超过自己，但在判断力方面，我们绝不会认为自己比别人逊色。别人得出的合情合理的见解，我们觉得自己只要朝这方面去考虑，也同样会得出这样的看法。我们在别人的著作中看到的学识、风格和其他的优点，如果确实超过了我们，我们就会轻而易举地发现这点。但智力的产物却是另一回事，每个人都认为自己也会有同样的看法，如果在他和它们之间没有不可逾越的距离，他就很难看到它们的分量和困难。因此，对于这样的工作，不应期望从中得到许多名声和荣誉，这种写作不会给你带来很大的名声。

另外，您是在为谁写作？评判书籍的学者只看重渊博的知识，在我们智力活动的产物中只承认有知识性和艺术性的东西。如果我们把一个西庇阿当作另一个西庇阿 [1]，我们还能说出什么有

1　即大西庇阿（前235—前183）及其长子的养子小西庇阿（约前185—前129），均为古罗马统帅。蒙田在本书下卷第十三章中把这两人混淆。

457

价值的话？他们认为，不了解亚里士多德就是不了解自己。普通人和粗俗的人看不出崇高和雅致的议论如何优美和重要。然而，这两种人却充满着我们的世界。至于第三种人，你实际上跟他们相同，他们正派，有实力，但这种人十分罕见，在我们中间没有名誉、地位，所以想要取悦他们，会浪费你一半的时间。

人们通常说，大自然在给予我们的恩惠，分配得最公平的是智能，因为无人会对分给自己的那份表示不满。这样不是合情合理？谁想看到更远的地方，就超出了自己目力所及。我认为自己的看法正确、合理，但又有谁不认为自己的看法正确、合理？我最好的证据之一，是我对自己的评价不高，因为如果我的看法不是十分可靠，它们就很容易因我对自己的感情而出现谬误，因为我把感情几乎完全集中在自己身上，而不会浪费在别的地方。其他人在大批朋友和熟人中间所做的一切，都是为了自己的荣誉和名声，而我只是关心我的心灵和我自己的安宁。如果说我有时也会关心别的事情，那并非是我心甘情愿，

因为我受到的教育，是要活着并身体健康。[1]

至于我的看法，我觉得极其大胆，我坚持不懈地抨击自己的不足之处。确实，这也是我锻炼自己判断能力的一个题目，就像对其他任何题目进行判断一样。人们总是相互观察，而我却把视线转向自己内部，我使它深入其中，让它在那里消磨时光。每个

1　参见卢克莱修《物性论》。

人都注视自己前面的东西，可我却注视自己的内部：我只跟自己打交道，不断观察自己，对自己进行检查和体验。其他人即使想到这点，也总是往别处走，他们总是往前走：

　　　　无人想要深入自己内部，[1]

而我却在自己内部转悠。

　　这种追求真理的能力——不管我有多少——这种不愿轻易放弃自己信念的桀骜不驯，我主要应归功于我自己，因为我最为坚定和通常的想法，可以说跟我一起产生。它们是我生来就有，是完全属于我的。我把它们产生出来时，它们粗糙而又简单，产生的方式大胆、有力，但有点模糊和不完善；后来，我确定并坚定了这些看法，依靠的是我所尊敬的其他学者，以及跟我的看法相同的古人完美无缺的论断。他们使我相信自己的看法正确，并使我更加自觉和坚定地坚持自己的看法。

　　每个人都希望因思想的活跃和迅速而受到称赞，而我却希望因思想的严密而受到赞扬，不管我有什么值得注意的出色行为或某种特殊的能力，我都希望因我的看法和品行的端正、协调和稳健而受到称赞。"如果说有某种美的东西，最美的无疑是整个一生和个别行动中行为的稳定；但是，如果你在模仿别人的性格时抛弃了你自己的性格，你就不能保持这种稳定。"[2]

————

1　　引自佩尔西乌斯《讽刺诗》。
2　　引自西塞罗《论责任》。

我上面所述，是自命不凡这个恶习的第一种表现，从中可以看出我感到自己在这方面有多大过错。这个恶习的第二种表现，是对别人评价过低，我不知道我是否有足够的证据来证明自己没有这种过错。另外，不管对我是否重要，我都会实事求是地说出自己的看法。

也许是我不断接触古人的智慧，对他们充实的心灵有着深刻的印象，所以对别人和我自己都感到厌恶，也许是我们生活的世纪只能产生平庸的东西，所以我不知道有任何值得大加赞赏的东西。确实，我对人们的了解不是十分详细，不能对他们进行评价，我因自己的地位经常接触到的人们，大部分都不大注意自己的文化修养，在这些人的眼里，最大的幸福是受人尊敬，最完美的品质是表现勇敢。看到别人有好的地方，我就表示赞扬，并十分高兴地予以好评，我往往还给予过高的评价，说的话不完全是自己的想法，说了个小小的谎话。但是，我绝不会捏造出我没有真正看到的东西。我会高兴地告诉我的朋友们，在我看来，他们有什么优点值得称道，如果他们有一尺的长处，我会说成一尺半。但是，我不会把他们没有的品质赋予他们，也不会公开为他们的缺点进行辩护。

甚至对我的敌人，我也会如实地加以评价。我的感情可能会发生变化，但我的评价却不会改变。我不会把我的纠纷跟与此无关的其他事情混为一谈。我拼命保护我思想的自由，不会因任何喜好而放弃这种自由。如果我说谎，我对自己的责骂会超过对我说谎对象的责骂。人们指出，波斯人有一种值得称赞和慷慨大方的习俗：他们跟自己的死敌进行殊死的斗争，但在谈论这些敌人时仍有根有据、十分公正，就像在谈论他们自己的美德。

我认识的人相当多，他们都有各种不同的优点：有的机智，有的热心，有的灵活，有的正直，有的能说善辩，有的博学多才，有的有其他优点。但是，从整体上说是伟大的人物，同时具有各种各样的优点，或者一种优点极为突出，使人赞叹不已，可以跟我们尊敬的古人相提并论，这样的伟人，我还没有遇到过一个。我活到现在遇到过的人中，最伟大——我指的是天赋和才能方面——和最高尚的是艾蒂安·德·拉博埃西，他确实有非常多的优点，在各方面都表现出美；他具有古人的特点，如果走运，他可能会干出一番事业，因为他用研究和知识大大充实了他由上天赋予的才能。但是，我不知道怎么会发生这样的事情（然而，这事确实发生）：有些人总是把获得尽可能多的知识作为自己的目的，他们一直跟书籍打交道，从事学术著作的撰写和其他有关的事情，然而，他们的虚荣心和思想上的弱点，却比其他任何人都要多。这也许是因为别人对他们有更高的要求和期望，不能原谅他们也有常人所有的缺点，也许是因为他们觉得自己有学问，可以更加大胆地显示自己，摆出不可一世的样子，这样他们就露出了马脚，损害了自己的形象。手艺人加工珍贵的材料，会糊里糊涂、毛手毛脚地把它弄坏，比他在加工普通材料时更加明显地暴露出自己的弱点：金雕像上的缺点会比石膏雕像上的缺点更加使人恼火。这就像有些人，他们展示的东西从本身来说并不坏，放在它们自己的地方也是好的，但他们在使用这些东西时不加选择，也没有限度，把它赞扬得使人无法理解。他们称赞西塞罗、加伦、乌尔比安[1]和圣哲罗姆[2]，使自己变得滑稽可笑。

我再来谈谈我们教育的荒谬。教育的目的不是把我们培养成善良、明智的人，而是把我们培养成有学问的人，它达到了这个目的。它不是告诉我们要行善和谨慎，而是告诉我们这两个词的来源和词意。我们知道行善这个词的格的变化，却不知道应该喜欢行善；我们不能从自己的观察和亲身经历中了解什么是谨慎，但我们知道这个词并把它牢牢记住。对于我们的邻居，不仅要了解他们的家庭、亲戚和联姻，还要跟他们成为朋友，跟他们保持亲密和良好的关系。它告诉我们行善的定义、种类和各种表现，就像把一个家谱中的名字和分支告诉我们，但不关心在我们和行善之间建立密切的关系。它给我们选择的教材并不是观点最为正确、最接近真理的书籍，而是希腊文和拉丁文写得最好的书籍，它们通过华丽的辞藻向我们灌输古代毫无意义、愚蠢至极的东西。良好的教育能改变我们的观点和习俗，波莱蒙就是如此，他原是一个淫逸放荡的希腊青年，一次偶然听了色诺克拉底讲的课，不仅赞赏这位哲学家的雄辩术和才能，把许多有益的知识带回家，还带回了更加明显的重要结果，那就是他突然改变了自己原有的生活。有谁曾觉得我们所受的教育能起到这样的作用？

1　　乌尔比安（约 170—223），古罗马法学家、帝国官员。亚历山大·塞维鲁执政时任禁卫军统领，后被禁卫军谋杀。撰写大量法律著作，主要工作有评注《萨宾派民法》《民法和告示》等。他的著作为拜占庭皇帝查士丁尼一世的不朽之作《民法大全》提供了三分之一的材料。

2　　圣哲罗姆（约 347—419/420），拉丁教父，《圣经》学家，以学识渊博著称。四〇五年根据《圣经》拉丁文旧译本，经过部分重译编纂成新译本，名为通俗拉丁文本《圣经》。这一译本对中世纪初期的学术界思想曾有很大影响，后在十六世纪中叶特兰托公会议上被定为天主教会的法定本。

波莱蒙改邪归正后做的事，

你是否也会去做？你是否会抛弃

你异想天开的标志，即那些饰带、坐垫和领带？

有人说，波莱蒙喝酒后，偷偷地把脖子上的花环

拿掉，

因为他听到没有喝酒的老师的声音。[1]

我感到，被人最看不起的是因其纯朴而居于末位的社会阶层，但是，这一阶层的生活却有条不紊。农民的习俗和谈话，我觉得要比我们那些哲学家的更加符合真正哲学的规定。"平民百姓更加明智，因为他们的明智是根据自己的需要而定。"[2]

根据我从表面进行的观察所做出的评价（因为要按我的方式对人们进行评价，就必须跟这些人更加接近），在战绩和军事知识方面最杰出的人物，是吉斯公爵[3]和已故的斯特罗齐元帅[4]。如果要说学问和美德，最杰出的则是奥利维埃和洛皮塔尔[5]这两位掌玺大臣。我觉得我们的世纪是诗歌繁荣的时期。我们有许

1　引自贺拉斯《讽刺诗集》第二部，第三首，第二五三至二五七行。波莱蒙后来继色诺克拉底任希腊学园主持人，于公元前二七〇年左右去世。
2　引自拉克坦提乌斯《神圣教规》。
3　指弗朗索瓦·德·吉斯。
4　皮埃罗·斯特罗齐（约1510—1558），意大利雇佣兵。一五四三年为法国军队效力。一五五六年被任命为元帅。一五五八年在弗朗索瓦·德·吉斯率领下围困蒂永维尔时阵亡。
5　米歇尔·德·洛皮塔尔（约1505—1573），法国政治家。一五六〇年在凯瑟琳·德·梅第奇的授意下被任命为掌玺大臣。试图使天主教派和胡格诺派和解，未果，最终被解职。

多优秀的诗人：多拉[1]、贝兹[2]、布坎南[3]、洛皮塔尔、蒙多雷[4]和蒂尔奈布[5]。至于用法语写作的作家，我觉得他们把这门艺术提高到了它从未有过的水平，而龙沙和杜贝莱擅长的那种诗，我并不认为它们跟古代诗歌的完美有很大的距离。阿德里安·蒂尔奈布比他生活的那个世纪的任何人都要知道得多，而且知道得更加清楚。

最近去世的阿尔瓦公爵[6]和我们的王室总管德·蒙莫朗西[7]的一生是杰出的一生，他们的命运在许多方面都十分相似。但是，后者死得既漂亮又伟大，而且是在巴黎人民和他的国王目睹的情况下捐躯的，他这么大的年纪，率领一支胜利的军队，跟自己最

1　让·多拉（1508—1588），法国人文学者。一五六六年任法兰西公学希腊文教授。撰写拉丁文诗歌，于一五八六年汇编出版。

2　泰奥多尔·德·贝兹（1519—1605），法国作家、基督教新教神学家。一五四八年发表拉丁文诗集，同年因被控发表异端邪说而逃往日内瓦。一五四八年在洛桑被聘为希腊文教授。一五五○年发表悲剧《亚伯拉罕燔祭》。在普瓦西讨论会上任新教代表团团长，所作阐述加尔文派"现实存在"的学说的声明和三篇演讲，至今仍是神学辩词的典范。一五六三年接替加尔文领导新教教会。

3　乔治·布坎南（1506—1582），苏格兰人文主义者、教育家、剧作家。曾在巴黎圣巴尔贝学院任教。因发表两篇文章对方济各会进行猛烈攻击，被当作异端投监狱。逃脱后在波尔多任教，蒙田是他的学生。一五六一年回到苏格兰。他起初是玛丽·斯图亚特的支持者；一五六七年她的第二个丈夫达恩利勋爵被谋杀后，他成了她的死敌，帮助为控告玛丽的案件准备材料，最终导致玛丽被判处死刑。他的剧作用拉丁文撰写，先在他任教的学院上演，后译成法文，有《阿尔刻提斯》《美狄亚》《耶弗他》等。

4　皮埃尔·德·蒙多雷（1510—1570），法国人文主义者、拉丁文诗人。一五五二至一五六七年任枫丹白露王家图书馆馆长。

5　阿德里安·蒂尔奈布（1512—1565），法国人文主义者，研究古希腊的著名学者。在王家学院教授三种语言。

6　即费尔南多·阿尔瓦·德·托莱多（1507—1582），西班牙将领。效力于神圣罗马帝国皇帝查理五世和腓力二世。对内镇压新教徒。一五六七年受腓力二世之命任尼德兰总督。设立特别法庭，残杀数千人，并强征重税，激起尼德兰人民的反抗。一五八○年率军兼并葡萄牙。

7　即安纳·德·蒙莫朗西（1493—1567），法国元帅（1522）、陆军统帅（1537），法兰西斯一世和亨利二世的顾问。在圣但尼跟加尔文派教徒作战时受重伤身亡。

亲的亲人进行战斗，并给予坚决的打击，所以我觉得他的去世应列为我们时代值得纪念的事件之一。值得我们纪念的还有经验丰富的统帅德·拉努先生[1]，他一贯仁慈、温和和通情达理，虽说他在成长时正是两个军事集团无法无天之时，能学到的只有背叛、惨无人道和抢劫的勾当。

我已在多处谈到我对"我的义女"玛丽·德·古内[2]的希望，我爱她甚于爱自己的亲生女儿，她在我独自退隐的地方无形地伴随着我，就像我身体上最重要的一个部分。在这世上，我只喜欢她一人。如果青春能够预见未来，这位独特的女子有朝一日会做出极其出色的事情，还会把我们之间的神圣友谊提高到完美的程度。她真诚和坚强的性格是这种友谊的保证。她对我有着深厚的感情，我是在五十五岁时才遇到她的，我只希望在我即将去世时她不要过于难过。她是个女子，又这样年轻，而且生活在我们这个世纪，却对《随笔集》第一卷有着与众不同的看法。她对我的爱十分强烈，而且有很长时间，在见到我之前很长时间里，她一直对我非常钦佩，这确实是令人敬重的事情。

其他的美德在我们这个世纪非常罕见，或者可以说完全没有，但我们的内战使勇敢成为十分常见的事情，在这方面，我们之中可以找到坚定得近于完美的人们，而且数目众多，要从中举

---

1 弗朗索瓦·拉努（1531—1591），法国将领。一五五八年成为新教徒，不久开始为胡格诺派的事业奋斗。一五七〇年他在尼德兰与西班牙人作战。一五七三年使拉罗谢尔的居民跟国王和解。一五八〇年又在尼德兰作战，被西班牙人生俘，囚禁五年，在狱中写出《政治与军事论文集》。获释后返回法国，为亨利四世效劳。

2 玛丽·德·古内（1566—1645），法国女作家。她于一五八八年在巴黎跟蒙田相遇。他曾多次去皮卡第看望她。她于一五九五年整理出版《蒙田随笔全集》新版本。

出一两个突出的例子，确实极其困难。

至今为止，我所了解的杰出的、与众不同的高尚品质就是这些。

十八

论揭穿谎言

不错，有人会对我说，一些杰出而有名望的人想写自己，是情有可原的，因为他们闻名遐迩，大家可能很想了解他们。这是毫无疑问的，我并不否认。我也知道，一个普通人从街上走过，手艺人恐怕连头都不会抬一抬，依然埋头干他们的活。若是位赫赫有名的大人物来到一座城市，为了一睹风采，工场和店铺会走得空无一人。一个人若无东西可被模仿，若他的一生、他的见解不能作为楷模，那就不宜宣扬自己。恺撒和色诺芬一生辉煌，功绩卓著，他们叙述自己的生平就有了正确和坚实的基础。亚历山大大帝的记事本，奥古斯都、加图、苏拉、布鲁图等人对自己事迹的评述，也都是人们喜闻乐见的。这些人的形象，哪怕是铜铸的或是石雕的，人们都乐意瞻仰和研究。

下面这番劝导实实在在，但我几乎无动于衷：

我只给朋友们朗读我的作品，

而且是在他们的请求下，

不是在任何地方，也不是给任何人。

其他人却在广场上甚至在澡堂里

朗读他们的作品。[1]

　　我给自己塑的像，不是拿去立在城市的街口或教堂里，或放在什么公共场所的，

我只想推心置腹地交谈，

不想用废话充塞我的书！[2]

　　我的书是用来放在书房的角落里，给乐意重新了解我、愿意以这种方式同我交往的近邻和亲朋好友们消磨时光的。别人决意写自己，是因为有高雅而丰富的题材，值得一书。我则相反，我写自己，是因为内容贫乏枯燥，不会有自吹自擂之嫌。

　　我经常评论别人的行为，我自己的所作所为微不足道，很少可以让人评论。

　　我感到我的功德寥寥无几，数说起来会自惭形秽。

　　因此，当有人向我谈起我祖宗的生活方式、面貌、举止、言谈以及他们的命运时，我是多么高兴！我会侧耳细听。对我们朋友和先辈的肖像视如敝屣，对他们衣物和武器的式样不屑一顾，

1　　引自贺拉斯。

2　　引自佩尔西乌斯。

这实在是违情悖理的。我至今仍保留着他们用过的文书、印章、祈祷书和一把私人用过的剑。我父亲习惯握在手中的几根手杖，一直放在我书房里，从没离开过。"子女们对父亲的感情越深厚，对他的衣物和戒指就越珍爱。"[1]

然而，倘若我的后代有其他爱好，我也有办法报复：到那时，他们对我的轻视远远比不上我对他们的鄙夷。我写这本书时，记录我与公众的全部关系，就是借用他们的印刷工具，这更加快捷，更加方便。作为回报，我也许可以拿我的书页给市场上的牛油当包装纸。

让金枪鱼不少外衣，橄榄不缺外皮，[2]

我要给鲭鱼穿上宽大的长袍。[3]

假如我的书无人问津，那么，我花了那么多闲暇进行了极其有益而恰当的思索，是不是就浪费了时间呢？我在书中的形象是我的真实写照，所以，为能从我身上提取更多的东西，我必须经常训练和塑造自己，这样，我这个样板也就更加牢固，从某种程度上说，它也就真正培养出来了。我为别人描绘自己，给我上的色彩势必比我本身的更鲜明清晰。与其说我塑造了书，毋宁说书塑造了我；这本书与其作者唇齿相依，是作者自己做的事，是他

1　引自奥古斯丁。
2　引自马雅提尔。
3　引自卡图鲁斯。

生命的组成部分，不像其他书，所写的事与作者毫无关系。

我坚持不懈、兴致勃勃地清点自己，是不是浪费了时间呢？因为有些人仅仅在思想上，有时只是在口头上回顾自己，他们不会首先审视自己，也不会深刻剖析自己，不像有的那样是研究自己，以此作为自己的工作和职业，并且持之以恒，诚心诚意，全力以赴。

最美妙的快乐，既然只能在内心细细品味，就要避免留下任何痕迹，不要让民众和其他任何人看见。

这个工作多少次使我摆脱了无聊的思索！所有微不足道的想法，都应视为无聊的想法。造化赋予我们保持独立思考的充分权力，常常召唤我们，以便给予告诫：我们的一部分应献给社会，但大部分应留给自己。为了按一定的次序和意图胡思乱想，又不致离题万里，迷失方向，我就规定内容，把浮现在我脑际的种种细微思绪记录下来。我倾听萦绕我心头的想法，因为我要将它们记下来。每当礼貌和理智不允许我公开谴责某件事时，我会感到很懊丧，多少次我抑制不住，在书中一吐为快！当然，这也是为了教育国民。

> 在萨贡的眼睛、嘴巴和背上，
> 都响起了鞭子声！[1]

1　引自克莱芒·马罗的诗歌。马罗（1496—1544），法国文艺复兴时期最伟大的诗人之一。萨贡为马罗的敌人。

然而，这富有诗意的鞭笞刻在纸上比印在肉上更好。自从我企望从别人的书中窃取些东西来点缀或支撑我的书以来，我对书就更留意了，对此该怎么说呢？

怎样写书，我从未研究过，但怎样写我这部书，我确实有过一点儿研究，如果说"有过一点儿研究"意味着时而读读这个作家，时而看看那个作家，时而翻一翻开头，时而扫一眼结尾，这丝毫不是为了形成我的看法，我的看法早已形成，只是通过读书给以帮助和促进罢了。

可时下风气如此糟糕，我们只能向很少的人，或者说不能对任何人谈论别人，那我们又能向谁谈论自己呢？撒谎吧，又实在无聊。风气腐败的首要特点是排斥真话：因为正如品达罗斯说的，说真话是一个伟大品德的开端，柏拉图在他的《理想国》中则把说真话作为政府必须履行的首条准则。我们现在说的真话，不是真正的存在，而是要别人相信的事，正如我们所谓的钱币，不但指真币，也指正在流通的假币。我们民族的这个弊病，早已有人谴责了：早在瓦伦提尼安三世[1]时代，萨尔维努斯[2]就曾说，在法国人眼里，说谎和立伪誓不是缺点，而是一种说话方式。如有谁想对这句话做一补充，他就可以说，法国人的这个缺点现在成了美德。人们以此培养和造就自己，犹如一种体面的练习，因为不露心迹是本世纪最杰出的优点。

因此，我常常思忖，当我们听到有人谴责我们不说真话（这

---

1   瓦伦提尼安三世（419—455），罗马皇帝。
2   萨尔维努斯（390—484），法国基督教历史学家和卫道士。

已是普遍的弊病），为什么会觉得比听到其他任何谴责更心头不悦；我们如此虔诚地遵循的这个习惯是如何形成的，为什么谴责我们撒谎是可能有的最侮辱性语言了。我的看法是，这个缺点我们染之最深，当然为之辩护也就最强烈了。受到指责后，我们浑身不自在，会勃然大怒，火冒三丈，似乎这样可使我们减轻一些罪过。既然这缺点确实存在，那至少也要在表面上做些批评嘛。

是不是还因为指责说谎这个缺点意味着指责我们胆怯和懦弱？还有什么比推翻前言，总之，比否定所知更显而易见的怯懦呢？

说谎是一个可耻的缺点。一位古人曾深感羞愧地描述道，这是蔑视上帝和害怕人类的表现。对于说谎的可怕、可耻和堕落性，不可能有比这位古人更一针见血的描写了。能想象得出比害怕人类和蔑视上帝更卑鄙可耻的事吗？话语是沟通人际关系的唯一渠道，说谎话，就是对公众社会的背叛。话语是我们交流意愿和思想的唯一工具，是我们心灵的代言人：没有话语，我们就会互不相识，互不了解。如果话语欺骗我们，就会使我们的一切关系破裂，使社会的一切联系毁灭。

在新印度有一些民族（这里无须指名道姓，他们的名字已不复存在：那场征服 [1]，那个史无前例的坏榜样，使那些地方惨遭蹂躏，竟至于连他们的名字和文化也彻底毁灭了），他们用人血献祭神祇，但只用舌头和耳朵的血，以此为听谎话和说谎话补过赎罪。

---

[1]　指西班牙征服西印度群岛。

一位快活的希腊人说，孩子玩骨头，大人玩语言。

至于我们在揭穿谎言时的种种做法，捍卫荣誉有何习俗，以及这些习俗有何变化，我将在另一篇文章中阐述我的看法。但是，若有可能，我要研究揭穿谎言时的那种字斟句酌、把我们的荣誉同说话联系起来的习惯是从何时开始的。因为不难断言，罗马和希腊人肯定没有这个习惯。当我看到他们互相揭穿谎言，互相辱骂，但并不因此而争吵起来，我常常感到很新奇，觉得难以置信。他们尽职的习惯和我们不一样。罗马人当面骂恺撒，时而叫他小偷，时而称他酒鬼。他们互相痛斥，无拘无束，我这里说的是这两个国家最伟大的将领。在希腊和罗马，遭到了辱骂，只会用辱骂来报复，不会有别的结果。

十九

论信仰自由

好的意愿若是过了头，会导致极其恶劣的后果，这是屡见不鲜的。目前，宗教斗争致使法国连年内战，在这场斗争中，最好最无风险的一派，无疑是那些维护我们国教和旧政体的人。然而，在追随这一派的高贵的人中（不指那些借机报私仇，或满足私欲，或讨好亲王们的人，而指对自己的宗教虔诚之至、对维护祖国和平与安定怀有神圣热忱的人），我是说在这些人中，有的狂热偏激得失去了理智，有时会做出不公正的、激烈的，甚至是冒失的决定。

当基督教随着律法的确立开始赢得威望时，对宗教的过于热忱致使有些人对异教书籍一概反对，使得文人们痛失许多好书。我认为，这种混乱对文学的危害甚于野蛮人焚书造成的损失。科内利乌斯·塔西佗就是明证：尽管他的亲戚塔西图斯皇帝[1]

1　科内利乌斯·塔西佗（约56—约120），罗马帝国高级官员，著名历史学家。塔西图斯皇帝（约200—约276），罗马皇帝，自称是历史学家塔西佗的后裔。

明令各地图书馆都要收藏科内利乌斯·塔西佗的著作，但没有一本能躲过人们的仔细搜查，只要有五六个句子与我们宗教相抵牾，就被列入禁书。同样，只要是维护我们宗教利益的皇帝，就会轻而易举地受到毫无根据的赞扬，但是，哪个皇帝反对我们的宗教，他的一举一动都会成为众矢之的，正如背教者尤利安[1]受到的待遇一样。

其实，尤利安皇帝是一位超群绝伦的伟人，他的心灵浸透了哲学思想，他公开宣称他的一切行动都以哲学为准则。说真的，没有一种美德他没给我们留下光辉的榜样。就拿贞洁来说（他的一生都证明他纯洁无垢），他在这方面堪与亚历山大和西庇阿并肩比美：他有好几个花容月貌的女俘，但他一个也不宠幸，可他那时年华正茂，被帕提亚人杀死时才三十一岁。至于司法方面，他甚至亲自聆听诉讼各方的陈述；虽然他会好奇地询问前来找他的人信何宗教，但对基督教的憎恨不会使他的天平失去平衡。他还制定了几项有益的法令，并把以前历届皇帝征收的御用金和税收减少了一大半。

我们有两位杰出的史学家，是尤利安一生活动的见证人。其中一个是阿米阿努斯·马切利努斯，他在史书中多处尖锐地谴责尤利安禁止基督教修辞学家和语法学家在学校里执教的法令，他还说，尤利安也许会希望人们不要再提起这条法令。假如尤利安对我们基督徒做了更乖戾刻薄的事，这位历史学家是不会忘记收

1　尤利安（332—363），古罗马皇帝（361—363 在位）。他深受新柏拉图主义的影响，即位后公开宣布与基督教决裂，下令恢复罗马原有宗教并重建其神庙，故被基督教会称为"背教者"。

录的，因为他对我们这一派是颇有好感的。不错，尤利安是我们粗暴的敌人，但他并不残暴。我们的人甚至讲述了他的一个故事：一天，卡尔西登[1]的主教马利斯绕城散步，胆敢喊尤利安为基督的叛徒；尤利安没做别的，只是回答："走开，恶棍，去为你的瞎眼哭泣吧！"那主教反驳说："感谢耶稣基督让我双目失明，不叫我看到你厚颜无耻的嘴脸。"那些人说，尤利安表现了哲学家的忍耐。不管怎样，这件事与广为流传的他对我们实施暴行的说法是不相符合的。我的另一个证人欧特罗庇厄斯说，他是基督徒的敌人，但他没有对其进行血腥的迫害。

现在回到他是否公正的问题上。尤利安只有一点值得谴责：他即位后，对其前任君士坦提乌斯二世[2]的追随者，采取了严厉的措施。他生活俭朴，一直像士兵那样食淡衣粗，在和平年代也是粗茶淡饭，仿佛要使自己适应战争年代的艰苦生活。他警惕性很高，他把黑夜分成三四个部分，用于睡觉的时间很少，其余时间则用来巡视军队和卫队，或者阅读文学作品：他有许多非凡的优点，精通文学是其中之一。有人说，亚历山大大帝躺在床上时，怕瞌睡打搅他的思绪和学习，便在床边放一个盆子，一只手里拿一个小铜球，困倦时手指松开，铜球落入盆内，当啷一声把他惊醒。可尤利安对想做的事，精力非常集中，况且，他独特的节制饮食的习惯使他很少醉意蒙眬，用不着这种人为的把戏。至

1　卡尔西登，今称卡德柯伊，在土耳其伊斯坦布尔省。原为公元前七世纪梅加拉人建立的一个殖民地。公元前一三三年归属罗马人。

2　君士坦提乌斯二世（317—361），为罗马皇帝（337—361 在位）。三六一年，驻守高卢的恺撒·尤利安举兵叛乱，君士坦提乌斯被迫回师西征，行军途中病倒，死于军中。

于军事才能，尤利安在各个方面都可钦可佩，不愧为伟大的将领。他几乎一生驰骋疆场，大部分时间在法国和我们一起同德国人和法兰克人打仗。在我们的记忆中，没有人遇到过像他那样多的危险，表现得像他那样不怕牺牲。他死的方式和伊巴密浓达的死法如出一辙：他被一支箭射中，他试图把箭拔出来，但那箭十分锋利，刺伤了他的手，手没了力气，箭就没有拔出来。他已伤成这个样子，但为了鼓舞士气，一再要求把他抬到战场上；尽管他不在场，士兵们依然英勇作战，直至天黑敌我双方各自撤离战场。他把生死置之度外，对世间的事情不屑一顾，这得归功于哲学。他坚信灵魂亘古不息。

在宗教方面，无论从哪一点看，尤利安都是很恶劣的。他抛弃了我们的宗教，故得了个"背教者"的绰号。可有人说他从来就没信过基督教，只是为了服从习俗才佯装相信，直到他成为罗马帝国的皇帝，我认为这个看法似乎更有道理。他对自己的宗教却似着了魔一般，连他同时代的和他同一宗教的人也都耻笑他。有人说，假如他打败了帕提亚人，他会把世界上的牛杀光宰绝，用来献祭他的神祇。他也深受占卜术的诱惑，为任何方式的预言大开绿灯。他死时，特意对神祇表达了他的感激之情，感谢他们没想对他突然袭击，而是早就告诉了他死亡的地点和时间，也没让他像无所事事和体弱多病者那样死得没有骨气，受长期痛苦的折磨；感谢他们认为他有资格像这样体体面面地死去，死在胜利的途中，死在荣誉的巅峰。他产生过和马库斯·布鲁图同样的幻觉，他在高卢时，那幻觉就出现过一次，后来，在波斯，当他奄奄一息时，又出现了。

有人说，尤利安感到死亡来临时说："你赢了，拿撒勒人[1]。"另一些人认为尤利安说的是："你高兴吧，拿撒勒人。"如果我那些证人相信他说了这些话，一定会在他们的书中提到，因为那时他们就在军营中，对尤利安临终时的每个动作每句话都一清二楚。其他一些传说也都没有记载。

现在来谈主题。马切利努斯说，尤利安心中早就酝酿异教了，苦于他的军队都信基督，未敢表露。后来，他觉得自己已是天下无敌，便敢公开心中所想，建造神庙，想方设法确立偶像崇拜。为达到目的，当他在君士坦丁堡看到民众四分五裂，基督教高级教士同室操戈，就把他们召进宫来，诚恳地劝导他们缓解内部分歧，人人自由坦然地侍奉各自的宗教。他竭力怂恿他们这样做，希望以此来增加派别，扩大矛盾，阻止人民团结起来；如果人民协调一致，和睦相处，就会有更大的力量来反对他。他通过有些基督徒的残忍做法，体验到了人是世界上最可怕的动物。

这就是史书上对尤利安皇帝大概的记载。值得注意的是，他利用宗教信仰来煽起矛盾，引起混乱，而不久前我们的国王则用宗教信仰来平息叛乱。一方面，我们可以说，让各派自由地保持各自的看法，其实是在散布不和，扩大分裂；既然没有任何法律来约束和阻止分裂的扩大，那就等于在为这种势头推波助澜。但另一方面也可以说，让各派自由地保持各自的看法，是削弱和松懈这些派别的最简便做法；派别越稀罕，越新奇，越困难重重，

1　拿撒勒人，此处指耶稣。

他们的针尖就会磨得越细越尖，反之，就会失去锋利。然而，为了尊重国王们对自己宗教的虔诚，我宁愿相信，他们没能做想做的，所以就装出愿意做他们能做的。

二十

世上绝无纯粹的事物

鉴于我们自身的弱点，单一而纯正的东西不可能为我们所用。我们享有的东西，都已有了改变。金属也一样，纯金要掺入其他物质，才适合我们使用。

不论是被阿里斯顿和皮浪以及斯多葛学派奉为人生目标的单纯道德，还是昔兰尼学派[1]和亚里斯提卜主张的快乐，不经组合也都不可能起作用。

我们享有的快乐和幸福，无不掺入痛苦和不安，

> 快乐会产生痛苦，
>
> 最快乐时会焦虑不安。[2]

---

1   昔兰尼学派为希腊道德哲学派信徒。活动时期约为公元前三世纪左右。他们认为当前的快
    乐就是道德的标准，美好的生活在于合理地应付环境以期达到享乐主义的目的。一般认为
    亚里斯提卜是这学派的创始人。

2   引自卢克莱修。

极度的快乐近似呻吟和哀叹。你不觉得这种快乐会因焦虑不安而行将消失吗？即使我们把它的形象塑造得完美无缺，也总会用病态和痛苦的修饰语来掩饰它：没精打采、有气无力、萎靡不振、弱不胜衣、病病歪歪。这充分证明极度快乐和这些修饰语之间的血亲关系和同质性。

极度快乐，严肃多于快活，极端和充分的满足，平静多于愉快。"乐极生悲。"[1]快乐会使我们忧从中来。

希腊的一句古诗表达了同样的意思："诸神赋予我们种种快乐，却要我们为之付出代价。"这就是说，他们绝不会赐给我们单纯和完美的快乐，我们得到了快乐，却也付出了痛苦的代价。

痛苦和快乐本质上南辕北辙，却不知在哪个点上自然相接。

苏格拉底说，有一位神试图把痛苦和快乐混合起来，合二为一，但他无能为力，只好决定让它们末端相连。

梅特罗多鲁斯说，忧愁中掺杂着快乐。我不知道他是不是想说别的意思，但我设想，忧郁中孕育着意愿、赞同和愉悦；还不说可能夹杂其中的让人怜悯的欲望。在忧郁的怀抱中，有一些甜蜜而美妙的东西在向我们微笑和献媚。有些性格不是以忧郁为食粮吗？

　　哭泣时会有某种快感。[2]

在塞涅卡的信札中，有个叫阿塔罗斯的人说，追怀亡友会使

1　引自塞涅卡。
2　引自奥维德。

我们愉快惬意，正如陈酒的苦味沁人心脾，

> 年轻的侍者，别给我斟法莱纳酒，
> 我要喝苦味更浓的酒；[1]

又如苹果淡淡的酸味带给我们快意。

大自然向我们揭示了这种矛盾的混杂：画家用皱纹既可以画一张哭脸，亦可画出一张笑脸。的确，在脸画就之前，你去看画家作画，可能无法断定画的是笑脸还是哭脸。笑到极点，就会笑出泪水。"大凡痛苦都有补偿。"[2]当我想象一个人被称心如意的快乐团团包围（比方说，他的所有器官永久处于类似性交高潮的极度快乐中），我会感到他将被快乐融化，他绝对吃不消那样单纯、经久和全面的快乐。的确，人处在快乐中，就会设法躲避，自然会赶紧逃之夭夭，就像在逃避一个隘口，因为他在那里会站不稳脚，担心会崩溃。

当我虔诚地向自己忏悔时，我发现我最优秀的品质也带有邪恶的色彩。柏拉图若仔细观察（他确是这样做的）自己最高贵的品德（我和大家一样，对这种高贵品德和其他类似的优秀品德，都给予真诚而公正的评价），他会发现他这种品德也夹杂有人类不自然的色彩，那色彩若隐若现，只有他自己才能察觉。人确实是个缝缝补补、花花绿绿的混杂物。

1　引自卡图鲁斯。
2　引自塞涅卡。

公正的法律如果不混杂某些不公正，是不可能继续存在的。柏拉图说，有人想让法律消除一切不愉快的讨厌的东西，其实是在斩许德拉[1]的头，斩了一个又复生一个。"**一切儆戒性的惩罚，对个人可能不公正，但对国家却有益无害。**"塔西佗如是说。

同样，在对待人生和公共关系方面，我们的头脑可能会过分单纯和敏锐；头脑敏锐，就会过于洞察和好奇。我们要让思想变得迟钝驽缓，以便更循规蹈矩；要让它变得糊里糊涂，以便适应险恶的人生。因此，有些人的思想平平常常，不紧不张，却更适合处理公众事务，并获得成功。崇高而卓绝的哲学思想对实践一筹莫展。心智极度敏锐，瞻前顾后，变化无常，会处理不好人际关系。人世间的事，做起来要粗枝大叶，浅尝辄止，大部分的事留给命运来操作。无须把事情说得太透彻明了。越是考虑各种矛盾的观点和多种多样的形式，就越理不出头绪："**他们在头脑里反复考虑各种相矛盾的理由，结果搞得晕头转向。**"[2]

下面是古人对西摩尼德斯[3]的指责：希伦一世[4]请西摩尼德斯给上帝下定义，为寻求满意的答案，他向希伦一世求得几天时间进行思考；他绞尽脑汁，想出了好几个深刻而巧妙的答案，却不知哪个最正确，最后灰心丧气，只好半途而废。

越是把各种情况和结果考虑得面面俱到，就越难做出选择。才智平平，处理大小事务反而得心应手。请看，最杰出的行政

1　许德拉，希腊神话中的九头水蛇，斩掉一个头又会生出一个来。
2　引自李维。
3　西摩尼德斯（约前556—约前468），古希腊抒情诗人和警句作者。
4　希伦一世（？—前467），叙拉古僭主。他在政治上是暴君，但在文学上却是个热心的保护人。

官，并不善于向我们表述他们是如何成为最杰出者的，而能说会道的人，做的事往往毫无价值。我知道有一个夸夸其谈的人，说起勤俭持家来头头是道，却可鄙地把十万利弗的年金一掷而光。还有个人在说话和出谋划策上比他的任何一个谋士都高明，看上去生气勃勃，才智横溢，世间无双，然而，他手下的人却认为他做起来完全是两回事。更明确地说，是不把坏运道考虑在内。

二十一

反对怠惰

韦斯巴芗皇帝[1]身患重病（此病后来夺走了他的生命），仍不忘了解帝国情况，甚至缠绵病榻时，还处理了几件重大国事。御医责备他这样做于身体不利，他却说："一个皇帝应该站着死。"我觉得这一豪言壮语很适合一个伟大的君王。韦斯巴芗之后，阿德里安一世也说过同样的话。应该常常提醒君王们想一想这句话，使他们感觉到自己肩负着指挥千军万马的重任，国王如果萎靡不振，热衷于卑劣和虚妄之事，必定会使他的臣民深恶痛绝，不愿为他赴汤蹈火、出生入死，看到君王自己不关心百姓的生死，百姓也就不会关心君王的死活了。

如果有人坚持认为，国王应通过别人而不是自己来指挥打仗，那命运女神可为他提供很多例子：有的国王让副官指挥重大战役；有的虽然亲临战场，却成事不足，败事有余。然而，大凡

1　韦斯巴芗（9—79），罗马皇帝。

485

骁勇刚毅的君王都不能容忍这一耻辱的劝诫。借口君王应像保护圣像那样，留着脑袋确保国家的命运，这恰恰等于罢了他们的职，宣布他们没有能力，可他们的职责恰恰是指挥打仗。我知道有个国王宁愿上战场挨打，也不愿在别人为自己打仗的时候呼呼大睡，看到下属在他不在场时做出惊天动地的事，就会艳羡眼红。谢里姆一世[1]说，君王不亲临战场而取得的胜利是不完全的胜利，我认为此话极有道理。他还应该说，君王若只满足于发号施令，而不亲临战场，以为这就是指挥打仗，他应对此做法感到汗颜，因为只有在现场、在鏖战中发出的命令和指示，才能给君王带来荣誉。没有一个航海人能在陆地上履行自己的职责。世界第一大好战的民族——奥斯曼民族的君王们热烈赞成君王亲自指挥打仗。可是，巴耶塞特二世[2]及其儿子抛弃了这个观点，热衷于科学和其他不出门的事情，使他们的帝国受尽凌辱。奥斯曼帝国现任苏丹穆拉德三世[3]，步他们后尘，也开始和他们一样了。英格兰国王爱德华三世谈及我们的国王查理五世时说："从未有国王像他那样很少拿武器，然而，也没有一个国王像他那样带给我那么多麻烦。"英国国王有理由认为这是件怪事，就像是一种命中注定的现象，而不是缺乏理智的结果。有些人想把卡斯蒂利亚和葡萄牙的国王们也算进尚武、高贵的征服者行列，我是不敢苟同的：他们待在自己清闲的王宫里，派兵征服了东、西印度，就

---

[1] 谢里姆一世（1470—1520），奥斯曼帝国苏丹，勇猛顽强，征服了埃及，并开始征服波斯。

[2] 巴耶塞特二世（1447—1512），奥斯曼帝国苏丹。即位后继续开疆拓土，并把大部分岁入用于修建清真寺、经学院、医院和桥梁。

[3] 穆拉德三世（1546—1595），奥斯曼帝国苏丹。即位后一如前代苏丹，继续对外用兵，用人唯亲，横征暴敛，使奥斯曼帝国日趋衰败。

成了远在一千二百法里以外印度的主人：我们要知道的是，他们有没有勇气亲自去那里享受一下征服者的滋味。

尤利安皇帝的话更为深刻。他说，一个哲学家，一个高雅之士，不应该只满足于呼吸，也就是说，不应该使身体只满足于可以得到的东西，而要使身心忙碌于崇高、伟大和英勇的事业。如果有人看见他在众人面前吐痰和出汗，他会感到很丢脸（有人对斯巴达青年，色诺芬对波斯青年也说过类似的话），因为他认为，持续的操练和工作、有节制的饮食，已把这些多余的体液熬干耗尽了。塞涅卡说过相近的话，用在这里也合适。他说，古罗马人教育青少年要站得正，立得直，"他们不教孩子们学习应该坐着学的东西"。

希望死得其所，死得壮烈，是一种崇高的愿望。可是能不能做到，不仅取决于我们的决心，更要看有没有机遇。多少人下了决心不是战胜便是战亡，却一样也未遂心愿：他们或身负重伤，或锒铛入狱，这使他们的心愿化为泡影，不得不苟延残喘地活下去。有些疾病会使我们的愿望和对事物的意识丧失殆尽。不久前，非斯[1]国王莫莱·阿布杜勒·马利克[2]打败了葡萄牙国王塞巴斯蒂安[3]，这一天以三个国王阵亡而闻名于世，葡萄牙王位也移交给了卡斯蒂利亚王国。可是，从葡萄牙人武装进攻非斯之时起，莫莱·阿布杜勒·马利克国王就已重病缠身，而且每况愈下，命

---

1 非斯，摩洛哥北部城市。
2 莫莱·阿布杜勒·马利克（？—1578），摩洛哥苏丹。
3 塞巴斯蒂安（1554—1578），葡萄牙国王。一五七八年，他带兵讨伐摩洛哥，被摩洛哥国王打败，丧失了性命。

在旦夕，他自己也预感到死日已来临。从没有人比他更充分更光荣地使用自己。他虚弱无力，不能参加他的军队进入阵地的盛大仪式。按照摩洛哥习俗，那仪式十分壮丽，要完成一系列动作，他只好把这份荣誉让给他的兄弟。不过，他也就在这一点上做了让步，指挥官的其他职责，那些必须而有用的工作，他都尽心竭力，事必躬亲。他的身体躺着，但他的判断力和勇气却站得稳稳当当，一直坚持到最后一口气，甚至更久。他可以对不知轻重地进犯他国土的敌人继续构成威胁；但他的心情异常沉重，他自知为时不多，却无人可以替代他指挥这场战争并领导动荡不安的国家，他不得不去寻求一次血腥的、并无把握的胜利，而另一场胜利 [1] 他已稳操胜券，万无一失。他奇迹般地把生命所剩的时间用来消耗敌人的兵力，引诱敌人远离在非洲海岸的海军部队和要塞，直到他生命的最后一天，他有意把这一天保留到这个伟大的日子。他把军队排成圆形，从四面八方围攻葡萄牙军队；他那排成包围圈的军队密密层层，不仅使葡萄牙人在战斗中碍手碍脚，而且溃逃起来也四面遇阻；由于年轻的葡萄牙国王英勇善战，加之葡萄牙人被团团包围，因此，战斗异常激烈。葡萄牙人看到一切退路已被切断和封锁，只好你挤我撞地堆在一起（"他们被杀得遍地横尸，逃跑者挤成一团" [2]），使战胜者得以大砍大杀，取得了一场完全彻底的胜利。莫莱国王已奄奄一息，可哪里需要，他就让人把他抬到哪里，沿着阵线，给将领和士兵们鼓劲。可

1　　此处指非斯国王的去世。
2　　引自李维。

488

是，他的军队给冲破了一个缺口；不管人们如何阻拦，他手握宝剑，跨上战马，想去和敌人拼杀。随从们有的牵缰绳，有的扯战袍，有的拽马镫，拼命阻拦。他本来就已气息奄奄，这一努力耗尽了他最后一点生命。人们又让他躺下来。他从昏厥中蓦然苏醒过来，想告诉大家对他的死要严守秘密，以免将士们产生绝望心理，可他的其他一切器官已丧失功能，他就把手指放到紧闭的嘴巴上，用这人人明白的手势命令大家不要声张，接着就咽气了。有谁死时能坚持如此之久，死得如此铮铮铁骨？

对待死亡最勇敢最自然的办法，就是看到死亡来临，不仅不要惊慌，而且要满不在乎，继续过自己的日子，直到死去。就像小加图那样，当他心里打定主意，要有一个残忍而血腥的死亡，把死亡掌握在自己手中，他就照样愉快地睡觉和学习。

二十二

论驿站

干跑驿站这一行当，我不是最弱的；我身材矮小，结结实实，很适合干这一行，但我放弃了，因为这个职业太熬人，不能久干。

那时，我从书上读到，居鲁士国王因为帝国疆域辽阔，为更快地获得全国各地的消息，便叫人将一匹马一天一口气可能跑的路程做了估量，派人在每个点上备就马匹，供前来给他送信的人使用。有人说，这个速度堪与鹤飞行的速度相比拟。

恺撒说，卢西乌斯·维比卢斯·鲁菲斯急于向庞培告急，就日夜兼程，乘驿车前往，途中更换马匹。据苏埃托尼乌斯说，恺撒本人乘坐租来的大马车，一天行程一百古罗马里。但他是个不顾一切的信使，每逢河流挡住去路，他就泅水而过，从不放弃捷径而去寻觅一座桥或一处可徒涉的浅水。提比略·尼禄去德国探望病重的兄弟德鲁苏斯[1]，一昼夜行程二百里，换了三次马车。

1　德鲁苏斯（前38—前9），古罗马将军，皇帝提比略之弟。公元前十二至前九年，率军远征日耳曼，不慎坠马受伤，不久去世。

在罗马人同安条克国王的战争中，据李维说，泰特斯·森普罗尼亚厄斯·格拉库斯"乘驿马三天就从阿姆菲萨赶到了培拉，速度之快简直令人难以置信"[1]；而那些驿站看样子早已存在，不是专为这次送信而设立的。

塞西纳给家人递送消息的办法更为神速：他上哪里都带燕子，想给家里人送消息时，就放燕子飞回它们的窝中，按照事先和家里人的约定，给燕子涂上有特定意义的颜色。在罗马，富家主人去剧院看戏，怀里总揣着鸽子，需要给家里人说什么事时，就把信系在鸽子身上，那些鸽子训练有素，能把回信带回来。德西穆斯·布鲁图被围困在穆提那时也是用鸽子送信，其他人在其他地方也采用过这种办法。

在秘鲁，驿夫乘坐轿子，由人肩抬着飞速奔跑，到时由第二批轿夫接替，一步也不停歇。

我听说，瓦拉几亚人[2]是土耳其皇帝的御用驿夫，他们送信的速度极快；途中不管遇见何人，他们都有权将自己劳顿不堪的马同那人的马交换；为减轻疲劳，他们在身上紧紧绑一根宽带子。

1　引自李维。
2　瓦拉几亚人为罗马尼亚南方人。

二十三

论采取卑劣手段
实现良好意图

自然界万物之间普遍存在着绝妙的关系，这充分证明，世界万物的组织既非偶然，亦非多头统治。我们身体的各种疾病和状态，在国家和政府身上也能看到；不论是王国还是共和国，和我们一样，也有诞生、发展和衰亡。我们体内容易产生过多的体液，不仅无用，而且有害；坏体液多了，通常会导致疾病；好体液多了，亦是有害无益。好体液过多，同样令医生们担忧，因为我们身上没有固定不变的东西，他们说，身体过于矫健强壮，就要人为地加以遏制，免得到时候我们的体质再也没有可以改善的地方，便突然毫无秩序地后退。因此，医生们常常让竞技运动员服泻药，给他们放血，以免他们的身体过于健旺强壮。

我们看到，国家也会因类似的过度旺盛而生病，也常常采用各种泻药来治病。有时，为使国家减少人口，不惜损害他人的利益，让无数人合家迁徙到别处。就这样，我们的祖先法兰克人¹从德意志内地出发，前来强占高卢，将原来的居民强行逐出家园。就这样，在布伦努斯²等人统治时期，高卢人潮水般拥入意大利；就这样，哥特人³和汪达尔人⁴，就像如今统治希腊的民族一样，离乡背井，到别处广阔的土地去安家落户。世界上极少有地方不遭到这种迁移。罗马人靠这个办法建立了殖民地：他们意识到自己的城市过分膨胀，为减轻负担，便把不大需要的人送到被他们征服的土地去定居和耕作。有时，他们则有意和他们的敌人常年打仗，一来为使人民经常处于紧张状态，因为无所事事是堕落的根源，会给人民带来坏的习惯，

> 我们忍受着长期和平带来的灾难，
> 奢侈比武器更残酷，会使我们斗志衰退。⁵

二则也是为了给他们的共和国放放血，将年轻人过多的热量分散出去，让过于枝繁叶茂、生龙活虎的树干变得稀疏一些。为此，他们就向迦太基人发动战争。

英王爱德华三世同我们的国王签订了布雷蒂尼全面和约⁶，但

1　法兰克人，日耳曼民族的一支。公元四二八至四八〇年间，他们占领了卢瓦尔河以北高卢的大部分地区。

2　布伦努斯，高卢人领袖，活动时期为公元前四世纪。相传他在公元前三九〇年左右率兵占领罗马。

3　哥特人，日耳曼民族，起源于斯堪的纳维亚南部，历史上有几次迁移。

4　汪达尔人，日耳曼民族的一支，四二九至五三四年在北非保持一个王国，五世纪初，曾侵入高卢的一些地方，后定居西班牙。

5　引自尤维纳利斯。

6　布雷蒂尼，法国博斯省的一个小村。一三六〇年五月八日，法国国王让二世在此与英国人签订和约，法国把阿基坦省割让给英国，英王爱德华三世答应放弃对法国王位的要求。

493

他不愿将关于布列塔尼公国的纠纷包括在和约中，他要有个地方来摆脱他的军队，不让他们返回英国，尽管这支军队为他越过英吉利海峡入侵法国效了犬马之力。出于同样的原因，我们的国王菲利普[1]同意派他的儿子让出征海外，以便把他军队里躁动不安的年轻士兵大量疏散到那里去。

当今也有人像这样夸夸其谈，希望将我们之间的这种躁动不安分流到同邻国的战争中去。他们担心，如果不把这些可能导致我们生病的坏体液排出去，我们就会发烧不止而最终彻底毁灭。确实，和外国人打一仗如同生一场病，但这比内战引起的疾病温和得多。可我不相信，上帝会赞同我们为了自身的利益，如此不公正地挑衅和伤害别人：

> 啊！贞洁的涅墨西斯[2]，但愿我
> 永不做违背我们的主子——诸神的事。[3]

然而，我们自身的弱点，常常驱使我们不得不采取卑劣的手段，来实现良好的意图。利库尔戈斯是亘古未有的最正直最完美的立法者，但为了教育人民节制饮食，他发明了一个很不公正的办法，强迫农奴狂喝滥饮，让斯巴达人看见他们烂醉如泥的样子，从而对这一恶习产生反感。

1　指菲利普-奥古斯特，他的儿子菲利普于一二一六年带兵征伐英国。蒙田此处有误。

2　涅墨西斯是希腊宗教里的抽象概念，表示愤怒的抗议，反对诸神对人类的僭越。在罗马，她被看作练兵场的保护神。

3　引自卡图鲁斯。

从前，还有人允许医生将判处死刑的罪犯活活开膛破肚，让人们看到真实的人体构造，从而更加精通医术。这些人的做法更没道理，因为，如果说不得不做坏事的话，那么，为拯救灵魂而做坏事，要比为拯救身体更值得宽恕。例如，罗马人为训练人民骁勇顽强，不畏艰险和死亡，让他们观看斗剑士互相格斗、刺伤和杀戮的可怕场面，

> 否则，这疯狂而罪恶的游戏，
> 这互相残杀，这嗜血的娱乐有什么意义？[1]

直到狄奥多西一世[2]统治时期，这一做法才被禁止：

> 圣上，抓住留给你的一次荣光，
> 将你的功绩加到父辈的荣誉上。
> 不要再为取悦人民而互相残杀，
> 从此竞技场上只流淌动物的血，
> 不再让杀人游戏玷污我们的眼睛。[3]

让人民天天看见一百、二百乃至一千对斗剑士拿着武器互相格斗，这的确是教育人民的一个富有成果的突出例子。斗剑士们勇敢坚毅地互相砍杀，不说一句求饶或博取怜悯的话，绝不转身

1　引自普鲁登蒂乌斯。
2　狄奥多西一世（347—395），罗马帝国皇帝。
3　引自普鲁登蒂乌斯。

逃跑，也不躲避对方的进攻，而是伸出脖子，让对方击中。好些人多处受了致命伤，在原地躺倒等死之前，还叫人去问问民众对他们的尽职满不满意。他们不仅要不断地格斗和死亡，还要死得轻松愉快；如果他们显出不乐意死的样子，人们就向他们发出嘘声和诅咒。

连姑娘们也给他们鼓劲助战：

> 每击中一剑，她就站起来。
> 胜方每刺中一次败方的喉咙，
> 她就显得欣喜若狂。
> 当有人被击倒在地，
> 她就将拇指朝下，命令把他刺死。[1]

为了树立勇敢的榜样，起初，罗马人用罪犯来格斗，但后来就用无辜的奴隶，甚至还用为此卖身的自由民，乃至罗马元老院议员、骑士和妇女：

> 现在他们把脑袋卖给了竞技场，
> 即使在和平时期，也需要敌人。[2]

> 在两剑相击的叮当声中，

1　引自普鲁登蒂乌斯。
2　引自马尼利乌斯。

不谙兵器的女人也投入这闻所未闻的竞技，

勇敢地和男人们一起厮杀格斗。[1]

　　要不是我们正在打仗，习惯了每日看见成千上万的外国人为了钱而投入跟他们毫无关系的战斗中，流血流汗，丧失性命，那我肯定会觉得罗马人的这种做法荒诞不经，不可思议。

1　　引自斯塔斯。

二十四

论罗马的强盛

　　有人把当今时代一些国家摇摇欲坠的强盛与罗马的强盛相提并论；关于这个广为谈论的议题，我在这里只想简单说几句，以证明那些人何等不知深浅。

　　在西塞罗的《家书》第七卷（语法学家如若愿意，可把"家"字去掉，因为实际上不全是家书；有些人用《亲友书》来取代《家书》，他们可以在苏埃托尼乌斯所著的《恺撒传》中找到他有一卷《亲友书》的根据），有一封是写给恺撒的，当时恺撒在高卢。信中，西塞罗把恺撒写给他的一封信中的最后几句话做了重复："至于你向我推举的马库斯·菲利乌斯，我将让他当高卢国王；如果你要我照顾你的哪位好友，就叫他来找我。"

　　在恺撒时代，一个普通的罗马公民拥有一个王国，这是屡见不鲜的。他剥夺德奥塔鲁斯国王的领地，把它交给帕加马城一个名叫米特拉达梯的贵族管理。著恺撒生平的那些人，记载着被他出卖的其他好几个王国。苏埃托尼乌斯说，他一下子就从托勒密国王那里获取三百六十万埃居，差不多相当于把自己的王国卖了出去：

> 加拉提亚卖了若干钱，本都卖了若干钱，吕底亚卖了若干钱。[1]

马克·安东尼说，衡量罗马人民的强盛，与其说看他们得到什么，不如说看他们给予什么。然而，在安东尼前大约一个世纪，罗马人就极其专横地剥夺了一个人所取得的胜利果实，在整个罗马史上，我不知道是否还有比这更能说明罗马人崇高威望的事例。安条克四世占领了整个埃及，正准备征服塞浦路斯岛和埃及帝国的其他地方，正当他所向披靡、一往无前时，罗马使节盖尤斯·波皮利乌斯奉罗马元老院之命前来找他，一上来就拒绝同他握手，因为安条克还没有读他带来的最后通牒。安条克四世读完最后通牒，答应考虑一下。波皮利乌斯用拐杖在安条克站的位置上画了个圆圈，对他说："在你走出这个圈子之前，得给我个答复，我好向元老院汇报。"安条克对他如此急迫如此粗暴的命令深感惊讶，他沉思片刻后说："我执行元老院的命令。"这时候，波皮利乌斯才像对待罗马人的老朋友那样向他表示敬意。一封最后通牒，就迫使安条克放弃一个无限辽阔的王国和完全可能的成功！后来，他遣使者对罗马元老院说，他诚惶诚恐地接受了他们的命令，就像遵从罗马诸神下达的命令一般。他这样做是很

1　引自克劳狄乌斯。

理智的。

奥古斯都·恺撒用战争获取的王国，他全都物归原主，或作为礼物赠送给某些异国人。

关于这个，塔西佗谈及英格兰国王科吉杜纽斯时说的一番妙语，使我们感觉到了罗马人的无比强大。他说："在古代，罗马人习惯于让被征服的国王掌握自己的王国，但要置于罗马人的权力之下，以致那些国王成了他们奴役的工具：ut haberet instrumenta servitutis et reges[1]。"

我们看到，苏莱曼一世征服匈牙利王国和其他国家后将它们慷慨赠送，似乎更多出于上述同样的考虑，而不像他习惯上说的那样，是对拥有这么多的王国和权力已感到厌倦和不堪重负。

1　拉丁语，意即"成为他们奴役的工具"。

二十五

不要无病装病

　　马提雅尔有一首讽刺短诗，是他优秀讽刺短诗中的一首（在他的各类诗中不乏优秀作品），他以幽默的笔触叙述了凯利乌斯 [1] 的故事：为避免讨好罗马的某些权贵，不愿在他们起床之时守候在他们身边陪伴照顾他们，跟在他们后面跑东跑西，他就假装患有风湿病；为了装得煞有其事，他把双腿涂上油，绑上带子，装得惟妙惟肖，活像个风湿病人；久而久之，命运果真让他得了风湿病：

　　　　装痛的本事如此高超，

　　　　最终凯利乌斯用不着再装风湿病。[2]

1　　凯利乌斯（前82—前48），罗马政治家，西塞罗的密友。
2　　引自马提雅尔。

我好像在阿庇安[1]著作中的某个地方也读到过类似的故事：有个人被罗马三头政治宣布为不受法律保护，他不想被追捕的人认出来，便东藏西躲，乔装改扮，甚至装成独眼。后来，他恢复了一些自由，想把长久以来糊在他一只眼上的膏药揭去，此时，他发现蒙上膏药的这只眼已看不见了。很可能由于久不锻炼，视力已变得迟钝，这只眼的视力跑到另一只上去了。当我们蒙上一只眼睛时，我们会明显地感到，这只眼的部分视力给了另一只，而另一只眼的视力就得到了加强。同样，马提雅尔谈到的那位风湿病人，由于长期用药并绑上绷带，腿就发热，加之很少活动，就引发了一些足痛风的体液。

我读傅华萨的《闻见录》时，读到有群年轻的英国贵族，发誓蒙上左眼，直到来法国建立战功后才把眼罩摘除；每每想起他们为了情妇甘愿来法国冒险，重逢时一个个都成了独眼，就像其他人那样弄假成了真，不禁感到痛快淋漓。

母亲们看见孩子装独眼、瘸腿和斜视，或人体的某个缺陷时，就要严加斥责，因为孩子们身体娇嫩，可能会因此而养成某个坏习惯。再者，不知怎的，我总觉得命运会让我们弄假成真。我听人说起过几个装病的例子，装到后果真成了病人。

我骑马或步行时，总习惯在手中拿一根拐杖或棍子，以为这是优雅的风度，矫揉造作地支撑在拐杖上。好些人吓唬我说，长此以往，命运会使这种装模作样成为我的一种需要。我相信我会

1　阿庇安，活动时期为公元 2 世纪，希腊历史学家。曾在亚历山大城任官职，后取得罗马公民资格，在罗马开业当律师。

成为我们家族中第一个风湿病人。

我还要啰唆几句，再举一个失明的例子。老普林尼在《自然史》中谈到，某人梦见自己眼睛瞎了，翌日醒来果真成了瞎子，可他的眼睛之前并没有病。这很可能如我在别处谈到的那样，是强大的想象力在起作用。老普林尼似乎也是这个看法。但更有可能的是，那人的身体感觉到了体内的变化，引起大脑做梦。如果医生愿意的话，可以找出他眼瞎的原因。

还有一例，与前面讲的颇为相似，那是塞涅卡在一封书信中谈到的。他在给卢齐利乌斯的信中说："你知道，哈帕斯特是供我妻子取乐的女小丑，她在我家是上代传下来的。就我个人兴趣，我是不喜欢这些怪物的。如果我想要一个小丑取乐，无须到远处去寻找，我自己就可以充当这个角色。这个女丑八怪突然双目失明。我给你说说这件奇怪但真实的事：她一点也不觉得自己眼睛瞎了，不停催促仆人带她出去，因为她说我家里黑洞洞的。我们笑话她的，请相信我，正是我们每个人都可能遇到的。没有人承认自己吝啬，或对别人垂涎三尺。瞎子要求有人引路，可我们却被自己引上歧途。我们会说：我不是野心家，可在罗马不这样无法生存；我不爱乱花钱，可这个城市要求大家花很多的钱；如果说我动辄大怒，这不是我的错；如果说我尚未确立可靠的行为方式，那是青春的错。我们的病不要到自身以外去寻找，病就在我们身上，根植于我们的内脏中。但由于我们感觉不到自己有病，就使我们更难痊愈。如果不及早治疗，就会防不胜防，导致满身创伤和病痛。然而，我们有一种良药，那就是哲学；其他药要等病痊愈后方能感到它们的乐趣，而哲学却能边治病边让人感到快乐。"

这是塞涅卡说的，这让我偏离了主题，不过，用了塞涅卡的话，我们也没失去什么。

二十六

论大拇指的作用

塔西佗叙述说，有些蛮族国王互相做承诺时，双方伸出右手紧紧相握，紧扣大拇指，用力挤压，使血涌向指尖，再用针之类东西将双方的拇指刺破，然后互相吮吸对方的拇指。

医生们说，大拇指是最重要的手指头，法语 pouce 意为"大拇指"，源自拉丁语的 pollere，意为"超过别人"，希腊人则称之为 ἀντίχειρ，好像是"另一只手"的意思。拉丁人有时似乎也把大拇指作整只手讲，

> 她站立起来，不用甜言蜜语刺激，
> 也无须温柔的大拇指爱抚。[1]

在罗马，将两个大拇指并拢弯下，是表示喜爱的意思，

1　引自马提雅尔。

你的仰慕者弯下两只大拇指，

对你的表演表示赞美；[1]

若将大拇指竖起来转向外边，则表示不喜欢，

当民众伸出大拇指转向外边，

就随便杀个人讨其欢心。[2]

　　罗马人规定，大拇指受伤者免上战场，他们认为缺了大拇指就握不紧武器。有位罗马骑士，不想让两个年少的儿子参军，便耍花招把他们的大拇指剁掉，奥古斯都没收了他的财产。这在奥古斯都之前就有先例了。在古意大利战争时期，盖尤斯·瓦蒂努斯不愿奔赴战场，故意砍掉了左手的大拇指，元老院判其终身监禁，还没收了他的全部财产。

　　记得有个人，我想不起名字了，他打赢了一场海战后，就把敌兵的大拇指都砍掉，使他们丧失战斗力，不能再划桨。

　　雅典人砍掉埃伊纳岛人[3]的大拇指，使他们丧失海上优势。

　　在斯巴达，教师惩罚孩子时，咬他们的大拇指。

1　　引自贺拉斯。
2　　引自尤维纳利斯。
3　　埃伊纳岛，希腊萨罗尼克群岛的最大岛屿。

二十七

怯懦是暴虐的根源

常听人说，怯懦是暴虐的根源。

据我切身体会，这种邪恶而非人道的、乖戾而粗暴的行为，每每伴有女性的软弱。有些人暴戾恣睢，却动辄流泪，且是为鸡毛蒜皮的事。费莱阿的暴君亚历山大容不得剧院里演悲剧，生怕他的臣民们看见他为赫卡柏和安德洛玛刻的不幸遭遇悲叹伤心，而他本人却冷酷无情，每天杀人不计其数。是不是心灵的软弱能使他们走向种种极端呢？

当敌人任我们摆布时，我们就英勇不起来了（遇到抵抗，人才变得英勇），

> 只爱杀抵抗的公牛。[1]

1　引自克劳狄乌斯。

可在欢庆胜利时，怯懦就加入进来了，既然不能扮演这第一个角色[1]，那就甘演第二个角色，开始大肆屠杀，让双手沾满鲜血。胜利后的大屠杀往往是民众和辎重兵干的；在民众战争中，之所以会发生无数闻所未闻的残暴行为，那是因为卑劣的民众想锻炼自己，他们觉得在别的方面逞不了英雄，就假充勇士，大肆杀戮，直至血染双肘，把脚下奄奄一息的身体撕得粉碎：

> 怯懦的狼、熊以及所有最卑劣的野兽，
> 猛烈扑向垂死者，[2]

犹如一群胆小如鼠的恶狗，不敢在野外攻击野兽，就在屋里撕咬它们的皮肉。是什么使得我们现在的争吵变得不共戴天了？我们的祖先只进行一定程度的复仇，我们却从最极端开始，一上来就大杀大砍，如果说这不是怯懦所致，又是什么？众所周知，打垮敌人、使敌人让步，与杀死敌人相比，前者更显得英勇无畏，更表现出对敌人的蔑视。此外，复仇的欲望也更容易得到满足，因为复仇仅仅是为了让人感到我们在复仇。因此，我们不会向一头咬伤我们的野兽或一块击伤我们的石头发起进攻，因为它们感觉不到我们的复仇。把一个人杀死了，他不就感觉不到我们的复仇了吗？

比亚斯[3]对一个恶人喊道："我知道你迟早要受惩罚，可我怕

1　指在战场上英勇作战。
2　引自奥维德。
3　比亚斯，活动时期为公元前六世纪，古希腊七贤之一。

是看不见了。"他抱怨奥尔霍迈诺斯人对利西斯库斯的背叛行为惩罚得不是时候，因为对此惩罚感兴趣的，并且可能从中得到快乐的人已经一个不剩了。复仇也一样。当复仇的对象已感觉不到复仇了，这样的复仇就失去了意义，因为，正如复仇者想从复仇中获得快乐一样，被复仇者也应该从中得到痛苦并感到后悔。

我们常说："他会后悔的。"可是，我们朝他脑袋上开一枪，就认为他会后悔吗？恰恰相反，如果我们留意的话，就会发现，他倒下时会朝我们做鬼脸，他甚至来不及怨恨我们，因此，他离后悔还远着呢。让他迅速而毫无痛苦地死去，这是给予他人生最大的恩惠。我们要像兔子那样东躲西藏，避开法官的跟踪追击，他却安安静静，无人打搅。杀死他，有利于将来不再受他伤害，却不利于报复我们已受的打击：这样做，惧怕多于无畏，谨慎多于勇敢，防御多于进攻。显而易见，这背离了复仇的真正目的，也有损于我们的名声；这是怕他活在世上，还会向我们发起进攻。

你杀死他，不是为了对付他，而是为了保护你。

这种做法，在纳森克王国是毫无用处的。那里，不仅军人，连手艺人吵架也都动剑动刀。谁想格斗，国王绝不会阻拦，若是贵族决斗，他还会在一旁观战助威，决出胜负后，会赏给胜者一条金链子。然而，如若别人也想获得那条金链子，可以同受国王赠予的人进行决斗；刚刚赢得一场战斗，又有好几场战斗在等待他。

如果我们想靠勇气永远控制敌人，对他们为所欲为，那么，看到他们摆脱我们的控制，比方说，看到他们死去，我们会感到懊悔：我们是想获取胜利，但是更想用稳当的方法，而不是一场体面的决斗；我们在争吵时更重视结果，而不是荣誉。阿西尼乌斯·波利奥是个有教养的人，他也犯过同样的错误：他写了几篇批驳普兰库斯[1]的文章，但等他死后才发表。这与其说是在冒险招来普兰库斯的怨恨，不如说在向一个瞎子做蔑视的手势，向一个聋子说侮辱的话，在攻击一个对痛苦没有感觉的人。因此，有人批评波利奥说，只有淘气的孩子才会同死人战斗。等到作者死后才去批驳他的文章，这样做的人除了会说自己喜欢争论但又软弱无能外，还能说什么呢？

有人告诉亚里士多德某某人说了他坏话，亚里士多德回答："他可以做得更过分，可以鞭打我，只要我不在场。"

我们的祖先受了侮辱后只满足于反驳，受到驳斥后便给予回击，如此而已。他们英勇刚毅，看见受我们凌辱的敌人还活着，丝毫也不害怕，而我们看见敌人活蹦乱跳，就吓得浑身打战。现在，我们不是奉行一种漂亮的做法，对伤害过我们或受过我们伤害的人一律紧追不放，置之死地而后快吗？

在我们一对一的格斗中，还引进了一种做法，让第二者、第三者、第四者陪在我们身边，这也是一种卑怯的表现。从前是决斗，而现在是战斗和交战。发明这一做法的人害怕孤独：因为人人都不相信自己。[2]不言而喻，有人陪伴在旁，当你处境危险时，能带给你鼓舞和安慰。从前让第三者在场，是为了避免出现混乱

1　普兰库斯，古罗马演说家和将军，活动时期为公元前一世纪。
2　引自李维。

和背信行为，为了给战斗的命运做证。可是，自从第三者们加入战斗以来，被邀者就不可能老老实实地当观众了，因为怕承担缺乏感情或胆量的罪名。

借别人的力量和胆量来捍卫自己的荣誉，我觉得，这种做法不仅不公正、不体面，而且对于一个正直而非常自信的人来说，将自己的命运同第二个人的命运联系起来，有百害而无一利。每个人为自己冒的风险够多的了，怎能再为另一个人去冒险！各人靠自己的勇敢捍卫自己的生命已很艰难，怎能把如此宝贵的东西交由别人来保护！因为二对二交战，是互相捆在一起的格斗，除非事先明确商定照相反的规则行事。如果你的助手倒下，你理所当然地要面对两个人。有人说，这二对一的攻击是不正直的，确实是这样，这就好比你自己全副武装，攻击一个只剩半截剑的人，或者你自己安然无恙，攻击一个身受重伤者。但是，如果你这个优势是在战斗中赢得的，你就可以心安理得地利用。力量的悬殊和不等只是在战斗开始时应该衡量和考虑。再说，你要怪就怪命运吧。当你的两位同伴已被打死，你一个人要对付三个人的时候，对方对你的优势是无可指责的，正如在战争中，当我看见敌人同我们的一个人肉搏，我会理所当然地刺敌人一剑。根据同盟关系的性质，哪里有两军对峙（例如，我们的奥尔良公爵向英格兰国王亨利挑战，一百对一百；阿尔戈斯人和斯巴达人作战，三百对三百；贺拉提乌斯兄弟与库里阿提乌斯兄弟之间的战斗，三对三），每一方的人数再多，也只被当作一个人看待。哪里格斗有人介入，危险性就互相牵扯，要共同承担。

这一论述对我家发生的一件事也有利可图。我的一个兄弟马特科隆老爷应邀去意大利给一位不甚熟识的贵族助战，那人是被动的一方，是被另一个人招来格斗的。在这场决斗中，马特科隆的对手碰巧住得离他家更近一些，相互也更熟悉一些（我希望有人给我解释一下这些格斗的规则，它们同理性的规则常常背道而驰）；我兄弟杀死对手后，见决斗双方的主人尚未分出胜负，就去帮助他的伙伴了。他能不这样做吗？难道应该袖手旁观，看着对方——如果命该如此的话——杀死自己的伙伴？他不就是为了捍卫他的伙伴而来的吗？至此他所做的依然无补于事，因为鹿死谁手尚不清楚。当你的敌人已遭受损失处于劣势时，你可以也应该以礼相待，然而，如果你是在为别人效劳，你不过是助手，并不是纠纷的主人，在这种情况下，我看不出你如何能做到对敌人以礼相待。我兄弟已身不由己，和别人的命运捆在一起，当然就不可能做到公正和有礼貌了。因此，在我们国王及时而郑重的请求下，我兄弟才得以从意大利监牢中释放出来。

真是鲁莽而轻率的民族！我们不满足于将我们的恶习和荒唐臭名远扬于世界，还要跑到别的国家去让人家一睹我们的风采。你把三个法国人放到利比亚的沙漠里，不出一个月，他们必定会互相攻击，抓得遍体鳞伤。跑到外国去决斗，简直就是为了让外国人，尤其是让那些乐于嘲笑和讥讽我们恶习的人从我们的悲剧中得以消闲解闷。

我们到意大利去学习剑术[1]，刚懂一点皮毛，便拿我们的生命来做练习。然而，按照训练的次序，学习理论当先于实践，我们

1　那时，每年有三四百法国贵族到意大利的剑校去学习剑术。

却违背了学习的原则：

> 这是对青少年的残酷考验，
> 对未来战争的艰苦训练。[1]

　　我深深知道，剑术学通后是很有用的（在西班牙，曾有两位表兄弟亲王决斗，据李维说，年长的那位武艺高强，足智多谋，年轻的那位轻率鲁莽，单凭力气蛮干，因此，年长的轻而易举战胜了年轻的）。我自己也亲眼见到过，有些人剑术高强，格斗时勇气倍增，变得异乎寻常。然而，懂得剑术，并不是严格意义上的勇敢，剑术凭借的是身体敏捷，而不是剑术本身。决斗的荣誉在于比赛勇敢，而非武艺。因此，我曾见我的一位朋友，尽管以精通剑术闻名遐迩，在决斗时，却选择自己所不擅长的、完全取决于运气和自信的武器，免得人家把他的胜利归于剑术，而不是他本人的勇敢。在我孩提时代，贵族们不喜欢有好剑手的声誉，以为这是一种侮辱，学剑时偷偷摸摸，避人耳目，仿佛这是一种技能性行当，是与真正而朴实的勇敢相抵触的，

> 躲避、躲闪、躲开，他们厌恶至极。
> 在他们的决斗中技巧无立足之地。
> 或直接，或迂回，剑剑货真价实，
> 愤怒、狂怒使他们忘记用巧取胜。

1　　引自维吉尔。

513

请听铁剑相击叮叮当当惊心动魄，

他们仍坚持战斗，绝不后退半步，

脚站得稳稳当当，手不停地出击，

时而剑尖时而剑刃剑剑刺向敌人。[1]

我们祖宗习武是用靶子，在比武场围墙内进行骑士比武，这是在学习战争；而习剑只为了个人目的，因而显得不够高尚，它教我们无视法律和司法而互相残杀，每每造成巨大的损失。习武就应该习一些有利于安邦定国而不是有损于国家、有利于人民安全和国家荣誉的武艺，这才是较为合适的、值得称颂的习武。

罗马执政官普布利乌斯·卢提利乌斯是第一个教导士兵巧妙运用武器的人，他把技巧和勇敢结合起来，不是用于报私仇，而是为了罗马人民的战争。这是人民大众的舞刀练剑。在法萨罗战役[2]中，恺撒命令他的士兵主要砍击庞培士兵们的脸部。除恺撒这个例子外，其他许多将领也考虑过发明一种新武器，一种根据需要进行出击和防御的新型武器。菲洛皮门擅长格斗，却不赞成格斗，因为格斗的训练过程是与军事训练格格不入的。他认为军事训练是正直人唯一应该感兴趣的。我赞成菲洛皮门的看法。在我看来，训练四肢的灵活性，让年轻人在这种新式训练中学习迂回和动作，不仅毫无用处，而且违背和破坏打仗的规则。

1　引自塔索。

2　法萨罗战役，古罗马内战中的一次决定性战役。公元前四八年，恺撒被庞培击败。不久，他们又在法萨罗发生接触。罗马历八月九日两军会战，恺撒有兵两万两千人，庞培有兵四万五千人。恺撒出奇制胜，结果庞培溃不成军，败逃拉萨里。

因此，在习武中，我们通常使用与打仗有关的武器。我看到，当一个贵族被请去用剑和匕首格斗时，如果穿甲戴盔，会被认为是不大合适的。在柏拉图的对话中，拉凯斯[1]在谈论与我们相似的习武方式时说，他从没看到这样的训练方法，特别是这样的教官造就过一个伟大的将领。拉凯斯的看法颇值得重视。至于击剑手，我们的体会已很说明问题了。至少，击剑和打仗是完全没有关联的技能。柏拉图谈到他的理想国中的儿童教育问题时，指出要禁止教他们拳击（由阿密斯科[2]和厄佩乌斯传人）和格斗（由安泰俄斯[3]和刻耳喀翁传人），因为这些技巧不是为了培养青年更适应打仗的需要，对战争毫无帮助。

下面举的事例有点太偏题。

东罗马皇帝莫里斯[4]梦见，而且有不少预兆向他表明，他将被一个叫福卡斯[5]的无名小卒杀死，他就问女婿菲利普，福卡斯是何许人，有什么样的性格、地位和习惯。菲利普回答时，特别提到了福卡斯是个胆怯而又卑劣的人，莫里斯皇帝立刻下结论说，这个人残暴成性，喜欢杀人。是什么使得暴君们如此嗜血成性？是对自身安全的忧虑！他们内心怯懦，因别无他法来确保统治，只能把可能伤害自己的男人乃至妇女斩尽杀绝，免得后患

1　拉凯斯（约前475—前413），雅典富有的贵族，在伯罗奔尼撒战争中起过重要作用。公元前四二七年当选为将军，后任雅典军队司令官。

2　阿密斯科，希腊神话中的珀布律克亚王。凶残好斗，向每一个外来的客人挑战斗拳。

3　安泰俄斯，希腊神话中利比亚巨人，海神波塞冬的儿子。凡经过利比亚的过路人，都必须和他格斗。

4　莫里斯（约539—602），东罗马杰出的将军和皇帝，他将业已衰亡的罗马帝国改造成为组织良好的拜占庭帝国。

5　福卡斯（？—610），色雷斯的百人队队长，拜占庭皇帝（602—610 在位）。六〇二年，他从君士坦丁堡的骚乱中夺权，杀死莫里斯皇帝取而代之。

无穷，

> 害怕一切，便打击一切。[1]

最初是为施虐而施虐，后来担心正义的报复，便又进行一系列新的暴虐，以此来掩盖先前的暴行。马其顿国王腓力[2]，即那位与罗马人有处理不完纠纷的国王，曾下令大肆屠杀罗马人民，过后又惶恐不安，面对各个时期被他伤害过的无数家庭，不知如何是好，于是他决定把被害人的遗孤统统抓走，将他们一个个杀死，以求睡得安宁。

精彩的内容不管在哪里，总是适得其所。我这人向来重视话题的分量和用处，而不是它们的次序和连贯，因此，我不怕在这里，在这不大引人注目的地方，插进一个脍炙人口的故事。在被腓力五世处死的人中，有一个叫赫罗迪斯库的，是色萨利的一位君王。腓力五世杀死他后，又处死了他的两个女婿，只给他们各自留下一个年幼的儿子。泰奥克塞娜和阿尔科是他们的遗孀。尽管追求的人很多，泰奥克塞娜不为所动，没有再婚。阿尔科则嫁给了埃涅阿斯[3]后裔中数一数二的人物波里斯，同他生了很多孩子，但她去世时孩子尚小，泰奥克塞娜出于对侄儿们慈母般的怜爱，决心引导和保护他们，便毅然嫁给了波里斯。可是腓力五世

1　　引自克劳狄乌斯。

2　　指腓力五世（前238—前179）。他曾企图把马其顿的势力扩展到整个希腊，结果反为罗马所败。

3　　埃涅阿斯，希腊神话中的特洛伊英雄。

516

颁发了诏书。这位勇敢的母亲料到腓力五世会对这几个美好而娇嫩的青少年大施暴虐，他的打手们会对他们为所欲为，便说宁愿亲手杀死他们，也绝不把他们交出去。波里斯见妻子这样说，惊骇万分，便向她保证会把孩子们偷偷带到雅典，寄养在一些忠实可靠的人家里。他们趁一年一度的埃涅阿斯节逃离故乡。白天，他们参加了庆典活动和宴会，夜里，他们登上一只事先备好的船只，从海路前往雅典。那天恰遇逆风，行了一夜，仍依稀可辨他们离弃的故土。他们身后有港口的卫兵在紧紧追赶。眼看敌人追上了，波里斯催促船工加速逃跑，泰奥克塞娜狂怒不已，对孩子深切的爱和对敌人刻骨的恨驱使她又回到了最初的想法。她立刻准备好武器和毒药，放到孩子们面前，对他们说："瞧，孩子们，现在，死是保护你们、给予你们自由的唯一办法。死是诸神行使神圣司法权的机会。这几把出鞘的剑，这几杯毒酒，将为你们打开大门：拿出勇气来！你，我的儿子，你是老大，握住这把剑，死也要死得壮烈。"一边是母亲激烈相劝，另一边是敌人杀气腾腾，孩子们一拥而上，各自抢走离自己最近的东西，他们尚未断气，就被扔进了大海里。泰奥克塞娜把孩子们光荣地送到安全地后，感到非常自豪，接着又热烈拥抱丈夫，对他说："朋友，我们跟孩子们去吧，和他们葬在一起。"说完，他们相拥着跳进海里。人去船空，敌人只得把一条空船带回岸边。

暴君们不仅想杀人，而且还要让被杀者感受到他们的狂怒，于是竭尽才智寻找延长死亡的办法。他们要敌人死去，但不要死得太快，好让自己有时间细细品味复仇的滋味。他们很难找到这样的办法，因为用刑激烈，死得就快，相反，死得缓慢，刑罚就不会太痛苦。于是，他们在刑具中精挑细选。这样的例子在古代不胜枚举，但我不知道我们是不是无意地保留了这些野蛮行为的痕迹。

凡是超越普通死亡的东西，在我看来都是极端残酷的。有些人尽管怕死，怕砍头或上绞刑架，却依然犯罪，我们的司法不可能希冀这些人脑袋里想象一下火刑、钳烙刑或车轮刑，就能阻止自己犯罪。但我不知道这是否能使他们陷入绝望，因为绑在车轮上，或按古老的办法钉在十字架上，在二十四个小时里等待死亡，他们的内心会处于什么状态？犹太史学家约瑟夫叙述说，在罗马人入侵犹地亚[1]同犹太人打仗时期，他从某地经过，那里三天前有几个犹太人被钉在了十字架上，他认出其中三个是他的朋友，经交涉获准将他们从十字架上放下来，他说，其中两人死了，另一个活了下来。

卡尔科孔狄利斯[2]，一个值得信任的人，在回忆录中叙述了他那个时代周围所发生的事，他提到穆罕默德二世[3]经常采用的一种极刑：用弯形大刀将犯人在横膈膜处拦腰一斩两段，这样，他们死时犹如同时死了两个人。他说，那两段仍然充满生命的躯体要挣扎很长时间，痛苦不堪。我不认为两段身子扭动时，还会有很痛苦的感觉。最不堪入目的极刑，不一定最痛苦。其他一些历

1　犹地亚，古代巴勒斯坦三个传统区划的最南一段，大卫成为犹太国王（前十世纪）时，该地区为以色列各支派的联合王国的首都。

2　卡尔科孔狄利斯（约1423—1490？），拜占庭历史学家，著有《历史的见证》，叙述了拜占庭帝国的衰落及其被奥斯曼人征服的过程。

3　穆罕默德二世（1432—1481），奥斯曼帝国苏丹，奥斯曼帝国的真正奠基人，杰出的军事领袖。

史学家谈到了穆罕默德二世对埃皮鲁斯[1]的某些领主采用的酷刑，我认为这些刑罚的残酷性比起腰斩来有过之而无不及：他下令把他们的皮一点一点剥掉，组织得井井有条，致使他们在极度恐慌不安中苟延残喘了十五天。

再举两例。克罗伊斯[2]下令逮捕一个贵族，是他兄弟潘塔莱翁的宠臣，他将那贵族带到一个缩呢作坊，用梳毛板刷和梳子梳刮他，直到他被刮死。另一个例子是乔治·塞谢尔，波兰的农民领袖，他以讨伐为名，干了罄竹难书的坏事。在一次战役中，他被特兰西瓦尼亚省省长打败并当了俘虏，赤身裸体绑在拷问架上三天三夜，遭受种种非人的折磨，谁都可以发明新花样来折磨他。在此期间，战胜者不给其他战俘送吃的和喝的。最后，趁他还活着能看得见的时候，刽子手们让他亲爱的兄弟吕卡喝他的血，他求刽子手放过他的兄弟，独自承担了所有罪责。接着，人们又让二十名他最宠爱的将领用牙齿撕咬他的肉体，一块块吞下肚里，等他死后，再把他剩下的躯体和内脏煮熟，让他的其他部下吃掉。

1　埃皮鲁斯，古希腊地区，位于现在的阿尔巴尼亚南部和希腊西南部。
2　克罗伊斯（？—约前546），吕底亚末代国王。

二十八

凡事皆有时机

有人将当监察官的加图和自杀身亡的加图相比，那是在比较两种崇高而相近的天性。大加图充分发挥自己的天性，在军事和公众事务方面都超凡脱俗，卓尔不群。而小加图除了魄力非凡（在这点上，若将别人和他同日而语，那是对他的亵渎），德行更是白璧无瑕。的确，谁能为监察官大加图的嫉妒心和野心进行辩白呢？他竟敢诋毁西庇阿的荣誉，可西庇阿极富仁爱之心，无论哪方面都是超群绝伦，这是大加图和他那个时代的任何人都望尘莫及的。

对于大加图，人们议论最多的，是他在垂暮之年开始学习希腊语，且热情高昂，如饥似渴。但我却对此不敢恭维。这恰恰是我们所说的暮年的幼稚行为。凡事皆有时机，包括好事和一切事物。我念祷文也可能念得不是时候，正如弗拉米尼乌斯所做的那样：他身为一军之帅，却在一场战役开始前，躲在一旁向上帝祈祷，虽然他打赢了这一仗，但人们仍谴责他向上帝祈祷是不合时宜的。

聪明人连做善事也有界限。[1]

欧德摩尼达斯见色诺克拉特在桑榆之年，仍孜孜不倦于学校的功课，便说："他现在还学，何时能学通！"

有些人高度赞扬托勒密一世[2]为锻炼体魄而每日操练武器，菲洛皮门却不以为然，对他们说："像他这般年纪的国王还操练武器，丝毫不是件值得夸奖的事。他应该真刀真枪干一下。"

哲人们说，年轻时当做准备，年老时当尽享其果。据他们观察，人类天性之最大弱点，莫过于欲望层出无穷。我们总是重新开始生活。年纪大时，我们的热情和欲望本该同我们的年龄相适应。可恰恰相反，我们行将就木，却不断产生新的欲望和追求：

行将就木时，你切凿大理石造坟建墓，

忘记了是在建坟墓，以为是在造房屋。[3]

我最远大的计划，也不超过一年时间。从此，除了死亡，我别无所虑。我抛却一切新的希望和计划，向我行将离弃的地方——辞别，日复一日，我所拥有的东西渐渐丧失殆尽。

1　引自尤维纳利斯。

2　托勒密一世（前367—前283），埃及国王。

3　引自贺拉斯。

很久以来，我无所得亦无所失，剩下的盘缠支付所剩的旅程绰绰有余。[1]

我活过，啊，命运！我已走完了你指定的路途。[2]

上了岁数后，我渐渐摆脱了困扰我生活的种种欲望和忧虑，不再注意世界的发展，不再操心财富、荣誉、知识、健康和我自己，我感到如释重负，无比轻松。

那个人[3]在应该学会永久沉默的时候，却开始学习说话。

人的一生可以不断学习，但不是学校里的学习：须眉交白还在学习 ABC，岂不太可笑！

不同的人有不同的爱好，并非所有的东西适合所有的年龄。[4]

假如一定要学，那就学一些适合我们情况的东西，这样，我们就可以像一位古人那样回答：有人问他，为何老了还要学习，他答曰："为了更好更自在地离开人世。"小加图感到死日来临时，也是这样学习的，他还在学习柏拉图的灵魂永恒论。倒不是因为他对死没有思想准备，相反，他早已做好了准备；他自信、

---

1   引自塞涅卡。
2   引自维吉尔。
3   指上文提到的大加图，他垂暮之年开始学习希腊语。
4   引自马克西米利安。

坚强、知识渊博，从柏拉图的书中可以看出柏拉图在这方面远不如他，他的学识和勇气为任何哲学所不及。他之所以这样做，并非为了帮助自己死亡，而是不想选择，不想改变，一如既往地学习，继续做他一生中习惯做的事，不愿为做出这样一个重大的决定而中断睡眠。

他失去大法官职位的那一夜，是在玩乐中度过的；而他将要自杀的那一夜，仍然在读书。对他而言，失去生命和失去职位都无所谓。

二十九

论勇气

　　根据经验，我觉得，心灵突如其来的冲动与经久不变的习惯之间相差甚远。我看到，我们无所不能，正如有人说的，我们甚至可以超越神祇，因为与其说是我们的本性使我们镇定自若，不如说是我们自身的努力使我们无动于衷，甚至，我们可以把上帝的决心和信心用来弥补我们的无能。但这不是经常性的。在古代英雄的一生中，有时似乎会有远远超越自然力量的奇事发生，但那不过是冲动性行为。很难相信，人们可以使自己的心灵永远处于这种超凡入圣的境地，以至成为寻常的似乎是自然的状态。我们不过是蒲柳之质，有时候，当我们为别人的演说或榜样所激发，我们的心灵会无比冲动而超越常规。但那是一种激情在鼓动和扰乱我们的心灵，使它兴奋激昂，不能自已，因为这旋风般的激情过后，我们看到，心灵就会不知不觉地松弛下来，即使不是完全放松，至少也已不再是那个样子了。这时，我们就又成了俗人，看到一只鸟儿死了，或一只杯子碎了，都禁不住要激动一下。

我以为，对一个有缺陷、不完善的人来说，什么事都能做，但就做不到条理、节制和坚持。

因此，哲人们说，要正确地判断一个人，首先要观察他平时的一举一动，出其不意地看他日常的处事方式。

皮浪在不可知的基础上，创建了一种饶有趣味的学说。他和所有真正的哲学家一样，试图使自己的生活与自己的学说相符合。他坚持认为，人的判断力极其薄弱，不可能有什么倾向性的看法，主张对事物不下任何判断，使之永远悬而不决，视一切事物为不可确定，因此，据传他总是保持同样的举止态度和脸部表情。假如他已开始演说，即使听众已经离开，他也一定要把话讲完；如果他走路，哪怕遇到障碍，他也不停下来，他的朋友们必须时刻保护他，不然他就会掉进深渊，与马车相撞，或发生其他意外。因为害怕或躲避事物，是与他的看法背道而驰的；他提出，人的感觉并不可靠，无法做出选择。有一次，他竟然顽强地忍受着皮肤被割破和烙伤，连眼睛都不见他眨一眨。

这些事，在心里想想，已够不简单了，付诸行动，那就更了不起。然而，这也不是绝对办不到。不过，像这样异乎寻常的做法，他却能坚持不懈、不屈不挠，成了他的生活常态，这倒是令人难以置信的。有时，有人在他家里碰见他正在狠斥他的姐妹，便指责他并非对一切都无所谓，他却说："怎么，还要让这个柔弱的妇人给我的行为准则做证吗？"另一次，有人见他同一条狗搏斗，他说："人是很难摆脱生活常态的；应该时刻准备并努力同一切做斗争，首先要付诸行动，如果行动做不到，至少要体现在理性里和口头上。"

七八年前，离我家不远的地方有个村民（至今还活着），他因妻子爱吃醋，早已忍无可忍。一天，他从地里回来，见妻子一如既往，用喋喋不休的抱怨迎接他，便火冒三丈，立即用手里的砍刀把让妻子发狂的器官割掉，扔到她脸上。

据说，有个多情而快乐的年轻贵族，爱上了一个漂亮主妇，经过不折不挠的努力，终于打动她的芳心，正要和她颠鸾倒凤时，突然发现自己无能为力，感到绝望不已，

　　他的生殖器疲软无力，仿佛已经衰老，[1]

回到家里，他立即把生殖器割掉，让这残酷无情、鲜血淋漓的牺牲品去洗涤自己的耻辱。这若是出于道德准则和宗教的需要，就像库柏勒[2]的祭司们那样，那么，对于如此崇高的行为，我们能说什么呢？

溯多尔多涅河而上，在离我家五法里路的贝日腊克有一个妇女，被她生性阴郁、很难相处的丈夫狠狠揍了一顿，她决定以死来摆脱丈夫的虐待。翌日起床后，她一如往常，到邻居家串门拉家常，有意无意地把她的后事做了交代，然后拉着她的一个妹妹的手来到桥上，同她告别后，就像闹着玩似的，毫不犹豫地异常平静地跳进河里，溺水而死。更值得一提的是，这个投河自尽的

1　引自提布卢斯。
2　库柏勒，希腊神话中众神之母，象征生殖之女神。

决定，在她头脑中深思熟虑了一整夜。

印度妇女的习俗则截然不同。她们的丈夫有三妻四妾，丈夫死后，最宠爱的一个有权为丈夫殉葬。她们一生都费尽心机，争风吃醋，以赢得这一恩宠。她们悉心伺候丈夫，不为别的，只为获得丈夫宠爱，最终能在黄泉路上伴其左右：

> 火把刚刚投到焚尸的柴堆上，
> 蓬头散发的妻妾们一拥而上，
> 开始你争我夺为给丈夫陪葬。
> 输者感到体面扫地，无颜见人，
> 赢者欣喜若狂，纵身跃入火中，
> 灼热的玉唇贴在丈夫的嘴上。[1]

今天还有人写道，他亲眼看见这一习俗仍在这些东方国家流行，殉葬的不仅是妻子，还有死者生前的奴隶。下面谈一谈具体的做法。丈夫去世后，如果妻子愿意（很少有人愿意），可以要求宽延两三个月来安排后事。预期的那天到来时，她穿着婚礼的盛装，跨上骏马，满面喜气洋洋，说要去和丈夫一道睡觉。她左手拿一面镜子，右手拿一支箭。像这样在节日般欢乐的亲朋好友及人群的簇拥下，极有排场地转了一圈后，她就马上被带到专门的地方。这是一个大广场，中间有一个大坑，堆满了木柴。她来到广场，被带到一个有四五级台阶的土丘上，美美地用一顿

1　　引自普罗佩提乌斯。

餐。而后，她开始跳舞和唱歌，到了她认为合适的时候，就下令点火。然后，她走下土丘，拉起她丈夫一位至亲的手，一起朝附近的一条河走去。到了河边，她把衣服脱光，把首饰和衣服分送给她的朋友，而后，仿佛为了洗清自己的罪孽似的跳进河里。从河里出来后，她将一条十四抱[1]长的黄布缠在身上，再次拉着她丈夫那位亲属的手，又登上那个土丘，向乡亲们讲话，如有孩子的话，把她的孩子托付给大家。在火坑和土丘之间，拉起了一道帘子，不让大家看见熊熊燃烧的大火；有些妇女为了显示自己的勇敢，拒绝在中间拉上帘子。等她把要说的话说完后，一位女子给她端来满满一罐圣油，让她涂在脸上和身上。涂毕，她就把罐子扔进火中，自己也跟着跳了进去。这时，人们朝她身上扔去许多木柴，以免她受煎熬的时间太久。接着他们由欢乐转为悲伤，向她表示哀悼。如果死者出身卑贱，其尸体就被运到选定的埋葬地，让他保持坐姿，妻子跪在他跟前将他紧紧搂住，这时候，人们在他们周围砌墙，砌到妻子肩膀高度时，她的一个亲人从后面抱住她的脑袋，把她掐死。等她断气后，墙就迅速砌高然后封死，这对夫妇从此便合葬在里面。

就在同一个国家里，他们的裸体修行者也有类似的做法，并非为人所迫，亦非心血来潮，而是为了表明自己的信奉：当他们到了一定的年纪，或以为得了什么疾病，便堆起柴火，上面放一张装饰漂亮的床，高高兴兴地款待朋友和熟人后，就一动不动地躺在那张床上，意志坚定，毫不动摇，火点着后，只见他们的手

1　一抱相当于两臂合围的量。

528

或脚依然纹丝不动。一个名叫加拉努斯的裸体修行者就是这样死的，当着亚历山大大帝全体军队的面。

在这些裸体修行者中，唯有这样死的人才被认为神圣和有真福，他们让火涤净身上凡人和尘世的一切，使灵魂干干净净地升天。

就是这一生坚持不懈的熟思，得以创造这一奇迹。

在我们的其他争论中，关于命运的争论占有一席之地。人们依然坚持从前的一个论据，将未来的事物，甚至将我们的意愿系于一种肯定的和不可避免的必然性上："既然上帝像他所做的那样，预见每一事物怎样发生，它们就应该这样发生。"对此，神学家们回答说，我们看见（上帝也一样，因为一切都呈现在他眼前，与其说他预见，不如说看见）某事物发生，不等于强迫它发生；甚至可以说，我们因事物发生而看见，而事物不因我们看见而发生。有事才有知，而非有知才有事。我们看见发生的事，就算是发生了，但事物也可能以另一种方式发生；上帝在预见事物发生缘由的名册上，也写着所谓偶然的缘由和有意识的缘由，而有意识的缘由取决于上帝赋予我们意志仲裁的自由度，他知道，如果我们没有看见，那是因为我们不想看见。

然而，我见不少人用这种命运的必然性来鼓励他们的部队：因为如果说我们的死期命中注定在哪一天，那么，敌人枪林弹雨也罢，我们勇往直前或胆怯逃跑也罢，都不能提前或推后我们的死日。这说起来轻松，做起来难。即使一种强烈和炽热的宗教信仰会带来相应的行动，但是，这种常被我们挂在口头的信仰，近几个世纪来已变得微不足道了，要不就是蔑视善行，使得宗教信仰对慈善机构不屑一顾。[1]

不过，儒安维尔先生在他的《圣路易传》中叙述贝都因人[2]时，也谈到过宗教信仰问题。儒安维尔是一个值得信任的证人。贝都因人是与撒拉逊人[3]混居的民族，圣路易国王在圣地同他们打过交道。儒安维尔叙述说，贝都因人的宗教坚持认为，人的寿命从来是命中注定，寿命长短是不可改变的。他们去打仗时，只带一把土耳其式的佩剑，只穿一件白衬衣。当他们对自己人发脾气时，最厉害的诅咒通常是："你和全副武装的怕死鬼一样该死！"这表明贝都因人的信念和信仰同我们的很不一样。

还有一个事例与此如出一辙。在我们祖辈时代，有两个佛罗伦萨修士在学术问题上发生了争论，他们商定在广场上当着全体民众的面跳入火中，以证明自己的观点是正确的。一切准备就绪，两人正要跳入火中，这时发生了一场意外，他们就没有跳成。

在穆拉德二世和匈雅提[4]的战争中，一位土耳其贵族青年看到两军就要交战，毫不畏惧，奋不顾身，建立了卓越的战功。穆拉德二世见他乳臭未干、毫无经验的样子（这是他初次参战），便问他这非凡的勇敢是谁人所教，他回答说，他有一位至高无上的老师，那是一只野兔。他说："一天，我去打猎，发现兔窟里有一只野兔。尽管我身边有两只猎犬，但我认为，为了万无一

<hr>

1 天主教徒根据善行来判断信仰，对慈善事业和对信仰一样重视。新教徒主张不根据善行来判断信仰。文中"蔑视善行"是指新教徒。
2 贝都因人，阿拉伯、伊拉克、叙利亚和约旦等地讲阿拉伯语的游牧民族。
3 撒拉逊人，中世纪欧洲人对阿拉伯和西班牙等地的穆斯林的称呼。
4 匈雅提（1407—1456），匈牙利王国的军事领袖。

失，最好把我的弓箭也用上，因为这样我就能稳操胜券。我便开始射箭，一连射了四十支，把我箭袋里的箭全部射光了，不仅没有射中，而且也没把它惊跑。于是，我放出猎犬，它们也一筹莫展。我终于明白，那只野兔受到了命运的保护。箭或剑能不能击中我们，是由我们的命运决定的。生死由命，我们不可能将死期提前或推后。"这个故事应该让我们附带看到，我们的理性多么容易受奇事怪象的影响。

一位年纪很大、出身望族、身居要位、饱学博闻的人向我吹嘘说，他的宗教信仰由于受到了外来的激发而产生了重大的转变。这种外来的激发就像是天方夜谭，而且很难自圆其说，我觉得难以置信：他把这称为奇迹，我也称为奇迹，但意思不同。

土耳其的历史学家们说，土耳其人普遍坚信他们的生命有着必然和无情的先定性，这个信念显然有助于他们临危不惧。我认识一位伟大的君王[1]，如果命运继续帮助他的话，他将从这种生命的先定性中大获好处。

在我们的记忆中，最令人赞叹不已的果断行动，当属密谋杀害奥兰治亲王[2]的两个刺客。令人不可思议的是，当第一个刺客做了力所能及的努力却没有成功并遭到了很惨的下场后，怎么还能激起第二个人的勇气，去完成他同伴未竟的事；他步其后尘，用同样的武器，竟成功地杀死了奥兰治亲王，而这位亲王刚有过

1　指法王亨利四世。
2　奥兰治亲王（1533—1584），即沉默者威廉一世，荷兰反对西班牙统治的英雄。西班牙国王腓力二世悬赏把他除掉。一五八二年三月十八日，一名刺客用手枪把他打伤；一五八四年七月十日，他被第二名刺客杀死。

不该轻信人的教训，到哪里都有朋友伴其左右，身强力壮，客厅里有卫队守护，全城百姓对他忠心耿耿。当然，那刺客行动时毫不手软，狂热激发了他无比的勇气。谋杀时匕首比手枪更可靠，但用匕首需要更多的手腕活动和臂力，因而更容易偏离或受到干扰。我不怀疑那位刺客抱着必死之心，因为，尽管人们可以骗他会成功，但稍有冷静判断力的人，不会相信这次行动能成功。可他成功了，这证明他既不缺乏冷静的判断力，也不缺乏勇气。产生如此坚定信念的动机可以形形色色，因为我们一时的怪念头会促使我们去做它所乐意让我们做的事。

奥尔良附近发生的谋杀[1]是独一无二的。在这次谋杀中，更多的是偶然而不是力量在起作用；要不是命运从中帮忙，那一枪肯定不会致命；刺客骑着马远远向另一个骑马飞驰的人开枪射击，这说明他宁愿击不中目标，也不要耽误了逃跑。以后的事证明了这一点。因为一想到要干一件如此崇高的事，他又是害怕又是兴奋，以致完全丧失了意识，既不知道如何逃跑，受审时也不知道如何回答。他完全可以蹚过一条河，去向朋友们求救。这办法危险最小，我就曾经使用过，我认为不管河有多宽，蹚水而过风险很小，只要你的马找到容易下水的地方，你能预料到河对面哪处容易上岸。谋杀奥兰治亲王的那个刺客就不同了，当人们向他宣布可怕的判决时，他却说："我早就等着了，你们一定会对我的耐心感到吃惊。"

1　指一五六三年二月十八日让·波尔特罗·德·梅雷谋杀吉斯公爵二世。吉斯公爵为法国政治阴谋家和军人。他与蒙莫朗西元帅和圣安德烈元帅组成捍卫天主教的三人执政集团，由此而引起了第一次宗教战争。

阿萨辛派[1]为腓尼基的一个独立的教派。伊斯兰教徒们认为，他们有虔诚的宗教信仰和一尘不染的习俗。阿萨辛派坚持认为，为有资格进入天堂，最可靠的办法是杀死一个异教徒。因此，为了进行如此有用的暗杀，他们敢于赴汤蹈火，一两个人常常冒死闯入敌人阵营，去暗杀（这个词就借自这一教派的名称[2]）他们的敌人。我们的雷蒙·德·的黎波里公爵就是在自己的城市里被暗杀的。

<hr>

1　阿萨辛派，十一至十三世纪以暗杀敌人为宗教义务的伊斯兰教新伊斯玛仪派。后为暗杀分子的通称。

2　"阿萨辛派"是法文 les Assassins 的音译。这词后来用来通称"暗杀分子"，从这词派生出动词 assassiner，意为"暗杀"。

三十

论畸形儿

　　这个故事，我只简单说一说，让医生们去细谈吧。前天，我看见一个畸形儿，另外还有两个男人和一个乳母，自称是他的父亲、叔叔和姊姊，带着他向人展示他的畸形，弄几个小钱。这孩子其他一切均很正常，和他的同龄儿一样，已会站立、行走和牙牙学语。至于食物，除了乳母的奶水，其他东西至今他仍一概拒绝。我在场的时候，那几个人试着往他嘴里塞东西，他嚼了嚼又全吐出来了。他的叫声似乎有点儿特别。他刚刚十四个月。在他的奶头下面，粘连着一个无头儿。那无头儿的背脊管堵塞，身体其余部分完整无缺；他的一只胳膊比另一只短，是出生时被意外折断的。这两个孩子面对面地连在一起，仿佛较小的想拥抱较大的。他们连接的地方仅有四指或差不多四指宽，若把那发育不全的孩子提起来，可以看见另一个孩子的肚脐眼，因此，相连的部分是在奶头和肚脐之间。看不见畸形孩子的肚脐眼，但可见他腹部的其余部分。那些不连接的部分，像胳膊、屁股、大腿和小腿，摇摇晃晃地悬垂在另一个孩子身上，直达他的腿中间。乳母对我们说，他从两个地方排尿。此外，那发育不全的孩子其四肢能吸收营养，是有生命的，与另一个的四肢相同，只是更细小一些罢了。

这双重的身体和这些不同的器官，连接在同一个脑袋上，这真可以给国王提供一个好预兆：我们国内的各个党派和各对立的派别将会继续置于他的法律的和谐统治下。不过，还是不去管他吧，免得将来事实与此不符，最好等事情发生后再来做预言："以便使事实与预兆相符合。"[1] 就像埃庇米尼德斯[2]，据说他专爱预言已发生的事。

前不久，我在梅多克看见一个牧人，三十岁左右，他外表看不出有生殖器，只有三个窟窿，从里面不停地流出尿来。他长着胡须，也有情欲，想用手摸女人。

我们所谓的畸胎，在上帝的眼里并不是畸胎。上帝的创造无边无沿，他所看到的形式也是无穷无尽。看来，使我们不胜惊异的那个形态，不过是同一类的另一种形态，只是人类尚未认识罢了。上帝明察秋毫，他所创造的万物，都是优秀的、寻常的和合乎规则的，可我们却看不到它们之间的协调和联系。

他常见的东西，不会使他惊讶，哪怕不知其起因。

1　　引自西塞罗。
2　　埃庇米尼德斯，创作时期为公元前六世纪，克里特预言家、著名作家。

但当出现了他从未见过的东西，他就视为奇物。[1]

我们把违背惯例的事物称作违背自然，其实世界万物均为大自然的产物。但愿这普遍而朴素的道理，使我们遇见新事物时，不要再迷惘和惊讶。

---

[1] 引自西塞罗。

三十一

论发怒

　　普鲁塔克各方面都可圈可点，但最令人钦佩的是他对人类行为的判断。从他对利库尔戈斯和纽默的比较中，可以看到许多值得称道的东西：他认为把孩子的教育和责任交给父亲的做法是极端幼稚的行为。我们大部分国家，正像亚里士多德说的那样，都让男人们依照库克罗普斯[1]的方式，随心所欲地管教自己的妻儿，唯有斯巴达人和克里特岛人依据律法来教育孩子。谁不知道国家兴旺取决于对孩子的教育和培养，可我们却极不慎重，让孩子们听凭家长摆布，不管他们的家长多么愚蠢和凶恶。

　　尤其是，当我走在街上，看见某个狂怒的父亲或母亲揍自己的孩子，恨不得剥他们的皮抽他们的筋，把他们打得死去活来，每每看到这些，我多少次想搞个恶作剧，替挨揍的孩子出口气！你看吧，那些父母双眸冒出怒火，

1　库克罗普斯，希腊传说中的几个独眼巨人。

他们怒不可遏，猛扑过去，

就像山塌陷时，一块岩石

脱离山顶，垂直坠落下来，[1]

（希波克拉底说，最危险的病是使面孔变形的病，）他们的声音斩钉截铁，震耳欲聋，甚至，他们常对刚断奶的孩子大吼大叫。孩子们被打成了残废和傻瓜，司法却对此不闻不问，漠不关心，似乎这些断臂瘸腿的人不是我们社会的一分子：

你给国家增丁添口，值得感谢，

但必须让他报效祖国，耕耘土地，

为和平和战争做出贡献！[2]

发怒最易导致判断失误。对于因发怒而错判的法官，谁都会毫不犹豫地对他处以死刑，那么，为什么就允许家长和教师在发火时鞭打和惩罚孩子呢？这哪里是惩罚，简直是报复！惩罚孩子是给孩子治病：我们能容忍医生对他的病人发火吗？

我们发火时，绝不要责打仆人。当我们心头火起，心跳加剧，就把事情搁一搁，等平静下来后，对事物的看法就会不一样。冲动的时候，是情绪在指挥、在说话，而不是我们自己。

带着情绪看错误，错误会被扩大，这跟雾里看物是一个道

---

1   引自尤维纳利斯。

2   同上。

理。饥饿的人用肉来充饥，可是，想使用惩罚手段的人不应该渴望惩罚。

再说，谨慎而有分寸的惩罚，受罚者更乐意接受，效果也更好；相反，如果惩罚来自一个狂怒的人，受罚一方会认为他的惩罚不公正；为给自己辩护，他会列举主人失当的举止：脸色发红，口吐粗话，烦躁不安，莽撞轻率：

> 愤怒使他的脸涨得通红，
>
> 双眸喷出怒火，戈耳工[1]见了也自叹弗如。[2]

苏埃托尼乌斯叙述说，卢西乌斯·萨图尼努斯被恺撒判决后，求助人民裁决。他在人民面前胜诉的理由，就是恺撒把敌意和严酷带进了对他的判决中。

说和做不是一回事，因此，应该把布道和布道者区别开来。在当今这个时代，有些人试图列举布道师们的恶劣品行，以攻击我们教会的真谛。他们倒干得真不错。教会的真谛可从别处得到证明。把什么都混为一谈，是愚蠢的做法。品行好的人，他的看法可能是错误的，相反，一个坏人可以鼓吹一个真理，即便自己都不相信。言行一致，当然是好事。我不否认，言若有行相随，就更有权威，更有效果。正如斯巴达国王欧达米达斯听到一位哲学家大谈战争时说："这些话娓娓动听，可说这些话的人并不可

1　戈耳工，希腊神话中的怪物。

2　引自奥维德。

信，因为他的耳朵不习惯听军号声。"克莱奥梅尼听到一位修辞学家对勇敢大发议论时，不禁捧腹大笑；那修辞学家恼羞成怒，可克莱奥梅尼对他说："如果一只燕子这样说，我也会哈哈大笑；不过，若是一只雄鹰，我会洗耳恭听。"我在古人的作品中似乎发现，直抒己见者与掩饰思想者相比，前者论述问题更生动有力。你不妨听听西塞罗论热爱自由，再听一听布鲁图对这个问题的论述：你会明显感到，布鲁图可以为自由万死不辞。雄辩术的开山祖师西塞罗对蔑视死亡做了探讨，塞涅卡也做了研究：前者的论述拖泥带水，有气无力，让你觉得，他想引导你下的决心，连他自己也下不了；他丝毫也激发不了你的勇气，因为他自己缺乏勇气。后者则会激起你的热情，使你勇气倍增。我读任何书，哪怕是谈论勇气和公职的书，我都要探究一下作者是什么样的人。

为此，在斯巴达，监察官们看见一个道德败坏者有好的建议要向人民提出，就命令他们缄口不语，而请一个正派的人将这建议作为自己的想法推荐给人民。

细细品味普鲁塔克的著作，可以使我们发现他是什么样的人，就想更深入了解他的灵魂。然而，我希望我们对他的一生能够记住一两件事。我这样偏离主题，是为了感谢奥吕斯-格利乌斯[1]给我们留下了关于普鲁塔克品行的一件趣事，那件事同我论述的发怒有关。下面就来叙述这个故事。普鲁塔克的一个奴隶，是个道德败坏的恶棍，可他耳朵里灌进了不少哲学思想；那奴隶做错了事，普鲁塔克下令剥掉他的衣服，用鞭子抽他；起初，他

1　　奥吕斯-格利乌斯，拉丁文作家，创作时期为公元二世纪。

嘟嘟囔囔，说这样揍他毫没道理，他没做错什么事；最后，他大叫大嚷，故意辱骂主人，说他不是他所吹嘘的哲学家，他常说发怒是丑陋行为，甚至还著书专论发怒，可他现在暴跳如雷，指使人如此残酷地鞭打他，与他书中写的完全背道而驰。普鲁塔克听后神色镇定，不慌不忙地说："怎么，粗鲁的家伙，你凭什么说我现在发怒了？我的面孔，我的声音，我的脸色，我的言语，哪一点让你看出我激动了？我不相信我的眼睛显出了不快，脸上露出了激动，我也没大声吼叫。我脸红了吗？我唾沫四溅了吗？我说了什么应该后悔的话了吗？我气得打战了吗？发抖了吗？告诉你，这些才是发怒的真正标志。"说完，他转向执鞭的人，对他说："在我和他辩论时，请你继续干你的活。"以上就是奥吕斯-格利乌斯叙述的故事。

塔兰托的阿契塔[1]是一次战争的统帅，他打完仗回来，发现他的管家管理不善，把家务搞得乱七八糟，田里杂草丛生，便把管家招来，对他说："快滚吧！假如我没有发怒的话，我就狠狠揍你一顿了！"柏拉图也如此。一次，他对一个奴隶大发脾气，命令弟子斯帕西普斯替他惩罚这个奴隶，并且说明，他不亲自责罚，是因为正在气头上。斯巴达国王卡里鲁斯看到一位国有奴隶胆敢对他傲慢无礼，对他说："以神的名义！假如我没有发火，我肯定立即处死你。"

发怒是一种自以为是、目空一切的冲动。当我们没有弄清事

1　塔兰托，意大利东南部城市，建于公元前八世纪。阿契塔的活动时期为公元前四〇〇至前三〇五年，古希腊科学家、哲学家。

实真相而大发雷霆后，如果有人向我们陈述事实，并进行有力的辩解，多少次，我们会不顾事实和对方的无辜而又气又恼！关于这个，我记得古代有一个典型的例子。格内厄斯·派索是个非常优秀的人物。有一次，他对一个士兵大动其怒，因为那人和一个同伴去割草料，却独自一人回来，又讲不出把同伴丢在哪里，派索便断定他把同伴杀了，就判了他死刑，立即执行。正当他被拉上绞刑架时，那位迷路的士兵回来了。全军上下喜出望外，那两个士兵热烈拥抱，而后，刽子手将他们带到派索跟前。在场的人都以为派索会非常高兴。可事实恰恰相反：他本来就在气头上，这下又羞又恼，便气上加气；这种气恼情绪使他突然想出了一个恶毒的主意：既然找到了一个无辜的人治罪，就干脆宣布他们三个都有罪，下令把他们都拉去处死，第一个士兵，是因为原先已有判决；第二个迷路的士兵，因为他是导致他同伴被处死的罪魁祸首；刽子手，则是因为他没有执行命令。

同固执的女人打过交道的人，可能有过这样的体验：当他们以沉默和冷静对付她们的激动，不屑于助长她们的怒气时，她们会气得横眉立目，七窍生烟。雄辩家塞利乌斯生性易怒。一次，他和一个人共进晚餐，那人谈话素来温顺和婉，这次，他怕惹塞利乌斯激动，决定他说什么都表示赞同。塞利乌斯见找不到发怒的理由，忍无可忍，便对他说："你倒是反驳一下我说的话呀！谈话是两个人的事嘛。"那些女人也一样，她们效法爱情的规则，她们发怒，仅仅是为了让对方也发怒。福基翁[1]同某人交谈，那

1　　福基翁（前402—前318），雅典政治家和将军。

人粗暴地辱骂他，扰乱他讲话；福基翁闭口不语，让对方把怒气全部发泄出来，然后，接着刚才被打断的话头，继续往下讲，只字不提对方的骚扰。这种轻蔑的态度，比任何尖刻的反驳都更加有力。

我常说，那位最易动怒的法国人（这总不是完美之处，不过，对军人而言，这更情有可原，因为在军队这一行中，肯定有些场合是免不了要发怒的），也是我所认识的控制怒火最有耐心的人：愤怒使他无比激动，

> 当木柴的火苗在青铜壶下
> 发出噼啪之声，
> 水沸腾着，狂怒着，从壶里漫出来，
> 再也控制不住，
> 一股黑色的水蒸气腾空而起，[1]

以至于他只得痛苦地克制愤怒。至于我，要做这样大的努力来掩饰和遏制的愤怒，我是不会有的。我不愿费这么的劲儿来克制自己。我看重的不是那人遏制愤怒的做法，而是他做出多么大的努力使自己不做得更坏。

还有个人向我吹嘘他的行为如何有规律、有节制，这种节制确实非同寻常。我对他说，在世人面前总是显得从容安详，这是非常了不起的，尤其对于像他那样引人注目的优秀人物，但更要

1　引自维吉尔。

考虑自己的内心。我认为，让自己心里苦受折磨，不是解决问题的好办法：我就怕他为了保持这个假象，保持稳重的外表而内心备受煎熬。

掩饰愤怒，就是把愤怒吸入体内，正如第欧根尼对狄摩西尼所说的（后者因怕被发现待在一个小酒馆里，就拼命往里缩）："你越往里缩，就进得越深。"如果你的仆人做事不大得体，我劝你宁愿揙他一记耳光，也不要为保持谦和的外表而克制自己的脾气。我喜欢让怒火发出来，不愿藏着掖着让自己备受折磨；怒火发出来时，就会渐渐减弱；与其让怒火憋在心里，还不如让它到外面来张牙舞爪。*"暴露在外的毛病危害不大，藏在健康外表下的毛病最最危险。"* [1]

我提醒我家里那些有权发脾气的人注意两件事。其一，发怒要有分寸，不要不顾一切乱发泄，免得影响效果和分量；若让不经思考的大声斥责成为家常便饭，人们对此就会听而不闻；你大声责骂一个偷东西的仆人，他会对此无动于衷，因为你这个办法已对他使过一百次了，就为了没有洗净一只杯子，或没有放好一张矮凳。其二，发怒时不要漫无目标，对谁抱怨，就要让谁听见：因为他们惯于在被斥责者尚未在场时就开始责骂，等他们走了一个世纪了，还在那里大声叫骂，

骂得丧失了理智就骂自己。 [2]

1　　引自塞涅卡。
2　　引自克劳狄乌斯。

他们责骂做错事的仆人的影子，就像一个无可奈何的人，在一个无人可受惩罚、无人有利害关系的地方，用自己吵吵嚷嚷的责骂声掀起狂风暴雨。在争论中，有些人装腔作势、无的放矢地乱发脾气，这也是我要谴责的，吹牛要看有没有对象：

> 犹如初次参战的牡牛，发出可怕的咆哮，
>
> 狂怒中，试用犄角撞击树干，
>
> 四腿乱舞，扬起尘土，作为战斗的序幕。[1]

我发怒时，尽可能地激烈，也尽可能地短促，尽量少当着众人的面。我的怒气来得很快、很猛烈，但不晕头转向，不会口无遮拦、不加选择地吐出各种詈词詈语，但是仍会注意把矛头指向我认为最伤人的地方：因为我发怒时通常只用嘴巴。发怒的理由有大有小，对我来说，发怒的理由越充分，我的仆人们越有利可图。我会为一些小事突然发作。不幸的是，当你被推下了悬崖，是什么推你下去的，就无关紧要了，你会一落到底，加快速度往下坠落。当我有重大的理由发怒时，正因为理由非同小可，人人都预料我会大发其火，我也就感到满足了；我出乎意料，没有发怒，对此我颇感自豪；我竭力控制自己，不让怒火爆发出来；那些理由在我脑海中翻腾，威胁我说，如果我发出火来，会不可收拾。我不费力地控制了怒火，当我就要勃然大怒时，我凭着坚强的控制力，把发怒的冲动克制下去，不管有多么强烈的理由。可

1　引自维吉尔。

是，一旦我被愤怒抓获，不管理由多么微小，我会大发雷霆。因此，我同那些有权和我争论的人商量说："当您感觉到我先激动了，不管有没有道理，让我发泄出来；我对您也会这样做。"只有在你怒我也怒、双方比赛着发怒时，才会形成暴风雨般的狂怒。让各自的怒气尽情发泄，就能太平无事。这办法很有用，但做起来非常困难。有时候，为了管好我的家，我也会装作动怒的样子，但并不真正生气。随着年事增高，我的脾气更加暴躁，我就研究如何少动肝火，可能的话，我今后要努力做到，越是有发怒的理由和倾向，就越要少烦恼、少苛求，尽管从前我是最爱烦恼、最苛求的人。

我还要说一句，作为本章的结束语。亚里士多德说，有时，发怒可以作为勇气和勇敢的武器。这似乎不无道理。然而，那些持不同意见的人风趣地反驳说，那是一种有新的用途的武器：我们摆弄其他武器，而这个武器摆弄我们，我们的手不指挥它，而是它指挥我们的手，它把我们握在手中，而不是我们把它握在手中。

三十二

为塞涅卡
和普鲁塔克辩护

两人我都熟悉，他们助我安度晚年，帮我成就这本完全靠他们的遗产撰写的书，我有责任捍卫他们的荣誉。

先说塞涅卡。所谓新教的信奉者们散发千千万万为其教派辩护的小书——有的还出自高手，只可惜不是忙在正经事上——我曾经见过其中的一本，它有意将我们那位可怜的已故查理九世国王的统治同尼禄的统治相提并论，为了扩大和充实两者的相同处，便拿已故的洛林红衣主教来同塞涅卡相比，说他们同样地位显赫，都是君王的头号宠臣，甚至连习惯、门第和作为都一样。我看这样的比较可让红衣主教大人露脸了：因为，我虽然也看重他的智慧、他的口才、他的虔诚信仰、他对国王的奉献——此外，他受命运垂顾，出生在这样一个世纪，恰恰需要一个出身高贵、地位显赫、才能出众、堪当此职的人充当宗教领袖，这是一件稀罕难得、对国家利益不可或缺的大好事——但是，说实在的，我总觉得他的能力远远比不上塞涅卡，他的品德也不如塞涅卡完美无缺，忠贞不渝。

可是，我提到的那本书，为了达到自己的目的，借用了希腊史学家迪奥的指责，对塞涅卡做了很不公正的描述。迪奥的话我是全然不信的，因为首先此人毫无定见，先说塞涅卡大智大贤，又是尼禄恶行的死敌，可是过后却又说他贪财吝啬、放高利贷、野心勃勃、胆怯卑劣、耽于声色，装出一副哲学家的样子欺世盗名。在塞涅卡的著作中，他的品德跃然纸上，明明白白，对于他极端富有、挥霍无度之类的污蔑，也可不攻自破。所以我丝毫也不信相反的说法。另外，在诸如此类的事情上，相信罗马的史学家远比相信希腊和外国史学家明智。而塔西佗和别的史学家都是非常敬重地谈他的生与死的，他们在一切事情上都说他是位出类拔萃、德高望重的人物。针对迪奥的看法，我只想提出这么一条无可回避的指责，那就是：迪奥对于罗马事务的见解竟然糊涂到胆敢维护尤利乌斯·恺撒而贬斥庞培，维护安东尼而贬斥西塞罗。

现在来谈普鲁塔克。

让·博丹是位优秀的当代作家，他得到的评论远比同时代那帮摇笔杆子的多，故此也值得我们评论研究一番。我认为，他在《历史入门》中的一段话说得大胆了一点。他在这段话中不仅指责普鲁塔克无知（对此，我可以不去管它，因为我在这方面不内行），而且还说这位作者经常写些令人难以置信、全然臆造的东西（这是他的原话）。如果他只是说，普鲁塔克"写的东西走了样"，那倒不是什么大不了的非难；因为，那是我们不曾亲眼看见的事情，是我们从别人那里听来的，我们信以为真了。我也看到，同一件事情，普鲁塔克有时的确有不同的讲法：如汉尼拔对历史上三位最杰出的统帅的看法，在弗拉米尼乌斯生平中是一个样，在皮洛士生平中又是一个样。可是，说普鲁塔克将不可信、不可能的事情当成真事，那就是指责世间最有判断力的作者缺乏判断力。

下面便是让·博丹举的例子。"例如，"他写道，"普鲁塔克曾讲起过，一名斯巴达小孩偷了一只幼狐藏在袍子里，狐狸抓破了他的肚子，他至死也不肯露出偷来的东西。"首先我觉得这个例子选得不好，因为虽说人的体力可以限量和认识，人的意志力却是很不容易限量的；因此，若要我来挑选，我就宁愿选人的体力方面的例子；而且更令人难以置信的事也有，尤其像他讲的皮洛士的事。普鲁塔克说，皮洛士虽然受了伤，却向一名全身披挂的敌人重重劈出一剑，竟将他从头劈到脚，身体分成了两半。从博丹举的关于斯巴达孩子的例子里，我看不出有什么令人难以置信的，我也不同意他替普鲁塔克打的圆场，说他可能加了个"据说"，为的是提醒我们不要轻易相信这是真事。除了权威认定的事情，或出于对它们的古老性和宗教性的尊重而认定的事，对于本身难以相信的东西，普鲁塔克自己不会相信，也不会让别人去相信。他在讲这件事时，没有用"据说"来让人不要轻信，这是显而易见的，因为关于斯巴达孩子们的忍耐力，他自己还讲过几个发生在当时的更叫人难以相信的例子。比如有个例子，西塞罗在他之前也证实过，因为据西塞罗说他曾在场：直到他们那个时代，还有孩子在狄安娜的祭台前接受忍耐力的考验，他们能忍受鞭打，直到全身流血，他们不但不叫喊，而且不呻吟，有的甚至

549

自愿在接受考验中送掉性命。普鲁塔克也讲到，在祭礼上——当时还有其他百十来人在场——一名斯巴达孩子在点香时火炭掉进了袖子里，他忍耐着，整只手臂被烧灼，直到在场的人闻到了烧焦的肉味。按照他们的风俗，如果偷东西被当场抓获，这是最危及他们声誉的事，要比其他任何事更容易受到责骂和屈辱。我被这些人的崇高品质深深打动，不仅不像博丹那样认为普鲁塔克讲的事情不可相信，反而觉得这件事并不稀奇古怪。

斯巴达的历史上有千百个更为残酷、更为罕见的例子；这么说来，它的历史是一部神奇的历史。

说起偷盗，阿米阿努斯·马切利努斯讲过，在他那个时代，偷盗在埃及人中颇为盛行，但不管用什么刑罚，也无法迫使偷盗东西被当场抓住的埃及人说出自己的名字来。

西班牙的一个农夫遭到拷打，要他招出谋杀行省总督吕西尤斯·派索的同谋犯。在受刑过程中他大声叫嚷，请他的朋友们不要妄动，要他们放心地陪在一旁，说用刑绝不能撬开他的嘴巴，第一天打手们一无所获。第二天，当打手们对他再行拷打时，他用力挣脱看守的手，一头向壁上撞去自杀身亡了。

埃庇卡丽丝被尼禄残忍的打手们火烫、拷打、上刑，折磨了整整一天，打手们折腾够了，累了，她却没有泄露谋反的只言片语；第二天她又被带来拷打，她虽然四肢断裂，却将裙子上的一条束带打个活扣，穿过椅子的扶手，再把头颅伸进扣里，用身体的重量将自己勒死。她敢于这样以死来逃脱刚刚开始的刑罚，不正像在用生命经受忍耐力的考验，以嘲弄那个暴君，并鼓励他人对酷刑采取同样的行动吗？

谁若向我们的弓箭手打听他们在内战中获得了什么经验，就一定会发现在这几个可悲的世纪里，在我们这个比埃及还要软弱的民族中，忍耐、顽强与坚韧起着很大的作用，这一点可与我们刚才谈到的斯巴达人的勇气相媲美。据我所知，有些普通的农民被人烧烤了脚底，被手枪的击铁敲碎了指头，被粗绳勒住额头直至血淋淋的眼珠被挤出头颅，才同意让家人付赎金。我曾见过一位，被当作死人赤条条地扔在沟里，他的脖子被仍然挂着的马笼头磨得伤痕累累，肿得很大，这笼头套着他，将他挂在马尾巴上拖了整整一夜，他身上被短剑刺了百十下，人家这么刺他并非要弄死他，而是要他痛苦和害怕；他忍受了这一切，直至不会说话，失去知觉。据他对我说，他决心宁可死上千百次（实际上，就他受的苦来说，他已经从头到尾死过一次了），也不做任何承诺。可他却是当地最富有的农民之一。我们还看到，有多少人因为接受了别人的、自己却一无所知的观点而默默地忍受烈火的烧烤啊！

我认识无数的女人（有人说加斯科尼女人的脑袋有点儿特别），她们在发怒时咬定的主意，你就算让她们咬块烧烫的铁，也别想让她们松口放下来。越是挨打受逼，她们就越执拗。有人编了个故事，说有个女人管她丈夫叫虱子精，无论怎样教训、敲打，她还是不停地叫，后来她被扔进了水里，虽然淹得喘不上气来，仍然举起双手在头顶打着掐虱子的手势。此人所编的故事，确是我们天天领教的固执女人的鲜明写照。但固执至少在气势和坚定性上是可以同顽强相提并论的。

我曾经说过，不应根据我们感觉到的可信与不可信来判断可能与不可能；自己做不到或不想做的事情，也不肯相信别人能做或愿做，这是一大错误，可大部分人都会陷入这种错误（我这样说不是指博丹）。人人都认为，自己是最高的自然的典范，其他的一切都要以它来检验与比较。凡是不以自己为榜样的行为举止，都是错误的，不自然的。多么蛮横愚蠢哪！要按我说，我认为有些人，尤其是有些古人要远远胜过我自己；我虽然明白以我的步伐无法跟上他们，但还是目随着他们，看看是什么力量将他们送上这样的高度。在我自己身上，我多少也看出一点产生这种力量的种子：正如我发现自己的生命精气中也有最卑劣的东西，这点我觉得并不奇怪，也的确如此。我看清了他们身上的种子是如何长大升高的，我欣赏其高大挺拔，那突飞猛进的生长美不胜收，我由衷地加以欢迎；虽然我的力量够不上，但至少我在专心致志、心甘情愿地观察判断着。

　　关于普鲁塔克讲述的令人难以置信、完全臆造的事，博丹还举了另一个例子，来说明普鲁塔克讲述的事情荒诞不经，令人难以置信：阿格西劳斯因为独自博得了同胞的爱戴与喜欢而受到五人行政长官的处罚。我不知道他在这件事里找出了什么虚假之处；但不管怎么说，普鲁塔克书里谈的事，他远比我们了解得清楚。再说在希腊，仅仅因为得到同胞的过分喜欢就受惩罚遭放逐的人也屡见不鲜，"贝壳放逐"与"树叶放逐"[1]就是明证。

　　在同一段里，还有一处对普鲁塔克的指责令我愤愤不平。博

丹说普鲁塔克的确将罗马人与罗马人、希腊人与希腊人做了诚恳的比较，但在比较罗马人与希腊人时却并非如此。他说，拿德摩斯梯尼比西塞罗、阿里斯泰德比加图、来山得比苏拉、佩洛庇达比马塞卢斯、阿格西劳斯比庞培就可证明。他认为普鲁塔克拿完全不对等的人与希腊人相比较，是对希腊人的偏向。他这样说恰恰是攻击了普鲁塔克最杰出、最值得称道的地方：因为，在他的比较（这是他著作中最精彩的部分，我看也是他自己最为得意的部分）中，他的评价既忠实坦诚又深刻有力。他是一位给人以道德启迪的哲学家。让我们来看看能不能为他洗脱不负责任与言不符实的指责。

我可以想见，令博丹做出这种判断的，是我们头脑中这些罗马人伟大响亮的名声。我们觉得，希腊人德摩斯梯尼的声望，似乎不能同罗马这个伟大国家的执政官、行省总督或财务大臣相比。但是，如果我们看看实际情况，看看人本身（这点普鲁塔克看得更重，他更多地比较他们的品行、性格、能力，而不是他们的地位），我的看法就同博丹相反了，我想西塞罗与老加图就不如他们的比较对象。按博丹的想法，我倒可以选择小加图比福基翁的例子；因为在这一对中，那差别很可能就有利于罗马人了。至于马塞卢斯、苏拉及庞培，他们的战功显然比普鲁塔克拿来做比较的希腊人更为显赫，更为光彩，也更为辉煌；然而，无论平时或战时，最杰出最勇敢的行为并非总是家喻户晓的。我经常见到一些统帅的名字湮没在其他德才略逊者光辉夺目的名字背后：拉别纽斯、万蒂迪乌斯、泰勒西努斯等人即是明证。所以，若从这个角度反驳博丹，假如我要为希腊人鸣不平，我不是可以说卡米卢斯远远比不上瑟米斯托克利，格拉库斯兄弟比不上亚基斯和克莱奥梅内，纽默比不上利库尔戈斯吗？不过事物有着方方面面，要想一下子将它们判别清楚是荒唐的。

然而，普鲁塔克将他们进行比较，并非将他们等量齐观。有谁能更雄辩更认真地指出他们之间的差别呢？当他把庞培所率军队的胜利、战功、兵力及庞培的成功同阿格西劳斯的相比时，他说："我以为，即使色诺芬仍然活着，即便允许他想写阿格西劳斯的什么好话就写什么，他也不敢拿他出来同庞培进行比较。"谈起来山得与苏拉的比较时，他说："在胜利的次数及战事的危险程度上，都无法相比；因为来山得只打赢了两场海战……"

凡此种种，普鲁塔克丝毫也没有贬低罗马人。拿他们同希腊人做简单的比较，不管双方存在多大的差异，都不能对他们造成伤害。而且普鲁塔克并非将他们做全面的比较；他没有指出双方整体上有什么优劣：他是按时间和情况先后进行比较，分别予以评价的。所以，如果要说他有偏向，就应拿出其中某一特定的见解来剖析，或者笼统地提一下他将某某希腊人同某某罗马人进行比较是错误的，并且指出还有其他人更适合做比较，因为他们更相近。

三十三

斯布里那的故事

哲学让理智控制我们的心灵，让理智驾驭我们的欲念，它不认为这样做有什么不妥。有些人断定，最最强烈的欲念莫过于爱情萌生的。他们的看法有其理由，因为这样的欲念同时来自身躯与心灵，整个人都要受其制约，以致人的健康都要受其影响，有时医学也不得不为它们起助推作用。

不过，反过来我们也可以说，欲念会因为身躯的关系而减低变弱：因为这样的欲念是可以满足的，能用物质手段平息的。有人为摆脱欲念造成的心灵上长久的不安，曾采用切割法，把被扰乱的器官割除。有人经常往身上擦敷雪和醋之类的冷物而完全平息了这个器官的力量和欲望。我们先人们的粗毛衣服就是为此而穿的；那是一种马毛织物，有人拿它制作衬衣，有人用它做束腰带子。不久前有位亲王对我说，他年轻的时候，一天弗朗索瓦一世的宫中举行庄严的庆典，来宾人人都化了妆，这位亲王心血来潮穿上他父亲的粗毛衣服（这衣服如今还在他家中），可是不管

555

他多么有诚心，他还是等不到天黑就脱了，而且还因此不舒服了很久。他还说，用这个办法，没有什么样的青春欲火是平息不了的。

不过他也许没有体验过最强烈的爱欲情火；因为经验告诉我们，那样的欲望即使穿上扎人的马毛衣服也往往照样维持，马毛衣服并不总能让穿者欲火熄灭。色诺克拉底采取的办法更为严酷：他的学生们要试试他的禁欲本领，便将莱伊丝这个花容月貌的名妓塞到他的床上，她一丝不挂，只剩下她的美貌和妩媚，还有春药，尽管他用道理和戒律规劝自己，但他的身体不再听话，开始蠢蠢欲动了，于是他就用火焚烧那受到诱惑的器官。然而，那些完全埋藏在心里的欲念，诸如野心、贪财之类，是理智更难对付的；因为理智只能借助本身的力量拯救自己，而且这类欲念是满足不了的，尝到了甜头甚至会愈加强化和膨胀。

只要看一看尤利乌斯·恺撒的例子，便可明白这两类欲念的差异了，因为从来没有哪个人比他更贪恋女色的了。有一点可以证明：他刻意修饰自己的外表，甚至不惜为此采取当时流行的最荒淫的手段：让人拔去全身的体毛并涂抹极其名贵的香水。据苏埃东尼说，他本身就是个美男子，肌肤雪白，身材修美矫健，面部丰满，两只棕色的眼睛炯炯有神，不过罗马所见的恺撒塑像并不处处符合这个描述。除了换过四次妻子，还不算小时候跟着比提尼国王尼科梅迪时的艳遇，他还得到了闻名遐迩的埃及女王克娄巴特拉的童贞，后来生下的小恺撒就可证明。他还同毛里塔尼亚女王欧诺，在罗马同塞维吕斯·苏勒皮齐乌斯的妻子波斯图米娅、加比尼乌斯的妻子劳利娅、克拉苏的妻子泰图拉，甚至同大帅庞培的妻子穆蒂娅做爱。罗马的历史学家说，这就是穆蒂娅被她丈夫休掉的原因，可这点普鲁塔克却说未曾听闻；后来库利奥父子批评庞培娶恺撒的女儿为妻，做了给他戴绿帽子的人的女婿，说庞培自己也常管恺撒叫埃癸斯托斯[1]。除了这么多的女人，他还和加图的妹妹，马库斯·布鲁图的母亲塞维丽娅有恋情。人人都说他对布鲁图的喜爱源出于此，因为布鲁图出生的时间说明，他可能就是恺撒的儿子。由此看来，我似乎有理由将他看作极端喜好女色、非常喜欢拈花惹草的人。但是，另一个同样使他大受损伤的欲念——野心，若同前面那个欲念较量的话，就会立即令其退避三舍的。

提起这一点，我倒想起了曾经征服君士坦丁堡，最后彻底抹掉希腊这个名字的那位穆罕默德，不知谁身上的这两种欲念会体现得更加势均力敌：既当精力旺盛的色鬼，又做不知疲倦的战士。但是，在他一生中，当这两种欲念互相竞争的时候，好勇斗胜的热忱却总要压倒寻花问柳的干劲。只是到了老迈之年他已无法继续承受战争的重负时，他那寻花问柳的劲头虽已不当其时，却才又重新压倒了一切。

有个相反的例子值得一提：有人讲起那不勒斯王拉迪斯拉斯时说，这位英勇杰出、雄心勃勃的统帅最大的抱负却是实现他的欲望，享用一位绝代佳人。他也在这上面送了命。他将佛罗伦萨城长时间地紧紧围住，结果城内的百姓准备谈判承认他的胜利

---

1   埃癸斯托斯，古希腊迈锡尼王，他趁阿伽门农出征与其妻私通，待阿伽门农回归将其谋杀并篡夺了王位。

了，他却不要胜利，只要他们将城里一名据说容颜盖世的姑娘交给他。城里只得交出姑娘，以个人的牺牲使全城免遭涂炭。姑娘是当时一位名医的女儿，医生遇上了这件迫不得已的混账事，决意要干出一件惊天动地的大事来。当大家都在为他女儿梳妆打扮，给她戴上珠宝首饰，让她博取这位新来的恋人欢心的时候，他也给了她一方异香扑鼻、精心制作的手帕，供她在他们初次亲近时使用，在他们这种地方，在这种场合，那是一件姑娘们不大会忘记的物品。手帕被他施展医学本领染上了毒，结果擦着了他们开放着毛孔的冲动肉体，上面的毒药迅速渗入体内，以致热汗突然变成了冷汗，他们就互相拥抱着咽了气。现在我回过头来谈恺撒。

他虽然沉溺声色犬马，但只要有机会提高他的威望，他绝不会放过一分钟，也不会后退半步。提高威望的欲望支配着他的一切，完全控制了他的灵魂，将他任意驱使。当然，当我从别的方面考察这个伟大的人物，探究他最为杰出的才能，看到他才华横溢、无所不能，几乎门门学问皆有著述时，我对他的野心是深感惋惜的。他是出色的演说家，许多人喜欢他的口才胜过喜欢西塞罗的口才；我看他本人也认为在这方面并不逊于西塞罗；他的两篇《反加图》，主要也是为了抵消西塞罗在《论加图》中展现的能言善辩的才华而写的。

再说，何曾见过像他一样细心周密、积极肯干、刻苦耐劳的人呢？毫无疑问，他还蕴蓄着许多难能可贵的品德，我要说是活生生的、自然而非做作的品德。他饮食特别简单，极不讲究，所以奥庇乌斯曾说起，一天吃饭时，人家端给他的调料里放的是药用油而不是普通油，为了不使主人难堪，他就大口大口地吃下去。还有一次，他下令鞭打他的面包师，因为面包师给他端去了特制面包而不是普通面包。就连加图也常说，他是向着国家毁灭前进的第一个节俭的人。至于有一天还是这个加图管他叫酒鬼（事情是这样的：那天他们俩都在元老院，元老院内正在讨论卡底利纳的阴谋，这件事上恺撒有点嫌疑，这时有人从外面悄悄给他送来一封信，加图认为那是阴谋分子通知恺撒什么事情，就硬要他将信交出来；恺撒为避免更大的嫌疑，只得将信给了他。不想这恰好是加图的妹妹塞维丽娅写给他的情书。加图看后将信扔给了他，说："给，酒鬼！"），要我说呢，这是表示轻蔑与愤慨的话，而不是明白地说他有这个陋习，就像我们生某某的气，经常随口搬出一句根本不切合于他的话来骂他一样。再说加图责怪恺撒酗酒的恶习，与他当场抓住的恺撒乱搞女人的恶习是相辅相成的，因为按谚语的说法，爱神与酒神往往是相亲相近的。

不过在我身上，爱神不喝酒时，却更加活跃。

对于得罪过他的人，恺撒仁慈宽厚，这方面的例子数不胜数；我说的并非是内战方兴未艾时的那些例子，这些他自己在他的著作中多次透露，为的是安抚他的敌人，减少他们对他的胜利、对他未来统治的恐惧。不过还是应该指出，那些例子虽然不足以向我们证明他的仁慈的真诚，但至少向我们表明了此人惊人的信心和巨大的勇气。他经常在战胜敌军之后将整批整批的部队送还敌人，甚至不屑于强迫他们起誓，说今后即使不站到他的一边，至少会有所收敛不来同他交战。他曾三四次俘获庞培的一些将领，每次都将他们释放。庞培宣布，战争中凡不与他站在一起的都是他的敌人；而恺撒则让人宣告，所有按兵不动不真正拿起武器与他为敌的人他都视为朋友。对于离他而去改换门庭的将领，他送还武器、马匹与装备。对于用武力夺取的城市，愿意追随哪一方他都悉听尊便，他不留卫戍部队，只留下温馨美好的回忆。在发起他的法萨罗大战的当天，他发出禁令，非到迫不得已不得抓捕罗马百姓。

我敢断言，这些做法是颇具风险的。在我国曾经历的内战中，同他一样与自己国家的旧势力作战的人并不效法他的榜样，这是不足为怪的。那都是些非常手段，只有具备恺撒那样的命运和远见卓识的人才能运用自如。当我凝视恺撒这位无与伦比的伟大人物的时候，我就明白了为什么即使在这样一场极不公正也极不公平的战争中，胜利也非他莫属。

让我们回过头来谈谈他的宽厚吧。我们有他当政时期，在他全权在握，无须再遮遮掩掩时的好几个真实例子。盖尤斯·梅米乌斯曾经写过针对他的非常尖刻的演说词，他也做了针锋相对的回击；但不久之后，他仍然出力让他当上执政官。盖尤斯·卡尔福斯曾写过好几首咒骂他的讽刺短诗，后来托朋友与他讲和，他就主动先给卡尔福斯写信。而我们那位善良的卡图鲁斯，曾用马穆拉这个化名尖刻地攻击过他，当他跑来向他道歉时，他就在当天请他共进晚餐。在他得知有人说他的坏话后，他仅在他的公开讲话中声明，此事已有人告诉过他。他不恨敌人，更不怕敌人。有人策划阴谋，聚在一起企图谋害他的性命，阴谋败露后他只是发布一纸敕令，宣布阴谋他已知晓，并不另外追究策划者。提起他对朋友的尊重，曾有这么件事：盖尤斯·奥庇乌斯同他一起出巡，身体感到不适，他让出了仅有的住所，自己在露天席地躺了整整一夜。至于他的公正，他曾处死一名他特别喜欢的仆人，因为此人同一名罗马骑士的妻子私通，尽管这事谁也没有抱怨。从来无人在胜利时比他更加克制，在失败时比他更为坚定。

但是，所有这一切美好的秉性统统遭受了狂热野心的损害而被断送了。他被野心冲昏了头脑，以至于我们很容易得出结论，他所有的行动都受野心的控制和指挥。野心令一个慷慨大度的人为了有钱肆意挥霍，竟变成了窃国大盗；竟然使他说出这句不知羞耻、毫无道理的话来：世间最坏、最不可救药的人，只要为他显声扬名忠实地出过力，他就会像对待君子贤达一样给予器重，并以自己的权力予以提升；野心使他极度醉心于虚荣，竟敢当着自己同胞之面，吹嘘自己已使这伟大的罗马共和国变得徒有虚名了；还说今后他说的话就是法律；他坐着接见来访的元老们；他接受人们的崇拜，同意对他施行神的礼遇。总而言之，我认为，单是这一恶行就毁掉了他身上曾经有过的最美好、最高尚的本性，使所有的正人君子想起他就觉得可憎可恨，因为为了寻求自己的辉煌，他不惜毁掉他的国家，倾覆世间最强大、最繁荣的共和国。

当然，反过来也可以找出几个寻欢作乐、忘记国家大事的大人物的例子，如马克·安东尼等人；但是，若爱欲与野心旗鼓相当，最终展开势均力敌的争斗的话，我毫不怀疑野心终会技高一筹。

现在再回归我的话题吧，能够用理念抑制自己的欲念，强迫

561

自己的器官循规蹈矩，那是很了不起的。但是，排除那甜蜜醉人的欲念，摈弃自己在受他人爱戴时感受的快乐，讨厌自己身上动人的品质，责怪自己长得一表人才的例子却不多见。这里就有那么一位，就是托斯卡纳的小伙子斯布里那，

　　光灿灿如赤金镶就项链皇冠上的宝石，
　　白净净如奥里库姆黄杨或香木围护的象牙。[1]

　　他长得特别漂亮，就连最最推崇清心寡欲的人见了这翩翩少年也会目不转睛，怦然心动。面对他处处煽起的爱欲情火，他不想听之任之，却又无可奈何，转而便迁怒于自身，拿着造化的厚赠出气泄愤，好像他人的谬误须拿这造化的厚赠问罪一样。于是他就故意给自己弄些伤口伤疤，从而使造化遵照十全十美的比例悉心创造的这张面孔破了相。

　　要我说呢，我佩服他的所作所为，却不敢恭维：这样走极端是违背我的准则的。意图可嘉，用心良苦，但我觉得有失谨慎。为什么呢？这样一来，他的丑陋今后也会让他人落下罪过：有人会鄙夷厌恶，有人会因如此罕见的美德而嫉妒眼红，还有人会诬蔑诽谤，将这一时的冲动说成出于狂妄的野心。邪恶的东西，只要它愿意，什么地方不能钻到空子去插上一脚呢？更妥当，因而也是更体面的做法则是，凭借这上天的恩赐做出道德上的榜样、行为上的典范来。

1　　引自维吉尔。

一个正人君子，在社会生活中要受共同义务的约束，要遵守数不胜数的清规戒律，那些想要逃避的人，在我看来，不管他们多么艰难而严厉地要求自己，也都是在过省心省力的日子。就好比有的人宁愿死也不愿费力争取好日子一样。这些人也许有别的能耐；但应付困难的本事却好像从来未曾有过，遇上困境，除了在世间芸芸众生的洪流中站住脚跟，老老实实地答复和满足家人的要求之外便一无所长了。与妻子事事处处融洽相处不容易，也许不如什么女人都不要为好；苦日子比起勉强过上的富足日子来也许要少些烦恼：按理说，吃惯喝惯会比守斋节食遇到更多的难题。节制这个美德，远比贫穷要费心劳神。小西庇阿的"好日子"千姿百态；第欧根尼的却很单一。单一的生活无害无碍，在这方面胜过一般人的生活；但优裕富足的生活在实惠和力量上，又超过单一的生活。

三十四

评恺撒的作战计谋

有人在谈及几位军事统帅时，说他们都有自己特别赏识的书籍，如亚历山大大帝喜爱荷马；阿非利加征服者西庇阿喜爱色诺芬；马库斯·布鲁图喜爱波里比阿；查理五世喜爱菲利普·德科米纳。据说如今马基雅维里的书也在别处受人青睐，但已故的斯特罗齐元帅看重恺撒的书，他无疑做出了最为正确的选择：因为那实在是兵家必读之书，是真正的最为高明的用兵之道。恺撒将这丰富的题材装点得那么优雅、华丽，我真不知怎么去形容：笔法如此清丽、巧妙、完美，我看世间难有什么著作可以与之一比高下的了。

这里，我愿意将我还记得的他的某些难能可贵的作战特点记载下来。

有消息说，朱巴国王率大军来对付恺撒，部队听说后有些恐慌，恺撒并不压制士兵们的看法，也不贬低敌人的兵力，他将士兵们召集起来，先是宽慰鼓励一番，然后他一反通常的习惯做法，对他们说，他们不必费神去打听敌人的兵力了，他早已了解得一清二楚。接着，他按照色诺芬书里居鲁士提的建议，向大家报了一个大大超过敌兵实际的和军中传言的数字；因为，看到敌人实际上比预想的弱，较之预先估计敌人弱，后来实际上看到的却很强，相比之下上当受骗的感觉要小一些。

他特别注意让士兵们习惯于简单的服从，不去过问或谈论统帅的意图，只是在即将执行时才告诉他们；如果他们看出了什么，他就立即以此为乐，改变主意来蒙骗他们。为此，他常常在确定了某个宿营地之后，到了那里又继续往下走，延长行军路程，尤其是天气不好和下雨的时候。

在高卢之战的初期，瑞士人派出使者，要求恺撒允许他们从罗马人的土地上通过，恺撒打算以武力阻止他们，却装出一副和善的面孔，拖延了几天才给答复，以利用这段时间调集军队。这帮可怜的家伙却不知道他何等善于利用时间。他也不止一次地说过，善于抓住时机是为帅者的最大本领，他用兵之神速实在前无古人，不可思议。

如果说在这件事上，他以协议为掩护去取得对敌人的优势不太审慎的话，那么他对士兵品德上只要求作战勇敢，过错上只惩罚反叛和违令也是不审慎的。在胜利之后，他常常任他们胡作非为，在一段时间里不以军纪约束他们。他为自己的行为辩解说，他的士兵训练有素，纪律严明，尽管身上洒有香水，但必定会奋不顾身地投入战斗。当然，他喜欢士兵们装备得很阔气，让他们披挂雕了花、包有金银的盔甲，以使他们为保住自己的披挂而更加顽强地抗敌。同士兵们讲话，他称他们为"伙伴"——这个名称我们依旧沿用。他的继承者奥古斯都却将它改了，因为他认为恺撒这样称呼，是出于他作战的需要，是为了打动仅仅出于自愿而追随他的人们；

> 渡莱茵河时，恺撒是我的长官；
> 此时此地，他是我的伙伴，
> 罪恶使同谋者平起平坐。[1]

但是，这一称呼对于一个皇帝和一个军队统帅来说未免太失尊严，于是他就再度简单地改称为"士兵"。

恺撒对他们虽然以礼相待，但惩罚起来也是毫不容情的。第九军团在皮亚琴察附近发生兵变，尽管当时他还未将庞培打垮，但他还是采用可耻的手段镇压叛军，后经多次恳求，他才予以赦免。他平服士兵靠的是威严与胆量，而不是仁慈。

在谈及强渡莱茵河向德国进军时，他说，用船将部队载过河去有损罗马人的荣誉，他便下令架桥，他要徒步过去。于是他就在莱茵河上架起了那座神奇的大桥，他还在书中详细阐述了造桥的过程。的确，在任何场合，他都不大愿意提及自己的业绩，除非向我们显示他在类似的建筑工程中有多么巧妙的创意。

我在他的著作中也注意到，他非常重视战前对士兵的动员，因为，每当他想表述自己遭到突然袭击或受到猛烈围攻时，总是提及他甚至没有空闲给部队训话。他写道，在同图尔纳人大战之

1　引自卢卡努。

前，他在部署完一切之后，立即信步向外奔去，他要去鼓励他的将士；遇上第十军团，他想对他们说，请记住平日的英勇，不要惊慌，要大胆顶住，可没有来得及；因为敌人离他只有一箭之地了，于是他就下令开战；他立即转身向别处奔去，他还要去激励别的将士，可他看到，他们已和敌人交上火了。以上便是他就此战所说的话。的确，他的口才在许多场合帮了他的大忙；即便在当时，他挥军作战所显示的口才也十分被人看重，以至于他军中的好些人纷纷收集他的讲话；这样，他的讲话被整理成册，在他身后得以长期流传。他的讲话有着特别的韵味，所以熟悉他的人，尤其是奥古斯都，听人朗读他的讲话汇编，竟能分辨出哪些词、哪些句不是他讲的。

他第一次受领公职离开罗马，一个星期便到达罗纳河畔。他的车中，前面坐着一两名不停地写写记记的秘书，身后的一位拿着他的剑。显然，即使一步不停地行军，要达到这样的速度亦不容易，可无往不胜的恺撒仍以这样的速度，越过高卢，追击庞培至布林迪西，只用十八天就征服了意大利，然后从布林迪西回到罗马；他又从罗马深入西班牙腹地，在同阿弗拉尼乌斯及佩特雷乌斯的作战中，在对马赛的长期围攻中经历了极大的困难。随后他挥师前往马其顿，于法萨罗一战击败了庞培的罗马军，接着追庞培入埃及，将埃及征服；离开埃及他来到叙利亚和蓬特[1]，在那里打败了法纳斯；之后他又进入非洲，向西庇阿及朱巴挑战，最后他又经过意大利折回西班牙，向庞培的儿子们挑战，

1　蓬特，古小亚细亚一地区。

快过闪电，快过护崽的母虎，[1]

如风推雨送、岁月撼动的磐石滚下山巅，
落入万丈深渊；
大地轰鸣，森林、羊群连同牧羊人，
统统被卷得无踪无影。[2]

在谈到围攻阿瓦里库姆[3]的时候，恺撒说，他习惯同工地上的工匠们日夜待在一起。但凡重大的行动，他总要亲自侦察，不经他先行察看的地方，他绝不让部队进入。据苏埃东尼记载，在渡海进军英国时，他第一个下去探测可以涉水的地方。

他常说，他更愿意凭智慧而不是靠武力取胜。在对佩特雷乌斯与阿弗拉尼乌斯的战争中，命运女神向他提供了一个十分明显的有利机会，他却不肯加以利用，因为他说，他宁愿多费点时间，也不愿靠侥幸战胜敌人。

他在那里还做出了一项惊人之举：下令全军不用任何装备游过河去，

战士冲上去战斗，选的是连逃跑都不走的路。
他们重新穿上盔甲，立即设法温暖湿透的身体，
一路奔跑松开了被激流冻僵的关节。[4]

1　引自卢卡努。
2　引自维吉尔。
3　阿瓦里库姆，今法国布尔日。
4　引自卢卡努。

我觉得他作战比亚历山大更为谨慎周密，亚历山大勇猛凶狠，似乎专向险处行去，犹如滚滚激流，一路奔突，冲击着它所遇到的一切：

> 公牛一般的奥菲都斯河就这样滚滚奔腾，
>
> 穿越阿普利亚道努斯的王国，
>
> 当它狂怒的时候，
>
> 就让可怕的洪水威胁耕耘的田野。[1]

因为亚历山大建功立业正当风华少年、血气方刚之时，而恺撒担当大任已届不惑之年。另外，亚历山大具有多血质、易怒、奔放的性格，还喜好杯中之物，这对他的性格不啻火上加油，而恺撒则极少沾酒；但是，在迫不得已非饮不可的场合，没有人像他那样不惜牺牲自己的身体。

我在读书中发现，在有几次作战中，他为了逃避失败的耻辱，似乎下了效死疆场的决心。那次与图尔纳人大战中，当他看到自己部队的前锋发生了动摇，便不拿盾牌带头向敌人冲去；另外有几次他也这样做过。在德国，当他听说自己的部队遭到围困，他便乔装打扮穿越敌军，亲临前线以鼓舞部队。在他带领少量兵力渡过迪拉奇奥姆海之后，发现他留给安东尼指挥的部队迟迟未能跟进，他便冒着大风暴只身回渡大海，溜回去重掌余下的部队，而对面的港口及整个海面皆为庞培占据。

---

1   引自贺拉斯。

至于他挥军作战，有好几次所冒的危险都超出了任何用兵之道。的确，他在征服埃及王国，然后追袭西庇阿和朱巴十倍于己的军队的时候，所用兵力是何其单薄啊！真不知有谁能比他们，即恺撒和亚历山大大帝对自己的命运抱有更加非凡的信念。

恺撒常说，重大的行动不应斟酌再三，而应立刻付诸实践。

在法萨罗战役之后，他挥师向亚洲挺进，横渡赫勒斯滂海峡时，他仅有一艘战舰，但在海上与吕西尤斯·卡西乌斯的十艘大舰相遇；他不仅敢于停下等他，而且径直向他驶去，勒令他投降，最后降服了他。当他猛烈围攻阿列西亚[1]的时候，守城的有八万兵力，而且，整个高卢起而攻他以解阿城之围，他们纠集了十万九千骑兵，二十四万步兵。他拒绝撤围，决心同时应付这两大困难，这需要多大的胆量和多么非凡的信心啊？可他全都顶住了；在大战城外之敌取胜之后，他立即又轻而易举地收拾了被围在城内的敌人。卢库卢斯在攻打提格兰国王、围攻提格拉诺塞特[2]时，也有过同样的经历，但情况有所不同，卢库卢斯面对的敌人较为软弱。

这里我想指出围攻阿列西亚时的两件怪事。第一件，高卢人纠集起来到阿城对付恺撒，清点过他们的全部兵力之后，商定撤去这支大军的很大一部分，以免人多陷入混乱。这种担心人数过多的例子倒是前所未有。不过仔细想来，一支军队似乎应该按照一定的条件确定适当的数量，否则粮草供应会有困难，指挥约束

1　阿列西亚，高卢中部曼都比伊人的城市。
2　提格拉诺塞特，古亚美尼亚首都。

也会有困难。数量庞大的军队不曾有过大的作为，这类例子是不少的。

据色诺芬记载，居鲁士说，铸成优势的不是士兵的数量，而是勇士的数量，多余的兵力不会添力只会添乱。巴耶塞特力排众议，决定同帖木儿开战，其主要依据是，敌人多得不计其数，他可以指望敌军发生混乱。斯坎德培多谋善断，能征善战，他常说，一位善战的将军有了一万或一万二千名忠诚的战士，就可以在任何军事行动中不失面子。

第二件事似乎有悖于战争的常理与习惯：韦圣日托利克斯受命担任反叛高卢的各部的首脑与司令之后，竟决定退守阿列西亚。因为在这种情况下，一国的统帅绝不能亲自参战，除非到了最后关头，事关国家的最后阵地，不加保卫就再无希望；否则，他就应该超脱，以便能从全局上确保治下各部的需要。

现在回头再谈恺撒。据他的亲信奥庇乌斯说，随着时间的推移，他变得比以前迟缓、慎重了些：他认为不能把这么多次胜利得来的荣耀拿来随意冒险了，一次失利就会令他前功尽弃。意大利人在责备年轻人的大胆鲁莽时，称他们为"荣誉上的饿汉"，说由于他们在荣誉上还十分饥饿贫乏，他们有理由不惜一切代价地去追求它，但已经功成名就的人就不该如此了。对荣誉的追求和渴望，同别的事情一样，是可以有个合理的分寸，得到一定的满足的。不少人也是这样做的。

古罗马人在战争中只愿炫耀单纯的勇气，恺撒对这个所谓的顾忌是不赞成的。但是，他比我们今天还要更讲究良心的安宁，不赞成不择手段去获取胜利。在同阿里奥维斯托斯[1]作战时，双方进行了谈判，谈判时两军之间出了点乱子，事情的发生要怪阿里奥维斯托斯的骑兵；乱子一出，恺撒就有了很大的优势；但他却不愿加以利用，担心有人会说他不讲信用。

在战斗中他经常穿着华丽、鲜艳的衣服以引人注目。

他严格管束他的士兵，越靠近敌人管得越严。

古希腊人责怪某人极端无能，就用句常用的成语，说他既不识字又不会游泳。恺撒也持同样的观点，认为会游泳对打仗大有用处，他也得过游泳的不少好处：当他需要急行军时，遇到河流，他往往泅水而过，因为他同亚历山大大帝一样，喜欢徒步远征。在埃及时，他已经上了年纪，一次为了逃命，不得不登上一条小船，许多人跟他一起上了船，小船有沉没的危险，他弃船跳入海中，游泳到达二百步外自己的舰队；他左手将他的记事本举出水面，还用牙齿拖着他的铠甲，不让敌人夺走。

从来没有哪位统帅像他一样得到士兵的信任。在内战之初，百夫长们向他倡议，他们自己出钱，每人供养一名武装骑兵；而步兵则提出自己养活自己；较为富裕一点的还负责供养最穷的。不久前，在我国的内战中，已故舰队司令夏蒂荣让我们看到了同样的做法，他军中的法国人出钱为追随他的外国人发饷；在从前的法律制度下，在传统的天主教军队中，是找不出这种极其热忱、呼之即来的效忠例子的。

激情比理智对我们有着更强的支配力。然而，在对汉尼拔的

1　　阿里奥维斯托斯，日耳曼人的酋长，公元前五八年在今贝桑松城下被恺撒击败。

战争中，发生了官兵学习城内慷慨的罗马百姓的榜样而拒领军饷的事；在梅塞鲁斯的兵营中人们还把领饷的人称为雇佣兵。

在迪拉奇奥姆海边受挫之后，恺撒的士兵自己跑来请他惩罚，结果他只好安慰他们而不是训斥他们了。他的一支部队单独将庞培的四个军团抵挡了四个多小时，直至几乎全都被箭射死，射入战壕的箭竟有十三万支之多。有位叫斯凯瓦的士兵负责守卫一个入口，他被射瞎了一只眼睛，被扎穿了肩膀和大腿，盾牌被砍戳了二百三十处，依然坚守在那里，岿然不动。不少被俘的士兵，宁死也不答应倒戈投敌。格拉尼乌斯·佩特罗尼乌斯在非洲被西庇阿俘获，西庇阿处死了他的战友们，然后向他宣布要饶他一命，因为他是有头有脸的刑讯官。佩特罗尼乌斯回答说，恺撒的兵只有饶人性命，没有让人饶命的习惯；说完便立即自刎而死。

将士们忠诚的例子数不胜数；站在恺撒一边反对庞培而被围困的萨洛纳人的感人事迹不应忘记，因为那里发生了一件非同寻常的事。马库斯·屋大维将他们团团围住；被困的人粮断弹绝，大多数男子非死即伤；为了补充人力的不足，他们解放了所有的奴隶，为了器械能用，他们不得不割下所有女人的头发搓成绳子。虽然到了山穷水绝的地步，他们仍然下定决心绝不投降。他们拖着敌人久围不破，拖得屋大维松懈起来，不像以前那样专心围攻了，后来他们选定了一天的中午，先将妇女儿童安排在城头装出严阵以待的样子，然后出城向围城部队猛扑过去，突破了一、二、三道防线，接着又突破了第四道及最后一道，打得他们丢下阵地，一直逃到船上；屋大维自己逃到了庞培所在的迪拉奇奥姆海上。此时此刻，我回忆不起还有什么能证明被围者一举大败围困者，并取得战场控制权的例子，也没听说过有谁一次突围就取得了战役的彻底胜利。

三十五

论三位忠烈女子

众所周知，恪守妇道者，找不出十来个，因为婚姻是荆棘丛生的交易，一个妇女感情很难经久不变。男人虽说处境稍稍有利，要做到这点也是困难重重。

美满婚姻的试金石和真正的证明，是这种结合是否长久，这要看婚姻是否总是甜蜜、忠实和愉快。在我们这个世纪，妻子在守寡之后，往往是努力操持家务，对丈夫念念不忘；她们至少到那时才竭力证明自己的爱情。这可说是不及时的和不合时宜的证明！她们不如说是在丈夫去世后才爱上他们。人生充满了激烈的动荡，而死亡则充满了爱情和敬意。父亲掩饰自己对子女的爱，妻子也通常掩饰自己对丈夫的爱，以保持尊敬和端庄的态度。这种掩饰，我并不喜欢：即使她们难受得捶胸扯发，我也会走到女仆或秘书跟前，在他们耳边问道："他们以前相处得如何？他们一起生活得如何？"我总是记住这句美妙的话："哭得最凶的女人最不难过。"[1] 她们难受的样子，活人见了恶心，对死人毫无用处。只要大家在我们活着时对我们欢笑，我们就应该高兴地允许大家在我们死后欢笑。女人如在我生前当面侮辱我，在我死后却来抚摸我的脚，难道就会使我死而复生？妻子因丈夫去世而痛哭，但称得上高尚的只有在丈夫生前对其欢笑的妻子，而不是在丈夫生前哭哭啼啼，丈夫去世后却在屋内屋外都欢笑的寡妇。因此，别去注视泪水盈眶的眼睛和凄惨的声音，而要去观看黑纱后面的姿态、气色和面颊：这些才能显示寡妇的真实心情。大部分寡妇的健康状况比以前更好，这可是她们的自我感觉正确无误的证明。这种讲究面子的做法，并非是尊重过去，而是要考虑未来：这样做有利无弊。在我小的时候，一位贞洁而又十分美丽的夫人，至今还健在，她在当亲王的丈夫去世后，不顾守寡的习俗，仍穿着艳丽的服饰，她对责备她的人说："这是因为我不再去找新的朋友，我也不想再婚。"

我不想完全违背我们的习俗，就在此选择了三位妇女的事例，她们在丈夫去世时显出深厚的爱情和善良。这些事例稍有不同，但她们都是在紧急的情况下勇敢地牺牲了自己的生命。

小普林尼在意大利时，他家附近有个邻居，因性器官旁患溃疡而痛苦不堪。[2] 此人的妻子看到他长期痛苦，就要求让她仔细观看患处的情况，并说她会比任何人都要坦率地告诉他能否治好这种病。她得到他的允许后，仔细检查了患处，认为已无法治

1　参见塔西佗《编年史》："越是在表面上为日耳曼尼库斯的命运而悲痛的人，其实越是对这件事感到高兴。"引语系蒙田据其意思改写。
2　参见小普林尼《书信集》。

愈，只能长期忍受病痛的煎熬。因此，她对他说，最可靠的良药是自杀，但看到他有点勇气不足，就对他说："我的朋友，别以为我看到你的痛苦后没有像你那么难受，别以为我要摆脱这种痛苦，就不愿意使用我劝你使用的那种良药。我愿意陪伴你，不仅在你健康之时，而且在你患病之后。你不用担心，而要想到，我们在摆脱这种痛苦之时，只会感到愉快：我们会幸福地一起离开。"她见这番话鼓起了丈夫的勇气，就决定从他们住所朝向大海的窗口跳入海中。[1] 她一如既往，对丈夫怀着忠贞不渝的爱情，要把他搂在怀里去死，但担心两人会因坠落和害怕而分开，就用绳子把两人紧紧地捆在一起，她为了解除丈夫的痛苦，献出了自己的生命。

　　这位夫人出身低微，在这种阶级，这样的善良并不少见，

　　　　正义之神在离开大地时，

　　　　在他们身上留下了最后的脚印。[2]

　　其他两位妇女是富裕的贵族，在这种阶级，美德的事例十分罕见。

　　阿丽娅是罗马执政官凯基纳·帕埃图斯的妻子[3]，是另一位阿丽娅的母亲。小阿丽娅嫁给了在尼禄统治时期以美德著称的色拉

1　　小普林尼指出，此事发生在科莫湖畔，即在意大利北部的伦巴第区："我在科莫湖畔散步时，一位朋友对我指出一幢别墅，特别是别墅临湖的一个房间。"

2　　引自维吉尔《农事诗》。

3　　参见小普林尼《书信集》。

塞阿斯·帕埃图斯[1]，生女法妮娅[2]。这些男男女女的名字和命运相同，使许多作者弄错。凯基纳·帕埃图斯在他拥护的斯克里博尼亚努斯[3]战败后，被喀劳狄皇帝的军队俘虏，大阿丽娅恳求押解她丈夫去罗马的人让她乘他们的船一起去，让她来服侍丈夫，比他们雇用许多人去服侍要节省得多，她还说她可以独自给她丈夫打扫房间、做饭以及做其他事情。但他们就是不同意，于是她就跳上刚租下的一艘渔船，从斯拉沃尼亚[4]一直跟随大船。到了罗马之后，有一天，斯克里博尼亚努斯的遗孀朱尼娅，因她们的命运相同，就当着皇帝的面友好地走到她的跟前，大阿丽娅用力把她推开，并说："斯克里博尼亚努斯在你的怀抱里被人杀害，而你还活着，却要我跟你说话，听你说话！"这些话以及其他许多征兆，使她的亲人们知道她可能会自杀，因为她无法忍受她丈夫的噩运。她的女婿色拉塞阿斯恳求她不要自寻短见，并对她说："怎么！要是我的命运跟凯基纳相同，您难道希望我的妻子即您的女儿也这样做？"她回答道："怎么？我是否希望这样？是的，是的，我希望这样，只要她能活到这把年纪，并跟你情深意长，就像我跟我丈夫这样。"这个回答使大家更加担心，更注意她的行动。有一天，她对看管她的那些人说："你们这是在白费力气。你们可以让我死得困难，但要不让我死，你们做不

---

1   拉辛把他写为《勃里塔尼库斯》中的人物。他是斯多葛派，长期试图使元老院对尼禄保持独立的地位，但最后却被尼禄于公元六六年通过元老院判处死刑。塔西佗写道，尼禄"决定杀死色拉塞阿斯身上的美德"。

2   在小普林尼的书信中，是法妮娅把她外婆的事说给他听的。

3   斯克里博尼亚努斯在提比略去世后统帅达尔马提亚的军队。公元四二年，他派信使逼迫喀劳狄皇帝退位，并向罗马进军，但他的士兵们被凶兆吓坏，将他杀死。

4   在中世纪，斯拉沃尼亚指塞尔维亚王国。

到！"说完，她从坐着的椅子上猛地跳出，把头拼命朝旁边的墙上撞去。然后她直挺挺地昏倒在地上，伤得很重，大家让她醒过来后，她说："我跟你们说过，如果你们不让我轻而易举地自杀，我会选择另一种方法，不论这种方法多么痛苦。"这种令人赞叹的美德，其结果是这样的：她丈夫帕埃图斯没有勇气自杀，虽说残忍的皇帝迫使他这样做；有一天，她先是劝说她丈夫自杀，然后拔出她丈夫带着的匕首，拿在手中，并说："帕埃图斯，要这样做。"同时，她把匕首插入自己的胸口，然后拔出匕首交给她丈夫，在咽气前说出这庄重、慷慨和不朽的话："帕埃图斯，不疼。"[1]

> 贞洁的阿丽娅从胸口拔出匕首，
> 交给她亲爱的帕埃图斯，并说：
> "相信我，我刺自己并不疼，
> 但你刺自己我就会疼。"[2]

在小普林尼的叙述中，她的话给人留下更深刻的印象，具有更丰富的含义，她丈夫自杀身亡和她自己自杀身亡，远没有使她感到十分痛苦，因为是她建议和带头这样做的，但是，她做出这种高尚和勇敢的行为，只是为了她丈夫好，她在咽气之前只关心她丈夫，使他在跟她同归于尽时并不惧怕。帕埃图斯立即拿起同

1　引自小普林尼。
2　引自马提雅尔《警句诗集》。

一把匕首自杀，我觉得他感到羞愧的是，他需要如此珍贵和无法回报的教诲才愿意自杀。

庞培雅·波莉娜是罗马的年轻贵妇，嫁给年老体衰的塞涅卡。[1] 有一天，尼禄派手下的人到他的老师塞涅卡家里宣布判他的死刑（当时是这样的：罗马皇帝要处死某个贵族，就派军官去命令此人选择合适的自杀方式和自杀期限，期限的长短要看皇帝发怒的程度，让他在死前处理个人的事务，有时因期限短而无法让他这样做；如果被判死刑者违抗命令，皇帝就派人执行，切断他四肢的静脉，或者逼他服毒自杀。但是，有身份的人不必求助于这种人，他们可以用自己的医生和外科大夫来做此事）。塞涅卡平静而又坚定地听完对他的判决，要求给他写遗嘱的纸，但他的要求遭到百人团团长的拒绝，他就转向他的朋友们并对他们说："既然我无法给你们留下什么，以感谢你们对我的帮助，我至少要给你们留下我最美好的东西，那就是对我的行为和我的性格的回忆，你们回忆起我，就有了真正忠诚的朋友的名声。"同时，他用温柔的话语安慰他们，叫他们别这样痛苦，有时则大声责备他们："你们学到的那些哲学箴言到哪里去了？我们这多年来学到的在厄运临头时应有的理智态度又到哪里去了？我们难道不知道尼禄残暴成性？这个人弑母杀弟，现在又杀养育他的老师，我们还能期望他干什么好事？"他对大家说了这番话后，转向他的妻子，见妻子悲伤得心力交瘁，就把她紧紧抱在怀里，请她出于对他的爱，要坚强地忍受这件不幸的事，并说他现在要展

1　参见塔西佗《编年史》。

示他的研究成果，不是用说理和讨论的办法，而是用自己的行动，他迎接死亡不但不会痛苦，而且还会高兴。他说："我的朋友，别用你的眼泪给你带来耻辱，不要让别人以为你爱自己胜过爱我的名誉；你不要过于难过，你对我和我的行为的了解，可以成为你的安慰，你要在自己的余生，做你喜欢的善事。"听了这话，波莉娜的理智稍有恢复，并因一种高贵的感情而增添了勇气，就回答道："不，塞涅卡，我不是这样的女人，在这种情况下我绝不会让你独自而去；我不希望你认为，你一生道德高尚，而我却还不知道应该如何死才有价值；如果不是跟你一起死，我什么时候才能死得更加体面，更符合我的心愿？你放心，我跟你同时走。"塞涅卡对他妻子做出如此美好和豪迈的决定十分赞赏，这样他就不必担心妻子在他死后会受到敌人的摆布和残暴，就说："波莉娜，我曾对你提出幸福度过一生的有益建议，你更喜欢死得光荣，我确实不会不让你这样去死：希望我们一起死时同样坚定不移，但希望你死得更加漂亮和光荣。"说完，有人同时给他们切断手上的静脉，但塞涅卡上了年纪[1]，又因他生活十分简朴，因此血管狭小，血流得十分缓慢，他就叫人又切断他腿部膝盖后面的血管，他怕他受到的痛苦会使他妻子心疼，而他在跟他妻子恋恋不舍地告别之后看到她这样难受也无法忍受，就劝她，让人把她带到隔壁房间[2]，他们也这样做了。但是，他见这些血管切断后还是没死，就请他的医生斯塔蒂乌斯·阿奈乌斯给他一杯

1　公元六五年，塞涅卡大约六十九岁。
2　据塔西佗《编年史》，是她自己走到另一个房间。

毒药，但仍不见效，因为他身体虚弱、手脚冰冷，毒汁无法抵达心脏。因此，就让他洗热水浴。这时，他虽然感觉死到临头，但只要气息犹存，他仍然妙语连篇，谈论他所处的状况，他的几名秘书把他们听到的话全都记了下来：他的临终遗言传到人们的手中，在很长时间里都受人敬重（这些话没能传到我们手里，对我们来说是巨大的损失）。他感到死亡来临，从浴盆中舀出全是鲜血的水，浇在头上并说："我把这水献给救星朱庇特。"尼禄得知这些情况后，害怕人们会把罗马显赫贵妇波莉娜之死归咎于他，另外他对她也没有私仇，就急忙派人给她包扎伤口，但她已半死不活，失去知觉，对包扎伤口的事一无所知。别人违背她的意愿，使她活了下来，但她活得有尊严，跟她的美德完全相符，她脸色一直苍白，说明她有多少生命力已从她的创口消失。

我说的这三个故事都千真万确，我觉得它们像我们为取悦群众而编造的故事那样有吸引力，也同样悲惨。我感到奇怪的是，那些热衷于编故事的人，为什么没想到要选取书中讲述的成千上万十分精彩的故事，要是这样，他们就能少花力气，却能给群众带来更多的乐趣和教益。如有人想把这些故事汇编成一本经久不衰的书，只需要把它们连接起来，如同焊接一块块金属，用这种方法，可以把许多各不相同的真人真事汇集在一起，根据作品的美学要求把内容编排得丰富多彩，就像奥维德撰写《变形记》，把大量神话传说一个个连在一起。

在第三对夫妻中，有一件事值得注意，那就是波莉娜因对丈夫的爱而慷慨赴死，而她的丈夫曾因对她的爱而不愿去死。我们可能会觉得，相比较而言，塞涅卡这样做并不十分伟大，但我觉得，根据他那斯多葛派的看法，他认为他为她延长生命跟为她去死同样重要。他在写给卢齐利乌斯[1]的一封信中说，他在罗马得了热病之后，不听妻子的劝阻，突然跳上一辆马车，前往他在乡间的一幢房屋，他对她回答说，这热病不是在他体内，而是在罗马。他接着这样写道："她让我走了，再三叮嘱我注意身体健康。而我知道，她的生活取决于我的生活，我开始关心自己，同时也是在关心她；我因年老而具有的优势，使我处理许多事情更加坚决，我现在要失去这种优势，就想起有个年轻女子跟这个老人联系在一起，她得到我的照顾。既然我不能使她更有勇气爱我，我就只好更加关爱自己：要得到深厚的感情，确实需要付出，有时，我们虽然为情势所逼，只好走相反的路，我们也必须拒绝去死，哪怕艰难困苦，也得咬住牙关求生，因为对正直的人来说，生的法则不是活得快乐，而是要履行义务。有的人对妻子和朋友没有深厚的感情，不想延长生命，而是一心想死，这种人缺少男子气概，软弱无力。我们的心灵应该迫使自己求生，只要亲朋好友的利益需要我们这样做；有时我们需要把自己奉献给朋友，为了他们拒绝去死，即使我们为了自己而想死。因考虑别人而拒绝去死，就像许多超尘拔俗的人物所做的那样，那才是大智大勇的证明；而极其善良的表现，则是尽量延长自己老年的时光（年老的最大优势是对自己的寿命毫不在乎，因此对生命的使用就更加勇敢和高傲），只要感到这样做快乐、幸福，对自己深爱的人有

1　卢齐利乌斯（约前180—约前102），古罗马诗人，是塞涅卡的朋友。他写给塞涅卡的书信保存了下来。这里是指第一百〇四封信。

益。而我们也因此获得十分愉快的报偿，因为我们在妻子看来如此珍贵，并因为她着想而觉得自己更加珍贵，还有什么比这种感觉更加甜蜜？因而，不仅是我亲爱的波莉娜使我感到她的担心，而且是我自己也感到担心。我不仅想到我要如何坚决地去死，而且还想到她会无法忍受这种痛苦。我就迫使自己活了下来，有的时候，活着就是心灵伟大的表现。"这就是他的话，跟他的行为一样出色。

三十六

论超尘拔俗的人物 [1]

如有人要我在我知道的人中选出超尘拔俗的人物，我觉得我会选出三位顶尖人物。

一位是荷马。这并不是因为亚里士多德或瓦罗不像他那样博学，也不是因为维吉尔的诗艺无法跟他相比，我让了解这两位诗人的行家来做出这方面的评论。我只了解其中一位 [2]，根据我的理解水平，我只能说，我并不认为九位缪斯能超过这位罗马诗人：

> 他用知识渊博的里拉琴弹出诗歌，
>
> 跟金托斯山 [3] 的阿波罗用手指弹出的一样美妙。[4]

1　在上一章的末尾，蒙田引用塞涅卡的话："因考虑别人而拒绝去死，就像许多超尘拔俗的人物所做的那样，那才是大智大勇的证明。"由此可见，这一章跟上一章相对应。
2　指维吉尔。
3　金托斯山位于希腊提洛岛，据传是阿波罗和阿尔忒弥斯兄妹的诞生地。
4　引自普罗佩提乌斯《哀歌》。

然而，做出这样的评论，还是不能忘记，维吉尔的完美艺术，主要应归功于荷马，荷马是他的引路人和指导老师，《伊利亚特》的一个段落就为完美而又奇妙的《埃涅阿斯纪》提供了框架和素材。但我觉得这不是荷马的主要特点，我觉得是许多其他特点使我认为荷马十分出色，可以说是非一般人力所及。确实，我往往感到惊讶的是，他创造了多位神祇，而且使世人深信不疑，但他自己却并未成为神。他是穷苦的盲人，在用准确的观察来确定的科学尚未形成的时代，他却对各门学科都了如指掌，这些学科后来用于创建国家，指导战争，撰写关于宗教和各个派别的哲学的学问，以及创作艺术作品，因此，他可以说是完美无缺的老师，通晓各种知识，而他的书，则是集各种知识之大成，

> 什么是美，什么是耻，什么有益，什么无用，
> 他比克里西波斯和克兰托尔[1]说得还清楚。[2]

另一位说，

> 他的书如同不涸泉，
> 诗人们从中喝到佩尔梅斯河水。[3]

1　克兰托尔（活动时期为公元前 3 世纪）跟克里西波斯一样，也是色诺克拉底的学生，著有《论悲哀》。受此书启发，西塞罗撰写《图斯库卢姆谈话录》，普鲁塔克则撰写《致阿波罗尼乌斯的安慰信》。
2　引自贺拉斯《书简》。
3　引自奥维德《恋歌》。

还有人说，

> 加上埃利孔山[1]缪斯的同伴，
> 其中只有荷马能与星辰争辉。[2]

还有一位说，

> 从这丰富的源泉里，
> 后世人都为自己的诗歌吸取灵感；
> 他们拥有一个人的丰富遗产，
> 就把大河分流成条条小溪。[3]

荷马创作举世杰作，简直违反了自然规律，因为事物通常在产生时确实并不完美，到以后才会茁壮成长；在诗歌和其他许多学科产生的初期，荷马使它们变得成熟和完美。由于这个原因，根据他的传世佳作，我们可以认为他是前无古人后无来者的诗人，依据的是古人对他的赞扬：他没有可以模仿的前人，他的后人无法对他模仿。[4]据亚里士多德说，唯有荷马的词语有动感和情节，是唯一意味深长的词语。[5]

1 　埃利孔山位于希腊维奥蒂亚州，在神话传说中是缪斯的两个栖息地之一，另一地是中希腊的帕尔纳索斯山。
2 　引自卢克莱修《物性论》。
3 　引自马尼利乌斯《天文学》。
4 　参见博丹《历史入门》。
5 　参见亚里士多德《诗学》。

亚历山大大帝从大流士[1]那里得到的战利品中，发现一只珍贵的盒子，就下令给他留下，以存放荷马的著作，并说这是他在战时的最好参谋，而且最值得信任。出于同样的原因，阿纳克桑德里德斯之子克莱奥梅尼[2]说荷马是斯巴达人的诗人，因为他是最优秀的军事教官。根据普鲁塔克的看法，荷马有着少见而又特殊之处，那就是在这世上，只有他这位作家从未使人有厌倦和厌烦的感觉，因为他在读者看来总是有焕然一新的感觉，总是散发出新的魅力。[3]狂妄的亚西比德问一个作家[4]要一本荷马的书，对方没有，他就打了对方一记耳光，这就像有人发现我们的一个教士没有日课经。色诺芬尼有一天向叙拉古僭主希耶罗[5]哭穷，说他连两个仆人也养不活。希耶罗对他回答道："什么！荷马比你穷得多，虽然死了，却养活一万多人。"[6]巴内修[7]称柏拉图为哲学家中的荷马，他这话的意思还不清楚？除此之外，有什么荣誉可跟荷马的荣誉相提并论？没有任何事物像他的名字和著作那样至今仍被人传诵；也没有任何事物像特洛伊、海伦以及为她爆发的

1　指大流士三世（？—前330），波斯帝国末代国王（前336—前330）。公元前三三三年，在伊苏战役中被马其顿亚历山大击败，家眷被俘。向亚历山大求和未成。前三三一年在高加米拉的决战中又败。逃至大夏，为其总督贝索斯所杀。波斯帝国和阿契美尼德王朝遂亡。

2　指克莱奥梅尼一世，斯巴达国王（前519—前491）。

3　参见普鲁塔克《论饶舌》。

4　普鲁塔克在《亚西比德》第七卷中说是问老师要："亚西比德小时候曾在一所文法学校就读，有一次向老师询问一本荷马的作品，老师说对荷马一无所知，亚西比德就给了老师一拳并离开这所学校。"

5　指希耶罗一世（前478—前467在位）。

6　指抄写荷马的著作的那些人。色诺芬尼激烈反对人神同形说，被称为"荷马的谎的反驳者"。

7　巴内修（约前185—前109），斯多葛学派中期的主要代表。

战争那样著名和广为流传，虽说这些战争也许从未发生过。我们的孩子们现在还在用他三千多年前想出的名字。谁不知道赫克托耳和阿喀琉斯？在他的虚构作品中可追根溯源的不仅有某些家庭，而且还有大多数民族。[1] 土耳其苏丹穆罕默德二世给我们教皇庇护二世写信说："我感到奇怪的是意大利人结盟反对我，而我们却有共同的祖先特洛伊人，我跟他们一样，要为赫克托耳之死向希腊人报仇，而意大利人却在说服希腊人来反对我。"[2] 这不就是一出宏伟的戏剧？这么多世纪以来，那些国王、政治家和皇帝不都在扮演荷马的角色？整个世界不就是这场戏的舞台？希腊七座城市都争当他的出生地，他身世不明，却给他带来如此多的荣誉，这七座城市是：

　　士麦拿、罗得岛、科洛封、萨拉米纳岛、希俄斯岛、阿尔戈斯和雅典。[3]

　　第二位超尘拔俗的人物是亚历山大大帝。得要考虑到他开

1　蒙田也许想到龙沙的史诗《法兰西亚德》，其中法兰西民族的祖先是赫克托耳之子法兰库斯。

2　皮科洛米尼于一四五八年八月当选为教皇，称庇护二世。登位后便企图组织十字军，统一欧洲力量，对抗土耳其人。当时，土耳其苏丹穆罕默德二世于一四五三年占领君士坦丁堡，后又于一四五九年兼并希腊中部和塞尔维亚。庇护二世召请基督教各国君主到曼图阿开会，研究对策。但各国皆为自身利益，争论不休。会议未取得成果。最后由神圣罗马帝国皇帝腓特烈三世和勃艮第大公菲利普给予支持，庇护于一四六三年十月宣布率军东征。但当时他已患病，一四六四年六月自罗马到安科纳督师后不久去世。

3　引自奥卢斯-盖利乌斯《雅典之夜》。士麦拿是土耳其第三大城市伊兹密尔的旧称。罗得岛属希腊佐泽卡尼索斯州。科洛封位于土耳其古城以弗所西北部，是古希腊哲学家色诺芬尼的出生地。萨拉米纳岛是希腊阿提卡州岛屿，希俄斯岛位于爱琴海东北部，是荷马学派吟游诗人的发祥地。阿尔戈斯是希腊阿尔戈利斯州城市。

始大展宏图的年龄，以及他要实现宏伟大略却拥有如此微弱的手段。他还是青年时，就已在世上最著名的统帅中威名远扬[1]，跟随他征战的都是身经百战的将领；命运之神对他的特殊照顾，使他顺利获得许多偶然的成功，我几乎要说这些行动是轻举妄动：

他推倒阻碍他伟业的一切障碍，

欢快地在废墟中走出一条路来。[2]

说他伟大，是因为他三十三岁时[3]，就已胜利挺进有人居住的所有土地，他用半生的时间就已充分发挥人的聪明才智，因此，你要想象他如有常人的寿命，在文治武功上会有何等业绩，就得把他想象成具有超人的能力。他那些出身士兵的军人开创了许多王朝，他死后由军中四位将领继承分治帝国[4]，他们的后裔在很长一段时间里控制着这庞大帝国的疆土；他集众多美德于一身，如正义、节制、慷慨，信守诺言，对人仁爱，对战败者仁慈（因为他的性格可说是无可指责，只要忽略某些个别、罕见和非同寻常的行为，不过，要施展如此宏图大业，不可能凡事都遵循正义的

1 亚历山大生于公元前三五六年，前三三五年即二十一岁时任统帅征战欧洲，二十二岁时率军进入小亚细亚。
2 引自卢卡《内战记》。
3 即公元前三二三年，他那年在巴比伦患热病去世。
4 他的四位继承人是：安提帕特统治马其顿（死后由其子卡山德继承），塞琉古一世统治叙利亚，莱西马库统治色雷斯，独眼安提柯统治小亚细亚的弗里吉亚。安提柯想要独占帝国，公元前三〇一年在易普斯与塞琉古一世、托勒密一世、卡山德、莱西马库等的联军作战，但败死。

原则：像他这样的人物，应该根据他们的全部事业以及他们为自己确定的最高目标来做出评价。毁灭底比斯[1]，杀害米南路和赫菲斯蒂翁的医生，一次杀死这么多波斯战俘，违背诺言屠杀一支印度军队，屠杀科萨山居民[2]，连儿童也不放过，这些都是难以原谅的过火做法。但对误杀克利托斯一事[3]，他的赎罪又过于郑重其事，这件事跟其他事一样，说明他本性善良，而他的本性主要向善，有人说得十分巧妙：他的美德出自本性，他的错误出自命运。至于他有点自吹自擂的嗜好，无法忍受别人说他坏话，还让人把马槽、武器和马嚼子扔在印度各地，我觉得这都是因为他年轻气盛、运气极佳所致，是可以原谅的）；同时得考虑到他出众的军事才能，以及他的勤奋、预见、耐劳、纪律、敏锐、宽大、决心和成功，即使我们知道汉尼拔的威望，我们也应该承认亚历山大在这方面首屈一指；另外也得看到他个人罕见的美貌和优点，可说是个奇迹；他气概威严，而那张脸却如此年轻，红光满面、神采奕奕；

> 他如同启明星，维纳斯最为喜爱，
>
> 她刚在海洋中沐浴，把他圣洁的脸
>
> 朝天空抬起，把阴暗全部驱散。[4]

1　公元前三三五年，亚历山大镇压希腊各城邦的反马其顿运动，因底比斯城拒绝交出叛乱的首领，就将该城夷为平地，但把雅典城保存下来。

2　科萨山属苏萨地区，在今伊朗胡齐斯坦省内。

3　克利托斯（前380—前327），亚历山大的一位副手，曾在格拉尼库河战役中救过亚历山大的命。但在公元前三二八年的一次宴会上，他批评亚历山大，并称赞其父腓力二世的爽直和功绩。亚历山大当时已喝醉，就拿起卫士的长矛将他杀死，后又感到极其后悔。

4　引自维吉尔《埃涅阿斯纪》。

他知识渊博、能力出众，他的荣誉纯洁、清白，毫无瑕疵和仇恨，经久不衰、十分伟大；得要看到，在他去世之后，有很长一段时间存在着一种宗教信仰，认为他颁发的奖章会给佩戴者带来幸福；还要看到，撰写他的丰功伟绩的国君，比撰写一位国君功绩的历史学家还要多。伊斯兰教徒至今还瞧不起其他民族的历史，却唯独敬仰亚历山大的历史；只要考虑到所有这些情况就会承认，我更看重亚历山大而不是恺撒理由充分，而只有恺撒才会使我在选择时犹豫不决。但不可否认的是，恺撒的功绩主要是靠他个人的才能，而亚历山大的功绩则主要是靠运气。有许多事他们旗鼓相当，而恺撒在某些事上也许更胜一筹。

> 他们是摧毁世界的两场大火或两条洪流，
> 就像干枯的树林到处被大火烧着，
> 月桂树枝被烧得噼啪作响，
> 又像洪水从高山汹涌而下，
> 雷鸣般冲向平原，
> 所到之处都被摧毁。[1]

但是，虽说恺撒的雄心壮志也许更为节制，但却造成深重苦难，因为其目的十分恶劣，是要毁灭自己的国家，把世界弄得处处是残垣断壁，因而从总体来看，我在衡量时不能不倾向于亚历山大。

---

[1]　引自维吉尔《埃涅阿斯纪》。

第三位超尘拔俗的人物，据我看是伊巴密浓达。论荣誉，他远不及其他两位（但荣誉并非是决定性的因素[1]）；论果断和勇敢，它们也并非产生于雄心壮志，而是因智慧和理智而产生于循规蹈矩的心灵，你无法想象出有人比他更加果断和勇敢。据我看，他的这种优点并不比亚历山大和恺撒逊色，因为他的战绩虽然没有像他们那样众多和辉煌，但是从战役本身及其情况来看，却是同样重要和激烈，显示出同样的胆略和军事谋略。希腊人毫无异议地赋予他殊荣，称他为首屈一指的希腊人，但在希腊首屈一指，成为举世无双也是轻而易举。至于他的学识和能力，古人的评价流传至今：从未有人像他那样知识渊博，也从未有人像他那样很少谈论自己。他是毕达哥拉斯派。他的演说比任何人都精彩，演说出色，有说服力。

说到高尚的道德品质，他远远超过所有国务活动家。这种品质最为重要，唯有它才能表明我们是怎样的人，我觉得其价值等同于其他所有优点的总和，而在这方面，他并不比包括苏格拉底在内的任何哲学家逊色。

做人清白是他这个人最基本也是最大的优点，而且始终如一，无法改变；相比之下，亚历山大的这种品质起到次要的作用，而且变化无常，面貌多样，软弱无力，偶然出现。

古人认为[2]，如对其他伟大统帅的所作所为进行研究，就可以发现他们每个人都因为有一种优点而引人注目。只有伊巴密浓达

1　这种看法显然受塞邦的影响，塞邦在《自然神学》中说："荣誉、威望、名声是外在的而不是内在的情况，不属于事物的本质……"

2　参见西西里的狄奥多罗斯《世界史》。

一人的优点和才能十分全面，表现在各个方面，而且经久不变，不会有任何令人失望之处，不论是处理公务还是私人事务，不论在和平时期还是在战争期间，不论是在生活中还是要为荣誉而死，他的表现都是如此。我还不知道有哪个人的个性和命运，让我如此尊敬和喜爱。确实，他像朋友们描绘的那样[1]，执意要过清苦的生活，我觉得未免过于认真。这种行为高尚，值得赞赏，但我觉得要我去过未免太苦，哪怕是自己想要仿效。有人认为小西庇阿死得同样壮烈[2]，知识也同样渊博，我觉得只有他才使我难以在伊巴密浓达和他之间做出选择。然而，十分遗憾的是，时间的流逝使我们无法看到普鲁塔克《比较列传》中最有趣的两篇，传主一位是最重要的希腊人，另一位是最重要的罗马人，这可是举世公认的事实！多好的素材，多么妙笔生辉的作者！如果要说的不是圣徒，而只是正派人，就是常言所说讲究礼貌、符合习俗，但在德行上并非出类拔萃的人，那么，一生丰富多彩，过着令人羡慕的富裕生活的人，据我所知就是亚西比德。但伊巴密浓达作为极其善良的楷模，我还想在此补充他的一些看法。

他声称，他一生中最大的满足，是用留克特拉战役的胜利[3]使他的父母高兴，他把父母高兴看得远远重于他自己高兴，而他高兴是理所当然的事，因为他取得了如此光荣的胜利。

1　参见普鲁塔克《苏格拉底的守护神》。
2　普鲁塔克著有小西庇阿的传记，跟伊巴密浓达的传记进行比较，但正如蒙田在下文中惋惜的那样，这两篇传记均已失传。小西庇阿死得并不壮烈。公元前一二九年的一天，他发表演说抨击保民官提比略·格拉库斯，第二天有人发现他死在床上。
3　伊巴密浓达于公元前三七一年在留克特拉（古希腊彼俄提亚）击败克利翁布罗特二世率领的斯巴达军。

他认为，即使为了祖国的自由，也不能滥杀无辜；所以即使他的战友佩洛皮达杀人是为了解放底比斯[1]，他也持保留态度。他还认为，在战场上应该避开对方军中的朋友，并对朋友手下留情。

我还要说，他对敌人人道，使彼俄提亚人对他产生怀疑。他奇迹般地迫使斯巴达人撤离驻守科林斯附近进入莫利亚[2]的关隘之后，只是让他们退守腹地，并未对他们穷追不舍，因此被免去统帅之职：他因为这个原因被撤职，是他的光荣，而彼俄提亚人的耻辱则是，后又让他官复原职，并承认他们的荣誉和解放都归功于他，胜利如身影般到处伴随着他率领的部队。他的祖国的昌盛随他而生，随他而亡。

1　公元前三七九年，佩洛皮达参与驱逐斯巴达人撤离底比斯。
2　莫利亚是中世纪对伯罗奔尼撒的旧称。

三十七

论父子相像

这部五花八门的大杂烩是这样写成的：我只是在十分无聊时才提笔写，而且只在家里写。因此，这中间有各种停顿和间隙，因为我有事要外出，有时长达好几个月。不过，我并未用后来的想法来修正以前的想法；说实话，我也许会改动某个词语，但是要使其具有另一种色彩而不是将其删除。我想要展现我思想的演变过程，使人看到我每种思想在出现时的面貌。我早就开始这样做的话，就会高兴地承认我的思想演变的方式。有一个仆人给我做口述的记录，把其中好几篇窃为私有，以为可以发大财。我感到欣慰的是，他虽然会得到好处，但带来的害处却跟我受到的损害不相上下。

我开始写作以来，年纪老了七八岁：这些年月并非没有新的收获。[1] 在这段时间里，我因岁月的宽待体会到肾绞痛的滋味，

1　蒙田于一五七二年开始撰写《随笔集》，因此这一章大约是在一五七九至一五八〇年冬所写。

活得时间长了就不会没有这方面的收获。我希望时间在送给长寿者的礼物中，能挑选出一件更容易接受的礼物，因为时间会送给我的礼物，绝不会比我自童年时代起收到的礼物更加可怕：这正是年老时所有烦恼事中我最害怕的那种。我多次心里在想，我活得年岁太长，而要走如此漫长的人生道路，就必然会最终遇到某件不愉快的事。我清楚地意识到这点，并且认为，是到走的时候了，应该像外科医生切除某个器官时那样，切开肉体中止生命。你要是不及时向大自然还债，大自然就会向你索取高利贷般的沉重利息。但这些计划并未实现。我受到这种病痛的折磨并做出这种准备还不到一年半的时间，却已学会适应这种状况。我已跟肾绞痛达成和解，并从中找到令人欣慰和期望之处。人对自己不幸的人生十分看重，只要能活下去，就可以忍受任何病痛！

请听梅塞纳斯的话：

> 让我断臂，
> 患痛风、双腿残缺，
> 把我牙齿拔光都行，
> 只要活着就好。[1]

帖木儿对待麻风病人，用一种愚蠢的人道主义来掩盖出奇的残忍，只要知道哪里有麻风病人，就令人全部杀死，据他说，这

1　梅塞纳斯（约前69—8），古罗马骑士，奥古斯都的朋友，古代著名文学赞助人。这些诗句由塞涅卡保存下来（《致卢齐利乌斯》）。

是为了让他们摆脱痛苦的生活。而他们中的任何人，都情愿生三次麻风病，而不愿去死。

斯多葛派的安提西尼病得很重，并大声说道："谁能使我摆脱这病痛？"这时第欧根尼来看他，就递给他一把刀，并回答说："你要是愿意，可用这个，而且很快做到。"安提西尼反驳道："我没有说要摆脱生命，我说要摆脱病痛。"

纯粹是精神上的痛苦，我不像大多数人那样觉得难受：这一部分是因为我对这种痛苦的看法（因为民众认为许多事非常可怕，必须以一切代价来避免，甚至可以付出生命的代价，而我几乎觉得这些事无关紧要），另一部分是因为我对我不是直接受害者的不幸事件感觉不大灵敏，而我认为这是我本性中最大的优点之一。但对真实的肉体痛苦，我的感觉十分敏感。这也许可以这样解释：我以前不能对这种痛苦有清楚的预见，是因为我在一生中大部分岁月里都得到上帝的恩宠，长期享有健康的身体和平静的生活，因此就把这种痛苦想象成无法忍受，而其实我主要是感到害怕，而不是感到难受。因此我就更加坚信，我们心灵的大部分功能，从我们使用的方式来看，主要是用来扰乱生活的安宁，而不是维护这种安宁。

我在跟最恶劣的疾病进行斗争，这种疾病突如其来，极其痛苦，最能置人于死命，也最无可救药。我已发病五六次，每次发病时间都很长，十分难受，但我应该说，要么是我在暗自庆幸，要么是在这种状况下还有办法坚持下去，只要在思想上不害怕死亡，摆脱医学灌输在我们头脑里的威胁、结论和后果。而痛苦本身也不是十分剧烈、无法忍受，不至于使一个心态平衡的人发疯

598

和失望。我至少因肾绞痛而得知：我以前无法做到的事，肾绞痛会让我做得完美无缺，那就是让我跟死亡和解并熟悉它，因为这疾病越是攻击我，对我纠缠不休，我就越是不怕死亡。我已经做到只因为活着而想活着，而我疾病的发作也会减弱这种愿望；如果上帝最终希望他的暴力战胜我的力量，我也不会被抛到另一个同样错误的极端，那就是喜欢和想要死！

对你的末日，别害怕也别盼望，[1]

这两种愿望都很可怕，但满足其中一个愿望，要比满足另一个愿望容易得多。

另外，我一直认为这种规定很不恰当，那就是要求我们必须对疾病泰然处之，在忍受病痛时持蔑视和平静的态度。哲学只研究心灵，为何要去关心这些表象？哲学应该让喜剧演员和修辞学者去关心这种事，这些人是多么重视我们的肢体活动。它应该毫不惧怕地让痛苦用声音的怯懦表现出来，只要这怯懦并非自出心脏和五脏六腑；它应该把这种不由自主发出的抱怨，置于叹息、呜咽、心跳、脸色发白这种类型，就是大自然使我们因无法控制而做出的反应。只要心里不怕，没有绝望的话语，它就应该满意！只要我们的思想没有扭伤，我们的双臂扭伤又有何妨！哲学教导我们是为了我们自己，而不是为了其他目的，它不是要我们如何表现，而是要如何做人。哲学只应该引导我们的智力，即它

1　　引自马提雅尔《警句诗集》。

负责培养的智力；在肾绞痛发作之时，它应该使心灵保持平常的状态，维持平常的思维，同时跟病痛斗争并忍受病痛的折磨，而不是可耻地跪倒在病痛的脚下，心灵因战斗而振奋，而不是被病痛压垮；心灵要跟别人在某种程度上进行交流。在如此艰难的情况下，要我们持这种矫揉造作的态度，那简直就是残忍。只要我们内心坚强，表情难看又有何妨。如果人呻吟能减轻痛苦，那就让他呻吟，如果他要动动身子，那就让他转来转去，爱怎么转就怎么转；他觉得疼痛有点消失（正如有些医生所说，这能帮助孕妇顺产），是因为叫得更响，或者他因此而排解痛苦，那就让他拼命叫喊；没必要非要叫他喊叫，但要允许他叫喊。伊壁鸠鲁不但允许而且建议贤者在痛苦时叫喊。"拳击者扬起护手皮套出击时，也要大喊一声，因为叫喊时全身处于紧张状态，出拳就更加有力。"[1] 我们的疾病已使我们十分痛苦，就不要用这些多余的规定来加重痛苦。我说这些话是为使有些人显得情有可原，他们在这种疾病的折磨和袭击下，通常会焦躁不安，而从我来说，我忍受这种病痛，至今仍显得相当镇静，但这不是因为我竭力保持外表的体面，要知道我对这种优点并不看重，我这时可以听凭自己表现，这或者是因为我并非痛苦到了极点，或者是因为我忍受痛苦要比常人坚强。我抱怨和生气，是在疼痛难忍之时，但仍能克制自己，如同此人[2]：

---

1   引自西塞罗《图斯库卢姆谈话录》。
2   指阿提乌斯（前170—前94）的悲剧《菲洛克泰特》中的主人公。下面两行诗出自该剧，西塞罗曾在《论善与恶之定义》和《图斯库卢姆谈话录》中引用。

他痛苦地叫喊、埋怨，

他呻吟、吼叫，话语悲哀。

　　我在发病最厉害时考验自己，并总是觉得自己说话、思想和回答就像健康时那样，但持续时间不长，因为疼痛使我思想混乱，无法集中。周围的人们认为我已极其沮丧，不再跟我说话，这时，我往往考验自己的忍受能力，主动谈起跟我的病情毫无关系的话题。我突然发力，什么事都能做到，但持续的时间不长！

　　哦！我怎么没有西塞罗的睡眠者那样的本领，他在梦中抱吻一个姑娘，醒来后发现自己的结石已排到床上。[1] 我的结石使我对姑娘毫无兴趣！

　　在两次剧痛之间，尿道松弛，我不再如此疼痛，就突然恢复平时的状态，因为我的心灵只接受到了感觉和身体的警告，这肯定是因为我在思想上已为这种意外事故做好准备。

我现在要受到的考验，

都不是前所未有、出人意料，

我已全都预见，事先想到。[2]

　　不过，我受到的考验对一个毫无经验的人来说有点过于严峻，变化也突如其来，我突然从十分甜蜜和幸福的生活，转入难

1　　参见西塞罗《论占卜》。

2　　引自维吉尔《埃涅阿斯纪》。

以想象的痛苦生活，因为除了这疾病本身十分可怕以外，在我身上开始发作时就比通常发作时要痛苦和难受得多。而且发病十分频繁，我几乎再也没有真正健康的感觉。但我至今为止仍保持良好的精神状态，只要能持续保持这种状态，我的生活状况会大大好于千百个人，这些人发烧或患其他病痛，只是因为自己想不开。

有一种虚假的谦虚，因自负而产生。譬如说，我们承认对许多事物无知，我们诚实地认为，大自然的造物具有我们无法理解的某些优点和特点，我们也无法发现它们的构造和原因。我们做出这种诚实和认真的表态，是希望别人在我们说理解这些事物时也能相信我们。我们没有必要去寻找奇迹和罕见的现象；我觉得在我们常见的事物中，也有许多无法理解的事，并不比理解奇迹来得容易。我们由此而生的这滴精液，不但包含着我们父辈的形貌特征，还包含着他们的思想方式和倾向，这难道不是奇事？这滴精液把不可胜数的形态存放在何处？这些形态又如何通过大胆而又不规则的运动来传达这种相像，使曾孙子像曾祖父，外甥像舅舅？在罗马李必达家族里，有三个成员不是接连生出，而是间隔生出，但出生时同一边的眼睛上都覆有软骨。在底比斯有个家庭，人从娘肚子生出就有矛头状胎记，谁没有这个胎记就是野种。[1] 亚里士多德说，某个民族实行共妻制，以面貌相像来确定父子关系。[2]

1　参见普鲁塔克《论神的惩罚的延迟》。
2　参见亚里士多德《政治学》。据希罗多德说，这是利比亚的一个民族。

可以认为，我易患结石症是父亲遗传，他因膀胱里生了大结石疼痛难忍而死。他到六十七岁才发现患这种病。在此之前，他的肾脏和其他器官都没有任何病象，并且身体健康，很少生病；患了这种病之后，他又活了七年，但非常痛苦。

他患此病前，我已二十五岁[1]，在他身强力壮之时，我是他第三个孩子。[2]这种病长期隐藏在何处？我父亲在患病前很久的时候，他生我的一小滴精液，怎么已经包含着这致命的病根？这病根怎么隐藏得这样好，我在四十五年后才患有此病，而且在同母的许多子女中只有我得了这种病？谁对我阐明这其中的原因，我一定会深信不疑，不管他对我说这是何种奇迹，只要他不像有人所说，对我的解释比事情本身还要奇特和令人难以置信。

希望医生能原谅我的无礼，因为这种遗传使我憎恨和蔑视医学，我对医学的这种反感是遗传而来。我父亲活到七十四岁，我祖父活到六十九岁，我曾祖父活到将近八十岁[3]，从不服药。得要说明：对他们来说，不是常用的食物都是药。医学是根据病例和经验形成，我的看法也是如此。这经验难道不能完全相信、令人信服？我不知道医生们是否会把我父亲、祖父和曾祖父这三个人记录在案，他们在同一个家庭、同一幢房子里出生、长大和死去，一生都按照自己的习惯生活。他们应该承认，在这个问题上，并不是因为我有道理，但至少是我有"运气"，而对医生来

1　蒙田生于一五三三年，他父亲患病是在一五五八年或一五五九年，死于一五六五年或一五六六年。

2　蒙田取得长子继承权，是在他的两个哥哥去世之后。

3　他的曾祖父生于一四〇二年，死于一四七八年。

说，"运气"要比道理更加重要。希望他们现在不要把我看成对他们有利的例子，我现在这样虚弱，希望他们不要威胁我，否则就是在骗人。因此，毫无疑问，我家里人的例子可以说明我有道理，而医生们则是束手无策。人间的事不会持续这样长的时间，而在我们家则持续了两百年——还差十八年[1]，因为我曾祖父出生在一四〇二年。这种经验已变得不再对我们如此有利，这也是十分正常的事。希望医生们不要把我现在患的病作为反对我的依据：身体健康活了四十七年，难道还不够？即使这是我生命的终点，我也活得够长了。

我的祖先不知为何天生不喜欢医学，我的父亲看到药就难受。我的叔叔是戈雅克领主，是教会人士，自幼多病，还是活了六十七岁。[2]有一次他持续高烧，医生们请人家向他转告，说他如不求医，必定会死（他们说的求医经常是添乱）。这个可爱的人听到这可怕的判决虽然十分害怕，但还是回答道："那就是说我已是死人。"但不久之后，上帝宣告这判决无效。

我父亲兄弟四个，最小的弟弟是布萨盖领主，只有他承认医学，我想是因为医学和其他科学有关，因为他自己是法院的推事，但他承认医学的结果却并不令人欣慰，他虽然看起来比别人健康，却比别人死得要早，只有圣米歇尔领主死得比他早。

我对医学如此反感，可能是祖先遗传所得，但如果只是这种原因，我会设法克服，因为我们身上无缘无故产生的倾向都是有

1　原文如此。如果本文写于一五八〇年，此处应改为"还差二十二年"。
2　蒙田的叔叔是皮埃尔·德·蒙田，死于一五七三年。

害的，这是一种必须克服的病态。我可能产生这种倾向，但我通过思考巩固和加强了这种倾向，从而形成了我现在对此事的看法。我也反对有些人的观点，他们不想吃药是因为药苦；这并不符合我的性情，因为我认为，为恢复健康，值得忍受不管如何痛苦的烧灼和切口。我同意伊壁鸠鲁的看法，认为快乐如会带来更大的痛苦就应避免，痛苦如会带来更大的快乐就应追求。[1]

健康是宝贵的财富，确实，只有健康才值得大力追求，不仅用时间、汗水、劳动和财产去追求，而且终生都要追求，因为没有健康，我们的生活就变得艰苦、痛苦。没有健康，快乐、智慧、学问和美德都会黯然失色、消失殆尽。哲学用可靠和严密的论据来教导我们，向我们展示截然不同的看法，对此，我们只有用柏拉图的例子来加以反驳，假定他突然癫痫发作或中风，他就无法求助于他高尚而又高贵的品德。任何通往健康之路，在我看来都不能称为千辛万苦。但我也有其他一些理由，使我完全不相信让我们接受医学的漂亮话。我并不是说医学没有一点用处，但在自然界的万物中，肯定有能维护我们健康的事物。

我的意思是说，有的草药有润湿作用，有的草药有干燥作用；我从经验得知，辣根能通气，番泻叶是轻泻剂；我还有许多其他的经验，知道羊肉有滋补作用，葡萄酒能活血；梭伦甚至说，食物也是一种药，能治饥饿症。我不否认我们在使用大自然的丰富产物，也不怀疑大自然的威力，以及它能满足我们的需要。我看到白斑狗鱼和燕子在大自然中生活美好。我不相信我们

1　　参见西塞罗《图斯库卢姆谈话录》。

思想的发明、我们的科学和能力，它们使我们抛弃了大自然及其规律，我们在使用它们时不知道有所节制和限制。

我们所说的司法，是第一批传到我们手中的法律的混合物，而且经常使用不当和不公；那些嘲笑和指责这种司法的人，不愿因此怪罪于这高尚的美德，而只是谴责对这神圣工作的滥用和亵渎；同样，对医学，我敬重这光荣的学问及其宗旨，以及它会给人类带来的种种好处，但医学在我们中间的名声，我实在不敢恭维。

首先，经验使我对医学感到害怕，因为据我所知，我看到最早患病、最晚治愈的人，都是处于医学的管辖之下。他们的健康因严格遵守摄生法而受到损害。医生不仅要控制病人，而且要让健康者生病，这样人们就无法逃脱他们的控制。他们不是认为，长期健康是大病将至的征兆？我常常生病，我觉得他们不插手，我的病就容易忍受（我生各种病时都曾试过），而且很快就好，也不用服他们开的苦药。我健康时自由自在，只按照自己的习惯和喜好生活，而没有其他的规律和约束。我可以在任何地方生病，因为我生病时不需要特别照顾，只要有健康时的条件就行。没有医生、药剂师和治疗，我不会害怕，我看到许多人对这些比对疾病更加害怕。怎么！难道要让我们看到医生健康长寿，才能证明他们的医学有明显的疗效？

在过去许多世纪里，任何民族都没有医学，特别是在最初那些世纪，也就是最美好和最幸福的世纪。即使现在，世上还有十分之一的地方没有医学；许多民族不知道医学，但他们比我们更加健康长寿；即使在我们这里，普通老百姓不求医也过得幸福。罗马人六百年后才接受医学，但是在试验之后，又把医学赶出他们的城市，是借助于大加图[1]，他指出不求医也过得不错，他本人活了八十五岁，他妻子也活到很老，并不是不服药，而是不看医生，因为对我们生命有益的食物都可以称之为药。据普鲁塔克说，大加图让家人健康靠食用兔肉，[2]我觉得老普林尼说过，阿卡迪亚人服用牛奶治疗一切疾病。据希罗多德说，利比亚人身体都特别健康，是因为有一种风俗，他们在孩子四岁时，就烧灼孩子头上和太阳穴的静脉，这样就终身切断伤风感冒扩散的途径。[3]这个国家的村民患任何病都只用最烈性的酒来治疗，酒里加入许多藏红花和辛香作料，效果都很好。

其实，这些各种各样的药方，其目的和结果不都是清洗肠胃？我们这里的千百种草药都能做到这种疗效。

然而，我不知道这些东西是否像他们说的那样有效，我们体内是否需要留有一定数量的排泄物，如同保存酒需要酒渣。你们往往看到健康的人会因外界的偶然影响呕吐或腹泻，同时大量排出排泄物，但排出前并无这种需要，排除后也毫无好处，只会损害健康。不久前我从伟大的柏拉图的书中得知，人体的三种流通，最有害的是催泻，人只要没有发疯，不到紧要关头绝不要催泻，因为这种方法只会扰乱和滋生疾病。要使疾病减轻和痊愈，必须有理智的生活方式：用猛药治病总是对我们有害，因为冲突

1　参见老普林尼《自然史》。
2　参见普鲁塔克《大加图传》："他让家人服用某些草药和食用清淡的肉类，如雌鸭、斑尾林鸽和野兔。"
3　参见老普林尼《自然史》。

要在我们体内解决，而药物是并不可信的外援，从本质上说是我们健康的敌人，只是乘乱才进入我们的机体。我们让机体自行其是：大自然关心跳蚤和鼹鼠，也会关心人类，人类耐心地听任大自然照顾，如同跳蚤和鼹鼠。我们徒劳地叫喊"前进！"，这只会喊哑嗓子，但不会前进。这是大自然无法改变、冷酷无情的秩序。我们害怕和绝望，使大自然不再愿意帮助我们，这样只会使它望而却步，而不是出手相助。疾病应该像健康那样，有自己的期限。大自然绝不会为了有利于人类、不利于其他生物而破坏它确定的秩序，因为这样就会出现混乱。那就让我们跟随其后，看在上帝的面上，跟随其后。它会引导跟随其后者，不跟随其后者，它就把他们拖着走，连他们的狂妄和医药一起拖走。[1] 你要清洗自己的脑子：这会比清洗肠胃更加有用。有人问一个斯巴达人，他怎么会健康长寿，他回答道："对医学一无所知。"[2] 哈德良皇帝临终时不断叫喊，是那群医生把他杀死。

有个拙劣的角斗士当了医生，第欧根尼对他说："勇敢些，你做得对；以前把你撂倒的那些人，你现在可以把他们撂倒。"[3]

但是，据尼科克莱斯[4]说，医生们有这种幸运，那就是太阳照耀他们的成功，大地掩盖他们的失败；此外，他们常常巧妙地利用一切事件，如果"命运"、大自然或其他（不计其数的）外因使我们有强壮和健康的身体，医生们就把这个功劳窃为己有。

———

1　参见塞涅卡《致卢齐利乌斯》："命运引导愿意跟随者，把不愿跟随者拖着走。"

2　参见阿格里帕《论科学的不可靠、自负和滥用》。

3　引自第欧根尼·拉尔修《第欧根尼》。

4　尼科克莱斯（活动时期为公元前4世纪），塞浦路斯国王。

医生治疗的病人有任何好转，那都是医生的功劳。我和其他上千个不求医的人患病后痊愈的原因，医生们会认为是他们治病的结果。而当病情恶化时，他们就否认是自己的责任，并认为是病人的过错，说出的理由十分荒诞，这种理由他们比比皆是：他把手臂露在外面，他听到马车的声音了，

在狭窄街道的转角，
有马车经过；[1]

有人稍稍打开了窗子；他左面侧睡，或是他想到难受的事。总之，说句话、做个梦或看一眼，就足以使他们认为犯了错误。或者只要他们愿意，他们也会利用这种病情恶化来为自己涂脂抹粉，而且使用这种手法在任何情况下都毫无风险：服药后病情恶化，医生就会安慰我们说，如不服药，病情会更加糟糕。一个人伤风感冒，治疗后每天发热，医生就说不治疗会持续高烧。他们不怕把事情搞糟，因为即使没把病治好，他们也有功劳。他们确实有理由要病人相信他们，因为得要十分天真和顺从，才能相信如此可疑的想法。

柏拉图说得完全正确，医生可以肆无忌惮地撒谎，因为我们的康复取决于他们慷慨和虚假的承诺。[2]

伊索是才华冠世的作家，他思想深邃却很少有人看出，医生

1　　引自尤维纳利斯《讽刺诗集》。
2　　参见柏拉图《理想国》。

对因患病虚弱而又害怕的可怜虫作福作威，他描绘得惟妙惟肖。他说[1]，医生问一个病人，他吃了给他开的药效果如何，病人回答说："我出了很多汗。"医生说："这很好。"第二次，医生问他后来身体情况如何，病人说："我觉得很冷，冷得发抖。"医生说："这很好。"第三次医生又问病人身体如何，病人说："我觉得身体浮肿，像得了水肿病。"医生说："情况很好。"后来，病人的一个朋友来询问他的病情，他回答说："其实，我的朋友，好是好，可我却要死了。"

埃及有一条法律比较公正，规定医生治病，前三天责任由病人自负，但三天过后，责任就由医生负责；因此，医生的主保圣人埃斯科拉庇俄斯[2]使海伦起死回生[3]，就遭到雷击，

> 万能的天父气愤地看到，
>
> 凡人竟又从阴界回到阳世，
>
> 就把发明这种神药和医技的阿波罗之子埃斯科拉庇
> 俄斯，
>
> 用雷击赶到冥河提克斯里。[4]

而他的继承者们，把这么多活人送到了另一个世界，就得到

1　参见《伊索寓言》中的《病人和医生》。

2　埃斯科拉庇俄斯，罗马神话中医药神，即希腊神话中的阿斯克勒庇俄斯。阿波罗和仙女科罗尼丝之子。半人半马怪肯托洛伊传授他诊断医疗的本领，遂有起死回生之术。后因主神宙斯怕人类长生不死，与神匹敌，用雷电将他击毙。

3　埃斯科拉庇俄斯起死回生的不是海伦，而是希腊神话中雅典国王忒修斯之子希波吕托斯。一五九五年的版本改正了这一错误。这个错误也许出自老普林尼《自然史》。

4　引自维吉尔《埃涅阿斯纪》。

了宽恕。

一个医生向尼科克莱斯吹嘘自己的医术十分高明。"确实高明，"尼科克莱斯说，"因为他能杀死许多人而又不受到惩罚。"

另外，如果我处于医生的地位，我就会使医学变得更加神圣和神秘；他们在开始时相当不错，但并未善始善终。[1] 他们善始，是把鬼神说成医学的始祖，并创造一种特殊的语言和特殊的文字，虽然哲学家认为，用无法理解的话给人出主意并不理智：

仿佛医生给病人开的药方，是要他服用"行走草地、背着房屋、体内无血的大地之子"[2]。

他们的医学有一条规则，这也是所有虚幻、无效和神奇的科学的规则，那就是病人必须在事前就满怀希望地相信他们的医疗和效果。他们对这条规则严格遵守，认为最无知的庸医对信任的病人来说，也要比他不认识的最有经验的良医更能治好他的病。甚至他们对药物的选择也有几分神秘和玄奥：乌龟的左脚，壁虎的尿，象的粪便，鼹鼠的肝，白鸽右翼下面抽出的血；对我们这些腹痛的人（他们是如此蔑视我们的病痛），则开鼠粪粉末和其他怪物，这更像是在施行巫术，而不像一门可靠的科学。我不想谈他们的药丸要以单数服用，他们认为一年中某些日子和节日服药有特效，采摘各种草药时间不同，还有他们对病人的那种令人

1　　参见老普林尼《自然史》。
2　　引自西塞罗《论占卜》。引语中"大地之子"指蜗牛。

厌恶的傲慢态度，连普林尼也要加以嘲笑。但我要说他们犯了个错误，在这善始之后，没有使他们的商议和诊疗具有更多的宗教色彩和神秘性；任何外行都不应参与其中，就像不能参加祭祀埃斯科拉庇俄斯的秘密仪式。从这个错误可以看出 [1]，他们犹豫不决，论据和推测站不住脚，相互间争论激烈，充满着仇恨、嫉妒和个人情绪，这些大家已看出，病人得要毫无理智，才会觉得把自己交到他们手里并无危险。有谁曾看到一个医生在借用同行的药方时没有减少或增加什么药？他们这样做是对医学的背叛，并使我们看到，他们更关心自己的声誉也就是自己的利益，而不是病人的利益。最聪明的医生在古代主张一个医生负责治疗一个病人，因为如果他疗效不佳，医学的声誉不会因一个人的错误而受到很大影响，相反，如果他取得成功，那光荣就全都归于医学，而如果有许多医生治疗一个病人，那他们就都会使医生的职业信誉扫地，因为他们往往会遭到失败而不是获得成功。他们本应维持名医和古代医书作者之间一直存在的意见分歧，即只有通读医书的人才知道的分歧，而不必让老百姓知道他们之间一直存在的争论和不同的看法。

我们来看看古代医学争论的一个例子？希罗菲尔认为疾病的主要原因在于体液 [2]，埃拉西特拉图斯认为在于动脉血，阿斯克列皮阿德斯认为在于毛孔间流动的看不见的原子，阿尔克迈翁认为在于体力的过剩或不足，狄奥克莱斯认为在于身体中各种元素

1　参见老普林尼《自然史》。
2　古人认为有四种主要体液：血、黏液、黄胆汁和黑胆汁。

作用不同以及我们吸入空气的质量，斯特拉顿认为在于我们吃的食物多样、不熟和变质，希波克拉底认为在于性情。有一个人关心医学，医生们对他比我还了解[1]，此人在谈到这件事时感叹地说，医学在我们的科学中最为重要，关系到我们的身体健康，但不幸的是却是最不可靠的科学，因为其中有许多无法说清的问题，而且看法经常改变。算错太阳在地平线上的高度，或者某种天文计算中的分数，不会有很大危险，但医学涉及我们的生命，要让我们听任相互斗争的各种力量的摆布，实在不是明智之举。

在伯罗奔尼撒战争之前，医学处于萌芽状态：希波克拉底使其普及。但他奠定的基础，全都被克里西波斯推翻；后来，亚里士多德的孙子埃拉西斯特拉图斯照此办理，把克里西波斯的医学著述全都推翻。这些人之后出现了经验派，他们在医学上走的道路跟古人完全不同。经验派的声誉开始消失时，希罗菲尔使用另一种医学，这种医学后来又被阿斯克列皮阿德斯批评和消除。接着受青睐的是泰米松的医学观点，后来有穆萨的观点，再后来是韦克修斯·瓦伦斯的观点，他因是梅萨琳的情人而著名。[2] 在尼禄的时代，医学王国落到泰萨卢斯手中，他取消并抨击在此之前肯定的一切医学成果。他的学说又被马赛的克里纳斯推翻，后者提出新的方法，即根据历书和星辰运动来调整医学活动，要让病

1　指老普林尼。

2　伯罗奔尼撒战争（公元前431—前404）是古希腊以斯巴达为首的伯罗奔尼撒同盟与雅典之间的战争，以雅典失败结束。希波克拉底（约前460—约前377）在当时对医学知识的掌握最为全面。克里西波斯（约前280—约前206）是古希腊城市尼克多斯的医生，他是埃拉西斯特拉图斯的老师。阿斯克列皮阿德斯（前124—前96）在希腊和罗马行医，他反对希波克拉底的医疗方法。泰米松（活动时期为公元前1世纪）是阿斯克列皮阿德斯的学生。韦克修斯·瓦伦斯，塔西佗在《编年史》中谈到他。

人在符合月亮和水星的时间进食、睡觉和喝水。不久之后，他的权威被也是马赛医生的夏里努斯所取替。夏里努斯不但反对古代医学，而且反对已流行几百年的公共热水浴。他要男人洗冷水浴，即使冬天也洗，把病人放入天然溪水之中。在老普林尼的时代以前，罗马人中无一人行医，医生都是些外国人和希腊人，就像现在我们法国一样，行医的都是使用拉丁文的人，因为正如一位名医所说，我们对熟悉的医学不容易接受，也不容易接受我们采集的草药。向我们提供愈疮木、菝葜、金刚刺¹的民族如有医生，我们可以想象，我们的白菜和香芹也会因产自异国、稀少、珍贵而深受重视！这些东西经过艰难的长途跋涉才从遥远的地方搞到，又有谁敢对它们瞧不起？医学从我提到的古代演变以来，到我们今天又有过无数其他变化，往往是完全而又彻底的变化，就像当代的帕拉切尔苏斯、菲奥拉范蒂和阿尔詹泰里奥²所做的改变。这些医生不仅改变药方，而且据说改变医学的基础和原则，认为从前行医者都是无知的骗子。让大家想一想，可怜的病人处于何种状况！

在他们弄错的时候，如果我们能够肯定，他们的做法对我们没有任何好处，但也不会带来害处，那么，我们就可以宽慰地想到，我们在追求美好事物的同时，至少不会冒任何风险。

1　愈疮木是安的列斯群岛的药用植物，用于治疗梅毒；菝葜产于同一地区，其根状茎入药，功能祛风利湿、消肿止痛，主治筋骨疼痛、痛风、疥疮肿毒等症；金刚刺跟菝葜同属，产于亚洲。

2　帕拉切尔苏斯（1493—1541），瑞士医师、炼金术士。他的名字意为：赛过一世纪罗马名医切尔苏斯。他发现并使用了多种新药，促进了药物化学的发展，对现代医学，包括精神病治疗的兴起做出了贡献。菲奥拉范蒂（1517—1588），意大利医生，发明治疗风湿性关节炎的药膏。阿尔詹泰里奥（1513—1572），意大利皮埃蒙特的医生。

伊索讲了下面的寓言[1]：有个人买了个摩尔奴隶[2]，但认为此人是因第一个主人对他虐待才有这种肤色，就令人给他经常洗澡并服药，结果摩尔人的肤色并未改变，而且完全不像原来那样健康。

医生把病人医死后相互责怪，这种情况我们十分常见！我想起几年前在我家附近的那些城市里流行的瘟疫，这致命的瘟疫非常危险；这瘟疫中死了很多人，瘟疫过后，当地最著名的医生之一发表了一本谈论瘟疫的小册子。他在书中提到瘟疫期间曾使用放血疗法[3]，认为这种疗法是错误的，并承认这是死亡人数众多的主要原因之一。另外，医学著作的作者们都认为，任何疗法都对身体有某种害处。[4]而如果有疗效的药物也有几分害处，那么，对医生给我们开错的药物，又该怎么办呢？

我个人认为，对不喜欢吃药的人，不应该强迫他们服药，因为在患病难受之时，这样做既危险又有害，我认为在病人特别需要休息之时，这对病人是极大的考验。除此以外，如果研究医生通常确定我们病因的因素，就可以看出他们的推测极其肤浅，无法令人信服，我因此得出结论，他们开药方只要有一点错误，就会给我们造成很大的危害。

因此，如果说医生的错误是危险的，我们就要倒大霉了，因为医生的错误会一犯再犯。医生需要了解病人的许多情况和外部

1　　指第七十六则寓言《埃塞俄比亚人》。

2　　摩尔人在古代指北非居民，但在蒙田的时代往往指黑人。如莎士比亚的悲剧《奥赛罗，或威尼斯的摩尔人》。

3　　参见昂布瓦兹·帕雷《论鼠疫》。

4　　参见阿格里帕《论科学的不可靠、自负和滥用》。

因素，才能对症下药。他必须了解病人的体质、性格、嗜好、行为乃至思想和想象，必须对外界环境、当地的特点、空气和天气的情况、星辰位置及其影响进行研究，必须知道疾病发作时外部和内部的征兆，必须知道药物的分量、药力、产地、外观、加工方法和见效的时间，医生必须能把这些因素根据相互间的关系按比例进行搭配，使它们完美协调一致。只要他稍有差错，只要这些因素中有一个出现偏差，就足以使我们命丧黄泉。只有老天知道，要对这些因素中的大部分了如指掌是何等困难，要知道每种疾病都会呈现无数征兆，医生又如何找到主要病征？对尿液分析，医生之间又有多少争论和疑问！否则的话，我们就会看到医生们对疾病的诊断争论不休。否则我们又怎么会原谅他们经常把貂说成狐狸的错误？我得过的疾病虽说都并不严重，但我记得从未有三个医生对这些疾病的看法完全一致。我更愿意列举跟我的疾病有关的例子。最近在巴黎，有一位贵族根据医生的诊断要做膀胱切开取石的手术，结果却没有找到任何结石；也是在巴黎，有一位主教是我的好朋友，他请医生看病，大多数医生劝他开刀取石，我相信别人的话，也劝他开刀，但他死后解剖，发现他只是肾脏有病。结石能用手摸到，因此医生对这种疾病诊断错误不大能原谅。正因为如此，我觉得外科要可靠得多，因为做外科手术时至少能看到和用手触及，也较少推测和猜测，因为医生不用speculum matricis（阴道窥镜）来观察我们的脑子、肺部和肝脏。

药物期待达到的疗效也令人难以置信，因为药物常常需要同时治疗几种困扰我们的不同疾病，这些疾病相互间有着必然的联系，如肝热胃冷，医生们就设法说服我们，说他们的药方里，一种药暖胃，另一种凉肝，一种药效直接进肾脏，甚至到膀胱，药力并不扩散，药力和药效在阻力重重的长途输送中保存完好，直至到达要发挥药力的器官，另一种药会使脑子干燥，还有一种药则能润肺。他们用这么多的药材熬成合剂汤药，期望这汤药有各种疗效，岂不是一种梦想？我极其担心这些药材会失去或改变药效，不会产生期待的药力。在多种成分混杂的汤药中，各种药材的药效是否会相互损害和抵消，这点又有谁会想到？这药方要由药剂师来配制，我们就再次把自己的生命交给别人摆布，这点是否应该想到？

我们有专门做紧身短上衣的裁缝和专门做裤子的裁缝，他们对顾客的服务要比什么衣服都能缝制的裁缝更好，是因为他们只做一种服装；同样，讲究美食的有钱人家，都雇有专门烤肉和专门烧蔬菜的厨师，因为什么菜都烧的厨师，烧的菜不会像他们那样好；同样，在为病人治病方面，埃及人做得对，他们不要全科医生，而是把医疗部门分成几个科，医治每种疾病、身体的每个部位，都有专科医生，这样疾病的医疗就更加恰当和专业。[1] 我们的医生不会想到，什么事都会的人其实什么都不会，他们没有能力医治人体全身的疾病。我的一位朋友[2]患了痢疾，他们怕治疗痢疾会使患者发烧，结果这位朋友死在他们的手里，而这位朋友比他们所有人加在一起都要优秀。在医治疾病时，他们进行毫无把握的猜测，为了治好脑病而不损害胃，他们就使用几种相互

1　参见希罗多德《历史》。
2　指艾蒂安·德·拉博埃西，他死于一五六三年。

干扰而不是配合的药物，结果不但伤胃，脑病也更加严重。

至于医学的相互矛盾和不可靠，则比其他任何科学都要明显。医生说，增进食欲的食品对患肾结石的病人都有好处，因为这些食品能打开和扩大消化道，以推动形成结石的黏稠物质，把肾脏中开始硬化和堆积的物质排出。同时，他们又肯定地说，增进食欲的食品对患肾结石的病人是危险的，因为这些食品在打开和扩大消化道时，把能形成结石的物质推向肾脏，肾脏有留下这种物质的嗜好，就会轻易把推来的大部分物质留下。另外，医生还说，如果偶然有某个较大的物体，不能通过狭窄的消化道并被排出体外，这物体因被增进食欲的食品推动，一旦进入狭窄的消化道，就会把消化道堵住，必然会引起十分痛苦的死亡。

医生对于给我们生活制度提出的种种建议都有把握：经常小便有益，因为我们凭经验得知，尿液滞留肾内，其杂质会沉淀形成结石；不经常小便有益，因为跟尿液一起排出的沉重杂质，如冲力不够就无法排出，我们凭经验知道，急流能把河道冲刷得干净，而缓慢的溪流是却无法做到。同样，他们一方面说，房事多有益，因为这样能打开通道，把结石和沉淀物排出体外；另一方面又说，房事多有害，因为这样肾脏会发热，变得疲劳和衰弱。洗热水浴有益，因为这会使结石和沉淀物滞留的地方松弛和软化；洗热水浴有害，因为外热会使肾脏内滞留的物质硬化形成结石。泡温泉的人晚上吃得少有益于健康，这样他第二天早晨泡温泉时胃里是空的，泡温泉的疗效会更好；相反，最好中午吃得少，这样就不会影响泡温泉后尚存的疗效，也不会使胃的负担突然加重，让胃在夜里进行消化，在夜里消化比白天更好，因为身体和精神在白天不断运动和活动。

他们就是这样招摇撞骗，说出对我们的健康有害无益的废话。

他们对我说出的任何看法，我都能用同样有力的看法加以反驳。

因此，不必对他们大声责骂，他们思想混乱，顺从地听凭自己的嗜好和大自然意向的引导，并相信人类共同的命运。

我外出旅行期间，几乎看到过欧洲的所有著名温泉，几年来我也开始泡温泉，因为总的来说，我认为洗澡有益健康，并认为我们已没有每天洗澡的习惯，就有了不利于健康的不可忽视的缺点，这种习惯，从前几乎所有国家都普遍保存，至今仍有许多国家保存，我无法想象，我们四肢污秽，毛孔被污垢堵住，健康状况却不会很差。另外，说到喝矿泉水，首先我喜欢喝；其次，矿泉水只是天然产物，即使无益，至少也无害，证据是许多人喝过矿泉水，而且这些人的体质各异。虽然我没有看到过矿泉水有任何神奇的疗效，但根据有人进行的仔细调查，我可以肯定有神奇疗效的传言是毫无根据、站不住脚的，这种传言是在矿泉疗养地散布，并被人信以为真（因为人会轻易相信自己希望能实现的事情）。但不管怎样，我也没有看到许多人喝了矿泉水后身体状况恶化，只要不是不怀好意，就不能否认矿泉水能增进食欲，帮助消化，振奋精神，但如果人的身体过于虚弱，我就建议不要去喝。矿泉水无法治愈过重的疾病，如同无法重建沉重的废墟，但能纠正微弱的倾斜，或防止损坏的危险。有人如因身心不够健壮，无法到温泉通常所在的风景优美的地方跟疗养的人交往、散步和锻炼，此人无疑就失去了温泉疗养中最良好和最可靠的疗效。正因为如此，我在此之前一直选择在风光迷人、房屋舒适、食物精美、同伴相处和睦的温泉疗养，如法国的巴涅尔温泉[1]，在德国和洛林之间的普隆比耶尔温泉[2]，瑞士的巴登温泉[3]，托斯卡纳的卢卡的温泉，特别是别墅温泉，这温泉我去得最多，而且在不同的时间。[4]

每个民族对使用温泉都有不同的看法，使用的规定和方法也各不相同，但依我看，疗效大同小异。德国不允许喝矿泉水，为治疗各种疾病，他们像青蛙那样整天泡在水里。在意大利，他们喝九天矿泉水，就至少要在温泉里泡三十天，通常他们喝的矿泉水里加上其他药物，以增加疗效。在意大利，喝了矿泉水后，医生建议散步，以便消化吸收，而在其他地方，则要病人喝了矿泉水后卧床休息，直至把水完全排出体外，目的是使胃和脚始终暖和。德国人温泉治疗的特殊做法是，在浴池中用吸血管放血；同样，意大利人也有自己的淋浴法，他们用细管通热水淋浴，上午和下午各淋浴一个小时，用水对着头部、胃部或身体的其他部位冲洗，疗程为一个月。在各个地方都有许多不同的治疗方法，而且几乎都不相同。我唯一采用的这种医疗方法，虽说人为的因素最少，却也像其他医疗方法一样乱象丛生、变化无常。

1　　法国的巴涅尔-德比戈尔温泉位于上比利牛斯省，蒙田于一五七九年前去疗养。巴涅尔-德吕雄温泉位于上加龙省。

2　　即普隆比耶尔莱班温泉，位于洛林（现在法国孚日省），当时洛林是独立的公爵领地。

3　　巴登位于瑞士北部阿尔高州，蒙田于一五八〇年十月三日至七日在巴登温泉逗留。

4　　别墅温泉在卢卡附近，蒙田曾于一五八一年五月七日至六月二十一日，以及八月十四日至九月十二日两次在该温泉疗养，他在《旅行日记》中详细谈论了此事。

诗人们对医学的看法更加夸张和优雅，证明是下面两首警句诗：

昨天，阿尔孔摸到朱庇特的塑像。

神像虽是大理石所做，却有医学的效力。

今天，塑像被抬出古老神庙，

虽说是神，却被埋入土中。[1]

另一首是：

昨天，安德拉戈拉斯跟我们一起愉快地洗澡、吃晚饭，

今天早上，却发现他已去世。

福斯提努斯，你想知道他猝死的原因？

他梦见了赫尔.墨克拉特大夫。[2]

据此，我要讲两个故事。

沙洛斯地区[3]的科佩纳男爵和我，对我们山脚下名叫拉翁唐的大片封地都拥有庇护权。[4]这个地方的居民据说是从安格鲁涅山谷迁来：他们有自己的生活方式，服饰和风俗也与众不同；他

1　引自奥索尼乌斯《警句诗集》。

2　引自马提雅尔《警句诗集》。

3　沙洛斯是法国朗德省南部地区。

4　一五七〇年前，科佩纳男爵和蒙田曾为这庇护权打官司。对在俗领主来说，庇护权就是有权在领地上指定有俸圣职，或向主教推荐主管教士。

们有某种社会制度和特殊的习俗，并且代代相传，他们遵守的只是这些古老的习俗。这个小地方从古代起就一直幸福美满，附近的法官都不用过问他们的案件，没有一个律师受到他们的咨询，没有一个外地人被请来平息他们的纠纷，也从未看到这里的一个居民被迫请求施舍。他们不愿跟附近地区联姻和交往，以免败坏他们制度的纯洁性。据他们说，这种状况一直持续到有一天，根据他们父辈的记忆，那里有个人在雄心壮志的鼓舞下要扬名天下，想让他的一个儿子成为司法界人士，就把他送到邻近的城市去接受教育，最终使他成为村里体面的公证人。这个公证人地位提高之后，开始蔑视当地以前的习俗，并对同村人诉说他对邻近地区豪华礼仪的崇敬。一个同乡的山羊被折断一只角，他就劝他去找区里的一个王家推事以讨个公道，后来他又劝另一个同乡这样做，这种事多了之后，他最终把所有的事都搞糟了。在这种败坏风俗的事情发生之后，据说很快又发生了另一件事，而且后果更加严重，那是一个医生，想跟村里的一个姑娘结婚，并想在当地定居。这个医生首先让村民知道发热、感冒、脓肿的名称，心、肝和肠的位置，对这些知识，他们以前只有模糊不清的概念；另外，他们从前只知道用大蒜祛除百病，不管这些疾病如何严重和危险，可现在，医生让他们养成习惯，咳嗽或感冒就服用奇特的药水，这医生不但用他们的健康进行交易，而且也用他们的死亡做交易。他们肯定地说，仿佛只是从他来到之后，他们才发现傍晚的潮气使他们感到头脑沉重，身体热时喝水有害，秋风的害处比春风更大；他们肯定地说，自从让医生看病之后，他们觉得自己患有许多怪病，感到精力不如以前，看到寿命缩短了一半。这是我的第一则故事。

另一则故事是在我患肾结石症之前，听到许多人说羊血对结石有奇妙的疗效，他们把它看作最近几百年天赐的礼物，用于保存人的生命，我还听到一些权威之士说这是一种灵丹妙药，而我总是想到自己可能患有其他人有的疾病，因此愿意在身体健康之时使用这种神奇的疗法，就令人根据所说的方法在家里养了一头羊。这头羊在夏天最热的几个月里必须隔离饲养，只喂它增进食欲的青草和白葡萄酒。我正巧在杀羊的那天回家，有人来对我说，我的厨师看到羊的胃里有两三只大球，都在它吃的食物里。我感到奇怪，就叫人把羊的内脏给我拿来，并把内脏剖开。内脏里取出三块大结石，轻如海绵，如同空心，但表面十分坚硬，呈现好几种暗淡的颜色；一块结石如圆球，另外两块稍小，圆球形仿佛尚未完全形成。我询问了经常给这种动物剖腹的人，得知这种事实属罕见。很可能这是跟我们的结石相近的“结石”，要是这样的话，患有结石症的人，就无法指望喝了这头快要死于结石症的动物的血会治愈自己的病。说到血液不会受到感染，其平时的状况不会改变，还不如认为身体各个部分的相互作用都会产生某种物质；这种作用是整体性的，虽说根据不同的情况，身体的某一部分起的作用更大。因此，在这头羊身体的各个部分中，很有可能存在着形成结石的某种倾向。我对这种实验感兴趣，并不是因为害怕未来，也不是因为对自己有好处，而是因为我家里和许多家庭里的女主人有一种习惯，她们有各种类似的药物，用来救助老百姓，用同一种药方来医治五十种疾病，这种药方配制的药她们自己不服用，如有好的疗效她们就十分得意。

总之，我尊重医生，并不是因为像《便西拉智训》[1]中一个训诫所说必须尊重——对这个训诫，有人用先知的另一个训诫加以反对，这个先知曾指责国王亚撒求医[2]——而是因为喜欢医生，我见过的许多医生都十分正直[3]，值得人喜爱。我恨的不是他们，而是他们的医学，我并没有指责他们利用我们的愚蠢来谋利，因为大多数人都是照此办理。有许多职业，有些没有他们的职业重要，有些则要比他们的职业更加崇高，但这些职业只是靠骗取群众的信任才得以站住脚。我生病了，如果他们正在附近地区，我就把他们请来看病，我要求跟他们谈我的病，并像其他人那样给他们付酬金。我同意他们要我穿得暖和，只要我喜欢这样，而不是提出相反的要求；我同意他们经过考虑要我用韭葱或莴苣烧汤服用，或者要我喝白葡萄酒或淡红葡萄酒，或食用其他食品，只要不影响我的胃口和习惯。

我完全清楚，苦味和怪味是药物本来的特点，医生对此毫无责任。斯巴达人生病，来库古就叫他们喝酒。为什么？因为斯巴达人身体健康时不喜欢喝酒，就像我的一位贵族邻居，他把酒当良药来治疗发烧，因为他生来就厌恶酒味。

我们看到过多少医生对药物的看法跟我相同？他们自己生病

1　《便西拉智训》是次经，是智慧文学中的杰作，流行于公元前三世纪至公元三世纪犹太人希腊化时期。此书提出生活准则、道德准则以及规诫，分伪善、慷慨、孝顺等题目。

2　犹太国王亚撒（前944—前904在位）为反对以色列王巴沙而跟大马士革的亚兰王结盟，受到先知哈拿尼的指责。亚撒令人把哈拿尼毒死，后来他自己病倒，但没有去求耶和华，而是求医。参见《圣经·旧约·列王纪》（上）和《圣经·旧约·历代志》（下）。

3　这里似乎是在回答阿格里帕的《论科学的不可靠、自负和滥用》，他把所有想象的恶习都加在医生身上。

不愿服药，过着自由自在的生活，跟他们要别人过的那种生活完全不同。这不是说明他们在公然利用我们的信任？因为他们并不觉得自己的生命和健康没有我们的生命和健康重要，而如果他们不知道医疗效果可疑，他们就会遵照医学行事。

害怕死亡和痛苦，无法忍受病痛，过于迫切地希望康复，才使我们如此盲从；纯粹是怯懦才使我们如此轻信。

但是，大多数人虽说求医，却对医学并不相信。我确实听到他们像我们这样抱怨和议论医学，但他们最终还是说："我除此之外又能做什么呢？"仿佛无法忍受病痛是比忍受更有效的一帖药。

在可怜巴巴地听从摆布的那些人中，是否有人并未相信种种欺骗，是否有人只要听到能把他的病治好，就会听任别人的摆布？

巴比伦人把病人抬到市场[1]，老百姓就是医生，过路人出于人道和礼貌，都会询问病人的病情，并根据自己的经验提出治疗的方法。我们的做法大致如此。对于智力低下的女人，以前都用巫医和咒语；至于我，如有需要，我更愿意接受这种治疗而不是其他任何治疗，因为这样至少不用担心会有损害。

荷马和柏拉图说，埃及人都是医生[2]，其实对所有民族都可以这样说：没有人不在吹嘘自己有秘方，并要在相信他的邻居的身上试验是否有奇效。

1　　参见希罗多德《历史》。
2　　参见荷马《奥德赛》："那里人人皆医师，医术超越所有／其他民族，因为他们是派埃昂的子孙。"柏拉图的话，参见第欧根尼·拉尔修《柏拉图》。

不久前我跟一群人在一起，有一位跟我同病相怜的人谈到一种丸药，说是由一百多种药材精心配制而成。这个消息使大家十分高兴，感到极其宽慰：有什么岩石能经得住如此多的炮击？但我听到服用过这种丸药的人说，连最小的结石也没有因此而移动。

我在结束本文之前，我还要说上几句，谈谈医生为了保证他们的某些药物肯定有疗效，就向我们提供他们所做的试验情况。大多数疗效，我认为是三分之二以上的疗效，在于药材中的精华及其未知的治疗作用，这种治疗作用我们只有在使用后才能获悉，因为一种精华只是一种性能，我们无法用理智来找出其原因。医生说证明是因某个神祇的启示而取得，我愿意接受这种说法（因为我从来不对奇迹提出异议）。我也愿意接受我们日常使用的物品中发现的那些证据，譬如说经常用来做衣服的毛织物，我们发现有干燥作用，可治疗脚跟的冻疮，我们食用的辣根，发现有轻泻作用。加伦说，一个麻风病人因喝酒而把病治好，是因为他的酒桶里钻进了一条蝰蛇。我们从这个例子中可以看出对这种经验令人信服的解释，也看出医生在肯定某种药物的疗效时，援引了他们对某些动物的观察结果。但大多数经验，医生说是碰运气获得，而且事出偶然，我觉得这种经验的用处值得怀疑。在我的想象中，人注视着自己周围的无数植物、动物和金属。我不知道人从哪里开始试验。如果因某种原因使人首先想到驼鹿角——这种事不大可能发生——他要走第二步同样会十分困难。人必须在许多疾病和各种不同的情况下做出选择，而在确定自己的试验在某个方面取得成功之前，人的思想会一直模糊不清，也就是在确定下面这些事之前：在无数事物中确定驼鹿角是良药，在无数疾病中确定能治好癫痫，在许多性格中确定对郁郁寡欢的人有效，在四季中确定是在冬天，在许多民族中确定是在法国人中，在各种年龄段中确定是在老年，在天象的许多变化中确定是在金星和土星会合时，在身体的各个部分中确定是手指。在确定这些事时，人的思想既不是受某种理论、某种猜测、某种例子的指引，也不是受一种神的启示的指引，而只是在"偶然"中凑巧做出决定，而且这种"偶然"必须是人为的、经过调整的和有规律可循的。

另外，病人痊愈之后，又如何能确定是因为疾病已到了消退的时候，还是因为偶然的因素在起作用，或是他在那天吃了、喝了或碰到什么东西而产生的作用，或者是他祖母的祈祷感动了上天？其次，即使这次证明完美无缺，又能重复证明几次？这些偶然的运气要形成多长的龙才能从中得出一条规律？

而这规律得出之后，又将由谁来记录在案？在几百万人中，只有三人记录他们的实验。是否会偶然遇到三人中的一个？而如果另一个人或另外一百个人做了完全不同的试验，那又怎么想呢？如果我们知道了人所有的看法和推理，我们也许能看到一线光明。但是，只让三个证人和三位学者来决定人类的命运，并非是合情合理的事：必须根据人的本性来选择这种代表，他们必须经过正式的委托被指定为我们的代表。

致德·杜拉斯夫人 [1]

1　德·杜拉斯夫人，杜拉斯领主让·德·迪尔福的遗孀。让·德·迪尔福于一五七三年被纳瓦国国王派去觐见教皇格列高利十三世，在到达利布尔讷之前被杀害。德·杜拉斯夫人是玛戈王后的宫中女官。

夫人，您最近来看我时，我正写到这里。由于我的这些荒唐言论会在有朝一日被您看到，因此我也希望这些言论能证明，作者感到十分荣幸，因为您看这些言论就是对其厚爱的表示。您在书中将看到他的模样和神色，如同您跟他谈话时一模一样。即使我可以装出跟平时不同的模样，装得更加优雅和尊贵，但我不会这样做，因为我对这些随笔只有一个要求，那就是希望您看了以后对我的印象，跟我的实际情况相同。我的能力和特点，夫人，您给予它们不应有的过高评价，我希望它们（在未被歪曲和改变的情况下）被置于某个实物[1]中，能在我身后仍存留几年或几天，您想要回想起它们，就能在其中找到，而不用花费精力去回忆：它们不值得您去浪费精力。我希望您仍像以前那样，对我怀有同样友好的感情。我丝毫也不希望死后比生前更被人敬爱。

提比略的想法奇特，但许多人跟他相同：他不大在乎生前是否被人敬重和喜欢，而是更加重视身后的名声。[2]

如果我被列为世人称赞之人，我会请世人不要称赞，只要他们预先给我酬谢：让称赞尽快置于我的周围，厚实而不漫长，充实而不持久，让称赞跟我所有的意识一起消失，届时这温柔的声音就不再在我的耳边响起。

这也许是一种愚蠢的想法，因为此时此刻，我即将放弃跟世人来往，即将带着新的优点展现在世人面前。我不去计算我不能在自己生活中使用的财产。不管我是怎样的人，我都希望在生活

---

1 指书籍。
2 参见塔西佗《编年史》："因为提比略当前所关心的，与其说是在现在取得人们的好感，毋宁说是要取得后世对他的称赞。"

628

中是这样的人，而不希望在书中是这样的人。我的才能和工作用来使我成为有价值的人，我学习是要学会做人，而不是学会写作。我的努力都用于构建我的人生。这就是我的工作和事业。我绝不想成为书籍的编写者。我希望掌握足够的知识，来满足我现在的基本要求，而不是为了把知识储存起来，留给我的继承者使用。

人要成为有价值的人，那么就让他把自己的价值在他的生活方式和日常言语上表现出来，在爱情、争吵、赌博、床笫和宴饮上表现出来，在处理工作和管理家务上表现出来。我看到有些人书写得很好，却穿着破旧的鞋子，他们如相信我的话，那就先把鞋子修好。你去问斯巴达人，喜欢当好的修辞学家，还是喜欢当好的士兵！即使是我，我也不想当好的作家，而想当好的厨师，只要没有人来给我烧饭。

天哪！夫人，我真讨厌有人会把我说成出色的作家，也就是在其他方面毫无价值和愚蠢的人。我情愿在各方面都是个蠢人，而不愿意选择在这种地方来发挥我的才能。因此，我不想用这种无聊的写作来获取新的荣誉，如果我没有因写作而失去已经获得的荣誉，我就会感到满意，因为这死气沉沉、默无一言的形象不仅会使我失去我本来的面貌，也跟我的最佳状况并不符合，而是显得精力大大衰退，已没有过去的生活乐趣，可说是心力交瘁。我如同剩酒，即将触到桶底，酒渣也已显现。

现在，夫人，我原本不敢如此大胆地揭出医学的秘密，因为您和其他许多人都对医学深信不疑，但医学著作的作者使我产生了这种愿望。在这些作者中，我知道的拉丁作者只有两人，那就是老普林尼和塞尔苏斯[1]。如果您有一天读到他们的作品，您就会知道，他们谈论医学比我要严厉得多：我只是轻轻地刺一下，他们可是非要掐死。老普林尼还嘲笑说，医生在无计可施之时，就发明了这种巧妙的脱身术，那就是把他们用药物和摄生法救助和折磨过却毫无起色的病人打发走，让一些人指望许愿和奇迹出现，让另一些人去用温泉治疗。（夫人，请别生气，老普林尼不是指我们这里受到您的家族保护的温泉，这里的温泉都属于格拉蒙家族。[2]）他们还有第三种脱身术，他们把我们赶走，在经过长期治疗后我们的病情只是稍有好转，而他们已束手无策之时，却可以免受我们的指责，那就是把我们送到空气新鲜的地方。夫人，我说得已经够多，您一定会允许我把前面的话题再说下去，我刚才因跟您说话而离了题。

我觉得伯里克利在有人问他的健康状况时回答说"您看这里就知道"，说着指了指他挂在脖子上和手臂上的护身符。[3]他的意思是说他病得很重，因为他已在求助于这种毫无用处的东西，并把它们戴在身上。我不是说我不会在有朝一日做出愚蠢的决定，让自己的生命和健康听凭医生的摆布；我可能会产生这种不理智的想法，不能保证我将来也会坚定不移。但到那时，如果有人问起我的健康状况，我也会像伯里克利那样回答

1　　塞尔苏斯（活动时期为公元1世纪），古罗马医生和博学家。被认为是最伟大的古罗马医学作家。写过一部关于农业、军事艺术、修辞学、哲学、法律及医学的百科全书，但只有医学部分保存下来。《医学》一文现在被认为是最优秀的医学经典著作之一。
2　　德·杜拉斯夫人原名玛格丽特·德·奥尔·德·格拉蒙。格拉蒙领地当时在纳瓦拉王国。
3　　参见普鲁塔克《伯里克利》。

说"您看这里就知道",说时伸出手拿着六个德拉克马[1]的鸦片剂：这将是病情严重的证明。届时，我的判断力会受到极大的损害；如果害怕和无法忍受痛苦使我服用这种东西，那就可以认为我已惊慌失措。

我敢于捍卫自己对医学的看法，虽说我对医学知之不多，这是要证明祖先传给我的对药物和医学厌恶的自然倾向有一定的道理。我希望证明这种厌恶不是一种愚蠢而又轻率的倾向，希望这种倾向有比较充分的根据。我也希望那些在我患病时看到我面对劝说和威胁仍然十分坚决的人，不要认为这是因为我固执，也可能有人会不怀好意，认为我这样做是虚荣心所致；要获得荣誉而这样做确实是愚蠢的想法，要知道我的园丁和骡夫在患病时也如此行事！我可没有这样傲慢和这种吹牛的本领，不会用健康这种实在的、肉体的和甜蜜的愉悦去换取一种想象的、精神的和空洞的愉悦。荣誉，哪怕是埃蒙四子[2]的荣誉，即使要忍受三次肾绞痛发作就能得到，对于我这种性格的人来说也代价过于昂贵。

喜欢我们医学的人们也可以有认真的、有说服力的和有力的看法，我并不厌恶跟我的看法不同的看法。我看到我的看法和其他人不同并不会生气，也不会因某些人跟我意见相左而跟他们有隔阂，相反，由于大自然最普遍的原则是多样性，而精神要比肉体更加多样，因为精神更加灵活，能具有更多的形式，我确实很

---

1   德拉克马是古希腊重量单位，合 3.24 克。
2   埃蒙四子是中世纪传说中的人物，参见十二世纪法国武功歌《勒诺·德·蒙托邦》，相传四子中大哥勒诺杀死查理大帝之侄，被逐出王国，四兄弟遂奋起反抗。

少见到跟我的观点和爱好相同的人。世上从未有两种相同的看法，也没有两根相同的头发或两粒相同的种子。[1] 人类看法的普遍特点就是多样性。

1　　参见西塞罗《学园派哲学》。